双头巴比伦·上

［日］**皆川博子**

白夜 译

Babylon

北京燕山出版社
BEIJING YANSHAN PRESS

◇ 千本櫻文庫 ◇

文库，原本是指收纳书物的仓库和书库，也指收纳书与记事簿以及不常用物品的小箱子。以前者为例，京浜急行线的"金泽文库站"就是以前镰仓时代北条氏用来收藏汉书用的，"金泽文库"名字的由来便是如此。东京都的世田谷区也存在收集着珍贵汉书的"静嘉堂文库"。后者则更多地被称为"手文库"。

江户时代以来，可以放入袖袂的小开本书籍逐渐流行起来，被称为"袖珍本"。明治三十六年（1903年），富山房发行了小开本的丛书，起名"袖珍名著文库"。随后，明治四十四年（1911年），讲述战国时代猿飞佐助和雾隐才藏系列故事的讲谈社"立川文库"发行出版。讲谈是日本民间艺术，以口语化的方式讲述历史故事。而"立川文库"则是将讲谈收录成册集中出版的丛书，据统计，当时刊行量为200册左右。从那时起，文库就脱离了原本的释意，逐渐演变成了现在的类书集丛。

文库说法借鉴了日本出版业界的传统说法。而千本樱源自日本奈良县吉野山樱花盛开的奇景，世人皆以"一目千本樱"来形容樱花美景。千本樱文库的纳入作品皆为日系作品，题材包括推理、悬疑、幻想、青春、文化等类型，正如千本樱满山盛开的绝景。

现代日本，以"文库"命名刊行的丛书系列有200种以上，所谓"文库本"只不过是统称而已。日本传统的"文库本"常用的是A6尺寸的148mm×105mm，也叫"A6判"。千本樱文库的所有书籍将在"文库本"的基础上提升，达到148mm×210mm的开本标准。追求还原的前提下，力图带给读者更清晰的阅读体验。

日本现代文学的发展始自战后文学杂志的复刊，以及各家出版社的再建经营。战前就已经发表过作品的出道作家，纷纷回归文学杂志推出新作。而经过战火的出版社同时也为培养新鲜血液，设立了文学新人奖。如1954年设立的江户川乱步奖，1963年设立的小说现代新人奖等。此外，还有很多传承已久的，由文豪设立的奖项，如1935年设立的直木三十五奖，1962年设立的吉川英治文学奖，1973年设立的泉镜花文学奖，1988年设立的柴田炼三郎奖等。在出版社通过文学杂志与文学奖创造出的创作环境下，日本文坛百花齐放，出现了很多新的类型与形式。这也就造就了以"擅长驾驭各种题材"的皆川博子的辉煌作家生涯。

皆川博子出生在20世纪30年代，父亲是著名医生，家族显赫。1970年，童书出版社偕成社推出了儿童文学《海与十字架》，作家皆川博子正式登上文坛。刚出道的她很快就转向幻想文学与推理小说的创作。1973年获得小说现代新人赏的《阿卡迪亚的夏天》已经初见端倪。整个70年代，皆川博子创作了大量作品，入围了所有的文学奖项。20世纪80年代以来，皆川博子对于推理小说的驾驭愈发纯熟，而且还将其擅长的历史与少女小说手法融汇其中，形成了独特风格。例如获得吉川英治奖的《死之泉》就是以二战德军"生命之泉计划"为背景的文学著作。而本作《双头巴比伦》则可以看作是《死之泉》的前作，本作是以20世纪初那个变革时代为背景的大河小说（Roman fleuve），故事横跨欧美亚三洲，多视角叙事的群像演出方式满载新意。通过双生兄弟的一生，展现出了波澜壮阔的历史变革。

千本樱文库编辑部

千本樱文库

《巫女馆的密室》
《圣女的毒杯》
《哲学家的密室》
《衣更月一族》

 本格

《美浓牛》
《少年检阅官》
《宛如碧风吹过》

《推理要在早餐时》
《会错意的冬日》
《喜鹊的计谋》

 日常

《午夜零点的灰姑娘》
《谷中复古相机店的日常之谜》

《电子脑叶》
《复写》
《蒸汽歌剧》

 科幻

《巴比伦》
《里世界郊游》

《千年图书馆》
《鲁邦的女儿》
《狂乱连锁》
《神的标价》

 悬疑

《恶意的兔子》
《癌症消失的陷阱》
《沉默的声音》
《死之泉》

《戏言系列》
《忘却侦探系列》
《弹丸论破雾切》
《这个不可以报销》

 轻文芸

《天久鹰央的事件病历表》
《吹响吧!上低音号》
《宝石商人理查德的谜鉴定》

《主要登场人物》

格奥尔-冯·格里斯巴赫：奥地利人，电影导演

尤利安：格奥尔的双胞兄弟

瓦尔特·库什：格奥尔和尤利安的用人

布鲁诺：出入格里斯巴赫家的男子

多丽丝：格里斯巴赫奔家的小女儿

茨温格尔：尤利安的朋友

吉多-曼：神父，茨温格尔的养父

施密特：尤利安的家庭教师

保罗·策勒：出身南德的孤儿

阿黛拉：波西米亚移民少女

恩里科：意大利移民扒手

肯尼斯·吉尔伯特：行星影业公司总经理

梅贝尔·萝：行星公司编剧兼电影编辑

艾根·利文：行星公司助理导演

詹尼·兰兹：意大利系摄影所员工

沃伦·安德鲁斯：电影导演

目录

C O N T E N T S

上海 | 一九二九　·················· 001

GEORG Ⅰ　·························· 007

JULIEN Ⅰ　························· 099

PAUL　Ⅰ　························· 155

GEORG Ⅱ　························ 225

JULIEN Ⅱ　······················ 261

上海 ——
一九二九

B A B Y L O N

清晨已至，一如黄昏。富兴街临街餐馆、剃头铺、算命堂、卖热水的老虎灶各家门板紧掩，人气全无。路上四散的痰渍，街边陲流下的稀溏粪迹混于一片昏暗之中。店门口排着一个个盛满污秽的马桶。

胡炎停下手中拖曳的粪车，把马桶里的粪汤倒进车上的箱桶。大木箱里攒得半满的糟污表面，一层薄冰登时碎裂。空马桶又被放回原位。道路坑凹处淤积的冰凉污水渗进破了洞的布鞋底，脚尖冻得发麻，身体深处传来大地的寒凉。

他已习惯了受人冷眼，但尚显年轻的眉头刻出的不快皱褶，大概至死不消吧。而他的松闲时光也只有等忙完活儿，待弄堂里的店面开张时，从老虎灶里打一壶开水暖暖身子的那一小会儿。但就算那时，他还要承受着三五成群的黄包车夫从四面八方投来的嫌恶眼神，因为通身臭气给周围平添烦扰。而那些车夫，也只是被坐在车中大刺刺的乘客左蹬右踢的苦力——踢在头颅左侧即向左拐，踢向右边脑袋则向右转。

十几年前车夫曾引发群体暴乱。随着电车与汽车的普及，人力车成了通行障碍，所以工部局有意大幅削减黄包车数量。激愤的车夫揭竿而起。他们冲袭电车，群殴乘客，气焰嚣张。而那时胡炎尚在苏北寒村，没有机会亲眼看见。来到上海之后，他也只是从酒肆里那些请他喝酒的车夫们口中听到颇为骄傲的一声高叫——"想当初……"

因为不能在老家坐吃山空。于是去年秋天，胡炎来到上海。

他花光身上所有的钱，托劳力中介换了一个临街待客的差事，即拉黄包车。

而他也亲身体会到，好脾气是吃不了这碗饭的。无论是黄包车还是经营牌照，都归青帮控制的"车行"老大所有。车夫则要向车老大租借黄包车过活。可就算一天马不停蹄拉满客人，刨掉给车老大的租金，到手至多二十铜板。只要在专做苦力生意的苍蝇馆子里吃一顿牛杂，荷包就瘪了。但胡炎连每日交付的租金也挣不齐。他既没有威胁乘客坐地起价的胆量，也没有强买强卖拉人乘坐的气势。就算遇到不太会讨价还价的主顾，他也会在讲价时被其他有力气、厚脸皮、更精明的车夫横插一脚抢走生意。

随着欠车行老大的钱越滚越多，终于他被卖去拉粪。坐落在外滩新开河粪码头的"粪行"，一手掌管着整个法租界的屎尿生意。全法租界的粪尿汇集于此。前来购粪的农民也是乌泱泱一大群，好不热闹。他们买回粪尿用作种地肥料。创立粪公司的阿桂姐乃一介女流，同时也是青帮头目之一。她凭借开设粪行获利百万。像胡炎这样的底层挑粪工虽说一天挣到的零钱还不够整日伙食，但好在收粪会划分区域，不必像车夫那样拼命抢夺客源。

一大清早几乎无行人的街道上，胡炎拖着粪车，将一只只马桶倒空。

如果没有粪车和挑粪工，上海租界就会淹没在污秽之中。那种屋内带有下水管道冲洗便溺的厕所，只会出现在富裕白人们居住的壮丽城区一角。

在饱德园饭庄和义正堂药房之间就是南门，一块刻有"大观里"字样的薄薄匾额高悬其上。胡炎拖车走了进去。

过南门，沿街两侧的二层建筑是兼做淫窟和烟馆的鸡毛旅店，还有吗啡和白粉的私贩点。

建筑四周如牡蛎壳一般横七竖八挤满了活动摊子。如果不是一大清早，这里便会拉起一摊野外赌场。

鼻孔中传来污秽散发出来的恶臭。建筑物的前面排列着一排马桶。马桶的队列沿着建筑延伸而去。虽然顺着鸡毛店"春林栈"往左一拐，顶头就是间公用厕所，但木板墙已经腐朽，从破洞里溢出的粪尿淤积在地面，弄得厕所小屋四周满是粪泥，一脚下去能没过脚踝，即使挑粪工也无从清理。

租界边的大观里也是阿桂姐的地盘。她自己不出面，经营全交由掌柜打理。这里用的吗啡是青帮从波斯大量走私来的鸦片制成的。

从南门贯穿大观里的街道中央有宽敞的台阶，上台阶后是左右横向的通道，连着两侧房屋的二楼。

台阶下和公用厕所旁已沦为吗啡上瘾者的停尸处。

鸡毛旅店里分为单间（小房间）、下铺（大通铺）和上铺（阁楼）。在此逗留的几乎都干着赌博、扒窃、偷盗、私贩吗啡、行乞、诈骗、勒索、放高利贷之类的行当，还有人跟瘾君子做起打一针收一次费的生意。因为是自备寝具，所以很多宿客甚至连一床又薄又硬的棉褥也没有，卷几张报纸就睡了，这样的大半是瘾君子。在大烟馆里优雅地抽鸦片已经不能满足他们，赚了点钱立马右手倒左手花在吗啡上，生意不好时连床租都付不起。这其中不乏拿着床租去打吗啡的人。若是拖欠床租，等待他们的无疑会是一顿皮开肉绽、深可见骨的鞭笞，之后便被扒光衣服扔在泥地。要是死了，就和那些吗啡中毒者的尸骸一样，由卫生员一并拖走。

可要跟胡炎居住的地方相比，鸡毛旅店也许还算好的。他住的地方叫棚户，以废船木头为柱，其上覆稻草破布，只是个房屋的替代品。棚户集中之地称作棚户区——最低等的贫民窟星星点点围绕在租界周边。繁华的上海吸引了大批穷人争先恐后地涌进来，而没钱付房租的他们，就连后街小巷里的贫民窟都住不起。租界之内也不给随意搭棚。

晨光熹微，天色昏黄，可映在胡炎眼中却是如此强烈。楼梯的阴影下，他能瞥见一角布头鲜艳的桃红，这是胡炎在满眼鼠灰色的大观里中看见的第一抹亮色。

尸骸自不罕见，但身着服饰者稀有。胡炎一边左顾右盼一边接近尸体。

那人的脸稍微侧向一边，倒伏在地。身穿针线缝制的华服，宛如舞台上的戏子。脸上涂得雪白，两颊还上了红墨胭脂。

四下没有人声，大家都还在睡觉吧。此时不动手卫生员可就要来了。胡炎把手伸向尸骸的发饰，看起来能值不少呢。正当他想将发饰从那人头上扯下，尸骸发出一声小小的呻吟。

GEORG

I

BABYLON

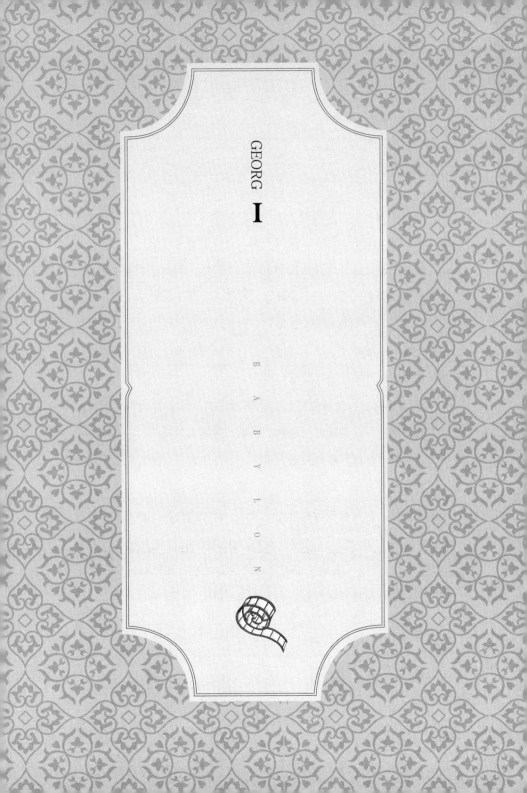

你真的很有才，艾根。会用加比斯伯格速记法的在好莱坞找不出第二个。估计纽约也没有，虽然不少人会彼得曼速记法。

托你的福，能久违地用母语说话。十年了，我能把别国语言讲得越发流畅，但总觉得缺了一点什么。在帝国陆军学校做学生时，虽然也学过英语，但我其实更擅长法语，因为从小家里给我安排的就是法语家庭教师。而相比这个国家惯用的口音极重的英语，我的标准英语不是更好听吗？虽然带着点德国腔。

接触过我……我是说见过我裸体的人们，总会被我腹部两侧的巨大疤痕吸引，而询问其来由的大抵是家庭富裕的女人。卖身的姑娘则不会多嘴，她恨不得你赶紧完事好接下一位客人。男人通常也不会对于疤痕深究不止。但如果你要问，我也会解释说其一是切除恶性肿瘤时留下的。我父亲告诉我这样说的话，对方就会接受。而另一处则是决斗时留下的。如果你希望，我现在也给你弄一个？哈哈，开玩笑的。OK，你看吧。别动！手不要摸。我要说自己还留有母胎中的记忆，你也会觉得是开玩笑吧。唉，都无所谓了。

很高兴能放肆地说回母语，也好像终于说了一些废话。要是被 *Mirror*、*Graphic* 这类下三滥的杂志逮着的话，那就太烦人了。他们的文章大标题只要带上"好莱坞"，销量就能翻好几倍。故事越劲爆惊人，内容越寡廉鲜耻，卖得就越好，主编的钱包也越鼓。不好意思我成了他们的饵料。关于尤利安，就算我提到也不要记录。之后你把速记内容用正常字体重新写一份交给我审一遍。但凡写了有关尤利安的事，我都会删掉。等那之后再拿给梅贝尔看。啊，尤利安是那个"瘤子"的名字。

"伟大的"安德鲁斯导演的目光也曾被我的疤痕吸引过。因为当时我是大明星汤姆什么的替身，所以那时正赤身裸体站在导演面前。看见我的疤痕，安德鲁斯只说了一句"我会放大远景，别担心。"

我体态轻巧地爬上那高得令人屏息的桅杆。桅杆上听不见场记板的声音，所以一位助理导演会看准安德鲁斯的信号向天鸣枪。不用说当然是空包弹，听见手枪一响，我就要如同那颗出膛子弹一般地下坠，从桅杆上飞身入海。

顺道一说，那个叫汤姆什么的竟然在这部电影的试映过程中心脏病发作死了。他的身子从椅子上瘫了下来，一只手攥着的酒瓶却没有跌落，堪称奇迹。就别在意那个酒精成瘾的汤某人了，之后他也不会出场。他一去世就被影迷遗忘。而在八年后的现在，我甚至怀疑安德鲁斯导演还记不记得他的名字。

但是大导演沃伦·安德鲁斯的名字，请读者朋友们一定刻在心上。

那么首先应该从我的出生年月开始说起吗？

一八九二年。至于那个该死的生日，不提也罢。

弗兰茨·约瑟夫一世[1]陛下的维也纳正日益膨胀。母亲的肚子也

1　弗兰茨·约瑟夫一世（Franz Joseph I, 1830—1916），奥地利帝国和奥匈帝国皇帝（1848—1916）、19世纪到20世纪初中欧和南欧的统治者。

在逐渐变大。

看来已不可能自然分娩，身为医生的父亲剖开因麻醉而昏睡的母亲，从她打开的腹腔里捧出一个血淋淋的我。由于那时候我还没有能看清外界的视力，所以无法详述父亲的容颜。

胎儿、新生儿的头脑，什么思考能力也没有。你会这么想吧。

啊，我私下说的话就不要记录了。把"你会这么想"改为"各位读者会这么想"吧。不对，这里还是删掉好了。

我出身贵族门第。关于我的身世，好像总有人议论。我就明说了，我是犹太人，还混有北日耳曼人的血。我的祖父娶了一位住在维也纳的德意志女人，普鲁士出身，所以我虽是犹太人却有金发碧眼。这是我仅存的一点北日耳曼隐性基因的显性表达。也有人叫我"金头"。我不认为在好莱坞有人读过保罗·克洛岱尔[1]的作品，所以这个外号多半出于单纯的联想吧。

我是奥地利的贵族，同时也是个混了些许普鲁士德意志民族血液的犹太人。身为犹太人的我要是斥骂好莱坞的拜金主义会不会奇怪？但请记住犹太人也是艺术家、学者辈出的族群。而梅贝尔却将我的艺术弄成一个彻头彻尾的俗媚商品。没事，记下来。

维也纳里有少数拥有特权的犹太人。

我母亲出身的格里斯巴赫家，自古以来居住在维也纳的内城区，

1　保罗·克洛岱尔（Paul Claudel，1868—1955），法国著名的诗人、剧作家和外交官。戏剧代表作《金头》《交换》《硬面包》。

从事金融业，为哈布斯堡王朝[1]立下了大功劳。由于认可其功绩，即使在一六七〇年利奥波德一世[2]下令驱逐犹太人之后，皇家仍给予母亲家族在维居住的特权，虽然附加条件是每年要支付一笔贵得吓掉眼珠的"宽容税"。同样受到"宽宏皇恩"的犹太人家族还有约莫两百户，其中不乏被授予爵位，准许使用贵族称号的"冯"字取名的家族，格里斯巴赫家正是其中之一。维也纳的特权犹太人多修习西方教养，改信耶稣基督，他们出入哈布斯堡宫廷，结交皇亲贵胄。

我的祖辈趁着授予爵位之机，获得皇帝允许，从赫希这样一个犹太姓，摇身一变改为极富德意志色彩的格里斯巴赫。加上从外祖父那一代改信天主教，整个家族几乎完全被德意志同化了。所以我也未受过割礼。

不过我们的生活标准基本等同于富裕的市民，真的贵族无须自己赚钱，只凭世袭领地上的收入便可以优雅生活。而符合贵族职位的不是将校就是高级官吏，这才是他们和平民之间的差别，而没有领地的格里斯巴赫家则热心致力于商业、金融活动。

维也纳对商人来说是一个极具魅力的城市，自然而然地在波西米亚、莫拉维亚做生意的犹太人都汇集于此。虽然上面禁止犹太人居

1　哈布斯堡王朝（House of Habsburg，公元6—20世纪），欧洲历史上最强大的及统治领域最广的王室，曾统治神圣罗马帝国、西班牙王国、奥地利大公国、奥地利帝国、奥匈帝国。哈布斯堡家族亦称奥地利家族。

2　利奥波德一世（Leopold I，1640—1705），哈布斯堡王朝的神圣罗马帝国皇帝（1658—1705年在位）及匈牙利和波西米亚国王。

住，但他们仍有各自的对策和门路。

在布拉格经营织物的曾祖父——不是格里斯巴赫家族，而是我父亲那一脉——也利用了这些门路。

格里斯巴赫家族从金融业起家后，又涉足各行各业，在纺织业中也取得了成功。曾祖父因为生意关系与格里斯巴赫家族成了知己。他百般请求，从格里斯巴赫家求来一个委托经营的名头，在市里开了一家布匹批发店。只是登记时用一下，这家独立店铺跟格里斯巴赫家族毫无瓜葛。而作为名誉授权的谢礼，曾祖父每年要向格里斯巴赫家支付五百荷兰盾，不过维也纳城里的生意刨去这笔开支还有不少赚头。也因这层关系，学医的父亲和格里斯巴赫本家的女儿结婚。由于母亲不愿放弃她那颇有渊源的姓氏，所以父亲正式改姓格里斯巴赫。我的外祖母年轻时是茜茜公主[1]身边的一位女官，没有什么比这段经历更让她骄傲的了。十六岁的茜茜公主从慕尼黑嫁去维也纳的那一年，十七岁的外祖母进入宫廷，在公主身边服侍了四年。公主赐给外祖母的裙子，她用尽一生悉心保管，一次也没有穿过。虽说是因为惶恐于公主赐服而不敢穿，但就算想穿，以外祖母的身形无论再怎么用紧身衣去箍也套不进公主的衣服里。公主怕胖，好像一再使用着节食疗法。

和我曾祖父使用相同手段，从特权犹太人那里借来名义在维也纳定居的犹太人一年年地多了起来。而增加更快的是那批从官宪眼皮

1　巴伐利亚的伊丽莎白女公爵（Elisabeth Amalie Eugenie，1837—1898），又名茜茜公主。奥地利帝国皇帝弗兰茨·约瑟夫一世的妻子，奥地利皇后和匈牙利王后。

底下溜进来非法滞留的贫穷犹太人，他们大多来自东欧等地。特别是十八世纪末，加利西亚地区成为哈布斯堡的领地之后，流入维也纳的犹太族赤贫分子好像一下子多了起来。

对于以前就定居在维也纳的那帮西欧化了的犹太人来说，从东边涌来的那群穷人，无论是从脏兮兮的黑色土耳其长衫、黑帽子、老人的长胡子，还是从他们说的话，都难以相信他们和自己同属于一个民族。这帮穷人一般群居于利奥波德城或布里吉特瑙[1]。

以前那一带被称作下维也纳，而后为了赞颂那个驱逐了犹太人的利奥波德一世以及利奥波德教会的圣人，那一带又改称利奥波德城。教堂是犹太教撤离之后建成的。因为驱逐令而被没收的房屋土地也让维也纳市的财政肥了肚囊。讽刺的是，这里再一次成了犹太人的群居地。利奥波德城的一部分是由贫民窟组成的。那些犹太人背篓里塞满了旧衣服、二手货、肥皂、吊带、纽扣、铅笔等廉价商品，每日行商游走挣一点微薄的日薪，几乎和乞讨没什么两样。犹太富人们无视他们，甚至有些厌恶。

一八四八年革命[2]之后，由于移动禁令解除，被困锁于地方贫民区的犹太人蜂拥进维也纳。他们中的一些人成功了，跻身上层阶级。

犹太人日益激增是在我出生前十年发生的事情，我也是后来听说

1　布里吉特瑙（Brigittenau）是维也纳的第二十区，位于市中心东北，狭长的多瑙岛西北部，又名"下岛"（Unterer Werd）。西侧为多瑙河，东北为多瑙运河，南侧为同处一岛的利奥波德城。

2　一八四八年革命，德意志反封建专制制度的资产阶级民主革命。

的，原来当时俄国正在进行大屠杀，难民便如雪崩般冲向西面。

维也纳严禁那些贫民难民打着乞丐、游商、流浪汉的名号进入市内。富裕的犹太人也积极协助市政府，把犹太难民的涨势压了下去。这些富人联盟拼命将犹太难民送去美利坚，因为他们待在维也纳就是一种困扰。无论我们如何欧化，非犹太人族裔总是对犹太人心存反感，一有机会就想除去我们。不管贫困或是富裕，对外人来说都是犹太人。

富裕的犹太人遭人嫉恨。当然，也有不得不嫉恨的原因。操纵股价的资本家中的一大半都是犹太人。掌握着维也纳乃至哈布斯堡家族金融命脉的，是犹太人财团中最大的一个——罗斯柴尔德家族[1]。即使在犹太财阀之间，激斗也如自相残食一般。在过去，维也纳的大银行被五个犹太财阀所垄断，分别是阿恩斯坦、埃斯克勒斯、盖姆勒、维特根斯坦和吉纳。而罗斯柴尔德家不仅接管了银行，还几乎垄断了铁路业。兴起于黑森州汉堡地区的罗斯柴尔德家族凭借给政府融资攫取了巨大的财富。铁矿业也被牢牢地抓在十九世纪开始创业的犹太人古德曼兄弟及其家族手中。罗斯柴尔德和古德曼均被列入贵族。托德斯科家坐拥数幢面向环城大道的楼房，尽管身为犹太人，他们还是被授予了男爵爵位。

在我出生前十九年，一八七三年维也纳股市暴跌。一大批中产

---

1 罗斯柴尔德家族（Rothschild Family）是欧洲乃至世界久负盛名的金融家族。家族发迹于19世纪初，其创始人是梅耶·罗斯柴尔德（Mayer Amschel Rothschild）。

阶级没落了，他们将怒火直接烧向犹太人。因为操纵股价涨跌来赚钱的就是犹太大财阀啊。不过话说在前，我可没有因此得到过一分钱的好处。

一八九七年新上任的维也纳市长卢埃格尔[1]是个高喊"反对犹太资本主义"口号的德意志民族主义者，就像薛内鄂一样，他是主张让哈布斯堡帝国解体的政治家。他还将自己同匈牙利、塞尔比亚等其他民族的地域进行分割——对，分割——他想建立一个只有德意志人的奥地利。然后将其纳入强大的德意志帝国，因为普鲁士的德意志帝国和哈布斯堡王朝的奥地利本就是同属于神圣罗马帝国。他构想将非德意志人的地域划为德意志帝国的从属州，而在民族主义者眼里，犹太人是最碍眼的存在。

穷人们拼命地工作要把孩子送进学校，就是为了让孩子们向上爬，让他们混进富裕的维也纳犹太人圈子。的确有不少犹太人的后代实现了这个愿望。在我出生长大的过程中，犹太人占据了医生、律师、记者等领域半数左右的职位。而成功者和依旧贫困者之间的差距越来越大。

流入市里的也不仅是贫困的犹太人。从波西米亚、莫拉维亚、斯洛伐克等地流亡而来的无职业的斯拉夫年轻人，也被维也纳这块憧憬

1　卡尔·卢埃格尔（Karl Lueger），奥地利基督教社会党创始人和领导人，维也纳市长(1897—1910)。以反犹主义(他本人并不是种族主义者)作为政治手段，宣扬基督教的"博爱"精神，吸引下层群众支持。1895年领导基督教社会党在维也纳市议会选举中获胜，二年后赢得市长选举。

之地、帝王之都吸引过来。

在他们的想象中，只要到了维也纳就能得到体面工作。维也纳的宫殿都不是砖石砌成，而是闪闪发光的水晶。皇帝坐在白马牵引的壮丽祭典马车上，要靠仰望才能一睹尊容。真是梦幻的大都会……

维也纳，哈布斯堡王朝的大都会在发光。灭亡之后再回首遥望，我记忆里的维也纳，恰如腐烂之前散发出的浓郁芳香，令人晕眩。

然而维也纳的金蜜，断不会滋润到贫困的底层。在一个房间能混住下三四户甚至十户人家的筒子屋里，他们铺一块破布在地板上睡觉，如果工作不顺，就去公园里转转，找个长凳躺下，更惨的是在桥梁下或下水道里将就作窝。这使得市民的厌恶又深一分。很久以前居住在维也纳的劳动阶级就一直愤懑于犹太难民抢走了他们的工作，而今反犹太主义已汇聚成激流。

至于我，虽然过着自由自在的富裕生活，但宅邸内的气氛是阴沉的。可能是剖腹产导致了母亲健康受损吧。我从未见过母亲健康精神的样子，也没有听过她一次笑声。躺在床上的母亲只是用阴郁的面容控诉着苦痛与不公。母亲去世的时候，六岁的我松了一口气。悲伤？记不得了。

这里，梅贝尔会改写成好莱坞式的桥段吧。什么抱病的母亲一直温柔对待儿子；什么幼小孩子悲叹于和最爱的母亲死别……

父亲估计也松了一口气。在母亲去世后三个月便再婚，新娘是个低等人家的女儿。生母的娘家格里斯巴赫家族对这次再婚不满，所以无论婚礼还是喜宴都没有一人出席。

　　婚礼喜宴过半，空中响起的不祥钟声传来噩耗——茜茜公主因为厌恶维也纳而用一个接一个的旅行放逐自己，却在瑞士的日内瓦湖畔遇刺身亡。宴席登时在惊呼与女客的惊慌骚动中乱成一片，而我并不觉得悲伤，继续埋头享用堆陈在餐桌上的佳肴。

　　之后维也纳全城服丧。但丧期的约束却飘不进父亲和继母的卧室。我经常被卧室里传出的声音吸引，透过门上锁孔向里窥看，后来就被乳母揪住耳朵。耳朵都快被揪掉了。

　　翌年四月，继母生了一个男孩儿。从仆人们的偷笑和窃窃私语中我知道，原来早在"神圣的"婚礼之前，继母就怀上了孩子。不过对我来说无所谓了。

　　至于生母娘家和父亲之间的纷争我也无所谓。虽然父亲在母亲的强烈希望下改姓了格里斯巴赫，但母亲去世缘尽之后，父亲的再婚对象不可能再叫格里斯巴赫夫人。更何况，他和后妻生下的孩子也没有继承格里斯巴赫家的血脉。于是格里斯巴赫家族内部也在讨论争执。最后在外祖父去世时，立生母长兄——我的舅舅为一家之长。

　　最后父亲放弃了格里斯巴赫的姓氏，改回旧姓，而延续着格里斯巴赫家纯正血统的我当作养子被舅舅收养。所以要问我真正的姓名应该是格奥尔·奥斯瓦尔德·汉斯·玛利亚·格里斯巴赫·冯·诺顿华特男爵。

　　这不是我第一次被带到这座房子。四岁那年，父亲为我手术切除了那块所谓的恶性肿瘤。在手术疼痛恢复之后，母亲便带着我来了。

虽然和我之前说的一样，自从母亲产下我之后便几乎终日卧床不起，但那一次她罕见地下了床。

那个肿瘤是一个四肢健全的人面疮。那个瘤子像心脏、肠胃一样，不受我的主观意志控制。而且它连名字都有，叫尤利安……为什么我会说这些事情。

直到肿瘤切除前，我都住在一个幽暗的小房间里。我一边承受着肿瘤的累赘一边在地板上爬行，抠着墙壁直起身，抓住反抗的肿瘤拖着步子往前走。有一个男人照料我，那个男人叫那瘤子尤利安。

不要记！你给我闭嘴听着。如今我所说的，跟呕吐一样是生理行为。一旦呕吐物翻滚上涌，是止不住的。我现在就是这个状态。是超越意识的力量让郁积的话语喷发而出。

切除掉尤利安之后，那男人也不见了。明亮宽敞的房间里，我睡在床上，腹侧的疼痛令我哭喊不止。一个不认识的人给我喝下一点甜甜的东西，喝下之后痛觉淡了，很快就昏昏睡去。沉睡、痛醒、哭泣、饮药，再沉睡，在如此反复的过程中，身体渐渐不疼了。

我一下子学会了好多事。

我知道了父母，知道了乳母、用人、仆从、厨师、车夫。于是，四岁的我在下床行动的母亲的带领下前往了格里斯巴赫的本家，我们坐马车去的。在摇晃的车厢里，我被乳母按坐在她的膝头。

虽然我在格里斯巴赫本家里又认识了一大群陌生人，但当时谁都搞不清状况。外祖母、舅舅、大姨还有他们的家人好像都聚集到了一起。从我后来获得的知识往回追述，那个和母亲相互拥抱的女人大概是外婆吧。

在大人们喋喋不休地谈天说地中，百无聊赖的我趁着乳母目光离开的间隙，爬上从大厅通往挑高回廊的阶梯。

微微弯曲的阶梯，长得好似没有尽头。而当时我的目的只在于向上爬。

现在回想起来，拿破仑攀登阿尔卑斯山时是否也像我当时的心境一样呢？雅克-路易·大卫[1]画笔下那个身骑骏马穿越阿尔卑斯山的拿破仑相当地英姿飒爽，但事实上他好像骑的是一头骡子。在这一点上，保罗·德拉罗什[2]画得好像更接近真实。他跨在一头步伐跌跌撞撞的驴子身上，解开纽扣敞着上衣，身体前倾，手伸进衣服里，好似要压住胃疼。大卫的是理想，德拉罗什则更为客观。而拿破仑自己也想孤注一掷，踏破这段险路吧。

幼儿肚子贴着楼梯，一级一级地用手向上攀爬的身影，浮现在我脑海中成为一个俯视构图。虽然处境危险，但他兴高采烈。

急促的足音近了，乳母粗壮的胳膊想要抄起我。我拼命挣扎，手脚攀住扶手，又咬住乳母的手臂。随着吃痛的惨叫，乳母的手离开了我，顿时我身子一轻，竟趴在楼梯扶手上开始向下滑行。之后，我

1　雅克-路易·大卫（Jacques-Louis David，1748—1825），法国著名画家，新古典主义画派的奠基人。代表作《马拉之死》《跨越阿尔卑斯山圣伯纳隘道的拿破仑》

2　H·保罗·德拉罗什（Hippolyte-Paul Delaroche，1797—1859），法国著名学院派画家，法国历史画家中自然主义的创始人，消极浪漫主义的代表人物之一。代表作壁画《大艺术家的聚会》等。

曾被带去普拉特游乐场，虽然在那里玩过了各种游乐设施——大摩天轮是我去后第二年建成的，但再也没有从楼梯扶手上滑下来那样的快感，只有激流勇进除外。

女人们纷纷发出"危险啊""赶紧阻止他"之类的尖叫，也不过是滑降的伴奏。在下滑过程中我回头张望，我知道我的屁股将气势汹汹地撞上扶手尽头立着的装饰柱，否则我也停不下来。因为下滑过程中一直在加速，我心中笃定撞上柱子的瞬间会很疼。巨大的快乐总伴随着巨大的痛苦。

但冲撞并没有发生。我双腋之下突然碰到一个柔软的巨物，下一瞬间我的身体便轻飘飘浮在空中。

被抱起来的我大声喊道："瓦尔特！"瓦尔特就是那个在幽暗小房间里照料我的仆人的名字。在那个没有窗户的小房间里只有一盏照明油灯，我见到的瓦尔特，面容上的阴影常常很浓很浓。

对方摇了摇头，我意识到自己认错了人。于是我这个年仅四岁的小孩做了一件大家都能宽恕的事情——裤子前潮湿一片。不是因为我后怕，而是滑行时的紧张感得到释放，让泌尿器官也松弛了下来。那人苦笑着，抱着我向屋里走去。乳母追过来想抱回我，那人却制止了，并吩咐她打些热水去浴室。浴室的瓷砖地面上铺着地毯，那男人让我站在地毯上，脱掉了我的裤子。然后他看见我腹侧的疤痕，发出了好似感叹般的声音。那时的伤口还是一个。他用手掌遮住了疤痕。男人的大手几乎把疤痕全部隐去。这时乳母和女仆一起端着盛满热水的水桶走了过来。

　　至于清洗我下身的工作，那男人交给了她俩，自己走出浴室。

　　浴室里除了浴缸，还设有洗脸池和便器，室内面积与我手术之前生活的幽暗小房间相当。镶有花玻璃的窗户给浴室带来光亮。那个幽暗小房间却连浴缸和便器都没有，排泄仅靠痰盂完成。瓦尔特用毛巾热水帮我擦拭身体，当然也包括那个瘤子。

　　当那个男人换下弄脏的衣服再度来到浴室时，我正光着屁股蹲在地上，盯着那个跪卧的石狮子。直到后来我才知道，那个背上镶着一个椭圆形花盆的豪华雕塑就是抽水马桶，而那个雕刻了精美浮雕的柚木柜原来是洗脸池。

　　那男人手里拿着一条小裤子，尺寸恰好适合四岁的我。他给了乳母和女仆一笔封口小费，让她们先行离开浴室。男人帮我穿上裤子，花了一点功夫。

　　以上就是我第一次访问此处的经历。

　　两年后我便成了舅舅的养子。所以接下来会用养父来代替"舅舅"的称谓，当然舅妈也会改称养母。

　　马车来接我时，父亲出诊去了。继母在门口假模假样地摸了摸我的脸，把我送了出去。前来迎接我的使者正是那位我误以为是瓦尔特的男人。虽然我对他的容貌没有明确的印象，但通过气味我记住了他。这个男人身上有一股马粪味。第一次我遇见他时就记住了这股异臭，但它是什么的臭味我却不知道。然而，这人不是马夫。驾驶位上是另一个男人。

男人想将我置于膝上，却被六岁的我拒绝了。我选择在他对面的座位坐下来。

第一次来时我没能目睹这幢建筑的外观，如今用六岁的目光去看，它豪华的外立面可以和宫殿媲美。

在这条始于王宫北面的米歇尔广场，止于苏格兰教堂几乎正南正北的绅士街上，各家贵族的大宅邸林立。无论哪一家都是壮丽的——装饰过多的巴洛克式建筑。

在格里斯巴赫家邸大门两侧雄踞着两只双脚站立的狮子雕像。它们有我几十倍那么高。说起来，马桶上也是狮子。这好像是已故祖父的喜好。祖父的风貌我曾在他的肖像画里见过，近似一只老鼠。

在穿过大厅时，男人用眼神示意我上楼。我点了点头，登上楼梯。这次不是爬上楼，而是堂堂正正迈步登上楼梯。等我登上最高处，我回身双腿跨上扶手，双手张开目视前方，再一次滑了下来。虽然候在楼下的男人想将我抱起，但我挣脱了他的手。突然我的身子倾斜了。我又重新调整好平衡，一把抱住装饰柱停了下来。装饰柱的棱角撞上我的面颊，我登时翻倒在地。男人走来拿出手帕擦了擦我的脸，白手帕上沾上了红血痕。

之后我被带去家族内部客厅，养父母和他们的孩子都在那里等我。然而给我鲜明记忆的还是从大楼梯的扶手上滑下来的经验。臀部因为摩擦而感到的灼热，至今依旧记得。

这是一个女性居多的家族。养父的三个孩子都是女儿，她们各自配有各自的下人。生母那一代也是如此，除了长子的养父以外，其余都是女人。适逢为祖母庆祝她们都会到齐，那时没有什么比她们的吵嚷更加喧嚣的了。那沾在椅背和靠垫上的胭脂香水味，熏得人烦腻。

室内装修是洛可可风格，这是祖母的偏好。

自从茜茜公主被暗杀以来，我的祖母一直穿着黑衣丧服。自公主的儿子与情人自杀殉情[1]以后，公主也常常身穿丧服。所以基本可以认定祖母是在模仿她憧憬的人吧。

在迷宫一般的宅邸内，幼年的我一不小心就会迷路。之后便会有一男人忽然出现，带我回自己的房间。

那男人的名字我知道，叫布鲁诺。他既不是仆人也不是马夫，而是教养父的女儿们骑马的人。那时大姐十七……十八岁吧，二姐十五岁左右，就连养父最小的女儿也比我大，大概有十一岁。

不久，我对府内结构大概有了了解。基本结构还是很简单的。围绕着四方形中庭而建的是主建筑，在后方有两个矮一点的房子连接着后院，另外还有几个马厩和谷仓。

主楼的房间首尾相连，如果选定一个方向走下去，最后就能回到最初的起点。这可是个大发现。我抱着环游世界的心情，一圈圈地奔跑，吵得祖母和养母命令布鲁诺带我出去学骑马。

后院的马厩里养着拉马车的与骑乘的马共七匹。比起府邸中飘荡的脂粉气，我太喜欢马的体臭和干草气味了。就连马粪的味道都比香水好闻。

1　茜茜公主的儿子——奥匈帝国的皇太子弗兰茨·约瑟夫与情人玛丽在1889年在狩猎小屋内殉情。

我们时而乘兴打马远游。三姐不去，大姐和二姐各自驾马，我则被布鲁诺抱于鞍前一道同行。位于阿尔卑斯山支脉的维也纳森林是皇家的猎场，那里有活了几百年的山毛榉和橡树，树下的落叶积得有我个子那么高。每次见到松鼠或梅花鹿我总会欢呼雀跃。而布鲁诺总能巧妙地讨两个姐姐欢心。

布鲁诺还曾带着我一个人去过普拉特游乐场。那时候我九岁。

祖母和养母都没有好脸色。在多瑙河干流和运河之间，有一大片水草丰茂沼泽四布的湿地，那里曾是格里斯巴赫家的猎场。但后来被开明君主约瑟夫二世还地于民，经过一番修整，成了市民享乐的去处。那里绝不是上层阶级该去的地方，但因为祖母养母不想在家中听见我奔来跑去地高叫，所以她们也默认了。"不过这事儿要对姑娘们保密，他想去就带他去吧，男孩子无所谓，但是大家闺秀断不可去那种地方。"祖母和养母提出了这样的要求，布鲁诺"自当遵命"。

我们上了一辆出租马车。从格拉本大街出发，穿出斯蒂芬大教堂的旁道，马车便奔走在车马往来、人声熙攘的罗滕图姆大街。车夫时不时地装装样子，挥鞭抽打在拉车马儿的黑色肌肤上。大概是打算做出一副拼命驾驶的样子好赚取一点小费吧。

我们过了桥，沿着运河旁的道路继续前行。终于，三四年前新造的巨大摩天轮进入视野。我们租的马车被两匹马牵引的公共马车超了过去。那是贯通歌剧院环路和普拉特的班线，上面载满了游客，几辆自行车也向普拉特游乐场前进。

我们下了马车在拥挤的街道中穿行，布鲁诺紧紧地握住我的手。他对我说："在这里迷了路可是找不回来的，绝不能松手。"我略微不满，说自己又不是小孩，想去哪里就去哪里。布鲁诺你在后面寸步不离地跟着不就好了吗。我如是主张，布鲁诺的手却攥得更紧了。

过了绅士街，我只在马车里坐了一段很短的距离，至于运河对岸则完全是一个新世界。五颜六色的气球如一群不知何去何从的小小灵魂在半空中与白鸽嬉戏。而散落在四处的游乐设施都在演奏音乐，还有畸形秀场和餐厅里也会传出音乐，各色音乐混杂在一起，化成一团旋律节奏一塌糊涂的噪音。劣等啤酒屋、射击场、小型全景馆并排而设，一路上杂技演员身边总伴着喝彩声。

无论是谁，本该开心的脸上都暗藏着焦虑。无论大人小孩都板着一张脸小跑前进。比起孩子，大人的数量更多。

因为没有悠然闲逛的时间。游乐项目太多了，大家都忙着决定下一个要去玩什么，玩些什么。我也慌慌张张地登上大摩天轮——慢得令人心疼。接着在入口挂白漆涂成的金属冰凌的北极馆里瞅了两眼，又来到射击小屋。小屋里，沙场深处被设计成了金字塔的形状。面前台子上，浅浅的碟子里放着十个软木塞。布鲁诺将木塞装填进枪，过后把枪递给我。我拿着枪只是不停地浪费木塞。当只剩最后一颗木塞时，布鲁诺支开了我。他举枪就射，以一种似乎不用瞄准般的朴素枪法击中目标。奖品是烟草，着实让我泄气。排在后面的人推推搡搡让布鲁诺离场，布鲁诺面露苦笑让开了位置。我想也许应该让他教我射击。

刚跨在上下摇动转圈的旋转木马上，孩子们就已经在想着赶快结束再去玩其他项目，下一个要去玩什么，玩些什么。他们的视线飘荡在还没玩过的游乐设施之间。

我也一样，我已经能驾驭真马了，玩旋转木马实在太小儿科。

我的目光被那个东西所吸引——激流勇进。

巨大人工池的一端耸立着流水滑坡，高得让人目眩。

你也玩过的吧？如今不稀罕了，但在当时可是最新的游玩项目。

乐队在坡顶演奏着欢快的乐曲，随着一声轰鸣，行至最高处的四方小舟将一口气冲下巨大斜面，像投入水中的炮弹一般激起高高的水花。同时站在船头的船夫会跳起来，跳得比溅出的水花还要高。船夫优雅的身姿一瞬间仿佛定在了半空中。这么做是为了确保小舟平衡。之后船夫站在船头，撑竿将小船划回池畔的码头。

当旋转木马一停，我便焦急地飞身下马，向池边跑去。

池塘一角，停着几条如威尼斯小艇那样两头高高翘起的船只。

布鲁诺追上了我。我一口气冲上陡峭的木台阶。在顶端的高台两侧建有阿拉伯城堡那样的圆顶塔楼，乐队就在那里演出。已经有人排队等着下一轮上船了。从身后挤过来的布鲁诺一把抓住我的肩头。

我们站在队伍末尾，焦急地等待着那个瞬间。

杵在我前面的两个女人戴着宽檐帽，身着长裙，腰部鼓起。她俩一边喋喋不休，一边关注着排在后面的布鲁诺。说白了就是色眯眯地看着他。这两人对我都很关照，想来是打算从我这里找到些与布鲁诺搭话的契机吧。

小船上有三排座位，一排三人，定员九人。每一横排前都有一根铁杆。由于我坐在布鲁诺的腿上，所以不算人头。只见那两个女人一左一右把布鲁诺夹在中间，所以相当于我也被两个女人夹在中间，这让我很不愉快。

正当我握住铁杆，以为好像要永远停留在这里时，只听见一声响，小船便开始了滑行。耳边划过比马儿飞驰时更尖锐的风声，好像要和风儿融为一体。我如一颗出了膛的子弹，虽然只有短短几秒，但那样的爽快是一点都不会忘却的。在那短短的几秒，女人的体温产生出的那种不快，还有尖叫，都滑落到我的意识之外。女人们抓住机会抱紧布鲁诺的光景，也只是映入我的视野，没进我的脑袋。

入水。蹿遍全身的冲击。

水花。船夫如烟花绽放般的一跳。

瞬间都结束了。

如狩猎过后野兽慵懒地睡去，小船也缓缓飘向岸边。

即使在双脚踏上土地后，我的人依旧飘荡在亢奋的余波里。

"再玩一次？"

当布鲁诺问我的时候，我坚决地摇摇头，不假思索。

即使再玩一次，那种感觉也不会再来。虽然没有人教过我，但我自己领悟了。只有最初那一次，第二次就习惯了，甚至有可能一点刺激都感受不到。

布鲁诺随后带我进了一家咖啡餐厅。喝热可可的过程中，我仍旧心不在焉。一个全员白裙的女子乐团像是在演奏着什么乐曲，但我完全没有听进去。演奏不好也不坏，随性的乐曲和冲入水中的快感完全不在一个调性上。

那个瞬间永不再来。当思绪至此，我被一种近乎悲哀的情感包裹。那时如果有人问我将来想做什么，我一定会毫不犹豫地说出要做激流勇进上的船夫吧。那一跃绝不是地球人能掌握的技能。

如今回想起来，那实在不是什么了不得的技术。在我当那个汤姆什么的替身时，从桅杆顶端飞入海中的那一跃，可比游乐场里的工作人员更有力量。我要说的是那次经历带给我幼小灵魂多么大的冲击，仿佛看见船夫长出了翅膀。在那腾空的一瞬间，小船会因惯性向前冲。而船夫能稳稳地落回船头那一小块巴掌大的地方，身子连一丝摇晃也没有。我喝着热可可，眼前又浮现出船夫的身姿，眼眶里甚至泛出一层薄薄的泪。自从手术之痛让我哭喊过后，我还没有流过一次泪。啊，痛苦和感动流出的眼泪果真不同。

我不想让布鲁诺看见，将头转向一旁，擦拭残留在嘴边的巧克力的同时也擦了擦自己的眼睛。之后我催促布鲁诺赶紧离开。音乐实在太吵了。

布鲁诺拉着我的手奋力前行，他好像已决定了下一处景点。他在畸形秀场门口站定，没有一丝踌躇买票入场。

我想，这才是布鲁诺的真实目的吧。

不同于剧场镜框式的舞台，这里是那种伸入观众席间的四方形舞台。每一面挂有布帘，舞台的三面被没有靠背的长椅团团围住。

布鲁诺和我在长椅上并排坐下。

奇怪的畸形数量不多，但强烈的如漩涡般的恶意，我就像溺水般被淹没在秀场小屋里。观者、被观者都在反射着恶意。对，我感到了恶意。在临时舞台上站着的正是门口招牌上的那一对"惊异双胞胎"。这两个女孩一个拉小提琴，另一个打着手鼓，轻声细语唱着歌。她们看上去比我年幼，大概五六岁的样子。两人的衣服自腰部往下便合二为一，那里系着纽扣。一曲歌毕，从幕布后出来一个看似团长的男人，郑重其事地将纽扣解开，再绕到她们身后，两手抓住女孩们的衣服向两边一拉。从那个菱形的缺口里可以看见女孩们的肉体。

这时布鲁诺稍微松开我上衣的下摆，将手伸了进去。虽然外面罩有衬衫，但我还是感到他的手准确地触碰到我的疤痕。

我挣扎着跑出秀场，登时呕吐。

翌年，十岁的我再次决定未来前途时，被安排去威斯克辛的帝国陆军学校上学。这是养父的旨意。

布鲁诺从养父家消失了。不知道他是被开除了还是自己辞去了工作。

记忆这种东西，在一定程度上可被意识操控。当我努力不想记起布鲁诺时，于是真的就忘却了。在那之后，我还曾和布鲁诺……不行，我感觉记忆的盖子就要打开了……应该是要把这记忆锁进盒子里的。

好了，记忆已经被完全地盖上盖子，重新上了锁。

那么接下来，可以速记了。

在陆军学校，我的身体得到了充分的锻炼。随着升入高年级，我也充分尝到了放纵的滋味。

哪怕在校内，依旧充斥着排斥犹太人的气息。在反犹太主义者中广为流传着"犹太人是娘们"之类，轻侮到不可忽视的污蔑言语。

我自幼受洗于天主教，以德语作为母语，接受西欧教育，自认为是奥地利帝国不折不扣的臣民。然而大家都知道格里斯巴赫家是犹太人。

同学在嘲骂我时，竟然扯出距离当时三十多年前的普奥战争。奥地利被普鲁士打败的哈布斯堡军队里不仅有德意志人，更混有犹太、斯拉夫等多民族士兵。斯拉夫是劣等民族，犹太人是没胆没种的娘们，怂包。"等一下，话不是这么说的。"我当时愤然反驳，"武器优劣定胜败。普鲁士用的是射击速度较快的后膛枪，而奥地利仍沿用前膛装弹的老式洛伦兹步枪。别什么都张口就来！"之后我们甚至为了争论动了手。我为自己是奥地利帝国的臣民而自豪，即使是犹太族，我也理所应当地认为自己是奥地利德意志人。

我努力学习武术。放纵也是彰显男人味的证据。在学生中间，基本上对犹太人是轻蔑和厌恶的，但对我个人的恶评却少了很多。因为我能斗殴、喝酒。

祖母在她七十岁时去世了。

毕业后我按照既定路线前进，入学维也纳·诺伊斯塔特的陆军大学。只要毕业，至少可以当上陆军少尉，同时也可以转外交官。

我本该走在这样一条通往精英的金光大道上，那格奥尔·格里斯巴赫又为何被陆军大学开除了呢？

因为决斗，为了一个女人。好莱坞就喜欢这样的题材吧。如果不扯点爱恨情仇，观众——这里应该叫读者吗——是不会满足的。好莱坞的高管们都这么想。营销宣传岗位，以及发行这本自传的出版社也会这么想吧。令男人舍身无悔的女人，存在吗？上面一段删了吧。

那是在欧洲战乱尚未爆发之前。准确地说是开战的前两年——一九一二年。虽然以决斗的方式捍卫名誉在法律上已被禁止，但在学生同盟里这是很重要的"传统"。不仅限于陆军大学，所有大学都一样。

毅然忍受决斗带来的流血与苦痛，这是英雄的态度。在学校，想要证明自己有男子气概有两个传统，即"决斗"与"啤酒"。

不同于大英帝国及爱尔兰流行的手枪决斗，大陆诸国信奉往日的骑士道，更喜欢用大剑或佩剑交锋。

脸上的割伤是青年的荣誉。学生之间的决斗目的不在杀人，而是以行动宣示勇气。如果把对方往死里打则会受到开除处分。不过被开除再进另一所大学即可，只是如果在决斗中真弄死了人，就没有学校敢收留你。所以为了防止误伤，一般情况下决斗时要在手臂和上半身装备皮甲，双方举剑从头部的高度互砍，以造成面部疤痕为目标。只有那些最终想当教士的学生才会选择用手枪，因为一旦破了相，就不再适合做教士了。

嗜好啤酒的传统剥夺了学生的理性和哲学。同盟中禁止哲学、政见方面的论战，只有沉溺于酒精的快乐才是时髦的行为。高年级同学拥有强制给低年级的后辈过量灌酒的特权。论资排辈已经深入他们的骨髓——不用说，陆军大学就是个论资排辈的世界。

由于我不是一个苦大仇深的哲学信徒，所以在放纵之中自得其乐。被强制的放纵也是一种奇妙的感觉。

面对年轻人无可避免的，从年轻肉体中涌出的欲望，富裕家庭的父亲们为了不让他们的儿子与可疑的妓女厮混一起，又动用了怎样的手段呢？

他们会给儿子雇一个外貌可人的女仆，欲火焚心不能自持的儿子去找女仆泻火也不会被怪罪。

即使坐拥几十个房间，女仆的寝室里也只有浴室冷冰冰的地板上才会用到的干草垫。在她们头上还拉着一根绳子，晾着湿漉漉的衣物。

可不要因为我这么说，你就觉得我会为她们痛心。

一旦女仆怀上了，那她的好日子也到头了。从乡下只身一人出来的女孩，如果被赶出主人家，除了沦为娼妇没有别的活路。

有这样遭遇的姑娘在维也纳比比皆是，不过这里也可以按照好莱坞的喜好进行修改。比如这样——

清纯可怜的姑娘没有接受主人家一分钱的分手费，悄悄离开。可公子哥是个痴情种，拼命找寻着姑娘的下落。当他终于找到时，那姑娘却躺在地板上奄奄一息。怎么样？

受不了吧。沉浸在泪水中自欺欺人的观众，与慈善晚会上身着礼服的讨厌女士们没什么两样。

还是说回决斗的话题吧。

我接受了对方的挑战。

像英雄一样，毅然决然地奔赴决斗场。

受到挑衅的一方有权选择武器。我顺应了对方心意，选了佩剑。

我俩各自都带着裁判。

在决斗之前，裁判会检查双方的武器，同时相互确认是否有其他条件。

这时对方的裁判提出要"脱掉护具决斗"，这让我方裁判十分困惑。因为确保双方在相同条件下进行决斗也是裁判的一项分内事。

当裁判不情愿的时候，我连忙脱下刚刚穿上的护具，将它们扔在一边。

我们相对而立，剑尖与剑尖相隔一步。如公元二世纪的贵族一样行剑礼后，握剑摆好架势。

"开始！"只听一声令下，对面立马攻了过来。我拨开他的剑刃，躲过一击。你知道吗？剑术是一系列攻击防御的组合。道格拉斯·范朋克[1]在海盗电影里经常用的，不管别人怎么教他，那个呆瓜只会原样照搬。要是真打，我两手空空都能撕破他那张死脸。

而和我决斗的可不是道格拉斯那样的小丑，他练过。我们相互攻击、招架、冲刺、跳跃。我低腰，让他的佩剑在我头上扑了个空。我趁机攻他下盘，他左支右绌，好不容易躲开攻势，脸上却被我的佩剑

1　道格拉斯·范朋克（Douglas Fairbanks，1883—1939），出生于美国科罗拉多州丹佛，好莱坞电影演员。代表作品《罗宾汉》《三剑客》《佐罗的面具》等。

掠过。

我方裁判举剑示意暂停。对方裁判也大叫"暂停"。暂停中他们向手上受伤的那位询问是否继续比武。我架着防御姿势准备退后一步。就在这时对方左手飞出，一把抓住我的胳膊。他强行挥开我的佩剑，剖腹一般砍向我的侧腹。

明摆着的犯规。两个裁判出剑挑落对手的佩剑，阻止他进攻。

正当我方裁判为我止血疗伤之时，对方裁判一边治疗对方脸上的擦伤一边小声警告。"你已经犯规两次了，出左手和无视暂停继续打，无论哪一条都是禁止行为。作为裁判，我要征求格里斯巴赫先生的意见来决定是否将你不正当的行为整理成文，交由上级裁决。"

对方鼻子一哼，露出鄙夷之色，丢出一句"跟这种下等渣子打，你指望公平正当？"

我要求继续比试。

"这回卸掉你第四剑后我不会客气！"我把狠话放在前面。我的剑术可以与《胆小鬼》[1]中的蒙面剑侠媲美。只是我还不能像伯吉拉克的赛拉诺[2]那样一边哼着押韵的小曲，一边按照歌词所唱的战斗。

如果是艾德蒙·罗斯丹《大鼻子情圣》里的唱词，我来唱几句试试：

---

1 1952年拍摄的美国电影，大陆译名又叫《美人如玉剑如虹》。

2 伯吉拉克的西哈诺（Cyrano de Bergerac，1619—1655），法国剑术家、作家、哲学家、生理学家。1897年因艾德蒙·罗斯丹以西哈诺为原型创作了戏曲《大鼻子情圣》而被熟知。

我从容地扔掉毡帽，

缓缓地脱下裹身的大外套，

随后抽剑出鞘。

我温文尔雅，

却出剑如风，

……[1]

好了，我们继续。

我忍着伤痛，如开头宣言一样击中了他。

我一面躲避敌人刺来的剑，一面引导对方走进我的优势区域。我第四次化解了他的进攻之后，在他肩头剑光一闪，反手击落他的佩剑。佩剑落地，又被我踩上一脚，折断了。他攻守尽失，输了。

裁判宣布完我获胜之后，因失血而虚弱昏沉的我被送去医院，接受了缝合手术。之后是一段短暂的住院时光。

胜负已分，不遗余恨，反而同窗情深。这是学生决斗中不成文的规矩。

然而被我击败破了相的对手竟然向校方施加压力。大学也以存在某种不正当行为这一莫须有的罪名勒令我退学。

虽然我还有其他大学可以选择，但对方又使出了更无耻的手段。

在我出院时，他们对养父施加压力，要把我逐出格里斯巴赫家。

与我决斗的那家伙，其父是弗兰茨·约瑟夫一世皇帝手下的宠

1　选自王文融译本《大鼻子情圣》。

臣，而且他们和罗斯柴尔德家还沾亲带故。哈布斯堡王朝的财政命脉还攥在罗斯柴尔德家族手里呢。

三百多年来，格里斯巴赫家族一直效忠维也纳的哈布斯堡王朝。而自十八世纪横空出世的罗斯柴尔德家族从十九世纪起不断向维也纳扩张，所以罗斯柴尔德家族一直想把格里斯巴赫家族踢下台。

罗斯柴尔德家族的五兄弟分别进入法兰克福、维也纳、伦敦、巴黎和那不勒斯等大城市，罗氏五虎像五根手指牢牢攥住欧洲。他们互通消息，各自掌管着一方国家的财政。掌握了财政就是掌握了政治、外交甚至战争。罗斯柴尔德家族吃掉拿破仑，吞并梅特尼希，成为金融市场的王者，坐拥着足够左右欧洲战争的权力。在普奥战争中，奥地利之所以败给了普鲁士，除了武器优劣的原因之外，还有维也纳的罗斯柴尔德家族拒绝为哈布斯堡王朝发行战争公债的原因。也就是说，他们没有向皇帝提供军费。

一旦受到罗斯柴尔德家族的敌视，格里斯巴赫家的底气便萎了三分。作为养子的我在格里斯巴赫家的眼里显得更无关紧要，养父不得不与我断绝关系，否则在维也纳宫廷的族人也会受到牵连。远离所有跟哈布斯堡有关的地方——养父如是命令我。

怎么样？这一段也是好莱坞喜欢的故事吧。有恋爱，有坏蛋。我是一个身受不实之罪而被流放的悲剧英雄。

你读过卢·华莱士的《宾虚》[1]吗？没有什么比那本小说更适合

1　卢·华莱士的同名长篇小说中的主人公。故事背景为古罗马时期，宾虚家是犹太人的豪门。因为宾虚不愿意出卖自己民族臣服于古罗马帝国之下，所以被昔日好友陷害，被当作奴隶卖到一艘军舰上。

改编成好莱坞史诗电影的了。不，一开始他们只准备拍一个短片。只有十五分钟，集中在战车追逐那场戏。结果就是因为这十五分钟的短片没有及时通知原作者的遗属，后来被起诉了。由此制作费用翻了好几倍，策划会议开了好几轮，人都给弄傻了。不过那本小说真是史诗级的宝库。书中还有罗马舰队与他国舰队的海上对战。要是我就把耶稣爱的神迹"信者得救"什么的戏码通通砍了。这是华莱士的主题？故事太掉价了。如果想看罗马人和原始基督教徒那些事，波兰作家亨利克·显克维支[1]写的《你往何处去》可要厚重多了。

塞西尔·B.戴米尔似乎对《宾虚》很着迷。要是真能拍成电影，好莱坞城里又得弄得满是纸糊模型了。

在这座纸糊之城好莱坞，在日落大道尽头建起了一个巨大的纸模型，那就是沃伦·安德鲁斯的《命运之门》。安德鲁斯在洛杉矶的日光下，用纸、石膏、木材和薄板搭了一座东方宫殿。这座宫殿比基督诞生还早了五百年。那里还有给成千上万的临时演员跳的大台阶，石狮子坐镇在比临时小屋还要大的柱子上，当然这也是纸糊的。

当摄影结束，这些东西都成了无用的大件垃圾，光拆除销毁都要花一笔天文数字。虽然《命运之门》投入了巨资，可票房并不理想。安德鲁斯无法筹到拆除费用，所以布景被搁置一旁。城墙半毁，台阶上杂草丛生。这里被洛杉矶消防署指定为火灾发生高危地区。好莱坞

---

1 亨利克·显克维支（Henryk Sienkiewicz 1846—1916），波兰19世纪批判现实主义作家。代表作有通讯集《旅美书简》，历史小说三部曲《火与剑》《洪流》《伏沃迪约夫斯基先生》；历史小说《十字军骑士》。

很大，如此巨型的垃圾弃于此处也不会妨碍到它分毫。无论怎么形容，好莱坞都和"壮观"脱不了干系。如同美元纸币，那种"壮观"虽然肤浅却备受推崇。

说回我的故事。虽然决斗给我留下了巨大的伤疤，但很快就痊愈了。这时又是布鲁诺示意我去新大陆寻找出路。布鲁诺告诉我，他曾在新大陆工作过一段时间，同时他为我写了一封介绍信给他在纽约的熟人。

与其悲惨地在欧洲流浪，不如出去闯闯。于是我决定奔赴新大陆，在对欧洲绝望的人眼中，新大陆好似充满希望的海市蜃楼。

此行我只与生父话别。当父亲抚摸我脸颊时，他的后妻没有露面。而偷偷塞给我一包钱的，也是我的生父。

德系的船舶公司为了提高船票收益，把移民吹得是天花乱坠。我们奥匈帝国向美利坚输送了大量的加利西亚难民，为增强合众国的劳动力做出了巨大贡献。

盛行于欧洲的种族主义流毒也感染了美利坚，东欧和南欧人被视为劣等民族。限制移民入境的法律制定之时，正好是我立志前往新大陆之日。那会儿奥地利也迈入二十世纪工业化进程，为了确保本国的劳动力和军事实力，也出台了法律限制移民流出。不过这并没有妨碍我的航程。

泰坦尼克号就沉没在这一年春天。我搭乘的轮船却没那么豪华。

因为养父不想给家族惹事，所以没有给我经济援助，而生父给我的钱不够我住头等舱。年方二十身强力壮的我，倒也不打算悠闲享受豪华的航程，而是买了三等舱的票。不过我想你大概没有坐过三等舱吧。那是地狱。

大西洋航线上的蒸汽轮船有"海上浮游酒店"的美名，头等舱的水准确实也担得起一流酒店的标准。舒适的旅行是专门为头等舱乘客准备的。

而头等舱的船票，比三等舱的船票贵上百倍甚至三百倍。想上天堂先要付得起相应的账单。这就是资本主义，而资本主义是犹太人搞出来的，好像确实如此。

啊，船底的三等舱。客人和马匹货物无异。如果早知如此，当初就该把养父的钱讹光，或卖掉祖母的金银珠宝，筹钱去头等舱。

照亮无窗船底的，只有船舱盖被打开时从外面透进来的微弱光线。空气淤浊，还需在经停码头自备食材，旅途中自炊三餐。我从没做过饭，那是厨师的工作。我给一个爱尔兰女移民一些钱，让她代劳。但她做的……是猪食。

我躺在地板上，那些晕船家伙们的呕吐物流得到处都是，没人去管，船舱四处充斥着酸腐的恶臭。

淡水珍贵，优先供应烹饪饮用。淋浴只能偶尔为之，还需要交费。船舶公司虽然发放了肥皂，但却同橡胶一般不顶用，一点泡沫也没有。该带块肥皂上来的。

洗衣。虽然我从未亲手洗过衣服，可在这儿我不得不自己动手。因为不能用淡水，所以我的内衣经海水洗过，又在甲板上晾干，变得像锡板一样僵硬。

接着一个又一个的人生病了。对头等舱乘客来说，轮船是漂浮着的海上酒店，可对三等舱乘客来说也是水中棺材。所以海轮还有热病船的别称。

这次屈辱的旅行，很可能也点燃了移民心中的斗志。"该死的，一定得在新大陆闯出点名堂。"他们常这么说。

在这种情况下，我是否感到痛苦呢？不。应该说，我是斗志昂扬的。分析我当时的心理，我在他们身上是能找到优越感的。贵族的傲慢，没错就是这个。多么可怜又愚蠢的理由啊。不过呢，这种优越感带来的爽快，是我当时的一切。这么说可能有些极端，但也是支撑我走下去的原动力了。

虽然我不觉得凄惨，但如此肮脏的船旅却让我不快。虽然感觉这样的日子看不到头，但时间却真实地一点点流逝。当远远望见自由女神像时，我不由地高声欢呼。我开心，终于能离开这潮湿黑暗、臭气熏天的舱房了。

我们在移民局的驻地——埃利斯岛登陆。

洁白如医院的大餐厅里，来自俄罗斯、罗马尼亚和其他国家的下层阶级移民赞叹不已。餐厅提供的食物虽然比船上的猪食要好，但也只是量大，几乎没有什么味道。尽管如此，那些平日只吃硬面包和猪油的普通百姓看上去却是一脸享受宫廷美食的样子。

在埃利斯岛的宿舍，数千移民可以冲一次淋浴。许多人平生从来没有淋过一次浴，泡过一次澡。而管理移民的人威胁我们如果不做好卫生清洁，不允许入国。

在登船之前，我们打过疫苗消过毒，还经历了何等屈辱的体检，但在接受移民局官员的验收之前，体检还需再来一次。

为了那一天，我特意换上不曾穿过的新衬衫，西服领带，头戴软呢帽，站在官员面前。也许我是移民当中气质最拔群的，虽然很快我将和他们一样，因体检而被弄脏。移民中大多数都害怕检查。那些举家离开故国的移民很担心万一爷爷因为生病而不过关的话，该怎么办啊。然而就算因审查不合格而被拒绝入境，他们也凑不出回国的船票。正因为在故里已无容身之地，他们才苦忍这趟艰难的旅程。

然而，他们心心念念奔赴的纽约城，漂亮的大楼也仅耸立在黄蜂族[1]们占据的小小一角。市中心的移民住区，街道两旁挤满了廉价的公寓，头顶窗户晾着床单飘飘的贫民窟。街上垃圾四散，道路两侧堆满了厨余、煤渣、马粪、瓦砾等乱七八糟的东西。而不翻越这座垃圾山，就无法进入其他街区。坏掉的手推车被扔在一边，下面也成了垃圾场。一下雨，整条道路就化作臭水沟和淤泥潭。

铸造厂、机械厂、炼油厂、皮革厂、印刷厂、把骨头加工成饲料的化肥厂，全都靠蒸汽运转，所以烟囱都向天空吐散煤烟，沙井在地面喷出刺鼻的蒸汽。

运输还是要靠马拉货车。十几万匹马往来于纽约市内，必然从这条街到那条街处处都是马粪。遇上干燥季节，马粪会变作粉末随风飘

---

1 黄蜂族，又称WASP。是安格鲁撒克逊白人清教徒（White Anglo-Saxon Protestant）的缩写，因为该缩写与黄蜂的英文单词wasp相同，故被戏称为黄蜂族。黄蜂族可视为美国的统治族群。

扬。不过如火山灰一般漫天飘洒又堆积如山的马粪粉末，没有将纽约化为庞贝古城，那是因为福特公司大量生产了T型车，给人们提供了新的运输手段。而与之相对的是，汽车尾气开始充斥市内，这实在比马粪更为恶劣。

当时大都会人寿保险公司分发过呼吁清洁的小册子。"摄取清洁的食物吧；呼吸清洁的空气吧；饮用清洁的净水吧。"而这些，贫民窟里一样也没有。亲切的大都会保险公司只会免费提供苍蝇拍。

想那旧大陆故国的高远天空、辽阔森林、清澈河水，如今都只能在思乡梦里得见了。

依照介绍信上记载着的住址，我试着去找寻布鲁诺的熟人。虽然信上写的地址是在曼哈顿东河的贫民窟，但不知是布鲁诺记错了还是信上写错了，那里并没有相应的地址。

身上的钱还有一点，但是这钱去高级酒店住不了两天就会见底。我姑且找了家廉价旅馆对付些日子。这是个危险的城市，警察完全靠不住。我住的廉价旅馆发生了一起盗窃，但警察却放走一个明显是小偷的家伙，因为那人给警察塞了钱。我算是切身领教了一句西方谚语：纽约的警队，是一场名为警力（force）的闹剧（farce）。

我在那里住了几个星期。当地随处可见载满垃圾的手推车。就在我四处游荡找工作的时候，我觉得好像有人在跟踪我。一回头，在推车旁站着一个年轻男人，他的穿着很像附近的居民，头戴一顶鸭舌帽，展开几张纸片看了看又向我瞅瞅。

眼神相对，他走了过来。

"乔治？"

"不是。"

我摇摇头。但英语的乔治（George）和我的名字格奥尔（Georg）几乎相同，无非多了一个英文字母e而已。

难道他在叫我？是布鲁诺的熟人找来了？为什么空气中有了一种剑拔弩张的肃杀？

"是乔治！"戴鸭舌帽的男人点点下巴。

登时我胳膊发力，狠狠地肘击了想从背后抱住我的那家伙的肚子。我早就注意到鸭舌帽的同伙悄悄溜到了我身后。从帝国陆军学校到陆军大学一路走来，战斗技术已渗透进我的血液。我撑着瘫倒的偷袭者，将他转过来挡在我身前当肉盾，子弹随后便打进肉盾之中。

在第二枪打来之前，我钻进推车下面。虽然臭气熏天，但没有闲工夫对掩体挑挑拣拣。

就听见外面一声惊呼"条子"，随即听见警哨的声音。

鸭舌帽早就跑得无影无踪。

我向反方向逃去。我没有自信万一被警察逮到，自己能说清楚前因后果。我的英语不算流畅，也不能完全听懂他们的话。有人中枪了，但不是我干的，我也是受害人。但我不知道我这么说警察会不会懂。

我冲进敞开门的酒吧，靠在吧台屏住喘息。"OK，OK，没事儿了。"与我并肩而坐的家伙对我说，"是我救了你，请我喝一杯吧。"

一个头系红手帕、身穿格子衫的年轻男子在我眼前晃着他那哨子。他的年纪看起来比我稍微小一点。

"我刚才见你被缠住了，就捉弄了他们一下。请我吧。"他依旧催促着。

"劳驾给他一杯。"我冲吧台里的酒保说。

"傻瓜。"年轻人笑了，"你什么时候进来的？"

"刚刚。"

"你先付钱。"

我拿出硬币，把他的那一杯酒钱拍在柜台。

"我们意大利人都是好人。"年轻人说着眨了眨眼。

"认错人了，他们好像在找一个叫乔治的。"

"叫乔治的真是太多了。"

"我的名字用英语念也叫乔治。"

"要是乔治奥就好了。"

"是格奥尔。"我用沾湿的手指在柜台上拼写给他看。

"嗨，德国土豆仔吗？"

虽然意大利佬的这句话引起决斗都不过分，但我大度，不跟他一般计较。

"你要再待在这里，可就麻烦了。管你是乔治还是格奥尔，是不是你让迪克打中他同伴的？你准保被他们盯上。"

"是他们先动手的。"

"有理说不清的，你还是赶快逃去芝加哥吧。"

当时芝加哥正在贪婪地吸纳移民。"So long（回见）。"年轻人说着，微笑走出店去，一条腿有点瘸。

我也想喝一杯，但钱包不见了。

"被恩里科摆了一道？"吧台后面的酒保咧嘴笑道，"那家伙虽然年轻，但技术不错。稍不留神，可就着了道了。"

我很谨慎。把钱分成小份，分别装在好几个口袋里。起初，我是打算把它寄存在旅馆的保险箱里，但保险箱太大，得安装在走廊上。那岂不是不管怎么锁，只要小偷愿意就可以随便拿。所以我连同护照，所有身家都随身携带。

我混在移民群里，乘上西行的列车。

这班火车的环境之恶劣，不输给三等船舱。这就是个只有屋顶和小长椅的木箱，是移动的贫民窟。虽然有人说设立隔间违背民主主义，但是傲慢的车长对移民大吼大叫，把行李粗暴地扔下月台。不就是专制主义吗？说到民主，他又有什么权力逮谁吼谁？

无论做饭还是洗衣，只能在车厢里做。因为车厢外包裹着一层从车头烟囱里喷出的蒸汽和煤灰。

芝加哥就像铁匠的学徒般灰头土脸，我从没见过如此贫穷肮脏的城市。就算铺设了下水道，也比不上维也纳。虽然有冲水厕所，但贫困层居住的公寓用的是在过道或地下的公共厕所。我觉得自己又回到了三等舱。

芝加哥的市镇依靠填埋沼泽得以建立，而如今残存的河道里，水面上漂浮着的废油现出一片虹彩，令人头皮发麻。大型屠宰场，从当地化肥厂出来的敞篷卡车，垃圾处理站，无法回收而堆积在路边的垃坂山，水沟……处处都散发着恶臭，成群的苍蝇恼人地盘旋飞舞。烟囱喷出的烟尘像乌云一样覆盖了整片天空。

垃圾处理站其实是利用附近砖厂挖出黏土后留下的巨大坑洞建造而成的。数量庞杂的垃圾都往这里面扔。

孩子们和女人中体弱多病、干不了体力活的人，在这里陷于蝇群、驱赶老鼠和垃圾堆里讨生计的窘境。最近那边好多了。合众国的格言是干净，干净，还是干净。托他们的福，霍乱伤寒什么的都很快被遏制了，算是好事。

我早早地离开了臭不可闻的芝加哥，往更西边前进。

这一路我长话短说，每个人都一样。刷盘、洗马、卖气球、挖洞、赶牛等等。如果你想知道详情，去问瓦伦蒂诺[1]。那个"绝世妖男（Pink Powder Puff）"虽是个意大利移民，不过在《箴言咖啡屋》中成为职业舞者之前，他的流浪生活与我非常相似。

从旧大陆到新大陆的船程为两个月，而东西横穿大陆却花了一年多。一路上我边挣日薪边赶路，没办法，火车不是白给你坐的。

旅途中我偷了辆自行车，这可派上了大用场。我到了洛杉矶，当临时演员，跟工资日结的临时工没什么区别。因为付不起住宿费，我住在破烂不堪的茅草房里。这是个不错的励志故事吧，主角必须从社会底层爬上来。

从腐朽小屋到日落大道有八英里，如果没有自行车，我不可能每

1　鲁道夫·瓦伦蒂诺（Rudolph Valentino，1895—1926），美国著名男演员。代表作《启示录四骑士》《酋长》《茶花女》等

天往返两地。所有的临时演员天没亮就要集合等待。现在也一样啊，助理导演会在早上六点到这儿来，搜罗拍摄所需的人员，所以我连早饭都不吃就骑车离开烂草屋。他们给我们一杯牛奶和一些饼干就算早餐了。如果我能打到一份工，当天净赚三美元不说还管午饭。

"你会骑马吗？"助理导演问我。

骑马是帝国陆军学校的必修科目，况且六岁时我就接受布鲁诺的训练。就算是牛仔那种毫无品位的骑法，只要叫我上，我也会试试的。

"游泳呢？"

士官不会水，那是军队的耻辱。

"好，就你了。你做替身。"

替身的第一个任务是从防波堤上和马一同坠入海中。主角除了头发颜色以外，容貌和我没有半点相像，不过我俩身材几乎相同。主演在马上拍完紧张的表情后，立刻坐上配有司机的汽车闪人了。

换上牛仔帽和靴子，我斗志满满，但马却很胆怯。丹斯（Dance）是一匹既没跳过舞也没跳过水的马。那混蛋助理导演见势不对，竟然向马的眼睛撒胡椒粉。突然被迷住眼睛的马，又痛又怕，披散着鬃毛一通狂奔，连同骑在上面的我一起，夸张地掉进海里。

在海中浮起身子后，我慢慢地游回岸边。因为在学校曾训练过负重游泳，所以即使穿着靴子也没给我造成太大困难。

突然，我被好几个警察团团包围。

西部口音的乡土英语我尚不十分熟悉，可我听出他们的话里有什么马、海、跳水等词语，于是点了点头。结果他们不由分说把我拖进一个猪圈，我向警官要求联系助理导演，但他没搭理我。

直到第二天，警察终于接到助理导演打来的电话把我给放了。据说是一个好管闲事的女人远远看见我和马一起跳海，于是联系警方要求逮捕我。那女的是防止虐待动物协会的会员。

除了三美元的日薪，我又从助理导演那里多领了五美元。

仅这一件事，安德鲁斯便留在我的记忆之中。

我的第二部作品依然是做替身，就是开头说过的汤姆什么的那个。

歇一会儿吧，给我泡杯咖啡可以吗？

不是美式，是维也纳风味。请帮我加牛奶加到咖啡呈明亮的金褐色。这里的家伙喝的太淡，咕嘟咕嘟跟马在喝桶里的水一样。那不是咖啡，那是带颜色的热水。

哦哦，你会做了啊。这才是维也纳的咖啡，醇美的奶咖。我正想着要不要用青年风格的玻璃杯呢。

沃伦·安德鲁斯导演拍摄《阿尔特·海德堡》时，分给我一个小配角，同时还让我兼做助理导演的活儿。我在维也纳的时候，这部戏剧就曾在德意志上演，大获好评。这次改编成电影后也会在维也纳上映。虽然我经常陪同养父母去看歌剧、音乐会、戏剧，但那是他们社交上的癖好。

虽说威廉·基梅尔的原著在手，但作为一个在新大陆土生土长的黄蜂族，安德鲁斯对欧洲古老的传统一无所知。所以当他想拍摄萨克森王国[1]的王子和大学之城海德堡里一个寄宿公寓家小姐的甜蜜爱情故事时，自然会来找我寻求建议。不知读者是否会理解我在提起美利坚的统治族群"黄蜂族"时的冷笑。他们只是一群暴发户。然而移民却被他们压在脚下。

作为助理导演，我的活多得堆成山。一方面我要寻找拍摄地点；挑选合适的临时演员去扮演德国学生或王子仆从；联系交通确保大批群演和剧组人员能前往拍摄地；获得警察许可在公园或马路上拍摄；当警察不允许而又必须要拍摄时在别处制造点小骚乱吸引警察注意；摄影结束，分发全员伙食；吃完饭要把他们扔的油纸、包装纸烧掉清场，同时兼做财务出纳，每一笔支出都要清晰记录，还要演戏。呼……你把我这声叹息也记下来。当时演出时我就说了"德意志的学生自然不会这样，不可能跟毫无教养的西部糙汉混在一起，更何况还有个王子……"

我反复提出的建议让安德鲁斯及其他工作人员、演员感到厌烦，但这部好莱坞拍摄的"德国故事"却在欧洲大受好评。要是没有我的建议，还不知拍成什么令人喷饭的闹剧了呢。

所以我能断言本人多才多艺，本来就是。

在安德鲁斯接下来的作品《麦克白》中，我不仅担任了助理导演，还设计了布景。剧本虽然署名安德鲁斯，但事实上几乎都是我写的。

1　萨克森王国（Königreich Sachsen，1806—1918），历七任国王。如今是德国萨克森自治州。

我当时出言干涉了舞美老师的工作，舞美老师便骂我"有本事你上啊"。那有什么不行的。就这样，安德鲁斯采用了我的设计。

你会不会感到奇怪，我从头到尾只接受过军人教育，怎么会对美术这么有眼光？想想我出生在哪里？艺术之都啊。那时年轻艺术家在维也纳非常活跃。在传统保守艺术和崭露头角的青年风格的漩涡中，我阅读霍夫曼斯塔尔[1]、施尼茨勒[2]，听古典乐的同时，又能沉浸在马勒[3]和勋伯格[4]的作品中，甚至在弗朗兹·莱哈尔[5]的轻歌剧[6]中感受到快乐。

第一次踏入位于克尔特纳大街拐进约翰内斯小路当口的那家蝙蝠歌厅……是什么时候的事呢？这家店的店名取自约翰·施特劳斯的同名轻歌剧，已经开张两年左右。养母只认可传统古典艺术，对于青年风格根本不屑一顾。她甚至回避轻歌剧。但是不知为何，我一次偶然捡到一张从养父口袋里掉出来的蝙蝠歌厅节目单。舞台上，除了皮靴

---

1 霍夫曼斯塔尔（Hugo von Hofmannsthal，1874—1929），奥地利作家、诗人。

2 阿图尔·施尼茨勒（Arthur Schnitzler，1862—1931），奥地利剧作家、小说家。维也纳现代派的核心人物。第一个把意识流手法引入到德语文学中的奥地利作家，代表作《古斯特少尉》等。

3 古斯塔夫·马勒（Gustav Mahler,1860—1911）奥地利杰出的作曲家与指挥家。

4 阿诺尔德·勋伯格（Amold Schonberg，1874—1951）美籍奥地利作曲家，西方现代音乐代表人物。

5 弗朗兹·莱哈尔（Franz Lehar，1870—1948），奥地利轻歌剧作曲家。

6 轻歌剧，始于17至18世纪的小型戏剧作品，也称为小歌剧。

和过膝黑筒袜之外一丝不挂的女人扭动着酥胸和腰肢。观众席上，有秃头男子手拿双筒望远镜盯准舞台，也有人不顾舞台，旁若无人地拥吻着女伴。这一幕如果被养母看到了，指不定会闹成什么样呢。养父为了封我的口，私下带我去开了眼界，所以我也成了共犯。

吸引我眼球的是歌厅的内部装饰。这样的装饰完全脱离了保守的历史主义那一套，是由创立了维也纳分离派，以装饰风格广受好评的克里姆特[1]牵头，约瑟夫·霍夫曼[2]、贝托尔德·勒夫勒[3]、莫塞尔[4]、科科什卡[5]、奥尔利克[6]等一批响当当的成员共同设计制作的产物。

白色和灰色的大理石地板上铺有地毯，天花板洁白得仿佛覆盖了一层雪花石膏，吧台墙面五颜六色的瓷砖上勾勒着精致的图纹。大约300把左右的新艺术风格的白色椅子并排安放在观众席，椅子上的黑色线条起伏柔和。

1　古斯塔夫·克林姆特（Gustav Klimt，1862—1918），奥地利知名象征主义画家。其画作特色在于特殊的象征式装饰花纹和大量使用的性爱主题。代表作《金鱼》《女人的三个阶段》。

2　约瑟夫·霍夫曼（Josef Hoffmann，1870—1956），早期现代主义家具设计的先驱，也是20世纪上半叶的现代装饰艺术运动的创始人之一。

3　贝托尔德·勒夫勒（Bertold Löffler，1874—1960），奥地利画家、版画家、设计师。

4　科罗曼·莫塞尔（Koloman Moser，1868—1918），奥地利艺术家、画家、设计师。"维也纳分离派"代表人物，新艺术运动代表人物。

5　奥斯卡·科科什卡（Oskar·Kokoschka，1886—1980），奥地利画家、诗人和剧作家，以其强烈的表现主义肖像画和风景画而闻名。

6　埃米尔·奥尔利克（Emil Orlik，1870—1932），奥地利版画家，维也纳分离派成员。

当女星（那是尼娜·费特吗）站上舞台，沐浴在聚光灯下的时候，我记忆的闸门也打开了。到目前为止，我在蝙蝠歌厅的舞台上看过歌剧、戏剧和芭蕾舞。怎么搞的，怎么我会想起普拉特游乐场那对双胞胎呢，我不是封存了那段记忆了吗。这不是镜框舞台，难道是因为舞台紧贴观众席吗。在普拉特游乐场，在那之后，十五岁时……

等下，稍等我一下。好了，没问题了。

虽然歌厅风格新颖又明快，但我并不中意。恰恰相反，建筑的话，我更喜欢厚重的风格。

我想说的是我从小就被艺术包围，从传统到新潮，从美术到音乐再到戏剧。我生长在满是艺术的氛围中。所以才会理所当然地插手好莱坞胡扯的布景。《麦克白》上映的那一年，一九一四年，欧洲爆发战争。虽然对人在新大陆的我来说没有什么影响，但我依然牵挂着奥地利的胜败。

我再重复一遍，我为自己是奥地利帝国的德意志人，为自己是弗朗茨·约瑟夫陛下的臣民而自豪。如果没有那次决斗，我将从帝国陆军毕业，成为一名精英军官，勇敢奔向战场。

美利坚大众基本上对旧大陆的战事兴致寥寥。同一年更令他们兴奋的是巴拿马运河开通了。

早在十六世纪，哈布斯堡王朝的卡尔五世曾派人调查巴拿马地峡。当时卡尔五世不仅是奥地利王国的国王，还掌管着西班牙共和国的君权。而彼时西班牙海上力量当世第一。可那一次仅仅做了个调查，之后便没了下文。

　　工程实际始于一八八一年。虽然法国工程师雷赛布[1]着手进行巴拿马运河的开挖工作，但由于黄热病的蔓延、技术的不成熟、资金困难等原因受挫，计划被迫搁置。

　　合众国政府非常清楚控制巴拿马这片哥伦比亚的领土对国家的重要性。罗斯福总统要求哥伦比亚移交巴拿马地峡的行政权。当哥伦比亚拒绝时，他派出战舰。美军一登陆便占领了巴拿马，杀害了当地指挥官，迫使巴拿马发表独立宣言，建立傀儡政府。

　　于是美利坚拿到了巴拿马共和国的运河建设权、相关地区永久租借权以及军事介入权。可怜巴拿马名义上是个独立国家，实际上却成了美国的境外领土。

　　就这样，历经十年的大工程终于在这一年完成。运河连接起大西洋和太平洋，美利坚合众国成了君临两大洋中心的地主。

　　翌年，为庆祝运河开通，盛大的"巴拿马太平洋万国博览会"在旧金山隆重举行。

　　而欧洲的战火，越烧越热。

　　讽刺的是，那场战争却是一个契机，让我作为一名演员扬名立万。

　　在开战后的第三年，即一九一七年，美利坚合众国终于以盟军的身份参战。

　　我的祖国奥地利和德意志一起成为了美利坚的敌人。

1　斐迪南·德·雷赛布（Ferdinand Marie Vicomte de Lesseps，1805—1894），法国外交官、实业家。苏伊士运河开凿者。之后曾着手开凿巴拿马运河，但以失败告终。

欧洲大陆的战争，美利坚这小子为何会匆匆赶来掺合一脚？

因为有些人能大发战争财。他们是摩根大通、洛克菲勒等掌握了金融、石油、钢铁、铁路诸多利权的美利坚财阀。财阀之中很多是犹太系。而另一方面，东欧的犹太移民正处于赤贫边缘，其中不少社会主义者让警察也束手无策。这是两个极端。

如果盟军败北的话……会接连涌现出一批不得不上吊自杀的银行家吧，然后连锁反应导致美利坚经济崩溃。

所以为了让合众国国民憎恶德意志，媒体会播出各种各样耸人听闻的消息。

一说在比利时，如果德军看见孩子，就会抓住孩子胳膊砍下他们的头。

一说德兵在民房放火，烧死了一大家人。

一说把婴儿箱里的早产儿拿出来扔出去，再用刺刀刺死。

一说法国泽普斯特村的马贩托尔登先生被德兵绑起来，九岁的长子被砍成碎片，妻子和十三岁的女儿被奸污后杀害。

为了德意志人名誉，我将战后已明确的事实在此澄清一下。

从没有一家医院发生过杀害婴儿箱里的婴儿事件。

泽普斯特村从未遭受过德军践踏，也不存在这位托尔登先生。

虽然《每日邮报》中报道过放火烧民宅，但发表那篇记事的记者在《纽约时报》中公开承认那是虚构创作。

这些捏造的新闻蒙蔽了合众国国民，在他们脑海里根植了德意志人极度野蛮的印象。

德军还曾宣布，在大西洋东部"战区"内航行的船只，不管是否为中立国家，都将一律击沉。于是正如他们所宣布的，德军潜艇果真对一艘行驶在战区的美国船只发射了鱼雷。

虽然这是德军的作战计划，但同时也为美利坚的大财阀创造了利好。

容我再补充一句。英国也实行过海上封锁，毫不留情地攻击那些他们擅自认定与德意志进行贸易的商船，哪怕那些船来自中立国。但是英国会狡猾地操纵国际舆论，只有德意志残暴的鱼雷和海中化为浮藻的孩子才被美利坚人深深记在心底。那时他们是断然不会想到海上粮道一断，又有多少德意志小孩无辜挨饿。

美利坚的舆论也一下掉转船头高喊打倒德国暴政！

激昂得跟真的一样。

此外，美利坚的报纸又公开了英情报机构截获的德方电报。

电报是写给墨西哥政府的，当中说，如果墨西哥意欲夺回曾被美方占领的新墨西哥等区域，德方将提供援助。

现在美利坚境内的冷漠看客们也投入了反对战争的狂潮。

为正义而战！

把凶恶的德国从地球上抹杀掉！

愿上帝保佑正义之战！

家家户户的窗口都翻舞着星条旗。

好莱坞没有错过商机，开始拍摄一系列鼓舞斗志、宣传爱国的电影。

一面是傲慢的、残虐的、好战的、无比卑劣的德国人。

与之相对的是清纯无瑕的、深情的，而且坚强的、正义的美利坚人民。

对于大众，这实在是太容易理解的两分法了。

《世界勇士》《为了国家》……一时间拍摄爱国影片蔚然成风。

于是我开始发迹了。该死！

我既是奥地利德意志人又是犹太人，没有谁比我这个金发碧眼的普鲁士人更适合扮演讨人厌的德国人，虽然我没有土生土长的北方佬那般高大。

虽然西方世界所有的爱国电影都没有艺术价值……不要插嘴，之后怎么改随你们的便……但票房十分出色。《为了国家》收益五百万美元。每当我扮作德国军官出现在银幕上时，观众们便会在一片怒号声中把鸡蛋扔向银幕，最后当我被"正义的子弹"击倒时，他们会站起来拍手喝彩。

所以当时有个专门形容我的流行词，叫"你恨的人"。

傲慢？我甘愿接受这个形容词。残忍？好吧，有时候我是挺残忍的。好战？看情况。但唯独卑鄙，那绝对不是我。

为了谋生，为了名声，我扮演卑鄙的德国人，羞辱了德国人……我果然还是卑鄙的啊。

一次去城里餐厅吃饭，我被拒绝入内。店主把我和电影人物混为一谈了。

不仅仅是一家店。说得夸张一点，无论我走到哪里，都会遭到那些爱国焚心者投来的，将我指尖到每根头发团团罩住的憎恶目光——脏德汗（Dirty Hun）。

拼法是H-U-N，可汗的汗，是对德意志人的蔑称。

公元四五世纪左右，欧洲遭到亚洲游牧民族匈奴人的蹂躏。

盟军将它们憎恨的德国人，尤其是他们的士兵，称之为残暴又野蛮的德国"汗"。

在他们看来，我头上那顶软呢帽都像一个装有尖头的铁盔吧。

我是一位被大家认可的名演员。

啊，如果没有那次决斗……我不知想过多少回。我既不残忍也不野蛮，而将作为一名完美完成任务的能干军人，勇敢地奔赴战场吧。

有个日本演员和我一样，因为出演讨人厌的角色而出名。在好莱坞电影中，黄种人是残忍又狡黠的。他一手包揽了这类反派角色。他因扮演一个夺人妻子，还用烙铁烫伤那女人皮肤的冷酷无情的日本人而一跃成为明星。据说在他的祖国，他被人辱骂是国耻。

沃伦·安德鲁斯作品《命运之门》上映之时，正值大多数美利坚民众都变身为爱国者。安德鲁斯太倒霉了，我认为他的这部影片是部伟大的作品。特别是在移动式组合高台上俯拍群众的那一场戏，极具震撼力。

然而，观众们却转过头去。可能因为影片的主题是"怀疑和不宽容会导致悲惨的战争"吧。而且影片中正邪对立并不明确，所以在公映时获得一片嘘声。

战争的悲惨，赢家想不到。

尽管合众国在一战末期才投入战争，但威尔逊总统仍握住了霸权。而在欧洲，战败国自不待言，就连获胜的英法也变得破败不堪。唯独没有把自己国家变成战场的美利坚，是唯一一个全场通吃的赢家。

威尔逊总统极尽溢美之词，大肆颂扬民族自决原则[1]。

当战争以盟军胜利告终时，正如威尔逊理想的一样，捷克、匈牙利、巴尔干等国纷纷独立。解体后的哈布斯堡帝国变成了一个人口仅六百五十万的小国——奥地利第一共和国。然而理想常常罔顾现实，独立出的国家由于有少数民族混居其中，骚乱纷扰连年不绝。

故国的弗兰茨·约瑟夫皇帝陛下，在开战第二年那个寒风凛冽的十一月驾崩了，可我并没有感到悲痛。继位的卡尔陛下又被悄悄退位，哈布斯堡王朝被彻底废绝。德国的领土也遭大幅削减，皇帝被迫退位，成了共和国。

美利坚的民众为正义的胜利欢呼庆祝，但真正获胜的却是在美的大财阀。而且他们还趁着战败国经济崩溃大发国难财。

我失去了祖国。奥地利共和国是一个陌生的国家。我成了一个双重意义上的丧国之人。一方面身为犹太人的我本身就没有祖国，我对犹太复国运动那一套不感兴趣。同时作为奥地利德意志人，我又失去了帝国。

我走了一遍流程，加入了美利坚国籍。在这个国家生活，有个国

1　民族自决原则，处于外国奴役和殖民统治下的被压迫民族有自由决定自己命运、摆脱殖民统治、建立民族独立国家的权利。

籍比较方便。

"你宣誓效忠合众国吗？"

"是的。"

"你会遵循美利坚的建国精神吗？"

"是的。"

机械的回答，什么都行，什么又都无所谓。抹杀美洲原住民，购买非洲移民为奴，收为劳力，这就是打着上帝和正义之名被赋予力量的美利坚开国精神？当然英、法、荷和其他欧洲列强也都擅自分割非洲大陆，在亚洲开设殖民地，做着和美利坚一样的事情。别误会，我可没有推翻他们的侠肝义胆。

别摆出那张脸。我说我的，你记你的。不对的部分之后你再重写，按照肯尼斯·吉尔伯特和梅贝尔·萝的口味改就是了。影子写手的工作就交给你。之后梅贝尔会再看一遍再改一遍。不管怎么说，这是行星公司用于宣传的《格奥尔·冯·格里斯巴赫自传》。"行星在闪耀"，梅贝尔称赞的就是我的故事。至少叙述过程中你得让我说实话。最不合适透露的记忆我都锁进盒子里了。

梅贝尔·萝，那个混账女人。抱歉，毕竟是我慧眼相中了那位有才女性，姑且称赞她一句吧。

我被叫去行星公司的新摄影棚是在战争结束后的翌年。

我外形英俊，在扮演残忍冷酷的恶棍时，我的演技和气势都能压过主角一头。想用我的导演渐渐多了起来，所以当他们联系我时，我还以为是协商演出呢。在那之前，我从来没有看过行星影业公司的电影。

要和派拉蒙影业相比，行星影业虽是后进的二流电影公司，但它在好莱坞中心以北的丘陵地区拥有一块九百公顷大得吓人的用地，名叫行星城（Planet City）。赶超派拉蒙一直是行星影业的夙愿。在此驱动下，那一年他们建造了巨大的摄影棚。而公司草创时的那栋贫瘠建筑则被用作营业、办公、仓储等用途。

大摄影棚的内部由可移动的内墙隔开，能组成大大小小各种布景，还可以同时拍摄多部作品。摄影棚建筑面积九百五十平方码[1]，容积二万六千立方码，具备技术上所需的一切拍摄设备。这一段要大书特书。

高耸的钢筋混凝土外墙被誉为"好莱坞的伟大城墙"，但欧洲古城堡的城墙并不如此煞风景，这只不过是个放大版的仓库罢了。好像一把什么东西做大，人们就自然以为它伟大了。

我被带进一个豪华房间，房间里两位行星的高管正悠哉游哉地靠在皮沙发上。

这两位分别是制片部总经理兼宣发专家的肯尼斯·吉尔伯特，和董事会中唯一的女性，编剧兼电影编辑，有权做最终剪辑的梅贝尔·萝。

虽然我们曾在与电影有关的聚会场合见过面，也互道过礼节性的问候，但像这样被邀请到摄影棚内的会客室还是第一遭。

两人面带友好的微笑欢迎了我。虽然我被誉为反面角色脏德汗，

1　平方码是英制面积单位。1平方码约等于0.83平方米。

但对尚不是主演级别的我来说，这是破格的待遇。

架子上放着一个围绕着字母PLANET的金色天球仪。据说是纯金做的，虽然也有人说是镀金。这个天球仪一直在行星电影的开头动画中登场。

吉尔伯特在纽约有自己的事务所，妻子和孩子也都住在纽约的家中，但他在好莱坞期间与梅贝尔过着形同夫妇的生活，这已是公开的秘密。梅贝尔本可以雇一个司机，但她总是自己开车。她举止优雅，可一抓方向盘就变了，活脱脱一个飙车狂，穿着像女飞行员一样的赛车服一路狂飙。

梅贝尔把飘着细烟的烟嘴放回架子，起身对我伸出手为求一握。我毕恭毕敬地将唇贴近她的指甲，但不敢触碰。

吉尔伯特让我坐在大理石茶几对面的安乐椅上。

一只毛茸茸的哈巴狗抽着它那似被拳击手一拳打扁了的鼻子，闻着我的鞋袜和裤脚。它是梅贝尔的爱犬，梅贝尔曾带着它参加过派对。

"我们对你的才华评价很高。"梅贝尔露出好似拉斐尔画笔下慈爱的圣母般的笑容，她盯着我的眼睛说道。

"这是我的荣幸。"我好像在等待接收一般，间隔了一点时间回答道。

"我们有个计划。"她话说一半，却又吊人胃口似的停住。

"吃掉欧洲电影市场。"吉尔伯特顿了一下。

"不是已经被吃下来了吗？"

包括派拉蒙在内的美国大型电影制片公司在巴黎开设了一家分销

点，通过出租一些好赚的影片，不仅填补拍摄成本上的亏空，同时获得了巨大收益。行星影业也在做。

"我们想做的可不仅是吞下来，我们要超越派拉蒙，彻底征服欧洲市场。"

梅贝尔的眼珠呈浅蓝色，但根据光线强弱不同，看起来更像一种很难与白眼珠区分开来的浅灰色。

"为此……"说着梅贝尔隔着桌子向我伸出手，"我们希望与你合作。我听说安德鲁斯的《阿尔特·海德堡》之所以成功，全因你的建议。"

"我要制作一部欧洲背景的作品。"吉尔伯特补充道。

"如果想让行星超越派拉蒙，成为全世界认可的一流电影公司……"

梅贝尔打断了我的话："我知道你想说，我们必须制作一部超级大作。"

"是的。法国人称之为'火车头（Locomotive）'或者'高级电影（Film de Prestige）'。除此之外，就算再拍几十上百部低成本的垃圾片也不会提升在欧洲的口碑。"

行星电影制作了大批小成本低预算的电影，全都是些废物。当然不仅是行星影业这么干，全美每年发行的五百多部影片，九成是制作成本为五六万美元的粗制滥造品，甚至还有制作费只有一万美元的片子。这种拍摄期不足一个月、制作效率奇高的影片其制作流程是固定的。就像福特汽车工厂里通过输送带、标准化零部件和流水作业大量生产出的廉价T型车。千篇一律的故事，观众会在相同的场景里流泪，又在另一个相同场景中大笑，走出电影院后什么都不记得了。接着他们又走进电影院去看下一个相似的故事。观众也是规格化、大规模生产出来的。

至于制作费用从几十万美元到近乎百万美元的超级大作，一年只有一部。

就算花钱，也并不能创造出伟大的艺术作品。

"你说话真直。"

也许是气氛有点尴尬，两人并没有显露出表情。

第二次世界大战前，法国的百代电影是欧洲市场规模最大的电影企业。原本不过是儿童秀的电影，却被百代拍出了艺术品的高度。然而虽然是战胜国，战后的百代在经济上极为艰苦，势头也下降了。取而代之的是战败国德国的乌发电影。这家影业公司在作品质量方面取得了显著提升。乌发电影公司作为国家战略的重要一环而被设立，丰富的资金筑牢了公司根基。即使在国家崩溃之后，乌发电影公司依然是优秀的导演们——譬如恩斯特·刘别谦[1]，他是乌发最大的功臣——向世界出口他们所创造的高质量作品之渠道。当然，法国抵制他们仇敌的电影——德国电影，而美国大众几乎也不看外国片。

虽然百代电影的实力衰弱了，但巴黎仍自负是欧洲文化艺术中心。我认为战前被皇帝陛下的光辉包围着的维也纳才是文化艺术的中心。然而在巴黎看来，维也纳是个古老的乡村。要说巴黎获得了艺术

1　恩斯特·刘别谦（Ernst Lubitsch，1892—1947），德国演员、导演、编剧。代表影片《苏姆伦王妃》《在我死后》《奇迹》等。

价值上的认可，那些在巴黎从事创造活动的人们应该有一枚勋章。

脚边的哈巴狗叼住我的裤脚撕扯起来。我用鞋尖轻轻蹭了一脚它扁平的鼻子。我知道这会伤害梅贝尔对我的印象，但我做不到对被惯坏了的宠物狗网开一面。好莱坞电影的铁律是善待儿童和小动物。因为大众都这么想。

梅贝尔似乎没有注意到我脚上的动作，倒是吉尔伯特憋着笑，向我投来同情的眼波，点了下头。

"确实，你说得有道理。"

"那么，我想请你写一部剧本，有关欧洲背景的。其他剧作家对欧洲并不熟悉。"

"舞台若是在美国我有信心，但是一到欧洲就露怯了。所以我才会拜托你。"梅贝尔的声音像是融化的黄油里掺了蜜。

不怪我当时就情不自禁地探出身子。

如果从事电影工作，而且还是像我这样有创作才能的人，自然会想亲自编写剧本同时导演剧本。而这个构想，我已经酝酿了很久。

"我有一个超级大作的计划。"

回想起当时的对话，我就非常生气。

吉尔伯特压住了血脉偾张的我："你作为一个编剧尚无一点成绩，我不能一上来就让你写'火车头'。"

"首先，先写一部低成本的片子。"梅贝尔的表情就像母亲在安慰想要糖果的孩子，柔软安静却又隐藏着缓缓的迫力。

"以我写的情况而定？能不能给我超级大作？"

吉尔伯特轻轻点了点头……我感觉好像是。

"如果投入巨额制作费，光这一点就会打开话题，但未必保证成功。"

安德鲁斯的《命运之门》就是个活生生的例子。

"如果你能用最低限度的制作成本创作出一部杰作，那么我们将向世人展示你的实力。"

"看表情好像不大合你的意啊。"

"我写。"

在制作低预算方案的影片时，负责制作的经理及其工作人员通常需要选材，多选择卖得好的三流小说，决定演员，要求编剧制作拍摄用的剧本，以及工作表排程。这种类型的电影编剧算不上创作者。他们的工作是把故事分解成四百到五百条桥段可供电影拍摄。照明、摄影各自有各自的专业技师。导演的工作就是指点男女演员演技的程度。

"但我有个条件，我不用现成的小说，故事我要自己写。而且导演也要给我来做。"

"啊啊，我正有此意。"吉尔伯特保证道，"安德鲁斯已经告诉过我你有这方面的愿望。"

因为我也和安德鲁斯表达过同样的意思。

"字幕和美术我也有权过问。"

但当我说到剪辑也归我管时——

"No！"梅贝尔声音凄厉地拒绝了，并刻意声明道，"那是我的活儿。"

梅贝尔·萝的年岁差不多和我一样。

当东部的电影制片人和对制作电影感兴趣的人开始在好莱坞建立摄影棚的时候——

早在东部的电影公司和对制作电影感兴趣的一伙人来到好莱坞开始创办电影厂时——

那是十几年前，我进陆军大学的那一年——梅贝尔·萝是个在纽约学舞台剧本的少女。因被沃伦·安德鲁斯看中，让她来好莱坞写剧本。与安德鲁斯、大卫·格里菲斯[1]、玛丽·毕克馥[2]、戴米尔[3]一样，梅贝尔·萝身上有着身为开拓好莱坞的那批先驱者的荣耀。

如果一个女孩要涉足电影，她最先会梦想成为明星吧。但梅贝尔没有站上舞台，而选择成为一名土气的编剧和电影编辑，是因为她自认为是个极度聪明的人。梅贝尔长得很漂亮，但还不足以成为大明星。在姿容和文采的天平上，梅贝尔做出了明智的选择。明星，只是一个幻觉。梅贝尔这么认为。在好莱坞，有几人是知道梅贝尔内心里是轻视明星的。虽然她对古典戏剧演员心怀敬意，但是电影明星不过是她实现剧本的工具，高昂的演出费用就是诱饵。

1　大卫·格里菲斯（D.W. Griffith，1875—1948），美国导演、编剧、制作人、演员、艺术指导，被称为"美国电影之父"。代表影片《一个国家的诞生》。

2　玛丽·毕克馥（Mary Pickford，1892—1979），默片时代加拿大籍演员。是第一位在好莱坞中国剧院印下手印的女演员。

3　塞西尔·B. 戴米尔（Cecil B. DeMille，1870—1959），美国导演、演员。代表作《埃及艳后》《戏王之王》等。

我对如此想法没有异议。

我不喜欢的是梅贝尔剧本中的甜腻。

梅贝尔的剧本一直都很成功。坏人好人区分明确，坏人定会受到制裁，好人定会获得幸福。看完电影后，观众们会心情愉快地踏上归途。

原本她只是在派拉蒙里工作，后来被行星影业挖角，直接进入高管层，享受所谓的最高待遇。那时梅贝尔还要求拥有影片的最终剪辑权，行星方面也爽快地答应了。战争期间，梅贝尔通过爱国电影让公司大赚一笔。

"两万美元。"吉尔伯特说，"除此之外，我们一块钱都不会出。这两万里包括了宣发费用。如果你省着花，影片拍完之后剩下来的经费尽管拿去做宣发。"

"我等你两个星期，在此期间先把剧本写好。"梅贝尔抱起哈巴狗说道。

我写好的剧本，名叫《暴风雨》。

奥地利的国土，从维也纳向东去是匈牙利平原，其余部分则是与阿尔卑斯崇山峻岭连接的山岳地带。我在落基山的某处发现了与阿尔卑斯山支脉高地陶恩山脉类似的景致。我决定把这里作为外景地，加上摄影棚里的酒店，整部影片只有这两处场景。

主要人物四个。分别是住在酒店里的医生，他年轻漂亮的妻子，与医生妻子走得很近的奥地利中尉和山里的向导。

医生和他夫人都找的是无名演员，不过这部电影会让他俩出名的。中尉由我扮演，外加几个酒店员工。我不需要大量的临时演员，毕竟预算很低。此外我还亲自负责设计场地布景，包括美术和服装。每一处细节都要过目。

不管如何压缩预算，我都不想错过那一场暴风雨的戏，毕竟是影片标题。为了把钱花在刀刃上，我把我应得的剧本费，还有作为导演和演员的片酬全都搭进去，只为拍摄一组暴风雨的镜头。至于剧组人员和其他演员的工资我都足量支付了。成片之后我提议如果电影上映赚到的钱超过一定数量，那么公司付我工资，如果亏损，我的收入可以为零。行星影业接受了我的提议。

我将拍摄所需时间一压再压。拖延一天，就要烧掉一天的钱。七个星期，不能再短了。

我亲自负责剪辑，最后将成片交给梅贝尔时，它完美得让梅贝尔的最终剪辑权几无用武之地。

尽管如此，梅贝尔还是指出了一些问题，并试图切掉它们。但我坚持，结果如何呢？

吉尔伯特要花招，把应邀参加其他电影首映的法国著名电影评论家们诓到《暴风雨》的首映式上。

他们发自内心地赞叹，并向本国寄去一篇盛赞的文章。这里有剪报，我把主要部分读给你听。

"一部好莱坞电影，好似甜美的泡沫奶油，一个崇高却拥有着复杂性格的人首次登场。"

"在毫无灵魂的犹如明信片般的好莱坞电影中，首次描绘出真实的欧洲。"

"特别值得一提的是格奥尔·冯·格里斯巴赫。他在编剧、导演、演技等所有领域都展露出不可估量的才华。格里斯巴赫饰演的奥地利中尉不是典型的反派。他冒着暴风雨攀登阿尔卑斯山，坠崖身亡后，留下的信表明了他的真情。而这层反转并非为了取悦观众或让他们吃惊，这完全可由中尉性格推演而来。另外美术同样出自格里斯巴赫之手，细节之精确，让观者都忘记了电影是一门谎言。"

过后我会把剪报借给你，你全文通读一遍。

有了法国评论家的赞誉，这边的评论家也可放宽心地去表扬。尽管评论家的赞美多与大众口味相背，但《暴风雨》的票房很不错。

在欧洲市场这面峭壁上，我钉进了一根登山桩，也为行星影业创造了一个上好的抓手。

此外我又制作了几部电影，无一是剧本、导演、演员三位一体。尽管预算像被人掐住脖子般紧紧巴巴，但无论在欧洲还是合众国，我的作品都取得了高度的评价和亮眼的成绩。

一九二一年，我再一次被叫去行星的高层办公室。

梅贝尔·萝和肯尼斯·吉尔伯特在等我。

梅贝尔满脸堆笑，向我张开双臂。

"来吧，我们要去征服欧洲喽。"

"赌上全公司的运气。"吉尔伯特说道。

"让我们把'火车头'开出来。"梅贝尔左手握成圆筒放在嘴前，发出蒸汽机车启动时那"哧——"的一声。然后她右掌咔地一拍桌面，跟着左掌又哒的一声拍在桌面。接着是右拳，轰。再左拳，嗵。"咔、哒""轰、嗵"她一遍遍地重复，声音间隔越来越短。"贴着桌子听听。"她说。

真是彻头彻尾的美国佬——虽然我也成了这副模样——才会做出来的幼稚行为。虽然一点意思也没有，但顾念到梅贝尔的情绪我还是照做了。

咔、哒，轰、嗵，咔哒咔哒，轰嗵轰嗵，咔哒轰嗵咔哒轰嗵，咔轰咔轰咔轰，耳朵里那个响彻头盖的火车正在提速。

只听哐嘟一声巨响，原来是不耐烦的吉尔伯特两手敲着桌子。

"别聊火车了，说正事吧。"

"你提交过计划书和剧情大纲的《厄勒克特拉》，就拍这个。"梅贝尔急忙刹住火车，宣布道。

"那你来写摄影台本。"

"制作费，预定七十万美元。"吉尔伯特说。

"包括宣发费用，吗？"

"不，宣发费另算。"

"好，收到。"

"标题的话，最好改一改。要是说圣经里面的故事大家大都知道，希腊悲剧就不那么普遍了。"

"这个故事在欧洲很有名。"我回道。

因为我紧跟着又加了一句"这是常识"，所以吉尔伯特露出厌恶的表情。从乐团的活动策划转型的吉尔伯特，应该没有读过埃斯库罗斯[1]、索福克勒斯[2]或欧里庇得斯[3]。相反他在销售宣传方面嗅觉非常敏锐。

"但是对美国的大众……"

"即使不了解古希腊悲剧，他们也会很享受这部恋爱剧。"

厄勒克特拉和俄瑞斯忒斯这对姐弟的父亲——古希腊迈锡尼国王阿伽门农，自平定特洛伊战争回国后即被人杀害。凶手是国王妻子的情人，而国王的妻子正是那对姐弟的母亲。同时母亲还杀害了国王带回来的战利品——特洛伊公主。而公主正是灾厄预言家卡桑德拉。古希腊真是盛产悲剧。

国王死后姐弟隐姓埋名分匿两地。长大成人的姐姐唆使和她重逢的弟弟杀死母亲和情夫，为父报仇。

"所以我准备把故事舞台搬到维也纳，将特洛伊战争换成第一次世界大战。"

1　埃斯库罗斯（Aeschylus，公元前525—公元前456），古希腊悲剧诗人，古希腊悲剧三大家之一。有"悲剧之父"的美誉。代表作有《被缚的普罗米修斯》《阿伽门农》《复仇女神》等。

2　索福克勒斯（Sophocles，公元前496—公元前406），古希腊剧作家，古希腊悲剧三大家之一。代表作《俄狄浦斯王》《安提戈涅》《特拉喀斯少女》等。

3　欧里庇得斯（Euripides，公元前480—公元前前406），古希腊剧作家，古希腊悲剧三大家之一。代表作《独目巨人》《阿尔克提斯》等。

这部早在耶稣诞生的几百年前写成的古希腊悲剧中，有杀害父亲的俄狄浦斯，有为继子痴爱疯狂的费德拉，还有厄勒克特拉和俄瑞斯忒斯这对姐弟，他们都可以作为现代人的雏形。

"还有，我们打算请格洛丽亚·斯旺森[1]级别的大明星……"

"不行。"我再一次打断吉尔伯特的话。

制作费用中的很大一块就是明星片酬。

而派拉蒙与当时几乎四分之三的人气明星都签了合同。如果其他公司（包括后进的行星影业等）要与他/她们合作，就必须付出远超派拉蒙合约金的高昂演出费。

而且派拉蒙采取了搭售制度。大明星、人气演员出演的一流作品和全是无名演员的不入流作品捆绑在一起，如果不搭上几部烂作，一流作品也不会单售。逼着上映方做出选择，要么照单全收，要么一无所获。

"我不用依靠大明星的名声或者她们的胸和屁股出名。作品有作品的魅力，自然会吸引观众。我会用有演技的演员。"

如果要花钱，不如花在别处。

欧洲观众与美国不同。欧洲有古典艺术和复杂的文化，虽然它们是在无数野蛮之上成长起来的。一九一四年到一九一八年的世界大战为战后的欧洲带去了阶级平等的观念。民主化嘛。娱乐也趋向均匀和平等。对于欧洲来说，它需要弥合艺术与娱乐之间的鸿沟，让艺术下

---

1 格洛丽亚·斯旺森（Gloria Swanson，1897—1983），出生于芝加哥，美国默片时代著名女演员。代表作《日落大道》《萨迪·汤普森》等

接通俗的同时，也存在一种力量促进娱乐向艺术看齐。

这里我想引用潘诺夫斯基[1]的话，"以商业为基础的艺术难免有成为荡妇的危险。但同样可以肯定的是，无视商业的艺术有成为老处女的危险。"这个比喻好像要遭到女权扩张论者们的控诉和攻击。

还有些人这么认为，"任何能让大众松口气的东西都会麻痹他们的感官，让他们变成思想上的白痴。那些高歌民主的文化大多不是积极意义上的大众文化，而是有害的庸俗文化。"这一点我也同意。

但是电影这一媒体自创立之初就以庸俗的表演为出发点，指责其庸俗无异于直接否定了电影本身。自带攻击性的庸俗才是电影的魅力所在。

乌发电影公司的领导层就和好莱坞大大小小的电影公司一样，只关心金库里的钱能否赚得盆满钵满。然而伟大的创造者们，无论是导演、剧作家还是演员，都希望将优秀的艺术和大众的喜好融合在一起，制作出能够扬弃这二律背反命题的作品。

行星影业也想赶超派拉蒙，但在欧洲市场上，我想赶超的是乌发电影的创始人威格纳[2]。

威格纳自编自导自演的《泥人哥连》不仅在柏林，在纽约也大受欢迎，不仅连续上映十个月，还常常满座。

1　潘诺夫斯基（Erwin Panofsky，1892—1968），美国德裔犹太学者，著名艺术史家。在图像学领域做出了突出贡献，影响广泛。

2　保罗·威格纳（Paul Wegener，1874—1948），德国演员、导演、编剧、制作人。主要作品《科尔贝格》《爱尔兰，我的生命》。

自从十二世纪犹太神秘学学者记录下土偶魔像的传说以来，已经流传出好几个版本，不过其中最著名的是布拉格的拉比·列夫制作魔像的故事。拉比一次将魔像上的护符取走后忘了放回去便出门，结果土偶突然活了过来，狂躁地袭击了急忙赶回来的拉比，从他手里抢回护符。护符一到手，它又变回了原来的土块。由于这个传说牵扯到十六世纪的真实人物拉比，所以好像是十九世纪初创作而成的。

几年前出版的古斯塔夫·梅林克《魔像》作为恐怖惊悚的幻想小说毁誉参半。在这部小说中，传说中的土偶魔像几乎没有出现，却犹如用梦话记录下犹太神秘学的思想一样充满魅力。

话先说在前头，我不是浪漫主义者，也不是游离于现实之外的神秘主义者。受伦敦风潮的影响，好莱坞也时兴搞迎神会，真是蠢到家了。不过我喜欢在电影小说之类虚构的场景里享受虚构的神秘。如果它不是愚蠢拙劣的设计，我都乐于接受。

威格纳正是受到海涅基于魔像传说写就的诗歌之启发，创作剧本。

至于拉比·列夫制作的那个巨大黏土魔像哥连则是身材魁梧的威格纳亲自扮演的。

我没有读过海涅的诗，但是电影中复活后在犹太人聚集区纵火而狂怒的魔像面前，无畏地站出一个天真无邪的小姑娘，并向魔像递出一个苹果。这一场面是海涅的创造，还是威格纳的主意？面无表情的巨大土偶抱起小女孩，微笑起来。幼女无意中拔出了哥连身上的护符，魔像失去生命，如传说中一样，重归泥土。

片中布景展示的中世纪布拉格是只有在梦中才见过的虚幻又超现实的城市。负责美术的佩尔茨希[1]和里希特[2]制作的犹太人聚集区，胡同阴暗曲折，倾斜的建筑有如地窖。在这里光线会折射，阴影会被拉得又黑又长。

德国是一个古老的，身处黑暗森林里的国家。人们崇拜大树，敬爱精灵。那帮被基督教驱逐的古代灵魂潜伏在人们意识深处那片黑暗中。自工业革命以来，工业化进程迅速，但反现实、反自然主义依然深深扎根在德国人的心底。正因如此，影片《泥人哥连》唤醒了他们的乡愁才广受欢迎。而哥特世界是对文化产业化和表面合理性的反抗。

然而我现在应该构思一部"火车头"，我要制作的电影是和《泥人哥连》截然相反的作品啊。真抱歉，我受到了一点威格纳的影响。

排除神秘的超现实，我的左偏至少要保证贯彻现实。不是德国美术界表现主义那一套通过极度歪曲舞台来传达恐怖，而是要再现维也纳的真实细节。但对于登场人物却不能停留在白描他们表面的日常生活。越往他们的深层意识下挖掘，彻底的自然主义贯通了整个反自然主义，从斯特林堡[3]的戏剧中也能看得出来。

多亏收入增加，我在远离中心闹市的银湖边建了一个小家。比起

---

1 汉斯·佩尔茨希（Hans Poelzig，1869—1936），德国艺术家、建筑学家，是德国表现主义建筑家的代表。

2 汉斯·里希特（Hans Richter，1888—1976），德国画家、电影导演。

3 奥古斯特·斯特林堡（August Strindberg，1849—1912），瑞典戏剧家、小说家、诗人。

三等船舱和破烂茅草屋这里已是玉宇金殿，但对比养父宅邸，这里只是个马夫住的房子。

我对生活没有奢望，或许是因为在养父家里，从小就享受过真正的奢侈吧。我吃喝挑剔，也不能容忍廉价的仿制品，但我不会像明星那样庸俗地将整个屋子装饰得富丽堂皇。

我想要的是一间小小的胶片剪辑房和一个私人放映室。我把手头的钱都花在了上面。

这伙电影编辑，自以为是靠他们的妙手给影片注入灵魂。我至今从未把剪辑工作交出去，都是我自己剪的。哪一场接哪一场，哪个镜头需要哪个不需要，使用哪一次哪一条。作为剧本作者和导演，没有人比我更有心得了。

同时为了避免梅贝尔啰里啰唆地干涉我，我也要购置这些设施。书房的装修从简，毕竟在花钱买书柜之前，我必须花钱收藏图书。

虽然在世人印象里电影人的收入总是天文数字，但真正一周能赚到五千美元以上的，在整个好莱坞也只有九个人。诺玛·塔尔梅奇[1]排第一，一周收入一万美元。格洛丽亚·斯旺森是五千五百美元，丽莲·吉许[2]是五千美元。接下来是四十位每周收入二三千的明星。

而摄影棚的工作人员周薪还不足一百美元，并且不是一年到头都有工作。

1　诺玛·塔尔梅奇（Norma Talmadge，1894—1957），美国电影演员，默片时代活跃于好莱坞影坛，代表作《一个女人的道路》《茶花女》等。

2　丽莲·吉许（Lillian Gish，1893—1993），美国无声电影演员，代表作《一个国家的诞生》《党同伐异》《世界之心》等。

范朋克、玛丽·毕克馥以及卓别林等人通过自己制作电影，获取作品带来的巨额分红，因此收入无法单纯以周薪计算。玛丽是好莱坞的富人，但她那用同样的方式赚钱的丈夫道格拉斯却捉襟见肘，因为他赚来的钱又要投进下一轮制作中。

沃伦·安德鲁斯也会拿出自己的资金投入制作，和道格拉斯一样，用赚来的钱去填下一个坑。这种做法风险高，一旦断档，想东山再起就难了。但是道格拉斯和安德鲁斯他们不受公司影响，为创作出自己期望的作品而自担责任，这一点我敬佩，虽然我看不上道格拉斯的影片。

我的工作室和修道院僧房一样朴素。有书写用的桌椅，桌子上有钢笔、墨水、海绵、吸墨纸、必要的书籍。房间里还有放酒瓶和酒杯的架子、一张用来休息的沙发、禁欲系的灰色窗帘，就这么多东西。

卧室里稍微装饰了一下。明星常把剧照自恋式地贴满墙面，而我墙上贴的则是帝国陆军学校和陆军大学时的照片。在深夜入睡前的片刻我总会允许自己沉入追忆，追忆那个曾经天真地相信未来的自己。我的卧室和工作室，他人一律禁入。而客厅和餐厅都是毫无特色的凡庸之作，凡庸就凡庸吧。

我的浴室没有格洛丽亚·斯旺森家一般黑色大理石地板配黄金浴缸，就是白瓷砖砌成的。床也不像梅·默里[1]家那样有锦缎床罩，而

---

1 梅·默里（Mae Murray，1889—1965），美国百老汇歌舞剧演员。代表作《摩登爱情》《百老汇的玫瑰》等

是大批量产品。我也有一辆汽车，那是大众。无论是装饰着豹皮的蓝鸟还是深红色的基赛尔，没有一个能使我感受到其魅力。明星的星光宛如两头烧耗的烛火。

大众都盼着明星能极尽奢华，而至于导演过得怎么样，他们并不在乎。

我在书桌前坐下。

框架基本上搭好了。

把特洛伊战争换成不久之前的世界大战，欧洲的疤痕还很新鲜。

舞台是维也纳。

说到描绘维也纳，除了我，还有谁能让欧洲观众满足呢。我了解欧洲，尤其了解维也纳。了解她的高贵，她的堕落，她的腐败，她的贫困，虽然仅限于大战前。

丈夫征战前线，妻子结交情人，就在这时丈夫负伤回家。这是战中战后常有的三角关系。古希腊悲剧在二十世纪初的欧洲大陆中复苏，观众在观影过程中很难不代入角色吧。

情夫一角由我来演。这个自称为躲避红色革命从俄国逃难而来的阿列克谢·拉金斯基伯爵，其实是个好色无情又冷酷的骗子，这角色也是最适合"你恨的人"——格奥尔·冯·格里斯巴赫扮演的恶反派角色。伊莱卡和奥列斯特[1]——唯独他俩的名字我没有做德语化的改动——这对姐弟为父报仇心意已决，虽说手刃生母心有苦恼，但对于这个假伯爵却没有任何良心上的负罪，所以亦无所扰。

---

1 即厄勒克特拉（Electra）和俄瑞斯忒斯（Orestes）的另一译名。

杀夫时机就定在战事正酣的一九一五年吧。

那时奥列斯特十三岁，伊莱卡十五岁。伊莱卡看穿了父亲死亡的真相，但苦于没有证据，且无力亲手报仇。于是她将弟弟托付给家庭教师隐匿身份，自己则委身于其父生前的马夫身边。

虽然表面上伊莱卡爱上了身份卑微的马夫，但实际上是为了接近母亲和她的情人，好监视他们的一举一动。

伊莱卡隐忍的岁月也是重点刻画假伯爵拉金斯基惨无人道暴行的时光。

在此期间，战争随德、奥败北而告终。帝国的崩溃和家庭的崩溃交叠在一起。一纸奥列斯特战死前线的通知书将伊莱卡击落下悲叹的深渊。

父亲死后六年，伊莱卡二十一岁那年的夏天，决心独自复仇的伊莱卡在父亲墓前遇见一位年轻男子。这位正是十九岁的奥列斯特。所谓战死是个误会。

"复仇吧！"姐姐命令弟弟道。

戏剧高潮是杀死了母亲的奥列斯特疯了。

在古希腊悲剧里，俄瑞斯忒斯发狂是因为复仇女神们的追逐，描绘的是人类无法逃脱神定下的宿命，而我的《伊莱卡》却无须众神出场。

就暗示观众，让他们有一种姐弟相奸的想象吧。露骨的描写总是浅薄的。

那么开头场景应该怎样？

残酷的斗争戏与妻子情人爱欲镜头混剪？

不，不要斗争场面吧。相反，应该强调的是姐弟之间的关系。一个拥有强大支配力，能够强迫弟弟弑母的姐姐，她对父亲深深敬慕，对母亲充满憎恨。但弟弟不同，他的爱慕更倾向母亲，而不是父亲。可弟弟又不能不杀死母亲。

就从姐弟俩最平常的日常情景开始。他们的宅邸将再现绅士街的格里斯巴赫庄园。布景应该要还原真实细节。

壮丽的入口，入口两侧是两尊双脚站立的狮子雕像。

那时，握钢笔的手在桌上的纸面划下影片标题。不是我想动，而是那只手好似自己在动。我看着它先写下一个D，接着又是一个O。

DOPPEL，脑海里浮现出后面的字母应该是GÄNGER[1]，这是《威廉·威尔逊》[2]的德语译名，估计是我小时候读过之后记忆深刻的缘故吧。

然而那只手之后写下的是BABY。双头婴儿，真难听……不对，后面还有字母……LON。

《DOPPELBABYLON》

双头巴比伦。

为什么，我明明打算写的是《伊莱卡》啊。

1　Doppelgänger中文译为二重身，指在现实生活中自己看见自己的心理学现象。在大部分艺术作品中，二重身被描绘成具体的幽灵或怪物。

2　《William Wilson》为美国作家爱伦·坡于1839年创作的短篇小说。小说描写了一个主人公一直被同名同姓，生日相同，模样相似的替身困扰的故事。

我将写废了的纸揉成一团扔掉，再次提笔。刚想写下一个"伊"字，手却动不了了。而当我写下《双头巴比伦》后，钢笔便在纸上飞驰。

第1场　月亮，是太阳神的马车上遗落下的一个轮子。失去了她本应侍奉的主人，面色苍白，在黑夜中疯狂。苍白的月光使草叶阴影愈发浓厚。荒野上，马鬃乱飞。一匹比月色还要苍白的马在疾驰。骑手身上，黑披风的后摆招展如桅杆上的帆。骑手单手抓住缰绳，另一只手里抱着一个小孩。

小孩紧紧抓住那男人，如幼猴紧紧抓住母猴的胸口。

一瞬间，镜头特写孩子的脸。这一瞬间，要短得让观众怀疑是不是看花了眼。特写男人的侧脸，同样也是一瞬间的镜头。

浮出电影标题

第2场　熔岩翻滚的火山口充斥画面。不，不是火山口。

没有一丝烟雾升起，刀刃闪着银光。随着镜头平移，观众可以清楚看出那是一块被剖开的裸露腹部。除了切口，其他部分都被橡胶布覆盖。戴着橡胶手套的手正移动着手术刀，从肚脐向下切到耻骨。血管的切口处竖着几把止血钳。手术刀划开膨胀的子宫。双手取出一个浸透鲜血和脂肪的肉块……

不对，我要写的不是这个。

换上一张新的白纸，我写下标题《伊莱卡》。

第3场

我的手又擅自写下。

格里斯巴赫庄园门前。

伊莱卡姐弟的父亲——和阿伽门农相当——的姓氏……还没想
好。总之暂且先用格里斯巴赫吧。

入口两侧雄踞着巨大的狮子立像。绝不能用安德鲁斯在《命运之
门》中使用的纸模，一眼就能看穿。此处需要厚重的布景。

精心雕刻的铁门打开。

镜头进入壮丽的府邸内部。

第4场　楼梯大厅

对。让伊莱卡和奥列斯特姐弟在大厅里嬉戏。

然而我的手又开始自行创作了。

太可怕的速度，手不会自己随便动。脑袋中语言流动快得连手
都赶不上。我要抓住那语言的奔流，没时间细想了。就像堰塞于地下
的熔岩一旦喷出，鲜明的形象在我脑中明灭，语言化为奔马。神秘主
义者也许会说是魂灵上身代笔，但我以为这是弗洛伊德崇尚的"潜意

识"，是被压抑的潜意识被转换成庞大的语言释放出来，而平时它会被常识和伦理压抑住……

第5场　摄像机移往浴室

铺着地毯的瓷砖地板、彩绘玻璃窗。蹲坐着的石狮子背上镶着椭圆形花盆，那是豪华冲水马桶。

作为姐弟密会的"场所"，浴室确实比大厅更有效果。

与狮子对视的孩子，光着屁股。

不对，这只是单纯的记忆。

男A走进来，抱起孩子。

不对！

我大叫一声，我的手也应声停了下来。思考的河流也停了。

我双手掩面，努力镇定我狂跳的心。我从架子上取下一瓶威士忌，倒进小酒盅里。

只有一种分不清似火灼还是似冰冻般的刺激从喉头直刺胃腑。呼吸混乱也是理所当然。我躺在长椅上，想重新读一遍。可眼前写的散乱文字里混入了记忆的碎片与妄想，让人心生不快。我也想将它扔进废纸篓，但一股莫名强大的力量阻止了我。

再说一遍，我不是神秘主义的信徒。

所有的，都是我的意识——或者说潜意识——捣的鬼。这是一种神经官能症。我生病了吗？

不是，只是被委以大作之任，斗志昂扬的缘故。

尤利安，那个瘤子。我到底在想什么。

突然我好似被激起一般，从长椅上站起来。书桌和钢笔正在等我。

第6场　普拉特游乐场、大摩天轮、北极馆、射击小屋、旋转木马。

照着普拉特组一个大型布景吧。而且在维也纳也确有其地，但我要布置的舞台一定要精密真实到谁也看不出这是舞台布景。

至于更细小的场景分配，到时候重新指示。喜爱游乐设施的孩子，陪孩子的布鲁诺，布鲁诺的表情……啊，真是个谜。

激流勇进

对，这个一定要写。太期待了，还有那远超期待的感动瞬间。

毕竟，我只是个小孩子。那可是永远不可再得的幸福，被恩宠包围的瞬间。

第7场

算了吧，下面的场景都知道了。

一个月后，我让秘书用打字机将《伊莱卡》摄影台本重新打了一份交给梅贝尔。同时用碳素复写纸又拷贝了两大本，一本自留，另一本托梅贝尔转交给公司副总裁。

又过了两周，我和梅贝尔、吉尔伯特以及公司副总裁在行星影业的高管室里召开会议。

胖胖的副总裁在与我握手后说了句"对不起"。我心里一沉，难道项目要黄？

"我太忙了，还没看完。但是梅贝尔和吉尔伯特催我，说开拍时间拖不得。"

吉尔伯特从书桌抽屉里取出厚厚一叠纸。

"你看一下，没问题就把字签了。"

"这份合同，"副总裁发话了，"你看好，如果影片里有些场面遭到妇女联合组织的抵制，公司有权剪掉。"

"最终剪辑的是我。"梅贝尔轻轻把手搭在副总裁那双懒洋洋的手上，"相信我，没问题的。"

"影片剪辑，我要做到最后。"我坚持道，"不能交给别人。"

"No！"梅贝尔当即一口回绝。

"朱克[1]的忠告，这个汗……抱歉，我们的冯……更啰唆巴赫先生也知道吧。"副总裁没有看我，而是看向梅贝尔和吉尔伯特说道。

将格里斯巴赫故意错念成更啰唆巴赫可能出于他副总裁式的揶揄。但你知道的，如今报纸杂志都称我格罗斯巴赫[2]。

派拉蒙的创始人阿道夫·朱克担心充满绯闻的好莱坞电影遭到社会抵制，所以强制推出了《电影守则》以示好莱坞有电影审查和自我净化的能力。虽然当下，他只约束自己公司的制片人和导演，但朱克的目的是要推广到整个好莱坞。他还委托共和党的邮政大臣威尔·海斯[3]向上提议改革电影工业。而朱克趁着还没被正义的清教徒发难之前，就开始制定伦理规定，对影片进行自我审查。

不过一旦遵守了朱克的守则，原本就已甜腻的好莱坞电影除了越拍越像哄小孩的糖果之外什么都不是。

守则1：创作不得违反公序良俗。

守则2：不创作妇女拐卖的题材。

守则3：只有美德有赏，恶行受罚时，才允许存在不道德的关系存在。

守则4：如无必要，不暴露肉体。（什么叫不必要的暴露？那个

1　阿道夫·朱克（Adolph Zukor，1873—1976），好莱坞著名电影工业家，制片人，派拉蒙电影公司创始人。

2　格罗斯为德语Größe的音译，意为伟大的。

3　威尔·哈里森·海斯（Will H Hays，1879—1954），美国律师、政治家和电影业执行官员。1921-1922年任总统内阁邮政大臣。1922—1945年任美国电影制片人暨发行人协会主席。其事务所曾为美国电影业制定自我审查制度。

朱克他自己没有赤身露体与人交欢过吗？）

守则5：描写社会底层时，不能描写得过于残酷。

守则6：与恶行相同，描写犯罪是坏品味。

守则7：就算不得不触及人性的丑陋面，也不得以此为主题。

……

"我已经点明了人的本性。道德会随时代和国家而变，没有绝对的标准，但人类本性不会变。"

梅贝尔轻轻地握住我的手按下我的主张。

他们也好她们也罢，都把好莱坞看作恶行和犯罪的学校，以好莱坞为攻击对象展开各种活动。

国际矫正联盟提出了限制电影自由的联邦法律，基督共励会在会议上指责教士进入电影院，犹太教教士的年度总会则表示电影会伤风败俗。无论是浸信会、循道宗还是长老宗，全体出动把矛头对准好莱坞。

报纸也不停地刊登打击好莱坞的报道。

"好莱坞每晚都在上演罗马帝国式的浪荡狂欢。"

欸，虽然这也是事实。

玛丽·毕克馥因扮演纯真可爱的贫穷女孩而被称作美国甜心，却在离婚后立即与道格拉斯·范朋克再婚。当时引起了轩然大波，谴责声不堪入耳，都骂她是个婊子。

所幸大胖[1]爆出了惊天丑闻，攻击的凶箭转而直奔向他。在那场

---

1 罗斯科·阿巴克尔（Roscoe Conkling Arbuckle，1887—1933），美国喜剧演员、导演、编剧。因体型关系，绰号"大胖"。

无论男女，尽数全裸的派对中强奸一名年轻女孩并致人死亡的那个大胖阿巴克尔。你不知道吗？他胖得无与伦比，小孩都能在他肚子下躲雨。制片人正看中了他的肥胖，而他通过滑倒、摔跤、丢馅饼的方式获得了高昂的人气，从日薪三美元的水管见习工一跃成为周入五千块的大明星。自从害死了那个女孩，就不知逃到哪里去了[1]。

"想成功，"梅贝尔说道，"多少需要一点妥协。"

我没有妥协。

为了完成《伊莱卡》的台本，我不得不强压下动不动就想喷涌而出的念头。

第8场　畸形秀场。

一对惊人的双胞胎，一人在拉小提琴，一人敲铃鼓。观众席上，男A和孩子。定睛凝望的孩子。双胞胎的衣服在腰部附近合而为一，连接处扣着纽扣。从幕布阴影后走出来的团长绕到她们身后，两手抓住女孩们的衣衫向两边拉。从那个菱形缺口里可窥见女孩们的肉体。

镜头推到孩子们睁大双眼的僵硬表情。

第9场　镜头回切，摄像机走位，进室内。房间里站着的孩子和透窗窥视的孩子。

1　事实上这起杀人指控是一次诽谤性的告发，大胖蒙受了不白之冤，同时其事业也因业界和观众的不宽容而中落。

这两个孩子唯一的不同只有服装。

"不是的！"我不知高叫了多少声才把纸拂开。

室内，一个男人走进来。男B与男A酷似。

有必要用AB标注记号吗？A是布鲁诺。B呢？没错，除了瓦尔特还能有谁？那个在幽暗小房间里照顾我的人。

虽然我将纸推到一旁，却没有将它撕碎丢弃。

父亲对我说过尤利安是个瘤子，年幼的我也就信以为真。他是从我身上切除的，我始终要负有一定的责任。但错不在我，这是父母做出的抉择啊。

我们在母胎里，意识是否几乎没有相通过？共同的痛苦，共同的悲伤，共同的快乐。

分离手术想必极为困难吧。尤利安或许没有被丢弃，而多半已经丧生。

所以我的潜意识可能想为尤利安续写他的故事，于是我才表现出之前的举止。

对，道理通了。我总算多少获得了一点解放。

而不知怎的，善良好像回到了我的身上。不可思议，"良心的痛是伪善"这样的信念是从何时，又是怎样根植我心的呢？而如今我对他人的痛苦漠不关心，是否因为那个被切掉的尤利安是我的一部分呢？

　　我一边抑制着仿佛着魔似的奋笔疾书《双头巴比伦》，一边继续创作《伊莱卡》。

　　巴比伦素来是耶和华手中的金杯，使天下沉醉。万国喝了她的酒就癫狂了。巴比伦忽然倾覆毁坏，要为她哀号。为止她的疼痛，拿乳香或者可以治好。我们想医治巴比伦，她却没有治好。

　　……你必永远荒凉，这是耶和华说的[1]。

　　我不喜欢犹太人对神的执念。

　　双头巴比伦，指的是维也纳和好莱坞吗？这两个都是符合巴比伦气质的都市。

　　当我这么想时，心中立即回应——Nein（不对）。

　　是从维也纳的躯干上长出的两个头。

　　你和我。

　　我无视心中阴森的声音，专注于《伊莱卡》的创作。

　　梅贝尔和吉尔伯特读到的台本，已是修订过的版本。

　　我是导演，我可以临时变更修改。

　　在所有人看来，我始终贯彻着现实主义。在开放布景中忠实还原了绅士街。

　　在行星引以为豪的大摄影棚内，我们搭了几个室内房间布景，当

1　引自《圣经旧约 耶利米书》第51节。

双头巴比伦·上

然包括带狮子马桶的浴室。姐弟在母亲与情人眼皮底下秘密交谈的地方就是这里，这也是父亲从战场复员归来后被母亲和情夫所杀之地。

妓院、赌场，那是拉金斯基假伯爵放浪形骸之地。

维也纳陆军大学。和家庭教师一起离家的小奥列斯特很快便进入了陆军大学。他剑术高超，同时却是个优柔寡断的家伙。但在最后的最后，他拼上自己的所有杀死了生母和情夫。

我还找到舞台美术家理查德·戴[1]寻求帮助。戴先生也根据我的构想，经过精密计算完美地实现了我理想的布景。

不是，是花钱实现的。

光装饰妓院的玻璃就花了一万两千美钞。吉尔伯特发了好一通牢骚。

真正点爆吉尔伯特的是我要求在庄园布景内安装真实会响的门铃。

"无声电影里要什么真门铃？！观众又听不见声音。"他怒吼着，差点就要揪住我的衣领理论一番。

"观众听不见，可演员听得见。"我冷静地回复他，"声音有无会影响演员的演技。台词对白，观众听不见，除了依赖字幕别无他法。但我是演员，台词本上的对白我要念出来。光靠嘴巴一张一合是不行的。所以声音绝对要有，必须要有。"

之后我又极力要求字幕能省就省。对于演员用极度夸张的动作

1　理查德·戴（Richard Day，1896—1972），加拿大籍舞台美术设计、布景师、服装设计、艺术指导，获得7尊奥斯卡奖，13次奥斯卡提名。

表情去表演也是尽量规避。我想仅用很少的镜头表现出人物的性格与心理。

顺便一提，一个铃铛只需几美金。但就是这几美金成了压垮吉尔伯特的最后一根稻草。

虽然吉尔伯特最终被我说动了，但他不愧是个营销鬼才。

花出去的钱成了他手中引人注目的绝好噱头。

一面大得在全纽约无人能敌的招牌，立在四十四街区百老汇的一角。

行星影业　超级大作

格奥尔·冯·格里＄巴赫

《伊莱卡》

累计制作费用

943,825＄38￠

每周三中午，他们都要使用纽约消防署最大号的云梯车，更换显示金额的灯泡。这一周格里斯巴赫又烧掉多少钱？一时之间成了纽约的热门话题。报纸和广播一片哗然。

格里斯巴赫名字中的那个S都被换成了美元符号＄。

那时距离影片杀青还有大概十个月。在此期间，灯泡每周一更换，最后的数字显示制作费用已超一百三十万美元。

太扯了吧。我只比预算的七十万美金多花了三万而已，虽然我不知道宣发费用花掉了多少。

我将剪好的胶卷罐堆到梅贝尔面前。

"二十六卷！"梅贝尔的声音近乎惨叫。

"放完一遍得花多长时间？"

"五个半小时。"我冷静地答道。

"开什么玩笑啊。安德鲁斯的《命运之门》才十四卷胶片，你让观众在电影院的椅子上坐五个半小时，他们可不答应。"

"从下午开始直到晚上，一天排一场。中间给一个半小时的休息时间吃晚饭。"

"又不是上等贵宾欣赏瓦格纳的歌剧，观众是来看电影的。"

"要知道最开始剪片子的时候一共三十二卷。我已竭尽全力才压缩到二十六卷的。"

"那我来剪。"

"不行，就这么长，多剪一英寸都不行。"

"我有最终剪辑的权力。"

在一盘盘扁平铝罐堆成的高塔两边，梅贝尔和我眼神针锋相对。

我没有胜算。

在副总裁、吉尔伯特、梅贝尔和几名员工组成的零号试映会上，二十六卷的胶片被压缩到十六卷，片长两小时十五分左右。当结束字样出现时，所有人都鼓起掌来，我却忍不住呻吟了。那该死的女人，把片子全剪碎了。

鼓掌声停，试映厅里亮起电灯。

"好像有几场戏会被海斯揪出来不放啊。"副总裁一脸担忧。

在《伊莱卡》拍摄期间，为了"净化"好莱坞电影，审查机构美国电影协会成立了，就任会长的正是威尔·海斯。他好像正对新片进行严格的审查。不仅如此，作为原著的小说戏剧也是被审查对象。不道德的故事不允许拍摄。幸运的是我们早在审查开始前就动工了。

"一个冷酷的女流氓，一个骗子，一个杀人犯——罪大恶极的拉金斯基假伯爵被奥列斯特杀死，尸体像垃圾一样被扔进下水道，这没什么好说的吧。如果拉金斯基没受到惩罚就结束，那才活该被指责为'不道德'呢。我觉得聪明的观众会懂我有多讨厌这个恶棍。"

"为父报仇可以理解，但逼着奥列斯特杀他生母就太过了。"

"凶杀发生后，他也受到了审判。萝小姐说这一段太长就全剪了。"

"所以判决结果是什么？"

"在埃斯库罗斯的原作中，也对俄瑞斯忒斯进行了法庭审判。巧的是陪审员数量和今天合众国法庭上的一样，也是十二人。有罪无罪每边各投六票，最后还是雅典娜女神投了无罪一票宣布俄瑞斯忒斯无罪。"

"格奥尔他就想做个荒唐事。"梅贝尔哼着鼻音，用向父亲告状似的口吻对副总裁说，"当判决同票时，电影会定格停下来。让在场观众充当第十三名陪审员，有罪无罪举手表决。他准备了两套结局影片，哪一方举手人数多他就配合着观众的裁决上映结尾，真是无聊的游戏。"

"无论有罪没罪，奥列斯特已经陷落在罪恶感的狂涛中了，他也受罚了。"

在埃斯库罗斯的原作中，这一段的顺序是颠倒的。在原作里，被复仇女神追赶而发狂的俄瑞斯忒斯在女神雅典娜的带领下接受了法庭审判。

"伊莱卡最后不是什么惩罚都没有受吗？她应该被判教唆杀人罪。"

"最后她凝望的是茫茫虚无。她失去了一切，一无所有。还有比这更可怕的惩罚吗？欧洲人民在战火的尽头看到虚无。"

"所以啊，他们现在才不想再看到虚无了吧。他们想要的是娱乐，是能暂时让他们忘却现实的快乐。"

"但副总，您不能无视我的作品在欧洲可是实实在在深受喜爱的。"

"两个半小时看到最后，就这么惨淡收场？"

是两个小时十五分钟，我纠正道。

"如果希望片子热闹点，最后要不要加一个节庆的热闹场面，这场景在剪掉的部分里随时可以加进去。"

"不能再长了。"梅贝尔打断道。

《伊莱卡》首先在法国获得好评。列席巴黎首映式的评论家对影片赞不绝口。影片尚未在美利坚公映之前，就在欧洲获得了很高的预先评价。

这正是行星影业期望的成果。

很遗憾你没有看到在洛杉矶最大的电影院使命剧场举行《伊莱卡》首映式时的狂热。剧场入口用弧光灯、水银灯装饰得耀眼夺目，中央通道铺着红色地毯，各路名流明星们穿金带银，打扮得像孔雀一样招摇。警察不得不全体出动，清理蜂拥而至看热闹的人群。梅贝尔剪弃了全片一半的内容，但她不管。梅贝尔说影片成功全归于她的剪辑。该死的婊子。

之后好莱坞要上映巨作时，预先支付首映费用将成为行业惯例吧。我的《伊莱卡》开了先河。宣发费用八成花在胡吹神侃上，落到实处的宣发只占二成。

当影片在美国国内公映时，果然响起了非难的声音，说什么允许这种野兽似的现实主义是对美利坚人民的侮辱，还有什么对格里斯巴赫把他卓越的演出能力浪费在品味如此堪忧的作品上深表遗憾。

然而票房成绩打消了非难之音。

要说哪里的人闻到铜臭味便能蜂拥而至？是这个国家，是美利坚，是好莱坞。公司里说的是别跟我提什么电影的艺术性，钱、钱、钱。好莱坞需要的只是追着美元跑的生意，支配电影的是制作人。吉尔伯特满脑子只有票房收入，公司评估的是利润率。我警告一句，再这么搞下去，好莱坞会和芝加哥的火腿工厂一模一样。

后来吉尔伯特的商魂又勾搭上精明的出版商。是哪个先想起来要出我的自传的？

趁现在还卖得动。

说了这么多应该能凑足一本的量了吧。你回去用正常的字体重写一遍，打出来给我看看。

下一部电影？

现在还在准备，准备拿法国大革命作为素材。当然，还是个超级大作。

这本自传出版的时候，电影也要公映了吧。

双头巴比伦？不要提。我好不容易才把它压回盒子上好锁的。

JULIEN

I

B
A
B
Y
L
O
N

盒子，本没有名字。后世的人们如若为其取名，应该叫"格里斯巴赫之盒"吧。

但我却不想那样叫它。如果要取个名字，就叫它"尤利安之盒"吧。因为我不愿和另一个格里斯巴赫弄混了。

第一个为我做这个盒子的人是瓦尔特·库什博士。他没有博士学位，我为了表示对博学多才的敬意而为他擅自加上了头衔。从我们还没分开的时候就一直承蒙瓦尔特的照顾。

我荣受幸运之神的眷顾。在维尔茨堡大学研究阴极射线的威廉·康拉德·伦琴博士，是一位真博士，他发现了X光。那时距离我们出生已过三年。由于X光穿透性高，立即被应用到医学中去。伦琴博士为了放射医学的发展，没有独享他伟大的发现，任何人都可以进行研究并可以将其应用于实际应用中。由于没有申请专利，因此尽管伦琴博士是第一位诺贝尔奖获得者，但却在一战后毁灭性的通货膨胀中身无分文，穷困潦倒而死。就是最近发生的事。

如今我在想，如果我和格奥尔就这样粘在一起死去的话，我们的尸体是会收进一般综合病院[1]的病理解剖博物馆与独眼人和双面人陈

---

[1] Allgemeines Krankenhaus，简称AKH，是由时任神圣罗马帝国皇帝的约瑟夫二世于1784年在维也纳创建的医院。该医院被誉为就"近代医院的开端"。

列在一起？还是会被卖到普拉特游乐场做成畸形展品呢？看客对展品好奇、蔑视、厌恶，时而一点同情，尸骸不会感到一分一毫吧。虽然我不知道哲学家或者诗人是否能从中得到何种启示，但这一切与尸骸无关。那些自诩品位高雅、思想健全的人，肯定会忽视我们的存在。因为忽视，在他们的世界，异形便不存在。

在伦琴博士发现X射线的翌年，四岁的我们接受了X光透视。经过透视得知我们的骨骼没有粘在一起，于是手术开始了。为了让那些急于发表重大医学成果的主刀医生们闭嘴，手术背后还花了一笔莫大的费用。

这些事情都是我很久以后才知道的。以当时四岁的我的感觉而言，那一晚我睡熟了。

我的睡眠很浅，质量很差。这一点和格奥尔完全相反。格奥尔先睡着，不知不觉我会进入他的梦境，再过不久我睡着时，格奥尔又会来入梦，而到底谁在谁的梦里已经分不清了。

可是那一夜，什么梦也没有。如今，我想那次深沉的睡眠是否也是一次短暂的死亡。

醒来时，我变成了一半。不，应该说我变成了一个人。分离了，我立刻明白过来。

为什么瓦尔特只有一个身体？对，当我们还粘在一起时，我就问过瓦尔特。"我们所有人出生都是两人粘在一起的，等长到一定岁数自然就分开了。"瓦尔特如是回答。我后来才知道这是个天大的谎言，而且瓦尔特还撒了一个更大的谎。为了平息我们相互撕咬，他告诉我们，如果不乖乖听话，分离就会推迟。我信了，所以即使受到格奥尔的挑衅我也甘愿忍受。由于我不反抗，格奥尔越长越高，也越来越任性。我想只要我老老实实，自然分离的时刻就快了，这是我忍耐的结果，所以连格奥尔那份忍耐我也代劳了。

我原谅瓦尔特的谎言，之所以能够宽容，是因为与瓦尔特相处的日子远比之前更令人满足。

从母胎里的那一刻起，我就认识到对方与我不同。但格奥尔——虽然那时候我俩都没有名字——却认为我是他的一部分。当然那时我们并不知道自己身处何处，只是为了争取一点自由活动的空间，我和格奥尔争夺着领地。在相对的梦里，我们用没牙的牙床啃咬对方，用无力的手互相推搡。出生后的厮斗不过是子宫里的延续。

剧烈的疼痛惊醒了我，我哭了。瓦尔特告诉我，哭只会更疼。他一边说，一边喂我喝下甜甜的糖浆。疼痛消了，我睡着了。疼痛又惊醒我，我又哭。瓦尔特再喂我糖浆，我再睡着。只要不疼，我就心满意足了。我自由自在地独占一张床。我以为是自然分离，长大后才知道是手术。

伤痛消散的一天晚上，瓦尔特·库什抱我到鞍前，策马扬鞭。我的整个脑袋被布裹得严严实实的，但布上被开了两个洞，所以我可以看见外面月光照耀下的世界。

我感到喜悦。身子变为一半，是多么清爽啊。瓦尔特只抱着我一个人，多么安详啊。我心中泛着甜睡着了。

我们来到了一处所在，那块恼人的头罩巾被解开了。一个宽敞的卧室和两个更宽敞的房间。宽敞房间里摆放着餐桌座椅，一张休息用的宽椅和一把安乐椅，还有钢琴。瓦尔特另有住处。

太宽敞了。

之前我和格奥尔待着的房间，四面都是石墙，连窗户都没有。我和格奥尔习惯了油灯的光亮。也许正因为如此，我新房间的窗户覆挂着厚厚的窗帘。瓦尔特小心翼翼地，一点点地让我逐渐适应外界的光线。

由于身体已分离，我可以钻进狭窄的地方。床和橱柜间的狭窄空间；钢琴和椅子之间的缝隙；抽去书本的书架深处。因为知道我特别喜欢待在空盒子里，瓦尔特为我做了一个很棒的盒子。盒内铺着深蓝色天鹅绒，外面是松木板，两者之间还填充了一些柔软材料。

那是我之前从未体验过的触感。硬要说的话，就像果冻。天鹅绒上钉着两个纽扣，是用同样布料包裹着木芯的纽扣，直径大约一英寸左右。在学会了很多单词之后，我把它们命名为遗忘纽扣和记忆纽扣。

当我再怎么蜷缩也无法将四肢收进箱子里的时候，强烈的情感攫住了我。用后来学到的话说，那是不安和恐惧。瓦尔特看得出这个年幼孩子脸色苍白、浑身战栗的理由。于是又做了一个更大的新箱子给我。箱子里仍铺着天鹅绒，填充物是棉花。我说用以前的内胆就好。瓦尔特回答，那之前填充的也是棉花。

我拜托瓦尔特，让他把那两粒紧紧缝在旧天鹅绒上的扣子剪下来，钉在新箱子里。几天后，箱子变成了我想要的样子。每当我有烦心事时就握住遗忘按钮，有高兴事时就握住记忆按钮。就这样，我操纵着我的记忆。渐渐地，包着遗忘纽扣的天鹅绒磨破了。胎内的景象，格奥尔做的梦，我做的梦，与混沌融合的梦，所有的所有，都随着我捏住遗忘纽扣，忘记了。

遗忘按钮是记忆的仓库。我现在知道，记忆可以藏在大脑里的什么地方。通过抓住纽扣，我便能把记忆藏进大脑的某个地方，也许……而记忆按钮准确地说，是读取那些被我存进大脑的记忆的一种装置。

我收到了大量的图画书和玩具。在有钢琴的大房间里，台子上摆着城市模型。瓦尔特把我抱起来，我像上帝一样俯瞰维也纳。每栋建筑物的名称瓦尔特都教我念。城中央那壮丽的建筑是皇宫，是皇帝住的地方。与王宫隔着一个广场的建筑是嘉布遗会教堂。那个有着漂亮尖顶的建筑是斯蒂芬大教堂。我指着模型边上的一个圆形塔问道："那是什么？"

"疯人塔。"瓦尔特告诉我它的名字。六层圆顶高塔坐落在两幢三层长方形建筑的直角连接处。瓦尔特说："这座拥有几个院子的建筑整体就是普通综合医院。这是四代之前的皇帝，约瑟夫二世陛下建立的设施。"

就像上帝俯瞰世界却一无所知一样，城市模型并没有告诉我什么。就算认识了建筑物的形象和名称，又有什么用呢？

"这里是维也纳？"

我也生活在这里？我带着这层意思问道。虽然口齿不清，但瓦尔特懂我的问题。

"不，这里是波西米亚的布卢门山（Blumenberg）。"他说道。

无论是波西米亚还是维也纳，对我来说都是无意义的地名。

除了瓦尔特之外，这里还有一些炊饭打扫的仆人，但我只能感觉到他们的气息，并没有见过面。

我周身的照料全由瓦尔特来做，吃饭也在房间与瓦尔特一起。他接过载货马车送到门口的食物，将它们放在桌上，那时候瓦尔特担任了用人的工作。瓦尔特在礼仪方面的要求十分严格，所以我的举止也变得优雅了。

透过镶有菱形铁格子的窗户，我可以看到院子。围住四方形院子的三层建筑物上，同样的铁格窗被灰色窗帘遮得严严实实。

房间里有一扇门可以直接通往庭院，天气好的时候，瓦尔特就会带我去石缝里长满赤藜、大蓟、荨麻的庭院散步。这些植物的名字是我询问瓦尔特或从图鉴里学来的。庭院钥匙由瓦尔特保管，他不希望我长得像白芦笋一样弱不禁风。

黄昏时分，格奥尔偶尔会在窗外向里张望。这事儿我没有告诉过瓦尔特。因为我不想让格奥尔介入我和瓦尔特的生活。

不久后我开始接受语言和音乐的教育。德文书由瓦尔特·库什念给我听，让我记下来。

法语和钢琴的家庭教师来了。教法语的是男老师，教钢琴的是女老师。当我和他们见面时，不得不又戴上从头遮到脖子的布罩。

你脸上有伤，很丑。没错，瓦尔特·库什就是这么对我说的。伤疤会让别人不舒服。因此除了瓦尔特，见外人时我必须戴上头巾。我老老实实地顺从了。

瓦尔特·库什似乎不准备永远骗我。如若不然，为何要在房间里摆那么多书呢。我现在还能清楚地回忆起那些书的插图和装帧。这里有艾克姆·冯阿宁和克莱门斯·布伦塔诺收集的德国古民谣集《少年魔法号角》，盖勒所著添加了众多彩色铜版画的《给孩子们的新世界地图》，当然必有《格林童话》。还有海因里希·霍夫曼的《蓬头彼得》。书里有因为违背母亲的禁令吸吮手指，而被裁缝用剪刀剪掉拇指的"吮指康拉丁"，还有不听猫狗劝阻用火柴玩火，最终导致衣服着火被烧死的"玩火的鲍琳娴"，都是一些令人烦躁的教育短篇故事。

不只是儿童书籍，从歌德、席勒[1]之类的古典文学到浪漫主义的沙米索[2]、富凯[3]、E.T.A.霍夫曼[4]、荷尔德林[5]、海涅等人的作品，再到

1　约翰·克里斯托弗·弗里德里希·冯·席勒（Johann Christoph Friedrich von Schiller，1759—1805），德国18世纪著名诗人、哲学家、历史学家和剧作家，德国启蒙文学的代表人物之一。代表作《强盗》《阴谋与爱情》等。

2　阿德尔贝特·冯·沙米索（Adelbert von Chamisso，1781—1838），柏林浪漫派抒情诗人、作家、探险家。代表作《施莱米尔的奇妙的故事》。

3　弗里德里希·海里奇·卡尔·德·拉·巴伦·莫特·富凯（Friedrich H.K. De La Motte-Fouque，1777—1843），德国浪漫派作家。代表作骑士小说《魔环》。

4　恩斯特·西奥多·阿玛迪斯·霍夫曼（Ernst Theodor Amadeus Hoffmann，1776—1822），德国作家、作曲家，浪漫主义运动的重要人物。代表作《跳蚤师傅》《魔鬼的万灵药水》等。

5　弗里德里希·荷尔德林（Johann Christian Friedrich Hölderlin，1770—1843），德国著名诗人。古典浪漫派诗歌的先驱。代表作《自由颂歌》《人类颂歌》《致德国人》等。

外国诗歌小说译本应有尽有。

　　我在书中读到一个故事，讲的是一个和我年龄相仿的男孩。男孩最爱读书。他特别喜欢一本与他几乎等身大小的厚书。他将大书摊开在桌上，身体前倾，埋头阅读。他的父母都受过良好教育，他们爱自己的独生子。然而孩子的幸福生活却突发变故。一个穿着邋遢，一双平足，身材高大的女人偶尔会造访他家，和孩子的父母争吵着什么。男孩非常讨厌那女人。但最后，母亲竟把男孩交给了她。这才是你真正的母亲，我们只能让你暂住在这里。如果你母亲开口要讨回孩子，我们便无权把你留在身边。高大女人拉着男孩的手，把他带回自己家。狭小肮脏的房间里堆着许多玩具，都是给婴儿的玩具，他早就不玩了。孩子眼神轻蔑地瞥了一眼那些幼稚的便宜货，之后就再也没回头去看。女人哭了，她悲哀自己没有意识到孩子的成长。我知道事实或现实都是粗糙无聊的东西。那个男孩只是从平静的虚构世界中，被拉回到有点寒冷又悲哀的现实中。我一点也不喜欢这个故事。但我不能因为它还不够令我厌恶就不把它锁进记忆仓库，否则的话，这个平足的大个头女人的悲伤故事会一直纠缠着我。

　　我还有在胎中的记忆。胎儿的知识是我从书本中学到的，而我和格奥尔最初是在女人的子宫里，那个女子应该是我和格奥尔的母亲。这么一想我发觉自己是不是被遗弃了，因为我丑。

　　而我又是从何时，以何种形式学会了美与丑的呢？虽然感知美丑很难，但有三种感情可以鲜明地区分——喜欢、厌恶、无所谓。然而喜欢的对象中常常掺杂着讨厌的情绪。过分喜欢的时候便能感到一点点的讨厌，而讨厌的部分又会慢慢扩大，侵蚀喜欢。

我不喜欢法语老师，后来我才知道他教了我一口满是德语口音的法语，我喜欢教钢琴的女老师。

男老师给了我法德词典和德法词典，又留下一大堆作业。我不得不重复抄写着一个又一个的单词，一抄就是一面纸。

瓦尔特送给我一只小狗。我讨厌它嗷嗷乱叫，四处排泄。我想瓦尔特是陷在孩子天生喜爱动物的旧观念里了，所以我当着他的面，把咬我鞋子的小狗踢飞了。那时瓦尔特失望的表情一度让我心情沉重，所以后来每当瓦尔特和我在一起时，我都会假装疼爱小狗。但小狗和我一样完全不知道隐藏情感，所以无论瓦尔特在与不在，它的行为都一样。

在我被法语老师盯着听写时，小狗坐在地毯的一角，神情严肃地拉了一泡屎。它回头闻闻气味，吃了。法语老师见状笑得前仰后合，之后他命令我继续听写下去，用法语写一句"小狗吃屎"。我翻开字典，写下这句话的过去时、将来时、祈使句、疑问句。再把主语换成我，它的过去时、将来时……在我听写时，老师不停地咯咯偷笑，最后竟憋不住大笑起来。喜欢脏话的是孩子，在这一点上法语教师比我还幼稚得多。而他的好奇心也像个孩子。法语老师不停地把手伸向我遮住面容的头巾，用指尖揪住一角，想把它摘下来。我挣开他的手，他不好意思地笑了笑，仿佛是开了个玩笑。

瓦尔特有时会检查我的作业本，为了调查我的课程进度。而发现我满本作业尽是现在时、过去时和将来时的"我吃屎"之后，那位法语老师就被瓦尔特开除了。顶替他的是个无趣的老者。我觉得这位老先生的德国腔很淡。他是一个在法国生活过一段时期的犹太人，穿着也不是犹太人特有的黑长袍，而是已经与西欧同化的服装。

瓦尔特领走了小狗，转而送我一只装在笼子里的松鼠。松鼠不吵人所以我很喜欢，常常亲手喂它食饵。

钢琴女教师极度沉默寡言，大多数事情都靠手势表示。从这里弹到这里，她用手指指着乐谱给我看。她不是哑巴，每当我无法理解她的手势时，她就像揭露谜底一样说话。推断她手势的游戏很好玩。

因为我攥着记忆纽扣，所以我能清楚地回忆起那一刻。那天，我毫无差错地弹完了她布置的作业曲，她很满意。她伸手触碰我的头罩。下一刻，我的脸暴露在空气中。我讨厌这个令人窒息头罩。我惹她讨厌了！我的身体僵硬了。忽然她的唇印在我的脸颊，她又给我戴回头巾，留下一个微笑，走了。

第二天瓦尔特让我在老师面前不用戴头罩，但我上课时仍一直戴着。虽然这个罩头巾让人呼吸不畅，但在教师面前暴露面容的痛苦更大。头罩与箱子一样，都是保护我的。那个箱子对我来说又很挤了。虽然我也想再换一个新的，但我觉得瓦尔特不一定会同意。

镜子！我曾在书中读到过镜子这种东西。一开始当然是从格林童话里得知的，我想到了女王问魔镜世上谁最美丽。然后我又想到《爱丽丝镜中奇遇记》的故事，壁炉上方有进入另一个世界的入口。卧室里就有个壁炉，上面只有一堵墙，贴着阿拉伯花纹的墙纸。经过多次阅读，我发现所谓的镜子能映照自己的身姿。瓦尔特为我准备了很多东西，唯独没有镜子。

我从堆积如山的书中学到了很多知识。我也意识到在黄昏时分，那个铁栅栏玻璃窗外出现的并不是格奥尔，而是我自己的镜像。

由于玻璃窗映出的脸比较昏暗，所以我看不见疤痕。

双胞胎长相相似，我又增加了一点知识。两人在一起的时候，我从没有见过自己的脸，但是我看格奥尔的样子看到生厌。即使我从没有看过他的正脸。

黄昏时分，从我凝视着窗户的表情中，瓦尔特读出了我的感受。

"对不起。"他道歉道，"你脸上没有伤，也不丑，反而很英俊。因为一些事情我不想让别人看到你的脸。但你那时年纪太小，理解不了，所以我才那么说的。"

接着瓦尔特极度坦率地告诉了我事情原委。

富贵人家，最讲体面。格奥尔和我一度被视为家族之耻，所以藏在避人耳目的地方偷偷抚养，幸好分离手术成功，我后来被定为不存在的人，而格奥尔被视为"存在者"。

我发觉自己与大仲马笔下那个命运悲惨的男人重叠了。他和法国国王是双胞胎，一出生就被幽禁起来。有一次想篡夺王位换掉皇帝，却被发现，后被人戴上铁面，投进无法逃脱的巴士底狱。

如此说来格奥尔就是路易十四，我就是那个不能入世的兄弟。只是不需要时时刻刻戴着假面罢了。

铁面人是高尚的，他远胜国王。这么一想，我感到自己内心的漩涡和不平好像平静了下来。

　　我读过一本关于生物的书，知道了生物分为胎生和卵生。虽然大多数鱼类是卵生动物，但是鲨鱼中也有胎生的。据说在这家伙体内，强壮的鲨鱼幼崽会吃掉弱者。格奥尔和我难道也是为吃掉对方而互相斗争吗？

　　而那一天瓦尔特对我说在那个教师面前可以摘下小心翼翼戴着的头罩。大概是觉得即使认出了我的长相，也不用担心会联想到格奥尔吧。与把侧面雕刻在金币的法国皇帝不同，无论富豪多么富有，格奥尔的样子在哈布斯堡王朝里都不可能人尽皆知。

　　我又想到了一个故事，翻译自英国作家的作品。我从这个故事中学到了，期望越大，失望越大。由姐姐和姐夫抚养长大的孤儿认为，送给自己一份巨额遗产的人是他爱的姑娘家的养母。但是其实送礼人却是他小时候帮助过的一个越狱犯。狄更斯或许是想让读者知晓主人公的天真以及越狱囚犯的温柔，然而让我印象深刻的却是我充满期待的想象与冷酷现实之间的落差，就像那个男孩发现自己的生母是个没有教养的丑女人一样。此外，瓦尔特也骗过我很多次。至于什么是真的，我不知道。

　　瓦尔特走后，我再次站到玻璃窗前，泪水模糊了我的双眼，我感觉很奇妙。明明不悲伤也不高兴，可为什么哭呢？我不知道。

　　浴室里放着一面镜子，我开始给自己梳头。从镜子里我看到了那个映在昏暗玻璃窗上，看不清发色和瞳色的面孔——金头发与蓝眼珠。

在书本中的丰富知识和现实生活之间悬空的我，几乎被年老的顽固保守和符合年纪的好奇动力这两股相反的力量撕裂。而新课程的加入，让我的精力又奔向别处。

这时我才第一次知道房间下面有个地下室，从螺旋楼梯下来，地下室的地板上画着白线，这是为了教剑术。接过瓦尔特手中的细剑，我跃跃欲试。瓦尔特先教我身形，等学会了如何使用细剑，他又教会我如何使用佩剑战斗。剑的碰撞声，狡猾而迅速的身法。

不只是学习身形招数，我还会与瓦尔特比试，当然没有胜算。尽管如此，我还是戳中了他手臂一剑。瓦尔特脱掉衬衫，我发现剑击中的地方有一块很大的胎记，我吓了一跳，还以为严重伤到了他。瓦尔特苦笑着说他家族遗传血管壁比较脆弱，这只是一点皮下出血，没什么好担心的。

接着是数学、历史，要学的东西越来越多。随着知识增长，我越来越清楚地意识到，自己的生活是多么不自然。仆人们也慢慢出现在我的面前。

我不再坚持罩头巾和藏箱子了，也不再玩弄那些遗忘纽扣和记忆纽扣。小小的箱子在我床下蒙上一层灰尘。

当瓦尔特·库什把我带到另一个房间时，我已经多大了……我想我已过了十岁生日。是新世纪的第二年吗？

——新世纪，以百年为分界，除了便于整理历史知识外，还有什么意义……

但对于我的生活来说，确实是一个新的开始。

瓦尔特有天推开了地下击剑练习场里的一扇门，一条长廊向后延伸。瓦尔特把我带到走廊，一起向前走。

我的世界又一点点地扩大了！

我闻到了从未闻过的气味。不，我微微记得这种气味。在我从母亲体内取出来的时候，我闻到过这种气味。"这是什么味道？"我问瓦尔特。他告诉我这是消毒水的气味。

我们进入一间宽敞的房间，房间里站着几具骷髅。虽然之前没见过真实的骷髅，但我看过《死亡之舞》[1]的木版画。在手持大镰的骷髅指引下，从王公贵族到农民走卒，男女老少无一不牵手狂舞，排起长队通往坟墓。

骷髅的关节是用铁丝连接的，是用真正的骨头制作成的骨骼标本，旁边还有蜡制人体模型。模型身上有好几个部分像盖子一样，可以打开看见内脏。比如打开腹腔，就可以看见从胃到肠被塞得井井有条的模型。

除了骨骼标本、人体模型之外，玻璃柜门里的架子上整齐陈列着金属器具，墙上还贴着男性背部肌肉示意图，头盖骨被横截开，露出半球状大脑的示意图。图上展示背部肌肉的男子，一只脚伸向前方，另一只脚抬起脚后跟。由于图上还用夸张的透视法画了田野上蜿蜒的道路和远处的房屋，就好像一个被扒了皮的人正朝遥远的城市走去。

这里还有猫、狗、狼、野鸡、蝙蝠等多种动物标本。虽然我通过

1　《死亡之舞》是德国画家小汉斯·荷尔拜因（1497—1543）创作的系列木版画，也是欧洲北方文艺复兴时代的著名画作。

图鉴和插画略知一二，但见过的活生生的动物，只有那只咬鞋吃屎最后被瓦尔特带走的小狗和顶替小狗的松鼠。这些动物让我非常兴奋。但它们都是死的。瓦尔特小声告诉我，它们的内脏已被掏空，只留下表皮做成了标本。

除我之外，同行听课的还有一位同龄男孩。他个子比我矮一点，深色头发，同样颜色的眼睛，柔软如乳酪般颜色的皮肤。

男孩指着两具骨架对我说，那是他的父母。一具骨架有普通成年人那么大，而另一个只有五六岁孩子那么高，但头部却大得不成比例。

"我的父亲是矮人族（Zwerg），母亲是天使（Engel）。"少年说道，"矮人住在地下，天使住在天堂。但是他们向往人间，不时会来到地面，在地上居住。这时Zwerg和Engel结合了，生出来的孩子就是我，我叫茨温格尔（Zwergel）。"

秃头周围有一圈如土星光环般的白发，肥胖的白衣男子用教鞭指着模型和图解讲授生物课。他两颊上的肉耷拉在嘴角两侧，鼻头圆圆红红的。现在想来，应该是起了酒疹子吧。他好像为逗小孩开心似的故意开着玩笑，这让我很是郁闷。我还不够成熟，不能和蔼地赔笑脸，而且因为玩笑有些知识点变得模糊了。每当这时挽着胳膊站在一旁的瓦尔特会打断他的话，清晰简洁地说明要点。我觉得他的生物知识比那个秃顶老师掌握得更深厚。

生物老师一声令下，茨温格尔脱去衣服，站在我的面前。拿到颜料和笔的我，要根据老师提示的器官名称，结合蜡人模型，在茨温格尔的皮肤上画出来，在这之上还要画出肋骨。光是观察模型和骨骼标本，人体结构我就已了然于胸。接着，我脱掉衣服。茨温格尔虽看到了分离的疤痕，却也没说什么。我也没有开口。因为我不认为自己这点事能和矮人天使做父母相提并论。

标本室的墙壁上有一面镜子，我俩并排站在镜子前比对镜中的影像。

大概是觉得一次学那么多已经足够，瓦尔特催促我走出了标本室。茨温格尔和我轻轻挥了挥手。

松鼠的寿命比人的寿命短多了。根据图鉴记载说明，一般是六年到十五年。我的松鼠死了，就在我去标本室上过课的几天后。我不知道它到我手里时有多大，所以也不知道它究竟活了多久。

我拜托瓦尔特解剖松鼠找到死因，同时将它的外皮做成标本。

标本室里，我在老师的指示下进行了解剖，瓦尔特也陪我一道，但他对我的所作所为没有说一句话。

茨温格尔也来了，抱着猫，活的。看起来像一只野猫，毛发斑秃，肮脏不堪。

"我想做猫触电实验。"茨温格尔说道，"之后还想全身麻醉，切开头骨，取出脑子。"

"你做这些实验还太早了。"胖老师腮帮子一颤一颤地说道，"你要学更多知识，等到成为大人之后才可以。"

"你现在需要的是给这只猫治疗皮肤病。"面对着一脸不满的茨温格尔，教师接着道，"你现在的水平应该够了。先去查一下医书中有关皮肤病的内容，对照猫的症状做最妥善的处置。"

"没意思。"

"观察毛发生长过程是很有意思的。"

"不感兴趣。"茨温格尔冷冷回道。

教师伸手向前，食指向上，左右摇了摇。这是轻度斥责的手势。

我继续遵照老师的指示，将松鼠的口、鼻孔、肛门等处塞上棉花，将它小小的头向左转，仰面固定在铺着橡胶布的解剖台上。

茨温格尔打开了半边门，将那只生了皮肤病的猫放出去。之后他合门来到我身旁，满眼羡慕地看着我手上的操作。

老师在松鼠的胸部中段到胸骨末端画了一条线。

"沿着这条线，浅浅地切开。"

而在这第一步，我很快就尝到了失败。切得太深，内脏都漫了出来。

"做标本，就像脱衣服一样，要把皮肤剥下来……哦，你想解剖尸体，找出死因？那么首先，先把心脏摘下来。切开这块肌肉组织，切开大血管。"

对于小小的松鼠，所谓的大血管也如丝线一般细。我的手术刀不仅割破了血管，也割坏了肌肉。

心脏还没有我的指尖大，成了一团乱糟糟的烂肉。我看向瓦尔特，他一脸严肃地站在那里，但看上去似乎在努力忍着笑容。因为我的失误很可笑吧。

在尸体被切开的瞬间，一股烂熟的恶心气味开始散发出来，这是腐臭吗？

"让我试试。"茨温格尔小声对我说。

打从母胎里开始，我就一直让着格奥尔。但是自从分离之后，和瓦尔特一同生活以来，虽然我遵从瓦尔特的指示，可还从来没遇到委屈自己让着别人的事情。

"不干。"我断然拒绝，很爽快，"这是我的松鼠。"

茨温格尔的反应出乎我的意料。他像蜡像一样地僵住了。面无表情，眼里失去了生气。

但这并不意味着我愿意让步。我摸索着小松鼠的体内，挖出的内脏像是胃部。正如我所料，它的胃里装满了未消化的食物。每次我喂它食物时，松鼠都会用它小小的双手抓住，鼻头抽个不停，然后将食物送进它两腮足以使脸型变化的颊袋中。给它一块四方形奶酪，它的脸就撑成四方形。我觉得有趣，便给了它很多食物。给得太多了。

"尤利安。"老师轻轻拍了拍我的肩膀提醒我，"这只松鼠做不成标本了。因为你把它的皮都切碎了。第一次上手，技术不好也情有可原。我们等有机会再做标本吧。"

他给了我一个空木盒。我将那只血淋淋的好似与凶猛的食肉动物殊死搏斗过的松鼠放进盒子后，在房间水池边洗了手。这时茨温格尔凑过来，"你在干什么？"他问道。脸上又恢复了往日表情。

"一看便知，洗手。"

"弄脏了？"

我点点头。

我正在用力擦洗一块老师递给我的沾满血污的橡皮布。茨温格尔小声地感叹一声，然后问我道："我刚才有点奇怪吗？"。

"不是有点，是很奇怪。"我回答道。

"这样啊。"茨温格尔吁了一口气，重新整理情绪一般地说道，"都过去了。"

"过去了。"我见对方情绪有点低落，便指着盒子问他，"我想把它埋了。"

原本是打算在院子的一角埋掉松鼠的，然而茨温格尔却提议："既然要埋，那就非去墓地不可了。"

我望向瓦尔特，他挤了挤眼睛，轻轻地点点头。

我高兴得想跳起来。世界更宽阔了。

我抱着装着松鼠的盒子，跟着茨温格尔从刚才他放猫的那扇门离开标本室，来到户外。瓦尔特没有跟来。

伴着自由舒展的解放感同时到来的还有我的不安。

在空落落的屋子里嗅到的味道，如今想来应该是潮湿的水泥气味。我知道水泥，也知道潮湿，但不知道潮湿的水泥是怎样的气味，以至于无法用语言描述当时嗅觉器官传给大脑的感觉。

又经过了多少个地下室和走廊呢，我想所谓无尽的迷宫，大概就像这样吧。

登上螺旋石阶，来到一条宽阔的走廊。一边是窗，另一边是一排房间的门。窗外是一片和缓倾斜的草原。它似乎在半途陡然下降，像被切断似的，在断口处露出树梢顶端。

有时候，我们会与走廊里的人擦肩而过。这里的人有两种。一种脚步匆匆，另一种闲庭信步，全是男人，都穿着邋遢的衣服。茨温格尔和他们中的一些人友好地打了招呼。

一阵尖锐的笑声炸开来，我不由地抓住了茨温格尔的手。法语老师的傻笑声让我感到了他的轻蔑，而这个尖厉如不停叩击金属脸盆的高笑近乎惨叫。

笑声的主人瘫坐在长椅上，弯腰都很困难。他必须要从椅子上滑下来，才能捡起掉在地上的东西。虽然生物老师也很胖，但在他面前还是小巫见大巫了。

"他看到的和我看到的不一样，和你看到的也不一样。"茨温格尔低声对我说，"他的眼里能看见镲。有人敲镲，却不见声响，于是他在代替镲发出声音。"

"你怎么知道的？"

"他以前跟我说的。"

凭那金属感的声音，应该没错。

"你问他的？"

"嗯。"

"那我看到的东西和你看到的也不一样？"

"不可能完全一样的。"茨温格尔断言道。

在走廊分叉处左右转了几个弯，我们前进在一条没有窗户的走道里。又转了几个弯之后，茨温格尔打开了一扇门。

一片连绵起伏的草地在我眼前铺展开来，只在图画和照片上见到的树木在这里舒展着枝丫。

我呆站着，差点摔掉了盒子。茨温格尔一把接住盒子，我紧紧抓住茨温格尔问道："这里是……外面？我被瓦尔特赶出来了……"

"这是建筑的外面，不是真正的外面。"单手抱着盒子的茨温格尔用他空出来的那只手搭在我的肩头说道。

——后来我想到了。是不是瓦尔特·库什不想亲口告诉我，所以先找到一位和我同龄的少年，借他的口让我知道关于此处，关于外面的事。虽然我没有向瓦尔特确认过。

这片草原无边无际，虽然中途向下倾斜，但下方草原依旧延续，树林灌木依旧茂密。

一个人坐在葡萄架下的长椅上，专注地在笔记本上写着什么。另一个人把琴弓架在断了弦的小提琴上，如痴如醉地拉着。茨温格尔在他们中间跑过，我紧追其后。两人的脚步声似乎被吸进众人的寂静之中。不，其实一点也不安静。一个男人站上树桩，手势挥得很大，有时还高举拳头，兴奋地喊着什么。但是，那声音却也不刺耳，听起来像是一支悲歌。坐在旁边的男人手上不停，在笔记本上记录着他的话。一个女人用彩线在木框绷紧的布上刺绣，那不是钢琴老师吗？我不敢过去确认。万一跟丢了茨温格尔，我就迷路了。我经过一个在画架前作油画的人身旁。那时，我看到了画布上的画。强烈的红色涂了厚厚一层。虽然只是一瞥，那画上画着的应该是森林，一片深红色的火焰森林。

茨温格尔带我来到墓地，墓地上十字架形状的墓碑林立。我从书本中知道了死者会葬于墓地，也见过墓地的画，但这还是第一次看见实物。

"那个，是教堂吗？"我指着墓地对面那幢建筑问茨温格尔。

"对，那是我的家。"

我用盒盖当铲子，在柏木的根部挖了个洞。一个小洞就够了。我盖上盖子，将盒子填进洞里，盖上泥土。细小的灰土好像迷了眼，我咕噜噜地转着右眼，每一次摩擦又平添了更多的疼痛。

"来我屋里吧，洗洗眼睛就好了。"茨温格尔邀请我道。

茨温格尔的住处，是教堂的一部分，位于礼拜堂的后头。打开门是一个兼做厨房和餐厅的房间，一张做工粗糙的床占据着房间一角。

除此之外还有两个房间，一个是卧室一个是客厅。卧室里放着两张床。

一张是神父的，另一张是我的。茨温格尔如是说。

"你和神父住一块儿？"

"嗯。"

进入客厅，我感到一种不可思议的氛围。

我当时不知该怎么形容，虽然室内装饰极其朴素，但到处都摆放着我不曾见过的家具和器具。后来我才知道一个词语形容它——中国风。

瓦尔特没有给过我一点点宗教教育。我既没有受洗，也没有参加过礼拜。

教会里也没有我的出生记录，这是当然。我是不该存在的人，虽然存在，但也不存在。

在阅读儿童版《圣经》之前，我首先喜欢上的是北欧神话和希腊神话。比起南方好色的宙斯，我更喜欢象征北边阴郁风暴的奥丁。虽然耶稣受难的故事丝毫没有打动我的心，但在瓦尔特为我准备的画集里，我看过很多以圣经为题材的画作。很多以耶稣诞生之前的旧约圣经为题材的画十分有魅力。这其中我特别着迷于卡拉瓦乔[1]的作品。黑暗画面中，只有一部分显现着暗淡的金光，如果只取光和影，那他就神似拉图尔[2]。但不同于拉图尔画中的静谧，卡拉瓦乔的画作中体现出来的是血腥、快乐与痛苦的叫喊。

神父客厅里放着青瓷香炉，异域风情的瓷娃娃，浅桃色丝面的象牙扇，还有一展黑漆屏风，上面镶嵌着散发出虹彩的花鸟图纹。在我看来，它们就像妖异的作法道具。

一双小布鞋，从足尖到后跟只有四英寸左右，比我手掌还小。桃色和蓝色的料子上遍布五颜六色的刺绣，鞋头尖得像鸟嘴一般。

"在中国，成年女人就穿这种鞋。"

我的知识尚未触及那个位于东方尽头的国家。虽然我在德文版安

1　米开朗基罗·梅里西·达·卡拉瓦乔（Michelangelo Merisi da Caravaggio，1571—1610），意大利画家，对巴洛克画派的形成有重要影响。代表作《圣乌尔苏拉殉难》《圣马太蒙召》《拉撒路的复活》等。

2　乔治·德·拉图尔（Georges de La Tour，1593—1652），法国画家，以宗教和反映日常生活的风俗画的作品而闻名。代表作《约伯和他的妻子》《牧人来拜》《玩牌的作弊者》等。

徒生童话里读过一篇中国皇帝与夜莺的故事，但我所知道的也只有那张插画而已。

瓦尔特给我的东西里有一个地球仪。它由一根斜轴支撑，直径不到二十英寸，而我无法想象把它放大到实物的样子。

"中国女人，都是小矮人？"

"不是的，只是脚很小。在幼年骨头还很柔软时，就将脚趾这样折过来。"茨温格尔说着，以手代足示范给我看，"只留一个大拇指在外面，其他四根脚趾都折到脚底，然后用布紧紧捆住，固定成小小的模样。他们管这个叫缠足。"

鞋底的形状近似一个水滴图案。眼泪好像也用这个形状来表示。

在瓦尔特给我的书本里，有用铜版画介绍世界各国风俗的读物。比如用很多金属项圈把脖子越撑越长的风俗，还有在下唇内侧嵌进一块圆形木模导致嘴巴大得像个盆一样的风俗，还有脸上刺刺青的风俗等等。对于幼年的我来说，无论哪个听起来都像是奇闻逸事，但比起那些，对于成年人穿小鞋的疑惑，以及娇小可爱之下竟然还隐藏着如此苦痛，更让我惊讶。

在这时，一个女人走进客厅。一头浓密黑发遮住了她凸出颧骨的扁平圆脸。他用眼梢上吊的细长双眼紧紧盯着我看。她好像对茨温格尔说了些什么，声音像是受惊的鸟叫，中间还夹杂着猫咪喵呜喵呜的声音。茨温格尔回以她相同的语言，她点点头出去了，临了在门口时，又满怀好奇地多看了我一眼。

"她就是中国女人。"茨温格尔说道，"是从上海跟着神父回来的阿妈。"

"上海""阿妈",这些词我都是第一回听到。

比起它们的意思,我首先关注的就是她的脚。

"中国女人?"

"对。"

"那她的脚不小啊。"

"她是用人。女佣的脚不小。"

墙上挂着的一幅画吸引了我的视线。这是一幅画在丝绸上的肖像。虽然和卡拉瓦乔的画没有任何关系,但我觉得它们有一种共通的罪恶感。

画中人从服装上看像是一位东方女子,化着很奇怪的妆。她面色涂得像人偶一样雪白,眼睛却轮廓分明,墨色从眼角向太阳穴一提,锋利如刀尖。玫红色的胭脂染上她的眼睑和面颊,小小的唇像一滴欲坠的鲜红水珠。如今我找到了可以形容她的词汇,妖艳又可怜。

面对着看得出神的我,茨温格尔说道:"这是中国的演员。"

"这个是花木兰的扮相,是神父在上海时看过的一场戏。"茨温格尔如是说。

美丽的女子花木兰顶替卧病的父亲,换上男装奔赴战场。勇猛果敢地帮助战友取得胜利。

"有点像圣女贞德的故事啊。"

"没错。不过周围人一开始都知道贞德是个女孩,但在花木兰中,谁都不知道她是个女孩。所以当她对并肩作战的将军抱有热恋之情时，也无法向他吐露芳心。你知道什么是热恋吗？"

"知道。"虽然只是在书本里读过。

"她的脚很小啊。"

"演员是男的，所以他的脚并不小，只不过穿了假脚显得小罢了。"

茨温格尔说中国的戏剧演员都是男人。这种奇怪的化妆品是中国戏剧中独特的舞台妆，女性角色也由男性扮演。在这出戏里，男演员去扮演一个女扮男装的女人，就像男演员扮演圣女贞德一样。即使茨温格这么解释，对于从未看过戏曲的我来说也无法想象。

为了描述那时的情景，我必须用上后来学会的词语，螺钿和乌木。茨温格尔打开双开门的橱柜。橱柜和屏风一样，都是乌木做的，上面镶嵌着螺钿，把手上沉甸甸地垂着一串紫色穗子。

茨温格尔从柜子里抱出一个箱子，打开盖。我伸头往里面窥视。

正好从窗外伸进来的夕阳，像一条光带充满了箱子。

淹没在余晖洪水中的是……"孔雀！"我不禁叫出声来。

我也仅在画中见过孔雀这种生物。如鳞片层层叠叠的金绿，汹涌的鲜红，艳丽的粉紫，炫目的蓝色……泛滥的色彩让人联想起那骄慢的鸟类。

在茨温格尔展开它之前，我自然也明白了那是一件华服。

这件衣服几乎与画中花木兰穿着的一模一样，色彩甚至比画中更加华丽。

接着茨温格尔又取出一件奇妙的物事。也许可以用刮铲来形容。十英寸长的铲头有小鞋的形状，可以完全套进小鞋里。长柄的部分像鞋拔一样，内侧被削薄弯曲。

"这就是演员扮演女角时用的假脚。"

茨温格尔把脚尖伸进假脚，长柄固定在小腿。外面套上布袜绑腿。最后踩进缠足鞋里。

"这走不起来的吧。"

"可以走，也能跑。在中国，扮演女角的演员就是绑着这个磨练演技的。这门功夫要从小训练，因为我也学过一点，所以能走两步。但花木兰一上战场就要解开缠足，所以武戏是不戴小脚的。"

最后茨威格尔又从箱子里拿出一个小盒子。盒外绷着桃红色有光泽的布料，很可能是缎子吧。盖子四边有褶皱装饰。盒盖一边固定在盒子上，翻开一看，盖子反面嵌着一面镜子。空气中也弥漫着一股前所未闻的香味。在此之前，我对罪恶一无所知，但这种香味却给我一种愧疚。我眼看着茨温格尔用盒子里的东西把脸弄得雪白，眼眶也涂得漆黑，鼻翼两侧、眼皮以及眼角到太阳穴都涂上了胭脂红，我的内疚感更强了。

虽然《蓬头彼得》中通过过激的惩罚告诫小孩不能做哪些事，但这其中并不包括男孩化妆。圣经里也是一样，男子化妆并不会犯罪。那为什么我又会感到一种犯禁忌的愧疚呢？

当茨温格尔脱下灰色的衣衫，换上花木兰的戏服时，我的罪恶感到达了极点，整个人沉浸在忘我的恍惚中。

宛如中世纪女性服饰上漏斗似的广袖，图案复杂的刺绣上焕发的色彩。宽松的裤脚被绸带绑在脚腕，上装一罩犹似一只浑身绿金的孔雀。那时我竟然没有注意到一点异样——衣裳的尺码正好适合尚为孩童的茨温格尔。

他戴上金光闪闪的华冠，把头发隐于冠内，又取出几面旗帜，让我帮他插在背后。

呈放射状立于背后的旗帜，如雄狮鬃毛般威风凛凛。

茨温格尔再从箱中拾出两柄宝剑，一柄交给了我。这把宝剑比击剑场上的佩剑宽了数倍，但与剑的大小相差甚远的是它太轻了，这是一把玩具剑。

来吧，上战场吧。茨温格尔大吼一声，跑向户外，我也跟着他一起跑。这时候，怪异感已经淡薄了，我和茨温格尔都回归了那个年纪的男孩应有的活泼，挥剑在黄昏的墓碑间奔跑打闹。

花木兰那披披挂挂满是装饰的衣裳，本就不为活动轻便。面对脚步不稳的茨温格尔，我本可以随手将他打得落花流水，但我感到一种奇怪的痛苦和崇敬，不敢挥剑以对。我恍然自觉已化为与花木兰并肩作战的年轻武将。两人齐心协力，共同面向那看不见的敌人。

那一天，我学到的新知识似乎太多，无法吸收。我非常激动，但不想让瓦尔特发现。幸亏我没有向瓦尔特倾诉的习惯，而且他也不善于聆听。

我不记得是怎么回到住处的。是瓦尔特来接我的吗？遗忘纽扣、记忆纽扣早就不玩了。

但我和茨温格尔在一起的时光却在记忆中无比鲜明。那一日的场景堆积在心似要冲破胸膛，我将它轻轻地捧在掌心，几度回味。我的掌纹里洗也洗不净的是那松鼠的血、内脏的糟污、掘墓时沾上的泥土……它们本该留在我的心里，可那场失败的解剖在我心中淡去，浮现在脑海的只有一个画着异样眼影的女孩——应该说是男孩的幻影。

那一夜，甚至在梦里，我都与花木兰策马扬鞭驰骋战场。

几天后，茨温格尔开始常伴我左右。两个人听家庭教师讲课比一个人听有趣数倍。我的课业比较多，茨温格尔在击剑方面不得不从头开始。但无论是生物还是历史这类以课本知识为主的领域，他几乎都能和我齐头并进。

这是我独自一人学习时，断然体会不到的感觉——优越感、落后感和好胜心，之前我只在词汇上认识它们。

钢琴课茨温格尔就不和我同席了。可能因为只有一架钢琴，如果同时教两个孩子就太耗时间了吧。一有空闲时间，我便可以给茨温格尔补课，做老师的感觉很好。

茨温格尔之后再没有邀请我去他和神父的家，好像因为他在我面前化妆穿花木兰的戏服而被神父狠狠地骂了一通。据我之后的观察推测，让茨温格尔扮成花木兰，一定是神父的一个罪恶的秘密游戏。

就算不去他家，我也应该可以穿过地下室的复杂道路去建筑外看看。但我一直依赖茨温格尔带路，所以自己一条道也记不得。走廊尽头那个扮镖男人的笑声让我心惊。此外还有人把脸凑近到我和茨温格尔鼻子前找我们搭话，那架势好像就要揪住衣领打起来一样。还有人一刻不停地向主小声祷告。虽然茨温格尔可以从他们身边经过，不与纠缠，但我个人似乎并不精于此道。再说一个人出去也没什么意思，我有的是独处的时间。在蜜色的天空下和茨温格尔嬉闹，比跟庄严的瓦尔特在院子里散步要有趣得多。

茨温格尔也来过我的住处。瓦尔特在白天已经不锁通往院子的门了，于是我带他去院子认识石缝间生长的植物，教茨温格尔它们的名字，有时还有一丝优越感。

书架上的书也让茨温格尔欢喜。

我房间里的书一直在静静地增长，但有一次却突然爆发式增殖。那大约是我认识茨温格尔的半年后。可能是瓦尔特从哪户老人家那里打包收购的吧。虽然没有羊皮纸的抄本，但有几套装帧豪华的老书全集。茨温格尔和我翻开书页，专心地埋头阅读起来。

在一本满是蚀刻版画插图的书里，我发现了那个曾在立体模型中见过的"疯人塔"的介绍。

瓦尔特教过我，疯人塔是为玛丽娅·特蕾莎[1]的嫡子，即激进的改革者约瑟夫二世皇帝设立的普通综合医院的其中一部分。我还记得当时我俯瞰着模型问过他"这座塔是什么"。

虽然我还记得出生以前的状态，我的记忆却越到后来越衰退。不，所谓胎内的记忆，或许也是我编造出的虚假记忆吧……

就目前而言，如果我不多加回忆，记忆便会模糊，被重新编排变

---

1 玛丽娅·特蕾莎（Maria Theresa Walburga Amalia Christina，1717—1780），奥地利大公和国母，匈牙利国王和波希米亚国王。神圣罗马帝国皇帝查理六世之女，神圣罗马帝国皇帝弗朗茨一世的妻子。

得暧昧，分不清事实。

如今已不存在哈布斯堡帝国了。哀叹帝国之死的声音也渐渐从欧洲乃至世界各地消失了。

启蒙君主约瑟夫二世的座右铭是"隔离有害和不愉快的事物"。他为市民开设的这家大型医院能够收容两千名病患。而在约瑟夫二世之后的第二任皇帝弗朗茨二世[1]当政期间，这家大医院的病理解剖室开辟出一部分设立了病理解剖博物馆。后来我看到了博物馆的馆藏，想到当初瓦尔特没有对我施以宗教教育是何其正确。如果我是个信仰纯真的教徒，我一定会苦于如何接受造物主创造出的畸形。为了不精神错乱地活着，又必须用强烈的伪善来掩藏自己的情感。我自己就是个因为运气好而没有被沦为展品的存在。当权者为何如此执着于畸形。不，如此执着于收藏畸形的人，除了奥地利皇帝之外，好像只有沙俄的彼得大帝。彼得可能单单只是出于恶心的兴趣，但我们的皇帝却有着研究学问的巨大使命。我读过一个故事，说的是各式各样的疯子、傻瓜、白痴和小丑登上一条船，出海寻找愚人国的故事。这篇中世纪写成的名为《愚人船》的故事，我读的是它改写后的简单版本。

在很长一段时间里，疯子被视为是野蛮的动物，坚韧无情的不死之身。直到十八世纪，约瑟夫二世治下才在医学上将疯子等同于病

1　弗朗茨二世（Franz II，1768—1835），神圣罗马帝国的末代皇帝（1792—1806在位），奥地利帝国的第一位皇帝（1804—1835在位，在奥地利帝国称弗朗茨一世）神圣罗马帝国皇帝利奥波德二世与皇后西班牙的玛丽亚·路易莎之子，哈布斯堡家族首领。

人与正常人区分开来。之后还有专门的学术用语对此类病人进一步区分。出神、偏执、精神错乱、忧郁、癫痫、酒精中毒性抽搐……

病人会被送进疯人院，分门别类进行隔离。至于疯人院里的疯人塔是一种监狱，每层都分成二十八个小房间，用来关押精神异常人士中的暴躁分子。听说病人会被戴上拴于地板或墙壁的铁链，它们可怕的叫声被厚厚的墙壁挡住，传不出去。在圆塔的中心有一块挑空的中庭，目的是让患者呼出的瘴气形成上升气流排向天空。安静的病人，也就是没有自残或攻击他人的人，则被收容在两边与塔楼连接的住院楼里，平时允许去庭院、写作、画画、演奏音乐。

我的眼底又浮现出树荫下专心在笔记本上书写的人，拿着断了弦的小提琴忘我演奏的人，站在长椅上用悲伤的乐曲般的语调说话的人，用烈焰般的红色描画森林的人……

有半年左右的时间，我时常与他们交谈。

"怎么了？"

我的表情一定很僵硬吧，茨温格尔满脸疑惑地问道。

我害怕说出口。万一茨温格尔一句"是的"承认了……

然而我一人无法承受发自内心的疑问，于是有次我带着一本厚书去找茨温格尔。

"我们所在的地方，不会就是这儿吧。"

虽然瓦尔特对我的隔离有所松懈，我也能看见服侍我的仆人，但我接触到的人依旧有限。

瓦尔特和茨温格尔，那时我还没有见过神父、老师、仆人，以及在外出路上遇到的人，还有在外面（说是外面，其实还是在院地里）看到的那些安静的人，因此我那时并不十分清楚疯子和正常人有什么区别。但我注意到这里是被严格隔离起来的地方，不可能不注意到。

堆放着骨骼标本和蜡人模型的地下室，难道不就是病理解剖博物馆的一部分吗？

博物馆不可怕，反而我对其饶有兴趣。我恐惧的是那个如监狱一般的高塔。虽然我在户外也没有见过塔一样的建筑，但是书本告诉我高塔没有直接通向户外的出入口，必须经过好几个庭院和地道。

如果不能彻底否定这种可能，我恐怕会做噩梦吧。我走在地下通道，打算出去玩。明明是茨温格尔陪我一起，不经意间牵我手的人却变成了瓦尔特。一种没来由的不安攫住了梦中的我。一扇铁门高耸在我眼前，是疯人塔！

"不是啊。"茨温格尔的声音打在我耳边，我回过神。

"怎么了？"茨温格尔问道。

"什么？"我反问。

"你发什么愣啊，是我的病传染给你了？"

"你，什么病？"

"我也不大清楚，只是好像有时候我会失去意识一小段时间。"我想起解剖松鼠时那个好似蜡人的茨温格尔。

"看着你，我客观地了解到自己犯病时是什么状态了。"

"我没失去意识。"我说道。

"这里是'艺术人之家'。"茨温格尔没有反驳，接着说，"不是维也纳的综合病院。"

"那也没有塔咯？"

"塔倒是有，但不是维也纳的'疯人塔'。"

对了，很久以前瓦尔特也说过。

这里是波西米亚的布卢门山。

"既然是'艺术人之家'，那这里的人都是艺术家咯？"

"诗人、小说家、画家、雕刻家、手工艺者……各种各样。"

——瓦尔特为了培养艺术家而把我接到这里来的吗……

刚过十岁的我如是思索。

"但也不全是艺术家，好像还有很多学者。数学家、文学家、历史学家、科学家、心理学家，当然还有医学家……"

原来我的家庭教师，每个人都是生活在这座建筑里的工作人员啊。

"你也是艺术家？"面对我的疑问，茨温格尔爽快地回答"不是的。"

"我是跟着曼神父来这里的。"

"神父是艺术家？"

"不是啊。曼神父就是神父啊。"

回头算算，这是多少年前了。今年是一九……几几年？一九二九年。那距离我十岁，已经是二十多年前的事了。难怪记忆会那么模糊。

为什么箱子还在？我还以为早就丢了呢。谢谢，这样我就能回想起来了。缝在天鹅绒上的纽扣，都没有脱落。但哪个是遗忘纽扣，哪个又是记忆纽扣呢。

从书本中获得的庞杂知识，正不断地塞进我的大脑。我是从什么时候起强烈感觉到人生的不公呢？信赖瓦尔特，满足于两人一起生活的时日，但我内心深处是否因为没被父母选中而感到愤怒、不安、不满呢？所以瓦尔特才在梦中出现，作为引路人带我来到"疯人塔"。而我又是在何时自比那个终身幽禁的铁面人，却无法再得到一点安慰？

下坡处有一条小河，从高高的石墙外被引进来，再流出去。上游和下游都被铁栅栏嵌在墙下，所以仆人们需不时清扫被栅栏挡住而淤积的树叶和垃圾。

那年夏天，茨温格尔已经跟我很熟了，所以大概是在我认识他的第二年吧。

为了消暑，我们赤身裸体地下了水。岸边一位"艺术家"将水中嬉戏的我们画进了素描。一开始瓦尔特非常警惕，恨不得回回给我戴上头罩，生怕我的脸被人瞧见，但后来因为意识到这里面的，或者说被请进来的"艺术家"们，一辈子都无法离开这里，所以也就放松了戒备。

这是一条距离对岸不到二十英尺，最深的地方也只到腰部的清浅小河。

河上虽然架着木桥，但我俩还是蹚过河来到对岸，在草地上并排坐下。茨温格尔的手指抚摸着我的伤疤，还用手掌比了比。伤疤比他的手还要大。

"怎么搞的？"

"之前你不是见过吗？"

"啊啊，你说第一次见面时的事。生物课上脱光的那次。那时我确实见过。"

"因为我是连体双胞胎。"

"分开了？"

"嗯。"

"厉害啊！"茨温格尔向我发出赞叹之声，又靠近我，将腰部贴在我的伤疤。

"另一个人呢？他怎样了？"

"不知道。"

虽然我如此搪塞，但最后还是告诉了茨温格尔我从瓦尔特那里听到的，以及我记忆中的那些事。

"好像大仲马《布拉热诺纳子爵》的故事啊。"茨温格尔和我想到一块儿去了。当他在我的书架上找到大仲马那本厚长的《达达尼昂三部曲》时，一读便沉浸其中无法自拔，和我当年一样。

"你还记得出生前的事情啊。"

"谁不是这样呢？"

"我就记不起来。"茨温格尔遗憾地说。

"还是你更厉害，矮人天使为父母。"我谦虚地承认了他的优势。

"是神父这么对我说的，但是那是个玩笑，真实情况不是这样。"茨温格尔耷拉着他漆黑的睫毛说道。

"真实情况是？"

"我现在不想说。"

"但是那里的骨骼标本？"

"我在那间地下室里刚好看到符合那个说法的一对。"

"你撒谎了？"

我的声音近乎悲鸣。瓦尔特从对我撒过各式各样的谎言，我也宽宏地原谅了他。

可是连茨温格尔也……

我一把把他推倒。

"对不起。"茨温格尔一边起身，一边无可奈何地道歉，但是我无法控制身体中沸腾的力量，也无意制止它，挥起拳头向他打去。茨温格尔一把抓住我的手腕躲开了。出乎意料的强大握力，使我的指尖都麻木了。我想用左手脱开他抓着我的胳膊，慌乱中手肘打到了茨温格尔的下巴，他跌跌撞撞地滑了一跤，但在那时我没有挣开他的束缚，被他带着一起跌入水中。

河水不深，不会溺水。我们都站了起来，但之后仍然为了让对方屈服而奋力争斗。水流虽缓，但河水让两人的脚步变重。上半身还可以自由活动。我为什么要这么做？当我绕到兹温格身后时，我把胳膊绕过茨温格尔的下巴，绞住了他的脖子。

要不是忙着给我俩画素描的"艺术家"进入了我的视野。下手不知轻重的我没准真会把茨温格尔绞死。

我之所以松手，是因为"艺术家"正在像画风景一样画我们的斗争。如果他前去阻止，我可能会更暴力吧。

茨温格尔跪倒，两手撑地喘着粗气。

可我仍不解气。这不是一句"对不起"就能随便敷衍了事的。我一直都在心里默默地忍耐，忍受着家族选择了格奥尔，让我变成见不得光之存在的愤怒，现在这一切全都算到了茨温格尔的头上，化作了我攻击他的原动力。

"我都道过歉了。"终于，他平复了呼吸不满地说，轻轻地戳了戳我的胸口。而就是这轻轻一推，毫无防备的我竟不知不觉地滑倒了，跌坐在河床上。

我突然哭号起来。其实一点也不疼，其实我也不想哭，但哭成这样我自己都想不到。术后因为疼痛而哭过，后来虽然也曾流泪，却没有一次放声大哭。而这次的号泣就像呕吐和排泄不受意识控制一样，它的爆发也与我的意识无关。我站起来，叉开双脚，仰天痛哭。爽快。愤怒消失了，我放声大哭，似一支晴朗的歌。

我听见了鼓掌声。"艺术家"放下了手里的素描，从三脚凳子上站起来，热烈地拍着手。

我哽咽的哭声戛然而止。虽然喉咙一抽一噎得像在打嗝，但很快就停了下来。

还有一个人向我们投来视线。

虽然是初次见面，但看到那身黑袍子我便认出他就是神父。那时我认识的人还不多，所以对于男人，我都以瓦尔特为准。与瓦尔特相比，神父的身材又矮又胖。他脸颊松弛，眼角耷拉。年纪可能比瓦尔特大一点吧。

保持警惕。就因为在我面前穿过花木兰的衣服，茨温格尔被他臭骂一顿，害得我之后再也不能去他家玩了。

"怎么搞的？"

听到神父问话，我转向他。

"他对我撒谎。"我指着茨温格尔说道。

"先上岸，你们两个。"

双手提着衣服鞋子，土地上留下濡湿的脚印，茨温格尔和我跟在神父身后。就这样我再一次走进了那充满中国装饰的房间。在那之前，我被阿妈拿布包着，粗暴地擦干了全身。

于是，从那时起我又能时不时地去教堂玩了。

那么为何一度禁止我出入他家的吉多·曼神父又允许我来往了呢？我不理解神父的所思所为，可能是一时之怒已经平复了吧。

神父不可能将所有事一股脑地告诉我，我也是从他的只言片语中找到关联，并结合后来我学到的知识进行推测。有关收留茨温格尔的原委大概如下。

在曼神父去往中国之时，占据了整个亚细亚大陆东边广袤土地的是名为大清的封建帝国。当时大英帝国看中了一个港口小城上海，他们发动鸦片战争摧毁了清朝的抵抗力，在一八四二年与之签订了一份极具压倒性优渥利益的条约。

虽然我现在常常想不起今年是几几年，又是几月几号，明明才三十多岁却搞得跟痴呆老人似的。要是以前，记在我头脑中的数字还能回忆得比较准确。

怡和洋行、洋行等贸易公司陆续进出大清国，做鸦片生意攫取了巨额收益。各国唯恐在支配东洋上落后于人，继大英帝国之后，法兰西共和国和美利坚合众国也趁火打劫，贪食清朝，与中国签订完全有利于各自国家的条约。

在上海这个小小港埠的外滩，旋即林立起欧美的商社、银行等高层建筑。周边聚集着华人的住所，虽然也有人住大宅子，但更多的是贫民窟。无论宅子还是贫民窟，都很肮脏不堪，拥有治外法权的租界就在这里。原先租界内严禁华人居住，但后来因为太平天国的骚乱，大量难民涌进租界，租界一下变成了华洋杂居。

欧美的传教士也不管什么派系，只顾埋头布道传播福音。教会方面坚信只有信仰耶稣才能得到救赎。仁慈的教会在东方蛮荒之地建造教堂，建造学校，建造医院，大施"援手"。因为单靠宣扬上帝神谕并不能吸引信徒，所以他们会给信众一点改善生活的香饵。

吉多·曼神父为了布教，于一八九〇年被派往上海。

经过一番过于漫长的航行，船终于接近码头。

当神父刚走下舷梯，首先感受到的是强烈的恶臭和骇人的喧嚣——我现在也在这恶臭之中——粪尿、腐烂的厨余垃圾、汗味、体臭。即使用手帕捂住鼻子，臭气也会钻进毛孔渗入体内。

面对下船的乘客，码头工人们夹杂着怒吼叫嚷，杀气腾腾地蜂拥而至。为了抢到搬运行李的小费，他们拼了命地争抢表现。富裕的客人会挥舞着洋杖把他们驱走，就像对待恼人的野狗一般。车夫则一面吆喝一面抓住客人衣服往自己的黄包车上拉。在这一派景象的空隙里，还穿梭着一群如天平般挑担的苦力。

如此喧闹，让神父呆然兀立。

虽然这里林立的石头建筑与钢筋高楼，都是全盘照搬西欧大都市的布局，但不一样的是半裸的乞丐在人群中游荡乞讨，小贩在路边生火，煎炸烹煮。虽然有裹着特本头巾的印度巡警在街头监视，却也无法阻止小偷和扒手横行无忌。

而且上海正值霍乱流行。出国之前虽然接受过防疫措施，但是曼神父还是非常害怕。剧烈的呕吐和腹泻是霍乱的症状。路上随处可见呕吐物，还有倒在地上呕吐不止的病人。有人在狭窄空地上敲打的锣声和震耳欲聋的爆竹声是为了驱赶瘟神。即使欧美人的住处干净卫生，也难免病菌不会传播到此。

虽然想马上回国，但如果随意放弃职务会被驱逐出教。新教和天主教都在争夺信徒，如果信徒数量没见增长，那就等着母国教会的斥责吧。神父责备自己，必须拯救那些可怜的人，这才是上帝的旨意。

曼神父被分配到天主修道院在法租界经营的教会学校任副校长。虽然也有几所为了旅居的欧美子女专设的学校，但是曼神父被派遣去的是作为传教的一环而设立的以华人为对象的学校。

因为学校每月不向学生收取学费，所以包括教师工资在内的运营支出主要依靠母国信徒捐赠来承担。如果不告诉他们教化产生了巨大效果，在此国家大受欢迎，那么捐款也凑不起来，传教士的待遇也会越来越差。所以即使在这个国家传教是徒劳的，甚至有时会遭到强烈抵触，这些实情也无法向上报告。这个国家的富人根本不管贫民。他们只顾捞钱，中饱私囊，而穷人为了活过一天什么都愿意做。没人在乎对与错。

尽可能地多撒钱，尽可能地多招人。这是远在梵蒂冈的里奥十三世教皇定下的方针。招来的信徒重量不重质，关键是不能输给新教那伙人。

校长是一位天主教教士，除了包括曼神父在内的几位是来自欧洲的圣职者，教师多为华人，且完全没有信仰。然而其中却有少数研究基督教的青年。当他们发现曼神父并不是一个专横的人时，就开始对他极尽嘲讽：时移势易，你们基督教怎么连态度都变了？早年基督徒在罗马皇帝的暴政下，过着如奴隶般贫苦卑贱的生活。而教皇主教们穷奢极欲，一面信誓旦旦地说要爱敌人，一面与基督徒互相残杀。更何况面对着我们亚细亚的异教徒时，谁不用坚船利炮来杀戮，来奴役我们呢？只有信仰你们基督方能得救，难道是说我们国家的人在你传教以前都下地狱了吗？

神父无可辩驳。因为他也暗自察觉到了矛盾所在。吉多·曼神父不是自愿受洗的。他出生在布拉格，是当地一名打家具的德意志人家的五儿子。之所以他被送进修道院附属学校，是因为学费食宿全免。除了拉丁语，他还学习了法语。虽然他勤奋努力，但是所学知识越多，就越感到矛盾。

挑起争论倒还好，怕就怕大半华人对宗教漠不关心。这个国家的人深知没钱不行，如果不靠贿赂，什么事也干不成。

前辈传教士劝告曼神父别太较劲较真。神的旨意我们无从得知，想破脑袋也想不出来的。虽然我们做的可能没有回报，也可能只是徒劳，但如果什么都不做，那什么都不会开始。帮助贫民，给孤儿食物的同时，也能不断传教的话，总有一天这片土地也会成为神的国土。

每七年可以休一年的带薪假成了曼神父的唯一寄托。他带着希望熬过每一天。

上海租界还在膨胀，西洋商会和银行不断增加，码头仓库建了又建。为找工作而流入的贫困华人眼看着迅速增加。由于并非人人都有活干，乞讨者也急剧增加。

鸦片蔓延。鸦片生意是激活上海经济的血液。禁令只会推高鸦片的黑市价格。而商社早与华人黑社会组织"青帮"建立了牢靠的合作关系。

曼神父继续着徒劳无功的布道讲课。新教的传教士们则热衷呼吁废除缠足。

修道会为神父租的住处位于法租界南端，是一条里弄里的一栋二层楼房的二楼，楼下是家洗衣店。那一带与华人居住区的南市有一条街相连。

神父用修道会的钱雇来华人阿妈照顾自己，为了让她养成勤洗手的习惯费了好一番功夫。也许他们认为排泄是天理本能吧，这个国家的人并不避讳，甚至坐在马桶上都能闲聊。

教会别人排泄是一种羞耻，不就像让夏娃吃禁果一样吗？如果这个国家在鸦片战争中战胜了大英帝国，是否我们会被教化，变得不以排泄为耻……神父心里盘桓着这些疑问。而病菌是如何进行传染的这一类知识，又该如何得知呢？

不管怎样，猖獗的霍乱退出了舞台，取而代之的是天花肆虐。

在他上任的第三年，前任传教士劝曼神父要偶尔休息一下。这位前辈早就入乡随俗了。

晚饭后，前辈告诉他换上便装。这么晚了要去哪里呢？难不成是妓院？如果不是去一些奇怪场所，穿僧服也没关系吧……虽然觉得有点可疑，但他还是无法抵挡诱惑，于是神父顺从了前辈，换上西装，戴一顶平顶礼帽。阿妈好奇地看着穿西装的神父。

坐上等候在外的黄包车，前辈踢了一脚司机的头，让他一路向南。神父慌了，路的尽头正是南市最繁华，最堕落的街区——十六铺。由赌场、烟馆和妓院挤得满满当当的十六铺，神父至今都不敢靠近。

黄包车停在小戏院门口。入口处的两扇大门上，两条龙正张着大嘴相对而视。

"要想传教成功，必须了解民情。"这位前辈怂恿道，"看戏也是其一。如果全看完得天亮。我们就看一小段吧。"

曼神父本该立刻转身离去，可他却像被强力磁石吸住的小铁片一样，迈步走进戏院。

"这家是这一带最高档的了，所以门票贵了点。一般戏票是半块大洋，但其他戏院都太脏了，比不上这里。"前辈一面说，一面用墨西哥银元付了一个大洋。曼神父低着头，生怕遇到熟人，他跟着前辈，也付了一块大洋。墨西哥造币厂制造的银元，银的含量一直很稳定，作为贸易用世界货币，信誉很高。

没有镜框式舞台，二十五六英尺左右的四方形舞台前排列着观众坐席。没有幕布，没有布景。背景上挂着几块写有中国字的红布。

几十盏点燃的玻璃罩油灯和几十支红色大蜡烛照亮了剧院内部，但还是非常昏暗。

大厅里摆着六张桌子，每张桌子大约配十把椅子。桌子后排只有木椅。两边是备有安乐椅的包厢。二楼包厢里放着二十多张烟榻，供吸食鸦片的人懒洋洋地躺在上面。他们嘴里叼着烟枪吞云吐雾。为数不多的雅座被富裕的华人所占据，坐到后面椅子上的都是衣冠不整的华人。尽管如此，这间小戏院里基本都是些有钱人。

他们被请上一个桌位席，就连这里都能闻到大烟味道。

一块银元的门票中还包含零食饮料等费用，因此刚一落座，小二就端来了酒和茶点。用茶壶往装有茶叶的盖碗里冲进热水，接着酒壶、冰糖、烤饼干似的点心、瓜子等依次上桌。华人观众们像互相谩骂一般高声叫嚷，将嚼碎的瓜子壳吐了一地。

一个显然很富有的肥胖华人坐进鸦片座。他带了几个女人。身穿华丽饰品的缠足女人们在侍女的搀扶下蹒跚前行，慵懒地躺在沙发上。大烟味又浓了。

戏院里的男人举着一块用墨水写有汉字的象牙板，在客人中穿梭。

"今晚的戏码已经排好了。"前辈告诉他。戏院男人的手里除了象牙板之外，还有一本薄薄的册子。

前辈高举右手，打了个响指招呼那男人。

他从急忙走近的，卑躬屈膝的男人手中接过册子翻开，指着其中一处，添给男人一块银元。

那男人深深地低下头以表了然，嘴上说着"谢谢"。

前辈又摸出一枚银元在他眼前晃了晃说了句"从头演"，那人迅速抢下大洋，深深行了一个大礼，头几乎碰到膝盖。

教士向神父解释说，这本小册子上有大约三百出戏，观众想听什么都可以花一块大洋点来听。

"戏子们把这三百多出戏都背下来了。无论点哪一段都可以当场表演。不需要题词板，不需要导演，不需要舞台指导。"

前辈想听的曲目正是《木兰从军》。

"你经常来？"

"这个嘛，偶尔来，看心情。"

因为没有帷幕，所以由嘈杂的音乐揭开戏剧篇章。不过这能叫音乐？在神父的耳中，它简直等同于无意义的噪音。一阵急促的锣声，几锤散漫的鼓响，还有一种弦乐器，拉得跟女人哭似的。

神父也知道，在这个国家，所有的演员都是男人扮演。

正面两侧的横帘是演员的出入口。

当左帘挑开，旦角登场时，曼神父浑身战栗。他曾偷偷买过一双小鞋，而与那时一样，他涌出了一股不明所以的罪恶感。男人扮演的可爱女子花木兰正用她袅娜的手指，交叠成不可思议的形状，手指一松又如微波荡漾。她的念白像一首歌，却不同于歌剧演员那般声音洪亮爽朗。她像一只撒娇的猫，叫声黏黏腻腻粘在一道。

当花木兰凛然发誓换上男装替父出征的瞬间，再一次让神父目眩神迷，倍感倒错。

没有幕间休息，同样的舞台变作战场。一群挥舞着长长旗帜的士兵在狭窄的舞台上来回小跑。

当满身凄怆的花木兰以背上插着几面旗帜的武将身姿再次登场时，观众们放下手上的饮食，满堂喝彩。每当花木兰挥剑击倒敌人时，就会爆出一阵欢呼。夺去敌人长矛，兵器纵横挥舞。当兵的演员虽是闲角，但都是一等一的杂技高手。轻巧一跳便蹿上半空。观众们纷纷叫好，只有神父一个人鼓掌。这个国家没有用鼓掌代表称赞的习惯，直到清朝崩溃，半殖民化的时期，人们才去模仿洋人的风俗习惯。

在神父看来，化了妆的将军简直是个怪物。舞台妆让人联想到滑稽可怕的面具，一直垂到胸前的胡须就像黑幕一样。也许正因如此，带着旦妆继续扮演年轻武将的花木兰身上的好几重倒错，更显妖艳。木兰暗恋己方的一位武将。

战斗以胜利告终后，花木兰返回家乡。这时她暗恋的那位精悍武将前来拜访，与恢复女儿妆的花木兰喜结良缘。美满的大结局过后，舞台暂时空了下来。

很快，咚、锵、梆梆的喧闹音乐又起，下一出戏要开演了。

"怎么样？"面对着前辈的询问，曼神父闭口不答。他的感觉不足为外人道也，即使对方同样也是神职者。

他的前辈见神父一声不吭，以为他觉得戏曲太无聊。"这个国家的戏曲就是这么一回事，长见识了吧。"他辩解似的说道，"我专门为你点了最有趣的段子，虽然也有想让你迷上看戏的用意吧……后面的戏段也都差不多。你要是觉得《木兰从军》没意思，那后面的就更没趣味了。"

"走吧。"他催促着站起身。

神父想珍惜这份陶醉，陶醉之中也融入了浓厚的罪恶感。

走出小屋，灯笼微微照在日落后的街道。曼神父拒绝了前辈再去茶馆的邀请，独自坐上黄包车回家了。随着时间推移，他的罪恶感越来越强烈。

在里弄门前下车，无精打采地爬上昏暗的楼梯，他发现门前站着一位年轻的华人女子。她怀里抱着的，是个襁褓中的乳儿。

"请侬收养伊。"华人女子将婴儿塞进神父手中，让他抱住。

"你的孩子吗？"当神父问起，她点点头。

"你要是不能养，请送去天主教会。"他想把婴儿交回去，但女人双手反剪，拒绝再接。

出于慈善，教会经常买下可能遭到遗弃的婴儿，并把他们送去天主教的孤儿院抚养。一个孩子的市场价大概在二十五到五十美分之间。

"小孩的阿爸是洋人，我被骗了。"女人说，"我不会卖给孤儿院的。求侬能好好待伊。我去过侬学校的周日礼拜，也接受过侬洗礼，我信天主教的。"

没印象。无论有没有信仰心，无论是否理解教义，总之"量大于质"。

"如果你是天主教徒，你应该知道遗弃孩童是一种罪过吧。"

"就因为我是天主教徒，我才没有打掉孩子呀。"她的表情看起来很自豪，"遵循侬的教诲，我没有打掉而是直接生了下来，所以侬有义务收留伊。"

神父本想反驳这不是他的教诲，而是神的教诲。可她迅速转身，奔下楼去。

不知何时，身后的房门开了一条缝。不知偷听了多久，阿妈微笑着敞开门让神父进去。他想摘下帽子，无奈双手被占。阿妈笑出声，一把接过婴儿。

她悄悄地对客厅里还在换下外衣的神父说道："我帮侬保密。"

"保什么密？"

这样的对话，神父的华语还应对得来。

"神父有宝宝了呀。"

"说什么胡话呢。"

"我闭嘴，闭嘴好伐啦。"阿妈一边摇着婴儿，一边意味深长地看着神父，"宝宝的爸爸是哪个呀。"

"不是我。"

"哦呦，神父面孔老红咧。"

"你搞错了。"

他越是认真解释，阿妈的误解就越深。神父终于明白她不断重复"我闭嘴"意味着什么，于是递给她一点钱。

神父有时觉得大家都是为了各自的切身利益，这个国家有各种各样的信仰对象，那么没必要再加一个外国的神明。阿妈将零钱藏好，露出的笑容活像这个国家的"福神"。

神父想摸摸婴儿柔嫩的脸颊，小小的手抓住了他的手指。婴儿的笑容和阿妈不同，天真无邪，无比可爱。神父想把他交给孤儿院的念头瞬间溶化了。

你的母亲是天使（Angel）。神父在心中默念道。父亲……那个玩弄女人的西洋人是……

多了一份照顾孩子的工作，给阿妈的工钱不得不多添一点。

婴儿的夜啼并不使他感到苦恼，当孩子向他微笑时，神父也笑了起来。我在行善，因此请上帝宽恕我的罪过。

但是神父的善举并未远播。到处都是荒唐透顶的谣言，说什么白人神父奸污了一名华人女子，还心怀邪念抢走了她的孩子。尽管给了封口钱，但阿妈好像仍在卖力地为神父有了孩子这一大新闻推波助澜。

虽然他也想着上帝会看到一切，但是他的心气却消沉了。当校长询问他时，他说出了真相。校长听进了他的解释，于是说如果想撇清干系，那就要送去孤儿院。而曼神父担心的就是这个。他说就算把孩子交出去，也起不到制止谣言的作用，最好还是能堂堂正正地将孩子养大。这绝非出于上帝的慈爱之心，只是神父对婴儿柔嫩肌肤的执着。眼看着一天天成长起来的，可爱到令人心痛的孩子，他怎能放手？

虽然得到了许可，孩子也取了名，受洗完毕，但在曼神父的心中却深深扎根下新的罪意。

翌年，大清朝与东洋一个小小岛国在黄海上交战。虽然之后也有登陆对战，但上海租界对外宣称武装中立，不插手国际纠纷，因此非常安全。保卫上海的自卫队司令是英军上校。

又翌年，一八九五年。

租界不受清政府行政管辖。为了保护白人权益，掌管租界的是个叫工部局的自治组织。当年工部局从卫生的角度着想，成立了专门屠宰牲畜的公司——牛行，负责整顿乱杀猪、牛、羊等牲畜的行为，统一管理。但是遭到华人屠户们的强烈反对，听说还引发了罢工。

因为没有鲜肉补给，肉铺店头挂着的褪了皮的猪肉都变黑了，被成群的苍蝇密密麻麻地叮了一层，连肉色都看不见。

罢工持续了数月。

如果将偌大的大清国比作一条龙，它竟然被连它脚趾都够不上的小岛国打败了。就在那年春天，曾以远东第一舰队自傲的清朝北洋水师在西方列强的眼前暴露出它的脆弱。于是列强变本加厉地在大清国土上扩张势力。

在上海，继屠宰业之后，粪夫也罢工了。这也是对工部局的反抗，反抗他们更改了肥桶的规格标准。扛着扁担游行的粪夫们没过几天就被镇压了。

但折磨着曼神父的心结与骚乱无关。

他任职的学校有一块空地，空地很大，没人使用。当华商前来求借时，正好是屠户们开始罢工的二月份。

校长从前一年夏天便回国去休年假了，校务工作交给副校长曼神父打理。

身着旗袍衣摆轻飘的华商双手插进肥大的袖中，对着神父毕恭毕敬地施了一个清国礼说："此番叨扰，实属吾正寻一处堆货之地，占用两月即可，不知可否借宝地一用？"他请求道，"租金自不会少，届时再为教会捐资一笔聊表心意。"

曼神父动心了。学校财政吃紧，无论租金还是捐款都对他有很大的吸引力。

"但没有校长的许可恐怕……"

"时不待我，久等许诺怕货品耽搁。不瞒您说，货期紧急，不过暂堆数日而已，还望行个方便。"

"如若着实不便，我再托求其他几处心仪之地。"商人随后提了几处候补空地，那里都归新教所有。

神父急了，连忙答应了下来。

"我只占两月，只用作堆货。时限一到，我立刻搬走。"

商人留下一些钱离开了。

神父把钱作为学校的捐赠。

几日后，大量的砖头被运进空地，堆积起来。接着大批劳工开始搬砖砌起围墙。

大吃一惊的神父前去抗议，这时劳工回答说他们是被雇来砌墙的。

虽然神父投诉到工部局，但商人方面振振有词，说自己向学校付了钱之后，这块地就该属于他。

而且负责调查的警官是个华人。在此之前，公共租界雇佣的是印度警察，法租界雇佣的是越南警察，但随着租界内华人人口激增，华人犯罪也随之增加，因此除了越南警察之外，这一年还雇佣了华人警察。

这位自称黄金荣[1]的三等华捕，从一开始就明显包庇华商。同时担任翻译的华人教师们也作证商人所说为真。

"话说回来，听说神父还养了个婴儿？"黄金荣使了个暗示的眼色，曼神父尴尬万分。虽没有任何好愧疚的，但一想到这个男人可能听信了阿妈率先传出去的流言蜚语，他的表情便僵硬了。

"沙宣洋行。"黄金荣嘴上说着，嘿嘿一笑。

在上海租界，说起"鸦片王"沙宣的名号那是无人不知无人不晓。他是个出生在波斯的犹太人，在东印度公司靠鸦片出口收获了巨额财富。上海开设租界时他便立即入驻，除鸦片以外，旗下还有金融、不动产和交通等业务，是上海犹太人大财阀之一。

---

1 黄金荣（1868—1953），祖籍浙江余姚，生于江苏苏州。旧上海青帮头目，与张啸林、杜月笙并称"上海三大亨"。

152

没有清廉的警察，也没有诚信的大商人。他们都跟黑社会青帮勾结一气。

"沙宣怎么了？"

面对着发问的神父，对方带着一抹颇有深意的笑容盯着他。

警察要怎么威胁我？

"那孩子，跟沙宣有关系吗？"

"嘿，有关系吗？"警察打了个哈哈，岔开话题。

话说一半云山雾罩，通常是为了贿赂。根据长期观察，神父也懂了这层规矩。

有舍才有得，为了让事态好转，他偷偷送了钱。

但是，重新传唤调查的却是一名越南警察。他的法语很流利，可依旧毫无进展。

在这段时间里，生米却正在煮成熟饭，高高的砖墙建好之后内部建设也开工了。没有租金，对方声称这块地不是租，而是买来的。

校长带薪休完一年假回归上海的那年夏天，霍乱再次席卷沪上。

土地问题和瘟疫威胁让曼神父的神经极度衰弱，他目光呆滞，无法应对任何事务。

从教会学校副校长职位上解任回国的神父，幸运地被安排到新的工作地点——波西米亚疯人院"艺术人之家"的附属教堂。

阿妈迫切地想同行。她怀抱着对西欧强烈的憧憬与好奇，同时也舍不得离开那个孩子。

神父倒是很不喜欢这个喋喋不休的妇人，因为她内心深处一直认为这孩子是神父的。然而带上她，在漫长的航程中他将乐得省心不需要一个人照看这个两岁的婴儿，于是还是应允了。

"你还记得在上海的事情吗？"我问茨温格尔。

没有遗忘纽扣和记忆纽扣的茨温格尔一点也不记得了。

我无法确定上海故事到底有多少是真的。神父的话里可能还掺杂着他为自己辩护的谎言。但阿妈的恶意推测也没有证据，完全就是胡扯。

PAUL

I

B A B Y L O N

官方称鲁迪死于因阑尾炎并发的腹膜炎手术，但鲁道夫·瓦伦蒂诺的死因可能是被女人灌了含金刚石粉的酒。

虽然他的遗体暂时安置在百老汇的坎贝尔殡仪馆，但坎贝尔方面鬼精鬼精的，他们用心为遗体化了妆，将他的棺材敞开放进橱窗，供影迷们观瞻一周。为了再现私下流传的绰号"红粉妖男（Pink Powder Puff）"，殡仪馆还为逝者涂上厚厚的粉，染红他的面颊。

为了一睹明星遗容，殡仪馆前聚集了一万多名妇女，混乱引来了骑警。虽然他们警告群众自行解散，但随着时间推移，人数不降反增，中间互相推挤，把殡仪馆的橱窗玻璃都打碎了。

一名动弹不得的骑警向天鸣枪示警。虽说是空包弹，但伴随着惨叫，人潮后退了。

见警察没有真射击平民的意思，几个女人从人群中挤出来，蹲在地上，手上拿着什么东西在地上摩擦。待警察来不及打马追来，她们又跑进人群。原来她们在地上涂的是肥皂。马蹄一滑，警察呼啦从马鞍上摔了下来，人群中响起欢呼。

大明星的死讯不仅传遍了整个美国，甚至飞过欧洲，飞进亚细亚的一个小岛国，也就是说传遍了全部拥有电影院的国家。女人们以泪洗面，男人们则在小酒馆兴奋地高喊："那个卖屁股的骚男人死了？

死得好！死得漂亮！死得活该！"。

这位年轻人生于意大利南部的贫困乡村，为了谋求活路在十八岁投奔新大陆。在出名之前他行过商，洗过碗，打过各式各样的杂工。四年后抱着碰碰运气的心理走进好莱坞。在担任过几部作品的临时演员后，他得到了认可。至于是什么认可？自然是他宛如希腊神话中的年轻众神一般的美貌和性感。自打出演《启示录四骑士》过后，他一炮而红。

在该片中瓦伦蒂诺跳过一支舞，那正是天主教主教以过于性感为由，禁止信徒跳的阿根廷探戈。观影中，女观众们因意乱情迷而接连晕倒，倒也证明了主教禁令之正确。而五年后——

女明星波拉·尼格丽[1]行使了作为瓦伦蒂诺公认恋人的权利和义务，她特地安排了送葬专列，将装有男友遗体的青铜白银制成的灵柩运去好莱坞的墓园。

六十一年前，林肯总统的尸体经过防腐处理，送葬列车在美国游行了二十天。面对着南北战争时大量必须保存和处理的尸体，一种抽干逝者血液注射防腐药剂的遗体保存法在美国大行其道，滋润了一批相关产业。

因为合作的原因，南太平洋铁路公司协助移送瓦伦蒂诺。从纽约到洛杉矶有一千七百英里。比起林肯，算是小巫见大巫。女人们簇拥到铁路旁看着穿越大陆的火车经过，披起一身煤烟痛苦地哭泣。更有

1　波拉·尼格丽（Pola Negri，1894—1987），波兰籍舞蹈及舞台剧演员、好莱坞电影演员。代表作《杜巴瑞夫人》《山猫》等。

甚者因为过度兴奋跳上铁轨，每到这时列车都不免来一次急刹，列车长也不得不下车赶走她们清空前路。

到达尤马县郊外的沙丘时，黄金州号特别列车的速度稍微放缓。五年前，鲁道夫·瓦伦蒂诺正是在这里扮演劫夺沙漠商队的强盗，那部电影《酋长》更是为派拉蒙特赚到了一百万美元的净利润。有报纸报道说，在亚利桑那州的边境小镇道格拉斯，一名骑着马的墨西哥宽边帽男子低着头目送列车驶过。

"泡儿，喂，泡儿。"

错了，是保罗。该死的美国佬。虽然拼写相同但读音不同，都纠正过多少次了，他们还是拿它来消遣我，干脆我不说话，不接你的茬儿。

"你小子快给我过来。"

缝纫机的声音很吵。宽敞的工厂里排着数百台缝纫机，裁缝们拼命地踩着踏板。他们多是旧大陆的移民。在一角，来自亚细亚大陆的移民妇女们正汗流浃背地熨烫衣服。这个重活要从早上七点半一直干到晚上九点，每周却只能赚七美元。

衣架上堆满了缝好的衣服。这些是给临时演员用的礼服，用料廉价，做工也很粗糙。但因为是用在大宴会那场戏中，所以设计和配色十分华丽。层层叠叠的裙子，是由布料和玻璃纸交叠缝制的。但在电影中被灯光一照，廉价的玻璃纸堪比质感光泽上乘的塔夫绸[1]。

1　塔夫绸，指的是用优质桑蚕丝经过脱胶的熟丝以平纹组织织成的绢类丝织物。其名称来源于英文taffeta一词，含有平纹丝织物之意。

主角和其他重要角色的服装要新做，但其他临时演员的服装则由西部服装公司负责租赁。电影公司需要什么戏服可以找西部服装去租。如果是历史大片，临时演员会达到几千人。西部服装备有各个时代的戏服，无论产量和需求都能满足客户。

这批礼服是给格里斯巴赫导演的新片《泰坦尼克》中船内宴会那场戏的群演用的，虽说也是粗制滥造，但必须是新衣服。导演说用旧衣服体现不出那种豪华的氛围。

保罗把做好的礼服收集起来，堆进帆布箱。

"吩咐我做的一个个全是杂活。我渡过大西洋不是跟你搞这种无聊活计的，这叫什么新大陆。"

"弥撒一开始他们就停工。在那之前送不到，我炒了你。"师傅嚷着"炒了你"，手掌伸直横在喉咙划了一刀。

为了鲁道夫·瓦伦蒂诺，让他的灵魂升天，庄严的弥撒将于上午十点半在贝弗利山教堂举行。届时，好莱坞所有剧组都会停工一小时以示悼念。弥撒后，送葬队伍将沿着圣莫尼卡大道前往好莱坞墓园。

"不管大货车还是小货车都出去了，你用本的马车运吧。"

抱着箱子走出门，醉醺醺的阳光劈头盖脸地灌下来。在这个满是模型的城市里，每个人都不分昼夜地酩酊大醉。没有一个正经人。

要是在父国[1]，到了九月，背阴处估计都该凉飕飕了吧。一瞬间，保罗想起那即使在夏天，山坳里的积雪仍会让巴伐利亚地域的阿尔卑斯山脉格外清凉。他远没到需要沉浸在回忆里的年纪。今天——

1　德语Vaterland，父国。与祖国母亲，motherland一样指代祖国。

一九二六年九月七日——他十七岁了，虽然没人为他唱生日快乐歌。

"赶快上货！"驾驶位上的本在怒吼。虽然他戴一顶大檐帽蛮有点牛仔模样，但其实这个瘦巴巴的老头，最适合在济贫院里喝汤。

"搭把手啊。"

本不理他，一个劲地嘬着呛人的廉价烟草。

"我有二十箱呢。"

"那是你的事，小土豆。"

他的脸上没长痘，没有坑坑洼洼，但只是因为出身德国，就被人取名土豆。保罗粗鲁地把箱子扔进货斗。

货还没装完，"走了！"本就给了马臀一鞭。马厌恶地迈开步子。保罗跳上货斗。

马车摇摇晃晃不得不穿过人群。但现在的人比任何时候都多，大多是前来送葬的女人。她们虽然身穿便衣，但不知是不是为了戴丧，总是在发饰或衣服一角系一条黑丝带。女人们好似被热情烘托浮起的哭声断断续续地飘进保罗的耳朵。鲁迪他……鲁迪的……由于能正式出席葬礼的人有限，所以他们一群人希望能至少看着送葬队伍经过。

路边有一些精明家伙在摆摊，卖着瓦伦蒂诺同款手镯耳环等饰物的仿品以及瓦伦蒂诺同款发蜡……不过它们明显不是真的，所以没人买。另外一个站在高台上的人挥舞着一块红布，说它是瓦伦蒂诺在《碧血黄沙》中用来斗牛的真品，开出的售价高得离谱。在他隔壁还有个人叫卖一件传说是鲁迪在《启示录四骑士》中穿过的衣服，开价是那块红布的好几倍。

本和保罗想穿过人潮汹涌的圣莫尼卡大道，无奈大道被堵得水泄不通，他们的马车被卡在马路中央进退不得。

通红的有轨电车也想开上大道，但同样被人群阻挡，动弹不得。为了把人群赶出铁轨，售票员咣咣地敲响钟声。

响亮的警笛声驱散了街上的人群，在大道上傲然前行的是一辆白色敞篷车。司机身穿制服，手戴白色手套，昂首挺胸，睥睨神色匆忙的路人。

在保罗的眼中，沃伦·安德鲁斯导演好似一直沉湎于冥想。是在想他正在拍的影片，还是在构思下一部作品呢？

留下了如同巨象放屁般的排气声，载着安德鲁斯导演和他爱妻的凯迪拉克消失在人群和黑烟尾气之中。

电车方要启动又被一辆汽车旁若无人地拦住去路。

手握暗蓝色豪车方向盘的是行星影业高管团队中唯一的女性——编剧梅贝尔·萝。与她并肩而坐的是行星影业制作部总经理肯尼斯·吉尔伯特。

醉醺醺的太阳戏弄起保罗。马突然惊跳起来，马车一阵剧烈摇晃，保罗一个没注意被扔下货斗。原来是一个路过女人手里的提包，包口的金属反射了阳光，刺中了马的眼睛，但保罗并不知道原因。

他浑身尘土躺在地上，就像喜剧里的傻瓜一样。他好不容易站起来，却看不见马车，大概是本巧妙地穿过了人群。是箱子被震开了吗？一件礼服掉在地上。

送货地点是行星城，要穿过好莱坞市中心，一路向北直到丘陵地。这段路程有三英里，估计还没走到弥撒就开始了，等到了那里货都该卸完了。本肯定会臭骂他一顿，就算辩解也会被揍。自己买票坐公交？别傻了，师傅和本都不会给他报销的。

妈的。没劲去追。他抱着闪闪发光的廉价礼服，漫无目的地走在人流漩涡中。胳膊肘火辣辣地痛，擦伤处还在渗血，脸上也疼。虽然没有镜子看不到，但他大概知道自己已是疤痕累累了吧。

回过神时，他发现自己随人群已来到好莱坞墓园前。教堂弥撒尚未开始，就来了吊唁客和凑热闹的闲人。他被人流推挤，走进了开阔的墓园。

在东南一角，是瓦伦蒂诺将被安葬的陵墓，在拉起来的隔离圈外，新闻记者和摄影师坐在折梯上待命，后面是成群凑热闹的群众。

从人群中钻出来的保罗越过了围栏。围栏的那边是派拉蒙的地盘，拍外景用的。

为了方便随时使用，空水槽里安放着一艘巨大的帆船，因为海盗当时很受欢迎。水槽深约有四英尺，底部有用于摇晃船只的液压千斤顶。空水箱周围有八个喷水口和五台吹风机。拍摄时喷出几千加仑的水能做出波涛汹涌的效果。吹风机是在小引擎上装上飞机木螺旋桨做成的。

保罗跳下水槽，之后沿着垂下的绳梯爬上甲板。

在收起帆的桅杆阴影下藏着滑轮、电线和各种摄影装置。

高耸的桅杆顶端是个瞭望台。他把碍事的礼服放在甲板上，自己爬上前桅，怀着与道格拉斯·范朋克同样的心情站在瞭望台，手搭凉棚俯视着下面的世界。

抱着花束蠕动着的群众如海洋般涌出。

三年前从旧大陆越海而来的时候，他因为被关在船底的三等舱里，根本没见过广阔大海。之所以离开祖国，是因为当时父亲在一小镇的政府里做户籍工作，却因毫无经验踏足投资赔得一穷二白，连自己攒的一点小小动产和不动产也全都拿去抵债。被革了公职的父亲像多数失业者一样在想，去新大陆没准能找到工作赚到钱。于是他嘴上说着赚钱便还，实际上四面筹钱凑齐船票，带着妻子儿女，四人登上了拥挤不堪的移民船。保罗当时刚上完小学四年级，正在决定将来进修方向时，他获得了去文理中学发展的推荐。然而比起在文理中学拼命学九年拿到高中文凭再读大学，还不如快点投入社会来得轻松，于是他选择了职业中学。托父亲失业的福，他连职业中学也不得不辍读。父亲说只要他在东海岸找到工作，就会让他继续上学。

可传染病在船上疯传。死者一个接一个地葬进海里。最初在教士和神父以各自方式为灵魂祷告之后，裹在麻布里的尸体会被安静地置于海面，但是随着死者的日益增多，葬礼省略了，后又因为麻布不够，尸体被随意丢弃。送走了母亲又送走了妹妹，最后连父亲也成了鲨鱼的腹中物，等到达东海岸时，保罗已经没有亲人了。

掌管感情运动的器官是包裹在肋骨里的心脏。没错，保罗深有体会。他觉得肋骨护着的不是跳动着的柔软心脏，而是一个光滑的银壶。盖上壶盖，感情的振动就不会大到危险的程度。而勾引出内在感情的外力不可以进入壶中，因为它会使银壶滑落摔碎。

他在城里到处逛，寻找工作机会。东部的胡蜂族气焰嚣张。这位十四岁的小小移民几乎找不到工作。

突然，他听到一个声音高叫着"扒手！"，当即便和一个被追着跑的年轻人撞了个满怀。保罗摔倒了。那个年轻人站起来试图继续逃，但一个绅士追了上来，一把抓住了他。

"小兔崽子，还我钱包！"

"别说些莫名其妙的话了哦。"年轻男子彬彬有礼的语气中带着嘲讽。他卷起右边裤管，亮给围观的众人看。裤管下是一只笨拙的木头假腿。"我跑得不够快，当不了扒手。偷你钱包那家伙早跑得没影了。"那位绅士惊慌失措地连声道歉后走了。保罗也准备走，只见那个年轻男子凑过来，抱住保罗的肩膀，低声说了句谢谢，然后转身离来。保罗追着一瘸一拐的年轻男子。由于他跟得紧，年轻男子一脸无奈地停下脚步，从内侧口袋里掏出钱包，抽出一张钞票，递到保罗手中。之后的一段时间保罗和这个叫恩里科的意大利移民组成了二人组，担任仓房一职，所谓仓房则是为扒窃的恩里科打掩护，并快速收赃。

他学到了多种技巧。"如果你看上一只肥鸭的钱包，那就是你的钱包。不管肥鸭说什么，那钱包都不是他的，而是你的。"恩里科告诉他。

有一次恩里科在保罗还没有收赃前就被抓了。保罗脸色苍白，但恩里科一脸平静地让那人把衣服里里外外翻了个遍，然后把裤脚卷起来，故技重施地问道：“你觉得这只脚像做小偷的吗？”保罗察觉他应该把猎物扔在了什么地方。回到简易旅馆之后，恩里科卸下假肢将它倒过来。沉甸甸的钱包便掉在地板上。原来假肢内部中空。猎物从裤子口袋底部的隐藏洞口，穿过假肢上制造的狭缝掉进假腿里面。“单干的时候，这家伙就是我的仓房。”恩里科吻着他的假腿。“那么你撞我那一次呢？”“不凑巧，还来不及放进假腿，所以只好利用了一下傻站在旁边看热闹的你。”

恩里科是个好人。虽然只租了贫民窟的一个房间，但他乐于将这个狭窄的房间分享给自己国家的移民。同一国家的移民倾向于抱团居住，所以恩里科居住的一带意大利人比较多。他的房客是个面容憔悴满脸胡须的男人。那男人似乎脑筋有些问题，总是蜷缩在房间角落。从年龄来看，保罗原以为他是恩里科的哥哥，结果却完全是个陌生人，好像还不怎么会说话。保罗问恩里科为什么要养一个派不上用场的人，他说他习惯了。

“已经三年……不，已经四年了，我一直在照顾他。这附近有很多不良青年。”明明自己也没好到哪里去，但恩里科接着说，“不知道是什么原因，受了重伤，动弹不得。我发现了他，所以也只好我来照顾他了。”“交给警察不就……”我刚开口，就想到恩里科和警察不大对付。“我们意大利人都是好人。”

保罗也开始睡在恩里科的房间。这是一个可怕的贫民窟，脏兮兮的室外厕所，塞满粪便的洗手间，楼梯倒塌，墙上满是孩子们的小便痕迹，有的还是醉汉们留下的。租金最便宜的地下室，一到下雨，街上的垃圾被雨水冲下来立刻变作垃圾场。

"护照和身份证也能换钱，偷！"

自打保罗说出曾在职业学校上过学后，恩里科就踢掉了他。因为恩里科坚信，扒窃文化和学校教育的价值观是相互冲突的。如果从小被灌输的是遵守规则、尊重所有权的道德观，那么作为扒手，那就是个废人。一开始，孩子会毫无痛苦地剥夺别人的东西。而每当这时他们要挨骂要被斥责，那么以后再去抢东西时他们自然会感到内疚。

"好在我没受过这种教育。"恩里科说，"但是你，心里已经有了罪恶感，你必然会搞砸。二话没说收下你是我的错。对不住啊，你就算了，我以后单干。"

经过洗碗、打零工，无所事事地搭火车走半截又跳车的流浪生活，保罗终于来到了西海岸。虽然至此他的生涯和瓦伦蒂诺没什么不同，但他并不想当电影演员而出名。电影演员都是烂人，什么女演员射杀导演，什么当红影星吸毒猝死。

但拍电影好像挺有趣的。

他家乡的小镇没有电影院。正值保罗十一岁的初夏，放露天电影的巡回班子运来胶片和放映机，放映《卡里加里博士的小屋》。因为有电影院的大城市早就上映过了，所以大家知道这是一部恐怖电影。太阳落山后，几乎全镇的人都聚集在拉开放映幕的集市广场上。那一夜放了两部电影，除了《卡里加里博士的小屋》还有一部是很久以前拍的《夜冰之中》，电影取材自泰坦尼克号沉没事件，与格里斯巴赫正在拍摄的影片是同一题材。泰坦尼克沉没于一九一二年的四月。电影《夜冰之中》行动迅速，在悲剧发生后两个月时便在柏林开拍，七月上映。这是一部四十五分钟的中篇电影。由于下映时保罗才两岁，所以当然没看过。比起阴郁的《卡里加里博士的小屋》，《夜冰之中》中如纪录片一样的影像和微缩模型的巧妙应用制造出的壮阔景致让十一岁的保罗更觉有趣。

听说这次的作品是豪华巨制，应该比那个《夜冰之中》有趣好几十倍吧。想到这里，保罗兴奋起来。

突然，保罗侧耳聆听。虽然灵园中拥挤着刺耳噪音，但他充耳不闻。他听见了歌声，是故国的童谣，是用他母语演唱的：

不寻那柔嫩的柳条　反向太阳要
要用那日光的金藤　编成篮儿摇
……

歌声是从桅杆下传来的。

华丽的红色映入眼帘，是保罗放在甲板上的礼服。

裙子静静地摇动，保罗只能看见女孩头顶的发丝。她双手向前伸展，手指微微活动。指尖垂下几根细丝，随着手指的动作，人偶娃娃活动着胳膊低下头。

胸口敞开一大块的宴会用裙，勾勒出女孩上半身的轮廓，腰部收紧，用荷叶边和蕾丝花边装饰的长短三叠裙宛如一朵绽放的巨大玫瑰。

初到这个国家，保罗学到的第一句英语是"Kiss my ass（去死吧）"。在小酒馆有人教他，这是和女孩子调情时说的话。由于"Kiss（吻）"和他母语中的"Küsse（吻）"很相似，所以他也以为是情话，并用它向喜欢的女孩告白，结果被对方狠揍在地。等他明白这句话的正确意思时，已经是两三周之后的事了。

爬下桅杆，站到女孩面前，保罗双臂交叉，做出一副严肃的表情。

女孩站着不动，"叮咚，叮咚，钟儿声声笑。"保罗一脸滑稽地用德语接唱下去。她也开心地笑了。

小姑娘手上木偶的衣服看起来像是波西米亚或匈牙利的民族服装。十五六英寸高的木偶悬在半空，伸着一只木雕的手，问道："你是船长吗？"

虽然现在已不是玩海盗游戏的年龄，但保罗还是弯下腰，似亲吻玩偶的手背，答道："正是。"

两人并肩靠在甲板栏杆上。娃娃也在两人间摆出同样的姿势。

"Deutsche？（德国人？）"少女用德语问道。

"Ja.Süden.Bayern。(对，南边的，巴伐利亚。)"

"Gruss Gott。（你好。）[1]"少女说着，让人偶行了一个优雅的礼仪。保罗不知道少女双手手指的微妙动作是如何与人偶联动的。她像在演奏不可见的弦乐器，而人偶仿佛随之起舞。

"你也是巴伐利亚人？"

---

1 原意为上帝保佑，后演变成德国南方的问候语。

"我不是德国人。但是南边的问候语我还是知道的。我来自波西米亚。"

"所以很会玩提线木偶？"

"不是每个捷克人玩木偶都很棒哦。我是专家。"

"那你不是移民？是来好莱坞表演节目的？"

少女摇摇头想说什么，话到嘴边又止住了。"这件裙子扔在这里。"于是她换了话题，"我就穿上试试看。"

"很合身啊。"

"没选中我。"少女的话语跳得很快。

"工作？"

"嗯。"

"人偶剧？"

"不是，是群演。"

一大早，助理导演来到临时演员聚集地点，只雇用当天拍摄所需的人数。

"你应征人偶艺人吗？"

"不是，就单单只是群众演员。"

"我觉得你可以做丽莲·吉许的替身。"

听到保罗的话，少女分开食指和中指置于两端的嘴角，微微支起一点笑容给他看。

这是与安德鲁斯齐名的大导演大卫·格里菲斯的影片《残花泪》中的名场面。面对父亲暴虐地殴打鞭笞，丽莲·吉许扮演的可怜女儿露西还要听从父训"别哭丧着脸，来点笑容"，将嘴唇两端用手指微微上推，强颜欢笑。最后一个镜头中，当女孩濒死时她绞尽最后一点力气用手指撑起的笑容，在美国——甚至在全世界可谓无人不知无人不晓。这部七年前的电影名作，保罗虽没在故国看过，但在这里的打工期间，曾于一个专放老电影的戏院里看过。

在好莱坞，金碧辉煌的电影宫殿到处都是，其数量如今仍在增加。无论是科林斯式门柱支起的拱顶、豪华的水晶吊灯，还是浮雕装饰的墙壁、铺满地板上的柔软地毯，无一不在竭尽全力地模仿旧大陆王侯贵族的公馆。就像高级酒店一样，休息室里有真皮沙发，门口有身穿制服毕恭毕敬的门童迎来送往。而头等席位票价两百美元。

保罗时常去的地方名叫五分钱戏院。在这个如遗址般的肮脏小屋里只放一些下映的老电影，一枚五分镍币便可入内。

保罗一点也不觉得《残花泪》有趣。

"能告诉我你的名字吗？"

这女孩看起来倒没有露西那么惨。

"我叫保罗，保罗·策勒。"

"阿黛拉。这个好像是电影里的服装呢，是扔掉了吗？看起来好像还是新的。"

"是行星影业剧组要用的。"

"你怎么知道？"

保罗将他那场运输事故一五一十地说出来。

"所以你才会擦伤。我还以为你跟谁打架了呢。那得赶紧把它送过去。抱歉，我去换下来。"

"反正今天用不上，只是老板催得紧。虽然格里斯巴赫导演正在拍《泰坦尼克》，但需要临时演员穿这衣服的大宴会场景，应该还要过几天才拍。"

"啊，是脏德汗的。"阿黛拉说着突然捂住嘴，似乎意识到说错了话。

臭名昭著的格里斯巴赫傲慢、倔强、好色。不仅对女人，对男人他也下得去手。但话说回来他的作品质量超群。

保罗之所以对电影制作感兴趣，格里斯巴赫占了很大一部分的原因。虽然他对不怒自威的安德鲁斯导演怀有敬畏之心，但安德鲁斯终究是纽约人。

格奥尔·冯·格里斯巴赫是从奥地利来的移民。虽然都是移民，身份却是大相径庭。听说格里斯巴赫以前是维也纳的贵族。

虽是塞西尔·B.戴米尔、大卫·格里菲斯、沃伦·安德鲁斯等人的后辈，但格里斯巴赫的名声却丝毫不逊色。在《伊莱卡》大获成功之后，他还出了自传。

他还是全好莱坞最会烧钱的导演，以制作超长篇电影而闻名。比如这部让格里斯巴赫名声在外的《伊莱卡》，最初有二十六卷胶片之多，后来被梅贝尔·萝剪到十六卷。他在自传中特别感谢了梅贝尔。

但后来他依旧不记教训，又创作了一系列花费高昂的长篇电影，无论哪一部影片，票房和评价都极高。

据说前年拍的《黄金》一开始有四十多卷。如果直接上映，看完一遍要花七八个小时。后来梅贝尔删了又删，最终剪到两个小时。传闻因此梅贝尔·萝和格里斯巴赫闹僵了。又听说格里斯巴赫在这部片子上投入了两百万美元。还有去年拍的《赞颂歌》，拍到三分之二时，突然发生了混乱，导致这部影片也被撤了。

不过提起格里斯巴赫的名号，正如他的绰号"伟大的巴赫"一样，人们都伴随着敬意。

"《泰坦尼克》就是那个泰坦尼克号？"

"对。"

这时阿黛拉一声尖叫，指着墓地那边。

群众分站在道路两旁，葬礼与会者的座驾依次抵达陵园。

从纯白的劳斯莱斯下来的卓别林，虽然个头矮小，但他那张未画上奇异妆容的素颜实属美男子一类。他穿着合脚的鞋，神情肃穆地向前走去。

"看啊！格洛丽亚·斯旺森！"

内部包着豹皮的兰西亚轿车车门大开，一袭黑衣的斯旺森悠悠现身，一派巨星风度。

不久，灵车开到。

男人们担起装点着花环的灵柩，卓别林和诺曼·凯利等影坛前辈将棺材左右固定好，朝着陵墓缓缓走去。就在这时，天空中响起了发动机的轰鸣，一架飞机冲来。它压得极低，舱窗打开，飞行员投下一捧鲜花。原打算正好落在灵柩之上的，结果歪了一点掉在地上。捡起花的是靠近棺材的安德鲁斯导演。个子高高的他抱着那束如象脚般大小的花束，腰都快断了。就在安德鲁斯快要瘫坐在地时，两边有人支起了他，他也恭敬地将花摆上灵柩。小型双翼机几度拉起机翼，在上空盘旋两圈后飞远了。

好想当飞行员啊。保罗一瞬间如是思忖。

在排队等候的明星、导演、影界人士中间，并没有发现格里斯巴赫的身影。他似乎无意为红粉妖男哀悼。

虽然所有明星已经悉数进入陵墓，但凑热闹的人们仍不愿离去。这时阿黛拉似乎想起来什么似的说道："我去换衣服。"

"在哪儿换？"

阿黛拉指了指舱门。虽然整艘船只是个空壳，下面也没有船舱，但只要顺着梯子往下走几步，总有一些避人耳目的地方。

"我的衣服就放在那里。"

保罗的目光追着阿黛拉从舱口的梯子爬下去。作为一个十六岁，不，从今天起是十七岁的少年，他当然会采取行动。

为了支撑住甲板上的打斗场面，船体内部的木架被搭成了复杂的几何结构。在木架搭出的昏暗中，保罗被换衣时的摩擦声包裹着。那微微泛白的毫无戒心的背，正在蜷曲，正在摇晃。阿黛拉用脚尖踢了踢脱下的裙装。裙子盖在横躺在一旁的人偶身上，像一片被特写放大的花瓣。

到目前为止保罗接触的全是不穿内裤的贱女人。在他主动引诱之前，那些女人就已经臣服了。

阿黛拉倒抽一口气，双手护住胸口。

"别害羞，你很美。"

"别过来。"

"你，讨厌我？"

"说不上讨厌。"

"喜欢吗？"

"我不知道。"

如果强迫她的话，她一定会厌恶自己吧。因为身体不服从于意志，所以保罗拼命抱着柱子，闭上眼睛。

"你干什么呢？"阿黛拉好似惊愕的笑声，消散了他体内那股横冲直撞的蛮劲。

阿黛拉换好了衣衫。

保罗将他之前看过的电影回想一圈，却没有一场戏能教他在此状况下该摆出什么姿态。

反而想到了另一件事。

西行途中，保罗掌握了纸牌戏法等种种千术。因为不是高手，所以他只找一些傻乎乎的外行当肥鸭。而和玩得熟的对手则会公平竞争。如果被人捉到出千，在当地就难混下去了。

大约一个月前，保罗玩扑克耍诈，大获全胜。输得最惨的那个人给了他一张不知名的纸条，代替他欠的钱。红纸上画着金色的文字和图画。他是来自中国的移民，不仅口音很重还口齿不清，总之很难听懂。那男人对同桌的中国同伴说了什么，随后张开嘴，伸出舌头。他的同伴同蹩脚的英语解释道有一次他饿到魔怔了，心中产生了要不把嘴里的舌头给吃了的念头，当他的牙齿咬进舌头时他吃了一惊，停了下来。

"可为什么要吃舌头呢？手臂，脚趾哪里不都可以吃吗？"面对保罗的反问，那两人一致地点头，"还真是。"

所以这张纸又是什么，借条吗？面对保罗的提问，那个说话利索的人解释道："他说是保佑赌运亨通的咒符，很灵的。希望用这个抵债。"

"他有这个还不是输？"保罗哼笑一声，那男人辩解道："这家伙和我已经把运气全用光了。福神只会保佑持符人三次。"

"我是基督徒。"保罗回道，"支那佬的神仙怎么可能会保佑我。"因为支那是中国的蔑称，对方顿时面红脖子粗，破口大骂："土豆王八蛋！"但转眼声势又柔和下来，坚持说一定能赢三场。那么纸片究竟管不管用呢？不知道，反正之后保罗还是有输有赢。

"我来助你当上临时演员。"保罗意气风发地说。

有几个欠保罗钱的家伙能派上用场。一人的妻子是发型师，还有一位是摄影师，这是否就是支那福神赐的好运？

当保罗对理发店老板提出用做头发抵消一部分欠款时，发型师的丈夫连忙带着他们跑去求他老婆。美发店里没别人，女人们都去看瓦伦蒂诺的葬礼了。

发型师贝蒂块头有她丈夫三个那么大，只见她给了他下巴一拳，又把他踹倒在地，之后让阿黛拉坐在镜子前面。老板起身匆匆离去。

拿着电热卷发棒，贝蒂一边将阿黛拉的一头棕发烫成螺旋卷，一边问道："这姑娘是你相好？"

一手抱着礼服的保罗坚定地点头道："她是木偶艺人，玩人偶棒得让人不敢相信。"

"给我露一手吧。"

虽然阿黛拉用英语回答了贝蒂的请求，但她的德语口音太重还净是语法错误，贝蒂没听明白，又问了好几遍。阿黛拉看向镜子里的保罗，向他投去求救的眼神。

"真正的艺人，可不会随便亮出手上功夫。"保罗意译道。

"哟，那么厉害啊。"发型师从抽屉里拿出几条丝带，每个都长约十英寸，"挑一个喜欢的颜色吧。"

阿黛拉指着一条酒红色的丝带，"真土气啊。"贝蒂鼻子一哼，擅自换成一根猩红的。

贝蒂在阿黛拉太阳穴两边的螺旋卷发上各扎了个蝴蝶结，然后打开收音机。缓缓转动调频旋钮时，收音机都会响起一阵吱吱啦啦声。当收音机里流出爵士乐，她停下转动。

"查尔斯顿舞，摇摆起来吧。"

望着阿黛拉的愁眉苦脸，保罗翻译道："她不喜欢爵士乐。"

"这孩子哪里来的？"

"她来自波西米亚。"

"移民就别随便说你们喜不喜欢。"贝蒂粗暴地扯住她系着丝带的头发，"你若讨厌爵士乐，就别来美国。"

“关了它。”贝蒂听不懂阿黛拉的德语，保罗自己跑去关了收音机。

“臭土豆！”

他轻巧地躲过贝蒂打向侧脸的巴掌。

“孩子孩子你会啥？”阿黛拉一边唱着歌一边跳下椅子，操纵着木偶插手在两人之间，“我敲大鼓可好啦。嘭、咚、哒啦、咚，鼓声隆隆响。”在故国这是一首脍炙人口的歌曲，所以保罗也跟着唱了起来。“孩子孩子你会啥？我吹长笛人人夸。嘀、嘀、嘀，长笛真悠扬。嘭、咚、哒啦、咚，隆隆鼓声响。嘭、咚、哒啦、咚、嘀、嘀、嘀。”

人偶打着看不见的鼓，吹着看不见的笛。“孩子孩子你会啥？我最爱把提琴拉。噜、噜、噜，琴声多明亮。嘭、咚、哒啦、咚、嘀、嘀、嘀、噜、噜、噜。”

乐器越加越多。齐特琴[1]噗铃、噗铃地响着；巴松管嘟、嘟、嘟地吹着；竖琴叮、叮、叮地拨着，嘭、咚、哒啦、咚、嘀、嘀、嘀、噜、噜、噜、噗铃、噗铃、噗铃、嘟、嘟、嘟、叮、叮、叮。再加上低音提琴。呜——呜——呜——嘭、咚、哒啦、咚、嘀、嘀、嘀、噜、噜、噜、噗铃、噗铃、噗铃、嘟、嘟、嘟、叮、叮、叮……木偶披散着头发狂舞，奏响所有的乐器，保罗配合着歌唱，拍手跺脚。“我敲大鼓可好啦。”虽然人偶的动作如着魔般激烈，但令人惊讶的

1　Zither，民间乐器，中世纪拨弦扬琴的后代，外形类似扬琴和古筝，流行于奥地利的蒂罗尔和巴伐利亚。

是阿黛拉的表情却一丝不乱。

更吵的是贝蒂涌进全身力量踢着地板，像是和人偶一起跳舞。嘭、咚、哒啦、咚、嘀、嘀、嘀……透过窗户向里看的丈夫也跑来一起，嘭、咚……"接下去是无休无止的重复哦，阿门。"人偶静静地做了个祈祷的动作，歌声一结束，贝蒂和她丈夫就瘫倒在地。

"这……"贝蒂喘着粗气说道，"这不是爵士乐吗？"

她站起来，将阿黛拉重新压倒在椅子上，又抓出一把丝带，系在阿黛拉每一圈卷发上。黄的、绿的、粉的……好像阿黛拉的头发挂满了军舰上的彩旗。

"搞定！"贝蒂似乎满意地点点头，之后问道："打扮得这么漂亮，要上哪儿去？"

"去拍照片。"保罗答道。

店老板看着阿黛拉，咧开缺了门牙的嘴笑说："陈也借了你的钱啊。"

贝蒂说要给她化妆，说要让摄影师一眼将女孩错认成玛丽·毕克馥或莉莲·吉许，但阿黛拉拒绝了。如果按她说的去做，那阿黛拉的脸会被折腾成什么样，保罗都可以想象。

陈的照相馆位于后街。虽然闪光灯三脚架一应俱全，但这家所谓的"照相馆"却是个肮脏的小房间。尿骚、线香和鸦片味混合交织四处飘荡，地板上散落着一些食物残渣。

陈馆长以参演过《残花泪》的临时演员而自豪。电影开头是远洋轮出入的中国港市，当然这是布景。为了拍这一场面，当时好莱坞地界上的中国人都齐聚于此，画面里全是忙碌的人。保罗认不出哪个是陈。

听保罗提出拍照抵扣债务时，陈趁机唾沫星子乱飞地讨价还价。

"拍完照片，马上冲洗出来。"保罗吩咐道。

"你要加急，钱要另算。就我欠你的那点还不够哩。"

"我借你钱不算利息的啊？"

"我很忙的，等我得闲再来。"

"骗人。"

保罗指着卷起来的背景布，上面积了一层灰。

陈从口袋里掏出硬币抛上半空，用左手背接住，右手一盖。保罗挥开他的手，"你会玩诈，不干。"

就在他俩谈判的时候，阿黛拉站到墙上挂着的镜子前。镜子边角的水银已经剥落，她解开了几条发带。品味恶俗的彩旗变成了色彩谐和的花冠。

阿黛拉环顾了一周房间，将娃娃交给保罗，拿着碎珠点缀的手提包和礼服，隐身帘后。

保罗照准向帘幕缝隙中探头探脑的陈的脸上来就是一拳。虽然在那部让莉莲·吉许跻身明星的《残花泪》里登场的中国人（尽管也是化过妆的，由小眼睛的白人出演）心性纯良，对待这位可怜的孤女如公主般珍视。但是陈这个人就是一个好色混蛋。

当阿黛拉从帘后面现身时，陈那张吊儿郎当的脸显得更猥琐了。

保罗不由地心尖一颤。她的手提包里好像有化妆品和手镜，阿黛拉的嘴唇像小草莓一样鲜艳欲滴。

在等照片的空档，保罗从一家路边摊上给阿黛拉买了法兰克福三明治和软饮料。因为已经拍完了照，所以阿黛拉放宽心地吃得满嘴都是番茄酱和黄芥末。

阿黛拉告诉他，她的父亲是剧团团长。旗下艺人有母亲、哥哥和阿黛拉自己。听说四个人能操纵起十几个娃娃。

"人偶艺人真是三头六臂。"保罗夸赞道。

阿黛拉瞥了一眼放在身边的人偶接着说："可是父亲被骗了。"

剧团以布拉格为中心，在周围村庄和乡镇巡回演出。有人提议他们可以在好莱坞开一家木偶剧场。好莱坞正在以惊人的速度蓬勃发展。一座座大影院，大剧场拔地而起。每一家都想拿出点特色来招揽顾客。听中介说有个剧院正想要木偶剧团，阿黛拉的父亲便与之攀谈。如果不赶快，就会被别人抢了先，于是他被中介敲去一笔不合理的手续费。中介告诉他你们一下船，就有人来接你，那人会带你去好莱坞。

这就是一个巨大骗局。多少人被同样的花言巧语所骗，交给中介一大笔钱，但哪怕他们坐船到了美国，也没人会去接，因此而走投无路者并不少见。只要钱到手人送走，骗子就赢了。

每当听到"新大陆"，人们总会兴奋起来，感觉会有什么好事发生。比如身无分文的移民转眼就赚了大钱，就像瓦伦蒂诺。电影公司的创始人和董事会中，也有很多从旧大陆或俄国过来的犹太人变得富有。但金字塔底端的声音，却无法传到旧大陆。就算传了过去也没人相信。

阿黛拉的父亲努力向西行进。他觉得向导没来可能是个误会，到了好莱坞就会有想要木偶剧团的剧场了。如果我报出剧团名字，他们定会为自己的疏忽道歉，然后我们会立刻开始工作。会的。一定是这样的。

不来梅的城市乐手[1]在旅途中人越走越多，而剧团的人则越走越少。父亲因长期的自我欺骗，终于熬不住了在旅店里上吊自杀。不久母亲也吐血而亡，好像是胃部烂了一个洞。阿黛拉和哥哥继续着西行之路。不料在即将到达好莱坞之时，哥哥在酒吧卷入一场斗殴，也死了。

保罗说他也是，在船上的家人一个接一个地没了。

"万一你没找到临时群演，你靠什么吃饭呢？"

"卖货娘，东家店西家店，四处打零工。"

"还好你没去红灯区。"

"我可是天主教徒啊。"

"照片差不多快好了吧。"保罗从裤子口袋里掏出怀表，怀表链子绑在皮带上。他看了看时间，好像还早。

"这表很棒。"

跟恩里科告别时，保罗曾想偷走他师父的怀表，结果被捉住了手腕。因为那块表也是恩里科掏摸别人所获，所以保罗偷时并没感到罪

1　德国童话故事，收录于《格林童话》。

恶，然而还是失败了。

"如果对方是只'正义肥鸭'，他不会听你任何的辩解。你就等着被起诉吧。"恩里科说。对于那些当场抓住扒手现行的人，道上称他们为"冤家"，而哪怕奉还了赃物对他们赔礼道歉后，仍不依不饶要叫警察的那一类人则被称作"正义肥鸭"或者"正义蠢蛋"。最后这块怀表成了恩里科送给保罗的饯别礼。

当然这些事是不能向阿黛拉说的，于是保罗扯了个谎："我赌扑克赢的。"

在烈日下徒步三英里到达行星城时，保罗已经汗流浃背。搭在左胳膊上的礼服也有点湿了。而他的右手正小心翼翼地拿着夹在对折衬纸中的照片。

阿黛拉则回住处等消息。

这片土地无边无际，到处都是开放式布景。经过一个正在建造的半圆形地平线，保罗看到了一个熟悉的景象。这是一座古老的欧洲城堡，建筑被包围在一圈水质浑浊的护城河内，金雀花繁茂的庭院，荒凉至极的墓地和教堂……一切都仿制得惟妙惟肖。肋骨环抱住的银壶表面好像有些变软。虽然这种感觉近似疼痛，但保罗是不信乡愁那一套的。

所有的建筑都只是一个立面，只要绕到背后，就能看到它们不过是由柱子支起的薄木板。而且阳光灿烂，古城也不可能显露出它的幽深。

脚边跑过一只淡粉色的猪。它的小短腿一个劲地交替动作，很快便消失在阴影之中。

保罗一不小心踩穿了躺在地上的墓碑。原来这也是木框蒙布再涂上石膏的模型，但模型下面好像真是个挖出来的墓穴。正当他为了拔出腿而苦苦挣扎时，一个声音喊道："罗密欧。"要说喊罗密欧的当然是朱丽叶，可那是个男人声音。

保罗环顾四周，想看看是否误入莎士比亚电影片场。只见一个光着上身，只穿了一条裤子的年轻男孩走来。"罗密欧"问："你见过他吗？"男孩和保罗差不多大，从鼻头到脸颊到处都是雀斑，锁骨凹陷处满是汗水。

保罗摇摇头。

"是头猪。"那男子说道。

"猪啊，跑那边去了。"

"帮个忙，帮我逮到它。"

把裙子和照片放在十字架上，保罗用假声高喊"罗密欧阁下"，一边和男子一起寻找。年轻人高兴极了，也大声呼喊。

他们来到一处野外池塘，它比派拉蒙的海盗船池子还要大上好几倍。池子里装满了水，在半圆弧的地平线背景墙上，一块木板被做成拥有无数扇窗的高楼耸立在水中。与派拉蒙的户外布景一样，这里也有喷水口和鼓风机。几英尺远的地方，一个巨大喇叭架在支柱上。喇叭最宽处的直径将近四十英寸。

他和那男孩两边包抄，把那头沿着池子乱转的猪逼上了死角。

保罗对着好不容易抱住猪的男孩问道：

"这就是蒙太古家[1]的贵公子？"

"它是著名演员，演出费比一般演员还贵，还要交保险。不过它赚到的钱归经营动物演员的老板就是了。"

"猪会谈恋爱？"

"不是演莎士比亚的戏。罗密欧是老板给取的名字。"

"那有没有朱丽叶？"

"在老板那里，朱丽叶是一只猴子。狮子叫凯撒，理查三世是个驼背的驴子。全都是名演员。"

"罗密欧演过什么片子？"

"格里斯巴赫的《泰坦尼克》。"男孩指着池塘里站着的墙板说道。

"那是泰坦尼克号？"

"对啊。"

"那烟囱什么的都没有啊。"

"能看全船体的模型不在这里。这里是拍仰视画面的，所以不需要上面的装置。到时候屏幕上也就是一堵墙一样的船身，有人从船上掉下来，有人顺着绳子爬上救生艇。"

"你是格里斯巴赫剧组人员？"

"对啊。詹尼·兰兹。"

"意大利那边的？"

1　莎士比亚戏剧《罗密欧与朱丽叶》中罗密欧所在的家族。

"对啊。"

"我叫保罗·策勒。南德来的。不要叫我鲍尔，叫保罗。"

"土豆仔。"

"意大泥。"

两人轻轻握手。

"因为沉船是在夜里，所以拍摄的时候，窗户都会亮灯。"

"邮轮都沉没了，还有猪出场的机会吗？"

"这是一次长途旅行。为了给头等舱的乘客提供鲜肉，猪会养在船底。如果他们只吃腌肉会引起投诉的。"

"我就是乘船过来的，当然坐的是三等舱。没看见船底养猪啊。"

"泰坦尼克号上估计也没养过吧。但是导演觉得如果在宴会的混乱中跑进来一头猪，那比扔馅饼有意思多了。"

"泰坦尼克号的幸存者，还有很多人活着吧？如果胡说一通的话，不会又招来很多投诉吗？"

"有时候，谎言比事实更能描绘真实。"

"是吗？"

"导演是这么说的，但布景的细节格外真实。要不怎么叫格罗斯（伟大的）巴赫呢。"

说着对方压低了声音："等电影拍完，就把这玩意儿烤了，全体工作人员一起吃。"

"不要赔偿吗？"

"有保险公司赔啊。"他眨起一只眼。

"我来是给格里斯巴赫导演送群演服装的。"

保罗拾起裙子和照片。

"那是什么？"

保罗展开衬纸给他看，詹尼吹了声尖尖的口哨。

"求介绍。"

"请帮忙介绍给格里斯巴赫。"

"干什么？"

"临时演员。"

"我来介绍。"

詹尼将罗密欧夹在腋下，大拇指往耳后一翘——"跟我来"。

他们沿着大片厂外壁向前走。

每隔几英尺就有一扇巨大的铁门。

其中有一处，两扇大门大喇喇地敞着，从门前停着的卡车货箱里，正卸下一个又一个貌似是布景部件的东西。

"这里今天进不去。"詹尼说，"他们在为《泰坦尼克》的宴会场景做最后的布置。负责道具的人向来凶悍，到处乱逛会被他踢出来的。"

他又转到一扇半开的门前，推开。那是一间狭小阴暗的工作室，案头放着一个从头到尾长约一英尺的船模。

"这是沉船那场戏时给远景用的，能浮在池子里。"

"做得真好。"

"他较真嘛，导演。"

"好想放它在海里试试。"

"来这边。"

詹尼把他带到隔壁一间用活动墙板隔开的工作室。

"这是锅炉房的布景。"

圆筒形巨型锅炉两旁还有几个一样的炉子。

"打开这个炉门，把煤块哗哗地投进去烧起来。"

"好厉害！简直像真的一样。"其实他之前也没有见过实物。

"浸水的那场戏才叫厉害呢。虽然淹水，锅炉工还在继续烧煤，直到上级下令才停止。那一场戏弥漫着浓浓的水蒸气，极具魄力。戏一拍完，这里就拆干净了。"

"真浪费啊。"

螺旋形的铁梯伸向楼上，抬头一看，梯子到中途就断了。

下一个工作室的一边是船上厨房的内景，另一边是通讯室的布景，室内放着办公桌和电报机。当泰坦尼克号的船体与冰山碰撞出现裂缝时，通讯员就是在这里拼命发送SOS求救电报的。

"这边的戏已经拍完了。"

"要拆掉吗？"

"对。"

詹尼指示保罗在这儿等着。

"我得把这家伙先圈起来。啊，那个给我。"他指着夹着照片的衬纸，"我拿去给导演看看。"

"我想亲自给他看，你带我去导演那里吧。"

"OK，稍微等一下哈。"

詹尼抱起憋得直哼哼的罗密欧阁下，消失在屋里。

但他没有回来。

——意大泥真靠不住……

要扔的，要用的，在这些大道具散乱堆置出的迷宫里，保罗信步走着，正当迷路的时候，他走进一个房间。

最开始有反应的是嗅觉。熟悉的味道总是漂浮在陈的住处。

陈的住处总漂浮着一股混合了食物腐臭和厕所尿骚的气味，但现在保罗闻到的只有鸦片的香味。

保罗站的地方是泥地，地板高出泥地一层，上面铺着异国风情的厚地毯。虽然对大洋彼岸的亚洲大陆一无所知，但挂毯、屏风、长椅、矮脚桌、镶嵌着蓝贝壳的橱柜等摆设比陈的住处还要更有中国风格。

一个年轻男人以一种四肢百骸全被抽干似的模样懒懒地瘫在榻上。侧桌的豆灯将颤动着的微弱火影投在长榻靠背搭着的白麻衣上。枯草色的头发粘在男人微微冒汗的额头，他把烟枪从嘴边拿开，深深地吐了一口气。

"你终于来了啊。"

这句话是对谁说的呢？保罗迷惑了。他以为男人的眼睛看向自己，但视线却像小孩射出的箭一般飘飘忽忽，最后无力地落在地板上。似乎连睁开眼皮都很费力气。

"鲁尼。"

由于男人叫出了声，保罗摇头示意不是自己之后，他也环顾四周。

在远离鸦片榻的办公桌前还有个男人。他用被蓝墨水染脏的手指捏着笔，看起来像在写作。

那人看起来比抽鸦片的人大上五六岁，此时他正用一种讶异的目光盯着保罗手中的裙子。

"请交给助理导演。"保罗说着凑向桌前的男人，而那男人将食指竖于嘴前，制止了他。

"鲁尼，我一直在等你。"抽烟人的吐息，扩散在如刚剪下的羊毛一般蓬松的空气中。

办公桌前的男人奋笔疾书。不懂速记的保罗以为他写的是波斯语或者阿拉伯语。

长长的烟枪缓缓划出一道弧线，烟嘴指向保罗。那人左手招呼保罗上前。

执笔男人眼神也催促着保罗照做。

走到烟榻旁边，吸烟的年轻人试图将烟枪塞进保罗嘴里。保罗举起双手，用礼服和照片堵上嘴巴。烟枪跌落在地，半埋进毛茸茸的地毯。

踏在地毯上的足音消失了。仿佛瞬间移动一般，持笔人走到保罗身边。

"我是来送群演服装的。"

男人暗色的眼睛盯着保罗。

"这是格里斯巴赫导演要用的衣服。你们哪位是《泰坦尼克》的助理导演？"

"我是责任助理导演。"

"这个我放哪儿？"

"那边吧。"

助理导演不假思索地指了指角落。他似乎不在乎少一两件衣服，所以也没问保罗为何专程送晚了一件衣服。

他把裙子放在助理导演指定的地方，但仍抱着那张相片。

责任助理导演一面从地上拾起烟杆，一面与抽烟者交谈。他们交谈的语言既不是德语也不是英语。保罗只听到了Oui，Non[1]这两个简单的词。这两个单词，保罗还是知道意思的。

"艾伦是这么说的。"他对保罗说道，"'我知道这少年不是鲁尼。但我想享受片刻的迷梦'，我不能拒绝他，所以你能否满足艾伦的愿望？"助理导演的语气并不傲慢。

"他是法国人？"

"是的。"

"是电影演员？"

"不是。"

"我不太明白，这里是片场工作间吧。"

暗色眼睛的助理导演打开小陶壶的壶盖，取出一点焦糖状的褐色膏块，扎在针尖，凑到灯上。当膏块变得如糖稀一样柔软时，他将它塞进烟枪中间突出的碗形火池里。一阵滋滋轻响，烟冒了出来。助理

1　法语中的"是"和"否"。

导演吸了一口后，将烟枪递给保罗。

"不要。"

"是吗？"助理导演有点失望。

"鲁尼受鸦片烟的眷顾。"

只一句话，保罗就困惑了，因为助理导演和抽烟人同时开口，声音却只有一个。他觉得也许只是被动吸了点鸦片烟，头脑就开始迷糊了。

"我可不想被它眷顾。"

一次拒绝，两次拒绝，助理导演还没有放弃："爱或不爱与你无关，是鸦片选中了你。"

他本想回冲一句"多管闲事"的，但一想到这是个绝佳的交易机会，于是道："我想求一个临时演员名额。"

"你当演员？"

"不是。"

他亮出照片塞给助理导演。

"推荐这女孩吗？"

"是的。"

"胆子太小嘛，你只想让她当个群演？"

"如果能演角色，那最好不过了。"保罗的声音里含着热情。

只要看了这照片，任你哪个导演都会想用这个演员。何况这次见到的可是助理导演啊。

"她多大？"

"准确年龄说不好……大概，比我小一点，十五六的样子吧。"

"真是不上不下的年纪。做童星太大，做淑女又太孩子气，没有女人味推不出去。"

"那还是当临时演员好了，她每天都有空闲。"

"她叫阿黛拉，会操纵提线木偶，技术非常好。"保罗认真地推荐，但是助理导演对她的特长完全没有兴趣，只是把照片放在桌上。

保罗感到了横躺在烟榻上的艾伦投来执拗的目光。

"鲁尼，是他的弟弟吗？"

"是他朋友，比他小，死了。"

"让我当死人的替身？"

艾伦向助理导演伸出手，烟枪又回到艾伦消瘦的手中。两条胳膊，皮肤如蜡一般发黄，单看手臂都容易错把他认成老人。

"那位死者，也有鸦片瘾吗？"难道他是死于吸食鸦片过量？

"失去了鲁尼，艾伦才抽上鸦片的。"

陈曾说过，鸦片抽一两次不会让人上瘾。他虽是个骗子，但不关乎利益的情况下他是不会撒谎的。虽然这个城市有很多抽鸦片的，但并不是所有人都那么怪异。

"请雇她当临时演员啊，阿黛拉，请一定点名选她。"

"OK。"

"我叫保罗·策勒。您叫……"

"艾根·利文。"助理导演说着，指着一张空着的座榻。

好德系的姓名啊。

"Bist du Deutscher?（你是德系吗？）[1]"保罗用德语问道。助理导演的表情略微缓和，回应道："Ja.（是啊。）"

对于德国人来说，他的脸华丽而纤细。保罗这么想着，以一种上手术台似的心情躺倒在烟榻上。

艾伦递出的烟枪，经由艾根·利文交到了保罗手上。

他用衬衫下摆擦了擦吸管，艾伦露出不满的表情。长烟枪比雪茄烟嘴还重，保罗胳膊肘支在垫子上，小心翼翼地含在嘴里。为了不让烟进入肺部，他轻轻吸了一点。嘴里弥漫的烟味与香烟完全不同，虽不难闻，也不好吃。他赶紧吐出来了，同时用手拂去飘在眼前的轻烟。

保罗停了一下，但什么都没改变，既不觉头晕，也没有恶心，只有艾伦郁闷的目光。大概是小学四年级的时候吧，保罗曾试着扮大人，偷吸过父亲的香烟。结果就这么一吸一吐人就晕了，之后又慢慢习惯了。

他又抽了一口，两口，三口……

一种放松的快感油然而生。

"内心就像一只紧握的拳头。"突然，保罗的脑海中流过一句话。迷迷糊糊中，保罗将这句话说出口。

"我手里握着什么？不知道。但能温柔地松开我拳头的是鸦片。"这并非空洞的修辞，保罗脑海中流淌的语言准确地描绘出他的

1　德系包括德国、奥地利、瑞士、列支敦士登、卢森堡、阿尔萨斯·洛林等德语圈国家地区的人。

感受。

暗色眼睛的助理导演立刻用纸记录下从保罗口中滴落的话。

"拳头里是只小……小鸟。鸦片将拳头化为五指自由活动的手掌，再与另一只手搭成了小鸟的巢。小鸟的羽毛晕着光，像阳光下潮湿的沙。鸟儿开始歌唱。哦哦，是这样啊。原来每个人的肋骨里都关着一只会唱歌的鸟。我第一次知道我的鸟儿会唱什么歌，每个人都不一样。导演，你也知道你的鸟，你的歌。你不是抽鸦片吗？罕见的是，还有人，即使不靠鸦片，也能摊开自己的掌心。这样的人才是真人。明星，都是假的，都只会演唱别人给的歌曲。"脑海中的话语如奔流般湍急，而保罗的舌头终于无法捕捉而结在一起。

鸟羽在延伸，在舒展。他也无限扩展，无限稀释，轻盈得就像不存在一般。

他清楚意识到眼前的景象，知觉比以往任何时候都要清晰，能清楚地观察到细微的东西。艾伦躺在长榻上，细长鼻子从毛孔到鼻腔里的血管都清晰可见，奇怪而可笑。艾伦伸手拿起烟枪，一只手支撑着，含着烟嘴。冒着丝丝烟雾的火池雕刻得非常精致。

阿黛拉租的住处是某三层公寓的阁楼，一楼是一家杂货店。因为只有一个房间，所以晾衣绳挂在屋里。保罗略有遗憾，绳子上只有干燥的床单，没有内衣。

即便如此，这也比保罗租的房间好多了。保罗的住处在一幢独门独户的房子里。房主将其中一个房间租给了一个五口之家，这五口人又将房间用薄板隔出一个小空间转租给了保罗。但这个狭窄空间里只能放下一张床，走路必须贴着墙板一点点地挪。

鸦片带来的奇异感觉已经消失了。

保罗掏空钱包在一楼的杂货店里买了面包、黄油和啤酒，同时也让詹尼买了些，算作小小的提前庆祝。

一见到阿黛拉，詹尼便大肆吹嘘，说她能被选为临时演员全拜其向格里斯巴赫导演极力推荐所赐。

真是个跟过来的电灯泡。保罗虽这么想，却还是原谅了他。因为阿黛拉确实拿到了合同——作为临时演员参与拍摄大宴会那场戏。双喜临门的是助理导演也答应保罗作为打杂人员加入剧组。

保罗没有回到老板那里，开不开除的完全无所谓了。本来他就有心炒师傅的鱿鱼。

听说吃的是在楼下买的，"他们家的东西很难吃。"阿黛拉一脸嫌弃，"尤其是黄油。"

"一磅才十五分，我就知道不是好货。在这个国家就别指望有什么好吃的了。"

"要只是味道不好也就算了，问题是他们还掺东西。你闻闻是不是有股怪味？他们掺什么石膏、明胶、酪蛋白来增重。"

"说英语好不好？如果可以的话，说意大利语行不行？"因为詹尼的不满，所以保罗一边用德语和阿黛拉交谈，一边将对话翻译成英语。

"这国家的人不看重用餐，真是犯罪。"詹尼听得直点头，似乎深有同感。"他们哪里是吃饭，嘎吱嘎吱乱啃，咕咚咕咚狂灌。从汤品到主菜再到甜点，干完只要五分钟，忙得不得了。他们吃得跟马一样多，食物味道也和马饲料差不多。"

"你吃过马饲料？"

"没有，当我优雅地用餐时，总会被人训斥是意大泥懒鬼，催我快去干活！"

"不过呢，"詹尼又加了一句，"格罗斯巴赫和他的助理导演们都是奥地利出身，不像这个国家的家伙们那样糟蹋食物。"

"格奥尔·冯·格里斯巴赫，那人怎样？"阿黛拉插嘴道。

"我没见到他，我把照片给了助理导演艾根·利文。"

话说回来，格里斯巴赫竟做出了想都不敢想的事情。为了知道大烟鬼吸食鸦片后会说什么，他命助理导演艾根·利文找来真人记录。剧本中泰坦尼克号豪华邮轮上有各种各样的人，其中还有打扮得像是中国人的瘾君子，所以抽大烟也是以了解真实情况为目的采取的手段。保罗认为即使再怎么中式，也不会有旅客把邮轮房间装饰得像大烟馆一样，但他没有说出口。就连保罗自己也成了实验对象。

他将这事儿一说，詹尼接道："格罗斯巴赫一工作就人格分裂了。"

"就像化身博士杰基尔和海德一样？"

"一边是海德，另一边还是海德。"

"责任助理导演是个怎样的人？"阿黛拉又问，"我没接过格里斯巴赫的戏。"

"一个男的，有点哭丧脸。"

"今天不许说'哭丧'。今天可是个好日子啊。"詹尼这么说着，手膀子自来熟似的搭上阿黛拉的肩头把她拉到身边，"对吧，阿黛拉。"

阿黛拉和詹尼坐在床上。她原把唯一的椅子让给保罗坐，另外找了个空箱子反扣过来给詹尼，自己坐在床上。结果不知什么时候，詹尼那小子毛手毛脚地坐到了阿黛拉的身边。

阿黛拉轻轻避了避身子，若无其事地将詹尼的手从肩膀上拿开，这才让保罗松了口气。

"是啊，今天是个好日子，还是我的生日。"听保罗这么一说，詹尼举起啤酒杯，"生日快乐！"然后又问对方岁数。

"十七。"

"还很小嘛，我十八了。无论从哪一方面，我都是你的前辈，要听前辈的话哦。"

呵，保罗耸了耸肩膀。

阿黛拉和詹尼的亲密距离让人揪心。这小子可能会装醉借机推倒阿黛拉。

床边墙上挂着一个木偶，就像舞台上用的那种一样，眼睛和鼻子都被夸大了。

保罗心想你小子没事还不赶紧回去，让我跟阿黛拉独处。詹尼却厚脸皮地赖在床上滔滔不绝。

不久，啤酒和果汁都喝完了。

"去楼下店里再买点，你去。"

"不，你去。"

"我可是格里斯巴赫剧组的前辈诶。"

"现在又不是在干活。"

两个人都口齿不清，纠缠着从陡峭的台阶上走下来。来到路面时，保罗竭力说道："别对我的女人动手。"这一场面电影中比比皆是。"嘿，那姑娘，是你女人吗？"詹尼奉还了一句老生常谈的台词。

保罗耸耸肩。

"你小子，跟她好上了吗？"詹尼的台词像拳头一样挥了过来。保罗照着对方的肚子就是一拳。他斜眼一瞥吃痛弯腰蹲地的詹尼，准备上楼，不料攻击从身后袭来。两人打作一团。

詹尼先倒下了。他屁股坐在地上，头靠着墙，两脚直直伸着，一副输了的模样冲着踉踉跄跄走上楼梯的保罗的背影"嘿"地喊了一声。保罗转过身听他说了句"好好表现"。詹尼又朝他眨眨眼："如果搞砸，我就上了。"

看见满身擦伤淤青的保罗，阿黛拉发出一声小小的惊呼，急忙用湿毛巾冷敷肿胀处，并用碘酒处理伤口，悉心照料。

在倾斜的天花板上有一块镶嵌着玻璃的天窗。若有月光洒入，那将是最浪漫的恋爱画面，但玻璃窗被尘埃和烟灰熏得又黑又脏，看不见天色。

没有天空的颜色，没有月光，但没有阻碍两人凑近的唇。保罗心下感慨"原来真有爱情电影一样的事"。可是说到爱情这个词不免让他联想到罗密欧和朱丽叶，自然又想到那只名叫罗密欧的猪。横膈膜颤动在甜蜜气氛最浓处，让他又想笑又困扰。

阿黛拉的床很硬。在众人偶送来的祝福目光中，保罗表现得很好。

少男少女相遇，接吻，拥卧床上。保罗已在太多电影里看厌了这种剧情，但真的轮到自己时，无论是阿黛拉温润的腿还是幽香的发都使他有一种特别的悸动。保罗抱着她，这世上再没有比她更重要的宝贝。缠绵过后，阿黛拉淡淡地哭了。她说明天要去教堂向神父忏悔，因为未婚尝禁果是一件莫大的罪行。"那么，明天我们一起去教堂吧。"保罗跟她约好，便陪着阿黛拉在她那张硬床上，渐渐睡着了。突然惊醒时，保罗发现阿黛拉已经将脸埋在他腋下沉沉睡去。太可爱了，保罗不禁又吻醒她，两人再次相拥，这样的事一遍又一遍，直到天窗肮脏的玻璃上亮起朝阳的光亮。

这是一个忙碌的早晨。阿黛拉换上最好的衣服。保罗也回到住处，换上手边最干净的衬衫，系领带，甚至还套了上衣，将教堂的出生证、移民许可证等所有能想到的应备文件拢在一起。

之后，他和阿黛拉一起去饰品店挑了一款便宜的镀金戒指。"等我有钱了，再给你买真金的。"听他这么说，阿黛拉回应道："有这个就好。"

第二站是去教堂。保罗到这里后一次弥撒也没做过，好在两人都是天主教徒，没有任何宗教分歧。在清教徒盛行的国家里，天主教会总是较少的。

"请让我们结婚。"保罗对神父说着并递上了各类文件。

"你们父母的许可呢？"

"我们都无父无母。"

"那你们多大了？"

"我十七。"

"我也十七岁。"阿黛拉说道。

这样啊，当时利文助理导演问及年龄时曾这样说过："十七岁就不是不上不下的年龄了，而是扮演淑女小姐最适合的年纪。"

神父将文件材料过目一遍，透过眼镜片盯着阿黛拉。

"我爱他。"阿黛拉双手交叠于胸前，望着神父，一字一句地说。

"会不会太早了？在上帝面前起誓是严肃的，等到上帝召唤我们的那一天……"

"我也爱她。"

明明昨天刚认识，但是保罗不想再拖了。这样的感觉自出生以来还是第一次。

"结婚了就要生孩子。你们能担负得起养育孩子的重任吗？"

"没问题。"保罗断言道。

艾根·利文跟他说好了，他的工资是每日五美元。而他在西部拼死拼活汗流浃背地干下来，每周也只有九美元，平均到每一天才一块五。如今的工作收入抵得上过去的三倍还多。阿黛拉当临时演员日薪是三美元。两人一起干活，一个月就有两百块以上的收入，太棒了！保罗住的那个隔板间太狭小，这段时间他借住在阿黛拉那所环境稍好一点的房间里。詹尼的日薪是九块钱。加把劲拼一拼，老子也能加薪。要是阿黛拉的特长能被艾根·利文或者格里斯巴赫看中的话，也许还会分给她一个人偶师的角色。想入非非是年轻人的特权，而现在保罗正在用此特权将自己乐观的梦想越做越大。然而一旦有了孩子，阿黛拉便无法工作。我要一个人养家，不然还算什么男人。

在圣堂的祭坛前做完祷告，接受过祝福之后，他为阿黛拉戴上了戒指。已经不再需要为昨晚的事忏悔了。

乘上有轨电车，接下来去行星城。一路上他一直挽着阿黛拉的肩膀。

罗密欧又跑了。他们遇上了再次出来追找罗密欧的詹尼。詹尼头戴一顶破草帽遮阳。

"你衣服容易脏，就别去追了吧。"保罗说着让阿黛拉坐在荫凉下，自己帮詹尼去捉猪。

他们一人在前面挡住猪的去路，另一个人从上方压迫过去。这次也顺利抓到了。

"你要是敢动阿黛拉一下，我还是能打你的。"

保罗说着亮了亮手上的戒指。

"哦吼，这样啊。"

"嗯啊，这样了。"

"你这算出手快呢，还是算沉不住气呢……"

"我是真心的。"

"那我们开派对庆祝吧。"

"昨晚不是预祝过了吗，算了。"

"那个是祝贺阿黛拉当上临时演员，还有你过生日。结婚庆祝要家人亲友一大帮聚在一起才热闹。"

"我们的家人都没了。"

"我有啊，加上我妈和七个兄弟姊妹，都来。"

"那是你妈和你家，关我们什么事啊。"

说到友人……有西部服装厂的同事、本老头、发型师贝蒂、她的丈夫、照相馆的陈……虽然有些人浮上心头，但保罗完全没有邀请他们的想法。

扒手师父恩里科倒是想邀请来着，可是一东一西太远了。

"没钱啊。"

虽然他出言拒绝，却还是瞟了一眼阿黛拉。他想女孩子都希望穿上漂亮的服饰，举行一场华丽的婚宴吧。

"收份子不就有钱了？"

詹尼正这么说着，只听排气管轰响。一辆暗蓝色的帕卡德豪车开过来，停在工作室前。

从车上下来的是穿着好似飞行员的梅贝尔·萝。

詹尼赶忙把猪往保罗怀里一推，跑到梅贝尔身边。他将那顶破帽摘下恭敬地遮住胸口，好似面对贵妇人一般低下了头。

"拜托您了。"

詹尼指着保罗和阿黛拉，小声地诉说着什么。

梅贝尔笑了。她举起手，勾勾指头叫保罗过去。保罗一手牵着阿黛拉，一手抱着猪，站到梅贝尔面前。

"恭喜你呀。"

梅贝尔伸手和保罗握过手后，又亲了亲阿黛拉的面颊，开口问道："听说你要演《泰坦尼克》？"

"是的，虽然只是个群演。"

"也没有谁一上来就是大明星呀。"

之后她又转向保罗。

"你也加入了剧组？"

"对。"

"然后，你俩就结婚了？"

"是的。"

这时梅贝尔打开包，伸手掏了掏。

她再一次和保罗握手，丢下一句"Good Luck.（好运。）"便走进工作室。

保罗低头看了看留在手里的东西。

"老天！"詹尼快跳起来般地尖叫道，"两张十块的！二十美元！"

詹尼拿过钱挥了挥。"二十美元。"

这是一大笔钱，虽然对于行星的高层来说，一两张十块钱的纸币不过就是像草纸一样的东西。

"是我跟她说的，让她给你们结婚随一点小费。我们就用这笔钱去开个大派对吧。"

"给的太多了，这才见了一面。"

"有钱人就是任性。"

感觉像受人施舍，保罗心里并不舒坦。

他看了看阿黛拉，阿黛拉也一脸茫然。

"小费……但我还什么都没做啊。"

"你要做的第一件事就是抓住罗密欧。"詹尼说着，"就在刚才萝小姐找你握手时，你发了下呆，现在那家伙又跑了。"

"啊！"

"那我先去找助理导演……叫什么名字来着？"阿黛拉问道。

"艾根·利文。"

"我先去见那个人了哦。"

"OK."

如此吵闹的派对，保罗还是生平头一回见。

詹尼说庆祝的事情不好拖，于是当天就安排了。

无论是保罗的房间——那个算不上房间的夹层，还是阿黛拉的房间都容不下招待很多客人。正想着该怎么办的时候，詹尼不知跟谁谈拢了，在行星城里免费租到一块空地开户外派对，但附加条件是明天上午之前要将空地收拾还原干净。那两张十块美钞全交给詹尼了，如果一切办妥还剩下一点，就算做他的辛苦费。

夏日漫长。傍晚七点开始准备时，天还亮着。

他们从工作室的仓库搬来桌椅和小道具，还专门给阿黛拉拿来一套精美的婚纱。

詹尼聚集了格里斯巴赫剧组的小喽啰和他们的家人。这帮今天才经介绍认识的朋友，远没有达到可以出席庆祝结婚聚会的亲密程度。但是詹尼告诉他们，那帮人只是想找个由头狂欢一场。

不用说，詹尼的母亲和他七个兄弟姊妹也来了。詹尼的哥哥和姐姐各自已成婚，今晚都是全家赴约。詹尼还向保罗介绍了他的弟弟妹妹，可是保罗完全记不过来，他姑且只能用唯一一会的意大利语"Grazie"不停道谢，但其实连头都没抬起，逗得詹尼的母亲笑得合不拢嘴。她过来与保罗拥抱，用意大利语跟他说话，语速极快，说得保罗哑口无言，连忙向詹尼求助。詹尼用英语给保罗解释了一遍，又切换回意大利语继续交谈。他的母亲是一代移民，几乎不会说英语。保罗也想告诉她在纽约他曾受到过一位意大利小伙照顾，叫恩里科。但他只记得一两个意大利语单词。Grazie（感谢）和Ho Capito（知道了），只记得这么多了，所以根本不可能流畅对话。虽然遗憾，但介绍恩里科的心就此打住。詹尼将他母亲的话翻译成英语，说他们意大利人生来就很亲切，跟黄蜂族很是不同。詹尼的哥哥一直黏着阿黛拉说话，照顾她。嗯，意大利人都很亲切，直到侧腹吃了他老婆一肘。

阿黛拉的朋友也来了。因为有很多年轻姑娘，所以会场被装点得很漂亮。她们送花给阿黛拉，还装饰了桌子。谁都一样手头拮据，所以没有豪华的玫瑰，但朴素的野花也散发着柔和的香气。

大家都自带食物饮料，桌上顿时热闹起来。甚至还有人带上了桌布。

树与树之间拉上了绳子，上面吊着灯笼。这也是从仓库里随便挑拣出来的东西。

　　满眼都是初见之客，都分不清是谁的祝宴，所以保罗向本老头、理发师贝蒂夫妇和陈摄影师搭话。虽然詹尼说来者自备食物和酒水，但他们能来是给保罗撑场面，所以他们的酒水食物都算在保罗头上。

　　贝蒂从人群中走过来。

　　"昨天你怎么一句没提结婚的事？"说着轻轻推了保罗一把。她张开双臂拥抱了阿黛拉，还蹭了蹭她的脸颊。在贝蒂仔细检查阿黛拉的头发和服装时，她丈夫向保罗发出警告。

　　"开头很关键，不能惯着她们，否则等着一辈子被她压在屁股底下吧。"

　　陈师傅带来了照相机、三脚架和闪光灯。当然，照相不是免费的。

　　有人拍了拍手止住了闲谈，想不到那人竟然是助理导演艾根·利文。不知不觉间，他竟然来到了喜宴现场。

　　詹尼连忙安排两位呆若木鸡的新人入座。

　　艾根·利文高高举起一杯泡沫满得快溢出来的啤酒。

　　"干杯由我来说。"就在这时一位女性也站到助理导演身边。助理导演忙不迭地又往一个空酒杯中倒入啤酒。

　　"保罗·策勒，阿黛拉。"梅贝尔·萝刚举起酒杯，保罗和阿黛拉赶紧慌忙地站起身。

　　瞬间全场鸦雀无声。今天才入职的剧组新人，还是最下面打杂的那种，与第一次见的临时演员结婚，竟然惊动了助理导演和公司高层，高层还要带头敬酒……太见鬼了。

"恭喜你们。"

随着梅贝尔的动作，大家纷纷举杯祝福。

保罗非但没有高兴，反而感到不安。"这是不是在耍我？"他一面这么想一面挽住阿黛拉的腰，让她贴紧自己。动作的意思是——如果有什么异常，我来保护你。阿黛拉却是一脸感激，脸颊泛红，向梅贝尔投去纯真、感谢的目光。

詹尼凑了过来，眼瞅着梅贝尔在保罗耳边小声说道："她好像很中意你。"

保罗皱起眉头。如果被露骨地关照到，后面恐怕会很难做。比起高层董事，同伴们的感受更重要。

"我是怀疑她的癖好。"詹尼又加了一句。

然而好像是詹尼和保罗想过了头，梅贝尔是来找艾根·利文的。

梅贝尔坐都没有坐，站着跟责任助理导演说了一会儿话。

"我算是败给格里斯巴赫了，按他希望来吧。从后天起往后三天，所有演员、剧组人员一律封闭式管理。你跟大家传达一下。"

梅贝尔就说了这么多，她看也没看保罗和阿黛拉就起身离开了。只听见汽车的排气声渐行渐远，最终消失在远方。

助理导演又拍了拍手提醒大家注意。

"明天一天，休息，带薪的，给一天钱。"

场下一片欢腾。

"因为明天要搭摄影棚。从后天起正式开拍宴会那场戏。"

那场戏要拍三天。说罢艾根·利文扫视了一圈。

"在这三天，所有人要住在片场里。食宿我们负责，换洗衣服你们自备，就当是三天两晚的外景拍摄。后天早上八点进棚。不许迟到，迟到者不允许进片场。那一场戏拍完就杀青了。"

说完，艾根·利文也走了。临走时他还向阿黛拉和保罗眨眨眼以示祝贺。

两位大人物离开了，大家都放松下来。气氛稍冷的场子立刻又热烈起来。

原来是这么回事，保罗放心了。格里斯巴赫找梅贝尔·萝谈事情，艾根·利文在等着他们谈好的结论时正巧碰到了派对。一来打发时间，二来顺水人情，艾根·利文便加入了派对之中，后来梅贝尔前来聚会是将商议结果告知艾根·利文。

就是这么个情况。她们并非对自己高看一眼。

本老头身边围了一圈小年轻，他在中间吹嘘，说他以前是西部牛仔，干的就是赶牛群的活儿。枪法？不要太好！两支手枪在此，盗贼束手就擒……

詹尼把一个三十岁左右的怯懦男人拉到阿黛拉身边，介绍说这是负责照明的托比。照明组的老大今晚没来，虽然他只有托比这一个手下。"阿黛拉，你让他亲亲你的脸吧，因为他会给你补光，让你在镜头前特别漂亮。"

"那也得先征得我的同意。"想起贝蒂她丈夫的叮嘱——开头很关键，保罗走过来说道。

"可以吗？"

"特例允许你一次哈。"

保罗点点头，托比那张满是痘印的脸上绯红一片，怯生生地将嘴唇凑上阿黛拉的脸颊。阿黛拉也同样亲了亲对方的脸，托比嘴一咧，色眯眯地笑了。

太阳落山，灯笼点亮。詹尼的哥哥带来了手风琴，再加上仓库里的班卓琴和单簧管，临时乐团便演奏起热闹的音乐。宴会一直持续到食物酒水消耗干净为止。保罗很遗憾阿黛拉没有带人偶过来，如果在此展示，会引来多少赞叹。

终于，聚会散了，保罗的领带歪了，阿黛拉的礼服也皱了，但他们并不在乎。正当他们拥吻之时，詹尼走过来清了清嗓子。

"搞什么？"

"这个。"只见詹尼拿出一张五块和两张一块的美钞准备交给保罗。

"这是剩的钱。虽说食物自备，但买东西，雇支那人来照相花了一大笔，就剩这么多了。当零花钱也不错。"

"不是说好剩下的就当你的辛苦费吗？"

"被我老娘狠批一顿。"詹尼用大拇指指了指身后。詹尼的母亲正在指挥姑娘们收拾残局。

"说我不能做这种败坏兰兹家名声的抠门事儿，意大利人都是好人。"詹尼说着和恩里科同样的话，"特别是兰兹家的成员。"

保罗只拿两美元，将剩下的五美元留在詹尼手里。

满是雀斑的鼻根处开心地起了皱，詹尼把钞票塞进口袋。

第二天是一整天的宝贵假期。保罗先把仅有的几件行李搬进阿黛拉的房间。即使只有一张床，也没什么困扰。另外两美元的额外收入，让他的心情很好，他在其他店里买了价格稍贵，但不掺石膏和酪蛋白的黄油，没有因为防腐而添加明矾和硫酸铜的面包。他还买了培根和鸡蛋，阿黛拉用小炉子和小平底锅给他做了培根煎蛋。保罗觉得这比他之前吃过的任何食物都要美味。

"我昨天没告诉你。"阿黛拉一边用围裙边擦着手一边说，"其实我不是十七岁，我才十五岁……但我不敢说，我怕神父不允许我结婚。"

因为满嘴都是面包，保罗隔了一小会儿才回复道："在给神父的出生证上，应该写着真实的出生日期吧。"

阿黛拉点点头。保罗心想，因为他们都非常认真，所以神父才会网开一面。

"我不是十七岁，保罗你也不在乎吗？"

"你知道莎士比亚的《罗密欧与朱丽叶》吧。"

"那是我们剧团保留节目之一。"

"老师在课堂上告诉我，朱丽叶那时才十三四岁那么大。跟她相比，阿黛拉你已经成年了。你是一位了不起的女士。"

"我也没得家人可争吵。"

保罗吻去阿黛拉嘴角沾着的鸡蛋痕渍。

他想不出来怎样才能让阿黛拉开心。他知道的游乐场都是些稍带赌博性质的小酒馆之类的所在，而且大白天不会开门。结果两人又腻上了床。

"婚姻就一直是这样吗？"阿黛拉问。

"从明天起我们就要住在棚里了，和大家一起睡。亲热这事也做不来了啊。"

"对呀。"阿黛拉接受了这套说辞，"但不能再做了，会痛。"

"抱歉，弄疼你了。"保罗一边说，一边吻上她的痛处，直到中午。

后来保罗想到了什么，带着阿黛拉去了原来的工作单位。保罗求本老头借他空闲的马车。他忍住本老头露骨的嘲笑，并把阿黛拉请进车厢，自己坐上车夫的座位。"虽是货运马车，但请想象成是公主的座驾。"

穿过街道，跑到一片开阔草原。保罗将阿黛拉从马车上扶下来，两人并排躺在草地上。"我们好像被上天祝福了。"阿黛拉说。那时阳光的波浪轻抚在阿黛拉的脸上，脸上的绒毛被染成珍珠色。"是被全世界祝福。"保罗回应道。

祝福被汽车的排气声打破。暗蓝色的帕卡德停在马车边，驾驶座上下来的梅贝尔·萝出现在视野中，她踩过草地向保罗走了过来。

仅有的一天带薪休假结束了。

摄影开始。

虽然为女群演准备的化妆间门扉紧闭，但其中仍不时漏出嘈杂的谈笑声。保罗歪戴着圆礼帽一样的制服帽，一身服务生的模样在门口来回闲晃。

门终于打开了，穿着廉价但外表华丽的女演员们如花潮涌出。阿黛拉出现了，她身穿混搭着布料和塑料膨胀成降落伞一般的礼服，在保罗眼中就像个大明星。他想拥抱她，但阿黛拉伸出双手阻止了。

"别抱，会弄皱裙子的。保罗，为什么你是这样一副打扮？"

"我也有角色了。怎么样，合身吗？"保罗挺起胸膛。现成的制服有点紧。

阿黛拉微微一笑，帮他稍微调整了一下帽子倾斜的角度。

昨天，梅贝尔出现时，他俩正躺在草地上，沐浴着阳光，接受着来自天空和世界各地的祝福。见梅贝尔走近，他们露出了亲切的微笑。

梅贝尔请两人坐上了她的帕卡德。在后座上，保罗有点儿不舒服，但阿黛拉兴高采烈。毕竟马车是比不过豪华轿车的。虽然他本来没什么强烈的野心和欲望向上爬，但当他坐着车子在沿海公路上吹了半个小时的海风后，他强烈地想成为一个有钱人，为的是可以给阿黛拉买辆车，带着她开车兜风。虽然还没有驾照，但是他有样学样，要是现在把方向盘交给保罗，他立马就能开车。此刻的他心想：我也想要车啊。

梅贝尔把车停在一栋西班牙风格的建筑前，一家舒适的餐馆，她请小夫妻吃了一顿必备玉米和绞肉的墨西哥菜。

梅贝尔解释道，这一片在十八世纪是西班牙建立的殖民地。

西班牙撤退后，这块地被转让开发，一扫之前的西班牙氛围，但这家餐厅仍再现了当时的面貌。阿黛拉好奇地看着成排的纪念明信片，保罗看出了她的想法，于是买了两张明信片。一张给了阿黛拉，另一张准备寄给纽约的恩里科师父，让他知道自己结婚，以及在行星影业谋到一职的近况。

梅贝尔·萝对阿黛拉的可爱赞不绝口，并断言她将来会成为著名女星。

阿黛拉的眼里闪着光，保罗也来了精神，问梅贝尔："您真的这么认为吗？"

"我们会捧红她的，就在不久的将来。"

"感谢之情无以言表。"

"你也一样，也有成星的潜质。"

"啊？我？"

保罗一脸疑惑，但梅贝尔·萝重重地点点头。

"电影演员都是些烂人，我一点也不想当演员。"保罗曾这样对自己说过，但那好像只是吃不到葡萄在说葡萄酸。

今天早上一进入摄影棚，就像证实了梅贝尔所说的，助理导演艾根·利文给了保罗一个角色。虽然只是一个头等舱餐厅的服务生，也没有台词，但光换上戏服他就莫名地兴奋——梅贝尔·萝还为我说好话了，难不成我真有什么过人之处，没准这就是成名的第一步呢。备受关照的感觉也不坏嘛，瓦伦蒂诺不也是从贫穷的移民一炮而红的吗。我不会模仿"妖男"，也不吸毒，更不会坑害女人。简直是好莱坞史无前例的高尚明星……他的妄想开始膨胀，但想起自己身上的任务，心情又有些沉重。

做间谍，却不是那么高洁。

在英国，情报工作似乎非常光荣……要是为了祖国，别说间谍，什么我都愿意做，但是被梅贝尔·萝骗来做间谍就讨厌了……

大摄影棚里，一等船客餐厅的布景俨然是最豪华的酒店餐厅。话虽这么说，但保罗自己也没见过所谓的豪华酒店。

天花板上挂着华丽的吊灯，窗户上嵌着花玻璃——窗外不是大海，而是员工通道。

主楼梯两侧的扶手在栏杆下端绘出优雅的曲线，围绕着舞池左右分开，消失在天花板的阴影里。背景墙的后面还设有梯子可以爬到上层。

藤椅围着大大小小，安放有十字架的餐桌。

雕刻精美的玻璃杯在角落的桌子上堆积成山，精心选择的香槟、威士忌、葡萄酒的酒瓶清晰醒目。

"我当年乘坐的移民船的头等舱就算没有这么奢侈，也足够豪华了吧。"保罗不禁感慨。在船上，头等舱和三等舱是严格隔离开的，铁栅栏就竖在走廊尽头，三等船客严禁进入一等旅客的活动空间。

从英格兰南安普敦起航的泰坦尼克号，停靠在海峡对岸的法国瑟堡—奥克特维尔。泰坦尼克号载上来自欧洲大陆的乘客后，再北上到爱尔兰皇后镇带上一大批爱尔兰移民，穿越大西洋，驶向新大陆。移民都住在船底的三等舱。三等舱的布景已经拆了，詹尼曾经说过。

横跨开放式顶棚的横梁上的是照明灯的阵列，灯火通明。

扮演头等旅客的群众演员作为舞台全景的氛围背景，被安排坐在四处的桌席上。

装扮成上流社会绅士淑女的著名演员坐在靠近摄影机的桌旁。照明人员在高高的横梁上轻快地移动。那个吻过阿黛拉脸颊的托比向保罗用力地挥挥手，一副"包在我身上"的模样。

当挽起衬衫袖子的总导演格里斯巴赫走进摄影棚时，一瞬间所有人都紧张了。

保罗也紧张了。终于要开拍了！

他还是第一次如此近距离地观察格里斯巴赫。

中等身材中等个头，虽然身材并不出众，但保罗却感到了一股威压周遭的迫力。

他齐额的金发真挺适合他另一个绰号——"金头"。

一位助理导演将场记板凑到摄影机镜头前，打响，迅速抽回。

一位绅士与邻座的小个子男人搭话。

"我听人说明天船会全速航行，是真的吗？"

虽然声音录不下来，但他还是一板一眼地念出台词。

"问一下船员吧。"

身形如鼠的小个子回答道。他是泰坦尼克号所属东家——白星航运公司的总经理布鲁斯·伊斯梅。

伊斯梅叫住路过的二副，询问之后得知是谣言。这时他对二副夸张地使了个眼色，淡淡一笑。

摄影机用古典的构图捕捉到这一情景。

在不知道能不能被摄入镜头的边角桌席处，保罗正在给客人的玻璃杯中倒入威士忌，杯中散发出真实的酒香。

二副带着一脸了然的表情离去，就在这时，拍摄突然喊停。听从了格里斯巴赫指点的助理导演站出来，指出扮演伊斯梅的演员身上的两三处失误，接着又开始拍摄同一场戏。保罗又一次在角落为桌上客人斟满威士忌，临时演员一饮而尽，似乎很高兴的样子。

这一镜头正式结束后是伊斯梅的特写镜头。

保罗双臂交叉靠在镜头后方的墙上。远处，还没出场的阿黛拉正跟一群穿着华丽的女群演一起观看拍摄。临时演员，等待时间很长。阿黛拉有过经验，她说有时一大早就要化妆换衣服，等上一天，最后只剪进去一小段便结束。更糟糕的可能到最后都没机会出场。"我已经习惯了。只要有活干就行，因为干一天活就有一天的钱。"

保罗斜眼看着那些跑龙套的年轻女演员，心想着我家阿黛拉一定比你们还……

到目前为止，拍摄似乎很顺利，这时保罗想起威士忌倾入杯中时冲出的香气。竟然让连镜头都不知能不能进的临时演员们喝真正的威士忌，从喝下去的酒就能看出剧组是真不缺钱。

这个细节也是我要向梅贝尔报告的内容之一吗？但是开支清单都

会提交给公司，没必要由我来告密吧。

在墨西哥餐厅吃完饭，当阿黛拉走进化妆室时，梅贝尔飞快地吩咐保罗。

"格里斯巴赫导演好像有什么企图，想砸行星影业的招牌。他说了除去演职人员，其他人等一律禁止进入片场。我希望你能详细地向我反馈他到底在里面搞什么。"

为什么格里斯巴赫会这么安排？面对保罗的疑问梅贝尔答道："因为格里斯巴赫之前有煽动群众演员罢工的前科。公司当时不得已把他换了下来，安排其他导演顶上拍完的。因为这件事他们结了仇。这次以泰坦尼克号为题材的娱乐大片也是格里斯巴赫写剧本，结果他又交上去一出荒唐戏。我拒绝了他的本子，让他们老老实实拍我写的剧本。"

"我可以信任你吧。"梅贝尔在桌面之下紧紧地握住保罗的手，"工作人员和临时演员都是格里斯巴赫的人，关系亲近，所以这种事情不能靠他们。"

"荒唐戏是指什么样的剧本？"保罗饶有兴趣地问道。

"要按他的剧本来烧钱，只有摩根财团[1]才扛得住。"

正说着，见阿黛拉返回桌边，梅贝尔一瞬间闭上嘴，用力地握了握保罗的手。这意思无疑是按我说的去做。

1　摩根财团（Morgan Financial Group）是美国十大财团之一。19世纪末20世纪初形成，为统治美国经济的垄断资本财团。

拍摄持续到傍晚，在完成了几组镜头之后，剧组进入晚饭休息时间。

由于没找见阿黛拉，保罗正用剧组分发的三明治和咖啡填饱肚子时，詹尼凑了过来。

"罗密欧要出场了吗？"

"那个啊，被砍了。"詹尼回答道，"听说上头发话了，说他在无关紧要的地方糟蹋钱。"

"那就吃不到烤全猪了。"

"还不如当个底层员工跑来跑去。"保罗发牢骚道，"说是出场，其实只有几个镜头，拍完之后就一直等着。无聊透顶。"

"临时演员就是这样的。"

"阿黛拉哪里去了？是没镜头要拍先回去休息了吗？"

"说到这个，我倒是知道一点。"

面对着一脸不满的保罗，詹尼嘿嘿笑着，像是吊他胃口样说道："女孩子们正在特训。"

"特训？训什么？"

詹尼只是露出一脸高深莫测的笑容。

"休息时间早结束了，"助理导演萨德拿着喇叭大喊，"詹尼，你这个意大利佬准备偷懒到什么时候，干活去！"

"哎哟。"詹尼看看四周。

底层剧务们正在搬桌椅。詹尼用一种难受的姿势耸了耸肩，面包渣顺势掉在桌上，又给桌面清洁添了麻烦。

　　大楼梯下现出半圆形的宽敞空间，剧务退下，保罗跟几个扮演服务生的演员走了过来，开始挪动桌椅。摄像机捕捉着他们的行动，镜头完成，一遍通过。

　　扮演一等旅客的群演们进棚。

　　责任助理导演艾根·利文两手相扣，召集他们注意。

　　"下面，大宴会这一条我们不喊停，导演也不会指定你们每个人的表演。你们要做的是尽情吃喝，畅所欲言，都给我开心起来。摄像师会像新闻纪实一样从你们中间穿过，别管它。演服务生的克制一点，就像真的服务员在为他们服务。"

　　跟着又来了十几个临时演员。他们戴着化装舞会一样的面具，浑身酒气，已经醉步蹒跚，瘫坐在最前排的桌边。

　　伴随着一阵嘈杂的金属声，通往外面的门被关上了。助理导演锁上了一扇又一扇的铁门。

　　虽然三明治暂且填饱了肚子，但看到从移动墙板后推出的小餐车上装满了盛有冷盘小牛肉、烤火鸡的银盘和各种炖菜的银罐后，保罗的肚子再次叫了起来。在普通影片中，这些食物只是好看的道具，现在全部都是真货。烤乳猪的插孔中，正滴垂下融化的油脂。

　　"这是导演特地点的维也纳宫廷菜，由意大利主厨烹饪。"詹尼路过时低声说，同样咽了口唾沫。

　　天花板上的吊灯亮了，那高得令人目眩的横梁上的灯阵此时也将整个棚里照得亮堂堂的，且伴随着灯光，摄影棚的温度升高了。

　　前排桌子上，年长的大堂经理小心翼翼地倒着饮料和食物。保罗则与其他服务生一起认真地点菜、传菜。他环顾四周，想看看摄像机都在拍什么。这时萨德助理导演走过来警告他："表现得自然点。"。

"东张西望的服务生是会被开除的。"

前排的客人完全醉了，后排桌的临时演员也因为可以无限畅饮而发起酒疯吵闹起来。

摄像机在偷偷将镜头对准他们。格里斯巴赫指挥着摄影师，他戴着一顶朴素的帽子，遮住了一头金发，也隐藏了他的气息。

一瓶瓶香槟和葡萄酒被打开，毫不吝惜。

桌上的餐盘中散落着被啃得乱七八糟的残骸，镜头正凑近一位女子的嘴，她正咬住一只仔鸡腿。

一开始由钢琴、小提琴、大提琴、长笛组成的乐队演奏着舒缓的音乐，突然变奏为轻快的乐曲。

一群舞女迈着有节奏的舞步，从正面的大楼梯上走下来。这其中就有阿黛拉。

保罗不由地吹了声口哨，可惜被周围的嘈杂盖去。原来特训指的是这个？

这群跳舞的人中好像有几个专业舞者。她们在正中间跳舞，阿黛拉则有点想躲在后排的意思。保罗站起来冲她挥手，但阿黛拉似乎没太明白。因为摄像机正对着舞女，所以没发现保罗已擅自离开其服务生的责任区域。

客人们大声喝彩，前排还有客人起身贴近舞女拥抱她们，不过没人阻止。

当意识到自己真的可以为所欲为时，乘客失去了理性的克制。她们把舞女抱置在他们的膝头，嘴对嘴喂她们喝酒，强迫她们接吻。强烈的灯光倾泻而下。后排的临时演员也挤到前面，争先恐后地加入狂欢之中。

保罗急了，匆匆忙忙向前走，想知道阿黛拉怎么样，却被一个手拿酒杯的客人拦住。

"来一点。"

"不用了。"保罗想赶紧奔过去。

"喂，喝一点吧。"

"我在工作。"虽然保罗像侍者一样地回答，但那个醉客却抓着他的臂膀不松手。为了不生冲突，保罗一口干掉了杯中物。灯光照得空气好热。这是长这么大都没喝过的好酒。在左右的劝酒声中，保罗喝了很多。

音乐又变了，这次是奥芬巴赫[1]的《地狱中的奥菲欧》。音乐是法国康康舞的附庸，但从移动墙板的阴影中冒出头的是什么？一头巨大的熊，用熊来代替猪吗……

凶猛的熊张着嘴，露出尖牙。但它的四肢无力地垂着，从它身躯下伸出几只涂得雪白的男人腿，但再白的粉也遮不住小腿上的腿毛。

男人们齐声高喊，扔掉披着的熊皮。隐藏在下面的是一群全身

1　雅克·奥芬巴赫（Jacques Offenbach，1819—1880），德籍法国作曲家，代表作品有歌剧《霍夫曼的故事》、轻歌剧《地狱中的奥菲欧》《美丽的海伦》

涂白的舞者，胸腰处缠着极少量的遮羞布，裸露的手臂和大腿孔武有力，头戴鸡冠般白毛高耸的假发，纯白的脸上戴着黑色面具，遮住眼周。

他们就以这副模样跳康康舞，那场景下即便露脸，也会捂住眼睛。有些人舞技专业，但大多数都是外行，脚也不怎么抬，只是在地板上跺来跺去。其中还有像中老年人那样皮肉松弛的家伙，他们脚都没离开地面，实在是太简单了。

事实上泰坦尼克号里并没有举办过这样寡廉鲜耻的宴会，这一段如果公映一定会招来抗议。如今这事态就是萝小姐所担心的"格里斯巴赫导演想搞砸行星招牌的企图"？

浑身白粉的舞者和佩戴面具的乘客一样，进棚之前就已经喝过酒了。豪华邮轮的大餐厅里竟呈现出古罗马贵族酒会的模样。

有人抱着女人，将她推倒在地，腰部在她身上摇晃。还有人仰面躺下，让女人骑在他们身上，脸上欣喜若狂。老贵妇向涂白的男人扑过去，而由于保罗站在后面，所以被中年女人们挤作一团。

唯一冷静的是导演，助理导演和摄影师等一干剧组主要成员吧。他们按照格里斯巴赫的指示，四处架设三脚架，回旋镜头。

这样的场面，梅贝尔·萝会剪掉的吧。即便录下来也完全不能播。

头等舱本该聚集着绅士和淑女，但临时演员们开始露出马脚，也不放过这次畅饮名酒的机会。

他们不等服务生前来服务，擅自从摆满酒瓶的桌子上拿酒下来。

钢琴开始弹出爵士乐。乐队成员也不知什么时候换了一拨人，管乐器奏出凄厉的声响，鼓也加入进来。食客们纷纷站起来，如屁股着火的猴子般疯狂扭动着身躯。

随着周围不断有人给他灌波本威士忌，保罗感到一种异样的兴奋，全然不同于陶然自我的酩酊。一股莫名的力量从他的心底涌出，瞬间压倒了他的理性。保罗大声呼唤道："阿黛拉，我爱你。"与此同时，还有另一个自己对刚才的尖叫感到惊讶。

好像回声一般，有人回应"我爱你"。是阿黛拉的声音。"保罗，我爱你。"周围的人纷纷在合唱"阿黛拉，我爱你。保罗，我爱你"。

保罗跳上桌子。向着阿黛拉拼命唱道："孩子孩子你会啥？我敲大鼓可好啦。嘭、咚、哒啦、咚。鼓声隆隆响。"乐队鼓手打得很好。保罗在桌上跟着鼓点踩着节奏。虽然他没学过踢踏舞，但他配合节奏用脚跟踢出声响。

"孩子孩子你会啥。"阿黛拉的声音传了回来，"孩子孩子你会啥？我吹长笛人人夸。嘀、嘀、嘀，长笛真悠扬。"

阿黛拉也站上了远处的桌子。

两人的声音相合。"嘭、咚、哒啦、咚，鼓声隆隆响。嘭、咚、哒啦、咚、嘀、嘀、嘀……"

钢琴和管乐也为两人伴奏。保罗眺望着远处阿黛拉披散着头发狂舞。

其他人也开始跳上桌子舞动起来，阿黛拉的身影看不见了。

嘭、咚、哒啦、咚、嘀、嘀、嘀、噜、噜、噜、噗铃、噗铃、噗铃、嘟、嘟、嘟、叮、叮、叮……

好烫！保罗想要尖叫，可他发不出声音。他不停地咳嗽。他想吐出黏在喉头的痰液，却发觉吐到嘴边金属盘上的痰液被煤烟熏得漆黑。

"你叫什么名字？"突然有人问他。

脑海中浮现出了名字，保罗却没能说出口。

他在熊熊烈火之中！

"阿黛拉！"他尖叫道。但他只能发出嘶哑的呻吟。

阿黛拉！阿黛拉！

"水合氯醛[1]拿来。"

这声音是谁的？

他再一次失去知觉。

当意识缓缓复苏的同时，全身的剧痛也复苏了。

"保尔。"女人声音在喊他。

不对，是保罗。但他没有力气去纠正了。

"我们难道没有办法为他减轻疼痛，恢复意识吗？"女声问。

"难啊。"男声回答道。这女声是梅贝尔……

保罗的眼睑之下，仍被熊熊烈焰所占据。

1　水合氯醛，分子式$CCl_3CH(OH)_2$，刺鼻辛辣味气味，味微苦的无色透明结晶。有毒，用于农药、医药制备中。因与氢氧化钠反应可生成有麻醉作用的氯仿，故作为麻醉气体原料使用。

GEORG **II**

B

A

B

Y

L

O

N

我接着说，你接着写。艾根，用你的加比斯伯格速记法。

出版？哈……哈……谁想出版？我只是不想让我的话像尘埃一样消失在空气中。

如果我死了的话。啊，虽然这是个比喻。

那场火灾已经过去三年了……

前年，就是我来到这边的那一年，好莱坞好像制作出了有声电影。但在上海还没一家电影院能够上映有声电影，所以我也没有看，不过听说评价挺高的。

故事讲的是一个男人背叛了虔诚的犹太教徒父亲离家出走。后来成为当红爵士歌手的他在父亲弥留之际回来，祈求得到父亲的宽恕。在葬礼上，已是世界著名歌手的他在狭窄的犹太教堂里为亡父唱起了古希伯来的告别歌。

单纯与感伤，正好迎合了好莱坞的口味——人情关怀。在好莱坞从影的犹太人真不少。

"You ain't heard nothin' yet!（你什么都没听见！）"

影片开幕，这句台词不是字幕，而是人声。

实际这是扮演爵士歌手的艾尔·乔森[1]的歌声。

有声电影使美利坚人疯狂，让世界惊叹。

爵士乐？那种噪音果然很适合美利坚的头一部有声片呢。

接下来说回到我。

正如《格奥尔·冯·格里斯巴赫自传》中所说的，《伊莱卡》取得了惊人的成功。

正如梅贝尔的期待一样，我让难搞的欧洲佬认可了行星影业是一流电影公司。我也一跃跻身大导演之列，格里斯巴赫也被人谐音称作伟大的巴赫。

不过我曾告诉过你，我对这部作品很不满意。二十六盘胶卷被剪到十六盘，删得太狠了。而且她还在接续情节上要小动作，让影片完全流于让观众甜蜜落泪的煽情故事。尽管如此，影片还是饱受道德谴责，说是品味不好。

在我出版的那本自传里，这段肯定也会被通篇改成对于梅贝尔·萝的盛赞。就像电影胶卷一样，她把我的故事剪得七零八碎再拼凑起来。除此之外她还要干一件剪辑电影时不可能做到的事——她擅自添油加醋，为自己大唱赞歌。比如"对梅贝尔·萝小姐致以我最深切的谢意。通过她的剪辑，我的作品更精炼了。"我怎么可能会这么说？我早就知道她会来这一套，无所谓。我就是行星影业和梅贝尔的

---

1 艾尔·乔森（Al Jolson，1886—1950），出生于俄国，美国歌唱家、表演家。以扮演黑人著称。代表作《爵士歌手》《我的影子》《加利福尼亚，我来了！》等。

宣传材料。

评论家塔玛尔·雷恩，很少有像他这样无可附加地使我满心敬重的批评家，在其书中说过一段话："电影行业里没有艺术家，只有一群逐利的商人。还有一批人，他们粗制滥造产出低级作品，却因为能赚钱摇身变为流行的宠儿，他们放弃了努力成为艺术家的道路，摇身变为纯粹的生意人，只创作迎合大众的通俗故事。"

塔玛尔·雷恩还点名批评了大导演塞西尔·B. 戴米尔。

而对于沃伦·安德鲁斯，这样的指责却不成立。他才是有良心的电影人。与初创时不同，如今在好莱坞，追求票房收益的制片人掌握了绝对的权力。而安德鲁斯却坚持自己投资，制作自己认为最优良的作品。因为他总将赚来的钱投进新片的制作之中，所以几乎没有什么积蓄。好容易补上了《命运之门》带来的损失，结果前年《荣光的尽头》又砸在手里。生活困窘的他虽然给派拉蒙公司拍了几部片子，但他没有遵守帕勒蒙的要求，只做照顾绝大多数观众的品位的影片，所以作品不温不火，票房也没有提高。安德鲁斯就这样被晾在一边。

再说回我。好莱坞时期的我，继《伊莱卡》之后又创作了几部电影。

说说之前提到过的取材于法国大革命的故事。

说到革命题材的小说，前有雨果的《九三年》，近期则是奥希兹女男爵[1]的《红花侠》。

1　艾玛·奥希兹（Emma Orczy，1865—1947）又称奥希兹女男爵。英国女作家，写有大量通俗小说。在推理小说领域，她是创作出"角落里的老人"这一"安乐椅神探"形象的第一人。

　　《红花侠》是一个爽快的故事。但这种侠客英雄片还是交给范朋克导演好了。

　　我推崇《九三年》，里面有革命的理想和残忍。朗德纳克侯爵的形象冷峻严酷。军舰上那一场重炮滑脱以后在甲板上碾轧炮手，撞坏它炮，毁坏船舷的情节着实壮观。而肇事的炮兵长，因为没有上紧固定重炮的螺母，便如阻止愤怒公牛的斗牛士一般与滑行的大炮对撞，最终控制住了重炮。侯爵为该炮手授予了圣路易勋章，奖励他控炮有功，然后对他实行枪决。赏归赏，罚归罚，赏罚严明。然而也是这位老侯爵，在明知一去便会遭革命军逮捕的情况下仍奔赴火场，只为救出困在烈火中的农家孩童。这正是我理想中的贵族荣耀。

　　但是，梅贝尔却选了狄更斯的《双城记》。

　　"舞台是伦敦和巴黎。这不是你喜欢的大场面吗，格奥尔？"

　　故事框架是两个男人对一位美女的纯爱，完全提不起劲。为了不让心爱的女人伤心，律师喝醉后代替女人的丈夫站上断头台。我只能说莫名其妙，荒谬绝伦。女人就喜欢这种甜腻的爱情片。倒是那个被人顶替而不得不苟活下来的丈夫，他的心情呢？被漠视了吗？

　　"没有恋爱，或是纯爱是不行的啊。《九三年》里一场让观众入戏的恋爱都没有。"

　　我不情愿地接受了梅贝尔的建议，我不否认两人长相近似的设定吸引了我。虽说是两个陌生人却长得像双胞胎，这非常不自然，但偶然的相似是推动故事发展的动力，我不得不接受。

　　形貌相似的两人。怎样都会联想到我和那家伙的事情。

我不想写这个故事的剧本，也不想拍。

我——格奥尔·冯·格里斯巴赫，不喜欢"酷似的两人"的要素。或者说的更直白一点，是想从意识里抹掉。但……我还是想那家伙。

虽然我坚持理性主义的原则，但确实很奇妙，不可思议。我总觉得那家伙在影响我。

那家伙和我的思考好像在哪里连在一起了。当我们的肉体尚在一起时，我们的感观和思考也是一体的了吧。

融合？不对。我们并非什么缘由而结合，我和那家伙本就是一体。只是在母亲子宫里无法完全一剖为二，所以靠医学的力量强行分离。肉身虽被分离，但那原本一体之物能变作全然不同的两个吗？

他即是我，我即是他……这算什么事呢？

所以没这回事。我，就是我。

在编写《双城记》剧本时，我遇到了极大的困难，因为那家伙总会横插一脚。

虽然平日里我爱用威迪文钢笔，但写剧本时我只用软芯铅笔。我削了几十支铅笔，放在笔盘里。因为当脑中文章急泻而出时，钢笔会成为记录的累赘。补充墨水的间隙，顺势流淌的文字长河会断流，干涸空白。

当笔尖被磨得难以书写时，就往左手边一扔，右手再拿一根新的就好，不会让语言断流。

我原想用英语写下"A TALE OF TWO CITIES"的，却不知怎么又用德语写出"DOPPELBABYLON"的字眼。

为了写摄影台本，我将《双城记》读了一遍又一遍。场景也在脑中分派好了。

开头是行驶在多佛大道的客运马车。所有乘客走下马车，深一脚浅一脚地踩在泥泞的道路上，因为车轮已经陷在这一滩烂泥里。

浓雾那端，马蹄声渐近。

第1场

月，是太阳神的马车上遗落下的一个轮子，失去了她本该侍奉的主人，面色苍白，在黑夜中疯狂。苍白的月光使草叶阴影愈发浓厚。荒野上，马鬃乱飞，一匹比月色还要苍白的马在疾驰。骑手身上，黑披风的后摆招展如桅杆上的帆。骑手单手抓住缰绳，另一只手里抱着一个小孩。

小孩紧紧抓住那男人，如幼猴紧紧抓住母猴的胸口。

瞬间，镜头给了孩子一个脸部特写。那个瞬间之短，甚至让人怀疑是不是看花了眼。男人的侧脸特写，同样也是一瞬间的镜头。

然后浮出电影标题

不对。

乘坐马车的人应该是银行职员杰维斯·洛里，他收到了熟人送来的信，并在马车的油灯下阅读。

随后切入杰维斯·洛里的台词——

“我的回答是复活。”

第2场

熔岩翻滚的火山口充满画面。不，不是火山口。

没有一丝烟雾升起，刀刃闪着银光。随着镜头平移，观众可以清楚看到那是被刨开的腹部。除了切口，其他部分都被橡胶布覆盖。戴着橡胶手套的手正移动着手术刀，从肚脐向下切到耻骨。血管的切口处竖着几把止血钳。手术刀划开膨胀的子宫，双手取出一个浸透鲜血和脂肪的肉块……

不对。

第3场

战场。女扮男装的木兰。

木兰？

我扔掉铅笔。

木兰是什么玩意？巴黎的红磨坊[1]？一群舞女身着男装跳着……战舞？我问自己的时候，脑海里清晰地浮现出这一情景。

教堂后院的墓地。这地方是哪里？我不知道……

穿梭在墓碑间奔跑嬉耍的两个小孩。

漏斗状的女袖，点缀着复杂的刺绣，系着丝带的宽松裤角，孔雀羽毛似的金绿外衣，发上的华冠，背后翻腾着的几面旗帜。

不是女孩。为什么我会知道？这是个女装的男孩子。

茨温格尔。为什么我知道他的名字。

前进，前进，打败他们。

那个叫嚷着突刺，杀敌的孩子……是我。不对，是尤利安。

如果不能将脑中幻影拂去，什么工作也干不下去。

我从橱柜里拿出酒瓶，干掉一杯烈的。突然心念一闪。那次手术以后，尤利安的肉身不是死了吗？那么，他的意识失去了容器，在我体内延续下来？

尤利安在操纵我，写他想写的东西？

而当我集中精神书写时，或许更容易受到那家伙意识的影响？也就是说那时候，他更容易从我体内跑出来……

现在不行，我安抚着体内的尤利安。

我很忙的。我必须要完成摄影台本。虽然原作不对胃口，但我还没能力完全阻断梅贝尔的干涉。她有权开除我。再给我点时间。当我在好莱坞站稳脚跟，就将我的身体借给你，你想怎么用就怎么用。你到时尽管敞开了写《双头巴比伦》，写好了我亲自来导演。

尤利安同意了，消失了。

我也完成了《双城记》的摄影台本。

最后的字幕就直接引用狄更斯的原文。

"我现在已做的远比我所做过的一切都美好，我将获得的休息远比我所知道的一切都甜蜜。"

敲着打字机誊写缭乱草稿的手停住了。

"这几个场景是怎么联系到一起的？"

原本打算扔掉的奇怪原稿混进了台本。

第1场，月，这是……

第2场，熔岩翻滚的火山口……

第3场，战场上女扮男装的木兰。

"写坏了的，扔了吧。"

"木兰的故事是怎样的？"

"不知道，那是什么啊？你知道吗？"

"不知道。"

"尤利安肯定知道。我跟你说过有关他的故事，他就是从我身上切割掉的累赘。尤利安死了，但他的意识好像还在我身体里。偶尔会控制我，借我的头脑和双手书写……我开玩笑的，大概是潜意识的事。"

"那你怎么会变成这样呢？"

"不知道。你去问弗洛伊德或者荣格，或者去问布拉瓦茨基夫人[1]。我们这边好像也有什么通灵协会吧。"

1　海伦娜·彼得罗夫娜·布拉瓦茨基（Helena Petrovna Blavatsky，1831—1891），神智学会的创始人，神秘主义者，通灵者。

读完摄影台本的肯尼斯·吉尔伯特又吵翻了天，说我制作费用太高。我说那是因为我要拍大革命的场景，别舍不得钱。

之后梅贝尔把片子剪得一团糟。

上映成绩很不错，但是我引起了以吉尔伯特为首的行星影业经营层的极大不满。票房减去制作费用，纯利润寥寥无几，很可能都赔本了。我也收到通知，如果下部片子再亏本，行星影业将立即和我解约。

我自负能提升行星影业的格调。至于赚钱还是交给大明星的人气和爱情片，以及忠于观众预想的惩恶扬善的大俗片吧。

我可不用那些吞金无度的明星。花钱多还不是因为我重视还原场景和服装。

《双城记》之后，我又拍摄了两部大作——《奇迹》和《巴黎圣母院》。

《奇迹》在专家中评价颇高，但因为故事太阴暗观众不买账。而《巴黎圣母院》正好相反，故事围绕着俊美的卫兵，爱上卫兵的吉普赛舞女，恋慕舞女的邪恶副主教，以及憧憬美女的佝偻丑陋敲钟人展开。登场人物性格鲜明，与雨果的《九三年》一样通俗易懂，跌宕起伏。

我找舞美老师商量过，要一比一还原圣母院的正面，再与中世纪巴黎街头的露天布景结合，这就需要一笔巨额制作费。

这影片是要卖到欧洲去的，巴黎市民也会看。如果用一个低劣寒酸的圣母院糊弄了事，那丢的可是好莱坞的脸。

除了重金砸出来的布景以外，我打算塑造出一群有个性的人。

副主教用恶毒手段杀死了英俊的卫兵，将罪行推到女孩身上。敲钟人救出了被判死刑的姑娘，藏在圣母院里。但在副主教的阴谋下，女孩再次被捕，被处死刑。敲钟人把副主教推下钟楼完成了复仇，自己也随吉普赛女郎而去。

梅贝尔对原作结尾提出抗议。她认为的美好结局应该是敲钟人在女郎面临处决时威胁副主教，逼其释放她。就这样，美丽的姑娘和丑陋的敲钟人携手过上了幸福自由的生活之类的。

但我拒绝。梅贝尔伪善的改动是对雨果原作的亵渎。雨果已经写了，女郎无法接受敲钟人那丑陋的容颜，连看他一眼都不肯。

然而结局，在剪辑后果然又是大团圆收场。将悲惨的镜头删掉，将影片顺序重新调整，悲剧活脱变成了喜剧。

美国观众是高兴了，但却被评论家臭骂一顿。

"难道从格里斯巴赫的作品里，我们再也找不回《伊莱卡》《奇迹》时的感动了吗？"

但不管怎样，我作为大导演的地位不可撼动……我想。

我将影片全部收益投入本人毕生巨作。久等了，尤利安。

《双头巴比伦》终于来了。

可是，就在这时……尤利安却没再出现。他是个捣蛋鬼吗？我写其他作品时出来捣乱，要你上场又不见了。尤利安，难道你是专门来折腾我的？

死去的尤利安会借我身体写作？荒谬。

尤利安死没死我都不知道。

尤利安还活着，但他能操控我的意识？我的想法越来越不着边际。

也许我对尤利安心中有愧吧。下意识的负罪感在影响着我……不对，负罪感说的过分了。被切割下来的尤利安变成了什么样都跟我无关，我又不用承担任何责任。

分离之后，我再没有听过周围人提起他的名字，好像从一开始他就不存在似的。切掉了一块瘤子，父亲是这么说的。

我周围的大人之中只有一个人私下提示过我。就是寄住在养父家，教表姐们骑马的男人，也是把我带去那里的人——布鲁诺。

当我想起布鲁诺，我就会产生一种不可调和的情感。我喜欢他？还是讨厌他？布鲁诺是一个充满爱心的守护者，还是一个让我感到害怕和有趣的讨厌鬼？所谓两面性，人人都有。但布鲁诺的行为是不是太极端了，对于年幼的我，他为什么要带我去普拉特游乐场看那些东西？

从养父家消失的男人，在那之后与我的人生紧紧纠缠……已经不用给盖子上锁了。我接下来要说的不同于对外出版的自传。

还要从之前说起。

那时我在帝国陆军学校上几年级？那时蝙蝠俱乐部刚开张，所以我应该是十五岁——跟养父一起看舞台剧是两年后的事了。

暑假刚开始，我离开宿舍回养父家住。

我将帽子递给为我开门的仆人，正要穿过大厅，只听见从楼上走廊传来一句高调的人声。

"格奥尔！"

养父的小女儿多丽丝正从栏杆处探出身子，向我挥手。

大姐和二姐都已婚配，离开了维也纳。留在格利斯巴赫家的只有多丽丝这一个小女儿。

多丽丝虽不美艳，但有着与双十年华相符的青春光彩。

立于多丽丝身边的男人也向我打起招呼："好久不见呐，格奥尔。"

好一会儿，我才想起他是谁。虽然布鲁诺的面容一直映在我记忆中，但六年的岁月圆润了他的两颊。我根据后来掌握的资料试着推算了下他的年龄，记得四岁做完手术以后第一次陪母亲回娘家时，布鲁诺是二十二岁。我被格里斯巴赫家收养时，他二十四岁。那时的他年轻气盛，动作机敏又潇洒，不过……

布鲁诺此时正挽着多丽丝下楼。不过这两人如此亲昵是怎么回事？

十五岁的我站在布鲁诺的身前，发现自己的个头已经跟他相差无几。

"完全认不出来了，听说你在帝国陆军学校读书。"

眼前这个皮肤稍显松弛的三十岁男人，让我产生了厌恶的情绪。也可以说是生活的污垢吧，有种奸猾毒辣的感觉。其实跟年龄无关，即使在士官学校，也有无论三十岁还是四十岁都不显狡诈的教官。

"我和多丽丝订婚了，"布鲁诺告诉我，"我很快就是你的姐夫了。"

他想同我握手，厌恶感更强烈了。

"我们去客厅吧，妈妈想见你。"多丽丝将一只手从布鲁诺的臂弯轻轻抽出，搭上我的胳膊。

我们在家庭餐厅吃了晚餐。格里斯巴赫家的用餐礼仪正式又拘谨，好在以前有养父家的三位姐姐陪伴，给餐桌点缀了不少欢乐。如今缺少两位，餐桌也显得些许冷清。

空气中弥漫着一种异样的尴尬。从表情和态度明显可知，养父母对布鲁诺没有好感。然而他们居然会允许两人订婚。布鲁诺不知是神经迟钝还是装傻充愣，对多丽丝双亲毫不畏惧，好像根本没注意到他们的冷脸。

也许是为了缓解尴尬，养父母对我倒是比任何时候都和蔼可亲。他们总找我攀谈，但我觉得厌烦，便敷衍了事。当时我心里想的是布鲁诺是否已经让多丽丝委身于他？或者是多丽丝怀孕了，不得已才订婚的？

但当我提起布鲁诺的婚礼日期，养父母渐渐不高兴了。"现在确定婚礼还早呢。"养父吐了一句。

那么说，姐姐没有怀孕。我心中推测，眼睛却不由地盯着多丽丝的肚子看。敏感的多丽丝觉察到我的目光，立马回敬一个眼神呵斥我。

之后布鲁诺不停地找我。

"找点乐子去？"他压低声音怂恿我道。那时七月过半。

"当然只是你知我知，对多丽丝都要保密。"

我起了好奇心问他去哪。布鲁诺的嘴凑到我耳边，像是要打湿我耳朵般悄声道："看裸女。"

我俩招了一辆出租马车。上车后才得知目的地又是普拉特游乐场时，我的脊背蹿起一阵恶寒。

"不去那种地方。"

"为什么？"布鲁诺一脸茫然。

"畸形怪胎让我害怕。"但我说不出口，我不想让他看见我的脆弱。

"那不是小孩才去的地方吗？"

"也有小孩进不去的秘境哦。那里一般游客都进不去。"

"我讨厌那些奇怪的东西。"

"奇怪的东西？什么东西？"

我语塞了。他让年幼的我看的那场畸形秀是得知我的秘密之后故意为之，还是说仅仅只是个恶作剧？我不确定。要是布鲁诺不知道我的秘密，那我岂不是自寻烦恼？

"你对裸女没兴趣？难道你是同性恋？"

这段对话的声音极小。车夫应该听不见吧。

秘境，裸女。十五岁的男孩怎么可能不感兴趣？

普拉特游乐场在我眼里已失去了初见时的兴奋，无论小屋还是游乐设施都显得廉价。旋转木马，射击小屋，甚至连激流勇进都褪去了色彩。对于在学校经过真枪实弹反复训练的我来说，用软木塞子射击简直就是骗小孩的把戏。

船头一跃？游泳课上的高台跳水不刺激吗？

布鲁做了个夸张的动作，从背心口袋里掏出一块金链怀表，看看表盘。

"时间还早。裸女登场时间是固定的，不到那时不让进场。要不我们先坐一圈摩天轮打发时间吧。"

虽然没什么兴趣，布鲁诺还是即刻买了票。

布鲁诺按住我的肩膀叫我不要着急，让位给了一对乡下老夫妇。就这样推让两三次座位之后，他突然挤开周围人群坐上摩天轮。

没有什么不安的理由，但我确实出了一身冷汗。

摩天轮吊厢按顺时针的方向缓缓旋升，心跳也随之变快，但并没有什么意外，摩天轮转了一圈，我们重回地面。

布鲁诺带我来到一间三角形房顶，挂着占卜屋招牌的小屋后面。我们就像乐队一样走后门进场。布鲁诺对里面的人说了什么，我们便被带进一个房间。在那里确实有个裸女……一个让我想起来就不快的，皮松肉垂的老女人。除了我们，房间里还有几个观众。

我想会不会是多丽丝还未在她未婚夫面前褪去衣衫，所以布鲁诺才耐不住的？要是布鲁诺觉得这样的女人都有魅力，那对多丽丝来说简直就是亵渎。

简而言之，布鲁诺就是个怪癖狂。他之前带我来，并不是因为他知道我出生时的秘密，而是他喜欢来这种地方。

我该把布鲁诺的怪癖告诉多丽丝吗？或者干脆告诉养父母。打小报告是卑劣的，置若罔闻一样卑劣。我犹豫半天，最终还是觉得麻烦，闭嘴好了。

后来我也受邀参加多丽丝和布鲁诺的婚礼。多丽丝的两个姐姐，还有她们的丈夫女儿也悉数到场。婚礼现场热闹非凡。

往事就回味到这里吧。

由于尤利安不再续写《双头巴比伦》，虽说我还在担心尤利安支配了我的意识，但也开始着手构思新作。

我想把一本在我当临时演员时期读过的书拍成电影。

《金币》。

就是你也很熟悉的那本。

因为需要速记我才雇了你，同时让你兼任助理导演的工作也是源于那本书。

艾根，你不仅是一个速记员，即使做助理导演也很够格。我迅速提拔你担任主管，如今你已是我的左右手。

麦克尔·法勒的《金币》描写了一位贫困矿工出身的爱尔兰移民的故事。就像佐拉倡导的自然主义那样，这是一本彻彻底底的反映现实社会的小说。

我很想拍一部现实主义的电影，这对于以往取材于希腊悲剧和浪漫故事的我来说是一次全新的挑战。

进入二十世纪的美国，不再是那个充满拓荒希望的新世界，向西开发到西海岸之后便再无前沿阵地。人们拥抱大城市而抛弃自然，追求整洁街道而抛弃草原。东部更耸峙着工业化的摩天楼。在那个巨大即伟大的时代，只有爬上摩天楼的顶层才是最体面的人，而来自欧亚的赤贫移民只能挤进摩天楼脚下的贫民窟。

在洛克菲勒、卡内基、摩根等大财阀各自建立起金融帝国的美利坚，怎么可能会给移民分一杯羹？

在该影片的制作过程中，我弃用了全部仿景。到时观众可能会产生错觉，以为正在看的是现实中发生的事吧。对，我要的就是这份属于我们自身的真实。

外景我去了加州北部的科尔法克斯矿山，拍摄那群灰头土脸的，挖金子推矿车的男人，像拍纪录片一样拍摄他们。

我们沿着坑道向下走了三千英尺才进行拍摄，虽然摄像师嘴上抱怨着就算只走个百来英尺，拍摄效果也差不多。

我在拍摄中夹了一段原作中没有的情节。爱尔兰移民来的主人公见工友掐死了与他亲近的小鸟后，愤怒地将其推下悬崖。

像熊一样强壮的主人公虽说木讷朴实，但从他悯惜弱小事物来看，他心底燃着难以控制的激情。

主人公后来结识了乘马车巡诊的牙医，成了他的助手，离开矿山。虽然主人公有技术却没有执照，但他仍想方设法在镇上开了一家牙科诊所。

我又在旧金山的波克大街租了一间牙科诊室拍摄这部分的剧情。

我是多么热情地投身在这个作品里啊。

包括主人公的住处也不是在摄影棚里搭建的，而是在波克大街海斯路找了一栋空了三十多年的废屋，租下来作为拍摄场地。虽说内部修整是个大工程，但这部分费用全由我一人承担，为了堵住吉尔伯特和梅贝尔的嘴。无论大小道具，我都硬从旧货店里翻找出来集齐。你也帮了我不少忙呐。

所有的演职人员都住进这栋老房子，进行为期三个月的拍摄。演员对于这里要像自己的家一样熟悉，他的演技才会自然。同时还节省了一笔旅馆住宿费用。

我也不用人工照明，仅仅使用弧光灯和窗外照进来的阳光进行摄影。

来看牙的病患中，有一位可爱的德国姑娘。姑娘虽被其表哥求婚，但她和主人公相爱。

然后两人结婚，婚宴当天外面的大街上会经过一支送葬队伍，这是我自己加的。

后来主人公的妻子买彩票中了五千美金，天降巨款让妻子变了个人。一般来说有钱会奢侈浪费，但她不是，她反而变得吝啬，五千美元她动都不动。而且女人不相信钞票，她将五千美金的金币装进袋子藏了起来，背着丈夫抚摸啃咬，享受着金币的触感。

女人的表哥每每想到自己若跟表妹结婚，便可占得五千美金的巨款就很生气。为了泄愤，他向政府举报主人公无证经营。

牙科诊所不得不关门歇业。

由于找不到新工作，主人公只能以悲惨的失业者这一身份过活。

即使这个时候，妻子也没打算动用秘密资金。她不仅没拿出来，还辱骂丈夫，逼迫他出去挣钱，还将他微薄的积蓄掳走。

攫住女人的是"不安"。五千美元的金币是她唯一的依靠。她舍不得给丈夫哪怕十分钱的公交车费，同时为了克扣一点丈夫给她的伙食费，她甚至买了腐烂的肉。

主人公借酒浇愁，夫妻间的和睦渐生裂痕。

我专注于表现这部分的细节，如熏黑的墙纸、肮脏的盘子、凌乱的床铺、糟污的手帕。

这幕光景若是放在贩卖艳俗与奢华的好莱坞绝对拍不出来。即使是格里菲斯在《残花泪》中描绘了贫苦女孩的住处，却也充满着抒情与伤感。而我将一切甜蜜都排除在外。

最后主人公离婚出走。

女人为了获取些微工钱做了清洁工，在结束擦拭地板的繁重劳动后，抚摸金币的行为能够让她快乐，孤独都被金币的触感治愈了。

佐拉的自然主义通过极度暴力和异常言行，剥开了日常生活中那层欺瞒和伪善的皮。

如果继续聚焦于人类的负面情绪，镜头也会如凸透镜一样汇聚阳光烧出火来。

主人公被逼到饿死边缘，终于在圣诞节当晚闯入女人家里杀死了她，谋财害命，奔向死亡的深谷。

得知女人被害，表哥只想到要把钱抢回来。当时已是代理保安官的他开始追捕主人公。

吉尔伯特建议这场沙漠追逐戏还在奥克斯纳德——那个洛杉矶附近的常用外景地拍摄。

但我仍坚持去环境严酷的死亡谷拍外景。

不仅是好莱坞，乌发还是百代，这是全世界电影人从未制作过的极度现实的描写。

海拔负一百二十二码的死亡沙漠。

在淘金狂潮的年代，由采矿者们建设的小镇斯基多已是一片废墟。我们在这个没有道路没有旅店的鬼镇里建了营地。

巨大岩壁、流沙、喷吐着的有毒气体，被土壤中的砷元素污染的泉水，栖息此处的毒蛇毒虫，即使在阴凉处也超过一百四十华氏度的热砂。

虽然通过无线电保持着与文明社会的联系，水粮每天都由卡车运来，但对演职人员来说，这项工作仍艰苦非常。

好在你懂医术。工作人员骨折，在接到无线电呼救的医生赶来之前，你已经为他做了适当的急救。我遭受胃部剧痛时，也是你准确判断我是因精神过度紧张导致的胃痉挛，而不是食物中毒。并从备用药箱中找到了合适的急救药品。你将二十五滴鸦片酊溶进水里，剂量相当于一格令[1]的生鸦片。此举救了我的命。多亏了你，当医生来时我已经安然睡去。我很庆幸你担任过志愿兵，还曾被分配到卫生队。

战场上千辛万苦，如今结出果实。

---

1 英格兰基于一粒大麦的重量定义的计量单位。1格令=1/7000磅=64.799毫克。

主人公牵着骡子，骡子驮着行李向前走。在绝望中一味地前行。水壶空了，没有目的地，他在毁灭中行走。

抢钱的代理保安官追上了主人公。经过一番激烈争斗，他终于用手铐将罪犯和自己的手臂铐在一起。然而受了重伤的代理保安官用尽了最后的力气，一命呜呼。

太阳投下疯狂的光芒。一粒粒反射着灼热白光的沙石刺痛肌肤。一滴水都没有。只有和尸骸铐在一起等死的主人公，以及一大堆从破袋中泻落的金币。

除了死亡谷，哪里还能得到如此强烈的效果？

我给后世的作品提供了完美的"模板"。

在拍摄《金币》期间，尤利安完全从我的意识中消失了。

当所有的戏全部杀青时，我和剧组人员都累坏了。

但是我还有不得不做的重要工作。

将数量庞大的成像胶片进行剪辑。

我每次都会亲自做胶片检查。

为了完成工作，我和剪辑助手村田把自己锁在家里的胶片编辑室里。虽无须像处理摄影机原始底片那样细心，但在做这个活的时候不能抽烟。赛璐珞的胶片极易燃烧。

甚至燃着的火柴头靠近一点都会引燃，同时还会释放有毒气体。

我一边忍着眼疼，一边盯着手摇式胶片浏览器，在该剪切和连接的地方做上记号。

剪切和粘贴的工作则交给助手村田，他的技术完全值得信任。村田是日本移民，他剪胶卷用一种奇怪的剪刀。与我们平常使用的剪刀不同，那是一根弯曲成U字形的钢条，握捏剪刀弯曲部分使前端两片薄刃交剪，握手处还缠着彩线。我实在玩不来这个东西，据说每个日本人都会用这种形状的夹剪。

村田的手很巧，他能将细长的纸条用拇指和食指搓成很细的线，纸头竟然能像铁丝一样地直立起来。他管这种东西叫KOYORI（纸捻子）。我在一旁看他简直像在变戏法。制作纸捻子在日本也是人人皆会，但必须使用日本特制的一种叫WASHI（和纸）的纸张。

我标记胶片时很喜欢用村田的纸捻子，就别在胶片齿孔上。

将正片固定在接片机上，用夹剪削开乳剂面，用小刷子涂上胶水，放上另一段胶片，再用加热过的钳子夹住。完成这样一次剪辑至少需要十五秒，再把紧紧粘在一起的胶片卷到金属轴上。村田手脚并用，默默地完成这项艰巨的任务。完成一段工作后，村田会离开编辑室，在庭院里抽个烟，那一刻他的脸上全是满足和平静。他用竹制的豪华烟管抽烟，但给烟管揩油的仍是纸捻子。

就算我们删减到不能再缩略时，桌上仍有四十二卷胶片。换算成放映时长就是八个多小时。我知道行星那边是不会答应的，梅贝尔可能又要剪掉一半内容。

在将成片交给梅贝尔之前，我精心挑选了十二位记者，请他们来我家的放映室。他们中有旧金山呼唤报的琼斯，洛杉矶时报的专栏作家卡尔等著名美籍记者，巧的是从好莱坞来的记者贝尔丹、曼杰斯塔姆却是法国人。我请这群媒体人观赏完整版的《金币》。放映过程中安排了两次用餐休息时间，全片放映完成需要整整一天。

我屏蔽了他们由衷的赞词。如果想要公映，就不得不再做删减。可他们越表扬我，我越是难以割舍。

之后我把放映时长压缩到六个半小时。村田继续默默工作。

为了确保万无一失，我又将剪过的成片翻录一份寄给沃伦·安德鲁斯，拜托他帮我剪掉他认为冗余的部分。我对安德鲁斯导演依旧那么信赖和尊重。

安德鲁斯又删去了半个小时，将剪后的胶片寄了回来。随信中写道这是一部里程碑式的现实主义作品，一寸都不能再少了，再剪会剪坏他的良心。

而握有最终剪辑权的梅贝尔，咔嚓！影片压缩为两个小时。

六小时变作两小时。

开头矿山部分原本有半个小时。我细致地拍摄了矿工们的状态，因为这种纪录片般的质感在影片中是极为重要的元素。最后这段被剪得只剩下几分钟，只为说明"主人公最初在矿井里工作"。

还有一个关键配角也被完全删没了。你知道的，艾根。就是那个放高利贷的角色。为了演好那个角色，威尔·福克斯泡在旧金山海湾冷水里好几个小时，都泡出肺炎了。结果跟着高利贷的那条支线剧情全被删了。

主人公妻子从普通妇女转变为守财奴时的心理变化也因为极端的剪辑给人一种只求方便的突兀。

就连主人公的造型，那些细微的变化也在剪刀下变得单薄。

过渡桥段都被替换成了字幕，整个影片变成了都算不上文摘的东西。

公司大佬们认为让观众老老实实粘在座席上的时间不能超过两个小时。让他们哭，让他们笑，让他们紧张，但最多只有两小时。

我最好的作品被塞进绞肉机，打成肉泥。而且大量被剪掉的底片被送往垃圾处理厂烧掉了，包括还能用在其他作品中的珍贵影像都已付之一炬。

唯一值得庆幸的是不管怎么删减怎么烧弃，最后那个沙漠场景的震撼没有被削弱。还有一个好消息是安德鲁斯导演看过这个屈辱版的成片后又给我送来寄语。他说《金币》是萨莫色雷斯的胜利女神[1]。虽然失去了双臂，但仍用剩下的双翼奋力向前。

吉尔伯特大肆宣传本片的制作费用高达两百万美元，虽然实际上到我手上的钱连一半都没有，但从账面上看，这部影片赔了太多。

于是吉尔伯特要求我下一部电影要用众所周知的名作拍一部"赚钱的电影"。不然就要解约。

吉尔伯特是想教育我，制造电影的最高权力是制作人不是创作者。所以格奥尔·冯·格里斯巴赫不过是电影生产工厂里的雇员。

我当时经济拮据。因为在拍摄《金币》时自掏腰包甚至四处借钱，公司却不准备给我报销。

---

1 《萨莫色雷斯的胜利女神》是约公元前200年被创作出的大理石雕塑，作者不详，现收藏于法国巴黎卢浮宫。虽然女神的头和手臂都已丢失，但被认为是古希腊雕塑家们高度艺术水平的杰作。

吉尔伯特命令我把歌剧《地狱中的奥菲欧》搬上银幕。又是我讨厌的外表甜美华丽，内里空洞无稽的故事。这是一个架空的欧洲国家的公主和敌国大公的浪漫爱情故事。行星影业很明显就是想打着我的名号赚钱。为了吃饭，我放弃骄傲承接了这份工作。

吉尔伯特还强制要求，男女主角要用两位大明星。

而我至今选人标准都是量其才能是否适合角色，而非冲着名声去的。

我希望不借助星光就能吸引观众，而今我却不得不放弃我的理想。

仅明星片酬就干掉了一半的制作费，原作改编授权又花去二十万。

听说给我的总预算有五十万美元。

我亲眼见证了《金币》受困经营原因，成本被一削再削的全过程，加之那些断人后路的胁迫言语，我再无勇气独自挑战制作人系统了。

尽管如此，我还是尽我所能地拍好分配给我的原作。这样才不愧于我的良心。

吉尔伯特推给我的女主演玛莎·肖是个以丰乳肥臀为卖点，完全没有演技的家伙。虽然她身上没有半点优雅的气质，但她还偏偏喜欢演贵妇。

我不得不在拍摄过程中，手把手地教导她抖腰和呼气的方法。

玛莎毫不犹豫地找到纽约著名设计师订购了一套服装，光这套裙子就要花掉数万美元。

当拍摄进行到三分之二时，玛莎·肖忍无可忍了，因为我一直在指责她细节不行。就是王宫大厅里舞会的那场戏。

"搞什么啊，我凭什么要听脏德汗的命令！"

她撩起长裙，昂首挺胸地站在桌上，俯视着三百多名临时演员，耍起大牌。

"脏德汗！脏德汗！"玛莎连声呼喊，她大概是期待临时演员会跟着她举拳高呼吧，"别忘了战时发生过什么，他是个肮脏残忍的德国佬，与那些用刺刀屠杀婴儿的家伙是一路货色，是美国的敌人！"

她尖叫着挥舞双臂，但台下每个人的表情都那么冷漠，没有背景的玛莎飞奔出摄影棚。

没有了主角，我继续拍着舞会上众人的镜头。

第二天，我被吉尔伯特叫去。

然后，我被解雇了。我沉默着回到家中。

后边的事你再清楚不过了，艾根。

你与两名群演代表找到了我。

"公司让其他导演接着拍摄，但是我们不干。"群演代表开口说道，"我们的头儿是您，也不为别的导演工作。我们全体群演希望您回来继续当我们的导演。"

这句话是对于作为导演的我的最高赞誉，如今我依旧这么想。

后来吉尔伯特亲自找上门来，问我是否愿意再次出山。

"是你开了我，不是我愿不愿意的问题。"

"玛莎·肖想让你向她赔罪。你就做个样子，解雇的事情好说。"

"你搞反了。你先请玛莎离开，让我重新找女主演，我再考虑复出不迟。"

"你也知道那不可以啊。那样前面的都得重拍。"

"你也很清楚，群演现在都在罢工。拍摄现场信赖的人是我。"

"帮帮忙，别让我为难。"

吉尔伯特随后提议找个地方冷静下来慢慢谈。

"就在这谈，我很冷静。"

"要不去我的别墅住几天？我们好好聊聊。"

在帕萨迪纳的别墅，我受到了盛情款待。我指出玛莎·肖表演中的缺点，吉尔伯特耐心倾听，不住点头，但却迟迟未下定论。

一直拖到第三天还是第四天。

那天我在露台上一边用早餐，一遍翻看报纸，一条刺眼的大标题冲入视线。

《格里斯巴赫煽动临时演员！罢工！》

共产主义摧毁了沙皇俄国，震惊了欧洲诸国，美利坚也对此非常警惕。因为马列主义的主旨即资产阶级绝对邪恶，无产阶级天然无罪，所以共产主义者喊出口号——全世界的工人阶级团结起来打倒资本家，无论用上何种手段！

当今社会确实有很多恶毒的资本家，在国家工业化进程中工人阶级备受着残酷的剥削。穷人和富人间隔着一条巨大的鸿沟。

但是我不希望发生暴力行为。尤苏波夫亲王[1]要暗杀的不该是拉斯普京[2]，而该是列宁和托洛茨基[3]。

"一派胡言！"我忿忿不平地发出愤怒的吼叫。

吉尔伯特只是皱皱眉头。

那一时刻我醒悟了，我被耍了！

先是把我隔离在别墅，趁此期间行星影业向报社散布我的谣言。

报纸媒体飞扑过来，一篇篇报道都把我写成红色政权的间谍。

随后公司方面指控那些支持我的临时演员挑起劳资纠纷，纷纷被解雇。只有那些声称与公司一条心的人才会被重新雇佣。大多数人为了吃饭，不得不向公司屈服。

只要受到资本主义打压，被盖上共产主义的烙印，好莱坞就待不下去了。

我没有办法洗清自己的污名。打官司？先交出去一大笔钱再说。我没有钱，何况出庭还要赔上时间。

"你还是放弃这部片子吧。"吉尔伯特对我宣告，"你要是能乖乖退下不惹事，下一部电影的导演还让你干。"

如果我答应的话，行星影业会花钱压下那些负面新闻。但要是我

1　费利克斯·尤苏波夫，俄国贵族门阀尤苏波夫家后代。

2　格里高利·叶菲莫维奇·拉斯普京，俄罗斯帝国神父，尼古拉二世时期的神秘主义者，沙皇的宠臣。他因丑闻遭到公愤，被尤苏波夫亲王、迪米特里大公、普利希克维奇议员等人合谋刺死。

3　列夫·达维多维奇·托洛茨基，工农红军和第四国际的主要缔造者，无产阶级革命家、军事家、理论家。俄国十月革命领导人。

敢拒绝，媒体会越闹越欢，把我从圈内抹杀。

由于我对《地狱中的奥菲欧》没有执念，便答应了吉尔伯特的提议。虽说中途被撤，但看在我撰写脚本，以及拍完影片三分之二部分的功劳上，公司答应会给我一部分片酬，够我活到下一部片子开机。此外合同上还说了我可以获得百分之二十五的净利润。

然而，我却没有得到正常的报酬。

相反我还被要求赔偿损失，公司说我给他们带来了巨大损失。就算用我应得的报酬相抵，还是要倒欠他们一笔。

然后我便被行星逼迫拍了好几部娱乐电影。我放弃追求现实主义，徘徊在艳俗与浮于表面的廉价人情之间。虽然奔着格里斯巴赫的名号，观影人数也不会少，但是我的骄傲已深陷泥淖。

我在好莱坞最后的作品是《泰坦尼克》。

那是一九二六年。作为一部娱乐巨作，制作预算高达一百二十万美元。我任编剧和导演。

我的剧本名叫《Double Titanic》（双子泰坦尼克）。英语的"Double"在我的母语里写作"Doppel"。当我写下《Doppel Titanic》的标题时，我的心跳加速了。

被誉为世界第一邮轮，"永不沉没"的泰坦尼克号为何在它首航途中沉没？至今仍流传着各式各样的疑惑与猜测。

有人说没能及时发现冰山要怪放在瞭望台上的双筒望远镜莫名其妙地失踪了。

那又如何解释泰坦尼克对他船发来的冰山警告置之不理？

泰坦尼克号的目的不为追求航速，而是让乘客享受舒适。那为何在深夜全速航行于有冰山隐忧的海域？

据幸存者证词，让船提速的是船东家——白星航运的总经理伊斯梅。

除上述疑点之外，还有一处异样。原定登船的约翰·P.摩根和他的五十多名朋友在出航前临时取消了出行计划。

摩根是和洛克菲勒一争高下，支配着美利坚金融界和产业界的大财阀。

拥有泰坦尼克号的白星航运因业绩不佳被摩根收购，成了它的子公司。总经理伊斯梅不过是摩根的一个傀儡。

白星航运还拥有一艘名叫奥林匹克号的巨轮。

在建造泰坦尼克号的前一年，奥林匹克号在首航中就发生了一次事故，在接下来的八个月里又发生了两次事故。接连的事故使它无法上保险。

因此有传闻称，泰坦尼克号的沉没其实是摩根导演的一场保险诈骗。这一传闻至今仍执拗地在坊间流传。

奥林匹克号曾进船坞进行维修，同一船坞里在造着泰坦尼克号。泰坦尼克号的外观和内饰都与奥林匹克号一模一样，两艘船宛若一对双胞胎。

而且泰坦尼克号的船长史密斯也是那个满身疤痕的奥林匹克号的船长。也有人说他是个酒鬼。

在船体涂装时只需更换船名，那艘倒霉的磨损严重的奥林匹克号便可摇身一变，成为泰坦尼克号。沉入海底的泰坦尼克事实上是那艘名叫奥林匹克的破船，接着巨额的保险金到手，真正的新船泰坦尼克号打着奥林匹克号的名号又能高性能地服役。在那之后由于没有发生事故，所以保险也恢复了。在上一次的欧洲大战中，它还遭受过德军U型潜艇的鱼雷攻击，但被它成功躲开。奥林匹克号不仅躲开了鱼雷，还反身撞沉了对方。曾碰撞过多次的奥林匹克号以前曾经撞上过巡洋舰，当时几个月都无法正常航行，怎么这次就能撞沉那艘彪悍的U型潜艇呢？

真是有趣的故事，几乎全都符合事实。然而只有一点出现了严重误解。

当时的造船技术只能保证船体在船台上制造，内装和电路等配置则需在岸壁码头上进行，船坞只能进行修理。换句话说，奥林匹克号和泰坦尼克号各自所在地点不同。很可惜，两船掉包是不可能的。

但是我却被这个"掉包说"迷住了。

或许也是被尤利安迷住了吧……

不管是不是真的，无所谓了。

《Double Titanic》是虚构的故事。不是真实的记录。

总经理伊斯梅谨遵摩根之意用奥林匹克号掉包了泰坦尼克号，之后伪装不知地制造事故，促使沉船，最后他奇迹生还。

那他能顺利撞到冰山吗？

冰山是凑巧的赠品，也可能是火灾之类的人为手段。

可是梅贝尔拒绝了我的初稿。

"这则奇妙传闻我也听说过。但是那起事故可是造成了一千五百多人丧生哦。你的意思是准备告发摩根为了保险理赔犯下了大量屠杀的罪行？别到时候行星影业被摩根给告了。"

"拍这个吧。"梅贝尔说着把她的剧本递给我。我接过一看，登时没了劲头。这是一篇围绕着头等舱的英国绅士和挤进三等舱的爱尔兰姑娘展开的一段超越阶级的恋爱故事。

梅贝尔料定我的剧本过不了，人家事先就备好了一个。

"抓住观众的诀窍就是这个。男女相遇，失去，然后重新拥有。爱情劈开戏路，爱情不朽。"

我耸耸肩。

"现在泰坦尼克号是个圣洁的传说。要唯美，要比唯美更美。要感人，要感人到几乎推翻那些黑色的谣言。尤其是那个直到最后还在逐渐沉没的甲板上演奏赞美诗的乐队，任谁都会忍不住流泪的。"

主啊，请别靠近山脚——这是从幸存者口中流传下来的一段佳话。

对于这则佳话，我也有过自己的注释。但是如果我是沉船上的旅客，我会对准那个伫立在天国阶梯顶端，陶醉在赞美诗中的无能的"主"，给他一枪。

当我筹备梅贝尔版《泰坦尼克》的时候，是你邀请我去大烟馆的，艾根。那是在旧金山中国移民群居地的一隅。

"虽然海洛因、吗啡、可卡因等药品腐蚀身心，但一点点优质鸦片的危害，可能比烈酒和卷烟还要小。我自己偶尔也会抽一点。"听你这么一说，我出于好奇便与你同行。烟馆的明面上是一家茶馆，里屋才是销魂场。主顾几乎是清一色的中国人。在房间里我觉得自己仿佛置身异国。墙上钉着上下两层木板作为寝铺，客人们懒洋洋地躺在上面。

你熟练地拣了一张房间中央并排放着的藤床，躺了上去。比起钉在墙上的板床，藤床的要价更高。

只要来到这片区域，你就能清楚发现欧洲流行的中国风与现实中是脱节的。没有什么比鸦片窟更脏的地方了。我虽然尝试过三等舱，贫民窟的肮脏生活，但鸦片窟的怪异丑陋与它们不同。贫民窟的污泥源自生活所迫，而鸦片窟地面上的痰渍唾迹是吸烟人污浊的灵魂。

前人的黏痰像蛞蝓身后的行迹一样在床垫和枕头上闪闪发亮。无论床垫还是枕头都散发着汗味和体臭。一个五官扁平的女人指手画脚示意我躺下，并在烟枪里塞满鸦片膏递给我。但我实在不愿躺下，只浅浅地靠在床边观察四周。

被领到隔壁床前来的是这家店里为数不多的白人顾客。四目相对，那人微微一笑。大概是因为都是白人，所以我也卸下心防攀谈起来。艾伦说过"我被鸦片选中了，所以不再逃避"。我想知道艾伦在摄影棚失火后怎么样了，虽然被烧死的人名单里没有他的名字。我也不知道自己算不算幸运，我没有受到鸦片的眷顾，但却对沉迷鸦片的瘾君子的状态产生了兴趣。

JULIEN

II

B

A

B

Y

L

O

N

认识茨温格尔已有一年。茨温格尔虽比我小了一岁，但我们受的教育相同，基本上感受不到年龄的差距。

因为没有参照对象，所以当时我们不知道自己受到的是颇为高等的教育。我们像贵族子弟那样——虽然没有领地只准挂个贵族头衔，但母亲那边的确是贵族家庭——所有课程均由家庭教师教授，因此能够幸免于学校教育的弊害。"艺术人之家"中的职员颇丰，住客十人十色，从来不缺教师。然而不可否认的是，我们获得的知识有失偏颇。

即使孩童的感性不被世人接受，在外界眼中他们也只是显得有点出格。但是，若是就此放任不管，就会受到孤立。艺术人之家收容的都是套不进世间浇铸的模具，没套好的，视常人不得见之景，听常人无从闻之声的人——他们被称为疯子。也就是众人口中津津乐道的疯人院。

我的住处是瓦尔特的私宅，我在那里可以自由活动。厨房和用人的房间则是我不该去的地方。

除此之外还有一个不能随便去的房间，那是瓦尔特的私人房间。有事找他时一定要先敲门，不得擅自进入。当我敲过门，瓦尔特会开门询问来由。如果是简单的事他当场会给我解答。如果事情稍微复杂，他则会来到我的房间详谈。若门内无人应答我便会离开。虽无明令禁入屋内，但我已养成了习惯。

当然，敲响那扇厚橡木门的机会并不多。早晚两餐我都会见到瓦尔特，那时我便可以询问他大多数事情。我不在房间里吃饭，而是去正式餐厅用餐。

大约从一个月前开始，茨温格尔住进了这栋楼，我们可以共进晚餐。曼神父死了，死于感冒引发的肺炎。所以代位神父来时，茨温格尔不得不交出他的住处。继任的神父是一位年近七旬的老人，恐怕也撑不了多久。

阿妈也跟着搬来担当杂工。只有茨温格尔才能听懂她喵喵叫般的中国话，所以在女佣中间，阿妈似乎也颇为郁闷。

曼神父的私物被卖掉大半。因为茨温格尔不喜欢中国风的家具和摆设，对死者的遗物也没有留恋。那几件不同尺码的花木兰戏服和一箱化妆用品连同神父的内衣一起烧掉了，茨温格尔没说理由。虽然曼神父对茨温格尔疼爱有加，但似乎只是单方面的强迫。

活到那么大，我已经学会了一些东西。在历经漫漫长冬，树梢初现细小新芽时，我突然想把学到的知识梳理一下。我必须尽我所学，区分开哪些是我的记忆，哪些是瓦尔特的叙述。

格奥尔与我待在一处没有窗户的小房间里，直至分开。这是我的亲身经历。

为了保全家族颜面，我们两个人是秘密。这是瓦尔特的说法。

我们曾经身体相粘，后来又分开了。这是我的经历。

伦琴博士的发现使分离手术成为可能，但两人之中只选一人，我的存在被抹杀。这是瓦尔特的说法。

但是，我知道我自己现在还活着。

手术成功后的一个夜晚，瓦尔特骑马将我带了出来。

真是这样吗？

我意识到我的记忆有矛盾。

空中飞扬着黑色披风，瓦尔特身骑黑马向前冲。这一幕总能清晰地浮现在我眼前，但当时我被瓦尔特抱在怀里，怎么可能从旁观者的视角看见全貌？如果我被他抱着，那我实际看到的应该只有从蒙面布上的两个洞中漏进来的光景。但为何脑海中浮现的视角总在策马加鞭的瓦尔特的斜后方？

如果说这是梦，说明存在另一个我在看褪褓中的自己。是不是我把梦误认为是记忆了呢？

又或者是我根据学到的知识，在脑海里客观描绘出瓦尔特怀抱我打马飞奔时的情景。但倘若如此，为何视角总在斜后方？

难道是我曾经见过类似的画？但如果说是看过的画作，那定是我来此之后。而我房间里的书中没有一幅这样的画。

我站在瓦尔特的房门前。每当和他接触，我总会感到些许紧张。也许是源于他对我严加管教之故吧。

我打破了敲门无人应答就离开的规矩。我抓住门把手，将它向下压。曾经高过眉眼的庄重把手现在仅在我肘部以下。我轻轻推开门，在此之前我从未踏足过瓦尔特的房间。我已到了欲破禁忌的年纪。

我站在内饰厚重的房间里，站在织着复杂图案的地毯中央。

空气中满是瓦尔特爱抽的细雪茄烟味。

正面窗户拉着窗帘，右边的门通向卧室还是别的什么房间。除了沙发和茶几，房间里还有个写字桌。写字桌旁的书架上摆着一排皮革精装书，书名和作者名烫着金字。好几本书的作者都叫鲁道夫·斯坦纳[1]。

左边墙上，壁炉上方和左右两边挂着几幅油画。油画镶嵌在镀金画框里。

其中肖像画有两幅。一幅描绘的是一位中年男子，薄而紧绷的嘴唇和结实的下巴，略有瓦尔特的神韵，但样貌比瓦尔特苍老。另一幅画的是一名身着青衣的年轻女子。

在壁炉顶上我看到了那幅画，一个身骑黑马的人，骏马在黑暗的森林里疾驰。他的右手大概在控制缰绳，左手怀抱的孩子从男人肩头探出脸来向外看，一脸吓坏了的表情。整幅画面的视角在主人公斜后方。

我盯着画，感觉整个人快要被吸进画中，直到瓦尔特的手碰到我的肩膀，我才回到了现实。

我转身背对着画，面对着瓦尔特。

原以为擅自闯入房间会受到责备，但出乎意料的是，瓦尔特没有责备我，只是让我坐下。

1　鲁道夫·斯坦纳（Rudolf Steiner, 1861—1925），奥地利神秘学思想家、哲学家、教育家。人智学（Anthroposophy）创始人。

他从箱子里取出一条细雪茄点燃，自己也放松地靠在一张宽大的皮椅上，深吸一口，喷吐烟雾。香烟在瓦尔特和我之间像薄雾一样飘散。

"你站起来我看看。"瓦尔特说。我照做后，瓦尔特的视线落在我的鞋上。他慢慢地抬头向上看我，像在临摹我的身高，然后微笑。

因为瓦尔特对谁都很少展开笑脸，所以偶尔看到他微笑，我总觉得收到了非常珍贵的礼物。

"可以了，坐吧。说说？"

瓦尔特是在问我进屋的事。

"那个是以你我为原型的吗？"

瓦尔特似乎没听明白，歪了歪头。

我又问他那幅画是否就是他带我来时的情景。

"舒伯特那张《魔王》放在你房间了吗？"瓦尔特开口道，"舒伯特为歌德的诗谱的曲。"

我的房间里有留声机和唱片簿。我可能听过这张唱片，我也读过歌德的诗。我喜欢且经常听的唱片是韦伯的歌剧《魔弹射手》中勇猛而有节奏感的选段《猎人合唱》。

"哦，爸爸，爸爸……"瓦尔特罕见地哼了一段，"魔王现在抓我来了。"

"我以前见过这幅《魔王》的画吗？"

"见过吧？我刚带你到这里的时候，你曾进过这个房间，是那时候看到了吧？"

"你是怎么带我来的？骑马？"

"是马车啊。"

我知道了，原来记忆有时会因各种要素被捏造重塑。

那么，我在母亲胎内与格奥尔争执的记忆和分离前在没有窗户的小房间里，受瓦尔特照料的记忆又有多少是真的呢？甚至到底是不是连体双胞胎，我也没有证据。侧腹上的伤？也可能来自其他原因……

"怎么了？"瓦尔特问我。

"没事。那个女人的画与什么诗歌有关吗？"我岔开话题。

"罗塞蒂[1]的《普罗塞耳皮娜》是一副赝品，收藏者不肯割爱真品。父亲找来画册，让这里的一位艺术家临摹了一幅。"

瓦尔特指着那张中年男子的肖像画。

"那就是我的父亲。"

"您父亲是个艺术家吗？"

"不是。他是艺术人之家的创始人。"

瓦尔特拉了拉铃绳叫来仆人，吩咐煮两杯咖啡。

端来的托盘上载着一个银壶两个白瓷杯，此后瓦尔特悠悠地打开话匣，而他说的是否是事实，我无从知晓。

说实话，我有点害怕瓦尔特告知我所谓的"真相"。

根据我读过的故事，事实的真相通常都很丑陋无聊。真实的世界是凉薄的，悲哀的。包含希望的预期与现实之间，存在着天渊一般的

1　但丁·加百利·罗塞蒂（Dante Gabriel Rossetti，1828—1882），维多利亚时期意大利裔画家、诗人。代表作《受胎告知》《贝娅塔·贝娅特丽丝》等。

落差。

再加上瓦尔特他说了谎。

不管怎么说，下文记载的就是瓦尔特当时对我说的故事。

瓦尔特·库什家是波希米亚的贵族，在波奥边境有一片广阔的领地——布卢门山。

布卢门山，就是"艺术人之家"的所在地。瓦尔特解释道。

在波希米亚德国化的十三世纪左右，家族将旧姓改为德国化的发音——库什。十六世纪左右，前人在布拉格建造了一座住宅。

瓦尔特的祖父莱昂哈特·库什那一辈投资了皮尔森[1]的啤酒行业，从中获得了巨额利润。肇始于大英帝国的工业革命向欧洲东进，使皮尔森的酿酒厂得以大量生产出透明的金黄色啤酒。至今它的利润仍然滋润着库什家族。

莱昂哈特·库什极富敛财之能，年轻时曾读过法国精神病学家菲利普·皮内尔[2]的著作《医学哲学论考》，读后深受感动。莱昂哈特·库什的妹妹，即瓦尔特的大姨母，反复摇摆于极度的抑郁和亢奋之中。虽然经历驱魔仪式，但依旧没有效果，她被关押在由教会经营的"神之家"里，身披铁链，浸入冷水。几经失血之后，她一头撞上石墙，结束了她短暂的一生。

文艺复兴时期，社会上对狂人很宽容。大概是认识到人类本质中

1　捷克共和国西部的经济、文化和运输中心，西捷克州首府，盛产啤酒。

2　菲利普·皮内尔（Philippe Pinel，1745—1826），法国医师、精神病学家，以人道主义态度对待精神病患者的先驱，现代精神医学之父。

就包含疯狂的成分吧。看看博斯[1]画的《愚人船》中的欢快样子吧。有时候，狂人是真理的叙述者。但在启蒙运动盛行的十七世纪之后，狂人与正常社会开始严格隔离开来。市民生活安宁高于一切，任何的跳脱越轨皆是罪恶。

那些狂人被冠以恶魔附身者和无德禽兽之名，终日被铁链拴住。而皮内尔将狂人上升为医学专业的问题，主张道德疗法。他认为通过对病人的保护和监督，能激发他们的希望、荣誉和恐惧心理，使他们恢复理性。菲利普·皮内尔去世时，莱昂哈特·库什二十五岁左右。

后来他的一个儿子，罗伯托·库什走上了医学道路。

彼时精神病学尚处于研究阶段。学界发表了各种各样的论说。

疯狂源于心理因素还是器质损伤，可治愈还是不可治愈。

罗伯托·库什后留学柏林，并跟随业界泰斗伊德勒[2]博士学习个人心理治疗。采用隔离和镇静剂平息患者极度亢奋的情绪，将处于撕裂状态的灵魂进行整合，让扭曲的思维回归理性。但实际操作十分困难，同时很难显著改善患者的精神状况。医生不可能同时扮演教士、医学家、哲学家和教育家的角色，大多数病人都被关在同一个大房间里，妄想狂和暴力狂则被分别捆绑在相当于单人囚室的小房间里。用

1　耶罗尼米斯·博斯（Hieronymus Bosch，1450—1516），荷兰画家。他多数的画作多在描绘罪恶与人类道德的沉沦，是20世纪超现实主义的启发者之一。代表作品《人间乐园》《死亡的胜利》《带刺冠的基督》等。

2　K.W.伊德勒（K.W.Ideler，1795—1860），心理主义学家，浪漫派精神医学泰斗。

不伤害人体的约束衣替代铁链可谓一大进步。约束衣的长袖超出常人手臂两倍以上，可在胸前斜交呈十字形，绕到背后反绑起来。

一次访问牛津之际，罗伯托·库什偶遇但丁·加百利·罗塞蒂的近作《普罗塞耳皮娜》，那幅油画给他留下了深刻印象。这是拉斐尔前派的资助人托马斯·库姆的收藏，暂借给画廊展出的。

三十多年前，拉斐尔前派兄弟团成立。他们反学院派风格，也对当时画坛中声势浩大的，反映日常生活的风俗画风潮提出异见。如今兄弟团已经解散，但罗伯托·库什仍能辨别出画家们的作品和画集。罗伯托知道好几幅团队统帅罗塞蒂的作品，那是一种取材神话和圣经，充满性感，晦暗而甜美的画风。

但是罗塞蒂两年前完成的《普罗塞耳皮娜》具有超越以往作品风格的悲诉之力。

普罗塞耳皮娜，即宙斯的爱女，也是希腊神话中被冥王掳走的珀耳塞福涅。只因吃了几粒冥府的石榴，她便背负了每隔半年往来生者之国与死者之国的宿命。

画中的女人穿着深蓝色光泽宽松衣裙，脸上凝结着绝望。石榴握在左手，而那只扼住她左手手腕的右手仿佛是从黑暗中伸出来的锁链。

当罗伯托向他牛津的熟人倾吐感言时，熟人告诉他罗塞蒂疯了。那部作品可以说是幻视、幻听、幽郁的绝望和激情的爆发。他曾服用鸦片酊自杀但没有成功，现在他在凯尔姆斯科特静养。说着，熟人递给我一本诗集。但丁·加百利·罗塞蒂常在画作上添一首自写诗，这是他第一次将诗篇整理出版，时间是在开始创作《普罗塞耳皮娜》的前一年。但刊登在《同时代批评》杂志上的评论不仅贬低了他的诗，还贬低了罗塞蒂的艺术与人格，甚至将罗塞蒂与拉斐尔前派画家们的深厚友谊辱骂成同性恋。这便是让罗塞蒂痛苦不堪，陷入疯狂的导火索。

"传说……"熟人压低声音，话音不祥。

"听说罗塞蒂把坟墓刨开了。"

在诗集问世的八年前，罗塞蒂失去了他的妻子。他爱他的妻子，但同时被其他女人迷惑。妻子因此沉溺于鸦片酊和烈酒之中，最终死于服药过量。罗塞蒂为此深深哀悼，将自己所有诗稿放进棺材，随妻一同埋葬。他似乎是想赎罪。但是后来，当他想出版诗集时，不由地想起灵柩里的诗稿。于是他打开墓穴，取出置于白骨胸前的那一卷诗稿。

罗塞蒂的处女诗集，竟然沾着尸衣的气味。

就在这时，他被一位密友的妻子，以难以控制的激烈抨击所淹没。罗塞蒂没有坚韧到能够泰然接受世人的非难与指责，加上有关诗集的严厉批评也让他变得疯狂。熟人这样告诉罗伯托，他正在照料那位密友的妻子。

令罗伯托·库什震惊的是，《普罗塞耳皮娜》竟然是在疯狂状态下完成的。

"因为这张是摹品，所以我感受不到父亲所经历的震撼。"瓦尔特接着说道。

罗伯托·库什经过对所谓天才的创作者进行统计分析，发现其中精神病患的占比远高于常人。

偏离"正常"轨道的想法和行为，有时会给表现者插上奇想的翅膀。罗伯托·库什深信不疑。荷尔德林[1]如此，海涅亦是如此。谋杀、流浪、耍无赖的卡拉瓦乔能称得上是良民吗？"负面"的疯狂却化作了正面的创造力。或者说因为创造力过剩而陷入疯狂吧？

罗伯托遂与其父亲——对皮内尔的学说饶有兴趣的莱昂哈特商量，改造领地内的荒城，建立起"艺术人之家"收容所。

但事实上，收容所并没有达到罗伯托·库什的理想。在经营中，莱昂哈特·库什非常重视盈利，所以他只让出身富裕家庭的人入住"艺术人之家"。巨额捐款和每月需缴纳的高昂费用，注定了住客仅限于那些财力雄厚，注重体面，生怕发病，一旦将病人送来就巴不得他们被隔离到死的家庭。虽然他们也优先招募那些对艺术有兴趣的人入住，但没有一个同罗伯托·库什所期望的那样，用疯狂点燃天赋才能的人。不过也有人在绘画、诗歌和文学方面表现出才华，虽不能说是出类拔萃的天才，却也能得到世人的称赞，他们的作品也产生了一些独特价值。罗伯托·库什本想向外界公布病人们的作品，但莱昂哈特·库什为了赚钱，秘密地把病人之作卖给那些声名显赫却因才华枯竭而哀叹的诗人和画家，获得一笔不菲的收入。

1　弗里德里希·荷尔德林（Johann Christian Friedrich Hölderlin，1770—1843），德国著名诗人。古典浪漫派诗歌的先驱。作品有诗歌《自由颂歌》《人类颂歌》《致德国人》《为祖国而死》等。

当莱昂哈特殁后，经营权悉数转到罗伯托·库什手里的时候，他对经营"艺术人之家"已经失去了热情和兴趣。他认为因极度妄想而狂暴的人还是需要监禁和捆绑，对于护士把狂人当罪犯并采取惩罚性态度的行为，也只是不疼不痒的警告。要说罗伯托·库什的愿望，他只是想在这里见证天纵奇才的诞生。

瓦尔特是罗伯托·库什的儿子。他的大哥是财务官僚，二哥从军。瓦尔特学过医，在维也纳一般综合病院的外科工作。

说到这里，瓦尔特温柔地看了我一眼。

"尤利安。有一段时间，我和你父亲同在医院工作。那时我承蒙格里斯巴赫老师指导——虽然他现在已经改回旧姓。格里斯巴赫老师对我很好，他不久便离开医院，自立门户。后来格里斯巴赫夫人怀孕，我预感怀的是双胞胎。因为在临近分娩时，我从听诊器里听到了两个心音。当到了需要剖腹产的时候，我受老师之托前来做手术助手。当你们生出来时，我们就明白无法对外公开。你父亲跟我说干脆假装胎死腹中处理掉就好，但我提出想秘密抚养。说实话，我作为一介医学学徒，对你们的生活状态很感兴趣。该如何抚养这两个被认为活不长的孩子？两人的精神状态又如何？我的兴趣就在那里。暗地里还想借此写篇论文，拿个学位。当然，你们的身份是机密信息，论文中其他信息也是保密的。你母亲那边的格里斯巴赫家族给了我足够的抚养费，也是给我的封口费。虽然暗无天日的地下室不利于婴儿发育，但也不能公开露面。"

我看着壁炉上的画，感觉瓦尔特的话从耳朵渗进脑袋。

既然我是乘坐马车来的，那为何对这幅画记忆犹新，以至于我误以为是亲身经历呢？

被父亲抱着的孩子，脸上的表情是多么恐怖。

"谁画的这幅《魔王》？"

"我画的。"

瓦尔特如是说。

"当我还是文理中学的学生时，曾学过油画作为消遣。我父亲很喜欢这幅画，把它挂在这里。那时候，这里是父亲的房间。"

魔王，在画中以可见之姿出现。它难道不该是某种隐藏在意识深处的东西吗？一旦看到除了疯狂别无他途……吧。

从深不见底的裂缝中，魔王在招手。"过来，孩子，来到我身边。"父亲安慰着因恐惧而抓紧他的孩子。

"孩子，那只是雾在流。孩子，那只是柳树在晃。"歌德诗中写道，等到家的时候，孩子已经死了。

在收留我的第二年，罗伯托·库什死于一场马车事故，瓦尔特接替了父亲的职务。虽然瓦尔特禁止看护人员对入住者进行惩罚，但是监禁自残他害的病人也是不得已的措施。

在"艺术人之家"，我接触的都是病情温和或疾患消愈的人。我知道，那些被关在封闭病房或者特殊囚室里的人，都被小心翼翼地隔离在我视线之外。

画中的孩子虽被恐惧冻僵，但我却因分离倍感轻松，安详地躺在瓦尔特的怀抱中。我觉得那种感觉真实不虚。

但是父母为什么选择格奥尔呢?

我的自尊心受到了伤害,因为选中的不是我。小时候并无什么感觉,但随着年龄增长,伤口愈发疼痛。我没有问瓦尔特。我很害怕有人清楚地指出,我比格奥尔差在哪里。心中就要恶化的伤口被我堵住了。

我对目前的生活并没有什么不满。我不知道其他人的生活,所以没法比较,但对外面的好奇心却一天强过一天。我希望瓦尔特能认为我安于现状。我不愿意气氛变糟。

以市民社会的角度来看,把象征恐怖和危险的存在完全隔离起来,没有比旧城堡更合适的地方了。

从我房间的窗户只能见到三面环绕着建筑物的庭院,不过因为可以自由行动,我心里基本弄清楚了大概的地形。

山上的"艺术人之家"大致是个三分之二的圆锥形。从南到西是陡峭的悬崖,悬崖下小溪弯曲流淌。由北向东,土地倾斜凹凸不平,最终延伸到森林和波希米亚平原。

虽然看起来很开放,但"艺术人之家"的出入管理十分严密。悬崖一侧是城墙,低地部分则耸立着后来筑起的高石墙。玻璃碎片密密麻麻地插在石墙的顶端,比乱枪枪尖还要可怕。

绕着围墙外一圈挖有沟渠,渠中水是从我和茨温格尔湿身打斗的那条小河里引来的。渠沟离河越远,水位也越低,最后深壕之中只有满地杂草和大蓟。这里除主建筑之外,还设有谷仓和马棚。马棚里养着五匹马，最边上的一角由铁丝网密密隔开，里面豢养着几只精悍的猎犬。城堡外的森林是库什家族的狩猎地，直到瓦尔特爷爷那一辈，他们还要纠集一众闹林人，享受猎鹿的快乐。据说现在没有大规模的狩猎了，养猎犬是为了防止收容人员脱逃。在一个名叫猎获之屋的房间里，墙壁上挂着一排当时捕获的猎物的头骨，那些突出的角骨好不威猛。

"艺术人之家"有两个出入口。一处是古老的城门，刻有盾牌纹章的铁门紧锁，钥匙由守卫保管。另一处是封闭病院与外界直连的后门。由于封闭病院里都是单人病房和特别囚室，关押着精神错乱的病人，所以也隔离在我视野之外。

俄国作家迦尔洵[1]在《红花》中描述过的疯子，没准也在我不知道的封闭病房里专注地盯着什么。由于迦尔洵有过因痼疾入住疯人院的经历，所以他下笔便有迫力，好似凝视着那个混合了疯狂和理智的自己。小说中的疯子相信恶花罂粟是积聚了无辜死者的鲜血才会那么红，于是他冒着生命危险掐去鲜花藏于胸前。当花中渗出的可怕毒素麻痹了他的四肢，他却认为是与邪恶搏命，拼死忍受。后来医生认为疯子病情恶化，给他捆上约束衣。但他还是使出浑身解数，拔下最后一朵罂粟，力竭而死，死时脸上还带着骄傲的微笑。

看过瓦尔特房间里那张魔王油画后不久，我和茨温格尔爬上了城

---

1 弗谢沃洛德·米哈伊洛维奇·迦尔洵（Vsevolod Mikhailovich Garshin，1855—1888），俄国作家。主要成就集中在短篇小说，代表作《四天》《红花》《艺术家》等。

门旁的瞭望塔。虽然塔外拉起来的绳圈上已写明禁止进入，但我们没有理会。在过去能行使城堡功能时，瞭望塔原本有三层，然而现在三层木地板早已脱落。好在依着厚石墙建造的螺旋楼梯仍然健在，可直通塔顶瞭望台。

头上是无垠的天空。当我俯瞰广袤的森林原野时，不知为何竟泪流满面。眼泪与我和茨温格尔争斗时流的完全不同。我第一次意识到，深深的感动会让人流泪。此时此刻，我仿佛被那种神秘所感染。仿佛天空的光和大地的力融合于一点，而我的身心正在这一点上。现在，我活在隔绝了时间和空间的地方，融化在无限的时空里。我沉浸在这种近乎欢喜的感觉中。

茨温格尔沉默着，我不知道他有没有相同的感觉。

瓦尔特开始教我和茨温格尔骑马也是在那个时候。

在院子里初步学会骑马时，我们三人便一同外出，真是非常愉快的。黎明时分，城门洞开，我们骑马跨过架在沟渠上的桥，来到石路，在橡树和山毛榉的树梢下策马前行。

晨雾中，菩提和榆树模糊了轮廓。随着马儿疾驰，薄雾逐渐消失，露珠带着翠绿从叶上滴下，甚至每一片叶子都变得鲜活。白蜡树开着淡绿色的小花，树莓和虎耳草丛生其下，盛开的野丁香莫名地与布卢门山这个名字和谐搭配。

岩石剖面突起，现出玛瑙状条纹，远处丘陵的山脊线清晰地画出天地。

带猎犬去打猎也趣味盎然。最初我们是借瓦尔特的猎枪射击，不久之后，他送给了我和茨温格尔一人一支。野鸡、山鸠、野兔……森林里的猎物十分丰富。猎狗们是不是也觉得打猎比追逃犯更开心呢？

到了夏天，远行行程中又添加了游泳。我们在河边下马，脱去衣服，让瓦尔特教我们游泳。我学游泳比茨温格尔快多了。

在我十五岁那一年，瓦尔特让我见识了一个奇怪的盒子。不用说，自然不是我的那个"盒子"。

十五岁，令人不快的年纪。

我叫来茨温格尔，一起走进瓦尔特的房间。那盒子就放在桌上。

盒子旁边放着一本小册子。上面写着英文"You press the button, we do the rest."（按下按钮，其余交给我们。）

"按钮？"

盒子顶部有一个可旋转的把手和长长的线缆，在线缆顶端接着一个……按钮！

"按这个？其余的事是指什么？按下去，要怎么交出去？'我们'是谁？"

我俩不停地追问。

"'我们'是指柯达的那些人。"瓦尔特神秘地说道。

小册子上用大写字母写着KODAK。

装腔作势不适合瓦尔特。我马上就得到答案。

"这是照相机。"

"不会吧。"我登时发出怀疑的声音。虽然大人会阴差阳错对我说过好几次谎，也让我失望过，但我觉得瓦尔特本质上是一个诚实认真的人。

因为他不会用戏耍孩子来取乐。

可我虽没见过真正的照相机，但也在图鉴中了解过一点皮毛，照相机不是这种形状。它风箱式的圆筒前端装着镜头。拍照时，摄影师会先把它装到三脚架上，再盖上一块黑布，然后把头伸进黑布里，像是捏软胶一样按下快门。

"这是美利坚的柯达公司在九年前推出的首款大众化相机。"

盒子的一面上挖了一个洞，洞上嵌着镜头。

"这个，后面要装干板吗？"茨温格尔问。

"不用干板。这盒里装的叫胶卷。"

感光干板相机只有专业摄影师才能操作。每次用一张干板照相，从冲洗到印刷都由摄影师完成。

"用这个，外行也能照相。只需按下快门就拍好一张，再转动把手，拍好的胶片就卷到另一边的转轴上。整卷胶卷就是这样工作的。我想给你们拍个合影。"

"照！"

我和茨温格尔兴冲冲地站到盒子前。

瓦尔特按下快门，只听见一声小小的"咔嚓——"

"能马上拿到照片吗？"

"不行，要等整卷拍完。"瓦尔特边说边转动把手，"胶卷拍完后，我会连同相机寄给柯达。"

"寄到美国？"

"柯达已经来欧洲了，布拉格就有冲洗店。我只要把照相机交给原购商店，他们会把照片连同相机一起送去柯达公司的冲洗店。由公司人员取出胶卷，冲洗打印，还会给相机装上新胶卷，最后一并送回。普通人只需按下按钮，剩下的就交给柯达专人处理。这就是'You press the button, we do the rest.'虽然胶卷照片没有干板照片那么鲜明。"

"这宝贝相当金贵。"瓦尔特补了一句。照相机二十五块，胶卷十块。一台相机可以使用几十年，但每用一卷胶片都要加付十元，还好冲洗费和印刷费包含在内。

瓦尔特以我和茨温格尔为模特，到处摆弄相机。读书、弹琴、骑马、游泳、爬树、斗剑……不把胶卷拍完就没有照片。我们等了很久。

但是瓦尔特的态度微微让我觉得不对劲，究竟是哪里不对劲我也无法用语言表达。硬要说的话，是一种生硬。那种感觉不只是得到新奇机器后的单纯快乐，在快乐背后好像还藏着什么……

这时，瓦尔特给了我城门的备用钥匙。不用去找看门人，我便可自由往返于城内和森林之间。这算是他给我这只宠物狗的一点小小自由吧。瓦尔特有自信谅他放开绳圈我也不会逃跑。事实上我不想逃跑。

大约花了一个月，送到冲洗店的相机终于回到了瓦尔特手中。

虚焦和彻底失败的照片有很多，瓦尔特给我们看的成功作品只有几张。第一次在镜子之外看见一个客观的自己，不知怎么心里痒麻麻的。

就像孩子厌倦玩具一样，瓦尔特不再热衷拍照，反正茨温格尔和我也做厌了模特，不在乎。

就在那时，阿妈露出害怕的表情说："院长会妖术的哦。"院长自然指瓦尔特。"照相机又不是魔法。"茨温格尔和我都笑了。

"那只匣子能把人变作两个。"阿妈坚持道，"阿妈看到了呀，院长变作两个人。"

"那你也变成两个吧。"我们找瓦尔特借来相机，对准阿妈。阿妈浑身颤抖，嘴里高喊着什么跑了出去。"阿妈你在喊什么？"阿妈一直重复着同一句短语。"杀人啦！"茨温格尔将华语翻译过来，我们笑得前仰后合。

那就让我们再吓吓他们。不知是谁先这么说的。茨格尔离开布拉格时，买了一顶金色的假发。

几天后，阿妈看我嘴唇发白，指手画脚念念有词，但没有茨温格尔翻译我也弄不明白。正好茨温格尔走过，我连忙拦住了他。

"尤利安少爷变成两个人了，所以阿妈才那么慌张。她刚在后院里看见少爷，转眼这里又有一个。她说都是那个盒子作的妖。"

我俩同时做出震惊的表情，却背着阿妈哈哈大笑。

我们又这样捉弄了阿妈两三次。数日后的一天，我正在餐厅吃午饭，这时茨温格尔进门，突然愣住了。

"怎么了？"

"……你什么时候到这里的？"

"我一直都在啊。"

"没去过庭院？"

"庭院？"

"分身（Doppel）……"茨温格尔自言自语道。

"呃？"我反问道。

"不是，我有时候……"他含糊不清了。

"怎么了？你说清楚啊。"

短暂沉吟之后，"我在院子里看到了你……好像是……但是，我有那个……"

"哪个？"

"我有时会神志不清。"他好像横下心吐出他说不出口的话，"因为发作时间短，所以旁人看不出来。神父是知道的，瓦尔特医生也知道。"

"还有我，之前我见过。"

"什么时候？"

"很久以前。那次我解剖松鼠，你也想试试却被我拒绝的那次。"

"啊啊，那次。原来如此。"

"你那个是病吗？"

"病名叫癫痫，瓦尔特医生告诉我的。虽然病因和疗法都不清楚，但这是从很久以前就存在的疾病。苏格拉底和罗马凯撒大帝都有这种病。就说近的，俄国那位伟大作家也是病患。和他们比起来，我的症状轻多了。我又没有痉挛，可能过不了多久就会好起来的。"

茨温格尔的语气渐渐变得严肃。

"所以……很可能，我在花园里看见你之后就神志模糊了一段时间，然后在这里看见你时误以为是你同时出现在两个地方……原来是这样啊。"茨温格尔好像自己说服了自己一般点着头，"之前我读过一篇美国作家写的小说，讲的就是看见自己分身的故事。所以才想到了写奇奇怪怪的东西吧。"

"别担心。"茨温格尔对我说。我想起小时候，把自己映在玻璃窗上的脸误认为格奥尔的情景，但反过来也有可能吧。茨温格尔看到的不会是格奥尔吗？格奥尔……来过这里？

后来我问过瓦尔特，他说格奥尔从未来过。

七月中旬。我生平第一次坐上火车。

为什么瓦尔特要安排我去维也纳？

虽然我很快就会知道原因。但当时我陷在惊愕和喜悦中，没能琢磨出瓦尔特心底的盘算。

惊愕和喜悦还混着一抹不安，毫无理由的不安。或是愤怒？维也纳，没选我的那帮人的住处，被选中的格奥尔的所在。

那日清晨，太阳还未升起，家庭教师来到我的房间，那个名叫施密特小姐的中年女人没有上课，而是让我换上女人衣服。

"现在正流行背心装，帮大忙了。"施密特小姐将衣服在自己身前比划给我看。

施密特小姐是职员，不是住客，所以不被禁止外出或购物。这里的一整栋楼都给职工当宿舍，他们全都住在里面，但不能带家属。

"这样我就不需要用紧身衣勒你了。"

四十多岁的施密特小姐身穿丝绸衬衫，配一条长度到脚踝的裙子，中间紧紧地系着一条束腰带。也许她想给自己打造一个细腰蜂般的造型，不过已经不可能了。

施密特小姐为我准备的衣服形状像细长的筒，裙子长度足以遮住脚趾，但是腰部是宽松肥大的，裙子下是层层叠叠的褶皱，可以敞开步子走路。高领的蕾丝完美地遮住了喉头。

"好在我爱看时尚杂志才对流行那么清楚。"施密特小姐一边说，一边将那件叫背心装的东西搭在椅背上，给我化了一层淡妆。

"穿上。"她把衣服扔到我的手上，走出房间。

像细长袋子一样的衣服，后背敞开着，看来是要用纽扣固定。我脱掉上衣，衬衫和裤子，把脚伸进敞开的口袋……不，是衣服里，提起来伸手穿过袖口层层褶皱的长袖。但背后总有几颗纽扣系不上，无奈之下只得开口向施密特小姐求援。

但走进来的是茨温格尔。他穿着一件双排扣夹克，一条粗花呢裤子，手上还拿着一顶粗花呢无檐帽。

"帮我系一下。"

茨温格尔绕到我身后，手伸进背后的空隙轻轻挠了挠我的皮肤，然后扣上扣子。

因为没穿裤子，腰以下空荡荡的没有着落，感觉有点奇怪。

门开了一条细缝，施密特小姐手一闪，扔进来袜子和一件奇怪东西："我忘了，要先换上这个。"

"这是什么？"

我把那东西拈起来。

"吊袜带。"茨温格尔漫不经心地答道。

"先要穿上它，"施密特小姐的声音在门外指挥，"用搭扣勾住袜子，然后再穿下装。"

我卷起在脚边碍事的裙摆，"帮忙拿一下。"把裙摆塞给茨温格尔，然后脱掉下身的袜子。

"怎么穿啊，这个？"

茨温格尔把裙摆披在我头上，张开双手，将吊袜带绕着腰围了一圈，扣上。

"你坐在椅子上，一只脚一只脚地抬起来。我帮你穿袜子。"

我摆好姿势，掀开罩在头上的裙子。

茨温格尔拿起看上去吹弹可破的长丝袜，将丝袜内面向外卷，然后抓住我右脚脚趾套进袜子里，沿小腿而上，像抚摸似的展开袜子直至大腿根部，最后用吊袜带夹住。

左脚也如法炮制。

我终于可以穿下装了。

敲门声响。

"请进。"

施密特小姐走进来，一手提着编织鞋，一手拿着圆柱形的盒子。

"我找不到合你脚码的女鞋，"施密特小姐一边把盒子放在椅子上一边说，"因为男孩子的脚和骨架一样，都大出太多。"

我用力撑坐在椅子上，茨温格尔和施密特小姐跪在我脚边，一人拿起一只鞋套进我脚里，再用鞋带系紧。

"站起来看看。"施密特小姐命令道。

后跟好高，我不由地向前一冲，跟跄一步。

接着，施密特小姐从盒子里拿出金色长发和宽边帽，戴在我的头上。

假发把头箍得紧紧的，帽檐差不多与肩同宽，阴影遮住了我的眼睛，让我极不愉快。

"这样我看起来就像个女孩？"我问茨温格尔。

"像壮实的大姑。"他答道。

要说穿女装，我想自然是茨温格尔更合适。我的骨架已经开始向男性化发育，身高也比施密特小姐高。茨温格尔比我矮了好几英寸，但是必须隐藏面容的人是我。

"就这么走路吗？我想要根拐杖。"

茨温格尔抱怨着，煞有介事地把手臂一弯，将我的手放在上面。

"别闹。"

我连忙打掉，跌倒了。为了不让他看穿我心中阴暗的不安，我表现得反而更开心一点。

虽然一路上对自己说你已经不是小孩子了，要沉稳冷静，但火车车窗外流淌的景色仍使我激动不已。

我和茨温格尔面对面靠窗而坐，我身边坐着瓦尔特，茨温格尔和施密特小姐并排坐着。

在出发之前，我没有机会询问瓦尔特到底告诉了施密特小姐多少有关维也纳和我的事情。看着这个说话轻佻的中年女子，我不认为瓦尔特会信任她。

如同我的女装打扮一样，我猜测瓦尔特找施密特小姐结伴也是一种掩护。因为施密特小姐在旁，可能看上去就像一家四口出行的样子。

由于封闭车厢里只有我们四人，所以我脱下了碍事的帽子。我很高兴。虽然也想拆掉假发，但他们不允许。

当施密特小姐离开车厢的时候，我脱下脚尖狭窄的鞋子，双脚搁在茨温格尔的膝盖上。茨温格尔隔着袜子帮我按摩脚趾，听说是华人的手法。茨温格尔说，他曾见过阿妈为神父按摩，于是便学会了。如果可以光脚，还能动动脚趾舒展一下。正当我撩起碍事的裙子，准备解开吊带扣时，刚巧施密特小姐回来了。我的手背顿时挨了一下。

"千万不要行为不检，尤其在女人面前。"

我现在也是个女人了。我暗自咒骂着。

"在别人面前脱鞋也是极其无礼的。院长先生，您的教养也是不够，从现在起由我来教他们礼仪举止。"

"有劳。"

绝对不干。

如果是十几年后的二十年代，少年风衣装（garçon ne look）大流行的时候，任谁也不会让我穿女装。在欧洲大战期间，男人奔赴战场，女人也不得不参加劳动。即使在战后，那些失去了丈夫和父亲的女人也必须要工作。那时候流行活泼的短发，露腿的短裙，假小子般的姑娘，garçon ne（少年）。一九〇七年该说是幸运，还是不幸呢？这是穿背心装和长裙的时代。

"先把鞋穿上。"

"都疼得走不动了。"

"不许顶嘴。"

我想打开窗户，却被施密特小姐拦住了。

"煤烟会飘进来的。"但即使关着窗，煤烟气味依旧能从窗户缝隙飘进车厢。

我勉勉强强地穿上鞋，在靠窗的地方转了转身子，背对着施密特小姐。随着我的呼吸，茨温格尔也将身体转向窗户，两人的身体紧贴在一起挡住了窗户。我从缀满珠子的手提包里摸出一把薄刃小刀，假装欣赏窗外的景色，手上挑断脚趾旁的鞋面与鞋底间的缝线。两边的小脚趾从鞋子里露出来，摆脱了束缚。因为有裙子遮掩，不要紧。

在远离维也纳的波希米亚领地内，就算看到我的真面目也没人会注意到我的来历。一开始瓦尔特小心翼翼地遮住我的脸，后来发现是自己吓自己，干脆就放我自由。

但是，我本不该出现在维也纳。维也纳有格奥尔，有很多知道格奥尔长相的人。瓦尔特说如果能伪装成女孩就带我去，我也毫不犹豫地接受了。好奇心或是对……有兴趣，我想要知道的有很多。格奥尔在那里生活得怎样？我希望他过得没我好，有错吗？

伪善点说，有错。

但我不是圣人。

我们在餐车上用过早午餐。

随着火车接近终点站，我出乎意料地感到不适。反抗理性的力量在胸口盘旋，力量越来越强大。

他们雇了一辆停在站前的出租马车，四人一起上了车。

从辛格斯特小路前往格拉本。

维也纳……房间里的立体模型，那壮丽的街景映入眼帘。俯视模型的时候，我像上帝一样伟大，一切尽在掌握。

但现在，穿行在宽阔道路两旁耸立着的威风凛凛的建筑物之间的我是多么渺小。斯蒂芬大教堂的模型只有两手大小，如今却大得令人悚然，塔尖高得似要刺破天际。

我讨厌这座大城市。

施密特小姐看起来很兴奋。

"这果然是皇帝陛下的都城啊！"听到施密特小姐又欢呼又叹气的闹腾，车夫转头问她是否第一次来维也纳。施密特小姐又高傲地坐直身子，就差脱口而出"我凭什么回答你车夫自来熟的搭话"。

虽然穿着不束腰的衣服，但还是觉得透不过气。我心跳加速，肩膀和手臂像是压着什么重物。触感越来越像是令我极度讨厌的东西。

马车从王宫前的米歇尔广场驶入绅士街时，这种不快更强烈了。

这里是贵族豪华宅邸的一角。

经过一扇大门，门两侧各雄踞着一尊巨大的狮子雕像，我的心在狂奔乱跳。

瓦尔特的大手搭在我肩头，用力抓着我。

我的直觉告诉我就是这儿。

我转向瓦尔特，目光相遇后，他轻轻点了点头，在耳边低声说："你知道了？"。

"我出生在这儿？"

"不，你的老家不在这里。这宅子是格里斯巴赫本家。"

听瓦尔特说，格奥尔被本家收养了。还听说我们的生母死了，父亲再婚。但听到这些，我并没有什么特别的感慨。父亲母亲对我来说和其他普通名词没什么区别。没有被选中，也只是自尊心受了点伤。

很高兴自己没被选中。我抬头望着森严的建筑物，打心底里这么想。没什么比在布卢门山的森林里骑马度日更美好了。

格奥尔会不会在这座宅邸里？这宅子里还有一个跟我非常相似的人。我稍动念头便感到一股难忍的恐惧。在子宫里缠斗时的触感，为了不延迟自然分离而忍受格奥尔挑衅而起的愤怒……它们都回来了，这绝不是虚假的记忆。

我之所以能在出租马车里克制自己，是因为有轻浮吵闹的施密特小姐陪同。

我确信施密特小姐她什么都不知道。正因如此，瓦尔特才会把这个傻女人带来。瓦尔特是怎么跟她解释让我穿女装的呢？施密特小姐可能认为瓦尔特有某方面的嗜好。

如果只有我们三个，我一定会尖叫起来吧，但我不能让施密特小姐起疑心。只是出于这个原因，我克制自己保持冷静，至少表面上是这样。

穿过绅士街，在维也纳大学前的广场右转，顺着环城大道直行，再右转沿着多瑙运河前进。游船漂浮河水面，小舟起伏柔波里。

"瞧啊，那个！"施密特小姐指着远方激动地叫出声，"普拉特的摩天轮，虽然只露出上面一点点，但还是能看见的。"

瓦尔特给我的模型不包括普拉特。

我们穿过车辆行人熙攘的瑞典大桥，来到普拉特游乐场前的广场下车，那里有一大群出租马车等着拉客。

游乐场里人多得让我窒息。我已经不是那种需要牵着大人手的小孩了。格奥尔肯定来过这里很多次吧。我也装出一副熟悉的样子，不慌不忙地走着，但反而有些不自在。茨温格尔比我放松多了，好奇地东瞧西看。

登上摩天轮的吊厢。一间吊厢满座大约二十人，但我们那一间并未坐满，只有十人左右。我坐得很松弛，差点想把裙子掀起来，直到茨温格尔低声提醒我，在坐上火车回程之前，不能让别人看到我割破鞋子伸出来的小脚趾。

茨温格尔坐在最左边的角落，我坐在他的旁边，然后瓦尔特和施密特小姐依次坐下。

厢里其他乘客看来都是从外省来开眼界的乡下人，吵得厉害。但最活跃的当属施密特小姐。她大声赞叹："太棒了！哎呀我连话都说不出来……"多亏了这些话让我得以保持冷静。但当我放空一切，从高空俯瞰地面时，那种空旷的神秘感令我动容。就在快要失去理智的时候，伯爵小姐的娇呼又把我的意识拉了回来。

吊厢在到达顶点后沿弧线缓缓下降。降落到一半时，我的后脑勺忽然有种奇怪的感觉，我不由地转过头。

我在另一边的吊厢窗户里看见了自己。我依旧保持着转过头的姿势，身子好像冻僵了。因为我们的吊厢在下降，对面吊厢在上升，所以掠过眼中的只有一瞬间。但就这一瞬间，好像照镜子一样，我和瓦尔特的脸并排出现在对面吊厢的窗户上。我知道格奥尔在维也纳，所以没什么好惊愕的。但我现在却像见到了自己分身一样战栗。

让我知晓分身可怕之处的是一则短篇小说。作者是个美国人，听说大半个世纪之前因酗酒横尸荒野。因为茨温格尔跟我说过，我出于好奇也读了一遍。真的很恐怖。那天茨温格尔说漏了嘴，说他看到过我的分身，虽然之后他以自己发病为由打消了疑虑。

摩天轮的直径大约两百英尺。我真的能辨认清楚吗？是不是看错了人？一个和我年龄相仿的男孩在那边吊厢里，事实会不会就那么简单？

是了，一定是看错了，我心里重复着。格奥尔恰好坐在对面的吊厢里，这也太巧了。分身？怎么可能……

不确认一下我放不下心。从吊厢里出来，双脚一着地，我便向瓦尔特说自己渴了。茨温格尔是个好搭档，立马附和道："我也是。"

茨温格尔对我的异常反应非常敏感。瓦尔特肯定也感觉到了，从他凝视我的表情就能明白。唯一感觉迟钝的是施密特小姐。虽然她说"我也想喝点什么"，但绝不是为了掩护我。

在摩天轮入口边，有一家露天咖啡馆，咖啡馆搭着遮阳篷，避开了初夏的阳光。

我漫不经心地选了一张桌子，可以监视从吊厢下来的游客。

瓦尔特喝着啤酒，我和茨温格尔以及施密特小姐喝冰镇苹果汁。

"你想再坐一次吗？"施密特小姐误解了我的意思。

每次吊厢到达固定位置时都会下来一批客人。突然视野中出现了两个人，其中一个的脸和我在镜子里看到的一样。那是格奥尔吗？还是我的分身？

刹那间，他们就混入人群。

我腾地站起身。茨温格尔本想一起站起来，我眼角瞟到瓦尔特制止了他。我三步并作两步向公共厕所跑去。就像食物中毒一样，我的下腹开始乱作一团，我蹲在厕所深处，把从火车上吃的东西都吐了出来。

瓦尔特用手抚摸着我的背。

我甩开他的手，面朝他。

"你也是双胞胎吗，瓦尔特？"

"那是我弟弟。"瓦尔特说，"同父异母的。"

"你看护我，你弟弟跟着格奥尔。这是怎么回事？"

我的声调很高。

"你们兄弟策划好的？你早知道格奥尔会坐上那个吊厢。你们在背地里串通好了。否则的话，我和格奥尔的吊箱不可能那么巧妙地会在一条直线上。格奥尔也知情吗？你们三人一起计划的？只有我一个人被蒙在鼓里，有意思吗？只有我什么都不知道。"

……居然还让我穿成这样。

正当我想把帽子扯下来时，瓦尔特压住了我。

"冷静点。如果让施密特小姐发现那就糟了。"

"那个人，我讨厌她。"

"不许说女人的坏话。尤利安，我告诉你吧，格奥尔什么都不知道。布鲁诺……布鲁诺是我同父异母的弟弟，是他约了格奥尔。"

"所以他提前和你见了面？"

"是的。"

"为什么要让我们这样见面？格奥尔注意到我了吗？"

这么一说我觉得很尴尬。被人看到穿女装……我想把鞋子和衣服都脱掉。把裤子还我！把衬衫还我！我叫喊着却没有发出声音。如果在这里大吵大嚷只会让我更尴尬，我有这样的理性。十五岁，讨厌的年纪……

"即使看到你，格奥尔也不会注意到。因为你男扮女装，还有帽檐遮着脸。回家之后再跟你细说。"瓦尔特提议。

在那之后，我的心情也变得很糟糕。

瓦尔特肯定达到了目的。施密特小姐坚持说："突然把尤利安带来热闹地方，对他来说刺激太大了。他现在感觉不舒服，必须送他回去休息。"说着她拨开人群，带我们离开了普拉特。

"我也是第一次来维也纳和普拉特。"无论在马车上还是在火车上，施密特小姐都在抱怨瓦尔特，"可我都没事，你一个年轻人怎么这么没出息呢？这点人你就受不了啦？"

虽然很伤自尊，但是我还是忍住了，因为我想快点从瓦尔特那里知道前因后果。至于施密特小姐，找机会我一定要让她难堪，好好消遣消遣她。

下了火车，瓦尔特的车夫正在一辆挂着灯的马车旁候着。太阳早已落山，夜色渐浓。

当我回到"艺术人之家"，回到自己房间时，我剥下身上所有的衣服，扔下帽子和假发，几乎扯断背上的纽扣，把沾满煤烟的衣服褪到脚边踢飞。我解开吊带，脱掉所有的内衣和袜子。薄丝袜发出一声惨叫，撕裂了。我在浴室里洗了脸，卸去恶心的妆，顺便洗了个冷水澡。

当我回到房间，换上清爽的衬衫长裤，整理干净湿漉漉的头发时，房门开了一条细缝，茨温格尔一脸担心地从门后窥视我。

他冲我挥了挥手，似乎理解我的心情，退了出去。

我整了整仪容，姿态端整地敲响了瓦尔特的房门。

瓦尔特示意我坐下。他自己坐在那把常用的皮椅上。

"你想对我说什么？"

意想不到的开场白把我问懵了。

今天的事，难道不该是瓦尔特向我解释吗？

让我泄愤？

想说的想问的一下子在心中汇成漩涡，我突然问出一个不想说的问题。

"为什么，父母选择了格奥尔，让我……"

我以为我永远不会说出这样的怨言。

"你不喜欢和我生活吗？"

"我喜欢。我讨厌维也纳。"

"是我选择了你。"瓦尔特说着，露出难得一见的温柔微笑，"当他们告诉我只要一个的时候，我把格奥尔交给了他们。"

"是因为我很听你的话吧？"我觉得自己的声音很冷静，"如果你不乖乖听话，分离就会推迟，你撒谎了。我信了你的话，忍受着格奥尔的横行。所以你选择了我，因为我好控制。"

啊，有生以来我第一次违抗了瓦尔特。

我无法忘记瓦尔特当时困惑的表情。

"原来你一直在忍吗……原来是这样，对不起。"

第一次听到瓦尔特道歉。

"我只是觉得你太可爱了……我放不了手……"

这也是我第一次听到瓦尔特心虚的声音。

我希望瓦尔特是完美无瑕的成年人，希望他是绝对坚不可摧的存在。他已经对我撒过两次谎了，什么长大后人就自然分离，什么我脸上有伤疤，长得很丑等等。尽管如此，这些都是十五岁的我可以接受的谎言。当时我年纪小，瓦尔特是成年人，所以他希望在我懂事之前能瞒则瞒。就像大人为图方便，用鹳鸟送子的传说向小孩解释人如何来到世上的道理是一样的。但从本质上，我希望瓦尔特·库什是屹立不倒的大树。成长过程中，我一直把他当作唯一的庇护者。不管什么事，我就像条件反射一样服从他的命令。我不想听到那心虚的声音。

另一方面，当听到瓦尔特说自己非常可爱时，我的心也为之剧烈动摇。如果我年纪再小一点，可能会拥抱他吧。

作为回报，我伸出手。当瓦尔特握住我的手时，我用力回握以传达信任。骗小孩的谎言已经行不通了，你能对我说真话吗？

"为什么要去维也纳？"

瓦尔特从匣子里抽出一支雪茄，切下来点燃。切口闪着火光，伴随着强烈的气味，烟雾淡淡地蒙上了瓦尔特的脸。

他只吸了一口就将雪茄放进烟灰缸，十指交叉。

"今天的事，如果提前告诉你会让你产生先入为主的感觉，所以我什么都没说就出发去维也纳了。如果这件事让你觉得不愉快，那我道歉。"

我不想听他道歉，我也怕瓦尔特真的犯了错。

瓦尔特是我的指向标。对于我这个被神抛弃了的人来说，瓦尔特是"绝对正确"的人。

"当走进绅士街的时候，你本能地察觉到了。早在你知道那里是格里斯巴赫本家之前。那个时候，格奥尔还在宅邸里。格奥尔是帝国陆军学校的学生，平时住在宿舍，但现在是暑假，所以在家。布鲁诺透过小窗户观察街道，见我们的马车经过，他就带着格奥尔叫了一辆出租马车出门。他没有像我们一样绕去环城大道，而是抄近路先到了普拉特。"

"布鲁诺住在那栋宅子里？"

"我同父异母的弟弟布鲁诺，以前在格里斯巴赫家教他们女儿骑马。"瓦尔特接着说，"你已经不是小孩了，我会毫不隐瞒都告诉你。"

布鲁诺是瓦尔特的父亲罗伯托·库什和其他女人生的孩子。虽没有名分，但罗伯托给了他足够的钱，让他接受教育。也是罗伯托·库什把他介绍给格里斯巴赫家的姑娘们当骑马老师的。

"在格奥尔被格里斯巴赫家收留了几年后，布鲁诺离开格里斯巴赫家前往美国。我们一直在通信，虽然他只是想从我这里讨钱。"

"也就是说他是个无用人。"我想到了艾辛多夫[1]的小说，喃喃自语道。

"差不多吧。"瓦尔特苦笑道，"最近他回到维也纳，还经常出入格里斯巴赫家。虽然游手好闲，但很受人喜欢。格奥尔似乎也很喜欢他。"

从瓦尔特的语气中，我感到了一丝尴尬。他到底是在隐瞒什么，还是撒谎……

"所以你和布鲁诺把我和格奥尔分别带出来……"我催促他往下

1　艾辛多夫（Joseph Karl Benedikt Freiherr von Eichendorff，1788—1857），出身贵族，是十九世纪德国浪漫时期一位重要的多产诗人和作家。代表作《预感与现实》《一个无用人的生涯》等。

说，"为什么？"

还没有听到最重要的地方。

瓦尔特把烟灰缸里的雪茄塞回嘴里，再次点燃烟头。

"你以前对我说过，记得在子宫里的事情。"

"也许我说过吧。"

"说你们彼此都进入了对方的梦里。"

"我好像有这种感觉，不过这不可能。我想是事后伪造的记忆。"

"我一开始也以为是小孩的幻想，所以听过就算了。不过……"瓦尔特的视线盯着我，"后来我一回想，我觉得你们是一对特殊的双胞胎，也许这是真的。"

我已经习惯了瓦尔特抽雪茄，雪茄烟也并不难闻，但这么近的距离足以使我的鼻孔感到一丝呛痛。

"尤利安。"瓦尔特稍微调整了一下声音，"我在想，意识之下存在着广阔的潜意识区域。意识是被后天灌输的常识和道德伦理所限制的一小块领域，而意识所排除的一切，都被收进了潜意识的领域，所以我是这么认为的。你说你们进入过彼此的梦境，也就是说你和格奥尔的潜意识是否在某处有重叠？你是否能够进入格奥尔的潜意识领域？不，现在是不是也可以？"

"不可以。"我一口咬定，但瓦尔特的话是多么迷人啊。我回想起那日在瞭望台上的感觉。那种空旷的神秘感与平时的意识世界迥异。也许当时我已进入了潜意识的领域。

"事实上，直到你发出抗议，我才意识到你已经不是小孩子了。当我发现你有感应能力时，我希望用某种方法让你进入潜意识，与格奥尔产生共鸣。"

"某种方法是……"

"我没打算强迫你。"瓦尔特说。

"危险吗？"

"不，没什么危险。只是……我今天给你带来了很大的不快。我没想到会给你带来那么大的痛苦。"

瓦尔特的话语和表情没有一丝狡黠，他说话很真挚，也从没有对我不忠。如今我也相信他。

"我想试试。"

瓦尔特把雪茄放在烟灰缸里，招呼我坐在写字桌前。

他从柜子里拿出一捆粗纸放在桌子上，把十几支铅笔放在笔盘上。

"铅笔比钢笔写起字来更快。你拿一支铅笔，闭上眼。尽量什么都别想。清空你的内心。把铅笔尖轻轻放在纸上，画一个圆圈，画个螺旋。对，就像这样。过一会儿，手会自然地动起来。不知不觉你的手会记录文字。就这样继续写。在纸上记下所有从脑袋里涌出的话。从潜意识之泉中涌出的不是现实的状态，而是潜在的状态。"

我依言闭眼，开始用铅笔画圆。粗而软的笔芯没受任何抵抗地在纸上滑动。

突然我感觉到不是我在动，而是手在擅自运动。它画出的第一个字母是个D。接着又写了O、P、P、E，再接一个L。手写的文字在脑中浮现出来。不，还是说在手还没动之前脑海里就提前想好了文字吗？我无法判断，可能是同时吧？

DOPPEL，我今天见过。见过我的分身，所以接下去应该是GÄNGER。然而当我正要写G时，手停住了。那接在DOPPEL后面的单词是……ADLER吗？双头鹰，我们奥匈帝国的国徽，也是哈布斯堡家族的家纹。我想写A，手仍一动不动。重来吧。我一画圆，右手立即写下DOPPEL，紧接着还有新的字母。那是BA……BY……双头婴儿。一股强烈的不快朝我袭来。我丢掉铅笔，双手掩面。有的只是快要虚脱的疲劳。

实验中止。

我开始打算我的未来。

书籍告诉了我外部世界的存在。

茨温格尔并没有像我一样被世界抹杀，他可以上正规学校，但他选择陪我一起留在"艺术人之家"学习。

"你不去上大学，怎么拿医生执照？"我对他说。

"执照算什么，知识和技术更重要。"茨温格尔答道，"在'艺术人之家'没有执照也可以做医生。"

"你打算一辈子都在这儿？"

"天啊。"我叫道。

茨温格尔随时可以离开。神父在上海收养他之后，立即给他施

301

洗。茨温格尔是小名，只在两人之间使用。教会的出生证上写着神父给他取的姓名和受洗名。虽然茨温格尔是个连父母都不知道是谁的孤儿，但他的身份是有保障的。

但我只能待在这里。本应不存于世之人，在外面能做些什么呢？

如果有艺术天赋，你会全身心投入到绘画和雕塑中，或者还可以作曲。但我既没有创造的才能，也没有创造的欲望。即使能够创造，也不能公开露面。更不能去异国旅行，因为我拿不到护照。正因为不可能，我反而对旅行的憧憬更为强烈。

虽然瓦尔特的表达方式很笨拙，但他确实对我有感情。

瓦尔特表示，他之所以会拯救险些被生父处理掉的我们并抚养了一段时间，完全出于他对我们这样一个观察对象的兴趣。话虽如此，分离手术之后他选择我则是出于爱。

我没理由怀疑瓦尔特的话。

但有时候，我会想起我在普拉特看到的格奥尔。外表和我没有丝毫区别。他看起来幸福吗……

嫉妒是卑微的。理智十分清楚，但情感超出了理性的控制。

嘴上不说，自己也不愿承认，但我确实嫉妒格奥尔。

他是真的存在，我是假的。只有在这里，我才是可被接受的真实存在。别说去异国旅行了，连上火车都得穿着滑稽的女装。

瓦尔特希望我和格奥尔有精神感应。

果然，我只不过是实验材料罢了……

为了达到瓦尔特的期望，我主动又开始实验自动笔记。

双头巴比伦·上

302

把一叠纸放在桌子上，闭上眼睛，将意识集中于一点，用软芯铅笔画圆圈。努力释放潜意识。DOPPELBABAY……LON——双头巴比伦。

格奥尔，这是你发给我的潜意识信息吗？

万军之耶和华如是说：

我也必使火在他的城邑中着起来，

将他四围所有的尽行烧灭。

巴比伦素来是耶和华手中的金杯，

使天下沉醉，

万国喝了他的酒就癫狂了。

我虽未受洗过，但还是能摘引耶利米书里的内容。

没受礼过……突然我感到一阵恶寒。我既不是天主教徒也不是新教徒，我的存在没有得到过上帝的认可。

被肉亲抛弃尚不算悲惨。没得到上帝的认可，难道不是最可怕的事吗？

"艺术人之家"的职工和收容者里有天主教徒也有新教徒，新教徒的礼拜堂在建筑里。我没受过宗教教育，也不认为有信仰，但瓦尔特是天主教徒。

无神论者宣称"没有神"，反过来说上帝是存在的。那么上帝也在看着那些叛逆者。

毁灭巴比伦的是希伯来人的神——耶和华，但是把荒野之神变成万物之神的基督教却把破坏了耶路撒冷神殿的罗马帝国与古巴比伦重叠起来。在启示录中，约翰在幻觉中见证了新巴比伦的失落。

不，我要说的不是这个。

神不承认我的存在。我害怕的"神"，既不是希伯来的也不是基督教的，而是比天主教的神更普遍的存在。它无所起，无所终，是无限。也就是说是生命本身吗？它无名，它包含万物。

思考到这，我意识到想法中的矛盾。即使没有受洗，只要神包容万物，那我也必在其中。

恐惧逐渐缓和了。没有在教堂登记只会让生活有些不便，却不能完全否定我的存在。

我结束了自问自答的循环，集中意识感应格奥尔。

眼里清晰可见的，策马奔驰的瓦尔特和他怀中的我。

这是我幼年与魔王油画合二为一的扭曲记忆。

月亮，是太阳神的马车上遗落下的一个轮子。失去了她本应侍奉的主人，面色苍白，在黑夜中疯狂。苍白的月光使草叶阴影愈发浓厚。荒野上，马鬃乱飞。一匹比月色还要苍白的马在疾驰。骑手身上，黑披风的后摆招展如桅杆上的帆。

不行。光记录我的记忆做什么。瓦尔特希望我能和格奥尔产生共鸣。感知格奥尔才是我该做的。

我冥想，想让手停下。我虽然想去感知有关格奥尔的语言，但浮现在我脑海中的却是熔岩翻滚的火山口。不，不是火山口。没有一丝烟雾升起，刀刃闪着银光。被剖开的裸露腹部。除了切口，其他部分都被橡胶布覆盖。戴着橡胶手套的手正移动着手术刀，从肚脐向下切到耻骨。血管的切口处竖着几把止血钳。手术刀划开膨胀的子宫，双手取出一个浸透鲜血和脂肪的肉块……

这是我多次想象的格奥尔和我离开母体的画面。当然我无法俯瞰这一切。然而知识激发了想象力，以客观角度描绘了这个场景。也许就像一场梦，在梦中，主体的自己和旁观的自己并存。

好几次，我的尝试都失败了。

没有未来的展望，也没有野心，碌碌无为中我过了好几年。又是心血来潮我尝试做格奥尔的感应实验，但是我的铅笔只会写出凭空学会的DOPPEL BABY……LON，"月亮，是太阳神的马车上遗落下的一个轮子……"还有剖腹产的画面。

用现在的话说是条件反射。

绝望源自对希望的强烈志向。可是对我来说，连绝望都不会降临。

骑马是我唯一的消遣。养的五匹马中的一匹病死后，瓦尔特买了一匹新马。我给这匹漆黑的三龄马取了"疾风"的名字，作为我的爱马。

无所事事也好，有所事事也好，时间都是一样的。

在熊熊燃烧的壁炉前，瓦尔特和我正在下国际象棋时，一旁看报的茨温格尔"啊"地低呼一声。

我刚好跳马吃兵，随嘴问他："巴尔干暴动了？"

自从奥地利吞并了波斯尼亚和黑塞哥维那后，巴尔干半岛便处于紧张状态。塞尔维亚民族主义者的声音越来越大，希望一统该地区建立大塞尔维亚。

"大清皇帝退位了。"

茨温格尔将报纸递过来。若是英法等在亚细亚攫取了巨大利益的国家，或许会对该新闻大肆报道，但奥地利报纸却着墨寥寥。虽然我亦不关心，但还是瞥了一眼。

茨温格尔出生后不到两年便迁居来此，对上海几乎没有记忆，但他听曼神父说上海是他的生地，母亲也是华人，自然多了一层关心。所以每当出现那边发生了什么骚乱、暴动、起义的新闻时，他都会仔细阅读。

"军阀四处横行霸道，那边好像是一团糟。不过欧美人住在租界，凭借治外法权生活安稳，过得跟王公贵胄一般。"

一九一二年，二月。亚洲最大的王朝被推翻了。我还不知道日后哈布斯堡王朝也会消失。巴尔干的星星之火尚在蓄势，各国的利害关系时有冲突，但欧洲战争还未打响。

"将军了。"

我的国王被瓦尔特的马将着，后路又被他的皇后锁死。

我不想就这样烂下去。

不出去，是因为没勇气吗？

——是的，我只属于这里。我一旦出去，将没有任何身份证明。这世界是按照存在者制定的法则运转的。

另一个原因是我没有一件用我现在生活去交换亦无悔的"想做之事"。

我想满足瓦尔特的愿望，我想与格奥尔互相感应，因此我要留在这里……还是说这只是我缺乏勇气和动力的借口呢？

同年四月。

往壁炉里添过柴火，我便上床睡觉。阿妈用熨斗暖过的床，冷气怎么还没消散？我起床，喝一口烈酒，身子开始发热。

外面传来奇怪的声音，像是连续的爆炸，但我已迷迷糊糊快要睡着，听不真切。

我陷入一种奇妙状态，一半意识在梦中，一半意识清醒地知道自己在做梦。

我听见开门声和渐近的足音，但我一根手指都动不了，只感觉毛毯轻轻地浮在空中。

已经二十岁的我知道自己是怎么回事。意识一半已经清醒，但身体完全睡着。幻视或幻觉就是在这时候产生。稍显吵闹的脚步声，被拽着头发的疼痛都同现实一样生动。小时候我曾一度非常害怕，但经过瓦尔特明确地医学解释后便不再害怕。然而不变的是它依然是一种令人不快的状态。中世纪人们将这种感觉视为魔鬼所为。

梦中的我，变成了幼小的孩子。

"分离吧。"瓦尔特低声说着,让我脱下睡衣。他手上有锋利的手术刀。我的侧腹感到钢铁般冰冷,下一秒,刀尖刺进我的肉里,激烈的疼痛使我尖叫。多亏了它,我才得以从噩梦中解脱。

我完全清醒过来,眼前的门关上了。我没看错,出去的是瓦尔特。

我的睡衣被解开了。我伸手摸了摸侧腹,指尖湿湿的。

炉光之中,指尖殷红。但完全没有疼痛,别说疼痛,就连手指触摸的感觉都没有。在梦中,我惊觉自己被深深刺了一刀,但现实中只不过是擦伤。

尽管如此,瓦尔特是想要伤害我的,这不是梦。这是事实。虽然细如丝线,却留下了疤痕。弄出这么细的一道伤口,是瓦尔特的目的吗……

第二天早上,瓦尔特没有出现在餐厅,我和茨温格尔一起吃饭。我有时会把手放在肋骨上。细小的伤口已经愈合,触觉又恢复了。面对睡着的我,瓦尔特定是先打了局部麻醉。正当他要将手术刀插进去时,临时改变主意离开。他的离开也许是因为我的尖叫,但他为何要刺我……

"你没胃口吗?"茨温格尔问。

"有。"我说着在面包上涂了厚厚一层黄油,放在盘子里。

"你看起来不太舒服。"

"没有。"

"要有什么事,就告诉我。"

"没事。"

先吃完饭的茨温格尔，把餐巾放在餐桌上，轻轻举手示意，离开餐厅。

我看着他的背影，无声地说："我也许会被瓦尔特杀死。"

茨温格尔很忙。作为一名员工，他在医院边做工边学习。患有心理疾病的患者会受伤，会胃痛，会得肺炎。所以这里不仅有精神病学专家，还有各种各样的医生，甚至备有外科手术的设备。茨温格尔不仅阅读医学书籍，还在那里学习临床实践。

我讨厌病房里的气氛，所以尽量不去。虽然小时候没事，但从某一时期，我开始担心自己会受到那些人的吸引。我感觉体内存在着能跟他们产生共鸣的东西。如果内心不够坚强，就无法胜任那里的工作。

虽然想要向瓦尔特确认昨晚的事，但想到有可能知道他隐藏的一面，我就感到害怕，再加上不想去病房，所以我迟迟拿不定主意。

为了排解郁闷，我一人骑上马，出城兜风。

森林里，阳光照不到的洼地上还残留着积雪。我驾着疾风。风像碎玻璃，带着雪的味道，迎面吹来。我和疾风似一把利刃划破森林。事实上，我一手攥着缰绳，一手握着长剑，砍去垂于面前的树枝，斩断没有虚无的对手，一路疾驰而去。

一阵空虚，收剑入鞘。疾风的脚步慢了下来。

我听见身后传来马蹄声。

马蹄声越来越近，我转过身。那匹黑鬃栗色骏马是瓦尔特的坐骑。骑手对我微微一笑，虽然很像瓦尔特，但更年轻。

后背不寒而栗。

"你也是双胞胎吗，瓦尔特？"

"那是我弟弟，同父异母的。"

普拉特的摩天轮，和格奥尔坐在一起的那个人——布鲁诺。

栗色骏马与疾风齐头并进。

布鲁诺肩上背着猎枪，故作轻松地对我笑笑："哟，精神感应还顺利吗？"

我沉默着摇摇头。

"啊，真遗憾呐。"

"你是布鲁诺？"

明知故问，但我想做一次确认。

"不然呢？"

"初次见面。"两人握手。

"昨晚你进了我的卧室？"

对于我的提问，布鲁诺表情讶异地否认了。

"你什么时候来这儿的？"

"昨晚刚到。"

以防万一我多问了一句。但不管长相身材多么相似，我都不会将他错认为瓦尔特。昨晚走进我的卧室，用刀子划伤侧腹的人是瓦尔特。如果不是我大叫一声，他的刀子恐怕都戳进我的内脏了吧。

"你找我有事吗？"

"因为听说了你和格奥尔的精神感应实验，所以对你感兴趣。"

"你现在和格奥尔走得很近？"

"我是他的姐夫。"布鲁诺说，"你该知道，格奥尔被格里斯巴赫本家收养了。本家有三个女儿都比他大，最大的两个都嫁出去了。我娶了小女儿多丽丝，现在住在娘家。"

"格奥尔呢？"

"他上陆军大学，但那个坏小子让本家很棘手啊。"

格奥尔和我同年，二十岁。按年纪不该被称作坏小子。

"他性子太急，思考不深。倒是你看起来挺优秀的，瓦尔特跟我说过。"

"是吗？"我漫不经心地回答。其实心里还是挺高兴的。要不是因为放不下昨晚的事，没准现在我更高兴。

不过我并不认为自己优秀。如果我够优秀，就会有活下去的目的。即使是被否定的存在，也可以积极地活下去……理应如此，但我不能。

此外瓦尔特的行为打击了我。为什么瓦尔特想杀我……

"怎么了？"布鲁诺拍了拍我的肩膀，但我条件反射似的缩身回去，口中答道："没什么。"

"嘘！"布鲁诺突然制止了我，从肩上拿下猎枪。刹那间，树叶丛沙沙作响。他将枪口对准了斜上方。砰——一样东西落石似的坠入草丛。我和布鲁诺下马，如猎狗般趴在地上寻找猎物。

布鲁诺忽地高高举起一只手，手上是一只浅葡萄色的松鸦。见他想塞进我手里，我连忙推了回去。

有时我会找瓦尔特、茨温格尔一起，有时也会独自出来狩猎。不知用过多少次猎枪，也不知打到过多少野鸡和兔子。打猎是男人的享受，是力量与胜利的炫耀。

然而此时此刻，我为何会感到悲哀，同时眼前浮现出福楼拜笔下的圣·朱利安呢？

朱利安，德语念作尤利安，和我同名。他因射杀一头大鹿而受到诅咒。就像大鹿临死前预言的一样，朱利安杀害了他的父母。在经历了漫长的流浪岁月之后，朱利安因拥抱并温暖一位全身溃烂的乞丐灵魂得已被拯救，并被尊为圣人。这是一段圣人传说，福楼拜平淡而生动的描写深深地刻在我的脑海。

"我的骨头里像结了冰哪！快过来躺在我的身边！脱掉衣服，让我用你的体温暖暖身体！朱利安脱光衣服重新躺下。他感到病人的皮肤贴到他的大腿上，那皮肤比蛇皮还冷，和锉刀一样粗糙。……再靠近点，暖暖我的身体！用你整个身体！朱利安扑到他的身上，和他嘴对着嘴，胸贴着胸。这时，麻风病人紧紧地把他搂住。突然，他的眼睛像两颗星星，光芒四射。他的头发像一轮日晕，向四处舒展。他呼出的鼻息芬芳馥郁，味如玫瑰。那紧紧地抱着他的人逐渐变大，愈来愈大。朱利安和救世主耶稣面对面升向广漠的蓝天。耶稣把他的灵魂带进天国。[1]"

这就是救赎？难道不是被耶稣抱着杀害了吗？

死的不是一头大鹿而是一只小鸟。开枪的是布鲁诺，不是我。但

1　出自福楼拜的短篇小说《圣朱利安传奇》。

我被困在一种不合理不稳定的状态中。

晚饭时分，瓦尔特也到了。在长餐桌边缘，瓦尔特和我面对面，布鲁诺和茨温格尔面对面。

瓦尔特安静寡言，态度和平常没什么两样。布鲁诺很健谈，至于他说了什么，我几乎全都记不得。

布鲁诺开了个蹩脚的玩笑，茨温格尔对他礼貌地微笑。

布鲁诺似乎很高兴茨温格尔的积极回应，更加滔滔不绝地讲他的废话。

仅我记忆中的对话是这样的。

"今天只打到一只很小的松鸦，难道这附近已经没有鹿了吗？"布鲁诺说。

"你的松鸦给我做标本吧。"茨温格尔只这么回了一句。

我想等布鲁诺走后再逼问瓦尔特，听布鲁诺说他要在这里待两三天。

我不能让别人察觉到昨晚的事，也不想让别人掺和进来。

当下回想，怎么也不敢相信。昨晚会不会是梦的延续？瓦尔特没有伤害我的理由。

今晚，瓦尔特还会上门杀我吗？

布鲁诺在，他不会动手的。

如此想来，这个不着调的男人似乎有些可靠。

回房以后，我把好久没用过的，放在床底最里面的大盒子拖了出来。逝去的"时光"化作尘埃堆积在盒子上。

包裹着两粒纽扣的天鹅绒已经磨秃了。这是我小时候的避难所。我已经不再靠这种东西追求安宁了。

当我再次把它塞进床底时，布鲁诺来到我的房间。

"我想亲眼看看精神感应。你能当面展示一下吗？"

"不行，我做不到。别人在一旁我会分心。"

布鲁诺从口袋里掏出烟盒，递给我。

"我不抽烟。"

"有烟灰缸吗？"

我把为瓦尔特准备的银色天鹅拿出来。把两根翅膀一拆一翻，两根翅膀便化作两个烟灰缸。天鹅肚子里空的，也是烟灰缸。这是茨温格尔去布拉格时在一家古董店里淘到的。茨温格尔有时会出远门，有时会在外过夜。他和我不同，无论在哪里，做什么都是自由的。

"设计不错。"

我突然想到，昨晚那人不用看就知道是瓦尔特，是因为香烟味。瓦尔特的衣服上吸饱了他心爱的雪茄香。

"我想让格奥尔也试试。至少能教我怎么做吧。"

我同时感到两股相反的力量。

这是瓦尔特教我的法子，怎么能告诉格奥尔呢？幼稚的恶意在心底盘旋。

但是如果格奥尔也知道如何做，会不会让两人更好地产生感应呢？我同时产生了期待。

我把一叠纸放在桌子上，用小刀削铅笔。

"用这个写吗？"布鲁诺饶有兴趣地帮我削笔。

我坐在椅子上，手拿铅笔，闭上眼睛。

脑海中又浮现出一如往日的话语，手以令人眼花缭乱的速度记录下这些文字。

因为一直闭着眼睛，所以字写得很大，十行就写满了。我左手拨开纸，右手在新的一页上继续写着。

当熔岩滚动的火山口浮现脑海时，我强行停下奋笔疾书的手。理智告诉我，不能让布鲁诺这个陌生人看到我们出生的画面。

布鲁诺捡起掉在地上的纸，把它们叠在一起，大声朗读起来。

"《双头巴比伦》。月亮，是太阳神的马车上遗落下的一个轮子。失去了她本应侍奉的主人，面色苍白，在黑夜中疯狂……你还是个诗人。"

这不是对我的夸赞，反而暗含一丝嘲笑。

后悔让这男的朗读。这秘密当真只该属于瓦尔特和我……但是，那个瓦尔特也不是可靠的盟友。

"怎么手停了？继续写啊。来吧。"

"不行，我做不到。我没有精神感应的能力。"

我嘴里说着要休息了，把恋恋不舍的布鲁诺推出房间。

关上门，确认他的脚步声已走远。

我坐在床上。就在这时，我心里猛然涌出似灵媒书记般的感觉。

从身体内部灼灼而出的冲动，催促着我坐回桌前。

这次我不用闭上眼，脑海里就浮现出一幅画面，当它变成一句话在脑海中流淌时，手中的笔就像要抢跑似的开始记录。

我不知道是先想到话语才有了文字，还是先写字，话语才在脑海里浮现。两者已经完全同步了。

大厅。高耸着的楼梯。小男孩趴在楼梯上，一级一级地用手向上爬。他像攀登阿尔卑斯山的拿破仑一样兴高采烈。这个孩子就是我。不，是格奥尔。

我小声惊呼。我进入格奥尔的记忆了！

真是这样吗？没人搭理脑海中浮现的疑问，场景在移动。孩童——格奥尔——被乳母抄起。我拼命挣扎，手脚攀住扶手，又咬住乳母的手臂。随着吃痛的惨叫，乳母的手离开了我，顿时我身子一轻，竟趴在楼梯扶手开始向下滑行。

女人们那些"危险啊""赶紧阻止他"之类的尖叫不过是滑降的伴奏。在下滑过程中我回头看了看，我知道我的屁股将气势汹汹地撞上扶手尽头立着的装饰柱，否则我也停不下来。因为下滑过程中一直在加速，我心中笃定撞上柱子的瞬间会很疼。巨大的快乐总伴随着巨大的痛苦。

但冲撞并没有发生。我双腋下方突然碰到一个柔软的东西，下一瞬间我的身体便轻飘飘地悬在空中。

被抱起来的我大声喊道："瓦尔特！"

对方摇了摇头，我意识到自己认错了人。我裤子前潮湿一片，不是因为我心里后怕，而是滑行时的紧张感得到释放，让泌尿器官也松弛了下来。那人苦笑着，抱着我向屋里走去。乳母追过来想抱回我，那人却制止了她，并吩咐让她打些热水去浴室。

浴室的瓷砖地面上铺着地毯，男人让我站在地毯上，脱掉我的裤子。他看见我腹侧的疤痕时，发出了好似感叹般的声音。他用手掌遮住了疤痕，男人的大手几乎把疤痕全部隐去。这时乳母和女仆一起端着盛满热水的水桶走了过来。

至于清洗我下身的工作，那男人交给了她们，自己走出浴室。

浴室里除了浴缸还设有洗脸池和便器，大小和我手术之前生活的幽暗小房间相当。镶有花玻璃的窗户给浴室带来光亮。那个幽暗小房间却连浴缸和便器都没有，排泄仅靠痰盂完成。瓦尔特用毛巾热水帮我擦拭身体，当然也包括那个瘤子。

当那个男人换下弄脏的衣服再度来到浴室时，我正光着屁股蹲在地上，盯着那个跪卧的石狮子。直到后来我才知道，那个背上镶着一个椭圆形花盆的豪华雕塑是抽水马桶。

那男人手里拿着一条小裤子，大小恰好适合四岁的我。他给了乳母和女仆一笔封口小费，让她们先行离开浴室。男人帮我穿上裤子，花了一点功夫。

这男人，我尤利安知道，他就是布鲁诺。

就在我这么想时，手停了下来。奔流般的思绪也中断了。

仿佛全力冲刺了几百英尺，我喘不过气，疲惫不堪，累得瘫倒在床上陷入脑贫血般的状态，昏睡过去。

第二天一早，我必须要做的第一件事就是把散落一地的纸张按顺序整理好。缭乱的字母连我自己都难以辨认，我很后悔没在纸上标记页码。那股冲动来得太突然，就像癫痫发作一样，我也没想到会写这么多。

我用新纸重新誊了一遍。昨晚那么清晰的场面流淌成文字，才过了一夜，连自己写了什么都几乎全然不记得了。

当我正在重读时，连敲好几遍门的茨温格尔探出脸来，催我去餐厅共进早餐。

"我等会儿吃。"

"我知道了。"他丢下一句离开了。

誊好后我走进餐厅，发现餐厅里没有瓦尔特也没有茨温格尔。只有布鲁诺一个人靠在安乐椅上抽烟看报。

"呀，早上好，睡过头了？"布鲁诺欢快地向我打招呼。

"他俩都要工作，只有我闲着。"

我一边用小刀削开黑麦面包一边问："格奥尔很小的时候，是不是从大楼梯的栏杆滑下来过？"

"啊啊，有的。"布鲁诺轻轻点了点头然后睁大了眼睛，"你怎么……"

我继续说："在维也纳宅邸的浴室里是不是有个跪卧的狮子，背上镶着马桶？"

我见到布鲁诺的表情变了。人在真正惊愕之时都是这种迟缓的表情吗？

一瞬间他脸色苍白，转眼血气上涌，结结巴巴兴奋地喊道："你成功了？"然后他压低声音，"你怎么知道……你想要我？是瓦尔特告诉你格里斯巴赫庄园的结构的吧……不，瓦尔特从没进过那房子。我也没跟他说过……难道是瓦尔特说的精神感应？你能心灵感应了？让我看看！"

"没有，我只是有这种感觉。"我小心翼翼地回答。

其实我的内心比布鲁诺还要亢奋。我叫来用人准备咖啡，小心地不让手颤抖地端起咖啡啜饮。

"你去哪？"

"回房间。"

"等一下，再多聊会儿。"

我无视了布鲁诺的挽留，返回房间。

如果是大宅子，有大楼梯和挑空的大厅并不稀奇。一个年幼的小孩滑下栏杆也是常有的事。所以我写出来的可能是偶然的产物。但是狮子形的马桶却并不多见。

我成功了……

我抱起那叠誊好的稿纸。

如果不是前天晚上的事，我会第一个向瓦尔特报告。

那是梦吗？如果是一场梦，我该多么高兴。在镜子前，我把衬衫下摆卷起来。

丝状伤口并没有消失。

在分离疤痕的相反一面。

就在这时，一个令人毛骨悚然的想法出现了。

不会吧。

瓦尔特不可能会那么想的。

因为我从来没想过要取代格奥尔。

瓦尔特不会连我的主意都不估摸一下就开始施行偷换计划的。

但我不敢肯定。普拉特的事出乎我的预料。

瓦尔特说是为了让我不产生先入为主的观念。我暂且接受了他的解释……

当我正要再读一遍手抄稿时，敲门声打断了我。

"哪位？"

"是我，布鲁诺。"

"等一下。"

我正要将一叠白纸盖在手抄稿上，突然手一滑，纸张散落一地。

布鲁诺没有理会我的要求，径直走了进来。他捡起几张地板上的纸，没等我阻止就扫视起来。

"太棒了。欸？"

他把手搭上我的肩。我马上拂掉他的手。

"这都是真的。格奥尔年幼时从大楼梯的栏杆上滑下。是我抱住了他，还把尿湿了裤子的他带去浴室。就是那间有狮子马桶的浴室。窗户是花窗玻璃。你为什么能写得这么详细？你从没进去看过。"

"可能我潜入格奥尔的记忆中了……"

布鲁诺坐在椅子上，沉思片刻后问道："你在普拉特见过格奥尔吧。那是几年前？"

"五年前。"我当即回答。

"正因为那次契机，你学会了心灵感应。"

"只有一点点。而且还不成功。"

"也许你可以更进一步。"

我可没放过他的话。"怎么做？"我的声音里充满了热情。

"你不觉得五年前，你和我接触才产生了这个契机吗？"

"谁知道呢……"

"昨天你和我接触之后又进入了一个新的阶段。你可以自动书写出格奥尔和我相关的场景。"

"也许吧。"

"总有办法的，我也来帮忙。你好好想想，虽然一时间抓不住……"布鲁诺说着用食指敲了敲太阳穴。

"要不我问问瓦尔特？"

"比起瓦尔特，我更有用。知道格奥尔动静的人是我。"布鲁诺顿了顿，又陷入沉思，然后他抬起了头，"如果你进入格奥尔的房间，会不会感知到更多？"

"不可能。"

"不可能？"

"我不可能进到格奥尔的房间……"

"有什么不可能的。就一天，我让你和格奥尔交换一下。"

我明白了路易十四的双胞胎弟弟接到阿拉密斯告诉他取代兄长的计划时的那种感受。

好在那个年轻人有三个火枪手这样的得力伙伴。然而尽管如此，他还是失败了……

"只有一天，时间非常短。你能感受多少，全凭你的能力。"

布鲁诺似乎在暗示一个小小的恶作剧。

"格奥尔在陆军大学的宿舍生活，家里房间会空出来。后天是周六，他会回来。要去就只有今明两天，去不去？要走我这就把那辆戴姆勒开出来。"

"好厉害啊，你还有私家车？"

"格里斯巴赫家的那帮老古董喜欢用马车，只有我开汽车，比火车还要快哦。"

心动了。汽车我还只是在照片上见过。

"但我不跟瓦尔特说一声……"

"他那个人多么优柔寡断。"布鲁诺有些踌躇，"行吧，你跟他说。"

我讨厌别人指责瓦尔特的性格。我也从不觉得瓦尔特是个不干脆不果断的人。让我稍感受伤的是不是布鲁诺所说的"优柔寡断"呢？

优柔寡断的人是我。

我终于决定了，我拒绝了布鲁诺想要尾随我的想法。

"我要和瓦尔特单独谈。"

"拜托让我参与吧。好歹计划还是我想出来的呢。要是把我排除在外，你也进不了格奥尔的房间啊。"

"我知道。等我找瓦尔特谈完，我们三人再碰个头吧。"

我拿起那一沓手抄稿，走进院长办公室。

瓦尔特正一边看着病历一边跟茨温格尔交谈。茨温格尔是医院员工，交谈自是情理之中，但我胸口还是感到了沸腾般的嫉妒。

这是我第一次进院长办公室。瓦尔特似乎对我不期而至大感惊诧，露出了惊讶的表情。

"工作时间打扰不好意思，不过……"

茨温格尔立马读懂了我的眼色——我希望和瓦尔特私聊。他点点头离开座位。比起格奥尔，我感觉与茨温格尔更有心灵感应。不用我说，茨温格尔就能懂我的心意。

"前天晚上的事。"我指着侧腹，咬牙切齿地说，"我和格奥尔的分离疤痕是左右相反的。如果格奥尔的腹部另一侧曾受过伤……而我刚巧另一侧腹部也有疤痕，那么我俩的区别就会消失。想替换我和格奥尔也不是不可能的……"

所以你想干什么？我的话被敲门声打断了。

布鲁诺毫不客气地走了进来。他从房间角落里拖出一把空椅子，一屁股坐在瓦尔特旁边。

"瓦尔特，尤利安的能力是真的。我作证。"他一边说，一边瞟了一眼我手中的纸，"怎么，你还没有给他看吗？瓦尔特，尤利安感应书记已经成功了！"

瓦尔特的表情中也浮现出激动与期待的神色。

"尤利安，这个是……"

纸移交到瓦尔特的手中。

在快速浏览文字的瓦尔特身边，布鲁诺伸出手指在纸上划着道儿。

"真是这样的，我都惊呆了。"

瓦尔特面对布鲁诺的大声，用食指指着自己的嘴让他不要大喊大叫。

"隔墙有耳，你说话小声点。跟真实情况一样吗？"

"格奥尔格从大楼梯的扶手上滑下来，那是他第一次来格里斯巴赫家的时候，在他被领养之前。从那时起他就是个调皮孩子。格奥尔光着屁股和狮子马桶眼对眼，这绝不是凭想象就能办到的。"布鲁诺滔滔不绝，好像这全是他的功劳一样。

反复读了好几遍之后，瓦尔特把纸放在桌子上，站起身向我走来。他一把抱住我的肩膀，蹭我的脸颊。"奇迹……"

浓烈的烟草香味包裹着我。

达成了瓦尔特的期望，伤口变成了微不足道的小事。

"我的推论得到了证实，这是非常宝贵的能力。"瓦尔特激动地哽住了声音，"尤利安，你我的使命是开发这种能力。"

"所以我刚才向尤利安提出一个建议。"布鲁诺说明自己的计划。瓦尔特热心听完，点头道："有一定的道理。"

"但是你不担心会被家里人发现吗？"

"最近维也纳上流社会的流行风潮会帮我们。"布鲁诺自信地说。

"风潮？"

"从几年前就开始流行每天下午三点到五点沿着环城大道散步。

最近，从上流贵族到大学教授、资产阶级，再到穿着艳丽的交际花，简直是一场大游行。到处都是大礼帽配拐杖的绅士。古斯塔夫·马勒，那个宫廷歌剧的音乐总监，他们是天天走。多丽丝和她的父母也一样随大流。现在环城大道散步已经是维也纳名流的标志，是社交聚会的必去场所。也就是说，在这两个小时里，格里斯巴赫的庄园里全是仆人。如果我们谨慎行事，可以在不引人注意的情况下进入格奥尔的房间。"

"城里净流行一些奇怪的风潮。"

"很快就会过去的。"

"被仆人看见不要紧？"

"就算碰到，只要没有看清楚脸，我就可以说是我的朋友糊弄过去。"

"要不要像上次那样，再让她穿女装？"对，瓦尔特轻巧地说出口。他完全没有意识到我是多么讨厌那副打扮。"他现在比那时候高了不少，不能再穿女装了。"

两人无视我的意见，相互商量。

这时，我意识到自己对瓦尔特有一点点憎恨。

很难说汽车旅行是舒适的。汽车与火车不同，无须开到布拉格转乘，所以路程和时间都缩短了，但引擎振动时刻带动腹部的震动，噪音弄得耳朵都痛。戴姆勒一路奔驰，在它身后留下黑色的尾气。我的包里鼓鼓囊囊的，是一叠空白的纸和一大堆铅笔，还有一把小刀。

偶尔擦肩而过的行人和马车乘客好奇地目送着汽车。我们跑了多少小时了？

当接近维也纳的街道时，我将帽檐往下拉了拉，白色丝绸围巾提到鼻子上方，还戴上了眼镜。由于我借了一副瓦尔特读书时戴的眼镜，一戴上它，眼前立刻失去焦点，视野都变得模糊起来。

我们从城北进城，只穿过环城大道的一个道口，从上次相反的方向驶入绅士街。一路上我几乎没有看到其他汽车。

我们经过那扇熟悉的大门，绕了一大圈，从后门进去。那里有一个由马厩的一部分改造而成的车库。

我把帽檐压得很低，感觉自己像是走空门的小偷，从后门进入宅邸。

"这就是格奥尔的卧室。"布鲁诺指着其中一扇门说道。

我心里紧张得难受，但我突然觉得奇怪。离这扇门不远，有一段U字型楼梯通往二楼和地下室，但这不是我印象中的大楼梯。我怀疑起自己的能力。

"那是家用楼梯。"布鲁诺打消了我的疑虑，"大楼梯在前面的大厅里。"

我说我想看看大楼梯。"如果楼梯如我的印象一样，我就相信自己的力量。"

"等一下，我去看看大厅里有没有人。"

我手握门把做好准备，一有动静就冲进格奥尔的房间。

啪嗒、啪嗒。脚步声如此轻微，以至于接近了我才注意到他。一个四岁左右的男孩正蹒跚地走下家用楼梯。

他站在我脚边，细细地看着我。我跪在地上，让眼睛和孩子同高。

小男孩伸出手，随手摘下我的帽子，拉下围巾，还拿走了眼镜。

"你好了吗？出院了吗？"男孩问道。

我不由自主地把手放在肋骨上。这孩子也有精神感应吗？难道他潜入我的意识，知道我受伤了吗？

刚好布鲁诺回来，他惊慌失措地抱起孩子。

"格奥尔，出院了？"小孩指着我问布鲁诺。

因为又听见下楼的脚步声，所以布鲁诺用目光催促我赶紧进屋。

我连忙躲进房间，关上门耳朵贴在锁眼上，听着门外的对话。

"您什么时候回来的？我都没注意到。"

"刚刚才回来。"

"格奥尔也在哦。"小孩的声音。

"格奥尔少爷还在医院呢。"女人回答道。

"让里奥一个人乱跑，太危险了。"

"对不起。就一眨眼没看他的功夫……"说话的是孩子的乳母吧。

"注意点，他好像是一个人下楼的。要是磕了碰了，你就不用干了。别让他再跑出儿童房间。"

乳母在上楼，脚步声渐渐消失了。布鲁诺进来房间。

"那是我的儿子，"在我提问之前他先回答了，"别去大厅了吧。虽然可能没事，但万一用人冒出来了呢。呐，这里是格奥尔的房间，你有何感想？"

"格奥尔住院了吗？你不是告诉过我他住在大学宿舍吗？"

"受了点伤。"

"为什么撒谎？"

"我要告诉你他受伤住院，就要说明事情的经过还有乱七八糟一堆东西，就很麻烦。其实也没什么大不了的。"

"格奥尔的伤……"我停顿了一下，把手放在左侧肋骨上，"是这里吗？"

昨天布鲁诺说他是前一天晚上到的。就是瓦尔特差点害我的那一晚。

"你怎么知道？"

我没作声。

"难道……"布鲁诺一惊，"是瓦尔特弄伤你的？"

面对沉默的我，他继续道："听到格奥尔受伤的消息后，瓦尔特曾自言自语，说如果让尤利安处于和格奥尔相同状态的话，或许会更容易产生感应，但我没想到他真会那么做。但是，他失败了？"

我微微地点了点头。

"难怪瓦尔特喃喃说他做不到，原来指的是这件事。"布鲁诺似乎理解了什么。

"因为他对你的精神感应和自动书写能力寄予异常高的厚望。"

"就不能事先和我商量一下吗……"

跟普拉特那次一样。他不想让我有先入为主的观念，所以又鬼鬼祟祟地自作主张。

瓦尔特难道没有一点罪恶感吗？想到这里，我就无法忍受。

如果是因为有恶意、杀意、憎恶的话，我们也会回敬以强烈的敌意。在瓦尔特心中，开发我的特殊能力永远是第一位的。

不可原谅……尽管如此，希望得到瓦尔特认可的愿望也很强烈。瓦尔特说完"奇迹"拥抱我时的那种甘甜的欢愉，甚至一度让我不在乎他的刺伤。

我就是为了开发奇迹的能力而存在。我只是为了这个目的而存在。

愤怒。欢喜。哪个才是我真正的感情？

"格奥尔是怎么受伤的？"

"我不说。看看你有没有可能自动写出来。就像你写出从未见过的大楼梯和狮子马桶一样。"

"这样啊……"

"时间不多。还有不到两个小时，他们就要回来了，要是他们去咖啡馆坐坐的话，可能还会晚一点。就算你现在进入不了自动书写的状态，有了今天这遭刺激，回到'艺术人之家'以后也许能写出来吧。我去给你拿点喝的，咖啡？"

"好，谢谢。"

布鲁诺走后，我环视了一圈格奥尔的房间。

这是我本来要住的房间。

跟我的房间一样，布置和装饰也没什么区别。床上挂着蓝色的帷幔，波斯地毯的基调也是蓝的。

书架上装点着几个相框。照片上穿着帝国陆军学校和陆军大学校服的是我。不，是格奥尔。

我在桌前坐下，从包里拿出纸笔，准备就绪。

但我并没能进入格奥尔的记忆。那晚听到的连续爆炸声是布鲁诺的戴姆勒老爷车的引擎声……我忍不住回想。

布鲁诺来找瓦尔特，向他通报格奥尔受伤住院的事。

因为格奥尔参加了决斗。咦，布鲁诺和我说过吗？我接受了对方的挑战。我？格奥尔？

受到挑衅的一方有权选择武器。然而我顺应了对方心意，选了佩剑。

我们各自都带着裁判。

在决斗之前，裁判检查双方的武器，同时相互确认是否有其他条件。

这时对方的裁判提出要"脱掉防护决斗"，这让我方裁判十分困惑。因为确保双方在相同条件下进行决斗也是裁判的分内事。

当裁判不情愿的时候，我连忙脱下刚刚穿上的护具，将它们扔在一边。

我们俩相对而立，剑尖与剑尖相隔一步。如公元二世纪的贵族一样行剑礼后，握剑摆好架势。

"开始！"只听一声令下，对面立马攻了过来。我拨开他的剑刃，躲过一击。我俩相互攻击、招架、冲刺、跳跃。我低腰，让他的佩剑在我头上扑了个空。我趁机攻他下盘，他左支右绌，好容易躲开攻势，脸上却被我的佩剑掠过。

我方裁判举剑示意暂停。对方裁判也大叫"暂停"。他们向受伤的那位询问是否继续。我架着防御姿势准备退后一步。就在这时对方左手飞出，一把抓住我的胳膊。他强行格开我的佩剑，剖腹般砍向我的侧腹。

明摆着的犯规。两个裁判出剑挑落对手的佩剑，阻止他进攻。

正当我方裁判为我止血疗伤之时，对方裁判一边治疗对方脸上的擦伤一边小声警告。"你已经犯规两次了，出左手和无视暂停继续进攻，无论哪一条都是禁止行为。作为裁判，我要征求格里斯巴赫先生的意见来决定是否将你不正当的行为整理成文，交由上级裁决。"

对方鼻子一哼，露出鄙夷之色，丢出一句："跟这种下等渣子打，你指望公平正当？"

我要求继续比试。

"这回卸掉你第四剑后，我不会客气！"我把狠话放在前面。我的剑术可以与《胆小鬼》中的蒙面剑侠媲美。只是我还不能像伯吉拉克的赛拉诺那样一边哼着押韵的小曲，一边按照歌词所唱的战斗。

如果是艾德蒙·罗斯丹《大鼻子情圣》里的唱词，则是这样的：

我从容地扔掉毡帽，

缓缓地脱下裹身的大外套，

随后抽剑出鞘。

我温文尔雅，

却出剑如风。

……

我忍着伤痛，如开头宣言一样击中了他。

我一面躲避敌人刺来的剑，一面引导对方走进我的优势区域。在第四次化解了他的进攻之后，在他肩头剑光一闪，反手击落他的佩剑。佩剑落地，又被踩上一脚，折断了。他攻守尽失，输了。

当裁判宣布完我获胜之后，因失血而虚弱昏沉的我被送去医院，接受了缝合手术。"现在还在住院。"布鲁诺对瓦尔特说。

瓦尔特的房间香烟缭绕。暖炉上，孩子在骑着黑马的父亲怀中，投来畏惧的眼神。"哦，爸爸，爸爸。魔王现在抓我了。我儿，那只是一团烟雾。那只是几棵灰色的老柳树。"

我——尤利安——混乱了。为什么我知道这些事情？

我的手继续写。

"伤势严重吗？"瓦尔特问布鲁诺。

"侧腹。"布鲁诺说，"因为是佩剑，所以被削下来一块。看样子会留下疤痕。"他把手掌放在自己的侧腹。

场景又转到病院院长办公室。我质问着瓦尔特："我和格奥尔的分离疤痕是左右相反的。如果格奥尔的腹部另一侧曾受过伤……而我刚巧另一侧腹部也有疤痕，那么我俩的区别就会消失。想替换我和格奥尔也不是不可能……"

瓦尔特开口，将因布鲁诺闯入而中断的回答说了出来。

"我突然想到，如果让你处于和格奥尔相同的状态，会不会更容易产生感应？"

"就不能事先跟我商量一下吗……"

"为了不让你有先入为主的想法。"

跟普拉特那次一样。他不想让我有先入为主的观念，所以又鬼鬼祟祟，自作主张。

啊，令人屈辱的普拉特。

一个孩子，牵着布鲁诺的手。在普拉特游乐园的人群中走。

九岁的我。不，九岁的格奥尔。

五颜六色的气球如一群不知何去何从的小小灵魂，在半空中与白鸽嬉戏。而散落在四处的游乐设施都演奏着音乐，还有畸形秀场和餐厅里也会传出音乐，各色音乐混杂在一起，化成一团旋律节奏一塌糊涂的噪音。劣等啤酒屋、射击场、小型全景馆并排而设，一路上杂技演员身边总伴着喝彩声。

无论是谁本该开心的脸上都藏着焦虑。无论大人小孩都板着一张脸小跑着前进。比起孩子，大人的数量更多。

我，尤利安初入普拉特，看见格奥尔时是十五岁。而今眼前浮现的，手上记录的是格奥尔更年幼时的记忆。

我再度进入格奥尔的记忆中了。欢喜和不安包围着我。

为了不让记忆中断，为了不让自己被拉回现实，我专注于脑海中浮现的东西，我感受着九岁格奥尔的感受。攥着铅笔的手，在纸上平滑地记录着格奥尔的过去。

没有悠然闲逛的时间，游乐项目太多了。在布鲁诺的看护下，格奥尔慌慌张张地坐了一圈摩天轮，在入口挂有白漆涂成的金属冰凌的北极馆里瞅了两眼。之后又来到射击小屋，屋内深处的沙场被设计成金字塔的形状。面前台子上，浅浅的碟子里放着十个软木塞。布鲁诺将木塞装填进枪，过后把枪递给我——格奥尔，但我只是不停地浪费木塞。当只剩最后一颗木塞时，布鲁诺支开我，举枪就射，以一种似乎不用瞄准般的朴素枪法击中目标。

跨在上下摇动转圈的旋转木马上的我，目光却被激流勇进吸引。

巨大的人工池的一端耸立着流水滑坡，高得让人目眩。

你也玩过的吧？如今不稀罕了，但在当时可是最新的游玩项目。

乐队在坡顶演奏着欢快的乐曲。随着镲一声轰鸣，行至最高处的四方小舟将一口气冲下巨大斜面，像投入水中的炮弹一般激起高高的水花。同时站在船头的船夫会跳起来，跳得比溅出的水花还要高。船夫优雅的身姿瞬间仿佛定在了半空中，这么做是为了确保小舟平衡。之后船夫站在船头，撑竿将小船划回池畔的停船地。

旋转木马一停，我便焦急地飞身下马向池边跑去。

池塘一角，停着几条如威尼斯那样两头高高翘起的小船。

我的手继续写，继续写。

布鲁诺追上了我。我一口气冲上陡峭的木台阶。在顶端的高台两侧建有阿拉伯城堡那样的圆顶塔楼，乐队就在那里演出。已经有人排队等着下一轮上船了。从身后挤过来的布鲁诺一把抓住我的肩头。

杵在我前面的两个女人戴着宽檐帽，身着长裙，腰部鼓起。她俩一边喋喋不休，一边关注着排在后面的布鲁诺。说白了就是色眯眯地看着他。这两人对我都很关照，想来是想从我这里找到些与布鲁诺搭话的由头吧。

小船上有三排座位，一排三人，定员九人。每一横排前都有一根铁杆。由于我坐在布鲁诺的腿上，所以不算人头。只见那两个女人一左一右把布鲁诺夹在中间，所以我也被两个女人夹在中间。

正当我握住铁杆，以为好像要永远停留在这里时，只听见一声镲响，小船便开始了滑行。耳边划过比马儿飞驰时更尖锐的风声，好像要和风儿融为一体。我如一颗出了膛的子弹。虽然只有短短几秒，但那样的爽快是不会忘却的。在那短短的几秒，周围人的体温、尖叫都被我抛到脑外。女人们趁机抱紧布鲁诺的光景，也只是映在我的眼中，没有放在心上。

入水。蹿遍全身的冲击。水花。船夫如烟花绽放般的一跳。

一瞬间，都结束了。

如狩猎过后野兽慵懒地睡去，小船也缓缓飘向岸边。

即使在双脚踏上土地后，我的人依旧飘荡在亢奋的余波里。

随后布鲁诺带我进了一家咖啡餐厅。在喝热可可的过程中，我仍旧心不在焉。一个全员白裙的女子乐团在演奏着什么乐曲，可我完全没有听进去。演奏不好也不坏，随性的乐曲和冲入水中的快感完全不在一个调性上。

那个瞬间永不再来。当思绪至此，我被一种近乎悲哀的情感包裹。那时如果有人问我将来想做什么，我一定会毫不犹豫地说出要做激流勇进上的船夫吧。那一跃，我仿佛看见船夫长出了翅膀。在那腾空的一瞬间，小船会因惯性向前冲。而船夫能稳稳地落回船头那一小块巴掌大的地方，身子连一丝摇晃也没有。我喝着热可可，眼前又浮现出船夫的身姿，眼眶里甚至泛出一层薄薄的泪。自从手术之痛让我哭喊过后，我还没有流过一次泪。啊，痛哭和感动流出的眼泪果真不同。

我不想让布鲁诺看见，将头转向一旁，擦拭残留在嘴边的巧克力的同时也擦了擦自己的眼睛。之后向布鲁诺催促道"走吧"。音乐实在太吵了。

布鲁诺牵着我的手往前走，好像他已决定了下一处景点。他在畸形秀场门口站定，没有一丝踌躇买票入场。

不同于剧场镜框式的舞台，这里是那种伸入观众席间的四方形舞台。每一面挂有布帘，舞台的三面被没有靠背的长椅团团围住。

布鲁诺和我在长椅上并排坐下。奇怪的畸形数量不多，但强烈的恶意如漩涡般，如溺水般将我淹没在秀场小屋里。观者、被观者都在反射着恶意。对，我感到了恶意。在临时舞台上站着的正是门口招牌上的那一对"惊异双胞胎"。这两个女孩一个拉小提琴，另一个打手鼓，轻声细语唱着歌。她们看上去比我年幼，大概五六岁的样子。两人的衣服自腰部往下便合二为一，那里系着纽扣。一曲歌毕，从幕布后出来一个看似团长的男人，郑重其事地将纽扣解开，再绕到她们身后，两手抓住女孩们的衣服向两边一拉。从那个菱形的缺口里可以看见女孩们的肉体。

这时布鲁诺稍微松开我上衣的下摆，将手伸了进去。虽然外面罩有衬衫，但我还是感到他的手准确地触碰到我的疤痕。

我呕吐了。格奥尔吐了，我尤利安也吐了。

从胃里逆流涌上喉头的是不知道何时喝下的咖啡。

身体再也承受不住这段不快的记忆了。

但是记忆似乎压倒了身体的不适，纸上出现点点棕色渍迹的同时，手仍在继续书写。

格奥尔所感受到的不快和现在尤利安所感受到的不快融合在一起，不快感成倍增加，压倒了我。

如果提前告诉你会让你产生先入为主的感觉，所以我什么都没说就出发去维也纳了。如果这件事让你觉得不愉快，那我道歉。

他一边道歉，一边又说着同样的话，在前天晚上默默地给了我一道疤痕……

瓦尔特！我想尖叫，却像在梦魇中发不出声音。眼睁睁看着瓦尔特站在眼前啃食着我，但身体动弹不得。

我在哪儿？

瓦尔特，我是不是困在了你的潜意识里了？

我周围的一切都像胶状流体般抓不住，靠不牢。

胶状物从握紧的拳头中流了下来。

我拼命地抓着手能触碰到的硬物。我要突破这层胶状物，我要突

337

破你的潜意识，我要切开，我要逃出去。

我正在剖开瓦尔特，撕裂你的心脏。与此同时，我的皮肤也被剥去了。我的皮肤紧连着你的心脏。每次我撕裂你，我的血管就会喷出血来。黏稠的血浆从鼻孔流进嘴里，令人窒息。

"冷静。"瓦尔特说。他抱着我的头，压在他心脏里。

突然，我的意识被切断了。我化为虚无。

无窗的昏暗房间。每每想动时，瘤子就来碍事。

瘤子？不是。是格奥尔碍事。我是尤利安。

我很清醒。我，尤利安，现在被幽禁在一个没有窗户的房间里。双手双脚都被捆住，嘴里塞着堵嘴布发不出声音，孤零零地倒在地上。

为什么？

为了解疑，瓦尔特走了进来。

不，进来的是布鲁诺。

"安静。"布鲁诺竖起一根手指，"你精神错乱了，我们不得不对你采取措施。我给你注射了镇静剂。没什么好怕的。如果你保持安静，我会用戴姆勒把你送回瓦尔特那里。"

我发现裤子前面湿了一片。多么丢人啊，都二十岁的成年人了。

布鲁诺手里拿着一条换洗裤子。

"答应我，绝对不要出声。这里是格里斯巴赫宅邸的地下室。如果有人发现就糟糕了。"

湿裤子让我尴尬难当，简直就像个婴儿。

不管了，得先换上裤子再说。我点点头，表示遵从。

"我绑你不是出于恶意，请你理解。你刚才太胡来了。"布鲁诺一面安慰我，一面小心翼翼地解开绑在我脚踝上的绳子，想把裤子脱下来。

"我自己来。"我扭身反抗，"我决不吵闹，我发誓。"

手腕也松开了，我脱下湿漉漉的裤子，穿上布鲁诺带来的那条，大概是布鲁诺自己的裤子吧，腰有点松。等我用皮带系紧后，把堵嘴布拽了出来。布鲁诺把我的围巾、眼镜和帽子递给我。

我遮住脸，和布鲁诺一起走出地下室来到后院车库。我双腿使不上劲，全靠布鲁诺的支撑才走下来。

如果有人发现我们会很糟糕，无论对谁都很糟糕。如果他们知道尤利安还活着，该为难的是格里斯巴赫家的人而不是我。

直至停在后院的戴姆勒，一路上没有遇见任何人。我飞身钻上副驾驶座。

戴姆勒在一阵嘈杂声中离开了。

我就像一条被磨损的人行道。疲劳和其他感觉都麻木了。我觉得全身皮肤在膨胀、硬化，变成陈死的鳞片。五年前第一次自动书写时的疲惫和现在相比都算不上什么。这一次，我写的东西比第一次长了好几十倍，也比第一次陷入了更深更长的恍惚状态。

我呆滞地看向天空。难道精神错乱只是极短的一段时间吗？现在太阳还没有落山。

在越过奥地利和波希米亚的边境，到达布卢门山之前的几个小时里，我一直在发呆。

森林散发出的木质气味给了我精神。在这里，我是被允许的存在。我摘下帽子和眼镜，摘下围巾，透过树梢，仰望高悬中天的太阳。时间倒转，太阳会西升东落吗？

当车开过沟渠上的桥时，我下车用钥匙打开城门。

铁门似乎比平时沉重好几倍。布鲁诺帮我一起推开门。

在通往瓦尔特房间的过道，我遇到了阿妈。阿妈脸色煞白，用手指着我，后退着喊着什么，这是我唯一听懂的华语——"杀人啦。"

茨温格尔飞快地走了过来。

他抓住我的手臂，告诉我："瓦尔特老师去世了。"

我以为自己听错了，又问了一遍。

同样的话，茨温格尔又重复了一次。

"怎么回事……事故？受伤？他又没病。"

"今天早上知道的。在房间里吐血倒地身亡。"

"我杀了他！"我合着悲鸣脱口而出。双脚一下子失去力气，我被茨温格尔一把抱住。

"瓦尔特死了。是我杀了他。"

我不住地重复着这句话，在茨温格尔的臂膀里陷入黑暗。

我很难有条不紊地回想起自己在精神错乱中是如何度过的，又是如何恢复平静的。

我对瓦尔特的憎恨造就了我的分身，而我的分身杀死了瓦尔特。

　　"杀了我！"那声吼叫从地底深渊冲破表层，喷涌而出，"不然我还会杀人。"

　　我发狂时的情形究竟如何，我已没有丝毫记忆。瓦尔特死了。突然吐血。瓦尔特死了。是我杀了他。我的手臂交叉在眼前动弹不得。袖长是臂长的两倍，斜斜地交叉呈十字绕到背后，系在一起。

　　面前站着瓦尔特。不，他只是浮现在我眼前。

　　我唯一能做的就是用尽全身力气，把头撞向墙。墙壁很是柔软，像是吸收了我的力量。就像一团塞满了柔软的布。

　　这是我的盒子。我在"尤利安的盒子"里。但是我的大盒子里蒙着的是天鹅绒，很舒服的天鹅绒。这盒子蒙着的像是帆布。没有窗户。灯笼是唯一的照明，安装在手够不到的地方。房间大部分区域都笼罩在昏暗中。我想找那两粒纽扣。手动不了，就把脸贴在墙上摸索。只感觉到粗糙的布。我惊恐万分，再一次尖叫。杀、杀了我。喉咙里只有嘶哑的声音。我一边喊一边想向门口冲去，却发现我的双脚被上了铁链，链条末端拴在墙脚下的环上。

　　我跌跌撞撞地倒在地上，再也爬不起来。我头晕目眩，喘不过气。瓦尔特，你在哪？瓦尔特，救救我。

　　肩头是谁的手？我想甩开他，但没有力气。对方抱着我，呼唤我的名字。"尤利安求你了，别闹了。我也不想把你绑成这样。别闹了。你已经好几天没吃东西了。也没睡熟，这样身体会被熬垮的。你冷静一点。"

　　"瓦尔特？"

"是我，茨温格尔。"

"瓦尔特在哪儿？"

"安葬了。"

"不对。茨温格尔，你这个骗子。带我去见瓦尔特。他不想见我是吗？所以……"我喘不过气来。

"尤利安，换衣服吧！你要是能不吵不闹地让我帮你换好衣服的话，我就解开约束衣。"

我的裤子又脏了，一件接一件。我简直是个智障。

我从来没有见过被关在封闭病院特殊病房里的病人，但根据我读来听来的知识，我也知道他们是一种什么状态。

我现在就像他们一样。

特殊病房里的他们，大多已经感觉不到排泄的羞耻心了。

我被羞辱压垮了。跟布鲁诺让我换衣服时一样，我感到无比羞愧。所以，我还没有发疯。但我之所以被关在这里是因为我做过凶暴的行为——发狂。难道我要像迦尔洵笔下的疯子一样，旁观着混杂了理智与疯狂的自己度过余生吗？不，我受不了。在我像《红花》里的疯子一样使出浑身解数挣脱约束衣之前，我的双臂自由了。

面前放着换洗的裤子，身体到处都是沉钝的疼痛。脱掉约束衣后，我看见到处都是淤青和挫伤。

茨温格尔背对着我站在门口，双手捂着脸。

幼年的格奥尔滑下楼梯扶手，弄湿裤子，浴室里……别说了！

我换好衣服。仅仅这一点事情，我都像踏破险阻后一样精疲力竭，完全没有运动后的爽快。

"换好衣服了。"我喘着粗气。茨温格尔转过身点点头，微微打开门，向外面做了个手势。

他从细缝里接过一个盛着深碗的盘子，对我说："吃吧。你已经一个多星期没吃东西了。"他把托盘放在地上，"对不起，房间里没有家具。但是你现在不能去餐厅。你太虚弱了，除了水什么都吃不下，好在水里加了营养剂。"

茨温格尔从碗里舀起一勺汤，想送到我嘴边，被我拒绝了。我自己端起碗喝了起来，卑微的自尊依然还在。

茨温格尔的脸颊肿得老高，又红又黑，还有一道抓伤。

"是我……干的？"

茨温格尔回以我微笑。

"让我见见瓦尔特。"

听我又说了同样的话，茨温格尔的表情看起来像是快哭了。

"还不明白吗？瓦尔特已经去世了。"

"那就看他的遗骸。"

茨温格尔悄悄地离开了房间。等他再次进来时，手里拿着一尊白色雕像。那是一尊只有脸的正面像。

"我用石膏做了他的面部雕像。"

他把雕像递给我，我一巴掌挥去，差点将雕像打落。茨温格尔紧紧抱住。

"不要，别给我看这个。"

"他已经被埋了。还有我不想说的……他开始腐烂了。"

刚流进胃里的汤又反流回喉咙。

我一定是被担架抬走的，等我再度醒来，发现自己躺在卧室里。

我趴在床上，一条热毛巾铺在我裸露的大腿，茨温格尔正用力地揉着。

"我给你注射了葡萄糖，不好好揉散会形成僵块的。"

旁边桌子上放着一只小孩手臂般粗细的注射器，里面是空的。

"好了，好好睡觉吧。"

茨温格尔帮我翻过身，递给我一个盛满液体的杯子："我加了点鸦片酊，有镇静效果。应该能保证你一夜无梦地熟睡。"

我把杯子推回去。

"在那之前告诉我。瓦尔特到底发生了什么？他没有任何生病的迹象吧。还吐了血……是我干的，是我的分身……她指着我说杀了人，我只懂那个华语单词。"

"别激动，先把这个喝了。"

"等等，我想在睡着之前知道。"

"我想知道为什么你会认为是你杀了他？当时你又不在这儿。"

在激情冲击下很难保持冷静。我对茨温格尔讲述了自己如何经由布鲁诺进入格奥尔的房间，然后突然开始自动书写。就这样，对瓦尔特的愤怒，被憎恨所驱使，握着刀子，割开瓦尔特的心脏……身体深处再次迸发出哀号。

茨温格尔想让我喝杯子里的液体，但我剧烈地摇头抵制。突然，茨温格尔紧紧抱住我，他的嘴唇贴着我的嘴唇，液体从喉咙流进胃里。

药液确实让我平静下来。茨温格尔将我的头安放在枕头上。

"嘿，尤利安，你知道吧，瓦尔特死时你在维也纳，你不可能杀得了他。"

"是我的分身杀死了他。我好不容易才满足了瓦尔特的期待，好不容易才融合了格奥尔的记忆完成了自动书写。"我的语速变慢了。

"分身？根本不存在。那不是跟阿妈开的玩笑吗？"

"那时候，你也看到了我的分身。"

"我跟你解释过了，我有那种病。"

"你怎么断定是因为犯病？也许你真的看到了呢？这一次也是，阿妈看着我，说我杀了人。她肯定看到我的分身杀死了瓦尔特。不信你去问她，那样就知道真相了。"

"好吧，我会的。可是那女人的话不可靠，她就是个愚昧迷信的妇女，很容易就被我俩的恶作剧给骗了。"

我想反驳，但药劲上来了，脑子里开始蒸腾起一片薄雾。

"好好休息，重新振作起来。自动书写最好别做了。你的身体会受不住的。你坐布鲁诺的车从维也纳回来时，憔悴得像个重病患者。现在的你真的病得很重。晚安。"

茨温格尔阖上窗帘。

（上卷完）

双头巴比伦·下

［日］ 皆川博子

白夜 译

Babylon

北京燕山出版社
BEIJING YANSHAN PRESS

主要登场人物

格奥尔·冯·格里斯巴赫：奥地利籍电影导演

尤利安：格奥尔的双胞兄弟

瓦尔特·库什：格奥尔和尤利安的用人

布鲁诺：出入格里斯巴赫家的男子

多丽丝：格里斯巴赫奔家的小女儿

茨温格尔：尤利安的好友

莫里茨·布罗：摄影师，尤利安的战友

保罗·策勒：德系移民，影业公司场务

阿黛拉：波西米亚移民少女

恩里科：意大利移民扒手

肯尼斯·吉尔伯特：行星影业公司总经理

梅贝尔·萝：行星公司编剧兼电影编辑

艾根·利文：行星公司首席助理导演

沃伦·安德鲁斯：电影导演

艾里奇·鲍默：乌发影业制片人

⟪ 主 要 登 场 人 物 ⟫

唐纳德·麦克休：上海美领事馆秘书

黄金荣：上海黑帮头目

阿桂姐：黄金荣之妻

杜月笙：艺华影戏公司大当家，黄金荣的得力部下

小吴：艺华影戏公司二当家

姚玉兰：杜月笙的情人，新晋女星

汪启明：明星影片公司电影导演

梅兰芳：北京著名京剧演员

胡炎：大观里的拉粪工

目录

C O N T E N T S

JULIEN Ⅱ ·········· 001

PAUL Ⅱ ·········· 057

GEORG Ⅲ ·········· 073

JULIEN Ⅲ ·········· 161

PAUL Ⅲ ·········· 187

GEROG Ⅳ ·········· 193

JULIEN Ⅳ ·········· 223

PAUL Ⅳ ·········· 233

上海|一九二九 ·········· 243

GEORG ·················· 251

JULIEN ·················· 257

PAUL ·················· 273

GEORG ·················· 277

柏林 ·················· 305

JULIEN ·················· 353

JULIEN

II

从药物带来的深睡中清醒过后，我便沉入了无底沼泽。

我已经恢复。说起来身体只是极度疲劳，却没有哪里得病。

几乎没有食欲，也没有力气追问自己为什么还活着，只是活着，连经过了多长时间都不知道了。

从很久以前，我就没什么气力。然而在自动书写成功、瓦尔特称赞我为"奇迹"之时，我却杀害了他。

隔着玻璃窗，病叶飘落。

茨温格尔慢慢地用我能听懂的语速说道：

"瓦尔特是遗传性出血性毛细血管扩张症引发的急性死亡。别让我说第二遍了。"

一长串拗口的病名。

"由于血管周围组织功能不全，瓦尔特的血管壁生来就很脆弱，容易破裂。这是遗传病。据说瓦尔特院长母亲的家族里也有过病例。"

"你怎么知道的？我都没听说过。"

"院长他并没有特别保密。不只是我，很多医生都知道。"

我想起小时候瓦尔特曾跟我说过……那时我跟着瓦尔特学习击剑，进行比试。一次不知什么缘故，我的剑刺到了瓦尔特的手臂，他胳膊上很快就出现了一大块淤青。我当时愣在原地，瓦尔特则苦笑着说他天生血管壁脆弱，只是一点皮下出血，没什么好担心的。

"若在呼吸道出现了血管异常的情况，可能就会引发致命的肺出血，最终导致患者吐血当场死亡。瓦尔特院长的情况，我想是口腔中溢出的血液流进气管造成了阻塞。也可能是脑血管破裂导致他晕倒。同时肺出血，淤血堵住了喉咙。总之院长的直接死因是窒息，因为喉咙里有淤血，胸口也有皮下出血的瘀青。"

但我还是顽固地相信杀死瓦尔特的是我，肺出血是我分身干的好事。我在格奥尔的房间里被愤怒驱使，撕裂我幻想中的瓦尔特时，我的分身正在残杀真正的瓦尔特。那一拳打在了瓦尔特血管脆弱的胸口。阿妈很可能看到了这一幕，看见了我的分身。

"我不认为瓦尔特院长会特地对你保密，估计只是没机会说吧。他之所以努力逼你开发潜能，是不是因为他也考虑到自己的命数呢？一旦得了这病，很难预测何时会猝死。他想在还活着的时候看见自己的研究成果……"

"那为什么我还活着？"我的声音只剩下叹息，"明明瓦尔特已经死了。"

茨温格尔面对着偏执的我，只能如此说道：

"我问过阿妈了，她坚持说看见你了。也许是她的错觉，也许是受了某种暗示，那女人坚持自己看到了不存在的东西。总之，如果我采信她的话……那么我想，杀死瓦尔特院长的，会不会是格奥尔？"

"格奥尔在住院。"

"他早就出院了。从那以后……自从瓦尔特院长逝世，已经过去快三个月了。"

三个月……我完全不知道时日的流逝，像一个死期将近的病人，终日缠绵病榻。

"但那个时候，格奥尔还在住院啊……"

"我让布鲁诺去探了一遭。据说格奥尔在住院期间，一觉得无聊就溜出去玩。而且……瓦尔特去世当天，格奥尔也溜出去了。"

"但格奥尔没理由杀死瓦尔特啊。"

"虽然我不相信'分身'，但我相信瓦尔特院长期待的成果——你和格奥尔的精神感应实验成功了。布鲁诺说你在格奥尔房间里写的全都是真的。"

"我写什么了？我一点也记不得了。"

"格奥尔小时候，布鲁诺曾带着他去普拉特游乐场。你写的就是那时候的事情。"

就在那一瞬间，我清楚地回想起我所写的一切。我感觉不舒服。

茨温格尔接着说："如果你有精神感应的能力，那么我想格奥尔有相同的能力也不足为奇。你的能力由瓦尔特院长努力开发，但格奥尔没有这样的指导者，所以他不知道自己的潜能。当你对瓦尔特盛怒之时，格奥尔也感应到了，于是他不明不白地代替你动手了。"

"那这么说，果然还是我杀了他。是我的愤怒激起格奥尔。"

"这只是一种假设。"茨温格尔又不知所措了，"这种假设我自己也不确定。而瓦尔特院长死于遗传性突发性出血，这是事实。"

"那会不会是毒药呢？"

"我当然查过了。如果是服毒，胃部会出血。而胃出血和肺出血的颜色性状不同，是不会出现泡沫的。院长吐的血里带泡沫，这是肺出血的特征。"

"不能把格奥尔叫来这里问清楚吗？如果找布鲁诺帮忙，总有办法叫他过来。我现在这体力，去维也纳实在是……"

"不行了，"茨温格尔说，"格奥尔不在维也纳。"

"他杀了瓦尔特，潜逃了？"我猛地坐起身，但一阵头晕目眩之后又躺回枕头。

"格奥尔被逐出家门之后去了美国。"

我闭上眼。如果我能使出能力，不就能明白为什么格奥尔被赶出家门了吗？然而没有任何感应。

"我已问过布鲁诺了，是与格奥尔决斗的那人使坏。"茨温格尔说，"他是罗斯柴尔德家族的外戚，而且那家伙的父亲是皇帝陛下的宠臣。格奥尔被陆军大学开除了。据说格里斯巴赫家被上头施压，要驱逐格奥尔。如果格奥尔是自己的亲生儿子，格里斯巴赫家家主自当全力保他，但他是妹妹家过继来的孩子，感情非常淡。当家人为了向皇帝献媚，赶走了格奥尔，甚至命令他远离所有哈布斯堡家族的领地。"

"所以他去了美国？"

"而且可能已经客死新大陆了。"

我不敢相信自己的耳朵。"死了？"我忍不住又问了一遍。

"这事只有布鲁诺知道。格里斯巴赫家没有接到正式通知。"

茨温格尔转述了布鲁诺得知的情况。

布鲁诺曾在美国流浪过一段时日，在纽约有几个熟人。格奥尔赴美之际，布鲁诺便把熟人介绍给他。布鲁诺事先也在给熟人的信中附上格奥尔的照片。但据回信，格奥尔并未找过他。有个年轻男子被当地的不法分子杀害，然而该死者身份不明，既无护照也没行李。熟人将报刊上的照片与布鲁诺寄来的照片进行比对，方知是格奥尔。

"他的朋友因为工作关系不想跟警方扯上关系，所以没有报警，只告诉了布鲁诺。"

布鲁诺跟这些可疑人士来往，可见他在美国的境况。

"他为什么要瞒着格里斯巴赫一家人？"

"因为不瞒着的话，布鲁诺就必须告诉格里斯巴赫家他和那些可疑人员的交情。"

"我想睡觉。"我对茨温格尔说，"为了能睡熟，再给我一点那个水吧。"

"只能服用一滴，不能再多了。"

"好的。"

茨温格尔取出吸管，小心翼翼地往杯中水里滴进一滴鸦片酊。之后我沉溺于那一汪昏暗的湖中。

如果没有茨温格尔小心计量，我可能很快就会染上鸦片瘾吧。鸦片酊的药劲上来，便可以忘记身体焦灼的苦痛。该为那偶尔袭击我的强烈情感取个什么名字呢？我不知道。瓦尔特死了，我的分身杀了他。悔恨？罪恶感？用这些词语去定义那份情感，是不太合适。

瓦尔特真的死了吗？我突然发出质疑。我没亲眼看到，是不是他遇到了什么不得不隐匿起来的事，才让茨温格尔和其他人助他制造死亡假象……如果是这样，我就得救了。比如说……我想，假设瓦尔特杀了某人。为了不受法律制裁，他佯装诈死……但是瓦尔特会杀谁呢？偷猎者？那是偷猎者罪有应得。瓦尔特就算开枪打死对方也不会被判重罪，更没有躲藏的必要。

难道……我想到了。杀格奥尔……听他们说格奥尔被逐家门，远赴美国。但事实是他来到这里，与瓦尔特发生了什么，瓦尔特杀了他……即使这样瓦尔特不用装死也能有其他办法。遗容像……他都拓了遗容雕像了。

我再度重新思考。即使我没看到，但茨温格尔不是唯一一个确认瓦尔特尸体的人，还有其他医生在场。参加葬礼的还有"艺术人之家"的职工和神父。如果棺材里没有瓦尔特的遗体，就得堵上所有人的嘴。不可能，施密特小姐的痛哭不可能是在做戏。

果然还是格奥尔杀了瓦尔特吗？阿妈目击了现场却将他误认为我……是我的错吗？还是说跟我无关，格奥尔杀瓦尔特另有理由……

断断续续下了一夜的小雪终于停了，在树木泛白的早晨，茨温格尔邀我去树林骑马。

茨温格尔对骑马打猎不怎么感兴趣，邀我出去，是想排解我终日蜗居的忧闷情绪。

好久没给疾风上马鞍了。马夫把它照料得很好。马儿似乎因缺乏运动而无所事事，见我来到，它高兴地甩着鬃毛。

我扛上猎枪，轻轻一踢马腹，茨温格尔的马便跟在我后面。他骑的是瓦尔特生前的坐骑，那匹黑鬃的栗色骏马。

虽有毛皮大衣和护脸防寒帽的全副武装，但冷气还是刺进肺里。我想起从未和瓦尔特驰骋于冬日森林，大概是因为他在暗中呵护自己脆弱的身体吧。

呼出的气在外套上结成白色的霜。寒冷令我畅快，使我清醒，与鸦片酊带来的浑浊平静正相反。

而打乱这份清醒的，是掠过视野的浅葡萄色的翅膀。

反射般端起枪的手又拉紧缰绳。

我调转马头。茨温格尔也跟上我，疑问道："要回去了吗？"

"我想到一件不愉快的事。"

矮枝上的雪被风吹落，疾风的鬃毛变得斑驳。

"瓦尔特没了，怎么感觉'艺术人之家'像什么都没发生过一样。总觉得哪里不对。"话说出口便冻成了白色。原来是副院长代替瓦尔特接任了院长一职。

"布鲁诺不会干涉经营，所以过渡很顺畅。"

我正奇怪怎么会冒出布鲁诺的名字。

"你知道吗？他继承了'艺术人之家'。"茨温格尔一语惊人。

"那个男人？"

"你不知道啊。"

"为什么让那家伙继承啊？"

"遗嘱上写的。很久以前瓦尔特就选了布鲁诺作为'艺术人之家'的继承人。"

我拉起缰绳让疾风停下。

"因为母亲是情人的关系，布鲁诺被库什家的人冷落。瓦尔特医生因此对同父异母的弟弟抱有赎罪之念。"

"茨温格尔，你怎么这么了解瓦尔特？我什么都没听说过。"

"自从在病院工作，我和瓦尔特医生相处的时间比你多了不少，有机会听到他的一些事。"

我忍不住骂了一句。

聪明勤奋的茨温格尔和瓦尔特很谈得来。而我，成天游手好闲的。

——当终于可以满足他的期待时，我却把瓦尔特……

我拼命克制自己，不让自己陷入错乱的境地。别失去理智，用逻辑思考。

布鲁诺有杀瓦尔特的动机……

"好冷，快走吧。"我对茨温格尔说着，催促马儿前进。

到家后，我吩咐仆人给瓦尔特房间的壁炉点上火，端上热咖啡。

自从瓦尔特离开后，我再不曾踏进房间一步。

少了主人的房间冷极了，即使炉火升腾也感受不到多少温暖。

我脱下外衣和手套，伸手靠近炉火。

茨温格尔也和我并排烘火。

炉架上装点着一个银色相框。相框里就是瓦尔特用柯达相机照下的我与茨温格尔的合照，天真的笑容里写满了开心。

相框上面的墙上挂着瓦尔特画的油画。"哦，爸爸，爸爸。魔王现在抓我来了。"

"布鲁诺有杀死瓦尔特的动机。"正当我这么说时——

"你是说继承权？"茨温格尔摇摇头，这说法似乎不太成立，"布鲁诺并不想要'艺术人之家'，院里经营并没有带来多少利润。"

"利润应该很大，瓦尔特曾跟我说过。"

瓦尔特的祖父非常重视盈利，他只让出身富裕家庭的人入住。巨额捐款和每月需缴纳的高昂费用使得只有财力雄厚的人才能入住。

"我知道。"茨温格尔说，"但是瓦尔特院长管理期间，把利润分还给入住者和医职人员了。这里的员工自然觉得待遇不错，但瓦尔特医生还有两个哥哥。"

大哥是财务官员，二哥是军人。瓦尔特也曾告诉过我的。

"他们都不喜欢'艺术人之家'。对于经营疯人院也有偏见，名声不好。如果没有遗嘱，那两人很可能将这里关闭再卖掉。所以我很庆幸继承人是布鲁诺，这样病院就能继续开下去了。我看布鲁诺也不想从中获利。他什么都没说，还让我们接续瓦尔特医生的做法继续经营下去。"

"你竟然站到布鲁诺那边。"

我想让语气显得平静一点，声音却变得尖锐刺耳。虽然不愿承认，但我一直嫉妒瓦尔特和茨温格尔的亲密关系。有关"艺术人之家"，茨温格尔知道我所不知道的内情，因为他经常跟瓦尔特沟通交流。但瓦尔特没指望我给予他工作上的帮助。也难怪，我都不愿意去病院看看他。瓦尔特只对我的精神感应能力寄予厚望，以及期待自动书写成功。

"我只是说实话。"茨温格尔坚定而平静地回答道。

手脚暖和了，我们歇坐在椅子上。

"当时我精神错乱，是布鲁诺将被药弄晕了的我关在地窖里。那杯咖啡……然后他一人开车过来，把瓦尔特干掉……然后返回维也纳，把我弄醒，再载我回来。"

如果我是警察，我会调查那天深夜有没有人看到那辆戴姆勒，有没有去加油站加油。

"他图什么？"

"他要夺取这里。我成功完成了瓦尔特想要的自动书写。没准一开心，瓦尔特会更改遗嘱，立我为继承人。因为害怕，所以布鲁诺先下手……"

"你想继承这里？"

"完全不想，但布鲁诺没准会这样想。"

"布鲁诺又不缺钱。"茨温格尔告诫我。

"那男人不是一直找瓦尔特要钱吗？"

"那是以前，现在不是了。我不是说过格奥尔被赶出家门了吗？"

"是啊，他去了美国。"

"所以布鲁诺的儿子成了继承人，代替格奥尔过继给了格里斯巴赫家族。"

那个小男孩……里奥。

"如果格里斯巴赫家的当家人死了，布鲁诺可以作为监护人掌握实权。那他何必犯下杀人罪，急吼吼地去争夺一个'艺术人之家'呢？然后再说点对布鲁诺不利的，他有足够的时间，你精神错乱后待在地下室里不只一夜，而是两个晚上。有一整天你都在地下室里昏迷不醒，但我坚持认为布鲁诺没有动机。"

没有动机……吗？

如果不考虑动机，茨温格尔要杀瓦尔特也很容易。突然毫无征兆地冒出这个念头，我自己都毛骨悚然起来。为什么会往这种傻事上想？

是敏感地察觉到了我的想法吗？茨温格尔的表情既悲哀又寂寥。

"虽然我也不想这么说，"他的声音低沉了，"他把教堂和墓地那一块留给了我。"

激烈的疼痛刺进我的胸膛。

"不好意思。不过，你在法律上……"

"明白了。"我粗暴地打断他，"我就不配活在这世上。不配活的人当然也不配得到继承。"

"其实是这样。如果是瓦尔特医生，他一定想留一部分给你继承的，但继承是要公开的。我也是代替你，以你名义接下那一块区域，实际上它还是你的东西。"

"不要，我什么都不要！是我杀了瓦尔特！"

如果布鲁诺是凶手，我的罪恶感可能会淡一点，但……如果我的推测正确，那么我的能力仍是让瓦尔特致死的原动力，可这总比他被我的分身杀死强。

如果真像茨温格尔所说，瓦尔特是因宿疾而死，那么诱发宿疾的人应该是我的分身，最终还是我。

因为我，瓦尔特死了。

不存在的空洞比存在之物更能彰显其存在。

我害怕产生剧烈的情绪。

不管动机如何，茨温格尔有足够的机会杀死瓦尔特。我试图忘记这个想法。我非常嫉妒茨温格尔得到了瓦尔特的信任，并交流了很多事情。如果嫉妒发展出了恶意，我的分身可能会杀死茨温格尔。为了断绝这尚未结果的思考，我通过折磨肉体度日。否则，我感觉自己会经不住鸦片的诱惑。鸦片溶解思考，折磨肉体，封印思考。

我骑马奔入深林，砍树伐薪，再将柴火放在雪橇上让马拉走，干得都是些下人的体力活。

冬去，夏来，夏过又一冬。在重复无用的劳动中度过了两年。一九一四年。虽然我的肉体得到锻炼，但内心早已是被蚀空的老木。

两年时光，又能治愈我几分？

我终于想去看看瓦尔特了——位于领地内教堂背面的墓地。

夏末的黄玫瑰，花瓣落在地上。

是前一天下过雨的缘故吧，阳光一照，地面升腾起的暑气让墓碑的轮廓不住地摇曳，有如瓦尔特的骨架屹立在墓前。我献上一束鲜花。

既然我有感应能力，自然想捕捉瓦尔特的信息，然而眼前什么灵光也没有浮现。

不由地浮现在脑海的是幼年挥剑奔跑于墓石之间的茨温格尔和我。

孔雀衣裳配华冠，狮鬃旗帜迎风展。

来吧，上战场吧！

花木兰和年轻的武将面对着敌人。

在墓碑迷宫织成的阴影下，我凝视着这位娴静女子。茨温格尔扮演的幼年木兰已然妖艳明媚。或许是东方血统的缘故，茨温格尔的身材显得纤细而优雅。

我知道这只是一瞬间的错觉。茨温格尔走到我身边，穿着普通，也没有那种舞台妆。

在茨温格尔从布拉格一家旧书店里买来的书中得知，中国戏剧在欧美被称为官话歌剧。英文的插图书里还详细说明了各式戏服和角色。大概没多少人感兴趣吧，这本书便宜得惊人。虽然茨温格尔烧掉了好几件漂亮的衣服，但旧书上的插图激发出我的想象力，唤醒了我初见年幼的茨温格尔脱下灰色衣服，换上木兰戏服时的那种罪孽深重的忘我感觉。也许茨温格尔对待中国戏剧也有着某种复杂的情感。

"找到你了，原来你在这里。真稀奇，你不是一直不愿来瓦尔特的墓吗？"

"或许时间是一种良药吧。"

"布鲁诺来了，他想见你。"

布鲁诺很放松地待在餐厅旁的休息室。

这男人有酷似瓦尔特的面容，让我很不快。

"你好多了。"

布鲁诺满脸笑容，想同我握手。

"我在这里不碍事吗？"茨温格尔问道。"没事儿。"布鲁诺回答。

"我有个重大提议。尤利安，你要不要参军？"

突如其来的一句话让我吃了一惊，简直是个愚蠢的笑话。

即使是在与世隔绝的"艺术人之家"，报纸总还能读得到。我当然知道奥地利皇位继承人斐迪南大公被狂热的塞尔维亚人暗杀，以及由此引发欧洲各国竞相卷入的战争。

与德意志结盟的奥匈帝国当下的正面之敌是塞尔维亚和沙俄，而德意志两路开战，东有沙俄，西有法英联军。虽然奥地利军队在八月对塞尔维亚发起进攻，但好像陷入了苦战。

我受过的教育有很多欠缺，其中最缺的就是国家归属感。

"我是个不存在的人，就算我志愿报名也没有国籍。"

当我准备一笑而过时，布鲁诺出言更荒唐了。

"你顶替格奥尔呗。"

"但格奥尔不是死了吗？"

"没公开啊，只有我跟你知道他的死讯。"

"所以征兵令已经寄给格奥尔了？"

"格奥尔去了美国，但得知祖国战事之后，难掩爱国之心，毅然回国。怎么样？那个自愿回国参军的爱国者格奥尔就是你。"

"我不明白。"

布鲁诺的脸凑近了。"现在情况特殊。爱国青年们全都自愿参军。即使他是养子，曾被逐出家门又断绝了关系，但眼下受到爱国热情的召唤，千里迢迢回国报名，本家也怪罪不得。到时再向皇帝陛下求个情，即使是罗斯柴尔德家族也不好说什么。"

"不好意思，我没兴趣。"我虽漫不经心地回了一句，但能感觉到一些细微的裂缝正在那堵将我与世隔绝的墙上蔓延开来。

"格奥尔还是本家指定的继承人，你去的话这位置就是你的。"

"继承人是您儿子吧？"

"里奥。"布鲁诺的声音有点哽咽，"那孩子得伤寒死了。"

"什么时候？！"

那孩子肯定喜欢格奥尔。

"大约在六个月前……多伶俐的孩子啊。"布鲁诺掏出手帕，大声地擤着鼻涕，"对不起，我还不能冷静接受我儿的死。"

"在这悲伤的时刻，却能为我悉心着想。"

"现在格里斯巴赫家里已经没男人了，如果格奥尔回来，再上战场的话，他们肯定会恢复其继承权的。"

"所以你本打算以里奥监护人的身份掌握格里斯巴赫家族的实权。"我脱口说出茨温格尔也想说的话，而之后我说的都是在一瞬间想到的，"但现在你的王牌死了，就想到来操纵我了？我要成为格奥尔，必然少不了你全力支持。"

我的语气恶毒起来，布鲁诺却露出了共犯的微笑："你虽然没见过世面，却还有这一点直觉。"

要翻脸了吗？

"就算夺不下格里斯巴赫家的实权，你不是还有一座'艺术人之家'吗？"

"这不只是钱的问题。格里斯巴赫家的社会地位很高。现在我还不想卖掉这里。"

"继续维持'艺术人之家'是瓦尔特医生的遗志。"茨温格尔说。

"除了瓦尔特，我另外两个同父异母的哥哥想要处理掉这里。我是不想顺从他们才故意对着干的。"

布鲁诺继续说服我："想想吧，尤利安，你能在战场上立下哪怕一件功劳，格里斯巴赫家的家主都会感激地拉拢你对不对？而且在这场战争中，奥地利和德意志的犹太人都率先请战，就是为了当个爱国者得到国家认可。格里斯巴赫家也是犹太人，格里斯巴赫家族要是听到格奥尔参军这一定是个双重喜讯吧。"

"好，我去。"我漫不经心地说，"以格奥尔·冯·格里斯巴赫的名义。"

一个不存在的人，继续赖在没有瓦尔特的"艺术人之家"还有什么意义呢？我愤怒于被布鲁诺利用，但是"战争"一词却在诱我进入一个充满未知和凶暴魅力的世界。

"必要的手续我来办。出征前也不用去格里斯巴赫家拜访，等你从前线回来再去不迟。到时候我会给你看一些格里斯巴赫家的照片，告诉你一些事情。不过即便如此，也一定会露出破绽的。所以你就说战场无情，头部曾受过重击，记忆出现了损伤……就是这样。每当遇上一些格奥尔理应知道而你不知道的事情时，就用这条蒙过去。'记忆障碍'真好用。战场是发生这些障碍的绝佳地点。"

"但你必须活着回来。"布鲁诺直截了当地告诉我，"如果你死了，那我们全都玩完。战争很快就会结束的。等到圣诞节，我们就可以携手高唱凯歌了。"

"那我也得扛枪了。"茨温格尔说。

"这是我一个人的事，你这边还有工作。"我说。

"工作还是得拣有趣的来。"茨温格尔回我以微笑。

来吧，上战场吧！

一瞬间，花木兰浮现在我脑海。

首先得在肋骨上制造一个伤口。必须在我另一边的侧腹留下跟原来一样的疤痕。瓦尔特当年也犹豫过，最终没能施行手术，只留下一道细小的伤痕。现在茨温格尔毫无顾虑地完成了当年的手术。这可是个秘密，不能交给别人。茨温格尔当时虽只有二十一岁，跟我差不多大，但已经掌握了一些简单的手术技巧，可以通过局部麻醉，薄薄地剥去一层皮肤。就这样，茨温格尔给自己的侧腹也打了麻醉，同样削去一块皮肤。理由是只让我独自一人痛苦，他心中过意不去。

伤口没有化脓，很快就痊愈了，留下的只有创口收缩的痕迹。这是故意留下的显眼疤痕。

我志愿入伍，军队很快就接收了我。那些必要文件，也不知布鲁诺是怎么搞到的，可能都是伪造的。

奔赴战场之前，我们先在维也纳市内的鲁道夫军营里练了一个月。

十六人一组的班是部队中最小的单位。起床、整列、吃饭、训练、训练、吃饭、训练、训练、吃饭、熄灯。我们同吃同住，共同忍受艰苦训练，我感觉作为集体的十六分之一很舒适。十六块石头在汗水和体味混合成的灰泥中层层加固合而为一。几个分队再结合成一个排，形成更加巨大的石块。

训练结束时，我们这些新兵在匍匐行进、射击以及投掷手榴弹等方面的技能都有所进步。

之后士兵们挤在开往加利西亚战场的火车里，意气风发。为了我们的祖国——奥匈帝国，为了皇帝陛下。

这是一辆没有包厢，运家畜的封闭货车。我混在一群年纪相仿的士兵中间，感受到了在"艺术人之家"之外的我，以格奥尔·冯·格里斯巴赫这个名字而确实存在着。曾经那个存在于格奥尔·冯·格里斯巴赫的生命已经灭亡。曾经那个叫尤利安的生命，因为瓦尔特的死失去了存在意义。我就是格奥尔·冯·格里斯巴赫。"格奥尔，给我点水。"在拥挤的车厢里，同班男子挥舞着空水壶亲切地对我说。他原是文理中学的学生，因被点燃了爱国心，志愿参军。他比我小三四岁，茨温格尔在他身旁说着"喝这个吧"，同时把水壶递给他。

跟从陆军学校毕业，陆军大学退学，去过美国的格奥尔相比，我对军事知识和美国见闻都知之甚少，但没人在乎我的过去。每个人都只想谈论自己，不会过问我和茨温格尔的家事。我们不在乎别人的经历，也正因为我们善于倾听，颇得大家的好感。

奥军装备很差，陆军的武器是几大列强中最老式的。虽然我不知道其他国家的军队武装到底如何，但榴弹炮的数量明显稀少，射程也短，就连分发给我们的步枪也是二十五年前的旧型号。

比我更懂武器的志愿兵则一直在骂上层："我们不指望比肩德军，可也不能比沙俄和意大利都差吧。"

"你相信奥地利军队只有三十五架飞机吗？而且我听说能投入实战的只有五六架。"

"德军有二百四十六架。"他说，"英国有一百一十架。法国有一百六十架。沙俄有三百架。"

"我们连一挺机关枪都没有发。"

"普鲁士·德意志之所以强大，是因为他们用鲜血夺取领土。武器开发一直没停下脚步。反观我们哈布斯堡……让别人去打仗吧，你，幸福的奥地利，结婚去吧！战神马尔斯给别人的东西，爱神维纳斯会赐给你。[1]"自腓特烈三世[2]以来，奥地利因婚姻政策而繁荣。而在二十世纪的今天，面对版图扩张和国土防御，维纳斯完全不顶用。

1　哈布斯堡家族名言。原文：Bella geran talii，tu felix Austria nube，Nam quae Mars aliis，dattibi regna Venus.

2　腓特烈·威廉·尼古拉斯·卡尔，德意志帝国皇帝兼普鲁士王国国王，由于只在位99天，他也被称为"百日皇帝"。

在地图上，德国与奥地利犹如巨大的上下颚，沙俄的领土波兰则像中间伸出来的舌头。奥匈军事委员会的总参谋长康拉德·冯·赫岑多夫[1]由此提出咬舌构想或许也在情理之中。

参谋长的战略是这样的。自己的军队从加利西亚北上，德军从东普鲁士南下，两颚紧紧一咬，把沙俄大军孤立在波兰的荒野。

虽然从参谋部的地图上看，这次作战非常精彩，但奥方和德军总参谋长毛奇[2]的沟通似乎并不充分。奥军上层也无视了军备落后导致的战力低下这一事实。

"奥地利军队的骄傲是军装，游行时穿的。"

"沙龙明星，美男少尉该去情场大显身手，而不是战场。"

士兵们的这种讽刺，总参谋长是听不到的。

在普鲁士军中，上至军官，下到士官都被训练成战斗机器，其理论知识和专业技术也高出他国一头。多年来，德意志帝国的领导人做出坚实的努力，培养国民的团结心。德国人民为自己的军队感到骄傲，而且德国整军几乎都是日耳曼人，但是我们的奥匈帝国是多民族混编，一个军队里有戈尔曼人、斯拉夫人和匈牙利人。这也是军队孱弱的另一原因，更何况领导层的能力还不及德军专家。

士兵们纷纷说着这样的话。

1　弗朗兹·康拉德·冯·赫岑多夫，奥匈帝国元帅，总参谋长，一战著名的将领。

2　赫尔穆特·卡尔·贝恩哈特·冯·毛奇，普鲁士元帅和德意志帝国总参谋长，德国著名军事家，军事理论家，又称老毛奇。

我们这群大头兵都不知道自己要去哪里，在长官的命令下东奔西走。

我知道说到战争就是挖壕。无论干什么，第一步都必须先挖战壕，分配给步兵的折叠铲都比铁盔枪支更有用。

好不容易建立起阵地，又接到转战命令。后勤补给不及，我们饿着肚子行军。

行军。无止境地行军。土地是如此辽阔。

忍饥挨饿的是肉体。如果实在受不了了，就把手枪往嘴里一塞，一扣扳机万事解脱。我就是这么想的。至少和因怀疑分身杀死瓦尔特使得灵魂从内部腐烂的感觉相比，肉体的痛苦要轻得多。虽然后勤补给落后，但距离终极绝望还是太远。熬过几天之后，我们找到了食物。在我看来，生与死在战场上都是轻飘飘的。

俄军的哥萨克骑兵队是出了名的凶猛。光是一声"哥萨克来了"！就能让我军双腿发软，丢弃战壕仓皇后撤，但实际上我们的队伍从未遭遇过哥萨克。

这样的日子与"艺术人之家"里的生活相去甚远，很难想象两种生活会在同一片土地上并行不悖。我问自己，哪一个才是真实的？我是格奥尔·冯·格里斯巴赫。战友们不是正在呼唤我吗？"格奥尔，去弄点吃的吧，从农场鸡舍里摸两只出来。不过最近敌军有夜袭迹象，你要小心点，格奥尔。"

我和茨温格尔所属的部队继续前进，不久被派去守卫山麓通道。山峦和深谷将敌人隔得很远。敌人，是一种只闻其名不见其人的概念，形而上的存在。

我们在那里蹲守了好几个月，看着信使来往于镇守战略要地的要塞之间。

填满山谷的森林，颜色逐渐凋零。极少数的时候，双翼机会横穿天空。看不见机身和机翼上的标志，不清楚属于哪支军队。从遥远的炮兵阵地发射的榴霰弹会在空中留下白色痕迹，但炮声几乎传不到这里，眼前景象看起来像一幅幅会动的绘画。

没有敌袭的危险，补给部队给我们的粮食又十分充足。

搞补给的那帮家伙胆子小，不敢接近战火。于是我们就这样迎来了宁静的冬天，被铁丝网包围着的战壕里积起了雪。我们睡在用圆木搭起来的简易小屋里，轮流去战壕巡逻。

冷得毫无意义。

小屋里有壁炉，所以拾柴火也是士兵的职责。雪林不免让人想起布卢门山的树木，想起"艺术人之家"，还有瓦尔特的死。当我阴沉着脸时，茨温格尔没有强迫鼓励我，而是与我隔开一段距离站在那里，仿佛是我的影子。

那一时期，我分到一本诗集。士兵们偶尔会收到从家乡寄来的包裹。信件、食物、书籍都能抚慰士兵的心。这本诗集是随包裹寄给另一位战友的，他大学上到一半跑来当志愿兵，他的同学寄来包裹慰问他。

而孩子们成长，双眼深邃，

他们一无所知，成长然后死去。
而所有人走各自的路。

而甜果由涩果育化成，
而后于深夜坠落一如死去的鸟，
而后横陈些许时日随后腐烂。

而风时时在吹拂，而我们一次次，
听闻着，说出许多话语……[1]

我收到了这本《霍夫曼斯塔尔诗集》。
像背诵一般，我读了一段。

一个亡灵的阴影落在我们身上，
以及一个艺术家的灵魂最后的抗争，
那灵魂注视着自己走向消亡，
却还想描绘它抽搐的模样。

茨温格尔读的这一段是在形容我吗？

---

1 出自霍夫曼斯塔尔的诗《外部生活之谣曲》，译诗摘自《风景中的少年：
霍夫曼斯塔尔诗文选》 李双志 译。

而我，自身尚未得到安慰与劝导，

想将你安慰，如同一个孩子安慰另一个，

他对于那些未曾理解的忧烦一无所知，

他不懂种种我们之中无法领会的事[1]。

有时候，我们很开心地打猎。因为有命令不许浪费子弹，所以我们设下陷阱，或者用手工弓箭射击。

雪化时，转移的命令来了。天啊，原来是奥地利军队放弃了加利西亚正在撤退。我们没有被敌人击败的真实感，因为我们的队伍从未跟敌人交过手。饥饿行军、冻得发抖、挖壕沟、捡柴火，这就是战争吗？

我们在泥地里深一脚浅一脚地前行，摔倒，泥水沾满了我们全身。前方运输车轧出的深深辙印里，陷着炮兵队运送的大炮，大炮的轮轴都卡在车辙里出不来。骑兵队像启示录里的四骑士一样黯然前进，马背经马鞍摩擦，起脓溃烂，散发出恶臭。我们步兵耷拉着脑袋走着，日夜不停地走着。

失去了加利西亚战线并不意味着战争已经结束。

意大利向奥地利和德国宣战。

隔着伊松佐河，奥地利与意大利两军对峙。

战壕生活又开始了。这一次，我们和平静无缘。我们被分配的地

---

1 以上两段出自霍夫曼斯塔尔的诗《一个亡灵的阴影……》，译诗摘自《风景中的少年：霍夫曼斯塔尔诗文选》 李双志 译。

方就是最前线。

虽然我们在战壕底部挖了一条排水沟，但面对倾盆大雨排水沟一点用都没有。战壕里浸水了。士兵们为了省去上厕所的麻烦，于是就近解决，结果水一漫上来污秽全都流进了战壕。

士兵中也有煤矿工人，他们说战壕生活很糟糕，但还是好过矿坑。

两方偶有交火。在炮弹打过来的时候，步兵队会躲到战壕旁的地道里，等待炮火平息。曾经那个不存在的我，如今以格奥尔·冯·格里斯巴赫的身份获得了存在感，但却是用伤者的呻吟和血腥味换来的。

茨温格尔虽未公开声称自己有医疗经验，但他正确的急救措施赢得了大家的信任。

有一次，我们班被派去侦察敌人，需绕到敌军后方分头行动，查探他们的阵营。当时我遇到一名在巡逻的哨兵，于是连忙躲进草丛。可能是察觉到什么动静，哨兵一边警戒一边走近，大叫着"什么人"。我拔出匕首，屏息等待对方经过。他的军靴占据了我匍匐在地的视野。哨兵的刺刀刀尖朝下，撩开草丛摸排，一下子碰到了我的肩膀。对方举起刺刀正要下手的同时，我起身刺出匕首。一种刀刃入肉的手感，再割裂。我把他干翻在地，转身就跑。我背后射来子弹，敌人还有余力反击，我艰难地避开了弹雨。这时敌人向后一仰，倒下了。我看到了在他身后的茨温格尔，手里拿着一把染血的匕首。之后茨温格尔和我在明知敌人已无活气的情况下，又补了好几刀，直到那人完全死透。

我和茨温格尔相互点了点头。这是我们在战场上得到的重要经验——亲手杀死敌人。

上峰下令总攻。

在突击之前，工兵队会破坏掉敌人的铁丝网，包括我排在内的一个连队负责掩护。深夜，我们分乘几条小船，注意着不发出任何响动地划过河。茨温格尔和我在同一条船上。偶尔敌人发射的照明弹会在夜空中划过一道弧线。好容易到达对岸后，我们匍匐地靠近铁丝网。

察觉到异常的敌军开始枪击。热风灼烧了耳垂。我胡乱地开了一枪，装弹，再开枪。开枪打谁，又被谁盯着，我完全不知道，看不见敌人的脸。茨温格尔趴在我旁边也扣响了扳机。我俩相互低语几句，冷静下来。

靠近铁丝网的工兵们开始切割铁丝，但是敌人的枪击太猛烈，铁丝网迟迟不破。他们将火药筒间隔着一段距离插进铁丝网中，一起点燃导火线。

"退后！"

我低着身子跌跌撞撞地向后跑，想远离爆炸地点，身后轰鸣声不断。也不知道是谁在保护谁，我和茨温格尔互相抱着翻滚在地。从地面传来的好似地裂般的巨响传遍了全身。

铁丝网被破坏了，突破口出现了。

后方的大部队也来了，空气中响起冲锋号。

我举起步枪朝前跑去。这是一场生死豪赌，我想起森林里的狩猎。那时候我是猎人，而现在我是猎物。与狐狸和鹿不同的是，我不会逃跑。子弹不断地从我周围飞过。虽然视野不佳，但看周围倒下的士兵就能知道。有时候，我也感到身体受到了冲击。如果在这里倒下，那就死定了。因为我还活着所以要跑。

越接近敌人的战壕，枪火就越猛烈。我半是恍惚地扔过去一颗手榴弹，然后跳进壕沟。没别的地方可去，我举起刺刀步枪，见人就刺，一脚踹倒，扔掉还刺进敌人身体里的步枪，夺过他的枪再狠狠给他一下。

随着黎明到来，枪声也停了。战壕里如洪水一般的殷红血泥没过膝盖，不能动弹的重伤者与尸骸一起没入泥底。

夺取敌营，成功。

茨温格尔和我拖着满是瘀伤和擦伤的红肿躯体，互相给对方一个紧紧的拥抱。

生还者们都在拥抱。

在下一批援军和军医到达之前，我们一边提心吊胆害怕敌人的反扑，一边不得不在这里坚守几天。我们的制服上满是红黑的泥泞，泥水甚至透到布料的背面。堆积的尸体每过一天皮肤颜色都会变化，腐烂的内脏使肉体膨胀。蛆在爆开的伤口里蠢蠢蠕动。

不久，我们被调回大本营，重伤者被送往后方，轻伤人员当场接受治疗。

我们还分到了香烟和威士忌，当然不能指望抽到雪茄，只是些便宜的纸烟卷。以前不爱抽的烟在战场上成了我的必需品，我不再渴望鸦片，这应该是个好事。

我们被新部队替换下来，在后方暂时得到了安宁。借妓女满足性欲，借酒一醉方休。

还有电影可供消遣。这是我第一次看电影。宿营地的废弃工厂和新建棚屋被改造成了战地电影院。对于经历了前线血淋淋的攻防战的士兵们来说，电影院是等同于军妓的重要所在——妓女是肉体上的安慰，电影是精神上的慰藉。

一天任务结束后，电影院会在傍晚六点左右开场一次，之后八点左右再开第二场，一次放映时间大约是一到两个小时。每逢假日，上映次数会增加，从下午两点左右就开始了。有专人带着器材和胶卷巡回播放，爱情故事、侦探故事，喜剧、怪奇剧。电影每两天换一次，这样我们就不会感到无聊了。

随影伴奏通常是钢琴，但也有四人小管弦乐队做伴。

电影票由二十赫勒至一克朗[1]。据说纯利润会捐献给慈善事业。

虽然放映的主要是奥地利电影，但有时也会上映德国电影。在士兵当中最受欢迎的是德国电影《灰绿色的格罗申》。

战时母亲送给少尉儿子的一枚一格罗申的硬币，日后成了儿子的护身符。儿子胸前挂着的硬币弹掉了敌人的子弹，奇迹般地捡回一命。后来少尉将那枚奇迹般的硬币送给了在柏林等他归来的恋人。一日，姑娘在国王广场的兴登堡雕像旁偶遇了一位卖明信片的老妇人，

---

1 赫勒（Heller）和克朗（Krone）均为奥匈帝国在1892—1918年间通用的货币单位，1克朗=100赫勒。

她正是少尉的母亲。母亲想买一张价值一百马克的战时国债，但身上正好差了一格罗申。最终这枚奇迹的硬币重回老母亲手中。母亲与儿子的恋人相互拥抱："为了履行对祖国的义务。"英雄母亲骄傲地走进国家银行。

士兵们看着银幕纷纷流泪。他们想念故乡的恋人、母亲和家人。我没有怀念母亲的意识，所以一点也不觉有趣，茨温格尔也一样。

由于不允许长时间休息，我们又从一条战壕转去另一条战壕，从一条前线转战另一条前线。在后方短暂休息，然后奔赴前线。

我们经常被派去做侦察，也早已习惯了跟敌人一对一地厮杀。要打倒敌人，就要将他杀死，不能因为对方奄奄一息而放任不管，否则会遭到反击。

杀、杀、杀。

又过了几个月？还是几年呢？总攻击并不时常发生。挖战壕，转移，训练，无所事事的等待。比起在炮火中负伤，在肮脏战壕里得传染病或因冻伤不得不截肢的伤员更多。血、脓和泥，我甘之如饴。"艺术人之家"的日子结束了。无为、空虚，还有瓦尔特的死，他的死可能是我的错。尤利安和瓦尔特一起死了……瓦尔特的死，至今仍是扎进我灵魂里的利刃，随着时间推移，越陷越深。我必须把它放进尤利安的盒子里。

我活在格奥尔·冯·格里斯巴赫的生活中，延续着他客死异国后的生命。

我漠然地幻想着战争结束后的事情。

　　我会被他们迎进维也纳的宅邸，和茨温格尔一起。我向他们介绍，茨温格尔是我在战场上认识的不可替代的同壕战友。因为他没有家人，所以在格里斯巴赫家和我一起生活。

　　我一边想着这些，一边珍视着脑海里瓦尔特的回忆。

　　格奥尔死在了新大陆。就算瓦尔特还活着，我也感应不到格奥尔了，我没有和死者交流的能力。

　　由于没有接受过所谓灵魂不朽的宗教教育，所以我也从没想过死后的灵魂。如果死了，身体会腐烂，灵魂也会消失。

　　但我怎么也无法感同身受，接受瓦尔特已经彻底消失的现实。

　　如果让我有某种能力的话，我想通过肌肤感受瓦尔特，但我害怕听瓦尔特说出真相。如果瓦尔特告诉我他是被我的分身杀死的，我该怎么办？

　　我有时没有收到死守战线的任务，不得不在大后方熬过漫漫长夜，所以才会乱想。如果转战前线，只要双方开始激烈对攻，就没时间去想别的事了。

　　纪录片的摄影师开始随军跟拍。奥地利电影公司与德国乌发电影公司协力合作，每周都会向大后方提供最新的战报影像。摄影师莫里茨·布罗扛着沉重的摄像机和三脚架跟着我们。由于严格的审查制度，不能拍摄断肢横飞或内脏一地的战场，就算拍到尸体也会被剪。莫里茨·布罗曾经说过，影片上只有鼓舞爱国心的英勇场面。

　　战争以德奥败北而收场之时，我二十六岁。战争持续了四年。

　　我和茨温格尔穿着破破烂烂的军服，背着破破烂烂的行囊回到维也纳。

这是我第三次来。

第一次是我十五岁，屈辱的普拉特一日游。

然后——啊，真不愿想起——六年前，二十岁的我在布鲁诺的带领下乘坐戴姆勒老爷车来到首都。心灵感应自动书写。瓦尔特之死……

二十六岁，第三次造访帝国首都维也纳。

不，我必须说我回来了。格奥尔·冯·格里斯巴赫从前线复员返乡。

由于没有直接遭受炮火袭击，维也纳的街道与六年前——以及十一年前模糊记忆中的样子——几乎没有什么变化，落败气象是来自那零星开业的店铺，新增的大批求乞者和行人憔悴的面容吗？我们在车站前坐上了一辆出租马车。

我的第三段生命即将开始。尤利安的生命随着瓦尔特消失，战场上的生命也已结束，现在是维也纳的新生活。

我走到装饰着狮子雕像的大门前，告诉看门人我的名字。

第一个迎接我的是布鲁诺。布鲁诺看着我张开双臂，呻吟着："完了，全完了！"。

仆人们正在给家具盖上布。有几人正在把大箱子和捆好的行李搬进大厅堆起来。

正面高耸着大楼梯。

"格奥尔少爷！"女管家模样的老妇人紧抓住我大喊道。

"是格奥尔少爷吧？都这么瘦了……"

我当然不知道这女人的名字和长相，但我还是大方地点了点头。

"听说您自愿上战场……欢迎回来，格奥尔少爷。没事就好。您先去了野蛮的新大陆，接着又上战场。哎呀，大家都过来。格奥尔少爷回来了。新来的可能不认识他，但他是这里的继承人，都过来打个招呼。"

"在搬家吗？"我问布鲁诺。

"拍卖，整栋房子。"布鲁诺说，"当心点！"他冲着搬沙发的仆人大喊，"别弄坏了，会掉价的。"

之后他对我们啐了一声："破产了。"

布鲁诺带我和茨温格尔去餐厅吃饭，房间壁炉里有火。

家具还在，但橱柜是空的。

"我们卖掉了迈森[1]的瓷器和威尼斯的玻璃器皿，可就算这样还是不够。"

布鲁诺拿出仅剩的玻璃酒盅，三个并排放在桌上，倒进威士忌。我们一口干掉，接着他又斟上一杯。

布鲁诺告诉了我事情的经过。由于战败，皇帝退位，我们的帝国消亡了。现在变成了一个小小的奥地利共和国。这一点，我们也知道。

"格里斯巴赫家族通过购买庞大的战时国债，为战时的国家财

1　1710年由奥古斯特二世钦定在德国境内的迈森建立的瓷器作坊，是欧洲第一家制瓷工坊，也是欧洲历史最悠久的瓷器厂。其陶瓷制品精美昂贵，极具艺术价值。

政做贡献。他们用房产抵押贷款购买国债，还向军工业投注了巨额资金。这一切都是为了皇帝，为了哈布斯堡王朝，为了奥匈帝国。如果赢了，会得到莫大的利润。而现在债券就是废纸，价值甚至低于零。格里斯巴赫家族也因债务断了气数。"

"那我的'家人'呢？"

面对我的提问，布鲁诺一瞬间有点晃神，表情好像在说"你说什么呢"？不过后来他反应过来，满不在乎地说道："辛辛苦苦搬进剩下的别墅……不过那里也被抵押了，不知道还能撑多久。你想见他们？"

"因为我们是一家人……我在战场上头部受到重击，记忆出现了问题。"

我对布鲁诺使了使眼色。

"是啊。"布鲁诺毫无感情地笑了。

"是的，还没完全破灭呢。"他振作精神地说，"我带你去见你的养父。你需要我的帮助。不管你有怎样的记忆障碍，格奥尔。不，正因为你有记忆障碍，我更得帮忙了。"

"和茨温格尔一起。"

"好的。"

"走之前，让我看看浴室。"

布鲁诺领着我们来到浴室说："我还有事要吩咐仆人，就在大厅。"说完便离开了。

一个狮子形状的马桶，背上一个椭圆形的凹槽。我摸了摸马桶边缘，什么也没发生，没有意识的奔流……既然世间已无格奥尔，自然不会产生精神感应，不是吗？

透过花窗玻璃的光线，在茨温格尔的脸上投下淡淡的红和蓝的阴影。

我们又去看了看格奥尔的房间。

上次来的时候，没有时间仔细观察。

令人印象深刻的是床幔的蓝色——波斯地毯，以及架子上摆放着的穿着帝国陆军学校和陆军大学校服的格奥尔的照片。

大概没有人使用吧。蓝色的床幔已被掀开，露出了没有床单的床铺。照片也没了相框。

在这里，我依旧没有产生任何冲动或精神错乱。

格奥尔留下了一些东西。我拿下墙上交叉挂着的佩剑，摆好架势。

决斗改变了格奥尔的命运。

然后塞尔维亚民族主义者的一击，改变了我——尤利安的命运。就算失去了小里奥，但若没有那场战争的话，布鲁诺也不会想到把尤利安培养成格奥尔来欺骗格里斯巴赫家族。即使想换也不可能吧。

我立刻把佩剑放回墙上。我联想到小时候受过瓦尔特的剑术指导，还有那时瓦尔特的皮下出血……持续的联想让我难受。

书架上有几本书。其中一本薄薄的没有标题，似乎是一本贴照片的相册。

"呜……"身后突然传来轻微的呻吟，我回头看去。

我看到了。茨温格尔的表情僵硬像蜡，眼睛失去了神采。他背靠着墙，身子慢慢向下瘫，横倒在地板上。

我连忙跑去将他抱起。茨温格尔的眼皮还睁着。

癫痫。是的，我听他亲口告诉过我这种病，就在我捉弄过阿妈之后。茨温格尔告诉过我，他只是偶有发作。我小时候只见过一次，除此之外就没再见过。现在，当我看到发作症状时，我惊慌失措了。

正如茨温格尔之前所说，他的病症很轻，失去意识的时间很短，但症状严重时会引起痉挛。很快茨温格尔的脸色恢复了正常，挣扎着爬起来。

"亏得没在战场上发病。"见他并无大碍，我也松了一口气，"如果在那里发作了，就算病不致死，你也会被子弹打成筛子的。"

"其实战场上也不是完全没发作过，只不过旁人没注意罢了。因为症状很轻，所幸没事。"

"这个病症发作前有预兆吗？或者说有什么诱因吗？"

"说起来，有时候情绪极度紧张或激动时就会发生这种症状，但是没有规律性。有时，就像刚才这样突然发生。如果我是一个虔诚的基督徒，我会回答那是上帝的旨意。"

"有治疗方法吗？"

"如果有的话，瓦尔特医生早就给我用了。要是医学进步的话，总有一天会有的。但是现在，这病的机理都还没弄清楚。"

布鲁诺驾驶戴姆勒载着我们前往格里斯巴赫一家暂居的别墅，在那之前他首先带我们去维也纳市内的旧衣店买了套新衣服。物价正在急速膨胀，新品稀缺，价格奇贵。

穿着破旧军服，似乎就能使人感受到战场上经历的艰难，一定会给格里斯巴赫家的主人留下深刻的印象，这一点在见到布鲁诺时便起到了效果。但我现在只想尽快脱掉这件沾满泥土，还生着虱子的衣服。

除此之外，还得买一套正装。布鲁诺说格里斯巴赫家族虽然落魄，但依旧固执于晚餐配正装的旧习俗。他买了一个大号的波士顿包，收起我和茨温格尔的背包。军用行囊与便装不合，近半数的复员军饷都换成了这么一堆东西。

维也纳以西三十多英里的杜伦施坦小镇靠近瓦豪河谷，背后是一片山地，其顶部耸立着废弃的昆林格城堡。据说，十二世纪时，英格兰的狮心王理查一世[1]在第三次十字军东征时，因过度紧张而被关押在这里。

格里斯巴赫家的别墅坐落在山脚下，周边景色很美，虽不像维也纳宅邸那般豪华，却也十分壮丽。可惜墙壁和地毯上仍残留着拆除家具的痕迹。他们只能靠贩卖家当为生。

格里斯巴赫家的人们现身了，我早已通过之前布鲁诺给我的照片将他们记熟。

家主，夫人。然后是布鲁诺的妻子，家主的小女儿多丽丝。

我的身子被他们拥抱，我的脸颊被他们贴蹭。

1　理查一世（Richard I，1157—1199），金雀花王朝的第二位英格兰国王（1189年7月6日—1199年4月6日在位），因骁勇善战而被称为"狮心王"。

这就是"家人"的迎接之道。

我和茨温格尔共用一个房间。这是一间为客人准备的卧室，里面配备浴室。这里没有维也纳宅邸浴室里的自动供水系统，仆人把热水倒进浴缸里，还点燃了房间里的壁炉。

热水的暖意从毛孔渗入肌肤，身心舒畅。战场上的浴缸就是个汽油桶。

"格里斯巴赫家族没落了，布鲁诺的计划也没了意义。"茨温格尔看着我的伤疤说。

"就算让我继承这满是债务的格里斯巴赫家族，布鲁诺也什么都得不到。"我也苦笑着说，"在帝国沦为共和国的当下，贵族身份简直一文不值。"

茨温格尔轻轻地触碰了他亲手留下的手术痕迹。

"只给你带来了痛苦的回忆。"

虽说是个小手术，但麻醉过了还是很痛的。

我们穿着正装参加了晚宴。

即使债台高筑，仍要保持体面，仆人们毕恭毕敬地伺候我们。

"终于回来了。"养父话语中的欢快不是假的。

"如果早知道你们今天回来，我会想办法准备些更好的饭菜。"

养母只是抱怨着饭菜质量。

"托战争的'福'，买不到好东西。"

与给前线士兵的伙食相比，这已是令人眼花缭乱的豪华盛宴了。就算跟"艺术人之家"的三餐相比，这顿饭也要奢侈好几倍。

"这是奶奶最喜欢的山鸡汤，你还记得吧？"多丽丝抬眼盯着我说。

"是吗……"我含糊其词地回答。

"因为茜茜公主喜欢山鸡肉，奶奶什么都喜欢向公主学。"

"有件事我必须告诉各位，"布鲁诺大声说，"我们亲爱的格奥尔一直在战场上激烈搏斗，奋勇杀敌。"

"这我知道。"养父打断了他，"所以，我们向皇帝陛下——这位已经过世的贵人上奏，打消顾虑，重新立他为继承人。维也纳的罗斯柴尔德家也不复昔日的权势了。"

"我们也会尽最大努力来款待格奥尔……"格里斯巴赫夫人也补充道，这时——

"不，"布鲁诺插嘴道，"我想说的是格奥尔他受过伤。"

"受伤？"养父大喊。

"还好没有留下疤痕，但头部遭到重击，记忆出现了一些问题。"

同时桌上发出的叹息是惊愕？还是同情？

"这样已经很好了，"养父说，"很多士兵回来，不是四肢断了就是眼睛瞎了。"

"如果我的言行有什么奇怪之处的话……"我开始像演戏一般说出台词，"就看在受伤后遗症的情况下宽恕我吧。不，我不会做什么危险的事。只是有很多事情想不起来了。然后重新介绍一下，这位是我同一战壕的战友。"

茨温格尔起身一鞠躬。

我加强了声音。

"没有什么情谊比战友在沟壕里同生共死更坚固的了。我的家人们，请接受茨温格尔吧。"

"茨温格尔？奇怪的名字。"养父喃喃道。

"那只是格奥尔和我之间才叫的名字。"茨温格尔纤瘦的脸上浮现出任谁都会产生好感的微笑说道。

"我的全名叫艾根·利文。"

虽然家境困难，但格里斯巴赫家的家主和夫人似乎不知道如何收紧支出。布鲁诺和妻子多丽丝看起来很清楚情况。

在杜伦施坦的别墅住了半个月左右，但生活并不舒心。

如果格里斯巴赫家境富裕自当别论，但在落魄的今日，我想不可能一直白吃白喝。如果格奥尔·冯·格里斯巴赫遇到这种情况，也不会想着依靠养父母无所事事地过活。他会想办法自食其力。就连多丽丝也想找份工作。"作为一个新女性，我也在找工作哦。我在出版社的朋友好像可以给我什么活儿干干。"多丽丝是这么说的，"别告诉我爸妈，那两个老古板。他们认为贵族子女出去做职业女性是件荒唐透顶的事。"

我告诉茨温格尔，打算离家去维也纳寻一份工作。

"我也觉得白吃白住不好。"茨温格尔点点头。

"你回布卢门山还能做医生。可是我能做些什么呢？"

"我听说'艺术人之家'已经经营不下去了。"茨温格尔平静地说，"很多入住者的家人也因为战争导致经济崩溃。几乎没人能像从前那样掏出大把捐款或者支付每月高昂的租金……详细情况你可以直接去问布鲁诺。"

也许是为了筹款而到处奔走，一个偶然机会我抓住了不怎么露面的布鲁诺，把他叫进房间确认。茨温格尔也和我一起。

"我没有办法，只好放手。"布鲁诺说。

"怎么会……维持那里是瓦尔特的遗愿，他就是为了这个才让你成为继承人的吧？"

"我继承了'艺术人之家'不假，但要求我维持下去并不具有法律约束力，遗嘱里没这么写。只是因为没必要废除我才继续运营而已。再说了'艺术人之家'归我所有，我想怎么处理也随我便。"

"可是……那样……"

"他们还乘人之危，我卖个房子还砍去了我好大一笔钱呢。听我说尤利安，'艺术人之家'不是慈善机构。在帝国崩溃的今天继续运营只会让赤字越堆越高。那么大的亏损，我们怎么养活那些付不起月租费用的病人？现在住院患者都被转移到了合适的医院，职工也都换了工作。从买家那里得来的钱，因为转移病患和其他杂七杂八的，几乎全用光了。现在那里就只是几幢空房子。"

"施密特小姐呢？"

"早就退休了。"

"阿妈呢？"

"你不知道？那女人在你们去战场时就病死了。"

茨温格尔闭上眼睛。

养父母同意了我去维也纳找工作的想法。

"但是绝不要做让格里斯巴赫家族蒙羞的工作。"养父严肃地说，"别忘了你是格里斯巴赫家的继承人。"

养母似乎很高兴少了两张吃饭的嘴。

"我也想早点回维也纳。"多丽丝叹了口气，"这里实在是太无聊了。你找到住处就告诉我，我去玩。"

我在维也纳市第三区的亨舍尔大道租了一间带家具的两居室，这一块是环城大道外向南延伸的地区。资产阶级和工人的居住地是按城区划分的，而第三区则是不同阶级的混居地。租给我们房子的房东是个纺织商，管理员是个走路颤巍巍的老太太。老太婆总在入口边的小房间里监视着人员进出。

我们的行李只有从前线带回来的行囊。

茨温格尔要了楼梯口的房间，我选了里屋。我们把行囊往床下一塞，在南站乘火车，一起去布拉格，途中车内还有人盘查。战前这里还是哈布斯堡家的领地，从属于奥匈帝国的波希米亚、摩拉维亚，和斯洛伐克如今合并，形成了新的捷克斯洛伐克共和国，我们需要护照才能过境。护照是一张纸，记录了谁，来自哪个国家。这次我还知道了护照是有有效期的，一般只限一次往返，如果有必要出境还需要重新申请。

我们在布拉格买了花，雇了一辆马车，南下去往布卢门山的"艺术人之家"。

当我报名参军的时候，没人料到战争会打上四年。人人都说半年左右就能解决，所以我将不需要带去战场的私人物品悉数留在自己房间。现在我必须把它们运往维也纳的住处。我们在桥前下了马车，吩咐车夫第二天来接，然后走过桥。这是与瓦尔特策马同游时多次经过的地方。我不得不忍受胸口的疼痛保持清醒，一旦沉入感伤的沼底，就再也浮不起来了。

没有门卫，铁门没有上锁。

进门，门内空无一人。

这里已经被卖掉了。

墓地里杂草丛生。我跪在瓦尔特的墓前为他献上一束花，止不住地痛哭。

当我成为格奥尔报名参军时，虽然丢弃了那个瓦尔特爱护着的尤利安，但当我把身子交给从心底迸发出的苦痛时，感觉就好像被瓦尔特拥抱。这一刻，我是尤利安。

和逝去的时光一样，死者也永远消逝了。恸哭除了抚慰自己丝毫无用。茨温格尔的手轻轻放上我的肩膀，我站了起来。

墓地那头，能隐约看见教堂背面。接替曼神父的那个老牧师已经去世了，他的继任者也像其他住院医生和员工一样离开了，留下一座空房子。

"这是你的家。"茨温格尔指着教堂说道，"不管名义上怎么说，这都是瓦尔特留给你的，别忘了。"

"不，这是你的财产。"我顽固地回答。

我走进居住楼，走进瓦尔特的房间，茨温格尔也悄悄跟在后头。房间里满是灰尘的味道。壁炉上方的墙纸上还留有画框被取后的痕迹。

书架是空的。油画和藏书都被卖掉了吧。继承人得到的不仅有土地和建筑，还包括内部的一切吗？

可能是觉得毫无价值吧，房间里只留下一样东西。当我用衣袖擦拭暗灰色边框和脏兮兮的玻璃时，相框恢复了银色的光泽，玻璃也变得透明，玻璃下面露出了茨温格尔和我的笑容。是瓦尔特用柯达相机为我们照的……随着小型照相机的诞生，瓦尔特用过的那种大盒子早已过时。

这一眼，太过酸楚。我手扶额头走进自己的房间，茨温格尔也去了他的房间。

瓦尔特送给我的维也纳城市模型，残骸散落一地。

钢琴不见了。而模型大概是他们搬走钢琴时弄坏的吧。

书架……果然空了。尤利安的过去已经从根源上消失了。不，在壁橱里还残留着一些——挂在衣架的上衣和裤子满是虫蛀洞眼，衬衫也发黄了。

茨温格尔走了进来。他提着一个藤制小旅行包。包看上去很旧，现出淡淡的红色，几处编织藤条翘出头来。

他环顾了一圈室内，"钢琴和书架上的书都是你的。"茨温格尔难得用愤怒的声音说。不知从什么时候开始，茨温格尔已经不那么明显流露出情感了。

"布鲁诺无权处理掉你的东西。如果他擅自变卖，至少该把钱给你。"

在"艺术人之家"里生活，我根本不用考虑生活费，我被瓦尔特照顾得很好。在瓦尔特死后，靠着其他人工作，我依然什么都不用做。在前线时，我的生活由军队保障。而在现实中，我就像个婴儿。

我的权利？但我现在是格奥尔，对于尤利安的物品……我有所有权吗？

茨温格尔走到被掀掉床单的床边，突然被绊了一下。"这是什么？"他从床底拖出一个旧盒子，拿起来放在床上。天鹅绒的内包上积了一层薄薄的尘埃。

"啊啊……那个不要了。"

"这个，就是那个？"

"嗯……我什么时候还跟你说过这些。"

"已经不要了。"我说着将大箱子往地上一扔，踢进床底。

茨温格尔看上去很温顺，但他的魄力远超过我。听说他回维也纳后强行跟布鲁诺谈判，拿回了属于我的那一部分钱。

"虽然被砍了不少，但总比什么都没有的好。"

通货膨胀还在持续。如果坐在家里吃闲饭，我们的钱很快就会用光。

在亨舍尔大道的住处安顿下来后，我们思索着将来的出路。

茨温格尔虽有医生技能，但他没有行医执照，无法以此谋生。

茨温格尔建议我们应该在咖啡馆的报纸上寻找招工广告。

淡雪落在外套的肩上，一踏进安塞尔姆咖啡馆，就像走进一间镜子屋。四面墙上镶嵌着总数三十面看似无用的镜子。它们相互反射，让不宽敞的店面感觉有无穷大。大理石桌，曲木椅子，枝形吊灯。这还是我第一次悠闲地坐进维也纳著名的咖啡馆。三次维也纳之行我都没时间在咖啡馆里放松片刻。四处桌位上都是玩牌的人，在最里面卡座相对而坐的客人则专于下棋。隔断墙上设有一个弹珠台，几个人正在那儿玩。这是我第一次见到实物，无论在"艺术人之家"还是战场都没有弹珠台。

我把大衣放在衣罩里，跟着侍者的指引，落座。空气中弥漫着雪茄和香烟的味道。

一个上了年纪的侍者来点餐。"咖啡。"我说道，不知为何他轻蔑地看了我一眼。

"你喜欢加牛奶的吧？"茨温格尔向我确认，接着对侍者说，"两杯奶泡咖啡。"

"Mit（加）？Ohne（不加）？"

听到老侍者确认，茨温格尔又问我："要不要加点发泡鲜奶油？"

见我摇头，他抬头吩咐老侍者："Ohne（不加）。用青年风格杯子，再送两三份报纸来。"

我有些讶异地问道："茨温格尔简直像这里的熟客。"

"因为我外出自由啊。"茨温格尔答道，"也来维也纳玩过。"

"这样啊……"可能我的声音中隐藏着些许不快吧。茨温格尔可以自由行动，但尤利安不能。

"在维也纳的咖啡馆里，如果不仔细挑选口味，会被人当成乡巴佬，我一开始也栽过。这家店虽然是头一次来，但点单方法是一样的。"

我觉得茨温格尔也有不为我知的生活。

另一个粗俗的服务员抱来几份报纸，堆在桌上。

我查了查招工专栏，然而没寻到合适的工作。维也纳到处都是失业者。我也考虑自己有过战场挖壕的经历，也许还可以从事体力劳动，但是作为格里斯巴赫家族的继承人，绝不可以沦落为修路工。劳动是低等人的下贱活。虽然没人特意教过我，但身份和阶级间的森严级差却渗透进我的意识。这可能是在和瓦尔特日常相处中自然学会的吧。

"这些工作都不怎么样。"茨温格尔从报纸上抬起视线。

就在那时——

"格奥尔！艾根！"

伴随着一声大喊，我的肩膀被人拍了一下。

战场上的熟面孔。

叫什么名字来着……

茨温格尔喊道："莫里茨！"

对了，是莫里茨·布罗，新闻摄影师，常抱着沉重的器材和我们士兵一起行动。

我们互相拥抱。在同一战壕里分担痛苦的同伴，有着躲在大后方的人无法理解的过命交情。

"可以吗？"

莫里茨·布罗指着桌边空位问。

"当然。"我们笑着欢迎他落座。

托着银托盘的侍者端着咖啡和装满水的杯子摆在我和茨温格尔的面前，亲切地微笑着看着莫里茨。

"照旧。"

莫里茨说完，老侍者一副了然于胸的样子，微微眨眨眼，抬起食指说："摩卡杯装卡布奇诺，特浓外加鲜奶油？"

"没错。"

"你们是这里的常客？"莫里茨转向我们。

"不，今天第一次来。"

我举起青年风格的咖啡杯，看着金黄的咖啡表面荡漾的微波，对莫里茨说："你好像是常客。"

"来这里歇口气。'感谢'战争让我们物资匮乏，但维也纳人少什么都不能少一杯真正的咖啡。"

"我们就住在附近的亨舍尔大道。"

"我在洛伊滕大道，有点距离。有什么有趣的新闻吗？"他瞥见摊开的报纸。

"找工作。"

"失业了？"

"这世道对复员军人太冷漠了。"茨温格尔用世俗的语气说着我意想不到的台词。

"你还是新闻摄影师吗？"

"是啊。虽没了战场上的紧迫感，但还不至于吃不上饭。"他一边喝着端来的咖啡，一边说，"我会帮你们的。如果碰到什么好工作，我会告诉你们的。"

"拜托了。"

"你们有什么特长吗？当兵的那些不算啊。"

"我……会弹钢琴，会法语，英语也懂一点。"

我还会什么呢？

茨温格尔和我会的技能相同，同时还有丰富的医学知识，但这些他都没说，而是表示"会速记，还有打字"。

我不知道茨温格尔还有这种特长。

"你什么时候学的？"

"'艺术人之家'的工作人员中有人会，所以我得空就去学。技多不压身，学了就有用。"

"如果你会速记和打字，艾根你可以去报社、杂志社找份带合同的工作。秘书也可以。格奥尔，你会法语、英语和钢琴是吧。能不能当家庭教师？虽然像我这样的人，根本接触不到请得起家庭教师的上流阶级……"

说到寻找家庭教师的上流阶层，格里斯巴赫家的养父母可能更有门路。我虽想到了，但却不想求他们。作为格奥尔来说，我还是会露出破绽。尽管嘴上说是因为记忆障碍，但我缺少从小受上流社会熏染而应知应会的东西。瓦尔特虽然教给我上流社会的教养礼仪，但是却没有传授给我社交界的经验。

还有一个担忧。格奥尔学习钢琴和法语是否仅仅是上流阶级的爱好，他真的能教导旁人吗？

我告诉了莫里茨自己的住址。大约两周后的一个傍晚，莫里茨托跑腿的带来口信——"工作一事望详谈，'安塞尔姆'待君来。"

我和茨温格尔一起走下磨损的楼梯，正要出门，那看门老太婆停下手上正在打的毛衣，狠狠瞪了我们一眼："门禁是晚上十点。到十点我就锁门。"每次外出她都会警告我们。寒风划过脸颊，走进有暖气的咖啡馆，我松了一口气。

莫里茨举手示意。

"维也纳奶咖。"这次我依旧点了上次的咖啡，"不要 Schlagsahne（发泡鲜奶油）。"

"奶泡咖啡，不加Schlagobers（发泡鲜奶油）对吧。"服务员像是挖苦似的纠正了我。Schlagsahne是标准德语，但在维也纳的咖啡馆里，似乎不得不用Schlagobers这种特别的说法。

"能弹一首轻快的曲子吗？"莫里茨询问我，手指像在琴键上来回跑动。

"如果有乐谱的话……"

"你的意思是除了古典乐，其他的都不会吧。"

"怎么了？"

"因为你看起来受过严格的教育。"

瓦尔特的教育确实严格，但他教过我一些基本礼仪后，感觉就放任我了。

"从战场回来，还有什么严格不严格的。"

"你去过电影院吗？"

"维也纳的？没有。"

"果然家教严格。这样不行啊。看过电影吗？"

"看过，在战地影院里。"

"啊啊，对对。"莫里茨重重地点了点头，"但是我这份工作是要在波赛兰街的电影院里给电影配钢琴伴奏。"

"我做！"我兴奋地说，终于可以独立了。

"还有，艾根。关于你的工作……你能离开维也纳吗？"

"这有点头疼。"茨温格尔当即回答，"我们好不容易找到了住处。"

"欸……难道你们俩分不开吗？"

虽然莫里茨的揶揄让我恼火，但为了不被发现，我故作平静地问："地点在哪？"。

"柏林。"莫里茨语出惊人。

"去德国？不是说柏林战败后一塌糊涂吗？"

"是啊，但不管有没有战败，乌发电影公司还在蓬勃发展。你该知道，乌发是战时为了推行国策，由国家和民间大资本一起投资建立的电影公司。他们吸收了好几家现有的制片厂，现在还在热火朝天地拍片。这次，是乌发的导演要招场记。"

"场记？"

"就是拍电影时要在现场仔细做记录的工作。"

"柏林太远了。"

"可以去啊。"我言不由衷地说，"难得的好工作。"

"柏林也有很多失业者。"莫里茨催促道，"好工作立马被抢走，就这工作机会还是看我面子才有的。"

"一个大男人，离了朋友还不能活了？"莫里茨言外之意带着讽刺。

"帮我保留着房间。"茨温格尔对我说，"我会经常回来的。"

我目送着他上了火车。这是我第一次离开茨温格尔独自生活。

终场电影结束总在十点多一点。如果遇到长电影，有时会在十点半左右结束，无论长短都赶不上宵禁。必须叫醒门卫管理员，让她打开门锁。每次都要加小费。

虽然想谈谈能不能配一把备用钥匙，但老太婆坚决反对说"我不允许你在维也纳皇帝陛下的城市里胡作非为"。

"奥地利已经不是帝国了，是共和国。现在哪里还有十点钟锁门的公寓？"我虽然抗议，但老太婆还是坚持必须要遵守公序良俗。

回家路上，我经常被站街流莺搭讪。

茨温格尔经常来信。信里他激动的文字告诉我位于滕珀尔霍夫[1]

1　柏林市郊，为柏林老机场的所在地。

长途大街上的工作室是一座巨大的玻璃建筑，不仅有摄影棚，办公室、演员更衣室、道具间皆一应俱全。摄影棚里还有露台、水槽、移动吊车等设备。信中还说即使这样，公司地盘还是越来越不够用，现在正在柏林西南郊区的新巴贝尔斯堡建造巨大的工作室。

我做钢琴伴奏的电影院经常会放映乌发的电影，偶尔还会放好莱坞的电影。有时他们会给我电影的伴奏总谱，有时演奏者可以自由选择。没有乐谱时，影院会在新片正式上映前让我先看一遍电影再决定。我虽然对古典乐很熟，但由于不熟悉流行歌，我需要通过唱片和收音机学弹新歌。

针对同一部电影，几家电影院会分别隔开一点时间上映，目的是这盘胶卷放完由跑腿人送到另一家影院。有时候送迟几盘，还会出现影片播放暂停的事故，这时候钢琴演奏还要负责填补空白时间。除了我，还有一个弹钢琴的工作人员，我们两人轮班。

茨温格尔的工作时间不规律。一开拍便没有休息，但这一个戏结束和下一个戏开拍之间会有几天可以自由活动，这时他会回到维也纳，我和他会在咖啡馆里放松逍遥一阵。

就这样，我踏上了格奥尔·冯·格里斯巴赫的人生路。

"这是明天的电影。"馆长把总谱交给我，距离我开始工作已过了一年，"好莱坞片子。"

德文版片名是*Sturm*——《暴风雨》。

第二天，距离开馆两个小时，我来到影院。放映员已就位。观众只有我一个人。

我把总谱摊在膝盖上，打开手电筒，光线照亮了谱子。

馆内一片黑暗。

放映机在黑暗中流出一条白色光带，银幕画面上出现了PLANET的字母围绕着天球仪的画面。

接下来是英文片名——*STORM*

之后我的呼吸停住了。

导演——格奥尔·冯·格里斯巴赫。

还没等我定睛回神，画面上的文字又变成了演员列表。

而那里也有格奥尔·冯·格里斯巴赫。

画面中出现了险峻的山峰。

酒店前台，一对年轻夫妇正在登记入住。服务生把两人的行李放上推车。

坐在休息室椅子上的……"我"。目光对准了在前台的那对年轻夫妇，"我"盯着那位年轻的妻子。

"你怎么了？"门卫婆婆惊讶地声音响在耳畔，但我一句话也回应不了。

我滚上床，思考能力已经停滞。

勾引有夫之妇的"我"冒着可怕的暴风雨爬上陡峭的悬崖，面部表情剧烈变化。我会有这种表情吗？

我只知道一件事——格奥尔·冯·格里斯巴赫没有死。

他成了好莱坞的电影导演兼演员。

格奥尔还活着。

我站起来，又趴倒在床上。

老太婆走上楼，穿过茨温格尔的房间，向我的房间张望，问我是不是病了。我好像对她扔了个枕头。

那在这里的这副身子算什么？空容器吗？

在战场上拼命的格奥尔·冯·格里斯巴赫到底算什么？

这个问题毫无意义。肉体只会碍事，我，是虚无。

PAUL

II

B
A
B
Y
L
O
N

　　假使阿黛拉在那场大火中丧生，那两年的岁月可能就会化悲叹为甜美的回忆吧。她好不容易逃过了死亡，但下半身满是伤疤。不仅如此，她的面部也爬满了烧伤后的皱痕。在医院里，阿黛拉曾多次试图自杀，后来被送往州立收容院。保罗没有去探望的气力，就算得见，阿黛拉也不认识保罗了吧。

　　如果是一个自暴自弃、不负责任的男人，也许会高喊着"这不是我的错"抛弃她。但不幸的是，保罗非常认真。

　　归根结底，都是他自己的错。

　　在酒馆里买醉，在房间里浇愁，保罗一遍遍地重复着这样的生活。在小酒馆里，因为烦厌旁人的目光——虽说是旁人却都是熟客，他们全都知道阿黛拉的悲惨经历——而躲回房间的保罗，眼看着挂在床边壁上的人偶——但他不忍随意取下——还有小炉上放着的阿黛拉为他做培根煎蛋的平锅，情难堪忍之际，他又坐回酒馆喝酒，直到醉成烂泥。

　　坐在旁边凳子上的家伙找他搭话，被他一句怒吼"滚开"顶了回去，两人不知不觉竟扭打在一起。

　　等到恢复意识，他发现自己躺在房间的床上，额头还被人盖了一条醒酒用的湿毛巾。醉眼终于有了焦点，他发现正在勤勤恳恳照顾他的是搞照明的小喽啰托比，就是他特别允许亲阿黛拉脸颊的那个。

"给你的圣诞卡片，寄到摄影所了。"

托比从屁股口袋里拿出一个信封，信封带着些许温度，皱巴巴的。

啊，快到圣诞节了……

如果阿黛拉身体健康，他们会装点圣诞树，再互赠礼物吧……

他拆开信封，展开那张对折的卡片。

寄信人是恩里科。恩里科寄来的信，这还是头一封。

在教会的礼拜堂，在神父面前他和阿黛拉许下结婚誓言。托爱管闲事的詹尼的福，举办了户外婚礼派对；第二天，梅贝尔·萝带他们去了墨西哥餐厅……在那里买了明信片。保罗写下近况，寄给恩里科。就这样他度过了那一段极乐时光……

"圣诞快乐！"

"和新娘处得如何？虽然晚了很长时间，但还是恭喜恭喜，新婚愉快。"

"那家伙的表坏了吗？"保罗喃喃道。哪里是晚了很长时间，是晚了两年。事到如今还恭喜什么呢？

"我这边也有喜事。我捡到的彩票中大奖了！！！"

恩里科在句尾打了三个感叹号，力气大得连卡片都被划破了。

不是你捡来的，应该是连同谁的钱包一起顺来的吧。

"所以我决定去找你，有钱付旅费了嘛。你也在好莱坞混出头了吧？我这次还带了个旅伴，很可惜不是女伴。这人你也认识，我们一起过圣诞节吧。回见。"

保罗不知道自己是高兴，还是不想见恩里科。

"真不想让师父见到我这副鬼样子。"他一方面这么想，另一方面又无比怀念。

"喝水吗？"

"不要。"答毕，保罗开口说出自己之前就在意的事情，"托比，我听说过一个奇怪传闻。"

虽然之前就很想问清楚，但保罗日日流连酒馆没有机会跟托比见面。

"有人说那场火灾是你闯的祸。"

托比的嘴唇变白了，结结巴巴地否认。

"不是，我什么都……"

"那你知道具体是什么传闻吗？"

"啊，啊啊……"托比点点头，忽然又剧烈地摇头，"不知道，我什么都不知道！"

他不停地说着"我不知道，我不知道"，突然伏在保罗的膝头崩溃痛哭起来。"我只想把阿黛拉照得漂亮一点……谁知道临时演员的服装那么容易燃烧。都怪那个用玻璃纸做衣服的人。而且除了我，好像还有两三个照明的都在给阿黛拉打光……"

尽管没有事先商量，但那几个照明员的好意还是集中在了阿黛拉身上。照明用的聚光灯竟产生了难以置信的高温。

保罗没有目击到起火瞬间，只看到有个临时演员成了火柱，那就是阿黛拉。没错，他从几个人口中听来的。起初大家并不知道原因，但后来便渐渐传出是照明的过失，直到传进在酗酒的保罗的耳朵里。

"这不是我的错。告诉我不是啊，保罗。我会被送上法庭的。应该有什么其他原因引起火灾的。照明是事实，但不是起火原因，不是的。还有其他火源。"

托比的言语已经支离破碎了。

"别生我的气。拜托了。我只是想让阿黛拉更漂亮……"他又开始重复起车轱辘话。

沸腾之力一下子席卷了保罗的全身，他一把推向托比，托比登时滚倒在地板。保罗抬起脚照准那爬向门边想逃跑的屁股就是一脚。托比趴倒在地，身下一滑撞到门上。保罗把他踢翻过来，揪住前胸提了起来，对着下巴又准备给他一击。而走投无路的托比抬起膝盖顶了过去，这一膝盖冲击力虽然不大，但逼得保罗不由松开了手。见托比夺门欲逃，保罗扑向他的背，双手绞住拖到墙边，将他脑袋撞向墙壁。

突然他的头上好像浇下瓢泼大雨。

保罗不禁松开手，回头看去，一个抱着搪瓷水罐的女人威严地站在他身后。

没来得及吼她，他又被浇了一瓢。女人把空水罐扔在地板上。

他试图去追赶逃跑的托比，但被女人挡住了去路。

"想当杀人犯？"在梅贝尔·萝冷冷的声音里，他胆怯了。

正如字面上的意思，保罗体内那一团怒火被冷水浇熄了。

梅贝尔环顾四周，找到一条毛巾，扔给保罗。

保罗脱下湿透的衬衫，擦拭上身，接着脱掉裤子。虽然他出于恶心对方才这么做，但梅贝尔一脸平静，双臂交叠于胸前看着他。

保罗换好衣服，往床上一坐，没好气地憋出一句："搞什么啊。"

"我得找你谈谈。走，请你吃晚饭。"

"别烦我。"

"我们去餐厅吧。"

"有话在这儿说。"

过去两年都不闻不问，现在又冒出来做什么？保罗也不想知道。

"会让你好起来，也会让阿黛拉好起来的事情。"

"在这里说不行吗？"

"我们一边享用美食一边商量吧，上一家店怎么样？墨西哥菜。"

伴随着兽吟般的呜咽，他摇了摇头。

"讨厌那家有回忆的店啊，那不然来我家？我让厨师烤牛排。"

保罗慢吞吞地站起身。

去梅贝尔的私宅是一个不错的提议。家里不像高级餐厅那般拘谨，又能满足一窥别人私生活的好奇心。

餐厅既没有十分奇特，也没有特别豪华，暖气供应充足，很舒服。丰盛美味的菜品多少缓和了保罗的情绪。

"知道整形外科吗？"梅贝尔说，"移植皮肤，让伤疤不那么显眼。在上一次大战中，有很多人面部受伤。所以一位英国军医开始做皮肤移植手术来缓解明显的疤痕。在美国，这项技术也在飞速发展。"

"如果做了手术，阿黛拉也会……"

"对。"

梅贝尔点点头，拿出三张照片给他看。这是一位年轻男性的面部提升对比图，中间一张，男人左眼角到脸颊一块的皮肤收紧起皱，呈现瘢痕瘤症状。

"这是在战场上负伤之前。"梅贝尔指向左边，"然后，这个……"她指向右边，"这是接受了皮肤移植手术之后。"

虽不是完好如初，但瘢痕瘤却消失了。

"如果是女性，化了妆之后就没那么显眼了。"

"手术……要花钱吧？"

"当然。"

保罗双手掩面。一旦恢复了往日面貌，阿黛拉的心也会痊愈……可是钱从哪里来呢？

"如果你愿意接受我的一项工作，手术费我来付。"

"又要做间谍吗？"

保罗已向梅贝尔汇报过火灾发生前片场的情况。从临时演员可以尽情享用真正的美酒佳肴，到醉酒后的狂欢——虽然保罗自己也大闹一通。

"来我工作间。"

梅贝尔擦了擦嘴角，把餐巾放在桌上，离开座位。保罗紧跟在她身后。

剪辑工作室连着一个小小的放映室。

梅贝尔把椅子推给保罗，从一个薄圆盘盒子里取出一卷电影胶卷。

"这段影像除了我和吉尔伯特，没人看过。"她一面说，一面将胶卷安装在放映机上，"不，当然还有一个人，就是送胶卷来的那个人。"

梅贝尔走过去，轻轻摸了摸保罗的脸颊。

"你发誓，绝不对别人说。"

说着，她将手背凑近保罗的唇边。她希望演一出骑士对公主发誓的戏码吧。但保罗没有理会。

梅贝尔开始放映。

朦胧的白光微微晃动，显出一片模糊的影像。画面很快清晰了，藏在熊皮下的男人们露出了腿，巨熊登场。

画面未经剪辑，远达不到上映要求。拍摄俨然不同于剧场电影的做法。同一场景没有多次拍摄，出演者随性表演，丝毫不注意镜头。

男人们头戴白毛高耸如鸡冠一般的假发，纯白的脸上蒙着黑色面具，遮住眼周，他们就这样跳着难看的法式康康舞。镜头拉近，特写出他们赘肉耸动的大腿。丑陋。因为没有音乐，甚至更添怪异。

梅贝尔想干什么？为什么要让我看当时的场景？难道我的丑态也留在胶卷里了吗？保罗在心里嘀咕。

因为保罗在后方做服务员，看不见康康舞阵之后发生了什么。

而他当时看不见的，如今都出现在画面里。浑身涂白的男人们怀抱女人，将她们推倒在地，腰部在她们身上摇晃。还有人仰面躺下，让女人骑在他们身上，脸上欣喜若狂。有些明显是男妓的人也混在其中。

面具和假发都被抛掉，汗水弄花了妆，男人们露出了真面目。

场景变了，桌子占据了半幅画面。桌上有几只跳舞的腿，男人的鞋和女人的鞋混在一起。这里面一定有一双是阿黛拉的腿，保罗凝视着画面。

一只男人的手把点燃的香烟放在桌上。可能本打算放在烟灰缸里的吧。画面里只出现了那只手，只见它醉醺醺地将烟头直接放在了桌布上，香烟旋即点燃桌布。

如果是电影，为了吸引观众，本该拍下桌布燃烧的特写镜头，但摄影师似乎并没有刻意对准那个场面，甚至也没有注意到起火瞬间。镜头马上转移到其他狂欢的场面。

这就是火灾的原因。玻璃纸很容易燃烧。灯光的温度让它表面温度越来越高，也越易燃，但没有明火，它不会突然烧起来。而阿黛拉正巧就在那张燃烧的桌布上舞蹈……

影像很快结束，胶卷发出空转的声音。梅贝尔打开灯，坐在保罗旁边的椅子上。

"我还以为它烧毁了。因为赛璐珞胶片极易燃烧，即使只是靠近火柴也会被点燃。但仔细想想，胶卷燃烧会产生有毒气体，但现场却没人出现中毒症状。我早该想到那时候胶卷已被安全带走。当火苗升起时，格里斯巴赫一定立刻转移了电影胶卷。他不会是想拿胶卷当作威胁我们的筹码吧。对于导演来说，拍摄的胶片最珍贵，真是个混蛋。"

梅贝尔对火灾原因毫不关心。

"虽然你不认识那些政客和金融大鳄的脸，但如果这件事公之于众，那将会捅出惊天丑闻。虽然寄信人没写名字，但除了那个男的还能有谁？他威胁我，要我买下这段影片，还给了我一个账户，印度支那银行上海分行，收款人格兰公司，听都没听说过。我已经转账了，但原版底片肯定还在那家伙手里。他还会一次又一次地勒索我。我要你拿到底片。如果你成功了，我会付你钱，能让阿黛拉做上手术的价格。"

"为什么找我？你一定有更合适的人选吧，那些干粗活的家伙。"

"我不能交给毛手毛脚的人，我也怕他们成为勒索者。"

"那我要拿到胶卷，也可能会勒索你。"

"你不会干那种蠢事的。"梅贝尔说，"你最大的愿望是要恢复阿黛拉那张可爱的脸庞，这关乎你们幸福的未来。何况你还需要我的帮助呢。"

没错。即使有了钱，保罗也不认识技术高超的整形医生。

"格里斯巴赫在那场戏里也客串了角色，你认为他能记得你吗？"

"不知道。我想他应该不会记得每个临时演员的长相吧。"

"首席助理呢？你接触他的机会比接触格里斯巴赫要多吧？"

保罗去行星公司送临时演员服装时，见过一次艾根·利文。如果只是这样，助理导演可能很快就会忘记，但他却逼着保罗抽了一点鸦片，还记录下保罗的一通胡话，之后雇用保罗为剧组打杂。在第二天傍晚户外婚礼派对上，虽说是顺便，但助理导演还是露面了。再到拍摄当天，梅贝尔·萝又托助理导演给了保罗一个临时演员的角色。

因为有这么多关系，所以——

"应该还记得吧。就算他忘了，见了面也会想起来的。"

保罗说完，梅贝尔思考了片刻。

"艾根和格里斯巴赫一起去了上海。"

"上海？格里斯巴赫导演在上海？"

听说他因为摄影棚失火而引咎辞职，但保罗不清楚他之后的去向。

"是的。"

真是个意想不到的展开。上海——遥远又荒凉的地方。

"他们很可能还在一起。你倒不如找个借口堂堂正正地跟格里斯巴赫见一面，但你不能直接让他把胶卷交出来。因为他唯恐天下不乱，越逼他越顽固。"

梅贝尔打了个响指，像是想到一个好主意。

"放火！没错。如果想知道胶卷藏在哪里，就放火。"

"那不是犯罪吗？我可不想被捕。"

"我在那边有个熟人，美国驻上海领事馆的秘书。"

说着，梅贝尔把胶卷倒回去，又放了一遍。面具和假发都被甩掉，汗水弄花了妆，梅贝尔指着其中一个露出面容的男人说："就是他。"

"唐纳德·麦克休，来自洛杉矶。我知道在拍那部影片的时候他来此度假，但直到要挟的胶卷寄来之前，我都不知道他也在片场。据说格里斯巴赫用乱性场面吸引各界名流，并保证参与者的身份绝不外泄。实际谈判似乎是交给助理去做的，格里斯巴赫本人也并不清楚找来的是一帮什么人，因为他们都戴着面具。至于喝醉之后暴露了真面目，这是他们自己的问题。但是酒里头是不是下了春药呢？这一个个的都是酒鬼。首先你得去见麦克休一面。我会用航空信告知他情况。为了自保他会帮你。万一你被抓，他也会保你安全。但是永远不要在格里斯巴赫面前提到我的名字。"

梅贝尔补充道："上海的治安就是一团乱。就算杀人，只要方法巧妙一点，也不会被看穿。"

正在准备出国的时候，恩里科发来电报，通知保罗他们即将抵达的日期和时间。保罗去洛杉矶的火车站接他。

比预定时间晚了二十分钟左右，超级老大号特快列车在冬日的天空中喷洒着煤烟停在站台。

"这一路可真长啊。"

身穿金黄皮大衣的恩里科将旅行包放在站台，两脚紧紧将其夹住，免得被人流带走，然后拥抱了保罗。

"在芝加哥换车就等了半天，然后坐到洛杉矶又花了两天半。"

当松开拥抱时，恩里科的手握着保罗的钱包，炫耀一番之后放回到保罗手中。

"我是个幸运儿。"恩里科凑过脸去，低声说他中了三千美元。

"厉害啊！"

他们再一次拥抱，这次到恩里科手上的是那一块怀表。虽然佩服，但不凑巧保罗没有欢笑的心情。

"怎么了嘛，看起来没精打采的，生病了？"

"没有，我很好。"

"我亲爱的策勒太太正在甜蜜之家为我们准备欢迎宴呢吧。"

"我们？"

"我信里不是跟你说过还有个同伴吗。"

恩里科把站在他背后的男人往保罗面前一推。那人把大衣领子竖着，软呢帽低低地遮住眉眼，又戴一副黑手党式的眼镜，看不清他的眼神。金色柔软的胡须沿着他的上唇生长，从鬓角到下巴也被胡须覆盖。

"不记得了？我养着的那个人。"

因为一直蹲在房间角落，保罗没有仔细瞧过他的脸。

两人握了握手，那男人也没有回答。

"帮我叫辆出租车，先去酒店，然后去你家。"

"我的房间不行。"

恩里科不高兴了。

"你变了，不想见我是吗？"

"怎么会。"保罗抱住恩里科的肩膀，把手指伸进对方的口袋。却被一把抓住了手腕。

"所以说受过学校教育的家伙就是不行啊。"

恩里科说自己有了一大笔钱，但他似乎并不习惯铺张浪费。对于刚开业不久的豪华酒店——好莱坞罗斯福酒店是敬而远之，最后选了一家廉价的小酒店住了下来。

登记入住，把行李放进房间后，三人到附近的餐厅吃饭，恩里科请客。

"我不在这儿做生意的。你放心吧，我不会给你添麻烦。那么你准备什么时候给我们介绍亲爱的太太？"

"你好不容易大老远跑来，我却马上要出远门。"保罗换了一个话题。

"欸？去哪儿？"

"上海。"

恩里科瞪圆了眼，后退一步，问他是不是闯了什么祸，不能留在美国了。

"不，是公司工作。"

"外景拍摄？拍摄以上海为背景的电影？"

"倒也不是……不过，我们还是别谈工作了。"

"那你什么时候动身？"

"三天后。明天我带你参观好莱坞。"

"拜托了，能搞到女明星的签名吗？"

"你喜欢谁？"

"只要是美女，谁都可以。"

"啊，对了。有个意大利移民在行星影业工作，他人不错，我可以介绍给你认识。如果知道你们同是意大利裔美国人，他全家应该会热情款待你们的。那样即使没有我，也没关系了。"

同伴轻轻拍了拍恩里科的肩膀，做了个手势。

"在你工作的行星影业里，有个叫格奥尔·冯·格里斯巴赫的导演吧？"恩里科问道，"能不能让我这个兄弟和导演见个面？最好别给人看见。或者能不能叫他去我兄弟的房间？"

"不行。"保罗立刻说到。

"为什么？"

"他不在好莱坞。"

"去哪了？"

"上海。"

恩里科和那男人面面相觑。

"你去上海干什么，跟格里斯巴赫导演有关吗？"

保罗只是耸耸肩。梅贝尔不让他对别人说，这也不是保罗能轻易和别人说的事情。

和男人互换眼神之后，恩里科稍微积极地邀请保罗："到我的房间来。"

他们上到三楼。

楼上两个单间，男子走进自己房间，恩里科则邀请保罗进入隔壁房间。

"你和你老婆出了什么事吗？吵架？"

恩里科的提问让保罗的心理防线顿时崩塌。摄影棚着火，阿黛拉被严重烧伤，救回一命却留下疤痕，被关在精神病院，但他没有再说下去。至于摄影棚里究竟拍摄到了什么，那是上了封口令的。

B A B Y L O N

上海是由鸦片建造的城市，经济动脉里流的是鸦片，所及之处尽是腐败和污浊的恶臭。

把清朝浸在鸦片膏里的是大英帝国。鸦片也早就受到了清朝少数上流阶层的喜爱，并被用作招待来客的社交手段。据说比起酒来，它的伤害要小得多。但是，英国却一边进口清国的物品，一边用在印度殖民地大量种植的鸦片来充当货款，于是鸦片迅速蔓延进了大众阶层。不久，雅癖再也遮不住它的危害，穷人为了消除疼痛、痛苦和饥饿，沉溺在鸦片中，而瘾君子们则把手伸向药效更强的吗啡和海洛因。

面对试图禁止吸食鸦片的清朝，英国以武力镇压，大获全胜。两国遂签订不平等条约，在长江河口的偏僻地方开埠，建立起来的上海租界有着清国政府权力不能及的治外法权。很快，法、美等诸多列强纷纷涌进沪上。

一九一二年二月，清朝灭亡——正是我因决斗事件被逐出家门并移民美国的那一年。

从那以后，这个国家军阀割据，内战不绝，始终没有形成统一的国家个体。虽然处于危如累卵的境地，但上海租界宣布武装中立，大多数欧美人居住在拥有宽敞庭院的豪宅里，享受着奢华的生活。

自一九一四年到一九一八年，欧洲大战持续了四年，列强势力分布亦有变动。战败的德奥联军，以及因十月革命被推翻帝制的沙俄对亚细亚已失去了控制力。虽然奥地利本来对亚细亚也不感兴趣。

从经过革命洗礼的祖国逃亡而来的白俄人大多陷入贫困，沦为妓女乞丐亦不足为奇。

英、美、法等战胜国的白人拥有治外法权的庇护，租界里更显一片繁荣。对华人来说这里也是一处安宁地，所以他们想方设法，不断流入租界。上海，有着数量庞大的华人和不及华人一成人数的白人，他们的生活方式是相互隔绝的。白人永远不会融入华人社会，而即使华人富有，也不会积极接纳西方风习。只有极少数赴美留学的精英才熟悉西方文明。

一九二〇年，美国实行禁酒令的那一年，该国出台了禁烟令，但正如禁酒法令对帮派势力的扩张大有裨益一样，表面上鸦片交易遭到禁止，事实上青帮可是赚得盆满钵满。

这种事，住进租界以后才弄得明白。

前年——一九二七年，我来到上海租界。与你一起，艾根。

在肮脏浑黄的江水中，我们乘坐的客船自水道靠向码头时，一群小舢板挤满水面，乌泱泱地划了过来。一双双充满杀气的眼睛闪着光，他们一边大叫，一边伸出竹篮，用棍子敲打竹篮，催促着往里面投钱。甲板上的乘客觉得有趣，扔了些零钱进去，他们迅速抢下藏入怀里，又像没拿到一文钱似的再次举起空竹篮，摆出一副好似主张正当权利的样子。还有人用绑着兜网的竹竿打捞排水口流出的剩饭，争夺着面包屑、香蕉皮和腐烂的水果。虽说哪个国家都有乞丐，但还是第一次见到能施加给人如此强大压迫力的一群人。水手站在甲板用水管喷水，赶走他们。游客中的修女皱起眉头说："太过分了。"水手冷笑一声，抬起下巴指着一根从舷板伸向客舱窗户的竹竿。一个小孩像杂耍演员一样想顺着竹竿钻进客舱。"我可怜的孩子，您能不能别赶他走？他只是想为客人刮刮胡子而已。"修女仰头望天，水手毫不留情地把水管对准那孩子，水势将小孩击落竹竿。

刚踏上散发着恶臭和瘴气的码头，一群半裸的车夫蜂拥而至。他们抓住我们的裤子，扯着我们的衣裳吵吵嚷嚷。我知道他们大概是想让我去坐他们的黄包车。而另一边，裸着上半身的苦力正手提旅行包。虽然只是为赚一点小费，但真的很烦人。我不得不用手杖把他们赶走，否则我就动弹不得了。我们俩小心地照看着对方不被冲散，因为稍不留神，苦力就会钻进来。

乞丐伸来没有手指的手求乞时，司机和苦力们会不由分说地将他们一掌推开，一脚踢开，之后转向我们，一脸请功求赏的表情。一个戴头巾、穿警服的印度人手拿警棍狠狠地打散了成群的车夫，冲我们咧嘴一笑。我给他一枚硬币作为小费。我还没兑换货币，只是一枚十美分的小钱，他也开心地收下了。

我被潮湿的高温困扰。白色的巴拿马帽起不到一点避暑的作用。

喧嚣中，我听到有孩子呼唤我的姓名。是很多孩子一边呼喊我的名字，一边在人群中穿梭。有的小孩光着身子，只着一件肚兜，一张纸塞进屁股里。纸梢像尾巴一样垂着，还滴着粪水。

我扬起手杖亮开嗓子："在这里。"

一个穿着白色长衫，领口系得很紧的男人见到手杖的记号，走了过来。

"你是格里斯巴赫先生吧？请啊。"

他是华人，操着一口不流利的英语。这男人长着一张扁平的脸，小鼻子歪向一边，眼角向上翘起。

孩子们走过来，在男人周围围成一圈，向他伸出手。那男人给了一个年长男孩一些零钱。那孩子手握硬币高高举起，指挥着看上去像是他手下的孩子们跑开了。

男子虽然说了什么，但还是口齿不清，问了好几次才知道他是艺华影戏公司的副经理，姓吴。小吴把我们领到停在不远处的汽车旁边。

蹲在车辆周围的几个华人见到我们走近，恭敬地磕头行礼，打开车门。行李则装在由苦力拖着的货车。

马路上往来的交通工具中黄包车占绝大多数，但也有司机把握方向盘的洋汽车。自行车也多少有一点。在车流中间，挑着货担的小贩们来来往往。路边一排小吃摊位，老板一手擤着鼻涕，一手将大锅里的东西分在小碗里叫卖。我的视线掠过老板将沾在手上的鼻涕抹在长凳边上的身影。

焦躁和倦怠同时在这座城市里盘旋。

后来我才知道，在公共租界和法租界的分割线，爱多亚路[1]和推

1　今上海市延安东路。

倒县城城墙后形成的公路[1]上开通了有轨电车的班线，在此区间还有辫子电车行驶，而自行车则让一批邮差得到便利。

恭迎我们的汽车还没加速就提前到达酒店。因为路程不远，走着的话也用不了十分钟的时间。艺华影戏公司似乎是想展示自己拥有汽车的财力，以及隆重迎客的礼节。

虽然酒店只招待西方人入住，但是职员全都是华人。

大厅内部摆放着长椅和安乐椅，装饰也杂糅了东西方的风格，墙上挂着东方风景画和美人图。

我坐在椅子上，脱下麻布上衣，用手帕擦拭着积在后颈的汗水。这时两个侍应生走到我身边，用大蒲扇给我吹风，我感觉自己像是土耳其的国王哈里发。

小吴在前台说了什么。与此同时，华人侍应生从迟到的货车上搬下我们的行李。

"今天各位舟车劳顿，请在房内好生歇息。"小吴在我身边说，"明天我来酒店接您，艺华的大当家要见您。"

当然他说的没有那么流利，而是"今天，您累了。明天，我，来，这里。经理，见面"。他的语法不太好，但还好能听明白。

他刚要离开，又匆匆折返。

"您需要兑换货币吧。旅馆里也可以换，不过有一家我很熟悉的银行，那里汇率比较划算，要不我帮您换吧。"

我犹豫了一下，不知该不该信，但最后还是给了他十美元，你照

1　今上海市黄浦区的人民路和中华路。

我说的做了。我听说艺华好像会给我们安家费。等工作开始以后，我就去租间公寓。

我们在大厅里等了半个小时，以为自己被骗之时，小吴慢慢走进大厅。

他辩解说本想省一点手续费却花了不少时间，说着便把这个国家的货币摆在桌上。他又解说一番今日汇率算法，但因太复杂，我们没能弄懂。

"这里面可没掺假币，听听。"他把每一枚银币在烟灰缸上敲了敲。那时候我还没有听音辨伪的能力，倒是最近我能听明白一点门道了。

他又放下一大堆零钱。

"明天见。"

这次他没再回头。

侍者把我们带上楼。两扇门前分别放着你我的行李，还有几个侍应生候着。

我俩被带去各自的房间。我给了侍者每人一点小费，侍应生们拿到钱立马交给其中一个侍者。这家伙是他们的头儿，收来的小费先汇总到他手上，再分发下去。

床还算干净。我只穿内衣，脱下裤子仰面躺倒，天花板上挂着三叶电扇。它的声音很大，转得很慢，搅动着一团闷热的空气，没有带来一丝丝凉爽。苍蝇在窗台上慢慢地爬，大概它也浑身是汗吧。

是梅贝尔·萝提议我来上海的。

摄影棚起火后，我丢掉了所有的工作。公司方面主张火灾的责任在我。对，确实，除了我，没人有责任。

拍摄荒淫宴会的过程中，是我命令关上铁门锁上门的。我不会让任何人干涉我的拍摄。要保守秘密，还要签保密协议，一旦签订了保密协议，那群头戴面具隐藏身份的客串者们就放心了。

钥匙是你保管的，在起火同时你打开了门。更重要的是你引导那群可怕的家伙掩人耳目地逃出来，这一点我感谢你。

因为公司有保险，金钱方面不会有太大损失，关键是有很多人受伤了。保险公司调查了火灾原因，但似乎没有明确定论。有目击者称一位做临时演员的年轻姑娘烧成了火柱。好像说是为了有光泽，临时演员的服装使用了玻璃纸，但遇火就会燃烧。

我也接受了审讯。

之所以没有闹大，是因为行星影业为了避免丑闻压下了风头。

我没有受到法律的制裁，但我自觉理应被好莱坞封杀。

我为了治疗烧伤住了一阵医院。因为钱的原因不得不退换银湖畔那座配备电影剪辑室和放映室的小房子，而后租了一间便宜的公寓。

付完住院费，还剩一点钱够我坐吃山空一阵子。

《泰坦尼克》公映了，宴会那一段整体被拿掉了。那一场跟主线剧情没有关系，其他的戏都拍完了，所以即使整段剪掉，剧情衔接也不会不自然。我连试映都没看过。无论如何，拍摄的时候我就知道梅贝尔会剪辑这部片子。没区别，我认了。但我愤怒的是好莱坞的伪善。这团怒火必须要爆发。就算被剪，我也想把那些家伙装腔作势的伪装剥去，并将他们的丑态摄进胶卷。这听起来像是个借口，所以我没有对别人说。你应该记得好莱坞是怎么对待不随波逐流的名导演安德鲁斯的。我也不会忘记。

铁门紧锁，外人禁入的摄影棚里究竟在拍什么戏？就算公司给当时在场的所有人一大笔封口费，臆测的谣言也会传得满城风雨。也经常有记者来找我，想从我这里套出话来，但我总保持着缄默。

我不习惯无所事事地过活。一方面是承受着自责的鞭笞——当然不为公司，是对受伤人员的自责——另一方面，我也很沮丧，不知道会不会就此腐烂下去。拍摄那个场面我没留遗憾，那帮家伙暴露了自己的本性。

你一边在其他导演处担任助理，还不时来看望我，艾根。与你闲聊很轻松，因为可以说母语。

此时，我倒觉得尤利安应当出来，用我的身体写他所想，但我的笔却纹丝不动。取而代之的是脑海中不断浮现出的一个身影。

身穿华丽的东方服装，脸涂得像面具一样白，眼睑和脸颊是艳丽的红色，眼周一圈墨线交汇于外眼角流向太阳穴的方向。

我尽可能忠实地把眼前清晰浮现的影像描在纸上。描绘过程中，我被一种奇怪的感觉所捕获。

用水彩颜料上好色，镶上画框之后，看起来还不错，于是这幅画便挂在墙上当装饰。那时距离火灾过去将近一年。

你像往常一样来看我，站在画前好一会儿。

"怎么了？"

"好极了。"你叹息似的说。

"不至于。"我不以为然地谦虚道。

你向安乐椅走去，突然向前一头栽倒。但下一瞬间，又立刻站起来，坐在椅子上。

"不好意思。没事了。"

"是绊到了吗？"我问道。

"因为怕被炒鱿鱼所以没敢告诉别人，我有个老毛病。"你露出了羞涩的笑容接着说，"癫痫，和陀思妥耶夫斯基一样的病。不巧的是，我不像那位伟大作家会陷入神秘的恍惚，而且也很少发作。到目前为止，发作次数屈指可数。同时我意识消失的时间很短，刚才发作时也没有很长时间，对吧？"

"我还以为你摔倒了。看过医生吗？"

"目前好像没什么特效疗法。没什么大不了的，请不要在意。"

"这回在房间里还算好，要是在通车的马路上不是很危险吗？这病会突然发作吗？"

"有时候非常紧张或者情绪激动时会发作，但有时候没预兆地就来了。喝咖啡吗？"

"嗯，拜托了。"

你给我煮了一杯维也纳式咖啡说道："我不知道您还对官话歌剧感兴趣。"

"官话歌剧？"我反问道。

"中国的音乐剧。您在哪里看过吗？它没在美国上演过。"

"这是我脑海中浮现出来的画面。你对官话歌剧很熟吗？"

"没有，没什么。不过看了这幅画，还是知道这是一位中国官话歌剧的演员。我想这扮相应该是花木兰。"

"Hua·Mulan？"

于是你告诉了我那个女子假扮男装替父从军征战沙场的故事。你还告诉我中国的戏剧演员都是男人，就像莎士比亚时代的演员一样。

"或许是死去的尤利安让我画的。"

做自传的口述笔录时，我曾将平日锁上盖子封印起来的事统统对你倾诉而出。我将那些一定会被人取笑的事情，打心底里说了出来。

"尤利安死了吗？"

"不知道。我完全不知道他的消息，也没见过他。我只是觉得他长得和我一样。"

"您就不能进入自动书写状态吗？"

"自动书写？"

"就是尤利安出来逼着你写字的状态。"

你沉默了。在做口述笔记时，你默默地速记下我看不懂的文字。只要我命令不要写，你就停手。所以我的妄想没有留在记录里，却留在了你的记忆里。

"那绝不是一种愉快的状态，因为我想用自己的语言来书写。"

"您能否跟现在的尤利安进行精神感应呢？"

"精神感应？没兴趣。"我脱口而出。

"是吗……"

就在这时，梅贝尔来到公寓。

"一个好消息。"从她甜美的声音听上去，好像没有发生任何意外。

"一家上海的电影公司想找一位好莱坞的资深导演。"

"上海？"

太远了。

"想甩开我这个累赘？我在好莱坞碍你事了？"

对于我的挖苦梅贝尔充耳不闻，她继续道："上海现在电影业形势大好，虽然上映影片大部分是从好莱坞进口过去的。华人想自己制作面向本国人的电影，无奈技术落后，希望有个好莱坞的导演能指导他们。这家新公司名为艺华影戏，他们通过美国驻上海领事馆提出请求，好像资金还很充裕。"

见我沉默不语，梅贝尔的声音变得强硬起来："领事馆坐镇，值得信赖。"

"我会去的。"我随口一答，"我想工作。"

"差点儿又忘了，行星影业收到一封写给你的信。事务员都搞忘了。"

维也纳寄来的，寄件人系多丽丝·冯·格里斯巴赫。

邮戳上的日期很模糊。

"好像是很久以前送来的。"

"正好当时的事务员要辞职，跟新来的没做好交接，有点失职。"

梅贝尔离开后，我打开信封。

自从被格里斯巴赫家族放逐之后，我就一直认为我们已经断绝了关系。

对上流社会的人来说，电影是一种低级娱乐，电影院也被认为是个低级场所。

在多丽丝的信中，我得知格里斯巴赫家族经济崩溃。多丽丝的父母——我的养父母相继病逝，就连布鲁诺也病死了。

然而多丽丝的文字，反倒流露出她作为职业女性能自给自足的新奇和快乐。欧洲大战虽然带去了各种悲惨之事，但似乎也起到了破坏旧秩序，拓宽妇女活动自由的效果。之所以能进电影院观赏我的作品，似乎也是因为家世的束缚消失了。她看到的那部作品应该是《地狱中的奥菲欧》下映以后，我拍的那些不甚满意的作品之一。因为她看过电影后立即写信，推测寄到行星公司时已是一年前的事了。

事到如今，回信也没有必要了。关于近况，我也不想多说什么。

"我也去上海。"你这么说。

因为窗帘很薄，所以我醒得很早。刚把窗户打开想散散蒸腾的暑气，一股强烈的恶臭便扑面而来，我急忙关上窗。

餐厅供应的是一种流行的欧式早餐，虽然不适合作为用餐时的谈资，但我还是把清早恶臭一事说了出来。由于现在的美国很干净，我已忘了芝加哥和纽约贫民窟里的腐臭味。但这次的恶臭比那些要更可怕。

"看来早八点之前最好不要开窗。"你接着解释说，"直到他们处理完马桶和尸体。"

"Martoon？尸体？"

"马桶是放在室内的便器。每天一早要把它放到街上，拉粪工会收走，听说这是这个国家的风俗。比中世纪的巴黎要好多了。西方人住的旅馆和住处都用冲水马桶，但是一进入背阴后巷，就会看到排列在街边的马桶。而尸体则是那些无家可归的人，饿死病死都不稀奇。我听说每天早上，市里的卫生员都会开车把它们运到某个坑里埋掉。"

外滩的现代高楼像痂壳，将它背后庞大的腐败而混沌的脓液覆于其下。

"你知道的挺多啊。"

"服务员说的。"

我觉得很奇怪，便问了你一个问题。

"你能和华人交谈吗？"

你又露出了害羞的笑容。

"我听闻自己就出生在上海。"

"你是在这个租界里出生的吗？所以你才知道官话歌剧之类稀奇古怪的东西？"

"不是，打记事时起我已经在波希米亚了。对于上海，我没有一点印象。我是从一本书里得知官话歌剧的。因为我的乳母是华人，所以我能说一点华语。嗯，比小吴的英语还结巴。"

"你的父亲在商馆[1]工作吗？"

"我是私生子，"你又说道，"被遗弃了。在上海布道的神父收养了我。神父回波希米亚的时候，也把我带了回去。"

"我问了你不太想说的事，对不起。"

"没关系。"你笑道。

我注意到你的笑容总带着悲伤。

我决定就此打住不再多问，我们每次谈话基本上都是点到为止。

临近中午时分，小吴手提一只扁包来迎我们。我被带到混杂着现代化的高层建筑和旧店铺的四马路[2]上的一幢三层楼阁里。

露台上吊着灯笼，每只灯笼上都写着一个复杂的汉字，楼内支柱全被涂成朱红色。

"留香园"的底层看起来像个茶馆，朱红色的桌子边摆放着藤椅，衣着华丽的华人来此逍遥。若说我们住的酒店是在西洋风味里稍加一点东方味道，那这家店大概是专为华人而建的吧。顾客们把食物残渣和果壳吐在地板上，放声谈笑。头上传来更加嘈杂的鸟鸣。天花板的横梁上挂着成排的鸟笼，各色难以区分种类的笼中鸟，每一只都在尖叫。

"这里面有舞池、台球厅，还有烟馆。稍后我来带路。"小吴说。烟馆指的是抽鸦片的场所。

---

1 租界内兼具住宿和仓库功能的商业设施。

2 今上海市黄浦区福州路。

我们被带到二楼的一个房间。刚在圆桌旁坐定，两个年轻姑娘便端上了茶。艳丽的桃红色服装像皮肤般紧贴在姑娘们的肉体上，裙摆的衩儿一直开到大腿根部。她们扁平的脸上挂着极亲切的笑容，倒下一杯花香浓郁的茶后便离开了。

突然，小吴像过电似的从椅子上跳起来，立正站好。

三个男人走了进来。两人身穿立领长摆的民族服装分站房门两侧，腰间枪带上挂着手枪。

朝我们走来的男人身着军服。

我从没见过目光如此犀利之人。尽管他个子不高，还很瘦，但我还是觉得即使在百人之中他也会特别显眼，而且还透着一股精明。

小吴低头行礼后，用我听不懂的华语对男子说了什么。

你在我耳边低语："他说的是'大当家您来啦，是直接过来的吗？'"

"这位是南京政府陆海空军少将参议杜月笙。"小吴用极度紧张的声音介绍道。

虽然我心里嘀咕，没有一定的年岁是不能升任少将的，不过这个穿军装的男人看上去只比我大四五岁而已。我那时三十五岁，所以杜月笙大概在四十岁左右。如果放在奥地利军队里顶多也就是个野战司令部联络官吧。华人军队里出人头地很快吗？还兼管三军。

起立，握手，自报家门。

"请坐。"杜月笙抬手示意。

我坐回椅子，杜月笙直勾勾地盯着我的眼睛，用华语说了句什么。小吴连忙翻译："您的大作在上海都悉数上映过了。本公司请来一位世界级著名导演，实在可喜可贺。"

"这位杜月笙阁下是艺华影戏公司的总经理兼业主。"他补充道。

接着一盘盘一碗碗的菜肴几乎要从十几英尺宽的圆桌上溢出来。中国的酒味执拗地粘在我嘴里。

这是燕窝，这是牛肚，这是鱼翅……小吴精心讲解着每一道菜的用料与做法，他的声音在我耳边回响。从一大盘菜中各取所需，这种吃法对我来说是陌生的，但是与美国的粗糙菜肴相比，这种复合的味道却能满足我的味蕾。这是蹄筋，接近动物蹄子处的肌肉。小吴说的这种丝线般细密的淡红色透明物体口感丰富，是难得的美味。

穿着黑色民族服装的男人站在门口，不坐在餐桌旁。虽然是护卫，但奇怪的是他们没穿军装。

"军队高官也经营电影公司吗？"

面对经由小吴翻译的我的提问，杜月笙回答说："我本就是普通人。我是一家名叫三鑫的运输安全公司的经理。就在不久前的三月份，工人发起暴动。我帮蒋阁下动用自己的弟兄镇压了他们，所以被任命为陆海空军少将参议。"

这实在令人难以接受。这国家的军队组织是怎么回事？谁是蒋阁下？这个问题暂且搁置，我把话题转移到电影上。

总而言之小吴所说的情况，与梅贝尔的说法如出一辙。

目前上海盛行制作华人电影。但由于技术还很拙劣，艺华影戏公司请求西方能人志士提供协助。

"全上海有二十六家电影院，每年放映四百五十部左右的影片，其中九成是好莱坞电影。在我国，民族资本组建的电影公司终于开始运营。其中大公司有明星、天一、大中华百合三家。"

小吴用他蹩脚的英语说明时，杜月笙手拿炸鸡腿，一边啃一边把骨头吐在地上，并用手背擦了擦油腻腻的嘴巴，又催促我们快吃。

"除此之外，还有无数家小资本投资的小公司。因为他们只做一部影片就会消失，所以也被称为'一片公司'。那些'一片公司'里，很多经营者包揽了从制作到分发影片的全流程。我是说一旦他拍完想拍必做的电影之后，公司就完蛋了。公司解散。而我们艺华可不是'一片公司'，我们会让它成为比肩那些电影大厂的大公司。"

"那么你想让我做什么？我听说是技术指导，具体是怎么回事？是要我写剧本、当导演、拍摄一遍，还是用我的方法调教你们的导演？"

听到小吴的翻译，杜月笙热情洋溢地说了什么。

"这个国家几乎没有女演员。"小吴用英语翻译道，"古老的戏剧都是男演员。而模仿自日本所谓新派戏剧的那种话剧，我们叫文明戏的，同样没有女演员。电影一开始也是由男性扮演女角。但是最近，无论是文明戏还是电影都在启用女演员，但她们没有表演经验，演技很差，所以特请您来指导。"

"你们请我来，就是为了指导女演员演戏？"

小吴恭恭敬敬地询问了杜月笙，从包里取出卷轴，在我面前展开。

"我们不写剧本，这是剧本的替代品。"

卷轴上密密麻麻排列着这个国家的文字，在我看来与记号无异，给我看也没有意义。你也摇了摇头。你虽然会说一些中国话，但似乎看不懂汉字。

"这里有场次，登场人物以及一个场景的粗略描述。文明戏的演员确认自己的出场后会即兴对白进行表演，我们在电影中也沿用了这种做法。但这样拍不出高质量的电影，必须要像欧美一样认真制作好剧本，所以也希望您教我们怎么做。"

杜月笙看向你，说了什么。你微笑着点了点头。杜月笙又继续说下去，你大吃一惊。

你向我解释了你们的对话："他察觉到我会说华语，大概是因为他说话时，我没等小吴的翻译，表情就已做出了反应。"

"那你为什么这么惊讶？"

你犹豫了一下然后说道："他说我是华裔混血。"

现在轮到我吃惊了："是真的吗？"

停了一会儿，你承认了。

"我并没有刻意保密，不过既然没人问，我也没有主动说。"

你有拉丁人似的黑头发和黑眼睛，但细嫩的皮肤和柔和的五官都与拉丁人不同，难道是混了东方血统造成的吗？我懂了。当你说自己是私生子的时候，我就该明白你是混血儿，是我太迟钝。之后你给我看了一双小布鞋，是缠足女人穿的鞋。"据说是生我的女人将它和我一起交给神父的。"

第二天，我们一起去了位于虹口黄浦路上的美国领事馆。本次事务的接待人员是一位名叫唐纳德·麦克休的秘书，没等多久我就被带进了一个房间。房间后壁上设有壁炉，办公桌后面的墙上骄傲地挂着星条旗。

他让我想起梅贝尔·萝养的哈巴狗。要是那只塌鼻狗打起喷嚏，那表情跟麦克休秘书的笑容一模一样。

"没想到会有您这等名人过来。"

麦克休诌媚地说。

"因为被人晾在一边。"

"您被晾在一边？为什么？"

"工作室失火的事情没传到上海来吗？"

"太远啦。"

回答笨拙而生硬，我觉得麦克休很可能知情。而他假装不知道，大概是为了照顾我的情绪吧。

麦克休对我说："您没遇到麻烦吧。"

"火灾吗？有点烧伤。"

"不，我是说您和杜月笙见面的时候。"

"这有什么麻烦？"

"什么麻烦……毕竟那个人……"他开口道，"萝小姐没告诉您什么吗？"麦克休显得很困惑。

"告诉我什么？"

"杜月笙的来历。"

说着，麦克休打开桌上的烟盒，递给我一支烟卷，自己也拿了一支。他好像是左撇子。

"萝小姐没跟我说啊。听杜月笙说他是运输安全公司的经理，好像叫三鑫公司吧，此外还是陆海空军少将。这国家真是奇怪，平民可以一跃成为三军少将，还有那个蒋阁下是谁？"

麦克休耸耸肩。"您真的什么都不知道吗？杜月笙啊，青帮三巨头啊。不，是二号人物，实力可算第一。"

当时，我第一次听说"青帮"这个巨大的黑帮组织的名字。

"因为杜月笙托我写信给行星影业牵线。当时我不能不管，所以在信中毫不隐瞒地说明了杜月笙是什么人，青帮又是怎样的组织。"

梅贝尔·萝似乎有意省略了可能会让我退缩的部分。但是听到黑社会组织，也没有让我感到特别畏惧，反而倍感兴趣。

"如果说三鑫公司能保障什么货物的运输安全，那就是鸦片。青帮的大老板叫黄金荣，他是三鑫的总裁，负责走私鸦片。租界当局对鸦片禁令毫不理会。青帮的资金源自鸦片和赌博，还有卖淫组织。他们赚取的巨额资金中，有一部分献给了租界和军阀，有钱大家赚嘛。"

"领事馆也和青帮联手了？"

面对我的提问，麦克休仍重复着同样的话——有钱大家赚。

"您能来，我的处境就好多了。谢谢您。"

"处境？对青帮的立场？"

麦克休点点头。"如果没人来，会伤到杜月笙的面子。"

"Mentz？"这个词很陌生，听起来像是华语。

"你可以理解为自尊或是体面。小心点，华人真的很重视面子。如果面子受到伤害，是不会原谅对方的。尤其青帮更是残酷无情，他们的私刑是我们无法想象的。"

麦克休又告诉了我关于青帮头目黄金荣和二老板杜月笙的事。

黄金荣本是个流氓，一八九二年——我出生那年——法租界公董局[1]招募华人警官时他就应聘上了。与黑道勾结的黄金荣巧妙地取得了白道身份。当法国领事馆秘书官夫人被绑架时，黄金荣与幕后黑手的流氓头目达成交易，找回了夫人，声誉大涨。

他的右臂杜月笙，是一个浦东出生的穷小子，幼年失去双亲，十三岁流落到上海南市的十六铺加入了流氓行列。他在掌控法租界的黄金荣手下做事，很快就崭露了头角。

一九一八年，黄金荣成立了三鑫公司以保鸦片运输安全。正如先前杜月笙自己说的，他被提拔为经理。当然这不是一家普通公司，只是在暴力组织外面套上了一层壳而已。

公司成立之时，大烟业还有其他同行。而杜月笙率领一批精锐袭击了当时的烟业老大——大八股党的鸦片运输队，夺了他们的鸦片，毁了敌人的面子，在黑道上声名鹊起。杜月笙等人甚至与强大的军阀勾结，彻底击溃了对抗势力，垄断了鸦片运输业。

一九二三年——即数年前，山东省发生了一起强盗团体劫持火车

1　公董局相当于公共租界的工部局，是旧上海法租界最高的市政组织和领导机构。

的重大恶性事件，事件中一名白人乘客被杀，十六名人质被绑架[1]。此时黄金荣暗地与匪徒谈判，从车中救出法国神父，受法国大臣的表彰，并被提拔为唯一的华人督察长。

"土匪太可怕了。"麦克休压低声音说，"如果他们发现被绑人质没有钱，就会砍头剖腹杀死他们。有传言说他们有时会开膛挖心烤着吃。虽然我合众国内也有残暴横行如黑手党者，但也做不到吃人的份。"

麦克休继续解释说，现在黄金荣是青帮的大当家，而他的右臂——杜月笙的实力正在超越自己。

"由于革命浪潮兴起，上海也处于极危险的境地。学生和工人倾向革命。革命派领导人向工厂劳工分发了几千支步枪，号召他们反对帝国主义，反对资本家。就在几个月前，革命派组织工人进行总罢工。经过激烈巷战之后，成立了上海临时特别市政府。"

对于商界来说，目前处境万分危难。

浙江财阀代表——宋氏家族的长女宋霭龄愿意提供一笔莫大的财政援助，请求蒋介石出手镇压工人运动。

"蒋介石是一位军事专家，曾在日本学过军事知识。辛亥革命爆发后回国活跃于孙文手下。孙文前年去世以后，蒋介石便与青帮越走

1　指1923年5月5日发生在山东临城的火车大劫案。由土匪孙美瑶率领的"山东建国自治军"劫持了当时从南京浦口开往天津的第二次特别快车。劫走外国旅客39人，中国旅客71人。除英人纳恩满当场被打死外，其余全部被押往峰县的抱犊崮山麓巢云观圈禁起来。

越近，有传言怀疑他会不会也是青帮里的一员。"

蒋介石得到消息，听说革命派组织的上海总工会正在策划更大规模的工人运动，于是他就请求杜月笙先下手为强。

法国领事也拜托青帮协助警备工作。杜月笙以维持法租界治安和警备为名，要求领事提供大量武器。不仅如此，他还借机勒索，拿到了鸦片贩售和经营大型赌场的许可证。

与之相对，工人代表和先进学生则遵守莫斯科的指令，从第三国际那里学习革命理论，接受战术训练，并获得了支持。

四月十二日，杜月笙邀请上海总工会主席到自家住所。一进大门，杜月笙的手下便袭击主席，将他装进袋子押进车里，活埋在枫林桥的荒野。接着杜月笙的一万五千名弟兄袭击了群龙无首的总工会下各据点。

枪战持续数日。

"华人区里到处都是尸体。"

革命派临时政府虽然惨遭镇压，但恢复原有秩序还需要几周。当蒋介石率领国民军抵达上海时，整个城市已经被杜月笙控制住了。

蒋介石的势力扩张到上海之后，便任命杜月笙为南京政府陆海空军少将参议。

"黄金荣就是个老混混，但杜月笙是个聪明人。搞垮总工会后，工会组织由他掌控。他一边当着地下组织的头领，一边在地上活动，蚕食政商两界。他把在台面下赚到的钱投到台面上来，不断巩固发展自己的人脉。"

我想起了杜月笙那双锐利的眼睛。

使他眼神顿时柔和的是几张照片。昨日饭局上杜月笙把他油乎乎的指尖在衣摆上擦干净后，拿出几张相片给我看。

那是一名华人女子，做出肉感的姿态。

这是文明戏的女演员姚玉兰。她将主演您的电影，望您成人之美——根据小吴的翻译，杜月笙是这样说的。罢了，他还用坚定的语气补了一句："必须切记。"小吴直译出了杜月笙的语气。

"杜月笙涉足不怎么赚钱的电影业，原来是想把自己中意的女演员捧红为电影明星啊。"

"姚玉兰？"麦克休意味深长地笑了笑，"杜月笙已经有三房太太了，但他还想让姚成为第四个。在这个国家，无论有多少妻子都不会受到惩罚……不，我不嫉妒，我一个老婆都操持不过来了。"

看来麦克休曾经反复说过不少次这个多妻制的笑话，他停了小一会儿等我发笑。麦克休的手指上箍着一枚镶有碎钻的翡翠戒指，那下面还藏着一枚金色的婚戒。

"为讨姚玉兰的欢心，让她当主角？"

"他不需要讨她欢心。姚小姐早被有钱又有权的杜月笙征服了。把姚小姐塑造成女主角是出自杜月笙的虚荣。就演员而论姚小姐目前籍籍无名，娶这样的女子不能提升杜月笙的名誉。但若能将人人憧憬的著名女星娶进门，那可是一笔脸上贴金的好买卖啊。"

麦克休接着说："杜月笙原先是遛大街的孤儿，书没读过一天，大字不识一个，因此他似乎非常憧憬有文化的事物，这也是他成立电影公司的一个原因吧。但是您要小心，可不能轻信他。现在这个国家利字当头，为了钱，他们会毫不在乎地背叛你，而不会受到一点良心上的谴责。在他们的世界骗人的叫聪明，被骗的叫愚蠢。杜月笙当然也是这样，他都能把敌人骗得团团转，没人比他更可怕的了。希望您和杜月笙能相处愉快。为了美国，必须让他和我们站在一起。在这片混乱的大陆上，你能得到取之不尽的油水。美国在上海的经营落后于英法，此外黄种的日本人也蔓延到了我们的租界。至少得把他们彻底赶走。日本与英格兰结盟，应该切断英国和日本之间的联系。我们在幕后支持蒋介石，鼓励他进行排日反日的运动。杜月笙能派上大用场。"

不幸的是，我不想为美国工作。"你宣誓效忠合众国吗？——是的。"只是嘴上说说。如果是为了已故的前皇帝陛下，或为了覆灭的奥地利帝国，我应该会奋起反抗吧。

接下来的几天，我们在小吴的陪同下，游览了上海市区。在毫不逊色于纽约高级电影院的大剧院里，正在热映着塞西尔·B.戴米尔的《十诫》。听说是之前好评如潮才又重映的。

"观众都是白人。我们华人对基督教不感兴趣，再者字幕又是英文也看不懂。但是杜月笙阁下看过了，当他看到大海被劈成两半时，甚是佩服。"

戴米尔在派拉蒙拍摄《十诫》的那一年——一九二三年，我当时在拍摄《巴黎圣母院》。

　　《十诫》是一部比肩《巴黎圣母院》的大作。我也坦诚地赞赏他们在特效呈现方面做到了好莱坞前所未有的高度。

　　戴米尔将一种"扩音器与麦克风直连"的新技术引入摄影所，这样他可以直接指挥远在两英里之外的战斗场面。

　　高潮场景是用凝胶做墙，达到劈开红海的效果。骑兵大军在两堵胶墙中前进。突然，倾泻而下的水冲破凝胶墙，吞噬了埃及国王和他的手下。这显然是一次危险的拍摄。

　　"要看吗？"

　　我谢绝了，不用再看一遍。

　　我们钻进一家面向华人的小影院。

　　银幕上的华人电影是幼稚的。一个舞台式的布景，背景中的蓝天和山峰很明显是画在布上的。

　　故事的内容也一样。主角一家被人灭门。主角在深山老仙的指导下修行武术，然后在六个同伴的帮助下与宿敌盗贼团伙作战，最后杀死敌人报仇雪恨。虽说是个荒诞无稽的故事，但参与武打戏的演员们个个闪转腾挪，俨然是熟练的杂技演员，令我刮目相看。

　　一部三十多分钟的短片，虽看不懂字幕，但因为情节简单，倒也容易理解。

　　放映过程中，华人观众依旧喧闹地说话，嘴里塞满食物，还把渣滓和痰液吐到地上。

　　影息灯亮，我感慨着演员令我惊讶的身手。小吴立刻说那些是受过京剧训练的演员。京剧，即官话歌剧。

"这些演员从小就要练功。"

"可以去看看京剧吗？"

"如果您有兴趣，我带您去。"

"南市区的十六铺也有戏台。"你难得地插嘴说道。

"虽然是有……"

"带我去那里吧。"

小吴皱起了眉头，说十六铺不是好去处。就算留香园也算不上幽雅，更别提十六铺了。

"还有更好的剧院，十六铺又脏又破的。"

但你坚持要去。

你很少在未经得我允许之下说出自己的愿望。你总是很谦虚，也很顺应我的心愿。

"那地方和你的身世有什么关系吗？"我用德语问道。

"我的养父在十六铺里看过官话歌剧。当晚，生我的女人把我托付给了他。"

"你母亲和剧院有关系吗？"

"不，神父没这么说过。"

我用英语命令小吴带我们去十六铺。由于直接开车过去停在戏园门口，不一会儿车子就会被划伤，或者轮胎被人卸掉，所以我们雇了三架黄包车。

何止是"不雅"，这个与白人居住区绝缘的地带，是一块猥琐至极的风化区。

大道两旁的店铺一个个都在突显自己的存在，从三楼的栏杆上伸出一面长十六英尺、宽六英尺的布旗，或者挂一块从屋顶垂到地面的布招牌，这些装饰随风飘扬，给人整条街都在狂舞的印象。

不仅仅是那些有店面的商人，还有摊开脏布铺地的摊贩在路边排成一排。

这些摊贩卖的东西看起来就像是从垃圾堆里淘出来的另一堆垃圾一样。断了丝的灯泡、用过的旧牙刷、锈迹斑斑的一截电线、几个弯曲的钉子、不成双的旧鞋、软木塞、只有封皮的书、空罐子……刚从衣服上剪下的绣花碎片在这堆乱七八糟的东西里就像女王华服般闪闪发光。他们甚至卖死老鼠。听小吴说如果将鼠皮剥下鞣制，再拼接染色，可以做成漂亮的手套或帽子。

在纷攘的人群中，最嘈杂处是一个身挂四五块铁板，走路叮当作响的男人。他肩扛一根扁担，担子上挂着磨石、空水罐和刷子。吆喝声听起来像是"Sheilder, Moogend[1]"。

"磨刀的。"小吴说，"只要是刀，什么都磨。"

在小巷的拐角处，几个衣衫褴褛的女人坐在小凳上，双脚叉开，修补衣物。几个男人赤身裸体地站在她们前面。

"也用不着在路边补衣服吧。"我正说着，小吴急忙对我解释："那也是收费的。因为又快又便宜，所以对于没衣服换的苦力来说算帮上大忙了。"

路边摊上出售着各种各样看不出原料的食物，路人一边随地吐痰

1　"修刀，磨剪刀"的音译。

一边站着充饥。

"Youza Gui。"小吴指着大锅里正在油炸的物事说道，"人死成鬼。而将鬼油炸就叫油炸鬼（桧）。以前忠臣岳飞被奸臣秦桧所害。人们痛恨秦桧，人们在他死后将其碎尸万段油炸后食用，便是油炸鬼（桧）的由来。"

小吴不经意的言语让我想起麦克休曾说过的土匪。吃人肉自古有之？

黄包车停下后，小吴给了车夫一点零钱，让他买来油炸鬼，然后递给了我们。这不是肉做的，而是面粉。好像是用变质的老油炸成的，我只吃了一口就败了胃口，把剩下的给了车夫，油腥味沾了一手。

一个眼神锐利的少年敏捷地从人群中跑了出来，浑身只穿了一件破衣服。

"那是扒手。"吴低声说。

我想起了麦克休的话。他说杜月笙十三岁的时候流落到上海南市的十六铺，加入了流氓行列。那情形大概就是眼前这样吧。

"您留神，这附近扒手很多。现在是我跟着你们，所以他们不敢对您怎样。在这之后，如果有人让您不痛快，请报上我的名号。大部分成员我都打过招呼，知道您是杜月笙阁下请来的贵客。但难保最底下没通知得那么细。"

我想起自己初登新大陆就被小偷消遣的往事。那个年轻人……酒保的笑……"被恩里科摆了一道"。那条有点跛的腿……我还怀疑过那只脚能不能胜任小偷职业。

我们在画龙双开门的小屋前下车。

这里比好莱坞最次的影院要大一些。所有的客人都在吃喝，大声说话。杂乱无章的喧嚣远超五分钱戏院。

吴没有付入场费，只在门口说了几句话，对方便毕恭毕敬地招呼我们进门。

"青帮似乎也掌管着戏剧界。"你低声加以补充。

当看到暴露在观众席前的四方形舞台时，恶寒窜上了我的脊梁。布鲁诺触摸疤痕的感觉又回来了。

在我感到恶心之前，你的过激反应让我冷静下来。只见你双手撑在桌子上，身体向前冲，看起来随时都会崩溃。

在我想询问你的身体状态的时候，你已经重新直起身子。

吴抓住从走廊路过的服务员，跟他说着什么，似乎丝毫没有注意到这边。

"癫痫发作了？"

"不是。我感到一种强烈的熟悉感……"坐下后你这么说，呼吸带着点急促，"与养父所说的情景十分吻合。神父进入这里是在清朝覆灭前三十多年的事了，似乎一切都没改变。我觉得自己跌入旧梦中……"

侍者端来茶点，小吴劝我们垫垫肚子。

看来鲜有白人光顾于此，华人们肆无忌惮地对你我投来目光。

戏院里的男人举着一块写有文字的板，在客人中穿梭。你交给小吴一些零钱，又和他说了什么，过后高举右手，大声招呼那男人。

小吴从连忙走近卑躬屈膝的男人手中接过册子翻开，指着其中一处，赏给男人一点小钱。

那男人深深地低下头表示明白，嘴上连声道谢。

你向我解释说，这本小册子上有大约三百出戏，观众想听什么都可以花钱点来听。

"戏子们把三百多出戏都要背熟。无论点哪一段都可以当场表演。不需要题词板，不需要导演，不需要舞台指导。"你接着又说，"我点了《木兰从军》。"

虽然有的演员穿着华丽的戏服，但还有一些演员站在舞台一角，他们身着破烂的日常衣衫，甚至半裸着身子。小屋里很闷热，半裸男人们用扇子给汗流浃背的演员送风，在念长戏词的过程中，还要给对方递饮料。演员会停下表演，撩起假长须润润喉咙，再继续念词。客人们吵吵闹闹地闲聊，有些人不管剧情如何都在哄笑。甚至伴奏打锣的都在和演员吵架。我原以为这也是戏曲的一部分，没想到后来真动起手来了。你从周围顾客那里探得消息，说是因为演员没分给敲锣的足量的小费，所以他们故意加快节奏，让演员唱不下去，好像这种情况还不少见。眼看台上演员打成一团，台下观众集体起哄，这时小吴向舞台撒去一把铜钱，又下了什么命令，表演才重新开始。

"把《木兰从军》改编成歌剧风怎么样？"

我以前写剧本时从未征求过别人的意见，这是我第一次找你商量。

那是在明星影片公司的露天摄影棚里，参观摄影风景的时候。我需要知道该国摄影的技术水平。

据小吴所言，明星影片公司与大中华百合、天一并列三大电影公司之列，但就像好莱坞初创时期一样，它属于市场运作的企业。小吴上次带我们去看的第一部华人电影就是由明星公司制作的。

这就像是开放式摄影棚和室内摄影棚的结合体，有顶有栋就是没有墙壁。整个影棚暴露在户外，可能是为了根据需要而采集自然光吧。

现在看起来是在排室内场景，影棚三面都围着布墙。正面背景的布墙上剖开一个窗户，窗户上挂着窗帘。

摆在眼前的三脚架装置着摄影机，导演正站在摄影师旁指导演员们的演技。

因为是杜月笙介绍而来，所以他们非常客气地接待了我们。

汪启明导演停下拍摄，过来向我们问好。

他英语说得很好，六年前曾去美国留学，在威斯康星大学读过两年的文学和戏剧，是这个国家珍贵且为数不多的知识阶层。

"留学期间，我看过您的《巴黎圣母院》和《金币》。"汪启明双手握紧我的手。

我感受到了意想不到的快乐。

"两部作品都是兼顾娱乐，针砭时弊的大作。每一部我都印象深刻。于是我专门找到一家放映老电影的剧院，重温了一遍《伊莱卡》，当即感到自己的灵魂又受到了冲击。"

他的表情真挚，完全不像是恭维。

"我此前听说杜月笙阁下要涉足电影业，但今天才知道，他请来的人是您。我非常，非常感谢您能来。"

我把你介绍给他，"这位是艾根·利文导演，我的助理。"

"很高兴见到你。"汪启明也和你握了手。

"我国的电影在好莱坞的眼中，可以说落后得不像样。更令人遗憾的是自打去年明星制作的武侠片大获成功，公司让我也独钻此道。拍出的那些劣作若被您看过，我可真是羞愧难当。"

"我看过一部这里的武侠片。"我直言不讳地说道，"的确没什么条理，布景也不怎么样，但是演员们的体能非常出色。"

"京剧演员从小就要练童子功。"汪导演和小吴说了同样的话，"我也想跟好莱坞一样，精心剪辑，使用蒙太奇手法，运用电影特有的表达方式。我有能力，但是做精品既花钱又耗时，公司上头是不会同意的。就内容而言，目前还不允许我偏离武侠作品，观众也确实买武侠片的账。"

"赚钱第一，在好莱坞也是一样的。"

摄影机虽不是全手工制动，但也很老旧了。

"器材和胶卷国内做不出来，全都靠进口，价格非常贵。我们不能浪费大量胶片从中剪辑出最好的部分，而是尽量节省胶片，用尽量短的天数把影片攒出来，快打快消才能吸引更多的观众。这就是我现在的工作。"

你愿意在我手下工作吗？话到嘴边，我改变了说法。

"你愿意与我合作吗？"

我想起了麦克休说过的话——"华人重视面子，如果损了面子，便饶不了对方。"

必须注意说话的方式方法。

汪启明突然露出精明的表情："什么条件？"

"不，还没到那个份上。"那时我当场脱口而出，并没有想那么深。

汪导演开始拍摄了。

这时，我低声对你说："把《木兰从军》改编成歌剧风怎么样？"

不能反过来利用这些拙劣的装置吗？

难道不能做出前所未有的，让好莱坞电影人惊叹不已的影像吗？

开场画面是大草原上的战斗。

攻入大唐帝国的剽悍无比的游牧民族匈奴。[1]

对手是皇帝的军队。

在大草原上进行大规模外景实拍。

让观众仿佛置身战场中央而亢奋起来吧。

在这片土地上，很容易招到大量的临时演员。人头费很低，也完全不需要演技。魄力十足的战斗场面要让塞西尔·B.戴米尔的《十诫》在其面前也要露怯。

用俯拍……

1　实际上，木兰从军的年代背景是南北朝时期，描写的是北魏和游牧民族柔然的战斗。

这里能买到移动式组合高台吗？算了，让他们自己制造吧。沃伦·安德鲁斯在《命运之门》里用过的东西。

翻动的战旗。

双方的骑兵激烈冲撞。

敌不过匈奴在马背上的一击，皇帝军队的将校落马，缰绳缠住了他，在地面上拖行。这时给特写，以镜头快要摩擦到地面的角度。

俯瞰和特写交叉剪辑，增强紧迫感。

皇帝军队败色愈浓。

大本营，年轻的武将向司令官进言。

切入字幕，"请增加兵力。我们必须从村村户户拉壮丁。"

再切回大本营。

这里圈出[1]，越收越小的光圈中央是一张精悍的脸，年轻的武将正在向司令官热切献言。

黑屏。

圈入。在不断扩大的光圈的正中央是一位年轻的姑娘。

花木兰。

她在唱歌，一支可爱的民歌就很好。木兰的家，这里的布景全用背景板都没关系，但是要用有格调雅趣的。不只为了便宜，而是用简朴的布景做前卫的表现。

姑娘们聚在一起。一边纺线，一边织布，一边合唱。

虽是无声电影，但或许可以在胶片旁添一张唱片？

1　电影术语，影像或镜头借缩小的圆圈逐渐消失。

放映时一定要播放这张唱片。

不行吗……

我知道他们正在好莱坞开发有声片，但此时此刻《爵士之王》[1]尚未完成。而且我当时还不知道鸦片窟"大观里"的存在。

回到酒店房间后，把花木兰拍成电影的想法仍然萦绕在我心头。

我摘下领带，解开衬衫，仰面躺在床上。

十六铺的《木兰从军》遵循了这个国家的戏剧传统，由男演员扮演花木兰。即使是浓妆艳抹的舞台装饰和华丽服饰也不能掩饰他是个粗鲁男人的事实。

这是我第一次看官话歌剧，很奇怪的发声和表演，我一点也不觉得有魅力……

但是那个装扮和舞台妆，同我的画很吻合。脸涂得像面具一样白，眼睑和脸颊是艳丽的红色，眼周一圈墨线交汇于外眼角，流向太阳穴的方向。为什么在我对官话歌剧一无所知的时候，就出现如此情景呢？虽然是奇怪的现象，但大多数创作的想法和形象都会突然浮现出来，毫无脉络。援引弗洛伊德的观点，这会不会是积聚在潜意识里的东西，从意识盖子的缝隙中溜出来了呢？

但是这并不单纯是记忆的再度重现，而是经过了加工和升华。因此有时才会突然浮现出这些荒唐的乐句或图像。

当我出发前往此地之前，我整理过自己的东西。我把那幅画从画框里取下来，连同书本一起放进行李箱。

---

1 1927年华纳兄弟公司发行的世界首部有声故事片。

我直起身，从床底拖出箱子，打开盖首先见到的是一沓剧本用纸。那个时候，我似乎已经进入异样的恍惚状态。我把纸放在桌上，铅笔还没拿稳，手就迫不及待地开始书写。

第3场　战场　穿梭在墓碑间奔跑嬉耍的两个小孩。

漏斗状的女袖，点缀着复杂的刺绣、系着丝带的宽松裤角、孔雀羽毛似的金绿外衣、发上的华冠以及背后翻腾着的几面旗帜。

来吧，上战场吧！

这不是女孩。为什么我会知道？这是个女装的男孩子，是茨温格尔。为什么我会知道他的名字？

前进，前进，打败他们。

那个叫嚷着突刺、杀敌的孩子……

是我。不对，那是尤利安。

这一场景，曾经浮现在我的脑海。

那时我正在撰写《双城记》的剧本原稿。

当时我在想着那场手术以后，尤利安的肉身不是死了吗？所以他的意识失去了容器，在我体内延续下来？

是尤利安在操纵我，写他想写的东西……

尤利安，你又回来了吗？回到我身体里。

那时我还不知道木兰的意义。

如今我懂了。是花木兰。是尤利安的记忆。

同时新的念头闪现，我的手停下了。

女性无法胜任这个角色。

我在维也纳剧场观看莎士比亚的《第十二夜》时，感觉索然无味。与莎士比亚生活过的那个少年扮演女孩的时代不同，现在剧中的女主角薇奥拉理所当然地由女演员扮演。女扮男装的薇奥拉再怎么放宽要求，都只是穿男装的女孩罢了。不管怎么掩饰，女人就是女人，无论在舞台上怎么浓妆艳抹都没有那个英气。更不用说在电影里，一定瞒不过观众的法眼。

但少年穿女装并不会不自然，反而给周遭带来乱花迷眼的效果。

如果让少年演员扮演花木兰，女扮男装只会变回原来的性别，没有任何不自然之处。

参观了明星影片公司的露天工作室几天后，小吴带你我去了市区的剧院，观看姚玉兰出演的文明戏，一部以现实主义手法表现三角关系的现代剧，大致上是妻子的前任情人忽然出现在关系冷淡的夫妻之间的剧情，由于完全听不懂对白，所以倍感无聊。姚玉兰以妻子之友的身份担任闲角。为了抢过女主角的风头，她演得很夸张。

"她那样演不来花木兰的。"

如果要演花木兰，姚小姐丰满的肉体太女性化了。妓女的角色似乎很适合她，但花木兰是一个清纯少女。扮男装时，看上去还得像个年轻英俊的武士。

听到我的话，你也点头称是。你虽没有流露多少感情，但看起来确实有点沮丧。

晚上，我在四马路一家美国俱乐部里吃饭时遇到了麦克休。当时他手正抚在一位华人女子的屁股上，发现我们后便走了过来。

"工作进展得还顺利吗？"

我们的谈话被打断了。

"作品还没定，不过我是想拍《木兰从军》。"

"啊，等一下。"麦克休打断了我的话，一抬下巴示意他的女伴离开座位。

"那女人是？"我看着那个走到远处吧台，托着下巴的女人的背影问他。

"花钱买来的姑娘，"麦克休说，"她们只伺候有钱的白人。"

"懂英语吗？"

"懂，所以我才让她离我们远点。"

麦克休坐在椅子上，凑过脸来。

"《木兰从军》吗？没准是个有趣的题材，这么快就定了？"

"没定，但要让姚小姐当主角的话……那就不合适了。首先要考虑姚小姐能够胜任的题材。"

"那太好了，我刚才还想让您放弃《木兰从军》呢。"

"为什么？"

这不是领事馆该管的事。

"因为可能会被当作他们排斥西方人所做的宣传。这片土地虽然现在正遭受着列强蹂躏，但在七世纪曾建立过一个长达三百年的强盛帝国'大唐'。《木兰从军》说的就是大唐帝国遭受匈奴侵略时的故事。花木兰驱逐匈奴就是在暗喻华人要驱逐我们西方人。当然，我不是要禁止您拍这部戏，而是希望您能拖一点时间。"

"拖时间？拖多久？"

"我们美国正计划将'华人排外灭洋'的矛头指向日本，将华人的憎恶情绪引到日本人身上。蒋介石的南京国民政府尚未掌握清朝全部的领土，他们还在剿灭军阀、土匪，以及镇压共产党的革命。共产党有苏共的支持，我们要让蒋介石明白，美利坚才是他可靠而强大的盟友。如果成功，反美运动将得到遏制，同时蒋介石统治的中华民国也会成为依赖美方的亲美国家。"

麦克休继续说下去，语气带着一点压迫。

"本打算以后介绍给您认识的，上海最有名的宋氏家族——就是二女儿成了孙文妻子的那一家——他们家的小女儿宋美龄。宋家主人是知识分子，曾在美国生活过一段时间，他的三个女儿也赴美留学接受过高等教育，其中小女儿美龄即将与蒋介石成婚。蒋介石年轻时在日本军官学校留过学，也曾在日本陆军工作。如果他亲日的话，那么欧美势力在中国就站不稳了，我们必须阻止这种情况发生。这段姻缘要是顺利的话，那么美利坚和这个国家的关系就稳了，排外的矛头也能对准日本。到时再拍《木兰从军》，还得大拍特拍，这样才符合我们的国策，对反日工作很有帮助，我们也会暗暗帮助你的。"

"我不想拍政治宣传片，我也不想在我的电影里混进去美利坚的国策。"

"真是意外啊，您不就是在爱国电影里出名的吗？"

我以前拍过爱国电影《你恨的人》。

"反正就算你不阻止我，《木兰从军》也没法立刻开机。"

杜月笙成立电影公司只是为了让姚玉兰成为女明星，总不能让别的女演员来出演公司第一部影片吧。

听我这么一说，麦克休松了一口气，用他那肥嘟嘟的手揩着额头。

"还有什么有趣的素材吗？"

听到我喃喃自语，麦克休举起手，招来了远处不时朝这边投来视线的交际花。

"她专门伺候白人，而且知识渊博。何不听听她的意见？"

为了商议工作，我们再次在留香园与杜月笙见面。也许是麦克休说了太多，这次我感觉到了他饿狼一般的杀气。

我提议翻拍《金瓶梅》。

女主人公潘金莲是个毒妇，为人妇的她想跃进富人家做阔太太，于是伙同姘头谋害了卖炊饼的丑陋丈夫。这个角色很适合姚小姐。

杜月笙一口回绝："怎能让她扮演这么坏的女人？"

他坚持不同意。

我试图说服他，说扮演恶女才能提高女演员的演技，但他没听进去。

于是我又说出了交际花告诉我的另一个题材。

"香妃怎么样？"

这次倒颇合杜月笙的心意。

就连不学无术的杜月笙都很熟悉，看来交际花所言不假。这是一段有名的故事。

剧情讲的是西域番邦有位美丽的妃子，她的皮肤能散发异香，故被称为香妃。当清国皇帝派兵镇压不服皇权管辖的西域之后，这个西方小国很快落败，国王身死。当皇帝想把香妃作为战利品纳入后宫时，深爱已故国君的香妃却拒绝了皇帝，以死明志。

没想到冷酷无情如杜月笙也会喜欢爱情悲剧，简直是太可笑了。

这是在欧洲中世纪都有可能出现的浪漫悲剧套路，情节也很常见，欧美人也容易理解，我就赌一把影片呈现吧。融入该国的古老风俗，散发出异国情调。我想拍一部放在欧美都能进大剧场上映的作品。

"有关制作费用预算……"对于我的提问，杜月笙虽然明确表示"随便花"，但还是以饿狼的眼光盯着我说："一定要成功。"

"如果不成功，他们会杀了您。"麦克休干脆地说，"这不是开玩笑。杀人很简单。当然他们的手段不会牵扯到杜月笙，因为警察也是杜月笙的手下。祝您成功。"

既然经费随意，那么就把原本打算用在《木兰从军》开头的大战场面放在《香妃》上吧。

为了区别《花木兰》和《香妃》，我还得考虑其他表现方法。

对于第一部作品，我倾注了所有的力量。如果成功，下一个项目就好做了。

我们租了一间装备齐全、面积宽敞的西式公寓，聘请了厨师和保姆。虽说他俩的工钱都走艺华的账，但大半工钱好像都流进了横插一脚的小吴的口袋。

公寓里的房间足够多，所以我们将其中一间改装成了编辑室。只要在地板上铺上亚麻油毡，再配备胶片浏览器、接片机、复卷机就够用了。这些器材每一样都是进口货，长期租赁很贵。管他呢，反正花的是杜月笙的钱。

起居室也足够大，可以用作试映室。

华人的电影公司，编辑室里乱得像鸡窝，根本没法用。地上到处是烟头和花生壳，接片机用过也没人清理，脏兮兮的。如果天气闷热，他们还会开窗。至于灰尘吹进来，或者阳光直射在胶卷上，他们压根不会去管。

这次没有村田帮忙，所以我决定把黏合的工作留给你。因为没有村田做的纸捻子，我只好用箭头书签代替——除了重用村田的我，其他人都是这样标记的。

筹备期间我又逛了几个小剧场。

我看了所谓的皮影戏，在一个白人不会去的肮脏小屋。

皮偶的影子映在舞台薄薄的帷幕上，做着简单而朴素的动作。演出结束后，我们绕到幕后。在满是尘埃和蒜臭的后台，地板上鼻涕污渍像蛞蝓爬过的痕迹。

他们将驴皮或牛皮鞣制到薄如透明，然后剪出不同部位，再拼接成平面的皮偶。演员站在幕后，用大约三根棍子操纵皮偶活动。

香妃的故事似乎在中国人尽皆知，但对于欧美人来说，无论是时代背景还是其他都是未知的。

首先我用皮影戏引入背景介绍，这大概会给欧美人带来不一样的异域体验吧。因为提及传统艺术，不知道华人是否会产生好感？嗯，应该会满足他们的面子吧。

片名出来以后，突然转入大战场面。一群游牧民族迎面扑向观众，阵仗能让他们吓一跳。

我在写剧本的时候，艾根，你忙着指导小吴、建立影棚、安排器材、召集员工……

当时小吴担任会计，他却一心致力于中饱私囊。你仔细查看账簿，还扬言要将他的不正当行为报告给杜月笙，多少让他收敛一点。小吴面对着懂华语的你很是郁闷啊。

是你把手写的剧本用打字机重新整理出来，这样就更容易读懂了。

背景板的想法被毙了。因为制作费用非常丰厚，我们何不做一个豪华布景？

我翻开面向欧美人的、自带照片和插画的旅行指南，对万里长城产生了兴趣。就在那里拍摄会战的外景吧。

"荒唐！"小吴吓得浑身颤抖起来，"那里是马匪猖獗之地，外景队会被杀光的。"

我不得不作罢。在环形背景板上画一幅长城的精细图画吧。

设备短缺，人才不足。让华人按照我的意图去制作布景简直难比登天。

为了进行室内摄影，我们租用了明星公司的影棚。

令人意外的是，第一印象不被看好的姚玉兰竟然表现出色。我不得不手忙脚乱地告诉她舞台表演和电影表演不一样。但她的悟性很好，一下就明白了我的意图。

在传说之上，我将香妃与清朝皇帝的关系变得更加复杂。皇帝成了一位有魅力的人物，他由衷地爱着香妃，为了得到这份爱而辗转反侧。香妃的心也渐渐倾向皇帝，但她不能原谅这样的自己，最终还是拒绝了皇帝的求爱。同时加入了皇太后担心自己的儿子沉迷于西戎女色而忽视朝政，因此派出刺客暗杀香妃等戏份。

姚小姐毫不做作地表现出了王妃的威严和委身于杀死丈夫的敌国皇帝之下的悲哀，以及逐渐被敌人吸引的苦恼。

我让汪启明出演皇帝一角。汪有着与该角色相称的外貌，我觉得他能够胜任这一角色。

我以为他会很乐意得马上接受，但汪启明却摆谱了，与之前真诚说着"灵魂受到了冲击"的汪启明判若两人，他换上一副妄自尊大的嘴脸，目的是为了提高出场费。无论哪个华人都那么"不屈不挠"，我真不擅长这种谈判。作为中间人的小吴搬出杜月笙的名号把对方压了下去。好像因为这次砍价有功，他又捞到些好处。

影片从着手到完成，花了约莫一年多的时间。这里的设备和好莱坞不同，我们几乎从零开始做起，艾根，你干得也很漂亮。

不倒苦水了。正因为有困难，才有了克服困难后的喜悦。

在这一年多的时间里，蒋介石领导的南京政府在上海建立了特别市政府，一举扩大了自己的势力。而杜月笙也成了名副其实的上海领袖，地位稳固，一手遮天。

杜月笙毫不吝啬地拿自己在地下赚到的钱去扶植政商界的权威人士，包括向蒋介石在内的军方巨头们献金。他成为法租界公董局的首席华董，开设银行，担任行长，不仅坐上了金融界老大的位置，还收购了轮船商社等大型企业，就任制粉交易所等公司的董事长，摇身一变成了上海首屈一指的实业家。虽然谁都知道他统治着沪上的黑社会，但白道上没人多嘴，也不敢多嘴。

我制作了英、华两版字幕。英文版将在大剧院面向白人公开。

关于电影院的伴奏音乐，我决定让华人乐手演奏。这个国家的二胡很适合演奏这种哀伤的旋律。

我在上海的首部作品非常成功。

西方人的报纸不仅在电影评论栏，而且还在文化栏也大肆报道了这条新闻。影片在华人知识阶层中亦备受好评，票房也很亮眼。虽然如此，该片仅在上海、香港、天津等地的租界上映，观众人数还是有限的。我本想把这部作品出口到欧美，但我没有发行上海制片电影的渠道和经验，能否回本也不好说。

就算将试映胶卷寄给梅贝尔，照以往的经历来看，她也会置之不理吧。于是我把胶卷寄给乌发电影公司的著名制片人艾里奇·鲍默，并附上亲笔信和德文字幕。

艾里奇·鲍默凭借着商人的实务和审美，以及对新媒体的敏锐洞察力，主张将商业电影和艺术电影结合起来，为此他推出过诸多名作。为了出席他制作的《尼伯龙根之歌》的美国首映式，艾里奇·鲍默曾与导演弗里兹·朗[1]一起去往纽约，而后转战好莱坞的摄影棚参观交流。但当时我正在《金币》的外景地拍摄，错过了见面机会。不过他看过我的《伊莱卡》和《巴黎圣母院》，对我评价很高。在找我合作之前，你好像曾在乌发电影公司工作过，跟制作人和导演都熟悉，自然也认识鲍默，这一点你很可靠。

在上海举办的《香妃》庆功宴虽是艺华影戏公司主办，却得到了美国领事馆的鼎力相助。美国俱乐部提供了会场，客人也都以西方人为主。席间杜月笙护着姚玉兰，拉着翻译到处亲切问候。这次他没有往地板上吐痰，表现得有礼得体。我也接到了来宾祝贺，还被介绍给了蒋介石。

青帮名义上地位比杜月笙更高的大头目黄金荣和他的妻子桂生也应邀前来。黄金荣六十岁左右，比那个精明的杜月笙大了二十岁，一看就是个下流老头。他的手在女人屁股上摸来摸去。

用金银珠宝装饰的桂生五十过半，皮肤松弛得厉害，但她年轻时一定很漂亮吧。她身着一件镶着银边的黑缎衣裳，上缀牡丹孔雀等色彩艳丽之花纹，耳环、手镯和挂坠一应白金为底，上镶钻石翡翠，

1　弗里兹·朗（Friedrich Christian Anton Lang，简称Fritz Lang，1890—1976），出生于维也纳的德国人，知名编剧，导演。代表作《M》《大都会》等。

贵气逼人。作为一介女流，她凭借出色的手腕创立了包揽整个法租界粪车业务的"粪行"，从而攫取了巨大财富，江湖人称阿桂姐。农民买粪肥的钱转眼化作装点阿桂姐的金银珠宝。杜月笙涉足青帮，开始平步青云的第一脚就是博得了她的宠爱，虽然现在他们的关系断干净了。

艾根，你喜欢那个派对吗？我是受够了。每个人心里都藏着掖着，只有脸上挂着笑容，话里有话地相互试探，开个玩笑都有可能成为国际问题。

虽然到目前都是好事，但好运到此为止。

成为上海红星的姚玉兰又成了杜月笙的新妻。在杜月笙的住宅举办的婚宴非常豪华。身着华服的姚玉兰坐上轿子，在仪仗队和租界警察的护卫下，伴着军乐队的音乐在大马路上前进。

高耸着石墙的大宅正门由武装护卫把守。宽敞的大厅里配备了镇场子的来福枪和轻机枪。金红色的布料层层叠叠地垂下来，妆点墙壁。

大厅里聚集了包括白人华人在内的政、经、学三界名流和军方人士。就像帝王和王妃一样，杜月笙和姚玉兰出场了。杜月笙对一些人友好地伸出手，而对另一些人则表现出了傲慢。

我和杜月笙之间隔着好几层人墙，连上前打个招呼的机会都没有。

一个名叫约翰·B.鲍威尔的美国人走到我的面前，对我的电影赞不绝口。约翰·B.鲍威尔正在租界办英文报纸，他的报纸针对《香妃》刊登了一篇措辞友好的评论文章，所以我礼貌地搭理了对方。
一次约翰乘坐特快车去北京的时候正好遭遇匪袭，被绑架监禁，但经
过协商最终被释放。所以每次参加派对，他都要复述一遍同样的冒险
故事，并享受大家的赞誉。虽然大多数人都听腻了，不过我还是第一
次听。"当时大约有两百名乘客被劫为人质，匪徒有一千人。他们一
边开着来福枪，一边闯进头等车厢的包间。"你饶有兴趣地听他说下
去，"我们男人必须坚决保护那些受了惊的女士。那些家伙可是没事
就绑架小孩来逼取赎金的恶毒集团。"我突然想到，这事不是我第一
次听说，麦克休很久以前就告诉过我，黄金荣因救出了一位法国神父
而扬名立万。约翰找到了新听众，在最关键的剧情处反复了好几遍，
即使我打着哈欠，他也没有放过我们。

突然的喧闹音乐让约翰闭了嘴。站在高台上的杜月笙开始朗声歌
唱起来。"这是一出官话歌剧里的选段。"约翰接着告诉我，"杜月
笙很喜欢官话歌剧，有时还会亲自演唱。虽然只是个外行。"

"站立宫啊门，叫……[1]"杜月笙好似从肚子底部顶上来的歌声
立刻淹没在排山倒海的掌声和叫好声不断的满堂彩中。约翰小声地告
诉我："那里是演唱的难点，音调陡然拔高。杜月笙总是唱不好，于
是那帮知道内情的聪明手下就用喝彩把他的失误盖过去。"

就像大舞台上的歌剧歌手一样，杜月笙悠悠然地接受来自四方的
赞誉。

1　出自京剧《四郎探母》中的《坐宫》一折，唱词为一见公主盗令箭，不由
地本宫喜心间，站立宫门叫小番。如今作为相声中常见的高腔唱段广为人知。

　　"上海的剧场由黑道青帮掌管。"约翰低声说，"有一个忤逆了黑道的演员在试图进入后台时被击杀。虽然肯定是青帮手下干的，但侦察还是陷入迷宫。有些演员为了谋求安全，还向大头目黄金荣交上钱财，成为他的'门生'。"

　　"门生？那是什么？"

　　"就是名义上的干儿子。"

　　鲍威尔把自己知道的倾囊相授。

　　"不管怎么说官话歌剧的故乡都是大有来头的北京，那里的观众眼光也高。天津听众也不遑多让，如果演员表现不佳，他们就会发出嘘声，然后立刻起身走人。上海的历史很短，所以演员在北京学戏，去天津历练，来上海赚钱。"

　　宴会结束后，我和杜月笙的联系突然断了。小吴也不再露面，我派信使去找吴，也都没有回复。

　　我不得不去见麦克休，问他发生了什么。麦克休说要问一下。

　　几天后领事馆把我叫去。

　　"杜月笙他太忙了，很难见到。"麦克休搓着肉虫般的大拇指，"但是，听小吴说艺华影戏公司已经解散了。"

　　"开什么玩笑！你见过小吴了吗？"

　　"见过了啊。"

　　"但我找了他那么多次都联系不上，看来我得亲自去小吴家看看。"

　　"最好不要，小吴那里到处都是粗暴的部下。"

"可你不是见到他了吗？怎么见到的？哪里见到的？"

"我叫他来这里的。"

我把目光投向墙上的星条旗。"如果以合众国领事的名义找他，小吴就不能不理啊。那现在就让他来这里吧。"

麦克休耸耸肩："我去叫他，你在这里等一下。"他丢下一句话就走了。

等了好几个小时，当我快要不耐烦时小吴才来。

"我早就告诉过您。"他冷冷地说。

"你告诉过我什么了？"我没好气地问道。但小吴一副事不关己的样子继续说道："我跟利文先生说过了。"

他当着你的面对我这么说，你摇摇头说不知情。

"您是不是忘了啊？"

"我一个字都没听说过。"你厉声说。

光天化日扯谎是小吴的秉性。不仅仅是小吴，我们的厨师和保姆也会随时撒谎，然后很快露馅。他们似乎并不认为说谎是一种罪恶，接连找借口的能力远超他们的工作能力。我不得不在短时间内换了三次厨师。这些人即使偷食物被逮个现行，也会辩解说是正要把买来的东西收好。当我拿出证据要开除她时，她还会哭天抢地说乡下母亲病重，想给她寄点吃的。不过就算换人，新来的还是会做同样的事。

"我本来打算明天再告诉您的。"吴掩饰道。

"这太荒唐了。竟然一声不吭就解散了。"

"您对公司经营没有任何权限，决定权在总经理兼所有人杜月笙阁下手上。"

"艺华影戏公司不是说自己不是'一片公司',而是要成为比肩大厂的大公司吗?"

"计划赶不上变化嘛。杜月笙阁下现在有多忙您知道吗?根本没有闲工夫放在自娱自乐的电影上。"

"既然如此,把社长位置交出去不就行了?也用不着解散啊。"

"因为阁下说要解散。"

"那也应该跟我谈。"

"合同上不是写了吗?没有哪一条说公司解散先得找您商量的。"他要着油腔滑调。

"我要直接和杜月笙谈判,请你安排见一次面。"

"他太忙了,见不了您。而且艺华已经解散,您和阁下之间已经再无一文钱的关系了。"

"杜月笙拍电影是为了让姚玉兰成名后娶她为妻。难道他的目的达到了,我就没用了吗?"

"像我等下人无法揣度杜月笙阁下的心思,只是据我所知《香妃》的制作费用太高。虽然评价很好,观客如潮,但仍有莫大的赤字。好在杜月笙阁下宽宏大量,没有为此责备您。"

我必须在脑海中将小吴只是把单词拼凑起来的英语,重新整理成句子方能理解。

"杜月笙先生说过,钱随便花。"

"那是阁下大方,但作为公司运营,这种做法是不健康的。所以当然坚持不下去了，没理由再让阁下自掏腰包了。"

"你说错了，我们可没有违反合同。"

你突然用强硬的语气说了什么。因为是华语，我听不懂，但是小吴好像受到了很大的刺激，他闭了嘴，脸上青一阵红一阵。最后扔下一句话，转身准备离开。

"等等，话还没说完呢。"我大声喊道。

"说完了，一切都结束了。"小吴迅速转身消失在大门外。

"你刚才用华语说什么？"

"我指控他做会计监守自盗，因为说不过我，所以他最后撂下一句狠话——杜月笙一声招呼，能招来十万手下。"

在这次交谈中，麦克休没有露面。

你去找他，回来却告诉我麦克休先生出去了。

这表明领事馆不想介入杜月笙和我之间的纠纷。如果有意帮衬，我和小吴大吵时就该进来的。

后来麦克休再一次恳求我不要找杜月笙的麻烦。"我们有义务保护合众国公民，不能让您身处险境。但话说回来，绝不要跟杜月笙闹僵。如果您想继续在上海拍电影，要不去明星、大中华百合或者天一那里看看，再找门路就是了。"

我没有立刻回答。

"我是深切感到了拍摄《香妃》时能尽情工作，全赖杜月笙这面后盾。"

当我跟你谈这些的时候，声音怕是很沮丧吧。

听说这个国家有一句古老的格言——狡兔死，走狗烹。

所幸我没被煮熟吃掉吧，但被人当成用完就甩的丧家犬实在让我意难平。

而且那个扮皇帝的汪启明还说《香妃》能成功是他的功劳。

随着艺华公司解散，同时意味着公寓租金也断供了。

保姆和厨师被开除了。他们走后，房间里的一些东西也消失了。

虽有片酬，暂时不愁明天的伙食，但我们还是得搬到房租便宜的地方去住。随后我在法租界里找到一处带家具的舒适住房。

一楼是供应中式菜肴的餐馆，二楼是供白人使用的公寓。

我们从设在餐馆背后的入口爬上楼梯。

这里有一间相当宽敞的房间，可兼做起居室、餐厅和厨房。房间墙壁上掏空出一个装饰柜，正对着装饰柜所在的那面墙的是两间卧室，中间还夹着一个浴室。两边卧室都可以使用浴室，但使用时，必须把自己房间和对面房间的浴室门反锁，为了不给别人添麻烦，洗完后还要将两边内门锁打开，实在是不方便。也许是因为有时会有租客合租房间吧，在维也纳也有很多共用浴室的廉价住宿。既然便宜，我们就忍忍吧。

还有一个缺点。浴室的正下方就是餐馆后厨，打开后巷的窗户，一股混合着蒜味、药味、香料味和生肉腥味的近乎恶臭的异味冲进浴室。唉，忍忍吧，好歹厕所里配备的是给白人用的抽水马桶。

新住处的面积不足原来房间的三分之一，没有空余请全陪厨师或保姆了。于是我雇来一名扫大街的女工打扫卫生，并对她上下楼发出来的大动静只能报以苦笑。"我觉得浴室有点小。"你喃喃道。"够大了，浴室面积比之前的毫不逊色。"我这么说。再大就太奢侈了。浴缸和洗脸池当然是便宜货，墙壁也有裂缝，但还不至于无法忍受。窗户对面的墙边有个低矮的亚麻布架子，这个架子还挺方便的。

客厅里放着一架钢琴，是以前住户的。那个男人突然消失了，但他的东西全留在房里。他好像在从事什么危险的工作。管理员说他曾遭敌人袭击，于是把自己反锁在浴室里，然后人就不见了。虽说在浴室里消失很奇怪，但事实上窗户是可以开的。可如果身手不像杂技演员那样灵活，或者没有绳子就很难跳到窗下的屋檐上。不过故事总是越离奇越有趣，楼下餐厅的服务员等其他人也一脸神秘地跟我们说，当时楼上窗户是关着的，他真的消失了。

所以房东没有随意处理那些东西，把钢琴留在了原处。

虽说必要的家具一应俱全，但是你还是从古董店里买了一个花瓶和一面挂镜。镜子是一面照得出半个身子的大物件。古董商似乎所言非虚，这面镜子是一位被革命追捕的白俄贵族丢下的，我也很喜欢。细长的青铜花瓶是这个国家制造的，中间呈现出一种旋转扭曲的华丽形状，上手挺沉。"就像德军的手榴弹，适合投掷。"你说了一句危险的话。

清洁女工是个勤劳的人，打扫不放过每一处角落。但她有个缺点，移动完家具之后不归位。不过等她下次打扫后，家具又会恢复原样，所以没什么关系。

有时候你会在钢琴键盘上过一遍手，弹的全是一些伤感小曲。

"无论如何都想制作《木兰从军》。"

我曾对你这样说。

为什么会对花木兰如此执着？自己的感觉着实奇怪，果然是尤利安的记忆在影响着我吗？

你会读很多的华语文字。你本来就会说他们的话，所以能在短时间内掌握阅读能力。不过话说回来你的语言能力非常出色。对于真正有才的人，我总毫不吝惜地赞赏。

事实上你的能力非比寻常。虽然楼下餐馆的气味让我皱眉，但你却对华人烹饪产生了兴趣，不时走进后厨，学会了从杀鸡解牛到最后调味的全过程，还买了一整套厨具。因此我们干净的起居室，既是餐厅又是厨房，我也可以品尝到你用干净的双手做成的美味佳肴。

能说华语的你还会收集到一些信息。比如我们租用的公寓在前住户消失之后，很长时间都没有找到下家，就是你在楼下后厨打探到的。

"好像是被黑社会盯上了。那男人消失后这房间很久都没有租客，好像是因为浴室里传来了可怕的臭味。"

"现在不是也臭吗？"

"臭是臭……"

一九二八年即将结束，法租界和公共租界都在过圣诞节。因为华人没这个习俗，所以庆祝圣诞夜的只有欧美人。

也许是我安分守己地没跟杜月笙起什么争执，麦克休邀请我参加领事馆的派对。你少见地婉拒了随行。我猜你偶尔也想独处放松一下，没什么体力的你面对着精明的华人，总是绷紧神经，鼓足气势与他们对阵，以免我陷入不利的局面。

我嘱咐你好生休息之后，便上了出租车。租界内的出租车公司超过五十家，有将近五百辆车在大街上行驶，随手就能拦下一辆。

派对大厅就像好莱坞电影一样华丽。随着乐团的演奏，人们优雅地享受着舞蹈，适当压低声音对话。表面上看，他们与在《泰坦尼克》混乱场面中大打出手的人们没什么两样。

不熟悉情况的人又开始夸赞《香妃》很了不起，期待着我的下一个作品，麦克休为了稳住我不让我说漏嘴，频频将话题岔往别处。

我醉醺醺地走出会场，独自乘出租车前往舞厅。

想要消遣就去"STAR LIGHT"，一楼二楼是舞场，三楼四楼是旅馆。入口处除了英文招牌之外，还挂着"星光跳舞场""星光旅舍"等华文招牌。想要找自己中意的舞女睡觉上楼即可，非常方便。

这附近的建筑几乎净是娼宿。听人说直到十九世纪末，这里还有很多顶级妓院，没人介绍都进不来。由于价格高昂，再加上睡觉前过于繁琐的仪式，人们逐渐对她们敬而远之。她们随即也被废弃，其中大半被中下流的风俗店所取代。后街小巷里有赌场、廉价餐厅、鸦片窟，还有聚集着最下等的街娼的燕子窟。鸦片窟的伙计唾沫横飞地喊着"Scar in[1]""Nietzlong in"，就差直接上手把过路人拉进去了。我虽听不懂他们的语言，但大概是在邀请人抽鸦片吧。

1　雪茄烟的上海话音译。

步入舞厅，买票。跟随引导，落座。服务员麻利地端上香槟。服务员虽是华人，但能听懂简单的英语。大部分客人都是西方人，说英语和法语。

等待客人搭讪的舞者们，白人华人各占一半，疲惫的脸上涂着厚厚一层白粉。白人舞者有很多都是流亡的白俄人。

穿着高叉裙的女人高高翘起大腿，露出红色高跟鞋，摆出一副无精打采的姿势抛着媚眼引诱来客。穿到小腿中段的编织鞋很难解开。也许有些男人更喜欢女孩穿着它寻欢，但我却没有这个雅兴。

目光转向邻桌的女人。深蓝锦缎银丝绣花的衣服贴在她丰满的身材上。

乐队开始演奏，我走到桌前，给了她一张票。她红唇洞开，露出笑容。我用手搂住女人起身的腰，将她拉了过来。翡翠耳坠显出一种与她本人并不相称的高贵。女人身体的触感，就像一条蓬松的羽绒被。虽然长相完全不同，但仅就肌肤触感却很像姚玉兰。

一曲终时，我瞅准机会，在她低领处塞进几张钞票，以眼神示意。女子也用眼神应答。

出大厅，上楼梯，三楼旅舍共一衾。

醒来时已近晌午，胃部剧痛，是那种好似一根灼热铁棍插进胃里，翻江倒海的疼痛。她走了。财物在登记入住时寄存在旅馆，所以不用担心。

我在旅店什么都没吃。

我知道这种痛苦，在死亡谷拍摄《金币》的过程当中。我自认我是个能够忍受肉体痛苦的人。即使在决斗中，我的肋骨被划开也依旧勇猛——如今却在剧烈的胃痛面前败下阵来。而你给我开的药很快就减轻了我的痛苦，让我沉入睡眠。

自从来到上海，幸而未曾寻医问诊，自然没有主治医生。与其让一个陌生医者左一问题右一问题地盘问，还不如求助于你更快一些。

在这里接受治疗是很不愉快的，所以我强撑着身体付了钱，在旅店门口拦下一辆待客的出租车。上次外景时你说胃疼是因为过度紧张，那这次也是吗？杜月笙突然收手解散公司无疑令人恼火，但我不会屈服于逆境。虽然很想斥责这副忤逆我顽强斗志的软弱肉体，但第一步只能先滚进你的房间。

面对着正在做触诊，顺便问我是否有过呕吐的你，我只说跟上次一样。希望你给我开药。我搭着你的肩膀躺回到自己床上。

溶解了药液的水立刻平息了剧痛。

你拉上厚厚的窗帘，让室内像夜晚一样，然后回到自己房间。

透过墙壁，隐约传来钢琴声。

我闭上眼睛。

黑暗中出现了一点华丽的色彩。从中心涌出，旋转翻腾，变得巨大占据视野，然后又扭曲着被吸进黑暗之中。银、蓝、绯红。那些色彩带着宝石的光辉和花瓣的优雅，伴随着奏乐的声音。

我没有睡着。

我确实醒着。即使睁开眼，色彩的奔流也不会消失。无论眼睛闭上还是睁开，都能看到同样的东西。

这是药物带来的幻觉吗？

你给我的止痛药是鸦片酊。第一次服用时，你是这么教我的。

二十五滴，相当于生鸦片一格令，再多就危及生命了。

第一次，一夜无梦。

而这次来的甚至不是噩梦，而是幻觉。

从来没有过幻觉与现实合而为一的体验。

一旦药效过去，这种不断旋转、翻腾、扩大和收缩的色彩也将消失。我觉得很可惜。

我的思想像幻觉一样四处奔波。

我想到了艾伦，那个被鸦片选中的男人。难道那个男人也有这种幻觉吗？虽然摄入方式不同，但药效差不多。

当时，送临时演员服装的少年吸了鸦片，他突然成了诗人。

你记下了男孩的胡言乱语。

现在，你的声音让那小子的话在我的脑海里流淌。

"拳头里是只小……小鸟。鸦片将拳头化为五指自由活动的手掌，再与另一只手搭成了小鸟的巢。小鸟的羽毛晕着光，像阳光下潮湿的沙。鸟儿开始歌唱。哦哦，是这样啊。原来每个人的肋骨里都关着一只会唱歌的鸟。我第一次知道我的鸟儿会唱什么歌。每个人都不一样。"

鸦片将我的拳头展开。小鸟突然开始歌唱。

与此同时，色彩的漩涡变化成穿着绚烂衣裳的花木兰。幻影不停移动，改变着轮廓。

教堂后面的墓地。

穿梭在墓碑间奔跑嬉耍的两个小孩。

漏斗状的女袖，点缀着复杂的刺绣，系着丝带的宽松裤角，孔雀羽毛似的金绿外衣，发上的华冠，背后翻腾着几面旗帜。

这是我在恍惚状态下记录的场景。

尤利安还在……

鸦片会让我更容易接收到他的思想吗？也就是说，在我体内的他更容易出现……

孩子们和成年花木兰的影像重合了。

浓密的舞台妆和另一张脸重合了。

下一瞬间，我完全睡着了。

醒来时，房间里一片漆黑。我打开侧桌的灯，看了看表。十二点过去五六分钟。由于阖紧的厚窗帘，我不知道现在是深夜，还是白天。

看来药效已过，幻觉消失了。

有人敲门，你进来了。

"我以为你是因为门缝漏进来的灯光才醒的，感觉怎么样？"

"不疼了。现在是白天还是晚上？"

"深夜。"

"你要睡觉了吗？"

"是的。饿吗？要我给你拿一点点心吗？还是咖啡？"

"泡咖啡吧。"我起身与你一起走进客厅兼厨房。

"对不起。"我少见地对着你正在烧水的背影关心道，"打扰你休息了。"

"没关系。"

金黄色的维也纳奶咖散发出好闻的香味。

"镇痛剂能麻痹疼痛神经，但不会使思考能力丧失。相反，直觉的力量会变得敏锐。失去的是常识和理性，这两者会使直觉变得迟钝。"我这么说。

"是这样的吗？"

你我相对，呈直角而坐。

"你也喜欢鸦片吧？"

"我从未有过知觉清醒的经验，只是觉得很放松。不同的人效果也各不相同。"

"十六年了，从那以后……"

听到我毫无头绪的话后你困惑了，反问道："在上次我给你用药之后吗？《金币》外景拍摄的时间是四年前，只过了四年而已。"

"不，从决斗事件开始。"

"据说你模仿大鼻子情圣决斗。"

"这就是我被驱逐出格里斯巴赫家的原因。"

我不是那种胆小的人。尽管如此，此时此刻我还是害怕知道真相。就像没把握好角色就开始拍摄的演员一样，我无法控制自己的音调。我不希望自己变得多愁善感。话虽如此，我也不想威胁他。

也许我该淡淡地说。

……决斗。

"我不是跟你说过吗？以前做自传口述笔记的时候，令男人舍身无悔的女人，存在吗？"

"存在吗？"

"这要从决斗事件前一个月说起。"我继续说道。

大学放假的那天下午，我走进经常光顾的咖啡屋"银馆"。

咖啡屋是孤独者和嚼舌者和谐共存之地。那些想一个人独处，但又想有同伴的人，那些讨厌人类，同时又喜欢人类的人自然而然地在咖啡馆里找到一把适合身心的椅子，将其划为己方巢穴。

我将一小包糖果递给坐在U形红木柜台里的女收银凯特。

"哎呀，**Herrn Baron**（男爵先生），您知道今天是我主保圣人[1]的命名日[2]吗？"脸颊松弛的凯特眼角挤出深深的皱纹。

"当然了，凯瑟琳。而且今天还是你的生日。"

你身在波希米亚，我不知道布拉格的咖啡馆是怎样的，但是维也纳的女收银，即使叫收银员也不会真收钱。服务长负责收取账单，女

---

1 主保圣人(Patron Saint)，又称守护圣人。是被天主教会立定的圣人/圣女。当册封某一圣人是主保圣人，即意味着该圣人在某一领域的转祷更加有效。类似于中国的财神、寿星之类的神仙。

2 命名日是和本人同名的圣人纪念日。据传统在命名日当天，他们的朋友或家庭成员通常会赠送一些小礼物给当天与圣人同名的人。

收银要做的是照看店里，准备一些方糖和可颂[1]，然后把茶匙放在服务生端来的盘子里。

服务长也熟悉地领着我走向常去的壁龛座。虽然设有玻璃隔间的这一角是女士专用区，但在保守的维也纳，几乎没有哪个女性有勇气走进只有男人的咖啡馆。虽然当时柏林等地已是新锐女诗人和女文人云集的时代。

"银馆"的店主为了招揽女客，专门布置了这个格子，不过喜欢它的只有绅士。

但在这一天，一位年轻姑娘占了我的座。

帽子上的缎带华丽地系在下巴上。大白天的，妓女就开始物色主顾了吗？我一瞬间冒出这样的想法。她那被波浪般的帽檐遮去半张的脸上化着浓妆，金黄的卷发披散在她肩膀。

她困惑的表情显得十分天真，不像是从事特种行业的人。

"这位小姐？"一脸白色络腮胡像皇帝般气派的服务长傲慢地说道，"这条街前面不远处有一家Konditorei（兼卖咖啡的甜点店）。我知道这样很失礼，但您是不是走错门了呢？"

喝可可吃蛋糕，那才是淑女小姐们该去的店。女人别来咖啡馆凑热闹，这里是男人的城堡——比店主更保守的服务长暗示道。

"Kellner（侍者）带我来这里告诉我这儿是女性专用席的……"姑娘用小得好似耳语般的声音说道。

"带您来的应该是个学徒，不好意思。"服务长一边说，一边比

1　牛角酥皮面包。

了个手势让女孩离开，"以后我会严格管教他们。"

"这位小姐是我同伴，汉斯先生。"我说。

叫名不叫姓是熟客称呼侍者的特权。

"是吗？"

老练的服务长夸张地向后一仰，露出一副惶恐的神情。汉斯的表情是这么说的："你喜欢这姑娘？好吧，那我就不打扰了。"

"您点单了吗？"

"还没有。"

服务长抬起手指招来一个服务生，自己离开。

女孩看着服务员递来的菜单，一副发蒙的样子。

菜单上罗列着几十种咖啡。

有Kleiner Schwarzer（小黑咖）、Grosser Schwarzer（大黑咖），还有Maria Teresia（玛莉亚女皇咖啡[1]）、Kaiser Melange（皇帝奶咖[2]）和颠倒咖啡[3]等离开维也纳没人会懂的名字。

"我想要，那个……咖啡。"

"遵命，小姐。"服务生礼貌地点点头。

我悄悄地给她提了一个醒："牛奶呢？"

"要加的。"

---

1 又称玛莉亚泰勒吉亚咖啡，玛丽亚女皇喜爱的，加入了橙子酒的咖啡。

2 在奶泡咖啡的基础上加入了蛋黄、蜂蜜、白兰地的咖啡。相传是奥地利皇帝弗兰茨·约瑟夫一世喜欢的口味。

3 即虹吸式咖啡。

"给她看。"我吩咐服务生。

服务生心领神会，拿出比色板。这是一张从接近黑色到淡淡金黄，分为二十阶的色度表。

姑娘忍不住笑起来。

我故意一脸严肃地问："要多浓？"。

姑娘笑着过了一遍色度表，用手指着一个。

"遵命。金黄色奶泡咖啡。Mit（加吗）？"

我对着一脸讶异的女孩："要加 Schlagobers 吗？"把后半句补足。

然而女孩只是显得更加困惑。

"啊啊，不好意思。你还不习惯维也纳咖啡馆的叫法啊。我是说你要加Schlagsahne，发泡鲜奶油吗？"

"不要。"

"Ohne。"我将意思传达给服务生。

"钢化玻璃杯可以吗？"我问她，她再次歪起头，回答我"你看着定吧"。

"金色奶泡咖啡，不加鲜奶油，钢化玻璃杯。"服务生复述一遍，"男爵先生，您点的是？"

"老样子。我们点的一模一样。"

"了解，男爵先生点单也是金色奶泡咖啡，不加鲜奶油，钢化玻璃杯。要呈上报纸吗？"

"不，今天不用。"

服务生毕恭毕敬地离开了。

"谢谢你。"女孩露出可爱的微笑，"这是我第一次来维也纳的咖啡馆。"

"各种规矩一大堆对吧。你是一个人来维也纳的吗？"

对方只回我一个微笑。

她究竟是什么来历？我一时摸不着头脑。

良家女孩不可能在没有伴侣的情况下上街游荡。但要说是妓女又太清纯了。

女郎脚边放着一只藤制小旅行包。

短短片刻，我的想象力启动了。

离家出走？她穿得不错，所以家里是乡下的富人？因为憧憬都市，不顾家人反对离家出走……但为什么都没看见马呢？

私奔？跟男方约好在维也纳见面，但是男人没有出现，她被抛弃了……但话说回来，她也没有消沉的样子。不，这种平凡剧情不适合她。我当时是这么想的。

这个姑娘给我的感觉就像是从故事中走出来的虚构人物。虽然表达得奇怪，但我找不到其他更好的形容。

过于浓厚的妆容就像一副面具。一旦摘下面具，内里只有空虚……之所以我会想这些荒唐事，大概是因为自己还只是个二十来岁的小孩吧。

"对了……可能是我的好奇，能请教芳名吗？ 我叫格奥尔·冯·格里斯巴赫。"

"是男爵先生呢。"

"在维也纳，男爵一抓一大把。"

"光是我们的男爵冠，就能堆成一座塔！"我刚说出《大鼻子情圣》里青年士兵的台词——

"他们是加斯科涅贵族子弟兵。"女孩就立刻接上。

我从没见过能轻松对出法国戏剧台词的女孩。

我高兴地继续道："受卡尔邦·德·卡斯泰雅卢指挥。"

"撒谎不知耻，斗剑有豪兴。"姑娘微笑道。

"你经常看戏剧吗？"

"不是，是在书里读到的。"

"敢问芳名？"我猴急地追问道。

"能说说罗克桑娜[1]吗？"姑娘把话题岔开了。

实际上，我对那个叫罗克桑娜的女主角没有好感。如果身边有那样的女人，我定会嗤之以鼻。

"水精灵温蒂妮更适合你啊，或者风精灵西尔芙？"

两者都与她很配，因为皆无实体。

"你是一个具有克里斯蒂安美貌的西哈诺，或者是一个具有西哈诺才智的克里斯蒂安[2]。"

这句话是谙熟应酬男人的女人那样，满含挖苦呢？还是丝毫不知

1　《大鼻子情圣》中的女主角。

2　克里斯蒂安·德·纳维莱特，《大鼻子情圣》中的男二号。长相俊美但不善言辞的男爵，在剧中因为爱上了女主角罗克桑娜而请大鼻子情圣西哈诺代写情书，最后导致罗克桑娜爱上了西哈诺的故事。

动用心机，只是率真表达出她的所思所想？我希望是后者。

服务生端来咖啡和水，打断了我俩的谈话。

女孩看着装满水的杯子，又一次露出惊奇的表情。

"你真的不太熟悉维也纳。维也纳的水质很好，水量丰富。无论花多少钱，都可以免费续杯。我可不能再叫你温蒂妮了，如果你跳进玻璃杯里然后消失，那可太糟了。"

女孩还是微笑着搪塞过去。

但是当我提到霍夫曼斯塔尔、施尼茨勒、萨尔腾[1]等一批上一时代维也纳活跃的作家时，女孩又热情洋溢地说了起来。

我知道他们聚集在"格林斯坦特尔"咖啡馆交流文学观，但对此我并没有太大的兴趣。

"格林斯坦特尔被拆了，真可惜。"

"你来维也纳就是为了接触那种气氛？现在中央咖啡馆是维也纳文人的聚集地。"

"我从中央门前经过，但它门口太豪华，我不敢进。"

"这对我来说是幸运的。"我嘴里念叨着对白，十足骗女人的感觉。

"我也很幸运。"女孩对前来倒水的服务生说，"我要走了，请结账。"。

当服务生去联系服务长之后，我告诫她："在维也纳，女士们不

1　费利克斯·萨尔腾（Felix Salten，1869—1945），奥地利小说家、记者、编剧。著名作品《小鹿斑比》《长毛检察官》《奇犬良缘》等。

该说这种话。"

"可是……"

"如果你想回去，告诉我一声就好，我会护送你的。"

腰间挂着皮制大钱包的汉斯先生过来，我给了他充足的小费，然后挽着女孩的胳膊走出店门。

太阳依然很高。

"你不熟悉维也纳，让我带你去看看。"

"我已经四处看过了，因为火车晚点。"

"几点的火车？"

我从背心口袋里掏出怀表。

"现在还早。"

就在我们有一句没一句的时候，"啊，就这样很好。"发现了生意的街头照相师向我们搭话。

"好的，拍一张做纪念。"

我抓住女孩想要逃却的手臂，一把将她拉了过来。

摄影师迅速支好三脚架，按下快门。

我给了他钱，写下了照片寄送的地址，寄到陆军大学宿舍。

"我送你去车站。"

女孩拒绝了我的提议。

"我们会再见面的。"

"这个……"

"我下个星期还会来'银馆'，就坐在那个壁龛间，你也来吧。

你要是不答应，我可不松手哦。"

"你还真会强迫人呢。"

"因为我感觉你就要消失了，我可不想再也见不到你。"

女孩举起手，拦下一辆出租马车。

"这种事情也该交给我的，淑女不要做不体面的事。"

我帮着一边抱怨，一边提着藤条包的姑娘上了马车。本想和她共乘一段路的，却被她推了下去。

西尔芙消失了。

这是一件有点牵绊、但称不上是风流韵事的小事。

几天后，街头摄影师拍的照片寄到了我手上。

我向同学们展示了照片，骄傲地讲述了自己与神秘女郎相遇的经历。

第二周休息日，我多少带着有点激动的心情来到了银馆。这不像我的作风。我已经习惯了女人，但这是我第一次遇见不知名的姑娘，既不是妓女，也不是富家小姐。再说这个姑娘大胆地表达了好意却没留下姓名，又好像勾引我似的消失了，种种行为点燃了我的好奇心。

女孩比我先到。

然而，本该我坐的椅子上是一个我认识、但从未亲密交谈过的同学。那家伙友好地向我举起了手。她等的人是我，这小子理应起身让座，结果他像施恩一样地指着旁边一把椅子示意我坐那儿。

席间，他一听到我吹嘘，就插嘴打断我。

因为不想让那姑娘看见我的不快，所以我没有赶他走。

那家伙趁机开始半开玩笑半挑衅地揶揄我。

他说了什么我已忘了，反正是故意将那些我不可能听之任之的事拐弯抹角地说出来。阴阳怪气、绵里藏针的表达方式不断刺激着我的神经。可一旦生气，授人以柄被当作傻瓜的，还是我。

然而最后我还是没忍住。大体上我不是一个慢性子，所以还是有足够的余闲让我借用西拉诺的对白："哎，满月脸！我拍三下手，到第三下，您就表演月食。"

对方面无表情地呆住了。好像他从没读过也没看过《大鼻子情圣》。

我一拍手。

"一下！"

"两下！"

那姑娘终于憋不住，大声地笑了出来。

对方大概以为自己被嘲笑了吧。还没等我开口，他就站了起来。"我会用剑回应你的侮辱。"

"决斗？正合我意。"

我和那家伙确定了日期地点。因为必须选择各自的裁判，所以不能马上在此交战。

那家伙耸耸肩，走出咖啡馆。

我和她又谈了一会儿戏剧和歌剧。

过了一会儿，女孩说"不好意思"时，我付了账。

"还是坐火车回去？"

"嗯嗯。"

"今天就让我送你，至少送到车站吧。"

"你看，我都要决斗了。"我说，"命悬一线，最坏的状况可能会死。请不要让我们如此冷淡的告别。"

姑娘同意我送她去车站。

看着她坐进包厢，我在窗外挥了挥手，等候火车发车。

车开了。我跳进缓缓启动的火车末尾的入口，穿过狭窄的过道，在女孩的包厢前站定。我没想闯进去，只是她太过保密的行为让我闹心，为了查明真相才做出模仿间谍的行为。

我向前来检票的车长说明因为赶着上车没来得及买票，并支付了票钱。

我不知道她要走多远，所以姑且买到终点站布拉格。

我在过道里站了好几个小时，因为训练过，所以并不觉得苦累。

直到布拉格那女孩都没有离开过包厢。终点站大批乘客下车，我可以在女孩不注意的情况下跟踪她。

她叫了一辆出租马车，我轻轻翻上车顶。在摇摇欲坠的马车顶上，我沉浸在一种奇妙的冒险气氛中。

"在马车顶上，辛苦你了。"你微笑道。

"我紧紧地抓着车顶，在旁人看来一定很滑稽吧。那时我还年轻，现在不管我有多么好奇，也绝不想那样走一遭了。"

从太阳的位置来看，马车在一路南下。过了一会儿，我们穿过树林，停在一座石桥前。下车的是个黑发的年轻人。他背对着我，看不见脸，只见他手里提着藤制小旅行包。

年轻人走过石桥。城门上沉重的铁门打开。他走进去，门又关上了。

趴在马车顶的我茫然若失。

车夫要转过身回去，我赶紧跳下来，吩咐他等在原地。惊呆了的车夫眼角向马车里张望，一个人都没有。

我遇到的是一个男扮女装的年轻人，这一点毋庸置疑。从女孩上马车到城门口下车之间，都没有乘客出入。在马车上，他换上了旅行包里的全套衣服。

为什么穿女装？是兴趣吗？不，或许该反过来想。女孩在马车里换上男装，但又是为了什么？

我推了推铁门，铁门却纹丝不动。那就等到决斗时再见面吧。在那之后再问不迟。

车夫很高兴有了回程客。

结果，那个女孩没有出现在决斗现场……

回到维也纳时已近深夜，宿舍门限已过。我翻过围墙时被门卫发现了。我给了他一点零钱，堵住他的嘴。因为违反门限的寄宿生很多，所以门卫的外快收入很不错。

"所以你为什么穿着女装出现在那家咖啡馆？"我向你询问，随后又补充了一句，"鸦片有时会打破常识的壁垒，让我看见真相。你和我只有一个区别，就是身材。十六年前的你，假扮成女孩不会有任何一点的不自然。"

喉咙好渴，我一边喝着咖啡，一边继续说下去。你的沉默让我只能单方面地自说自话。

"我不太清楚她当时的面容。我们只见过两次面，而且时间很短。那张街头照片我看了好几遍，但到现在还是不能确定。而夹着那张照片的相册，去美国时忘在了房间里。我没有看到那个走下马车的年轻男子的脸。但是多亏了鸦片，你的脸和女孩的脸重叠在一起，那是十九岁的你。"

"鸦片似乎引发了妄想症状。"

"我好像很早就朦朦胧胧注意到你和那个姑娘的相似之处了，但我的理性和常识却没有认同这一点。"

你看了看墙上的挂钟，告诉我时间很晚了，快到一点了。

你看起来一点都不困，甚至有些迷茫。是离席，还是继续？

我之前睡得很饱，再加上咖啡的帮助，清醒极了。

"我的头很疼。"

"要不吃一点不含鸦片的安眠药吧？"你又建议说道，"作息不规律是不健康的。"

"你常用鸦片，生活就健康了吗？"

"算不上常用，只是在想平复亢奋的情绪时服用一点而已。"

"那场决斗对布鲁诺来说简直是不敢想象的好运。布鲁诺视我为绊脚石。当时布鲁诺娶了格里斯巴赫本家的小女儿，还有个小儿子，如果能废除并放逐我，他儿子就能成为格里斯巴赫家族的继承人。当时我还没有想到这一步，那时的我还太年轻。"我又重复相同的话，

"向我提出决斗的那个满月脸，他被布鲁诺拉拢了。以决斗为借口，瞅准机会尽可能杀了我。他挺有手段的，如果是学生之间的决斗，即使杀了人也不会受到指控。即使杀不了我，也足以让我留下被驱逐的口实。那家伙的父亲是皇帝的宠臣，还是罗斯柴尔德家族的亲戚，所以布鲁诺才会拉拢他。我不知道他是怎么同意的。钱？他不缺钱。布鲁诺有他什么把柄吗？如果被发现，家族名声蒙羞的那种……大概就是如此了吧。布鲁诺打算彻底除掉我。伤好之后我去了美利坚，去了布鲁诺介绍信里给我的地址找他的熟人。然而根本没有那个地方，我在那边转了半天才发现布鲁诺给我的是一个看似真实却不存在的地址。"

"看来我也该喝杯咖啡了。"你将钢化玻璃杯斟满，坐了下来。

"还有一次我被当成乔治，差点被杀。袭击我的人比对过纸片才动手。布鲁诺肯定把我的照片发给那家伙，让他一发现就把我做掉。布鲁诺真下了血本。什么认错人，就是在针对我。把格奥尔误读成乔治是因为那家伙是美国佬，不懂德语理所当然。"

"是的，他们搞砸了。"你坦诚地说道，"他们没能杀死你，也很难向布鲁诺明说，所以谎报成功了。布鲁诺对尤利安和我说他的熟人来信说在当地报纸上看到了你的遗照，然而你还活着，所以说明那张报纸不存在。布鲁诺对尤利安和我说了谎。"

我除了惊讶还能做什么呢？不仅是布鲁诺，你早就知道尤利安的事。我以前对你说的事也一样知道。

是说漏嘴了吗？还是你想坦白一切？

"布鲁诺确信你已经死了。如果他认为你还活着的话，是绝不会趁着战争爆发，想方设法让尤利安顶替你的。"

"等会儿，从头说起。"

"那我得从瓦尔特医生说起。"

"你认识瓦尔特？"

分离前，在黑暗小房间里照顾我的那个人。

"瓦尔特医生是布鲁诺同父异母的哥哥。"你若无其事的一句话，让我再一次陷入茫然。

暖气太热，我有点汗流浃背。

你告诉我，你从小就陪着尤利安生活在一所叫"艺术人之家"的疯人院里。

"艺术人之家，就是那座……"我打断了他的话。"是的，就是您抓住马车顶抵达的那座古堡。"你凝视着我说道。

你还告诉我尤利安和我是一对特殊的双胞胎，瓦尔特医生非常渴望开发他的精神感应和自动书写的能力。

与此同时，布鲁诺想得到格里斯巴赫家的小女儿多丽丝。

"他并不爱多丽丝，而是爱上了格里斯巴赫家族的继承权。很早以前，布鲁诺就在稳步推进他的计划。

"在尤利安十五岁那年，瓦尔特拍了很多他与我的照片。其中也有尤利安赤身裸体在河里玩水的情景。他毫无防备地露出了与你分割时的痕迹。

"从医生那里发现照片的布鲁诺，就此种下了威胁格里斯巴赫家主的种子。这个跟格奥尔一模一样，只是伤疤在另一边的尤利安是格里斯巴赫家族不得不隐瞒的存在。

"布鲁诺逼迫瓦尔特医生拍照留档。作为回报，布鲁诺提出了一个对瓦尔特极有吸引的提议——去普拉特。布鲁诺那次带你去游乐场，瓦尔特医生则带尤利安前往，并悄悄让尤利安见到你。因为瓦尔特医生期待尤利安的精神感应和自动书写能力可以开发成功，而布鲁诺也能用照片恐吓格里斯巴赫家，换取与多丽丝的婚约。

"布鲁诺不久就与多丽丝结婚了，还生了个儿子，叫里奥。而让里奥继承格里斯巴赫家族的唯一障碍就是你——格奥尔。所以他策划了决斗事件，把你推向被逐出家门的境地，正如你所猜测的。"

"引发决斗的导火索是你假扮成了女孩。你是共犯吗？为什么要帮布鲁诺？"我有点生气了。

"普拉特一行，瓦尔特要我帮他。同行的施密特小姐对瓦尔特非常着迷，因此对他言听计从。但是瓦尔特医生对我却一五一十地解释清楚为什么非要让尤利安穿上女装。同时我也听尤利安亲口说过自己分离的事情。所以从那以后，我开始和布鲁诺联系。

"没能达到瓦尔特医生的期待，尤利安非常沮丧。小时候的他能够接受生活在封闭空间这种不自然的状态，但是随着时间推移，不满的情绪会越发强烈。尤利安有时会对我说他只能待在那里，本应不存于世之人，在外面能做些什么呢？如果有艺术天赋，他会全身心投入到绘画和雕塑中，或者还可以作曲。但他既没有创造的才能，也没有创作的欲望。即使能够创造，也不能公开露面。他甚至不能绝望，因为没有希望。

"尤利安喃喃自语的时候，几乎都要自杀了。

"唯一能够鼓舞他的是与你进行精神感应和自动书写。如果成功的话，他会被瓦尔特认可。

"于是我想到假如让你和尤利安陷入相同处境，能否更容易产生精神感应？这主意真的蠢。比坐在马车顶上的鲁莽的你，更年轻，更愚蠢。

"我把这个坏主意告诉瓦尔特，我当然不会透露那场精心策划的决斗。如果你们的共同点增加了，精神感应会不会更容易起作用？我只是抛出疑问。瓦尔特医生却说是有可能的。

"布鲁诺企图谋杀你而策划决斗，全程保密，瓦尔特医生并不知情。瓦尔特医生虽然答应在布鲁诺接管格里斯巴赫家族之前给予帮助，但要是发生命案，他是绝饶不了布鲁诺的。

"我想到了一个办法。为了事先谋划，布鲁诺提前介绍我和那位决斗者认识。当布鲁诺离席片刻时，我挑衅了那个学生，并打赌他根本削不到你的侧肋。由于他对自己的剑术有信心，砍脸或刺肩都不困难，但要削到对方侧肋可比杀人困难得多，几乎不可能完成。我用这一番话去刺激他。"

"不杀了我？"

"要想精神感应成功，你是绝不能死的。"你恶毒地说道。

"对方上钩了。"

原来对方选择佩剑也是这个原因，我懂了。细剑不适合切削。

"你没有死，但被废了嫡系，布鲁诺暂时达成了他的目的。布鲁诺把你赶到新大陆，决定在那里干掉你。"

"我本该回维也纳去杀布鲁诺的。"听到谋杀自己的计划确实不快，我不禁用玩笑来化解。如果没有那个机智的跛脚小偷，还不知会发生什么事情。袭击者用的可是手枪，被偷走零钱却救了一条命，简直太划算了。

"我没想到你会跟踪我，街头合照也不在计划之内。我真不想留下任何痕迹。"

"为了把我赶出维也纳，你也算出大力气了，没错吧？"

"是的。"

"你也让我的人生转了个大弯。"

"是的。"

"你心里只有尤利安一个人。不管我被放逐还是怎样，都与你无关。"

为了不让自己的话听起来像是怨言，我克制住语气。作为一名电影导演我是成功的，这条人生路并不坏。

"因为我不认识你。重要的只有尤利安和瓦尔特医生。格奥尔对我来说只是一个单纯的，没有实体的名字。"你毫不掩饰地说，并补了一句，"在那时……"

"那为什么到现在还保持沉默？为什么到了今天……"

"我本打算一直沉默的，但刚才你发现我的身份后，我就下定决心全说出来。道歉没有意义，所以我不会去做。我会顺你的意愿，如果你要我离开，我就离开。如果你想把我打倒，请自便，我不会反抗。如果非要杀我才能让你咽下这口气的话，那我会找一种不牵连到你的死法。"

淡淡的语气表明你是认真的。

我点燃香烟，也递给你一根，然后催促你继续说下去。

"从布鲁诺那里听说决斗之后，瓦尔特想给尤利安做一个相同的伤口，但是医生却做不到，他真的很疼爱尤利安，伤口也不是必需的。在你住院期间，布鲁诺把尤利安带去你的房间。然后尤利安成功感应，完成了一篇很长的自动书写。"

"偶尔我也会有这种状态。"

"根据你的口述笔记，我也了解到你和尤利安之间有着某种不可思议的交感。你第一次进入自动书写状态是……"

"是我着手编写《伊莱卡》剧本的时候。"

那股无法控制的喷薄之力让我困扰。

"当你提起这件事的时候，我速记的手正在发抖，这和前往普拉特之后尤利安所写的完全一样。尤利安为自动书写的失败而沮丧，他写的不过是他自身的记忆，而你写出了尤利安的记忆。但也有相反的情况，在瓦尔特医生给尤利安伪造伤口失败以后，尤利安在自动书写状态下写出来的是你幼年的记忆。此外，潜入你房间的尤利安还写下了你决斗时的场面，以及九岁第一次被布鲁诺带去普拉特看连体双胞胎的情景。他太成功了，可是瓦尔特……"

你的话断了。你看着我，盯着我太久太久。

而后你继续叙说："尤利安想让医生称赞他的成果，但希望破灭了。决斗使你两胁都留下了伤疤，虽然精神感应在布鲁诺看来一文不值，但他需要利用这两处伤口让尤利安顶替你。因为他的儿子病死了。"

"里奥死了？多可爱的孩子。"

"斑疹伤寒。所以布鲁诺决定让尤利安顶替你拿到格里斯巴赫家的实权。就像我之前说的，他以为你死在美国……以为他的谋杀计划成功了……我在尤利安侧腹留下了和你一样的伤痕。我做了瓦尔特医生顾虑尤利安痛苦而难为之事。尤利安以格奥尔的身份志愿上战场时……我也一起去了。"

上战场，本该由我参战的……我，很想去。

"格里斯巴赫家的人是在布鲁诺的威胁下才知道尤利安的存在的。难道他们没有怀疑过掉包吗？"

"据我所知，他们毫不怀疑地接受了尤利安假扮的你。"

你告诉我格里斯巴赫家族因故国战败而破产。你被介绍到乌发电影公司工作，去了柏林，尤利安在维也纳的电影院当乐师，勉强可以糊口。

"他现在还在维也纳吗？"

"不在了，尤利安已经死了。"你的声音像在勉强吞下难以下咽的块垒似的，喉头剧烈地起伏，"我在柏林看了你的《暴风雨》，非常震惊。我立刻给尤利安发了电报，然后赶回维也纳，但是公寓里没有他的身影。我到处找，找了好几个月……直到多瑙河运河里打捞出一具尸体。"

"你确认过了吗？溺死的人长期泡在水里会膨胀腐烂，无法辨认原形。"我说话时不带任何修饰，"你是通过随身物品和衣服确认的？"

"他身上没有任何能确认身份的东西。"

"那你又为何说他是尤利安呢？"

你的脸颊在抽搐，微微颤抖："尤利安不可能什么都不告诉我就外出……他在留于宿舍里的遗书里写道：'永别吧。'"

漫长的沉默之后，你说："格奥尔你说得对，我知道的，溺水的尸体不仅膨胀腐烂，还被卷进游船的螺旋桨，伤痕累累，衣服无几，身份不明。但我却让自己相信那是尤利安，尤利安已经死了。"

"他什么都没和你说就去了别处，在那里生活……"我开口，却将最后半句藏于心底——"你是不能接受他这样对待你。"

从我开始口述自传的那一刻起，你就一直沐浴在我迸发的言语之下，你默默听着。如今换我静静地亲临你喷涌的感情。

"尤利安死了。我收拾好情绪，全身心投入到乌发公司的工作中。我不是没想过尤利安是否会去找你，但我不想承认。《暴风雨》之后，你的几部电影接连在欧洲上映。因为身在乌发，所以我也有幸看过。每次看时，我都觉得演员会不会就是尤利安。尤利安会不会与你在一起？或者尤利安是不是依旧自称'格奥尔'。当我看到你的《伊莱卡》时，我坐立难安，影片太棒了。我越发控制不住自己，为了打探清楚，我来到新大陆，去了好莱坞。"

"正好我想找个速记员写自传。"

"因为报上登了那条广告，于是我去报名。"

"你会德语，还会加比斯伯格速记法，所以我当场拍板决定了。"

"但在好莱坞……在你身边没有尤利安。"

"果然还是死了。"是你咽下的句尾。你突然起身，走进自己房间。

我一直在等，可你没再回来，时间已过去很久。

我敲了敲门，一个懒洋洋的声音飘出来："请进。"

你躺在床上，烟枪里点着鸦片。

你待我一向有礼，但这次你躺着迎接我。

吸进去的烟，像叹息一样在空中散开。这是你第一次向我展示你如此不堪的样子。

"鸦片是我的盒子，虽然和尤利安的盒子意义不同。"

"盒子？"

"尤利安小时候用大盒子操纵记忆，虽然他长大之后就不相信这些了。你不是也说过会把不愉快的记忆锁在盒子里吗？但尤利安并不是比喻，他真有一个盒子，你想看吗？"

"在哪里？"

你放下烟枪，慢慢地爬起来，从床底下抽出一个大盒子。

如果是个小孩，蜷缩身子完全可以躲进去。盒子里用天鹅绒包裹，上面还缝着一块钉有两粒纽扣的布片。

"长到一定年岁，尤利安觉得这盒子太幼稚，难为情。可他没有扔掉，而是塞进床底。我最后一次去艺术人之家时，把它放进旅行包里带了回来。"

我摸了摸褪色的天鹅绒，希望会发生什么反应，但旧盒子还是那个旧盒子，什么都没发生，内心也没有任何冲动。

"当我开始做你的口述笔记的时候，我才知道尤利安和你之间的纽带有多么坚牢。如果在你身边，或许就能知道一些尤利安的事了。就算是与死者交流，你和尤利安也一定可以做得到？我这么想着……"

"你叫茨温格尔？"

"是的。养育我的神父开玩笑说我母亲是个天使，生父是个矮人。我的母亲被我的生父强奸，诞下我，所以我秘密地给自己取了茨温格尔这个名字。这名字我只告诉过尤利安，也只有尤利安会叫我茨温格尔。"

"尤利安或许已经死了，那我感应到的……尤利安好像很在意你装扮成花木兰。"

你的脸上透出血色。

"小时候，你曾打扮成中国戏角的样子和尤利安打闹玩耍。"

"是的。在构想《双城记》剧本时，你曾对我说过看见了教堂后面的墓地，穿梭在墓碑间奔跑嬉耍的两个小孩，一听到这里我毛骨悚然。漏斗状的女袖，点缀着复杂的刺绣，系着丝带的宽松裤角，孔雀羽毛似的金绿外衣，发上的华冠，背后翻腾着几面旗帜……那就是我。而且你还说'这不是女孩。为什么我会知道？这是个女装的男孩子。茨温格尔。为什么我知道他的名字’……"

突然间我得到了天启。

"去鸦片窟拍《木兰从军》吧。"

我说。

"将花木兰的故事情节提取出来，只是个没有任何意义的童话，本来也不是我感兴趣的题材。但在鸦片窟悲惨的污浊中演出的华丽木兰却很符合我要拍摄的东西。"

JULIEN

III

B A B Y L O N

从明天起，我该怎么活。

片尾一出，我就冲出影院，都没有看一眼放映师的脸。

他肯定注意到屏幕上出现了一个和我同名且长相一模一样的人。

如果只有名字，或许还算巧合，但长相酷似是无法掩饰的。

在维也纳有一个自称格奥尔·冯·格里斯巴赫的人。在好莱坞又有一个自称格奥尔·冯·格里斯巴赫的导演。谁才是真正的格奥尔·冯·格里斯巴赫？

每个人都会这么问我。

真相……真相意味着什么？

如果好莱坞的格奥尔是真实存在的，那我是虚无的吗？等于没有实体的影子吗？尤利安已经不存在了，我抹杀了他。

在残酷的战斗中挺过来的我，又是谁？

格奥尔还活着……

那是感应到我的愤怒，因此杀死瓦尔特的格奥尔。

如果有那么强的精神感应力，为什么我接收不到更多来自他的讯息？

格奥尔接收到我的声音了吗？

我写出了格奥尔的遥远过去，写出他的童年，写出他去普拉特的少年时光。既然如此，为什么我不知道是不是格奥尔杀了瓦尔特？

有两种可能。

一种是格奥尔跟瓦尔特没有产生牵连，所以我什么都感知不到。

另一种是格奥尔在我的感情操纵之下杀了瓦尔特。这一点我绝不想承认，故而深层意识也拒绝接收讯息。

美利坚——遥远的国度，但是格奥尔就在那里。他离开维也纳，横渡大西洋，在那片土地上活跃发光。

好莱坞。到了那里，就可以跟格奥尔见面了。

"是你杀了瓦尔特吗？"我可以这么问。

不，思维太跳跃了。首先是"你去过艺术人之家吗？"

只要格奥尔回答"是"，下一个问题就是你是否杀了瓦尔特。

格奥尔可能会装傻。但即便如此，是真是假当面就能看穿，这点精神感知还是有的。

然后该怎么办？我没有想那么远。

现在就去美国。我可以用格奥尔的名字办护照。要是《暴风雨》获得好评，并引起大众注意的话……

马上走，时间紧张。这么一想我不禁焦躁起来。

我跑下楼梯，视野掠过老太婆惊讶的表情。

申请到护照以后，我从银行取光了我账户里所有的钱，茨温格尔从布鲁诺那里拿到的钱还留在户头，去除准备远渡大洋的费用，其余的都换成美元。拜战败后通货膨胀所赐，我到手的美元只有一点点。

用没有兑换的钱购置了长途必需品，回到房间收拾行装，把换洗衣服塞进旅行包。从战场背回的行囊里都是垃圾，但我还是舍不得扔掉那个又脏又破的背包。在战场上的岁月，我就是格奥尔·冯·格里斯巴赫。战友们无忧无虑地叫我"格奥尔"，我把这个见证我作为格奥尔生活过的行囊收进旅行包。

将默默无闻弹钢琴的格奥尔和电影导演兼演员格奥尔结合在一起，马上会起疑心的人，除了放映师之外还有那个新闻摄影师莫里茨·布罗。

虽然不会关注所有从好莱坞进口的电影，但他仍有很多机会能看到《暴风雨》的宣传照，而我曾告诉过莫里茨我的住址。

我没有做过什么特别的坏事。如果详细说明事情经过，我想莫里茨会谅解我的。但我只想安静地从维也纳消失，在格里斯巴赫家人注意到并开始闹事之前，在成为公众谈资之前。

不能让茨温格尔知道我的决意。他要是一听到我去美国，恐怕也要跟去。

我不会再把他卷进来了，茨温格尔可以在柏林生活。艾根·利文作为场记一定很能干。不仅如此，他还有各种各样的才能。假使得到电影界人士的认可，未来的路会越走越宽吧。而我要走的是一条通往毁灭的不归路。

我无法面对茨温格尔。离开住处，我只留下一句临别语，之后在廉价旅馆里挨过护照下发前的每一天。正当我拿着旅行包准备走人的时候，茨温格尔发来了匆匆数言的电报——"《风暴》已阅，即刻返维。"

而我仍叫了一辆出租马车。

二等舱单人间虽然狭窄到坐在床上，鼻尖就能碰着墙壁，但总强过和别人共处一室，比起船底的三等舱更是好太多。

出海两周，浪掀得厉害。地板倾斜，我紧紧抓住床脚，避免身体撞墙。

旅行包在地板上滚来滚去，撞上墙又滑回去。扣子松开，盖子打开了，里面的东西四散开来，但我无能为力。衣服卷成一团，大量的白纸散落一地。虽然我觉得瓦尔特不在，自动书写也毫无意义，但那种冲动一旦发作，连意志也无法控制。如果手头没纸，我可能会在地板上或墙上写字。这么想着，我便将一捆纸放进行李。每当轮船摇晃，纸片就会飞腾，落在匍匐地板的我的身上。

大概过去了一整天，摇晃终于平息。房间里乱糟糟的，我走到甲板，头等舱和二等舱的甲板也是分隔的。我靠在栏杆上，轮船被熔岩般的大海包围。就像被狂涛蹂躏过留下的伤痕，海面上泛起层层褶皱。

我嘴里低吟霍夫曼斯塔尔的诗：

而甜果由涩果育化成，
而后于深夜坠落一如死去的鸟，
而后横陈些许时日随后腐烂。

而风时时在吹拂，而我们一次次听闻着，

说出许多话语，

而又感觉着躯体的欢欲与倦意。

这一切以及这游戏于我们又有何益？

我们这些俨然不凡而又永远孤独者，

漫游逡巡而不问目标所在的人？[1]

回到船舱，开始收集散乱的东西，我将它们重新装进行李包，纸张也拢成一摞。

左手食指尖忽有一种冰凉的感觉。看到血了才感觉到疼痛。

伤得不重。我压着指根止住血，再用现成的布条捆住。

伤我的是一小块玻璃，原来是我和茨温格尔合影的相框碎在地上。是我从瓦尔特的房间里带回来的东西。

相框上的玻璃虽然碎了，但十二年前我和茨温格尔生动的笑容仍然烙印在相纸上。照片这东西真是诡异，我把碎玻璃从相框里取出放在小桌上，收拾干净后将玻璃碴扔进废纸篓。就在这时我看到了另一张照片，他被压在了背盖下面。背包里的东西也全散了啊。我拿起照片。

我抱着我……这不是在照相馆里拍的，而是城市街道，背景似乎是咖啡馆门口。

1　出自霍夫曼斯塔尔的诗《外部生活之谣曲》。

那个二十岁左右的青年确实是我。而另一个人，是被迫穿着屈辱女装的我。就是那套衣服。一件长长的像袋子一样的衣服，一顶宽边帽。

但我不记得曾拍过这张照片。我的照片只有瓦尔特用柯达盒子相机给我拍的。

当我穿上这件衣服时，我才十五岁。十五岁的我不可能和二十岁的我出现在同一张照片上。

不，这姑娘不是我。我只是被服装迷惑了。那个时候，我被迫拿着的是缀满珠子的手提包。而这个女郎左手提着的藤条小旅包，很眼熟……

一阵痉挛窜上我的后背。从宽边帽檐下探出的那张脸，虽然浓妆艳抹，但五官长相是茨温格尔。

除了茨温格尔，还有谁能拿到那套衣服？

反正我再也不想看到那套衣服，至于给谁处理我也不会关心。

不过抱着茨温格尔的那人也不是我。

不是我，又会是谁？

格奥尔。

茨温格尔背叛了我……

我觉得喉咙横着一块烧红的铁。

小心。冷静。我的激情会生出我的分身。我的分身会杀了茨温格尔……

不对，这不是茨温格尔。为了证明这一点，我比对了两张照片。

女装看起来有点成熟，但我不可能看错。

拍摄时间是在柯达相片刚诞生的那几年。

我想起在安塞尔姆咖啡馆，他像常客一样习惯地点单。

"因为我外出自由啊。"茨温格尔答道，"也来维也纳玩过。"

到维也纳，是不是跟格奥尔约会去了？

一个字都没跟我说。

茨温格尔背叛了我……这个想法占据了我的一切。

少年时代在"艺术人之家"里的我是尤利安。在战场上，我是坚不可摧的格奥尔。

如今在船上，我是虚无。就像墨水吸进海绵，"茨温格尔的背叛"侵蚀着我。

为什么……

如果茨温格尔在这里，我大概无法冷静地询问他吧，可能还会杀了他。

小茨温格尔撒的一个无心的谎言——将骨骼标本指给我看，骗我那是他的父母——激怒了年幼的我。在出手不知轻重的情况下，我差点勒死了他。我不能原谅茨温格尔的小小谎言。所有的躁郁都转化成了对茨温格尔的愤怒。

自那以后，茨温格尔对我的态度可以说是献身式的。随着岁月流逝，越来越明显。

瓦尔特死后，是茨温格尔使我这个半疯癫的病人重新振作起来。虽然时间抚平了悲伤，但我非常清楚，茨温格尔有多么关心我。

当我答应志愿参军时，茨温格尔也毫不犹豫地朗声道："那么我也得扛起枪了。"

我不在乎什么格奥尔。我打心底里信赖的，也是我视为分身的人正是茨温格尔。

而这个茨温格尔却背着我跟格奥尔交好。

现在我的思路只向着一个方向堂堂前进。

为什么要背叛我……

突然我产生了疑问，为什么这张照片会在这里？

这不是茨温格尔放的。我筹备远行时并没有告诉他，而且茨温格尔还在柏林。

散落之物中，有一本薄薄的相册……这是格奥尔的东西。

是了。当我从战场归来前往格里斯巴赫家，走进格奥尔的房间时，在他剩下的藏书中发现了这本相册。大概是在离开房间时，把他的相簿放进背囊。这不是有意偷盗，也许是潜意识的愿望促使我下意识的行为。如果有自觉的话，之前就该看过相册了。

我坐在床上，翻阅相册。

大部分是格奥尔和学校同学一起拍的，四张照片贴在黑色底纸的四角。他和茨温格尔的合照背面没有糨糊痕迹。大概没有贴上只是夹在中间，所以方才露出一角。

我把照片放回相册。瓦尔特拍的照片也同样夹进相册里。玻璃碎了，相框也废了，废相框被扔进垃圾篓。为了能随时翻阅，我把相册放在行李包里那一堆衣服上，盖上盖子，锁结实。这是一次漫长的航行，风浪不可能永不再来。

这时我想起那只早被遗忘的盒子，相片带来的效果与盒子相同。

如果是火车，还可以中途下车打道回府。但我现在动弹不得，只能把自己交给一艘穿越大西洋的轮船。

在漫长的航行中，我几乎食欲全无。不知是服务员还是谁见状叫来了船医。我对他笑着叫道"瓦尔特"。我知道瓦尔特已死，那只是一瞬间的错觉。船医完全是另一个人，但他一脸讶异地问："你怎么知道我的名字？""你很像我的一个熟人……"其实一点都不像。船医的下半张脸埋在络腮胡子里，两人唯一的共同点只有职业。

"同名吗？真巧呀。嘿，这名字很常见。听说你不怎么吃东西，是晕船吗？还是有老毛病？"

"没有，先生。我只是不习惯坐船而觉得累。"

"疲劳会降低食欲。可如果你不吃东西会更虚弱，这样你身子会越来越吃不消的。这是个恶性循环，为了打破它，我先给你注射营养剂，主要是葡萄糖。这招很管用，一旦体力恢复，有了食欲，循环也会向良性发展。"

船医采取的措施让我想起茨温格尔。当得知瓦尔特死讯后，我精神错乱，身体虚弱，茨温格尔也在注射完葡萄糖溶液后，帮我用热毛巾揉开。

"不充分揉散会形成僵块的。"他说的和茨温格尔一样。

船医说着，用服务员拿来的蒸毛巾用力揉着针眼，这股力量甚至比茨温格尔更粗暴。

"你真能忍，就我这么一揉很多病人都要嗷嗷叫了。"

"我在战场上练过。"

"哦？这个年纪能从战场上回来，你哪条战线的？"

"加利西亚和伊松佐河。"

"俄意战线啊，奥地利军？"

"是的。"

"盟友，我在U型潜艇上服役。"

我的手被船医强壮的手攥住。

"我一会儿叫工作人员给你煮一碗特制营养粥，黑麦起司炖培根。大多数病人吃了粥很快就好了。"他微笑地说着话离开了。船医走后，我为自己的脆弱而羞愧。

我依赖着瓦尔特，依赖着茨温格尔，现在又要依赖着别人而活。一旦独自一人，立刻变成了这副熊样。

如果年纪小也就罢了，我都二十七了。同年的格奥尔已是电影导演和名演员，他不也是一个人吗？

这种想法就像漂流中抓到的木板，只有如此才能束缚住自己空虚的灵魂。

船医帮我恢复的力气就像紧箍，牢牢地束缚着我的灵魂，尽管还是很脆弱。

然而，气力填满不了内心的空虚，我的心里只有"瓦尔特已死""茨温格尔背叛"之类的思绪。

后来船医说我好多了，我也觉得自己好了一点，会开朗地回应他。但只剩下独自一人时，我还是会陷入灰暗的世界。

即使干劲是假，总比精神全无要好。

我把折叠的护照递到窗口接受入境检查时，还是会有些不安。在维也纳，战时不会上映敌国美利坚的电影吧。但在美国，格奥尔·冯·格里斯巴赫出演或导演的作品或许已经上映了。如果真正的格奥尔·冯·格里斯巴赫从欧洲回来，那么他可能会有离开美国时的记录。

而我没时间考虑这个问题就登船了。

不知道是不是海关入境审查员对电影不感兴趣，还是格奥尔·冯·格里斯巴赫没那么出名，他只扫了一眼护照，就面无表情地盖了章。

好莱坞还在更远方，必须由东向西横穿新大陆。为了消解航行的疲劳，我暂且投宿在一家廉价旅馆。

当我漫步在曼哈顿，一个戴着鸭舌帽的男人向我这边走来。他不年轻，看起来三十多岁。

"你来纽约了啊？"

男人说着凑近身子。

"我跟布鲁诺说过你已经被杀了。没想到你竟然在电影里现身了。"他呼出一口臭气，不禁让我掩鼻，扭过头去。

"你在电影里被打死过好几次。嘿……'你恨的人'。"

他凑得更近了。

"可是你却用我搭档来挡子弹，把他给害死……"

不等他说完，我一个胳膊肘擂进他的肚子。如果反应不快就无法在战场上生存。四年来我一直在野战斗兽场里磨砺，不知不觉也具备了敏捷攻击的能力。

一脚踢倒那个向前摔倒的对手，狠狠踩在他的后脑勺上。对方似乎晕了，我将他踢翻过来，踩碎对方的膝盖，再踩坏他的手腕，骨折的触感快速从鞋底传来。接着我像踩扁一只青蛙一样，踩在他鼻头溃烂、血迹斑斑的脸上。都没来得及思考，完全是身体自己在动。

只要打倒敌人，就要将他杀死。不能因为对方奄奄一息而放任不管，否则会遭到反击。这是我在战场上得到的教训。我没有武器，必须夺取对方的力量反击。一瞬间的手下留情无疑是自我毁灭。

战场上那种绷紧神经末梢的紧张感又回来了，恐惧都没有被唤醒的余地，破坏和胜利令人心旷神怡。我在战场上用枪托打人，用刺刀穿刺。当利刃深深地刺进敌人柔软的肉体时，我的心里只有"成功了，我赢了，我们不会死"的念头。

我摸了摸对方的身子，发现枪套里有把手枪。我取走枪，铁的气味让我回想起战场硝烟的味道。本想最后一枪结果他，但我克制住了自己，不能让他的同伴听到。取而代之的是踩烂了他的喉结。

武器壮人胆，这是一把六连发的左轮。在军队里会配给士兵步枪，只有军官才用手枪，但在战场上，我也学会了如何使用手枪。

目前没有目击者，这附近应该有他的同伙吧。虽经过战场洗礼，但我并不特别擅长格斗。幸亏对方小瞧了我，没有突然亮出武器，而是先用语言威胁我，让我胆怯，然后他准备再用手枪对准我逃跑的背影，或在我即将反抗时用刀抵住我吧。

只因为他想用言语威胁我，这次突击才奏效了。如果他精心准备，我早就没了胜算。

从一条小路到另一条小路，我要赶紧逃离此处。

从他开口的第一个字，我就能猜出他为什么会缠上来。

一定是布鲁诺委托这个混蛋去杀格奥尔的。"我跟布鲁诺说过你已经被杀了，但事实上我失败了。"

你把我错当成格奥尔了，你理所当然要为你的同伴报仇……

我挤进一条只容得下一人勉强通过的狭窄小巷。突然，我受到了强烈冲击，失去意识。

我蜷缩在盒子里。内部包裹着深蓝色的天鹅绒，外板之间塞满了胶质般柔软的东西。成年的我凝视着年幼的我手握记忆纽扣。

梦就是这样，在梦里可以客观地观察另一个自己。

记忆纽扣将记忆片段映像化，断断续续的片段通过联想拼接成形，成为毫无头绪的奇怪的拼贴画。

我和格奥尔在狭小的箱子里争夺着领地。在相对的梦里，我们用没牙的牙床啃咬对方，用无力的手互相推搡。身体的某处在疼，我不知道哪里疼，浑身都疼。瓦尔特给我服下甜蜜的糖浆，他的手因皮下出血而红黑肿胀。

我的指甲伸得很长，伤到了瓦尔特的皮肤。滴落的血珠在我的侧腹汇成红色的河流。在河中游泳的是格奥尔与我……不，是茨温格尔和我。我推开茨温格尔。我想大哭，但胸中的块垒仍然凝固，压得我无法爆发。

瓦尔特与我以细剑搏命。我的剑刺进他的胸膛，瓦尔特倒下了，血在他胸膛下扩散，迅速流成小溪。我从战壕的血泊中站起，浑身是血，是泥。"来吧，上战场吧！"茨温格尔对我道，我和他挥着剑向前奔跑。

手推车载着堆积成山的垃圾，我从它们之间走过。这时我感觉好像有人在跟踪我。一回头，在推车旁站着一个年轻男人。他的穿着和附近居民相似，头戴一顶鸭舌帽，展开几张纸片看了看又向我瞅了瞅。

眼神相对，他走了过来。

"乔治？"

"不对。"

我摇摇头。但英语的乔治和我的名字格奥尔几乎一样，无非多了一个英文字母"e"。

难道他在叫我？是布鲁诺的熟人找来了？空气中有了一种剑拔弩张的肃杀？

"是乔治！"戴鸭舌帽的男人点点下巴。

登时我胳膊发力，狠狠地肘击了想从背后抱住我的那家伙的肚子。我早就注意到鸭舌帽的同伙悄悄溜到我的身后。从帝国陆军学校到陆军大学一路走来，战斗技术已渗透进我的血液。我撑着瘫倒的偷袭者，将他转过来挡在我身前当肉盾，子弹随后便打进肉盾之中。

在第二枪打来之前，我钻进推车下面。虽然臭气熏天，但没有闲工夫对掩体挑挑拣拣。

就听见外面一声惊呼"条子！"，随即听见警哨的声音。

鸭舌帽早就跑得无影无踪。

我向反方向逃去。我没有自信万一被警察逮到自己能说清楚前因后果。我的英语不算流畅，也不能完全听懂他们的话。有人中枪，但不是我干的，我也是受害人，我不知道我这么说警察会不会懂。

我冲进敞开门的酒吧，靠在吧台屏住喘息。"OK，OK，没事了。"和我并肩而坐的家伙对我说，"是我救了你，请我喝一杯吧。"

一个头系红手帕，身穿格子衫的年轻男子在我眼前晃着他那哨子。他的年纪看起来比我稍微小一点。

"我刚才见你被缠住了，就捉弄了他们一下。"

"请我吧。"他依旧催促着。

"劳驾给他一杯。"我冲吧台里的酒保说。"傻瓜，"年轻人笑了，"你什么时候进来的？"

"刚刚。"

"你先付钱。"

我拿出硬币，把他的那一杯酒钱拍在柜台。

"我们意大利人都是好人。"年轻人说着眨了眨眼。

"认错人了，他们好像在找一个叫乔治的。"

"叫乔治的真是太多了。"

"我的名字用英语念也叫乔治。"

"要是乔治奥就好了。"

"是格奥尔。"我用沾湿的手指在柜台上拼写给他看。

"嗨，德国土豆仔吗？"

虽然意大利佬的这句话引起决斗都不过分，但我大度，不跟他一般计较。

"你要再待在这里可就麻烦了。管你是乔治还是格奥尔，是不是你让迪克打中他同伴的？你准保被他们盯上。"

"是他们先动手的。"

"有理说不清的。你还是赶快逃去芝加哥吧。"

当时芝加哥正在贪婪地吸纳移民。"So long（回见）。"年轻人说着，微笑走出店去，一条腿有点瘸。

我也想喝一杯，但钱包不见了。

"被恩里科摆了一道？"吧台后面的酒保咧嘴笑道，"那家伙虽然年轻，但技术不错。稍不留神，可就着了道了。"

一出店门，鸭舌帽又向我这边走来。是刚才见到的家伙。

"你来纽约了啊？"

男人说着凑近身子。

"我跟布鲁诺说过你已经被杀了。没想到你竟然出现在电影里。"他呼出一口酒气，不禁让我掩鼻，扭过头去。

"你在电影里被打死过好几次。嘿，你恨的人。可是你却用我搭档来挡子弹，把他给害……"

不等他说完，我一个拐肘擂进他的肚子。如果反应不快就无法在战场上生存。四年来，我一直在野战的决斗场磨砺。不知不觉，我已具备了敏捷的攻击能力。

一脚踢倒那个向前摔倒的鸭舌帽，狠狠地踩向他的后脑勺。对方似乎晕了，我将他踢翻过来，踩碎膝盖，再踩坏手腕，骨折的触感快速地从鞋底传来。接着我像踩扁一只青蛙一样，踏在他鼻头溃烂、血迹斑斑的脸上。

夺走对方的手枪，逃。

举枪对准挡在我面前的男人。

"别、别开枪。"

"啊啊，恩里科。"我的声音像是从梦境和现实的交界处发出的。于是我从被牢牢攫住的噩梦中释放出来。

我在疯人塔里，幽禁在二十八个小房间之一，外人皆视我为狂者。

梦中的恶臭，在屋内飘散。

在一连串的噩梦中，我看到了格奥尔的记忆，是自动记录。如果我的手能动，我一定会写下来。

约束衣剥夺了双手的自由，我被绑在简陋的床上。

让我遭遇这些的是……我拼命想……是茨温格尔。茨温格尔背叛了我。是茨温格尔杀了瓦尔特，所以把我当成疯子幽禁起来。右手抓着什么金属物体，这是一把大号的小刀？我使出浑身解数，想要撕裂约束衣，但被捆住的手臂不得自由。

茨温格尔曾把我关在这特殊牢房里，现在又被关进来了。

不对，这难道是那次的后续吗？

因为瓦尔特的死，我精神错乱而被幽禁。原来我一直没出去过，之前的一切都是噩梦和妄想吗？

这里是艺术人之家的特殊牢房吗？那么墙壁就该是填充了软物的帆布，头撞上去也不会死。

茨温格尔！我想尖叫，却发不出声音。

声音在胸腔膨胀，最后爆发了。

"茨温格尔！"

就这样，我醒了。我终于冲破了噩梦的帷幕。

我果真被绑在床上，但并没有约束衣。双臂被系紧而动弹不得。两脚也被绑在床上。

我被双重幽禁了。在监狱，在噩梦中。噩梦层层叠叠，苏醒需要莫大的能量，我的呼吸变得急促起来。

我在监狱？在疯人院的病房？还是仍在梦里？

四面都是混凝土的冷清房间。角落里堆满了垃圾。

为什么我被剥夺自由，被囚禁？我开始回忆之前的情况。我被一个小混混缠住，我感觉到杀气，立刻反击，逃走，在冲击中失去意识。

可能是被那家伙的同伙抓住了。他们的私刑就要开始了吗？

因为脖子能动，所以我微微抬起头，将视线移到手上。我的右手紧握着一把手枪，手指硬得跟尸僵的状态一样。但是我手腕被绑住，所以举不起枪。

奇怪的是，他们竟然放过了手枪……

不，被小混混袭击的是格奥尔。我只是看到了格奥尔的记忆。

门开了。一个陌生人拖着一条腿走了进来。

不，在哪见过……

"没想到我会救你两次。"男人站在门口，抱着纸袋和报纸说。

我别无选择，只能摇头。

"七年了，难怪你忘了我的长相。我倒是在战时看过你演的电影。我当时就想说'啊，这不就是当时那个家伙嘛！'我还记得你在柜台上写你的名字。当然，我是为了生意才去看的，所以也没怎么专心看银幕。电影院里可赚钱了。"

啪嗒，男人又向床边走近一步。

如果这里是监狱，他就是看守？如果是疯人院，他就是护士吗？

"把绳子解开。"我说道。

"如果你把它扔了的话……"他指着我右手的手枪，"你把枪口对准了我这个救命恩人，得亏你在开枪前晕倒了。但你晕了还不肯松手，你的手指就像焊在手枪上一样，我都取不下来。没办法，只好把你给绑了。"

像木乃伊一样僵硬的手指逐渐变得柔软，似乎它服从了我的意识。手枪掉在地上。男人把纸袋和报纸扔到床边，迅速捡起枪塞进皮带。

男子露出放松的表情，解开绳子。"那时候我没告诉你我的名字，因为就怕这种情况。我叫恩里科。"

进入自动书写状态，好像有什么法则。我一直在思考。穿过梦境的壁垒，耗费的精力相当于从一条战线强行突入另一条战线。尽管思考力已经筋疲力尽，但我还是执着地坚持查明这个法则。

十五岁时，瓦尔特曾悄悄带我去维也纳，不经意地让我见到格奥尔。后来得知瓦尔特的愿望后，我尝试了自动书写。我做到的只是写下DOPPELBABY……之后不适袭来，当即放弃。

此后，为了不辜负瓦尔特的期待我又进行了尝试，但我记下的是DOPPELBABYLON这个单词和我的记忆。

二十岁，布鲁诺拜访艺术人之家。从布鲁诺那里得知格奥尔在决斗中侧腹受伤的瓦尔特也想给我制造同样的伤痕，但他做不到。第二天晚上，我第一次成功地进行了自动书写。然后布鲁诺带我去维也纳，让我进了格奥尔的房间。我又自动写下大量手记，疲惫昏倒。而与此同时，瓦尔特死了。

瓦尔特的死。让我和格奥尔的精神感应变得毫无意义。

然后直到现在，我都没有受到那股冲动的驱使，而今却在噩梦中看到了格奥尔的记忆。但我看到的是事实吗？会不会只是我从布鲁诺的话里想象出来的画面？

自动书写发生时的环境有什么共同点吗？

是布鲁诺说我写的符合事实，但如果布鲁诺撒谎……如果布鲁诺有意说我写的那些乱七八糟的玩意儿是真的……那么我根本就没有精神感应的能力。

不对，在格里斯巴赫家的大厅里，确实有我写下的大楼梯。浴室也和我写的一样。

"呐，喂？"男人的声音打乱了我的思考。

"吵什么！闭嘴！"我怒吼道，但没有什么魄力。我很庆幸我累了，一使用暴力就会疲累。我体内潜藏着难以控制的力量，上战场的时候我就知道了。暴力一旦炸开，我会极为残忍。踩碎敌人膝盖骨的感触，同时交织着快感与不快。冷静的时候，不快感会占据上风。但在行动过程中，甚至只会感觉欢愉。

"不会吧。"男人反驳道，"什么态度啊，对恩人这么说话。"

"顺便问一句……"说着，男人一屁股坐在床的空处，"你到底是谁？"

他展开了小报。

"今天的。"

报上刊登了一张年轻男子的照片，煽情的语言报道了某电影演员自杀的消息。

下面还刊登着几位配合着各自肖像的相关业内人士对逝者的评论，其中一位是我……不，是格奥尔·冯·格里斯巴赫。

报道中说，在战时以反派成名，最近以一部《暴风雨》展露出导演天赋的格奥尔·冯·格里斯巴赫……打算起用该演员拍摄新作。"作为一名演技派的演员，他非常出色。真是遗憾。"评论如是说道。

"昨天，疯子鲍比跳楼自杀了，报纸立刻收集各方评论，而你睡在这张床上。当然，低俗的报纸能胡诌评论，不能信任……"

我的思考能力正在退化。头盖骨里大脑脑沟似乎都被填满了。男人的话没有浸润大脑，而是漂浮在球体表面。那个球体不是金属的，而是填充了胶体，触感柔软。

当冒充格奥尔拜访格里斯巴赫家时，我假装失忆，但那是个幌子。由于很快就离开了格里斯巴赫家，所以伪装也几乎没起到作用。

但到了新大陆之后，记忆消失什么的却不是伪装。我被一个小流氓缠住，立刻反击，然后逃跑。直到这里明明都还记得那么清楚，怎么就受这个男人照顾了呢？这部分记忆完全空了。不，别搞错了。被流氓袭击的是格奥尔。

那么……我是格奥尔？是身为格奥尔的我，共通了尤利安的记忆？

不安压倒了我。我把脸埋进枕头大喊："我是谁？"

茨温格尔说他有时会昏迷。尽管他只是淡淡地陈述事实，但也一定非常不安。在那之前，我满脑子都是自己的不幸，从未体会过他的心。茨温格尔背叛了我……

会这么想的人是尤利安，不会是格奥尔的。我是尤利安吗？不，尤利安不存在。

我是虚无。

尽管一无所有，我还是吃护士提供的食物，睡觉，落梦，冲破层层梦壁后的疲累，再吃饭。

我是谁？我是虚无。自问自答毫无止境地重复，再重复。

虽然有时也在温柔的梦中——和瓦尔特骑马，与茨温格尔玩耍——但不安的阴影总会落在我身上。脑中的胶体会不会融化了呢？每次等事后冷静回想却倍感不安。"多么愚蠢啊。"那不是想借疯狂的逻辑向自己说明莫名其妙的不安吗？焦虑有时伴随着具体的幻象。室内墙壁开始龟裂，一片片地坍塌下来。我用双手捂住头，试图避免被压在下面。不一会儿，幻影消失了，肮脏污秽的墙壁仍兀自静立。贴在墙上摆出挑逗姿势的女人向我投来恶意的目光。

偶尔，我能清楚地认识外界，理解男人的话。这人不是护士，这里不是疯人院。男人是名叫恩里科的意大利裔移民，曾经帮助过格奥尔。后来发现我倒下了，误以为是格奥尔，便带回自己的公寓。我精神错乱地用枪指着他，所以他把我绑了起来。为什么不报警？为什么不叫医生？我清醒的时候曾问过他。恩里科说因为生意的缘故，警察是敌人。"看医生要花钱，而且你身上的钱很少，我也没有义务支付你的治疗费。再说我觉得你没什么大伤。"

至于对我下狠手的那人，恩里科说他不知道，因为没有目击到现场。"也许是迪克的同伙向你扔石头。"如果是我打败的那个家伙的话，可不能置之不理。我必须杀了他。"我不知道。"恩里科不耐烦地说。

"我看到你倒在那儿，救了你，就这么简单。"

"你小子能正常说话啦，我还以为你脑子被打坏了呢。"虽然恩里科这么说，但我清醒的时间并没持续太久。很快脑子又变回一团糨糊，偏执地认为那个自称恩里科的人就是茨温格尔，是茨温格尔伪装的。

虽然时至今日我已从精神错乱中恢复过来，还会自嘲往日的蠢事，但在当时我好像一个劲地用歪曲的思维去疏通前路，而这条路最终折回成一座没有出口的迷宫。

就像《红花》里的疯子一样，我意识到自己并非处在健康状态，对事物的判断和妄想有时会奇妙地融合，有时又会分离。当我清醒的时候，一想到"艺术人之家"的疯子们，我就害怕。害怕我一旦被妄想抓住，会再一次陷入不安和恐惧当中。心处极度混乱之时，身体也一动都不敢动。身体只要一动，一切都会毁灭。天空破碎，地面开裂。我只能屏住呼吸蹲在那里。经我自行诊断，病因并非来自外界，比如头部重创，它一定是潜伏在我体内，等待着发病机会，重创不过是个诱因。

与格奥尔的精神感应和自动书写都不是正常人做的事情。《红花》的主人公因他自我过剩的献身精神和良心上的苦痛导致了行为异常，但我却没有他那样的美德。妄想的成分是丑陋的猜疑和憎恶。

我觉得，狂人是不会相信"一个由相信他人信仰而组成的社会"。狂人看不到别人看得见的东西，所以用妄想填补其中空白。在正常人眼中，一个再寻常不过的小水塘在狂人眼里则是一幅具有神秘象征意义的图像。

当我和德国移民男孩同住时，我好像正处于最严重的忧郁症和迷茫之中。终日无精打采，无动于衷，不介意自己是否肮脏，只是蹲在那里。

虽然没有夜莺的歌声带来安眠和快愈，但就像从昏暗中穿过雾霭来到光明一样，渐渐地，我处在正常意识里的时间越来越长。

时间感消失了。好像是短短几日又好像是永远，我在时光的奇流中飘游，当得知一晃已过数年，不禁愕然。

恩里科宽宏大量地让我这个既无因缘又无用处的累赘病人与他同住，真是不可思议。

"意大利人都是好人。"

我身无分文，钱全交给恩里科换口粮了，就这样还不够。

突然间，我意识到自己衣冠不整。任由头发和胡须长在了一起，只有眼睛和鼻子没被遮住。

我没有刮胡子，只是尽量显得不那么邋遢。为了不让别人发现与格奥尔的容貌酷似，留着胡子比较好。

当我思维澄明之时，我告诉恩里科我和格奥尔是双胞胎，但没有说是特殊的双胞胎，只是说了因继承问题自己被隐瞒了。虽然彼此音讯全无，但看了一场格奥尔的电影后，无论如何都想见一面。

"你打算去好莱坞？"恩里科摊开手，耸耸肩。

PAUL

III

B A B Y L O N

"隔壁不会听到我的声音吧？"保罗压低声音说，"真不可思议啊。"

"什么？"

"你为什么对那男人这么好？让病人跟你同吃同住好几年？"

"我不是说过嘛，意大利人都是好人。其中我是最好的。"

"就这？"

"就这。"

"是吗？"

"你还怀疑什么？"

"你是不是有事瞒着我，师父。"

恩里科犹豫了一会儿，承认道："其实……是我干的。"

"只是碰巧他运气不好，"恩里科急忙辩解，"你是几年前成为我徒弟的？"

"五年……前吧。"

"那要再往前推三四年……所以是距今八九年前的事了。"

由于干活时被肥鸭发现，恩里科被人追击。当他还没来得及把猎物塞进假肢，胳膊就被抓住了。恩里科甩开那人逃跑，他冲进小酒馆，爬上二楼，把堆在楼梯过道上的木箱扔进后窗，想借机吸引肥鸭注意之后再趁乱逃走。那是个装空啤酒瓶的木箱。当他正要扔下箱子的时候，窗下好像有人影晃过，但手已经松了，随后响起玻璃碎裂的声音。夜幕降临时，恩里科回去看了看，发现狭窄小巷里散落着箱子、空瓶，以及什么人的腿。由于小巷只有一人宽且一楼酒馆没有开向巷子的窗户，所以没人注意到此人。恩里科走近一看，是格奥尔，他吓了一跳。正想把他扶起来，突然格奥尔用枪口指着他，然后就昏厥了。手枪紧握在他手里一刻也没松开，恩里科没有想到会跟这样危险的人相处如此长的时间。

"我是个守规矩的人，姑且把他带回宿舍，但后来他疯了。我又不能赶他出去，就这么拖到现在。不，你别告诉他是我干的。"

"好吧。"

"他也许是个不得了的凶残家伙。"

"他看起来不是很老实吗？"

"我救了他，把他带回房间后才发现，那人鞋底满是血。"好像要勾起保罗的兴趣，恩里科顿了顿，接着说，"我捡到那家伙的当天，有个流氓被杀了，手段太高明。报纸上说他的喉咙、手腕、膝盖和后脑勺全都折了。还有他的脸，鼻梁都扁了。"

保罗情不自禁地看向隔壁房间，像是为了镇定自己而开口道："街头小报说的吧？那种耸人听闻的写法就是为了吸引眼球。"

"每家报纸都写了，警方发布的消息。"

"被杀的叫迪克……"恩里科的声音更低了，"格奥尔刚到美国时跟他有过节。那已是十五六年前的事了。迪克突然开枪。格奥尔应对不错，用迪克手下的人当肉盾。迪克开枪打死了他的搭档。我完美地帮助了格奥尔脱困，顺便收了点钱。"

"那么，这次迪克又来了？"

"可能是碰巧遇到了那家伙，想向他寻仇，结果被反杀了。"

"报仇？"

"迪克把他当成格奥尔了。"

"他们像吗？"

"不是像不像的问题。"恩里科继续说道，"等那人正常一点后我再问他。照他的说法，他是为了自卫才做出那样的行为。"恩里科打了个寒战，"所以千万别说是我干的。"

有些不寒而栗，保罗笑着掩饰了过去。

"有什么好笑的？"

"因为头被掉下来的啤酒箱砸中真像好莱坞的闹剧桥段，就像扔馅饼一样。"

恩里科也回以苦笑。

"你跟一个杀人狂一样的家伙同住，不害怕吗？"

"你不觉得驯服猛兽比养猫养鸟更有魅力吗？"

"我不认为，完全不认为。"

"他从来没有对我露出过獠牙，是条老实的狗，所以只会在自保时亮出獠牙。它会先对准咽喉，再一击制敌。"

"那家伙刚从战场上回来。"恩里科说道。

"在最前线，杀敌眼都不眨一下。但我不是敌人，所以没关系。"

敲门声起。

男人进来脱下帽子，摘下眼镜。

保罗震惊了。虽然胡子带给人的印象不同，但毫无疑问，他就是本该在上海的格里斯巴赫导演。

"我说过了，不是像不像的问题。"恩里科解释说，"是双胞胎。"

听到有关继承问题的复杂情况，以及家族决定不允许他的存在之后，保罗选择了同情。

"伙计，如果你要去上海，就带他一起吧，他想见一见格奥尔。"

梅贝尔曾说过，最好找个借口堂堂正正地见格里斯巴赫一面，当时保罗认为很困难。不管用什么借口，如果保罗去见他，格里斯巴赫很容易会联想到梅贝尔在暗中牵线搭桥。

但是，多亏这个男人才能找到借口……

为什么会想到将《木兰从军》放在鸦片窟里拍？我自己也觉得奇怪。

你也惊讶地反问："简直是吸鸦片的人冒出来的疯狂想法。"

"吸鸦片会让想象力飞跃吗？"

"不会的。如果真是这样，那么鸦片窟里就挤满了创作的天才了。但或许可以激发某些人的创造力，还记得那个男孩突然变成诗人的事吗？"

说着你把烟枪放在枕头上，重新站起来。看来你吸得还不够深，当你在椅子上坐下，表情里已全无惬意。

"我不需要鸦片。即使没有罂粟的帮助，我的想象力也会扩展。"

一旦我开始动脑，言语也带着温度。

"我懂了。"你接着又说，"与其逃进鸦片，还不如逃进你的梦想里。"你的这句话是否充满讽刺呢？

"花木兰是尤利安的梦想。"

鸦片窟里的花木兰。这就是尤利安想让我写的《双头巴比伦》吗……

当我这么说的时候，你暧昧地歪了歪头。我不知道你是承认还是否认，但看起来好似犹豫要说什么。

过了一会儿，你没什么自信地说："《木兰从军》可能包含在《双头巴比伦》中吧。"

接着你又说："尤利安最初进入自动书写状态，是他被带去普拉特见到你的时候，他回去写下了DOPPELBABY——双头婴儿。这个单词暗示了你和他，所以引发了他强烈的不适，书写中止。之后为了响应瓦尔特的期待，他再行尝试，记下了 DOPPELBABYLON——双头巴比伦这个单词。紧跟其后在他脑海里浮现的是你也说过的胎内情景。尤利安自认为失败，停止了尝试。

"当你让我记录口述自传时，你曾说当时在准备《伊莱卡》的剧本，结果进入自动书写状态，写出DOPPELBABYLON。自传中你说道：'双头巴比伦，指的是维也纳和好莱坞吗？两处都是符合巴比伦气质的都市。刚这么想，心中立即回应Nein（不对）。指的是从维也纳的躯干上长出的两个头——你和我。我无视心中诡异之声，专注创作《伊莱卡》。'

"当你被《双城记》中'极其相似的两人'这一要素吸引时，你曾说过'那家伙和我的思考好像在哪里连通了。当我们的肉体尚在一起时，我们的感觉、思考都融合在一起吧。融合？不对。我们并非什么缘由而结合，我和那家伙本就是一体。只是在母亲的子宫里无法完全一分为二，所以靠医学的力量强行剖离。肉身虽被割离，但那原本一体之物能变作全然不同的两个吗？他即是我，我即是他。'

"我只是随口解释下'双头巴比伦'的意思，就像你突发灵感认为双头巴比伦是指从维也纳长出的两个头，格奥尔和尤利安。

"然而是不是那股你和尤利安所共有的无形力量，牵引着你和他各自书写两个生命从分道扬镳再到合二为一的过程？我找不到合适的表达方式去称呼那让你们书写的力量，它已经超出了我现有的知识。但不管怎么说那股既是两人又是一人的潜在力量，除了你和尤利安之外不做他选……"

我听懂了你的话。

如果说《双头巴比伦》意味着从维也纳这个母体中出生的格奥尔和尤利安的话，那么它既包含着两人至今的人生，也暗含着今后所有的路。拍摄《木兰从军》当然也是《双头巴比伦》当中的一节。

但要说尤利安流入我的体内，和我融合不分彼此，对此我仍有强烈抵触。我就是我，与尤利安不同。

我再次凝视着你。这是你的希望吗？希望尤利安与我融合？被你操纵的人，是我吗？

我抛开那些愚蠢幻想。

即使《双头巴比伦》描绘的是我们两人的人生，但掌控者是我。是我的意愿。

摆在眼前的是要拍《木兰从军》。

但是想想现实，我根本拍不出电影。

我知道制作一部电影要花多少钱，不可能不知道。

第一步必须要筹钱。

"我现在几乎一穷二白。"我重重地叹了口气。

"钱不用担心。"你从抽屉里取出了存折。

"格兰公司？这是什么？"

存款金额很大。

"梅贝尔·萝小姐和肯尼斯·吉尔伯特先生寄来的。我想你一定
会拍电影，所以提前准备好了。"

"痛快！"听了你的筹款过程我放声大笑，"你偷偷存了胶
卷，连我都瞒。"我略带不快地补了一句。

"胶卷很容易着火，我立刻把它安置在安全的地方，因为再也拍
不到那种场面了。后来我忘记了，就连同它一起带来上海，却让我想
出了更好的用途。"

"我也想看看。"

"我存了原版底本和一版正片，随时都可以看。"

"那么现在就看。"

我在客厅墙上挂起投影幕布，打开与你房间相连的门，把放映机
架在角落。

你从橱柜里拿出一个扁圆盘罐子，把胶卷插上卷轴。

"开头快进，直接看关键部分。"

摄像机冷冷地照着那些妆都花了的家伙们。

途中我高喊一声："麦克休也在吗？"

"是的。"

"你什么时候冲洗的？在好莱坞？"

"没有。我把《香妃》底片拿去洗印店时，自己冲洗了这卷底
片，还做了两卷正片。"

全上海只有一家冲洗店。华人的冲洗师还没有培养起来，所长和下属技师都是白人，包括明星、天一在内的大小影戏公司都委托他们冲洗电影胶片。

"杜月笙解散电影公司之后，我就把一盘正片寄给了梅贝尔。"

"这么说，你当时就知道麦克休在片子里露脸了？"

"是的。"

"可你却瞒着我直到现在。"

"没必要啊。"

"你装傻的功夫可不输华人啊。"

你只是微笑。

"啧，你可不能掉以轻心。另外你还有多少秘密？"

"你要问我都会说，但不问我不会主动透露的。你不是也一样吗？"

"是吗？"

"你在口述自传时并没有透露决斗原因，为一个女孩争风吃醋被一笔带过。"

"那是格里斯巴赫的自传，为了表达对梅贝尔的崇拜，所以没必要说啊。那时候我还没有意识到那女孩就是你。"

"如果我问，你会把一切都告诉我吗？"

"我也跟你说过很多不足为外人道的事了。"

"是啊……可我……虽然害怕知道真相……"

你犹豫了。

知道真相很可怕，没错。所以在我隐约察觉到引发决斗的那个女孩酷似你时，也没有承认。

借鸦片之力质问后的结果又如何呢？

我知道了你的想法。作为结果来说是好事。当你伪装成女孩欺骗我的时候，我知晓了你最重视的人只有尤利安和瓦尔特医生。格奥尔对于你，不过是简单的，没有实体的名字。你直言不讳，我理解你的感受。你还说道歉没有意义，所以你不会去做，倒可以一切顺我心意，我很欣赏你这般所言所为。

"你当时跟踪我找到了艺术人之家？"你反问道。

"是的。"

你的手在膝盖上捏紧了。大概是用了很大的力气，关节都变白了。让我怀疑你是否又一次癫痫发作。

"后来还去过第二次？"

我能感到你的声音在微微颤抖。

我犹豫了一下回道："去了。"

"你也瞒着我……"

"因为你没问，我就没说。"我苦笑道，"至于为什么又去，这个理由实在不好说啊……我被一种无法控制，不知缘由的感情驱使……理由我是知道的。就算现在我知道她是你，也很难开口，但我想再见那女孩一面。女孩她……不，我知道那是个身着女装的男孩。"我顿了下。

"我准备告诉你，我要赴美。到了新大陆，就再也见不到那姑娘的念头刚一涌出，我便毫不犹豫地离开了医院，带着无法控制的感情……嗐，说出来真是难为情，我还是个不懂事的小鬼。可最终我也没见到那个'她'。偷溜回来后护士还把我训了一通。"

"是吗？"

你苍白紧张的脸又恢复了红润。

"那时候，你见到瓦尔特了吗？"

"瓦尔特？"

我再一次犹豫了。

难道那人就是瓦尔特吗？

"我想问你一个问题。你为什么说'被一种无法控制，不知缘由的感情所驱使'？就好像你知道你的情绪流动。"

我语塞了。

各自无言，我把话接下去："说出来你可能不信……实际上是那股不明就里的感情驱使着我。"

面对着犹如城门般的入口，当时我无畏地敲响了铁门上的门环。

一个看似门卫的男人从小窗里探出头来，微笑着迎我进去。现在我明白他是把我当成尤利安了，但那时我还不知道尤利安住在里面。不问姓名也不问来由，他们便放我通行，这让我觉得很奇怪，但还是进门了。

虽然这是我第一次进入建筑内部，但穿过装饰着鹿头骨的狭长房间时，脚步却毫不犹豫。

我在房门前停下脚步，打开。

余光瞥见壁炉上的画框。"进屋时要敲门。"男人从椅子上站起来，用严厉的声音对我说。就在那时，一股莫名其妙的强烈情感推动了我。

"我用尽全力推倒了他，然后就逃走了。也许我在害怕，害怕什么呢？对，可能是怕被指控私闯民宅，可能是我瞬间就想要这样。"

"女用人看见你了吗？"

"我不知道……那时候感觉一切都很奇怪而不真实。我被自己都无法解释的感情支配着。就像醒来后想要回忆梦境，却总是模糊不清。"

"我真的迷上你了。"我苦笑着说，"哦，别误会我。我现在对你没有什么非分之想。你是我得力的助理导演。我对男的没有兴趣，虽然见识过几次男妓。"

你双手捂住了脸，憋笑似的颤动起肩膀。欸，说的什么傻话。

"对了，别那么明目张胆地嘲笑我，我可是很难为情才说出来的。"我打断了尴尬的话题。

"说回正事吧。请你为我找一家上好的——或者说是最差劲的鸦片窟。"

鉴于不久之后，艾根·利文都不在我身边。因此之后的事就当是我的自言自语吧。

第二天，艾根开始四处寻找最差劲的鸦片窟。

在"STAR LIGHT"的小巷里，鸦片窟已经够多了，但我要的条件是全上海最差劲的。

　　他找到的就是大观里。因为在南市边缘，所以从法租界出发，要往南走很远。

　　日升月落，已是一九二九年。

　　艾根正在学车，他买了一辆T型车，是即将归国的美国人转让的二手货。我租了一间面向后巷的空仓库当他的车库。托汽车的福，不用一出门就要拦黄包或打出租，但探访大观里时我们还是搭乘出租车。如果空车锁在路边，还指不定他们会怎样对汽车下手。到时候砸坏门锁，卷走行李，那可追都追不回来。

　　"就在这里。"艾根让出租车停在一条里弄的门楼口。

　　门楼两边是餐馆和膏药店。分别挂着"饱德园"和"义正堂"的招牌，门楼牌坊上一块牌匾，上书"大观里"三字。

　　"这鸦片窟归阿桂姐所有。"

　　"做粪工首领的那个女的？"

　　我想起在《香妃》庆功宴上被介绍过的阿桂姐，黄金荣的内人。不仅是粪便，她还做鸦片生意啊。

　　我们肩并肩地走了进去。

　　顺着眼前建筑的拐角往左一转，顶头就是间板墙朽腐的公用厕所。从破洞里溢出的粪尿淤积在地面，弄得厕所小屋四周满是粪泥，一脚下去能没过脚踝。

　　"即使是粪工也难以清理啊。"

　　从南门贯穿大观里的街道中央有宽敞的台阶，上台阶后是左右横向的通道，连着两侧房屋的二楼。

　　"这边是兼做淫窟和烟馆的鸡毛旅店，还有吗啡和白粉的私贩点。"

　　建筑四周如牡蛎壳一般横七竖八挤满了活动摊子，其中几个兼做赌局。小吴带我们初进十六铺时，我就被其中震天响的喧嚣吓到，但大观里的凄景却是十六铺无法比拟的。十六铺的喧嚣是内带活力的热闹，而大观里犹如一摊堆得高高的猪下水，喧噪得好似幽鬼之巢。

　　站在鸡毛妓院前的妓女们因梅毒眼球白浊，又因纵欲和吗啡浑身青黑瘦削。面对逍遥一次四十文的嫖资，汉子们仍围着妓女讨价还价，而女人们回以唾骂，场面嘈杂混乱。这里没人有闲工夫调笑，只有赤裸裸地用最贱的价格满足下半身的贪欲。

　　这里是白人警察不管的华人区，我们是闯入者。就像看到奇怪生物一样，目光齐刷刷地投向我们，从头到脚怔怔地盯着，目光中既无责备也没讶异。他们的关心点很快又转回眼前的欲望，他们唯一害怕的是突然变本加厉或索取贿赂的官宪。

　　一个满身污垢、了无精气的男人曳着溺死人的步伐在路上漂游，但他似乎很焦急，向前撑着下巴，走到吗啡私贩点，把胳膊伸进窗户。当交出他攥着的几枚铜板之后，注射针管探出头来。针头刺进胳膊，男人的表情松弛了。他又从注射商那里接过一个小纸包，咻溜溜地坐到地上。他把纸包里的粉末用唾沫化开涂在手上，再把手伸进裤子里。光打针还不够，他屁股周围鼓鼓囊囊像一窝虫子在蠕动。男人不顾周遭的眼睛，自顾自开始往肛门里涂药。他的眼皮红肿，鼻涕流到唇边结成了冰。

适量吸食鸦片可以优雅地放松，进高级妓院也能享受一点风流韵味，但这里断然没有那种奢侈的快乐。

我走进吗啡私贩点旁的烟馆。

虽是大白天，但房间里一片昏暗。屋里一张床也没有，穿着破烂，满是污垢，但一脸怪异的麻木的男男女女躺在比平地高一级的地方。为了激发性欲，有人赤身露体滚在一起，也有人选择自慰。还有一些连性欲都失去，用浑浊的双眼凝望虚空，沉浸在吗啡带来的恍惚之中。

妈的，艾根找到一个出乎我预料的好地方，也是最糟糕的地方。

我围在一圈透明的墙里，仿佛自己也变得透明似的在平地上立了一会儿。没有一个瘾君子对我们的到来表示关心。

回到公寓，在客厅安歇的我环顾四周，这些常见家具看起来如同异物一般陌生。

如果大观里是真实的，那这个包围在西洋风家具里的安稳住处难道不是海市蜃楼吗，还是说那个魔窟不存在？

我原以为自己在泰坦尼克荒淫派对上已经剥掉了绅士的虚饰，暴露他们的真容。我还是稚嫩了，人竟可以荒废到这种地步。

这时我仿佛听到了嗤笑的声音。是幻觉。

"不识战场格奥尔。"声音没有通过鼓膜，直接响彻脑海。尤利安？不，应该是我潜意识的声音吧。同龄的青年为了祖国奥地利已经拿起枪，接受残酷战场的血的洗礼——就连尤利安也一样。但我在新大陆那块名不副实的干岸上，以诋毁德意志人成名。于此我或许有着超乎意识的负罪感。

也许战场上的人可能会像大观里中的那群人一样颓废，但不会停滞不前……也许吧。

我决定在一个无人的黎明重访大观里。

无论如何，我的外景都要实拍。

黄昏般的清晨，我把新闻摄影师使用的轻便摄影机和三脚架往福特车上一搬，由艾根驾车前往大观里。临街餐馆、剃头铺、算命堂、卖热水的老虎灶各家门板紧掩，人气全无。路上四散的痰渍，街边垂流下的稀溏粪迹混于一片昏暗之中。一下车，空气随呼吸流进肺部，冻得透凉。

门楼内的建筑前排列着满是污秽的马桶，恶臭粘在鼻孔上。现在是冬天还算好的，倘若搁在腐败的夏天，不习惯的人恐怕会晕倒吧。

不用三脚架了，我爬上车顶，匍匐着举起镜头。没有专业的摄影师，我和艾根必须两人完成全部工作。虽然穿着厚厚的衣服，但感觉肚子就像贴在冰块上一样冷。艾根缓缓地向前开。

从公共厕所拍到街道两旁兼做妓院和毒窟的鸡毛店，再缓缓滑移到吗啡私贩点。

我望向大楼梯的阴影，不由得低声叹道："绝佳的拍摄对象。"

向下伸出手，敲了敲驾驶座前面的玻璃窗："停车。"

艾根告诉过我，这城市里经常有横死路边的尸体，但是早上卫生员会把尸体处理掉，这是我第一次亲眼见到。

我翻下车，凑近。

天色越来越亮。两副皮包骨如枯枝般的裸体，一个俯卧，一个仰天，轻贱地倒在地上。

"饿死的？"我一边转动摄像机，一边喃喃自问。

"吗啡中毒吧。"艾根淡淡地说，"脂肪和肉都被吗啡耗净了。"

"那为什么光着身子……"

"是鸡毛店主扒下来的。"

"内衣都不留……"

"因为死者的衣服不吉利，所以垂死之时，店家往往会在他还有一口气的时候剥下来。"之前拍外景时，艾根听说了很多事情，"剥下来的衣服可以自己穿，也可以拿去卖。赤身裸体地扔出去，肯定会被冻死，如果让他们穿着衣服，卫生员也会拿走的。不管怎样，当被扔进洞里埋掉时，都是赤条条的。扔在大楼梯后面是因为没有善后的麻烦。如果送去政府，那么验证身份等手续会搞得人头大，最后为了稳妥处理又不惹麻烦还得使贿赂。但要扔到别的店门口，其他店也会骂街的。所以大楼梯后面是个方便之处，任何人都不会抱怨，还有随便一点的则会把垂死人扔在街中央。"

有声音，我们躲进阴影里。

一辆拖车进入大门。一个人影拉着车，另一个跟在他旁边。

他们把车停在楼梯下面。两个男人从箱子里拿出长钩，钩尖刺进倒地的尸体，配合着两人的呼吸，尸体被抬起来扔进箱子。听声音，箱子里已堆了好几具尸体。

我联想到的是汉斯·霍尔拜因描绘中世纪黑死病的木版画。似乎被文明发达的西方驱逐出去的肮脏在亚细亚大陆的尽头找到了滋生之地，欢喜地聚集于此。《啊，我亲爱的奥古斯丁[1]》这首十八世纪以来一直受欢迎的童谣在我的脑海里回荡。"一切都完了，奥古斯丁。节日结束了，奥古斯丁。留在维也纳的，是死人的床。为瘟疫准备的，豪华大床。"

如果没有西欧寻求殖民地，强行划破滔天海洋的一路猛进，这块大陆也许会安于自足。也许穷人们不会涌入西欧建立的这座拥有治外法权的城市，鸦片也只是上层阶级温和的社交工具，给人以刹那快感却要以死为代价的吗啡更不会在贫民中蔓延。

两个卫生员拖着车走了，他们的身影像枯木一般，比得瘟疫的尸体稍微好看一些。

我将整个过程尽收胶片之中。

照明？没有照明，只有一个仅用自然光就完成《金币》的室内场景拍摄的我。

卫生员的拖车离开时，刚好另一辆拖车进入大门。原本恶臭的空气又添了一股更加强烈的臭气。

拖着装有箱桶的板车，趑着慵懒步伐向前走的人是粪工。虽然年纪尚轻，但他眉间已刻着深深的皱纹。

他把一排马桶里的腌臜倒进木箱，清空了所有马桶后准备走出

---

1 著名德语童谣，中文版名为《当我们同在一起》。

大门。

我催促艾根和我一起去追粪夫。

摄像交给艾根，我向那个默默拖车的年轻男子搭话。那人面无表情地停下脚步。我给了他一点零钱，男人迅速把钱藏了起来，但视线仍然盯着地面。

观察了男人一会儿，我问道："你叫什么名字？"艾根一边转动镜头一边翻译。

男子低着头，回答了什么，喃喃自语几乎听不见。

"他的名字叫Hu Yan。"艾根翻译道，"也许是这么写的。"他用鞋尖在地上写下了这个国家的文字。胡炎，Yan对应着火焰，但他的表情却与火焰的热烈毫无关系。

"你多大了？"

男人又咕哝了一声，拖着车往前走。

"他好像也不知道自己多大了。"

"住在哪儿？"

"贫民窟。"艾根将他简短的一句话翻译过来，并解释道，"那是一个被称为棚户区的地方。棚户是由废船木头为柱，上覆稻草破布而成的小屋。那里比胡同里的贫民窟更糟糕，是最下等的住处。"

在大楼梯后的空虚里，我看到了鲜明的色彩。不，是我感觉到了。

粪夫蹒跚地走出门楼之后，一个衣衫褴褛的中年妇女从一栋建筑里走了出来。

一瞬间，华丽的幻影消失了。

她双手抱着一个看似沉重的马桶。她环顾四周，见旁边的马桶也空了，便噗的一声，吐了一口唾沫在别人家的马桶里，回去了。其他人家的男男女女也陆续从房子里出来。被干枯头发磨损了的破烂衣服。他们吵吵嚷嚷地把空马桶搬到水池冲洗。水池上覆盖着一层薄冰。

虽没有被溅到污秽，但一回到公寓，我还是忍不住用淋浴冲洗全身。用优质的毛巾擦拭干净，披上睡袍，再舒服地躺进被暖气烘热的客厅长沙发里。公寓虽然不大，但是专供欧美人使用的设备一应俱全。

我感觉已经习惯了华人做派了。随地撒尿在这座城市是理所当然的，而当我在饭店里想要借用厕所时，服务员把我带到后厨，让我直接往水池里方便，穿着油渍外衣的厨师还亲自为我做了示范，就是洗餐具和洗菜的水池。尿意消失了，这就是我后来再也没有去过华人餐馆的原因。

大观里的体验却超越了之前的所有。

艾根和我同桌，一起品尝了他准备的早餐——热咖啡和面包。

在细细享受完融化的黄油渗进面包的滋味之后，我走进自己的房间，把纸和铅笔放在桌上。由于今天我比任何时候起得都早，所以脑袋沉沉的。

我闭上眼，等待着潜意识中的念头自由扩散。在大楼梯的阴影里，我确实看到了一个五彩缤纷的身影倒在那里。实际上并非是我看见幻觉，它只是浮现在我脑海，但即使是现在它仍分外鲜活。

开篇场景浮现。

清晨的大观里。

这段直接用今天早上拍摄的影像。

大楼梯直冲眼帘。一种强烈的色彩从阴影中闪现。哦，只是这一部分，我想要颜色。电影既没颜色也没声音是多么令人恼火啊。不，即使是黑白片，也能让观众感受到色彩。

摄像机转过来，拍摄门楼内侧。

年轻的粪夫拖着粪车穿过大门，把马桶里的东西倒进箱桶。这里也使用今天的实拍。

想再拍一点那个叫胡炎的男人。那个默默处理别人粪便的年轻人是真实的，难以用演员来形容。而他的松闲时光，很可能也只有等忙完活儿，从老虎灶里打一壶开水暖暖身子吧。

胡炎站住了。在他眼里映出了楼梯后面探出的色彩。

这是他在满眼鼠灰色的大观里中看见的第一抹亮色。他靠近，那件衣裳好似中箭倒地的孔雀，他没看过戏自然不知道，那是花木兰。

虽然被遗弃的，等着卫生员收走的尸骸不少见，但穿着衣服的尸体就很稀罕了。

他趴在地上，脸微微侧向一边，脸上涂的煞白，还擦着红色的胭脂。

四下人声皆无，大家都还在睡觉吧。此时不动手的话，卫生员可就要来了。胡炎把手伸向尸骸的发饰，看起来能值不少呢。正当他想将发饰从那人头上扯下时，尸骸发出一声小小的呻吟。

胡炎吓了一跳，缩回手打算逃走。

脑海中的影像在这里戛然而止。

"为何身穿花木兰戏服的人会倒在这个悲惨的魔窟呢？而描写其前因后果的，正是我们的《木兰从军》。对吧，尤利安？"

当我意识到自己发出了声音，感到有些悚然。发觉身后有人，我转过身。

当然，除了艾根还能有谁。我虽然知道，但那瞬间，我却产生了一种错觉，仿佛尤利安站在那里。艾根很快就离开了，那种感觉也消失了。

"这是他当演员的下场。沉溺于鸦片是为了什么？魔窟的大楼梯背后是他最后的舞台。演员对着伸手想摘下他发饰的胡炎微笑。他把胡炎当成了失去的恋人。让我们再现最后一场华丽舞台作为尾声。"

不对，我感受到了自己的心声。

有点不对劲。

花木兰演员的来历？

孤儿？混血儿？也就是艾根？

扮演花木兰的不是演员，而是艾根为了尤利安而换上那件衣裳……

太荒谬了，我打消了这个念头。

但是想法一旦浮现脑海，便执拗地不肯消失。

鸦片窟中的花木兰，难道是艾根和尤利安的故事吗？我不会这样写剧本的。

想到这儿，我的思绪一片空白。

必须给扮演花木兰的演员一个名字。有了名字，人物就有了血肉，就真实了。甚至跑龙套的粪夫——就只露个脸——都有了胡炎这个名字，如果主人公连一个名字都没有，活该没办法往下构思啊。

扮演花木兰的是……艾根·利文或者叫茨温格尔。

不对。

难道是我体内的尤利安在捣乱吗？

姑且先叫X吧。

X是华人和白人的混血儿。思绪没有理会反驳的声音，手中笔忠实地记录下涌动的念头。

被一个白人神父收留。

我自问难道神父不可以是亲生父亲吗？

那么和神父生下X的女人是个怎样的人？

阿桂姐怎样？年龄正合适。

说起来，艾根有一双小缠足鞋，据说是生母连同婴儿一起交给神父的。将来在母子泪流满面相认之时，这双鞋将成为证明。这是好莱坞劣质电影里的常见手法，虽然我不想用……

X和神父一起返回祖国。照这样写不还是艾根·利文的经历吗？

不行，我要写中国演员的故事。

X不一定是混血儿。

我现在需要的是关于官话歌剧及其演员的知识。

除了让会说华语的艾根查一查，再等他向我讲解调查结果以外别无他法，慢慢准备吧。

应我要求，艾根给我看了那本用英语写的插画书，里面对官话歌剧的角色进行了简单易懂的解释。据说这是他在波希米亚时去布拉格的古书店里买到的。

登场人物有好几种分类，演员们各自专研合适的角色。

女性角色称为"旦"。旦角中还细分为小孩、老人等多种角色。年轻泼辣的少女叫"花旦"，而武艺出群的巾帼则被称作"武旦[1]"。

花木兰可以说兼顾了花旦和武旦。

此外艾根还在本地找来不少关于戏剧的书籍，并翻译给我听。

演员又叫戏子，这是一种贬义的蔑称。其中旦角是最遭人轻贱的，因为会向偏爱他们的客人出卖色相。在富豪和权势当中有不少会赏给扮花旦的美少年大量钱财，而后唤之出入私室，享以龙阳之乐。这种恩客名叫棒旦。变卖男色之人被蔑称为兔儿。竖起食指中指比成兔耳形状，再把手背朝向对方，是贬贱对方为兔儿的手势。为了得到棒旦的宠爱，花旦常常不得不忍受这份侮辱。这个国家也有男妓，叫男堂子，还有为客表演淫乱的职业。侍奉客人的美少年被称为相公。除少年花旦外，有的相公也专做皮肉生意。

1　事实上，武艺出众的巾帼应该是刀马旦，武旦通常指扮演的以翻打见长的江湖女子。

一则史实引起了我的兴趣。据说发生在清晚期，时间没过去多久。

当时国家政权掌握在先帝母亲——西太后手中。咸丰死后，西太后将五岁儿子扶上帝位，政权则握于己手，但儿子早逝，遂立其妹之子——一个三岁孩童为继承人。

不久以后，随着年龄增长，幼帝开始反抗伯母西太后的独裁和重臣的守旧。他认为要师法维新成功的日本，引进西方政治制度并实行君主立宪。

虽然也有一批与年轻皇帝产生共鸣，誓要完成改革的志士，但是西太后授意守旧派围在皇帝周围监视，将皇帝孤立起来。

那时候有一位伶人颇得皇帝喜爱，经常受邀进宫。他比皇帝大七岁，名叫田际云。皇帝成了他的戏迷。

田际云每次出入宫廷时都会将新思想的书籍藏在衣箱里偷偷交给皇帝，并将皇帝的密敕送给外部维新人士，充当维新变法的联络员。

一八九八年——我六岁那年，志士们想举行政变让年轻皇帝掌权，却因袁世凯告密而失败，皇帝被幽禁，多名同志被捕并处决。

企图逃亡的田际云也被捕入狱。

一九〇八年皇帝于幽禁中逝世——也有传言说他是被毒杀的，而一天没过，西太后也去世了。皇帝年幼的侄子溥仪虽继承帝位，但是大清国在西太后殁后第三年爆发的辛亥革命中灭亡了。溥仪当时尚被允许居于北京紫禁城，但在一九二四，我拍《金币》的那一年被驱逐出境，现居于天津的日租界内。

田际云被革命政府重用，大约在三年前去世，享年六十一岁。

在我听艾根讲述之前，对田际云其人一无所知，但多少听说过西太后的权势和独裁。

就在去年有消息传来，国民革命军第八师的支队曾盗掘西太后的陵墓。盗墓之举各国亦有，但该国人做事无所不用其极。他们炸开陵墓墙壁，掀掉棺材，掠去过世者陪葬的黄金珠宝，还拖出经过防腐的尸体，用刺刀撬开嘴巴，盗走含在她嘴里的珍珠，剥去她的衣服，让她赤身裸体。曾经的皇太后尚且如此，那些横死路边之人被扒得精光岂不更是理所当然？据报道还有奸尸的士兵。我不知道谁会对一个七十二岁的老太婆的尸体产生欲望，是出于亵渎尊贵的喜悦吗？

有关西太后的自是闲话。

我要创作的不是忠于史实的历史片，而是脱胎自史实，讲述一位悲剧的年轻皇帝与为他殉道的花旦之间的浪漫剧。

开头可以按照之前的构想进行。

把大观里那块匾额换成一个虚构的地方吧。

胡炎发现垂死的花旦。

下一场戏是这位少年花旦在那位空有皇帝名号却无任何权力的少年皇帝面前表演《木兰从军》。少年花旦没有福气能得到世人一个戏子的蔑称，他贫穷的父母把他卖给了一个戏班，或者说是被遗弃的。年幼时起他就被定好将来的角色，除了基本功之外，还根据各自角色进行精研和锻炼，学戏之路严苦非常。听说武术是必修的基本功之一，甚至要练到可以实战。说起来我还听说过在义和团运动时期，蔑视华人的美国大兵闯入戏剧演员的住处翻箱倒柜搜刮东西，结果被会功夫的演员打得落花流水。

如果说少年花旦是孤独的，那么少年皇帝也是孤独的。两人视线交错，凝成一点。

怀抱变法之志的皇帝周围，西太后和其亲信派出的守旧派正在密切监视。

有人甚至希望皇帝死。

当皇帝专注于花木兰的武术之时，刺客悄悄接近皇帝身边。

花旦放出飞刀，击倒刺客。堂上一阵骚动，花旦被拿下。当找到了刺客系守旧派操纵的确凿证据后，事情也在暗地里得到了妥善处理。

从那以后皇帝和花旦，两个少年之间建立了密切的信赖关系。

老套？我原谅自己的老套。就像歌剧一样，堂堂正正展现陈腐情节。这跟起初打算制作轻松明快的《木兰从军》的初衷已有了很大的出入。

让我厚重地描绘出当时的政情，华丽地叙述花旦担任皇帝密使的工作，夹杂着他艳丽的舞台人生，细腻地书写两人的交情吧。

皇帝和花旦都已三十多岁。政变计划受挫，破灭。皇帝被幽禁，花旦和其他同志一样几经严刑拷打。腰椎被打折，脚筋被挑断，演员生涯毁于一旦。剩下的日子他不得不伴着萎缩的双腿度过，简直比死刑还要残忍。为了忘记肉体的伤痛和精神的痛苦，他沉溺于鸦片。那么花旦是否与政变计划被泄密有关？花旦还有什么背叛行为吗？

这部分得仔细想一想。花旦看似背叛的行为，其实是为了拯救皇帝的性命，但是皇帝却不知情……吗？

结尾决定了，回到开篇场景。花旦对胡炎的微笑，是因为他从胡炎脸上看见了皇帝的面容。那么胡炎和皇帝要用同一个演员来演吗？其实胡炎也不该只出现在开头和结尾，而该在中间多安排一些，把赤贫的生活与华丽的宫廷交织在一起。

为了达到这一点，我必须放弃任用那个粪夫的方案。我不能指望他的演技，更别说扮演皇帝，太可惜了。或者找个与那个粪夫很像的演员？无论如何我都想用今天早上的那组镜头，也应该用。那种场面就算再等也等不来。

高贵者与卑贱者融为一体，但寓意绝不能埋得这么浅。好好想想，少年花旦扮演的花木兰，看得入迷的少年皇帝，交错共鸣的视线，羸弱的微笑，结束。请原谅我在影片最后点缀了些许小小的甜蜜。

大框架搭好了，还要考虑要素构成和具体场景。

就在我这样想时，我已摆脱了"尤利安想让我写花木兰"此等妄想。

落回现实，我突然犯了愁。

这部片子需要一笔巨额费用。虽然敲了梅贝尔·萝一笔钱，但还不够。

要拍摄帝王生活，那么外景地必须在北京紫禁城，能拿到许可吗？如果领事馆帮我们讲情没准有戏。要不去逼一逼麦克休？很可能他已经拿到梅贝尔给他的报告了，这会儿一定很害怕吧。

单说一句"我要曝光你"，他就会听我的？

再说了制作费额度之巨也不是麦克休个人能承担的。

还有一手，让蒋介石的国民政府出资。田际云能得到革命政府的重用是因为他反对旧制而广受维新派人士喜爱。我的《木兰从军》以田际云的事迹为原型，对国民党政府也是一次正面宣传……

不行，不能让电影沦为宣传。

如果让他们出钱，他们就会干涉内容。他们不会让大观里这样的国家之耻暴露给全世界，也不会让人描绘花旦作为兔儿的一面。就算这个国家与基督教无关，男色还是会遭人蔑视，遭人排斥。

如果让姚玉兰演西太后，杜月笙会出钱吗？

"不会的。"艾根说，"如今清朝亡了，无论国民党政府还是革命派都一致认为西太后是大恶人。在去年发生的那起军方盗墓，凌辱尸体的事件里，犯人们都没有受到严厉的惩戒。"

他说得对。就连扮演《金瓶梅》中的潘金莲，杜月笙都觉得是恶女形象横加阻拦。他无法理解只有出色地扮演坏女人才能成为名演员。

如果是小说，只要纸笔就可以。就算没有出版社愿意接手，也可以私人发表。但仅在纸上写个剧本对于电影工业来说是行不通的。

我需要演员，需要厚重的布景，要花钱买衣服，要外景开销，机械设备的巨额租金……我需要一个制片人。

许多场景在我的脑海里有生命地活动，却无法让它们具象。

艾根，从事电影工作的你，能懂我的焦躁吧。

体内抱着一团燃烧的火焰，如果不能成形它就会把我烧成灰烬。

长这么大，我从来没有干过后悔的事。我自愿做的事，不管结果如何，我都不会后悔。但是我在《泰坦尼克》片场的愚蠢行为导致我被逐出好莱坞的同时，也让我第一次尝到后悔的滋味。虽然被梅贝尔逼着拍摄拙劣的烂片让我生了不少怨气，但就因为不喜欢拍烂片而连电影都拍不成，岂不是得不偿失？

不，正因为来到上海，才找到了鸦片窟的花木兰这个主题。

如果能用好莱坞的资本拍出这部影片，那该是怎样的一部大作呢？

我可以去求梅贝尔吗？求行星影业来上海拍摄这部电影。不是勒索，是恳求。为此我可以拍十部二十部梅贝尔强加给我们的甜蜜劣作。

但我的经验告诉我，如果不是实打实能赚钱的项目，好莱坞是不会接的。鸦片窟的场面显然会受到海斯的审查。

欧洲观众接受了《伊莱卡》黯淡的结局。欸？乌发电影公司不是很认可我的作品吗？能不能冠上乌发电影公司的项目来制作呢？布景部分在乌发公司的摄影棚里拍摄，必要的野外场景在这边拍好。

——想得太美了。我之前把《香妃》的试映片寄给了乌发电影公司的制片人艾里奇·鲍默，但是到现在全无回音……

越是郁闷就越要喝酒，找女人的次数也会增加。但总比沉溺于鸦片好得多吧。

我突然想到，要不找阿桂姐谈谈？大观里的主人总不会为了那个魔窟而羞耻吧。她丈夫黄金荣虽然被杜月笙超越，但好歹是青帮的大头目。杜月笙凭借《香妃》的成功扬名立万。我能不能争取说服她拍一部电影？

"很危险。"艾根反对，"想象一下你跟芝加哥的黑手党打交道的情形，这里的人可能更危险。如果你是意大利裔美国人或犹太黑手党，你仍然能理解对方的思路，但是东西方的价值观完全不同。直到不久前，这个国家还没有通商的观念，他们不懂国与国之间的平等贸易，他们把异国带来的一切都视为向天朝进贡，他们就是这样的国家。你不觉得无论你我，在面对华人时总被他们压着一头吗？最狠的一次就是杜月笙的背叛。但杜月笙并不认为他背叛了你，做惯了土皇帝什么都觉得理所当然。杜月笙就是上海的皇帝。没什么能约束帝王，帝王本身就是法律。"

"跟杜月笙没关系，我要对付的是阿桂姐。虽然黄金荣表面上很大度，但他对杜月笙很反感，因为曾经比他低贱太多的人现在已经骑到他头上了。听说阿桂姐年轻时很宠爱杜月笙。"

"是听过这样的传言。"

"如今事情有所好转，杜月笙看都不看阿桂姐一眼。为了挫一挫杜月笙的锐气，他们应该不会拒绝同我合作的。"

"你这想法很危险。就凭你一个西方人，杜月笙不会有任何情绪波动。但如果你和黄金荣或阿桂姐合作，一旦电影成功，他的自尊——就是这个国家所说的面子，这种混合了自尊和体面的情感会受到伤害。"

"杜月笙都退出了电影界了，那不管我和谁做什么都与他的面子无关。"

"如果影片失败，杜月笙只会冷笑一声，但若影片取得了超过《香妃》的成就，那是他绝不能允许的。"

"他有那么敏感吗？"

"可能还会更糟糕。"

"小心眼啊。"

"是的，就在某一点上心胸狭窄。"

"那我先找杜月笙提供资金？如果他不肯，我再找阿桂姐商量……"

别傻了，我自己都知道。

如果不行再找阿桂姐是最愚蠢的策略。杜月笙心里三丈火，嘴上乐呵呵地说："那不行您去问问阿桂姐？"然后在背地里把我们彻底做掉。他自己从不亲自动手，暴力、骚扰都是他手下的活儿。

虽然出资的备选寥寥，但我依旧开始写剧本，闲时会去小戏园，再在画册上画几组概念图。以此为基，你绘制出准确的图纸，计算尺寸，购买木材、胶合板和石膏等材料，制作了一套小模型，这本是美工该做的。

鸦片窟的模型内部制作得非常逼真。艾根，你也一定很期待我的剧本出炉吧。

我一有机会就会上街摄影，还拍摄了定格的画面。

我还乘坐从上海开往北京的特快列车，前往清朝王都观看头牌花旦梅兰芳的表演。我得到拍摄许可，提前去了后台。即使是名角的后台，肮脏的地方也与他处并无两样。那是一处墙壁都吸饱了生蒜臭味的惨淡后台。

"我看过《香妃》。"梅兰芳一边涂脸一边说。花旦似乎比我年轻两三岁，举止柔和得令人毛骨悚然，"老师您能来，不胜荣幸。"他稍微调整了一下自己的状态，问我们西方人能否理解他们的舞台。艾根担任翻译。

"虽不能理解，但我能感觉到她的魅力。"

"我近来在策划美国的演出，希望能在一两年内成行。我想让全世界都知道我们国家的传统文化。国家不会赞助我们，全都是自掏腰包。我已经准备好大赔一笔了。"

我对热情洋溢的梅兰芳产生了强烈的亲切感。

回到观众席。吃喝玩乐的观众的喧闹声没有变，但当梅兰芳开始高声唱起对白时，"好！好！"的喝彩此起彼伏，听众听得入神竟忘记了吃喝谈天。而我则不停地转动着镜头。

JULIEN

IV

B
A
B
Y
L
O
N

在我神志不清期间，格奥尔又拍摄了好几部作品，声名大作。其中的那部《伊莱卡》，我在去年，也就是一九二八年，在纽约一家专放老片的影院里看过。距离首映已经过去六年。首映的那会儿，我还处于精神错乱之中。

治愈我的是时间吧。

直到恢复到能跟恩里科出去挣钱的时候，我才有精神去观摩那部格奥尔的作品。这时我已开始慢慢适应人群了。

胡须、眼镜和帽子遮住了我的真面目。

我隔着恩里科好几个座位坐下，我不想学他做生意。地板上到处都是爆米花和空可乐瓶，这个小剧场比战地影院还脏。在观众席还亮着灯的时候，就有人缠绵在一起，风纪恶劣可见一斑。

不像《暴风雨》时那样惊愕。虽然已经做好了心理准备，但看到格奥尔·冯·格里斯巴赫的名字赫然排列在工作人员名单中时，我的血流似乎又有些黏滞。肉体怎么总是受感情支配呢？皮肤收缩，恶寒乱窜，口腔发干。旁边座位上，一个年轻男子扬起可乐瓶大口大口往嘴里灌。我虽然很想抢过来喝两口，但这一点自制力还是有的。

将古希腊悲剧中的背景，换成了上次欧洲大战的战败国奥地利，创作意图是从剧场派发的宣传册中得知的。

屏幕上出现的是壮丽的入口，入口两侧是两尊双脚站立的狮子雕像。这不是格里斯巴赫宅邸吗？！

真是猛烈的一击。

铁门打开。

室内，啊，带楼梯的大厅。

从扶手上滑下的男孩。

不，这是我的想象，画面上没有。

镜头移动到浴室。

铺着地毯的瓷砖地面。镶有花窗玻璃的窗户。蹲坐着的石狮子背上镶着椭圆形花盆，那是豪华冲水马桶。

镜子里的少女和少年。两个嬉戏的人。对于天真无邪的游戏来说，似乎有些不安定的气氛。

那是我和茨温格尔，穿着少女服装的茨温格尔。浴缸里盛满热水，茨温格尔和我踢着水花，淌水来到河对岸。并排坐在草地上，茨温格尔的手指拂过我的伤疤……

眼前所见和脑海里联想到的画面混作一团。

背叛我的茨温格尔正在和格奥尔嬉戏。

我用力压抑着体内沸腾的情绪，试图切断勾引出妄想的联想。

不久，视野中映出冒充俄国亡命贵族的男子沉迷于诈赌的场面。不管那角色名叫拉金斯基还是其他什么，但那人无疑是我。好色、无情、冷酷、邪恶的化身。当我踩死了那个纠缠着我的男人时，我是如此的无情和冷酷。好色？在完成前线任务回到大后方直面妓女时，我甚至做过一些相当粗暴的事，但每个人都是一样的。

我的确恢复得很好。看到假伯爵的遗骸像垃圾一样被扔进下水道时，我也没有产生自己被杀，或格奥尔被杀的错觉。虽然可以说我在格奥尔虚构的世界里扮演了角色，但看到自己的遗骸出现在画面中并不是件令人愉快的事。最后我离开座位，丢下恩里科毫不犹豫地回去了。

恩里科住的那个街区实在是太脏了。也许正因为这么想，我才会振作起来。精神错乱时我根本感觉不到自己也是蓬头垢面。

重新站起来……这意味着至少曾经位于正确的位置。但是打从一开始就不存在的我，该如何振作起来呢？

虽然周围很脏，但恩里科看起来很爱干净，室内也很整洁。墙上到处贴着好像是从杂志封面上剪下来的半裸女人的照片。

我开始计算我的年龄。我有很长一段空白期。因此虽没有实际感受，但我已经比从小养育我的瓦尔特去世时候大了，然而我仍是个无能为力的孩子。

"撞大运了！"不知过了多久，恩里科一脸兴奋地拿出一沓钞票给我看。

我困惑了，好一会儿才做出恩里科期待已久的喜悦表情。

"中大奖了，彩票。我立马兑换了钱。怎么说的？最有用的是票子。"恩里科打开行李箱，从塞满钞票的箱子里取出两三沓在脸上磨蹭，"我们马上离开这里，趁肥鸭还没回过神，没闹出乱子之前赶紧走。"

对啊，去好莱坞追问格奥尔是你杀了瓦尔特吗？这是我来新大陆的唯一目的。即使从混乱中恢复过来，没有旅费仍是瓶颈。

恩里科匆匆忙忙地做好旅行准备，也把我收拾得干干净净，但我仍没有刮胡子。

乘坐火车途中，我无法抹去一种奇怪的不真实感。身体和心灵都分崩离析了，虽然已经从混乱状态中摆脱，但还是没能恢复体力。也许我本来就没有气力，"影子"不配拥有力量和意志这般奢侈的感觉，无力似乎才是我的正常状态，偶尔突然迸发出的行动力，恐怕是超常状态吧。

由东向西横穿新大陆，这是好几年前就该走过的旅程。

恩里科高兴地说保罗和他的妻子会来接咱们。"保罗·策勒。你不记得了？那孩子是德意志移民，我一直在照顾他。你和他住在一起，当时你完全疯了。算了，不记得也没办法。保罗一直在好莱坞的影棚工作，他可以把你介绍给格里斯巴赫导演。如果保罗看到你摘下眼镜和帽子的样子，一定会大吃一惊的。"

我们来到洛杉矶的站台上，前来迎接的年轻人和恩里科拥抱一阵。我觉得他有点眼熟。

然后我被告知格奥尔在上海。

从纽约到好莱坞，从好莱坞再去上海。

出发前，保罗把一个叫梅贝尔·萝的女人带来与我见面。我虽不想随便暴露自己，但为了旅费和住宿费，见面也是必要的。

她站在门口，好像看到了什么不可思议的东西。因为在室内，我脱了帽子，也摘了眼镜。

不过女人很快就平静下来，悠然地坐在椅子上，跷起二郎腿。

"我从保罗那里听说了你和格奥尔的关系，倒也算是找格奥尔见面的好借口。"

"OK。"她向保罗点点头，"我会付他的钱，不过也不是没有限制。请不要提超出预算的请求。"

而后，她又仔细地打量我："如果格奥尔没有做出那样的不当行为，就可以拍大仲马的《铁面人》了。"她遗憾地说，"因为你不会演戏，所以两个角色都可以由格奥尔来演，但两人见面那一场会拍得非常自然。"

这些话对我来说毫无意义。

"如果再对你们的双胞胎身份进行保密，那么在电影中到底用了什么把戏，肯定会引发外界热议，真是遗憾。"

女人还一个劲地唠叨着平时要用特殊的化妆掩盖，只在拍摄时才能恢复原状。

从旧金山港口登上美国总统轮船公司太平洋航线的客船，梅贝尔准备了二等舱的船票。按照保罗的希望，要了两个单人间。虽然梅贝尔说双人间更便宜，但保罗不同意。我也更喜欢单人间，但是同行人如此坚决地排斥我，我不得不怀疑他是否很讨厌我。自从恩里科告诉保罗我杀死袭击者的手法之后，他就以为我是个残忍至极的人。但那是正当防卫好不好。

即使在船上保罗也明显要避开与我共处。我苦笑着，虽然我内心充满了不能自制的凶暴激情，但是除了在前线战斗之外，这种情况只在纽约发生过。再早一点，我差点掐死茨温格尔，但那时我还小，不知道出手轻重。瓦尔特死的时候……那个，我不知道。我想知道，必须知道，但也害怕知道。借用格奥尔的身体杀人的，是我……

对这个年轻人，我没有任何恶意。他不会用暴力攻击我。我并非特别擅长格斗，使用武器也不出色。恩里科还给我的手枪虽然放在行李箱，但也根本没有拿出来打保罗的意思，而且要是真打，保罗会胜我很多。在漫长的航程途中，保罗开始一点点地放松警戒。他本来就是个性格单纯的年轻人，我们通常在二等乘客餐厅的酒吧一角交谈。不管是白天黑夜都在酒吧痛饮。我没别的事可做，甲板上太冷了。

他讲述了自己的故事，讲述了他和一个可爱姑娘相遇。对我来说，这是只有在故事里才会出现的世界。第二天，他们在教堂结婚。两天后，摄影棚的一场大火，瞬间击碎了他们的幸福。也许我该羡慕他吧。

我还听说了格奥尔是如何获奖，以及又是怎么没落的经过。"梅贝尔让我保密。"他将格奥尔的威胁和梅贝尔的任务通通告诉了我，尽管我没有强迫他这么做。

我忍不住发出惊叹是从他的嘴里听到艾根·利文这个名字的时候。

当时我们在吧台喝酒。餐厅里挂着圣诞装饰。再过几个小时就是圣诞夜的晚宴了。圆形舷窗外，黑蓝色的大海依旧倾斜摇晃。

"格奥尔·冯·格里斯巴赫的首席助理导演和他一起去了上海。不知道现在还在不在一起。"

出其不意的一击。

我感觉到血液在涌动，反问道："艾根·利文？你确定是这个名字吗？"

"是啊。"

头发颜色？眼睛颜色？他有多高？我不停地追问。

然后跟跟跄跄返回到船舱。

行李里收着两张照片。

我把它们拿出来放在一起。

茨温格尔，你又一次背叛了我……

时间开始混乱。

从欧洲大陆去新大陆的航行是很多年前的事了，但在我精神错乱被恩里科收养的那段时间里，我几乎没有感觉。这就是为什么我觉得多年前的航行就像发生在几天前。现在前往上海的航程，好像是那次航行的延续。

甚至自己都不知道为什么要出发，就连去往何处都模糊不清。

我没有像第一次发现这张照片时那样精神错乱，只是全身如浸在冰水里一样冷。

是我主动离开茨温格尔的。茨温格尔以后的生活属于他自己。然而在感情面前，这样的理智毫无作用。茨温格尔从我体内被拔了出来。

这时候，我一点也没想到茨温格尔会不会是为了找我才去找格奥尔的。我离开维也纳时没有告诉他我的目的地，而且我担心茨温格尔会卷入我的命运。尽管如此，茨温格尔还在寻找我。要说我会去的地方，只有可能是格奥尔所在的好莱坞。不怪茨温格尔会这么想。

然而将这份好意视为背叛的是我，偶然发现了格奥尔与假扮成女孩的茨温格尔的亲密照片。茨温格尔和格奥尔已经交往了十多年。他却一个字都没有告诉我。茨温格尔和格奥尔是一伙的。

当布鲁诺说格奥尔已经死了的时候，茨温格尔已经和格奥尔取得了联系，并且知道他还活着……不会的。虽然我不愿意胡思乱想，但已经不知道该相信什么了。

这次的愤怒比我第一次知道他背叛时更糟糕。

茨温格尔和格奥尔在一起。保罗虽然说过不知道他们现在是否还在一起，但肯定还在一起。不然为什么要同行去上海。

敲门声响起，保罗露出脸来，随后立刻关上了门。那个瞬间我发现他的嘴唇变白了。

我突然意识到了。什么时候掏出来的？我手里握着本该压在箱子底的手枪。住手！住手啊！

PAUL

IV

B A B Y L O N

"恩里科说那人从来没对他露过獠牙。虽然他说只有在自保时才会打倒对方——但他还是把枪口对准了人畜无害的我……"

"我好像也没有说过什么惹他不高兴的话？他突然就站了起来，脸色变得僵硬。"

他出去就没再回来，保罗想知道他是不是喝醉了身体难受，于是便敲了敲门。门没上锁，打开门，发现那人的枪口正指着他。保罗连滚带爬地躲回自己的船舱，紧紧地扣上锁。

"那家伙果然有病，我怎么能跟那么危险的家伙同行！"

虽然把自己关在门内，但到了饭点肚子就饿了，更别说今晚是圣诞派对了。即使不像头等舱那么豪华，食堂大概也会提供比平时更丰盛的晚餐，圣诞节总不会放着不管的吧。头等舱乘客……这让他想起《泰坦尼克》的宴会场面。普通导演不会那样拍摄的。格里斯巴赫疯了，另一个双胞胎兄弟尤利安也疯了。

一进餐厅，松树上亮着小电珠，乐队正在演奏华尔兹。保罗跟在端盘上菜的队伍后面。去新大陆时，三等舱都是自己做饭。与当年的新大陆之行相比，这次航程已经够奢华了，如果没有跟那个拿手枪的疯子一起就更好了。

桌子上摆着一瓶香槟，是轮船公司赠送的，如果想喝更多就得自己掏钱。保罗找了一张空椅子坐下，同桌客人举起香槟，为他斟酒。正当两人托起玻璃酒杯时，保罗感觉到身后有人。

"刚才真是抱歉。"

尤利安的表情很平静。他把盛着菜肴的托盘放在桌上，坐到保罗旁边。

"我当时有点紧张，不是想开枪打你。"

到处都是庆祝圣诞的碰杯声与欢笑声，乐队的音乐使场面更加热闹了，尤利安那危险的话语没有传到其他客人的耳里。

尤利安把香槟倒进自己杯里，抬起眼微笑着："这么热闹的圣诞节，我还是第一次。"

如果是跟曾经那么可爱的阿黛拉一起庆祝，那该是多么美好的节日啊。

音乐变成了爵士乐。

他们在航行中迎来新年，一九二九年。

保罗怀着紧张的心情前往美国驻上海领事馆。

大厅里挤满了各行各业待办事务的人，但在接待处一报姓名，对方就知道了，随即保罗被带进了一个房间。

大衣和帽子还搭在胳膊上，保罗环视一圈室内，带路男子指着挂衣架走开了。

桌上放着一个镶有浮雕银板的橡木小盒和一只质地厚实的玻璃烟灰缸。打开盒盖一看，里面是一排纸烟卷。保罗知道这是为来客准备的，于是拿起一根点着，正好自己的烟抽完了。

当他尚未坐稳，草草抽了两三口烟的时候，一个胖子走了进来。

他赶紧把烟支在烟灰缸边，站起身来。

"我是保罗·策勒，麦克休秘书官您好。"

说着他伸出了手，但对方只是傲慢地点了点头，下巴一抬示意他坐下。

"唉，这算什么事。"麦克休叹了口气。

虽说你极度不悦可以理解，但别冲着我叹气啊。保罗心里也不痛快了。

"梅贝尔通过航空信寄来了信和胶卷片段，虽然我立刻就把它们烧了。"

接下杜月笙的委托跑来上海的竟然是格里斯巴赫，这让麦克休大吃一惊，不过这位大导演似乎并不知道他参与了《泰坦尼克》的那场放浪戏，所以他才顺势装傻。

"因为有熟人跟我打招呼，我就跑去参加了，全程我都是化妆戴面具。"

但是喝得烂醉如泥以后，暴露出了真面目。

"格里斯巴赫也参加了去年的圣诞派对，但没想到他一脸无辜的样子，搞得似乎不知道勒索信已经寄给梅贝尔了一样，真吓人。我那时还没有得到梅贝尔进一步通知，所以对他以礼相待，没想到他背地里这么阴险。"

到底谁阴险呢？保罗在想。

"他没有直接威胁您吗？"

"格里斯巴赫也知道要挟我有多么危险。是领事馆保护着居于租界的美国人。反过来说，若没有领事馆的保护，居留者的人身安全谁来管？"

"萝小姐也一直纳闷，为什么格里斯巴赫导演拖到现在才来威胁？是不是急需大笔资金？"

"可能是因为杜月笙不做电影了，所以为钱所困吧。"

关于青帮及其老板杜月笙，麦克休简单地向保罗解释了一遍。

"如果真有那样的犯罪组织，比起像我这样的外行，还不如让他们去动手。"

"让我去求青帮？那还不如受格里斯巴赫的威胁呢。你在这里不管发生什么，都不要与青帮扯上关系。"

说着麦克休打开烟匣，拿出一根叼在嘴上，点燃火柴。

麦克休手上的动作清晰地映入了保罗的视野，他是个左撇子。嵌进他胖手指的那枚戒指吸引了保罗的视线。

狂欢场面上的那个镜头浮现在眼前。

一只手把燃烧的香烟放在桌子上，那是左手。因为电影是黑白的，所以不知道宝石的颜色，但是保罗对戒指的形状有记忆。大型宝石周围镶有小碎钻，看起来很昂贵。

那枚戒指现在就在保罗眼前。

梅贝尔并没有把引起火灾的那只手的主人和麦克休联系起来。对她来说，比起失火原因，名流们的面容被拍到的事更加严重。

"萝小姐寄来的胶片上有没有香烟点燃桌布的画面？"保罗这样问道。

"没有，那是火灾的原因吗？"

麦克休似乎不记得自己把烟放在桌布上。他与梅贝尔一样，只担心自己的面容会不会暴露。

"勒索者向梅贝尔提供指定账户的那家印度支那银行是法资银行，总部设在巴黎，现在也支持着法租界的经营。格兰商会还不清楚，来历不明的商社数不胜数。这是底线问题，领事馆不可能公开谈判，必须扑灭他们的嚣张气焰。拿到胶卷后给我。我会在你面前烧掉。我还会跟梅贝尔通报你已完成任务。这样你就能从我和梅贝尔那里得到足够的报酬。"

没有义务为这家伙粉身碎骨。

事实上保罗想杀了他。他能压得住奔腾欲出的怒火，全是因为他必须要完成销毁胶片的活儿，只有这样阿黛拉才能做手术。

"萝小姐说，如果知道胶卷藏在哪儿，就放火。"

麦克休忙把手指竖在唇前。但保罗不管继续说道。

"她还说上海治安很乱，杀了人也没关系。即使犯了罪，你也会保护我。"

麦克休再次点燃一支香烟，深深地吸了一口，吐出一大片烟雾，哀叹道："萝小姐真是高估了我的权力。"。

保罗也厚脸皮地从客用烟匣里抽出一根。

"萝小姐说的治安混乱确有其事。上海租界分为法租界和美英公共租界，每个治安组织都是分开的。蒋介石的国民党成立了上海特别市政府，确立了警察权，但其影响力仅限于华界。也就是说上海城里有三股警察势力。如果你犯事逃去别的地界，这边的警察就无法插手。所以在租界的交界附近犯罪频发。"

麦克休打开上海地图，从烟灰缸里拿出一根烧焦的火柴，指着一点。地图上留下一点淡淡的黑痕。

"格里斯巴赫的公寓就在这里的法租界内。我已给你租了一间距离他住处很近的房间。"

"请给我两个房间，我有一个同伴。"

"女人？"

"不是。但他是可以让我在不引起导演怀疑的情况下接近他的关键人物。"

麦克休疑惑地看了他一眼点头应允，随后说道："如果你们在处理完胶卷之后逃进公共租界，那么想逃脱逮捕也不是不可能。这里收贿横行，某些小事可以用钱来解决，但是不能扯上有青帮背景的人。就像我之前说的，那群比格里斯巴赫更难缠的对手会抓住我们的弱点。"

"是不是有个叫艾根·利文的助理，跟格里斯巴赫导演在一起？他是格里斯巴赫剧组的负责人。"

"利文？确实有这么个人。他和格里斯巴赫一起来的，拍摄《香妃》的时候也在当助理导演。"

关于助理导演，他好像还想再说一点什么。

"现在他们还在一起？"

"是的。"

也许艾根·利文还记得我。保罗想到这里，更觉得自己不能偷偷摸摸行事。否则反而会引起怀疑。

回到落脚的廉价旅馆，这是一家最低档的白人专供酒店。房间也是单间。虽然自己也有手枪，而且那人后来都没有过什么危险的举动，但保罗无法消除对同行者的戒备。

他敲了敲尤利安的房门，然后迅速避到墙边，这是保罗从黑帮电影里学到的。他身披外套，右手握枪伸进外套里，手指扣在扳机。门开了，尤利安若无其事地迎接保罗。保罗把手枪放回皮带，做出友好的表情。

保罗坐在椅子上放松下来，吸了一支烟，打开城市地图："据麦克休说，格里斯巴赫导演就住在这片儿。"他指着麦克休留下黑色痕迹的地方说。

"艾根·利文也在那里？"

保罗点点头："我问过麦克休了。这里是麦克休给我们准备的房间，就在那条街的对面。"

尤利安盯着地图，一动不动。

"给我一点时间。"尤利安说道。

逗留上海的时间有限。客船在上海停靠后会南下香港，然后再原路折返回美国。所以还有一个星期轮船就会回来，那时就要返美。一旦错过，下一个航班就要等上一个月。在船上，保罗还给尤利安看过阿黛拉被烧伤之前的照片。

"你原本打算带着我去见格奥尔，以此迅速接近他，然后耍点手段搞到胶卷，在麦克休的眼前烧掉。这样你的任务就完成了。不过……

尤利安话里有话，让保罗继续听他说下去。

保罗索性点燃了第二支烟。

上海 —

一九二九

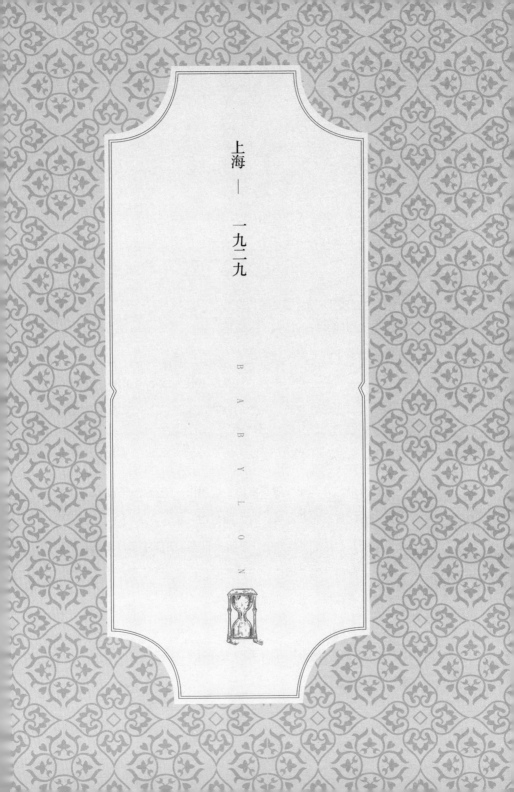

艾根出去了，我一人在公寓。

我把幕布卷轴挂在客厅墙上，在对面墙边架起放映机。这里比我之前住的客厅要小，焦距勉强能对得准。

把胶卷装入放映机，再把室内光线调暗。这是在大观里拍摄的胶片，艾根在洗印间冲好了，做了一版正片。

我看着屏幕上的光影。

没有剪辑，只是一连串影像。这是没有任何故事情节的片段，但充满了震撼力。当轮轴空转，短暂的放映结束了，这时掌声在我身后响起。

"你拍到了很棒的画面。"

我拉开窗帘，外部光线照亮室内，也照出一个意想不到的人。

沃伦·安德鲁斯张开双臂，我们拥抱在一起。

几年不见，才五十多岁的他几乎满头银发，面部皮肤也显出衰老。

"我敲了敲门，没人回应。一拧把手，门就开了。"

安德鲁斯坐在椅子上，我递给他一杯威士忌。

"真让人吃惊。难道你也来上海……"话还没说完，安德鲁斯便打断我："能再放一遍吗？我还没从头看过。"

叙旧被压到了后边。

"只有一些片段。"我阖上窗帘，操作着放映机。

影像很快就放完了。

"就连巴尔扎克也没见过此等场面。"安德鲁斯赞叹道。

"我的首席助理艾根·利文，他在好莱坞时期就跟着我，老搭档了。是他找到的这个地方。"

"这就是鸦片窟的内部。"我指着桌上的模型说，"艾根做的。"

"能干的助理导演，你捡到宝了。"

无论主导演想要什么都要想办法实现，这是助理导演的重要职责之一。我以前也做过很多事，但我的美术只能绘制素描，还搭不来一整套舞台模型。

"我走过美国的很多城市，就像巴尔扎克徘徊在巴黎街头找寻人物原型一样，只是我寻觅的是能出现在我电影里的人。在一个凄寂的公园里，我发现一名身患哮喘的五十岁男子正在读一份旧报纸。他那副滑稽的夹鼻眼镜正不住地沿着鼻梁向下滑，弄得他不停将眼镜推回那土豆一样的鼻根。我邀请那人去摄影棚，坐在布景长椅上，戴着那副夹鼻眼镜看报。"

我往安德鲁斯喝干的酒杯里添了些威士忌。

"后来我走进一家意大利餐厅，见一个年轻人……也是个失业者，正吃着切成薄片的莎乐美香肠，边吃边吐黑胡椒粒，并用迷茫的眼神追踪着胡椒们的去向。"安德鲁斯耸耸肩，双手合十，仿佛要将这个故事结束，"制片人想要的，将会变成大众想要的——能够安心看下去的类型，这种趋势越来越明显。"

安德鲁斯从放在地板上的公文包里取出一本皱巴巴的单薄杂志。
这是一本以电影评论和新作情报为主的杂志，不会刊登煽情的八卦报
道，我在好莱坞的时候也经常翻看。安德鲁斯摊开书页让给我，杂志
上刊登了有关《香妃》的文章，文章中只简单介绍了自摄影棚火灾后
消失的格里斯巴赫导演在上海拍摄完成了新作《香妃》，报道未附实
拍照片。

"这片子没在美国上映，但我实在想看你的作品。"

沃伦·安德鲁斯是好莱坞电影人，也是我为数不多的敬仰者之一。

"谢谢。"

"来到这里之后，我请领事馆取来《香妃》的胶片，在大剧院里
鉴赏过了。"

"那里现在已经停业了，为了安装有声电影的设备。"

"因为还在准备没有动工，所以为我特映了一场。全场只有我一
个观众，最奢侈的体验。"

"就为了这个专程来上海？给我写封信，我可以把胶卷寄给你？"

"要是《香妃》能在有声片一边倒的声势到来之前在美国上映，
我觉得票房也应该会很不错。它有异国的魅力，倒是你还想要更多
的，那个……"安德鲁斯犹豫了。

"我明白你的意思。"我点点头。其实为了照顾观感，我已手下
留情避开了许多让观众不忍直视的场面。第一部搞砸了就没机会拍摄
第二部电影了，虽然无论我们有没有这样的顾虑，艺华的第二部作品
都会告吹。

"您的感觉是正确的。对了，能租下闭馆的电影院放映，您也神通广大啊。"

"只要付给电影放映师一点钱，一点暖气费就行。就算落魄了，但沃伦·安德鲁斯的名号在电影界还是能派上点用场的。"

"落魄了？"我忍不住反问。

在我拍《泰坦尼克》的时候，安德鲁斯的确有些走背运。上面要求安德鲁斯完全按照公司要求，拍摄公司指定的作品，可是安德鲁斯太忠于自己的信念。我知道他因为票房不佳差点被雪藏。但沃伦·安德鲁斯是好莱坞的恩人，是电影业的开路先锋，也是给好莱坞带去荣耀和繁荣的伟大导演。

"就在你离开好莱坞的第二年，我把《浮士德》搬到了现代纽约。"

"这听起来很有趣。"这不是客套，是我的真心话，"我非常想看，可这里好像没有上映……可能是我沉浸在《香妃》的拍摄过程中，没时间去注意其他事情，所以也许没注意到。"

"导演也好，演员也好，都是赛马。"安德鲁斯自暴自弃地说，"那些不让主人赚大钱的马会被贬为劣马，连名字都没资格印上赛马券，等到老了荒废了就是一颗子弹的命。《浮士德》的票房非常糟……都是我的错。当我把好莱坞开创为电影之都的时候，我走在时代前列，但现在我被时代超越了。如今好莱坞正处于有声片时代，这种新类型我用不好。好容易电影中有了声音，我却无法摆脱无声电影的演绎法，派拉蒙抛弃了我。"

任何安慰听起来都显得苍白。

"男女演员也是，对白不好的人，嗓音不好的人都被抛弃，就像榨完汁后丢弃的柠檬渣。"

一直以来我印象中的安德鲁斯是个"装腔作势的人"，说得好听叫考究体面。他不是那种会把弱点暴露给像我这等后辈的人，然而他并不傲慢，当意识到自己对欧洲了解有限时，他颇有肚量地听取了当时还是个新人的我的意见。

"欧洲的电影公司对有声片怎么看？"

"听说乌发电影公司现在正在制作一部有声片试水。但全面转向有声片耗资巨大，所以无声电影还将持续一段时间。几家电影院会安装有声设备，都是为了兼容好莱坞的电影。"

"所以有声片目前是富得流油的好莱坞一方独大吗？"

"行星影业说要雇用我，但我拒绝了。因为他们让我做监制，而不是总导演。况且还是周薪。要我为别人打工……他们只想要我的名字，行星公司不让我制作只想养着我，那不好意思，我不干。"

我把手放在安德鲁斯的手上，紧紧一握。

安德鲁斯也握了回来，脸上露出些许羞赧。

"在这一点上你很了不起，因为你是在逆境中创作出《香妃》的。"

"不是逆境，反倒很幸运，幸亏有强有力的赞助商才能完成工作。所谓逆境，正是现在。"我苦笑着说，"事实上刚才有一瞬间我以为是天外救星突然造访呢。"

安德鲁斯大笑起来，好像听到了什么不得了的笑话，但一点也不可笑。他的表情立刻变得严肃起来，问道："现在你已困难到神都没法解决了吗？"。

"只是资金问题。"

"对于电影人来说，这是一个老生常谈的问题。资金……要用在第二部作品上吗？"

"是的。"

短暂的沉默之后，安德鲁斯说："我来到这里与其说是天外救星，反倒更像是个累赘。"说着将杯中酒一口喝尽。

"在欧洲待不下去就去美国，美国待不下去就来上海。不，我不是在说你，你很出色。"安德鲁斯连忙解释，"在上海，既没有制作有声片的技术，又没有播放设备，这里还在拍无声电影。我想这里是否能够施展自己在无声电影制作方面的一点老本呢？"

GEORG

B A B Y L O N

安德鲁斯的视线落在那篇有关《香妃》的报道上。

"得知你在上海很活跃，我打算请求你的帮助。"

安德鲁斯的坦率打动了我。能不卑不亢地把话说到这份上，真了不起。

"很遗憾，我自己还需要救援呢。"

我将杜月笙提供资金制作的《香妃》；与女主角姚玉兰有关的经过；杜月笙与成为大明星的姚玉兰结婚以及他解散了电影公司等事实，不带任何仇怨地娓娓道来。

安德鲁斯俯身向前倾听着。

"我已经写好了一个剧本，您能读一下吗？"

"虽然我现在不中用了，但很乐意拜读你的新剧本。"

"我让利文用打字机重新誊了一遍。"

我把一叠纸放在桌上。英文题目是《Hua·Mulan》。

安德鲁斯立刻翻开书页。

为了不妨碍他，我尽量放轻了我的气息。

"绝不能让它被埋没了。"

读罢，安德鲁斯抬起头。从他安静的声音中，我感觉到了支持。

"资金……"安德鲁斯喃喃自语，"杜月笙那条线无论如何都没希望了吗？"

"若是其他题材，也许他会感兴趣，但以大观里为舞台是不可能的。他出钱就要说话。"

"没有工作，你现在怎么生活？"

"我有敲诈来的钱。虽然不够拍大片，但暂时维持生计还是可以的。"

"敲诈？"

"敲诈了行星公司的高层。"

我把大观里的实景胶卷收进罐里，放回架上。又把《泰坦尼克》那段狂欢场面的胶片装上放映机。

拉上窗帘，让室内重新变得黑暗，图像映了出来。

"太狠了，狠得我都快吐了。"安德鲁斯大笑起来，"你可真够狠的，梅贝尔·萝和肯尼斯·吉尔伯特估计都在发抖。如果你再狠一点，没准新片从制作到宣发能全交给好莱坞去做。"

我把胶卷放进罐里，安德鲁斯严肃地说："但新剧本确实会被海斯那帮搞审查的盯上，就算能放，也会被剪得稀碎。"

"没错。"

想了一会儿，安德鲁斯说："如果是乌发电影公司，也许有希望。"

"我也是这么想的。但是，之前把《香妃》的试映片寄给艾里奇·鲍默，他一直没有回音。"

"一次不回就收手吗？这可不像你。"

"我可不是一个强硬的人。"

　　我说真的，但安德鲁斯又大笑起来："明明有胆量恐吓行星影业。"

　　我保持沉默，没有告诉他是谁实施了恐吓。

　　"你知道吗？鲍默几乎是紧贴着你来上海的时候去美国的。"

　　"是为了参加乌发电影的首映式吧？上次由他制作，朗先生导演的《尼伯龙根之歌》首映式就去了美国，但那时我在拍《金币》的外景，没见到他。"

　　"他曾被乌发公司解雇过。"

　　"开除鲍默……那个著名制片人犯了什么事？"

　　"那时正值整个德国影业陷入低谷，面临重大经济危机。他被追究财政破产的责任，所以退出乌发电影公司前往好莱坞。我怀疑他没有看到你寄给乌发公司的电影。"

　　"是吗？我在这边，信息都不通。"

　　"电影人有很多都从乌发公司转去好莱坞。路德维希·贝格尔[1]、波拉·尼格丽[2]都是，但是乌发电影公司因为失去鲍默而深受打击。所以最近又把他请回去了。"安德鲁斯探出身子，"你应该把剧本送给鲍默先生。他眼光很毒，真正的好东西是不会看走眼的。"

　　"不如这样，"安德鲁斯一拍膝盖，"我来写推荐信吧。我和鲍

1　路德维希·贝格尔（Ludwig Berger，1892—1969），德国籍导演、编剧、摄影、制片、演员。代表作《巴格达妙贼》《罪恶之街》等。

2　波拉·尼格丽（Pola Negri，1897—1987），波兰籍演员。以扮演妖艳的恶女出名。代表作《杜巴里夫人》《野猫》《苏姆伦王妃》等。

默关系不错。"

"你果然是天外救星。"我由衷地表达了谢意。

"我已经复印了三部剧本,一本你先拿着。我会把剩下的两本中的一本寄给鲍默先生。"

"好。我现在就回酒店酝酿文笔,写信。明天我们再碰个头。到时候你先看一遍推荐信,然后把它和剧本一起寄给鲍默。"

"这个提议真是求之不得。"

"你知道花神咖啡馆(Café de Flore)吗?"

"不知道。"

"亏得你在这儿待那么久,那是一家法式咖啡馆,环境不错。和你一起工作的助理,叫什么来着……"

"艾根·利文吗?"

"对,他人呢?"

"他出去了。"

"明天我们三个一起慢慢商量吧。"

安德鲁斯告诉我去咖啡馆的路,约好时间。"明天见。"我们握手而别。

安德鲁斯告辞后不久,艾根就回来了。他手里拿着一个大包裹:"我在二手服装店买的,"他说,"我找到一家经营戏服的店。"

JULIEN

B
A
B
Y
L
O
N

保罗和我从公共租界的小旅馆搬去秘书麦克休为我们安排在法租界的住处。

这是一户面向街道的三楼住户，而茨温格尔和格奥尔就住在对街建筑的二楼。这里观察位置绝佳，从窗口向外就可以看到他们的出入情况。

我对来往的人群不感兴趣，也不关心东西方习俗交融的风情。当我站在窗边往下看时，我只想看见茨温格尔。

去见他们，但我不确定自己能不能保持冷静。如果可以选择先见谁，我希望是茨温格尔。

保罗接受了我的请求。

希望他不是出于对我的恐惧，要知道我没有伤害任何人的意思……还是说偏见难改吗？

在船上，我把枪藏在了后备厢。但自从来到这里便枪不离身，我知道这片危险的土地是什么情况。一开始因为没带武器，我们立刻就被乞丐缠住了。那帮人见我们不赶人，竟想用暴力抢夺我们的东西。

保罗似乎觉得自己在异国的秘密行动颇为有趣。

由于街对面距离有点远，无法辨认出每一个进出者的面容，所以保罗弄来了一副双筒望远镜。他说是黑市上搞到的，很便宜。这个国家的语言我们听不懂，但据保罗的经验，砍价的秘诀不在语言，而是气势。

坐在白纸沓前，我拿起铅笔闭上眼。不该没有精神感应的，如果能知道格奥尔现在的情况，也就能知道茨温格尔的现状。

但是手一动也不动，思绪也没有涌上来。茨温格尔背叛了我，这种感觉一直萦绕在我心头。

在新大陆，我不是感知到过格奥尔的经历吗？怎么在上海就不灵了呢？

而且这奇怪的能力只出现过三次。第一次我只是记录下自有记忆而已；第二次大获成功，不过它却关系到瓦尔特的死；第三次是精神错乱的梦。必须要有刺激吗？难道开启潜意识领域的盖子还需要突破理性和常识的外部力量吗？难道这是一种无常的，毫无规律的现象吗？无常……谁无常？完全不理我的意识。不理……谁不理？

奇迹。瓦尔特曾这么叫我，但我不能创造奇迹。我不过是无能的，本不该存在的东西。必须要先承认自己是个无能为力的人，然后再全力以赴。

我十五岁第一次去维也纳的时候，单是坐着马车沿着绅士街行驶，就觉得身体不适。当我经过装饰着巨大狮子雕像的大门时，不用瓦尔特告诉我，我的直觉就已经感受到了。然后，坐在摩天轮上，我感知到了对面吊箱里的格奥尔。

那种感应力好像已经从我身上消失了。如果还有感应力，就不需要借助望远镜来监视了。随着时间推移，敏感的感应力被厚厚的鳞片覆盖，常识和理性开始阻止它的发作。还是说，纽约的漫长精神错乱期耗干了超越常识领域的能量，最终让我失去了那种能力？

但日常生活中不需要这种能力。想要开发它的人是瓦尔特，不是我自己。虽然失去了也不可惜，但……

突然，透过望远镜我看见"我"走出大楼。我觉得自己如坠梦中。视野中，"我"竖起大衣领子挡住冬风，还戴着软呢帽。

我招呼同屋的保罗到窗边。

保罗的目光顺着我指的方向："是导演！"他顿时惊叫起来。虽然声音传不了那么远，但我还是把手指竖在嘴前，把望远镜递给他，让他再做确认。

保罗从望远镜上移开视线，注视着我。又架起望远镜看了看。因为太像了，以至于现在还感到困惑吧。

我只在普拉特摩天轮见过格奥尔一次。在那之后的二十二年里，我们就如镜像互为表里般相似。

我赶紧跑进浴室，将肥皂泡沫从上唇抹到下巴，用刷子搓揉均匀，再压上剃刀。格奥尔没留胡子，我的手颤抖着在脸颊上留下一个小小的伤口，白色的泡沫和红色的血混合在一起。我用湿毛巾擦了擦脸。好久没见到自己刮净胡子的样子了，那正是从望远镜里看到的格奥尔的脸。

我披上外套，戴上软帽，出门。现在茨温格尔应该是一个人。

我穿过飘散着汽车废气的街道，穿过黄包车夫来往的人群。

当我走上木梯，站在目的地的房门前时，隔着门传来了钢琴声，很熟悉。在"艺术人之家",还是孩童的我经常教小茨温格尔弹这首曲子。

我无意感伤。尽管如此,当我打开门时,柔和的哀愁还是包裹住了冷酷的愤怒。

他几乎背对着入口,十指在琴键上滑动。而在墙壁上的镜子里,我看见了茨温格尔的脸。

我把软帽扔到椅子上,走到他身后,手搭上他的肩。茨温格尔用他那双交叉在身前的手触碰到我的手,攥紧了。

他从椅子上站起来,面向我,互相拥抱。

茨温格尔立刻认出了我是尤利安。

我原计划是这样的。见到我,茨温格尔会误以为是格奥尔归来,然后按照以往习惯对待他,这样我便会知道茨温格尔是如何跟格奥尔心意相通的。然后茨温格尔会渐渐觉察异样,最后会害怕吧,他心里应该怀有背叛尤利安的愧疚。

然而预想很快就破灭了。茨温格尔一秒也没有把我错认成格奥尔,不仅如此,在他看见我之前,光凭借那只搭上肩膀的手就认出我来。

一切都消失了。

自从在最前线遭遇枪林弹雨、冲锋陷阵、夺取敌营以来,再没有哪一次拥抱能让灵魂融为一体,如果那时我们死了,该有多么幸福啊。

我们拥抱在一起,就像战场的延续。

　　那个瞬间，茨温格尔全身的重量压在我身上，他的意识又消失了。好在时间很短，我假装什么都没注意到。

　　即使不说，我和茨温格尔还是心意相通。他脱下衣服，面对着我。

　　没有颜料也没有笔，但我游走在茨温格尔胸膛上的手指勾勒出他的心脏，有一点湿润的感觉。我又摹出了他的肋骨。接着，我褪去衣衫，露出分离手术后留下的伤疤和茨温格尔刻意做出的伤疤。茨温格尔轻轻靠近我身边，将他的腰靠上我分离的疤痕。虽然没有触碰，但能感觉到彼此毛细血管末端连在一起，正在交换着灼热的血液，这当然也是短暂的错觉。茨温格尔转动胳膊，仿佛自己也有伤痕一般，用手掌捂住那里，很快离开了我身边。

　　就在此时，言语奔涌。如果我手边有铅笔，定会记录下来吧。

　　满溢的语言从我嘴里流出。我会告诉茨温格尔……告诉你……那些遥远的记忆。

　　回头算算，这是多少年前了。今年是一九……几几年？一九二九年。那距离我十岁已是二十多年前的事了，难怪记忆会那么模糊。

　　茨温格尔……你带我去了你的卧室。为了不让人打扰，你把门锁上了。我想到了霍夫曼斯塔尔的诗。

　　你迎接我，在某一个大厅。
　　大厅里，飘散着甜腻不快的香气。
　　威胁我的，是谜一般的力。

一只畸形的鸟停在那里，一条斑点的蛇在爬行。

门若关上，消失的是生命的声音。

沉重的焦虑阻碍了灵魂的呼吸。

魔法的酒捉住了口鼻。

一切都无靠无依，无止境地飞去。

生命的声音消失了。

我旁边有只盒子，是你从床底下拿出来放在那里的。我还以为早就丢了呢。谢谢，这样我就能回想起来了。缝在天鹅绒上的纽扣都没有脱落。但哪个是遗忘纽扣，哪个又是记忆纽扣呢？

我将回忆诉说，把犹如从手指缝间泻落的流水一般的记忆，转移进你的灵魂。

当我不再说话时，茨温格尔开口了。

"一个亡者的阴影……尤利安，我想起来了，你曾经在战壕里大声朗读过。"

"落在我们身上。"我接道，"以及一个艺术家的灵魂最后的抗争，那灵魂注视着自己走向消亡，却还想描绘它抽搐的模样。"

而我，自身尚未得到安慰与劝导，

想将你安慰，如同一个孩子安慰另一个，

他对于那些未曾理解的忧烦一无所知，

他不懂种种我们之中无法领会的事。

"你和我，哪一个更不幸呢？不知从何时起，我开始这样衡量了。"

茨温格尔的话出乎我的意料。

"你比我幸运。"茨温格尔接着说，"恩惠的秤倾向你，因为瓦尔特的关心只倾在你一人身上。你'拥有'瓦尔特。我'拥有'的是曼神父和阿妈。你拥有的是太阳，而我拥有的是土块……我当然知道。这种比较是多么卑微和悲惨啊。所以对周围的人，甚至对自己我都在隐瞒。"

"所以你想彻底取代我？"

"这并不令人讨厌，反而会舒服很多。你有时候会说自己不该存在。而我把自己掏空，用你来填补我的空虚。我拥有你，你拥有我，这样我也间接被瓦尔特拥有。如此普遍的感情，就不要再细说了吧。"

"那时，我们有着玫瑰色的赤足，为了奔赴太阳的国度。"

"那是太阳给我做的双足。"

太阳绝不是乐观开朗的象征。让我们感到温暖的，是散射进周围黑影里的日冕的光芒。

"太阳沉没之后，我们的脚成了铁，任枪弹也伤不得。"

战场。真是太棒了。我说完，茨温格尔点点头。

在那个地方，两人的生死完全是一回事。战场上没有孤独。激烈地活着，甚至能感到很喜悦。

"我一直待在一个紧锁的花园。"我叹了口气，"不仅是艺术人之家，战场也是一个封闭的花园。我不需要开放的外界。如果我再躲在盒子里……那里就是我的全部。"

"可那地方，我不能去。"

"如果我要你将这盒子留在身边呢。"

我是自愿离开维也纳的，到上海原是为了追格奥尔。然而，我觉得这次来上海的目的好像变了，变成为了一见被莫名之力分隔的茨温格尔。而现在，我心愿已了。

但只要钻进盒子里就能见到瓦尔特……

好像看穿了我的心思——

"瓦尔特的死与你没有关系。"

茨温格尔和我并肩坐在床上，突然说道："是布鲁诺。是布鲁诺杀死了瓦尔特。"

"怎么会……你之前不是说过吗？布鲁诺没有动机。"

"是我想得肤浅了。后来我才意识到，他有动机。布鲁诺害怕你的精神感应能力。因为他想用奸计把格奥尔从格里斯巴赫家排除。"

茨温格尔，你告诉了我那场被设计的决斗原委，也说了你如何篡改掉本来的谋杀计划。我也理解了你为何身穿我的女装与格奥尔一起出现在照片上。这故事并不令人愉快。

"布鲁诺担心这些阴谋会不会因你的自动书写而暴露，他非常害怕被瓦尔特医生发现。当布鲁诺看到你自动记录的格奥尔童年经历时，他知道你的能力是真的，绝不能让瓦尔特知道决斗的事情。"

"那布鲁诺应该杀了我。"

"如果你死得蹊跷，瓦尔特则会彻底调查你的死因。对布鲁诺来说他哥哥是个棘手的存在。但如果用那种方式……我是说，利用医生的身体弱点杀死他，这样就不会被认为是谋杀，也没有人会问他布鲁诺的罪了。"

"你有证据证明是布鲁诺干的吗？"

"我让他招供了。自从你突然离开维也纳以后，我有多……"你压抑住激动的语气。后面的话我明白——我有多担心，我找过你多少次。"我去找布鲁诺，想看他有无消息。在那之前，我注意到布鲁诺有杀死瓦尔特的动机。于是我逼问了布鲁诺一番，还用了刑。"

我比划着手势强烈否定。如果是我的话，一旦怒火上来，不管是拷问还是其他什么我都会去做，但茨温格尔不是。

你继续淡淡说道："布鲁诺承认了，所以我杀了他。"

"不是吧。"

"是真的。所以那个问题解决了。你没有任何责任，你只需哀悼瓦尔特就可以了。"

"你是怎么杀死布鲁诺的？"

"你不用在意。"

"你确实动手了吗？"

"嗯，用不确定的方式。"

"一定要杀死敌人。"我说出在战场上得到的教训。

"我去拜访布鲁诺时把一瓶掺了砒霜的葡萄酒藏在他的房间。"你说道，"然后我离开了维也纳，登上大西洋航线的轮船。"

"那么你会遭人怀疑的。"

"至今没有被国际通缉，所以没有被怀疑吧？"

"除了布鲁诺不会有其他人喝了酒中毒的可能性吗？"

"有的，杀害无辜的人是不对的。"茨温格尔苦笑道。

我并不打算责备茨温格尔。对我来说痛苦胜过剖肝挖心的只有瓦尔特的死。如果再失去茨温格尔，我将会承受同样的苦痛吧。

除此之外，不管是谁死了，我都不会抱有任何痛切之情。

"又是谁决定，杀人是邪恶的呢？是教会？国家？还是公众舆论呢？无论如何，谋杀布鲁诺成功了。格奥尔还收到过多丽丝的来信。多丽丝，还记得吗？格奥尔——也可以说是你的姐姐，布鲁诺的妻子。"

"记得，当我成为格奥尔的时候，曾很努力地记住了家人姓名和关系。"

"多丽丝的信寄到好莱坞的电影公司，信中说她看了格奥尔的电影，还说到你的舅舅、舅妈，也是格奥尔的养父母病故了，布鲁诺去世了，好像也被视为病死。"

我没凭没据，对你的话不好说相不相信。就算你说得对，但若我没有特殊能力，那么布鲁诺也没必要杀瓦尔特。虽然是间接的，可我的存在害死了瓦尔特。明明不该存在的人是我，真是讽刺。

如果是布鲁诺杀了瓦尔特，我也报复过他了。在曼哈顿踩死那个袭击我的男人的感觉又回来了。

"杀人快乐吗？"

听我这么一问，你顿了一下，之后点点头，好似顺应我心之所想。

两人兀自立于沙漠。延伸开去的不是沙子，而是成片的岩石。从罅隙间生出的弱草在狂风雷鸣中摇曳。此地虽荒凉，却无须假装为人。通身不着片缕，暴露出赤裸的肌肤，因灼辣的疼痛而放声痛哭的我，说出口的却是："谁能……"

"若对我说一声'好了'。"

"好了？"

"便能得到宽恕。"

这个"谁"，我敢说就是上帝。神的存在，不受基督、东正、伊斯兰等任何人造宗教的约束。我虽无宗教教育的经历，没有过伦理学习，但也知道原罪一词。这时我却有了指尖碰及原罪观念的衣角……这样的感觉。它不是神学家一步一步创造出来的观念，而是像人类存在的核心那样……一瞬间，那种感觉立刻消失了。

我想起霍夫曼斯塔尔的诗句。

我看见，生之中萌出死芽。

生之中流泻罪海。

我看见，罪之潮汹涌澎湃。

我不再向你透露内心，因为这样只会带给你忧扰。什么都不再说了，我只会对你露出重逢的欢笑。而说不出口的思绪在我心中继续。是我杀了瓦尔特，杀死他的权力我不会交与任何人。

法官啊，在您下达判决之前——
内心难道一言都不发？
究竟良善是不是邪恶？
究竟不公是不是正义？

"虽然战争突然结束了，"茨温格尔说，"但两个人一起燃烧的感觉仍留在心中。我们分居在柏林和维也纳，然而距离的影响却也不大，但你却突然消失了。"你的脸上重叠出教师不允许你电猫时的稚拙表情。

茨温格尔立刻消散了幽怨的眼神。

随后抱起置于床边的包裹："等我一下。"说着打开门，走进浴室。门关上了。

而甜果由涩果育化成，
而后于深夜坠落一如死去的鸟，
而后横陈些许时日随后腐烂。

而街道在草中穿行，而地点，
在此在彼，载满火把、树木、水塘，

其势逼临，而又凋萎将死……

这一切以及这游戏于我们又有何益？
我们这些俨然不凡而又永远孤独者。
漫游逡巡而不问目标所在的人？

纵然洞察这许多，又有何益？
而那说"黄昏"的却已道明了许多，
从这一个词中流淌出了哀伤与深意。

正如中空的蜂房里流淌出沉重的蜂蜜。

距离上一次花木兰出现在我眼前，已经过了多久？

我曾经见过，在瓦尔特辞世后两年，我终愿去拜访他的坟墓之时。

夏末的黄玫瑰，花瓣凋零一地。

许是前日落雨的缘故吧，阳光一照，地面升腾起的暑气让墓碑的轮廓不住摇曳。

在墓碑迷宫织成的阴影下，我凝视着这位娴静女子——花木兰。我知道这只是一瞬间的错觉。茨温格尔走到我身边，穿着普通，没化那种舞台妆。

那时幻影般的形象变成了现实，出现在我的面前。幻影拥有了骨和血。

　　"来吧，上战场吧！"身着孔雀服装的茨温格尔一双扫过浓墨的细长眼睛扑闪着妖艳的光。

　　仿佛被这句话所震撼，我一动不动。

PAUL

B
A
B
Y
L
O
N

保罗手举双筒望远镜，目送着尤利安的背影走进建筑。

有人敲门，他觉得是麦克休的使者，除此之外他实在想不出还有谁会来造访。

"你就是保罗·策勒，认识我吧？"

"导、导演……"惊愕之余，保罗连说话都不利索了，最终好容易把话说全，"是的，安德鲁斯导演。"

"一个人？你的同伴呢？梅贝尔告诉我，他是格奥尔的双胞兄弟。"

"出去了。"

"我知道胶卷放哪儿了。"

突然这么一句，保罗不知道该如何作答。

"昨天我见过格里斯巴赫。"

安德鲁斯一屁股坐到椅子上，并示意保罗也坐下。

昨天尤利安随保罗在旧货市场淘宝。尤利安不认识安德鲁斯，即使看见他进出，也会以为是个没关系的外人吧。

"有什么喝的吗？"

保罗手足无措地从架子上拿下威士忌酒瓶。

"梅贝尔·萝觉得交给你一个人不太放心，所以又派我来执行相同的任务。"

保罗没有放松警惕。

"我和你们坐的是同一条船，头等舱。"

基本上碰不到二等舱的乘客。

"我们两人合作的话，成功率就很高了。她给你的回报是你爱妻的整容手术，对吧？"

保罗情不自禁地点点头。

"给我的回报是在行星公司拍我想拍的电影。"

安德鲁斯微微一笑。

"梅贝尔的担心真没错，你还在拖时间。时间不多，拣重点说。那盘胶卷就敞着放客厅壁橱上，他大概认为在上海没人想偷那玩意儿吧。机会就是现在，我已成功把格奥尔钓出来，约好和他在咖啡馆见面，见面之后我会拖住他。你就在这段时间里动手。"

"可是，那个房间里还有其他人……"

"那个叫利文的助理吧？ 没关系，他也会跟格里斯巴赫一起去。我们三个要好好谈谈。"

"没有，助理留下来了。格里斯巴赫导演刚刚一个人出门的。"

"他出门是为了见我，我得快点走了，他真是一个人出门的吗？"

"是的。"

"可能助理后脚会跟上吧。"

安德鲁斯走到窗边，拿起放在桌上的望远镜。

"昨天刚买的。"

"这么说你是在监视进出，寻找最佳机会？没准就刚才我们说话的工夫，利文已经出去了。"

保罗不那么认为，现在助理导演正和尤利安会面，保罗没把这件事告诉安德鲁斯。为了让他信服，保罗必须把尤利安告诉他的情况一一说出来。虽然尤利安没有强调一定不能说，但也不是能够和无关旁人去聊的事情。

"我现在要去咖啡馆和格里斯巴赫碰头，如果利文也在，我会派人来通知你，你立刻潜入房间。要是你看到利文出门了，也给我报个信。"

"如果他们两个都出去，门就锁上了。"

"撬开。"

安德鲁斯漫不经心地说。

"如果我们成功了，你跟我一起去见麦克休，确认无误就当着他的面烧掉胶卷。这样我们就都可以回好莱坞了。"

把杯子里的酒喝干后，安德鲁斯离开房间。

恩里科虽不比专家，可懂得一些开锁技术，还教过保罗一点。虽说像保险箱这样严密而特殊的锁很难打开，但普通门锁却很容易。不过总不能助理导演和尤利安还在房间就偷偷潜入吧。保罗一边想一边凭窗俯视，安德鲁斯朝着格里斯巴赫刚才走来的那条路走去。

GEORG

B A B Y L O N

花神咖啡馆不像维也纳的咖啡馆那么庄重，这里充满了潇洒的气息。

我下了出租车，走进去。

大部分顾客是白人，交流的语言或法语或英语，但其中也混杂着一些西式打扮的华人，他们都是憧憬西方文明的知识青年。

安德鲁斯还没来，我摊开报纸打发时间。

这时我感到有人，抬起眼。

"有阵子不见了。"

没任何来由地，小吴自顾自坐在我桌边。

"是有一阵。"我冷淡地说，"你应该没什么事要找我了吧。"

"看到你了，打个招呼。"

小吴的英语还是一如既往的蹩脚。

"寒暄到此为止。"我举手做出一个送客的手势，小吴却仍不知好赖地占着座位。

"我约了朋友一会儿见面，能否让一让？"

"我摊上事儿了。"

"你找我商量，我也摊上事儿了啊。"

"除了你，我没有其他人可以商量。其实我是想问那一块的住户的，后来看见你出来了。"

你、去、外面、我、看。小吴蹦出的单词在我脑中重新组合成他想说的意思。

"你跟踪我？"

"一路上都想跟你打招呼的，没找着机会。"

我不准备继续接话了，将视线落回报纸，但是小吴还在继续："听说你去大观里拍电影？"

"找外景。"

我不小心搭了他的话茬，本来不想理他的。

"既然你也参与过电影制作，就该知道寻找外景地很重要。"

"和哪边合作拍摄？"

"这不关你的事，杜月笙的电影公司已经解散了。"

"你见过阿桂姐了吗？"

"在《香妃》的庆功宴上见过。"

小吴突然改变了坐姿，语气也高高在上起来。

"你们这些白人，都把华人当傻子耍。"

"如果是值得尊敬的人物我自然也会尊敬，尊敬不分国籍。"我照实回答，"只是不巧，我还没有遇到值得尊敬的华人。"

不，有一个——"我已经准备好大赔一笔了。"梅兰芳的笑容浮现脑海，这里不完全都是贪得无厌的家伙。

"你们在好莱坞找外景时，会擅自闯入别人的私有地界拍摄吗？"

小吴的话锋尖锐起来。

"阿桂姐很生气，大观里是她的地盘。"

"那我向她道歉。"

"把胶卷给我。"

"你在为难我。"

"未经许可拍摄的影片，是要没收的。"

"你没这个权利。"

"我代表的是阿桂姐，阿桂姐有权。"

"虽然没有事前得到她的许可，但我会付酬金。"

"不行。"吴语无伦次地说道，"我要胶卷。阿桂姐非常生气，你伤了她的面子。"

"那我可以亲自见阿桂姐一面，向她道歉，还会付她使用费。"

"不行。"

"为什么？"

"阿桂姐很生气。她不见你。把胶卷给我，这是她的命令。"

当我想怒喝时，小吴露出了冷笑。我明白了。

"交出胶卷的指示，杜月笙也有参与吧？"

阿桂姐和杜月笙现在虽不亲密，但在对外利益一致时还是会联手。小吴是杜月笙的手下。

"竟然直呼阁下的名字，真是无礼！"

"不好意思，我来迟了。"这时安德鲁斯走了进来。

他拉开我旁边的椅子坐了下来，用眼神问道："什么人？"

"是拍《香妃》时的翻译。"

"我是上海棉布交易所所长吴。"小吴自报姓名，递出名片。名片两面分别用英语和华语缀着他的新头衔。

"交易所董事长是杜月笙阁下。如您所知，杜月笙阁下是贸易银行、国信银行和交通银行的行长，以及金业交易所和上海银行公会的董事长……"

安德鲁斯没有理会喋喋不休地为杜月笙背书的小吴，从包里取出一张折起来的纸："这是我写的推荐信。"

"你会法语吧。"我用法语向安德鲁斯说道。

安德鲁斯疑惑地点点头。

"这个人大概是赖着不走了，他又懂英语。我们用法语交谈吧。"

"他怎么会赖在我们这一桌？"

我简单地解释一番。因为只要说出青帮这个专用词小吴就会知道，所以用的是黑社会。

"就像芝加哥的黑手党吗？"

"比他们更危险。如果这个人只是为了个人欲望独自行动，我们大可用钱来解决，但如果他说的是事实，那就有点麻烦了。"

读完推荐信后，我真诚地说："我从心底里感谢不尽。"

我把推荐信连同剧本，以及我的亲笔信塞进大信封。收信栏写着由乌发电影公司转交给艾里奇·鲍默先生。

"我马上去邮局。"

"你的首席助理……艾根·利文呢？他难道不跟你一起去吗？"

安德鲁斯的法语有些笨拙，还夹杂着一些英语单词。

"他在看家，说是有点累。"所以我才不得不乘坐出租车，因为我不会开车，"可能是抽鸦片有点多了吧。"

艾根抽烟的量好像在一点点地增加，我注意到好几次。如果只是偶尔吸烟放松一下，那鸦片和普通烟酒没什么区别，但如果沉溺其中头晕目眩而耽误工作的话，我会头疼的。当然以上出于我自私的理由。也许是怕我唠叨，在我目光所及处他几乎不抽烟了，但烟瘾似乎并没有戒掉。我怀疑他藏在浴室里偷吸，因为有时会留下气味。

安德鲁斯皱起眉头。原以为是在鄙夷他吸食鸦片，没想到却说出一句不明所以的话："要是那样，原计划就完全泡汤了。"

"艾根不在，有什么麻烦吗？"

"我本打算叫你和你那助理一起来，然后趁机把胶卷偷走的。"

我想我当时一定是一副痴呆表情。

"如果您提前告诉我，我会给您带来的啊。"

"不是拍鸦片窟的那盘，是另一个。"

过了一会儿我才绕过弯，我从未想到安德鲁斯会偷偷地想要对胶卷下手。

"如果你想利用那个，即使不费这么多功夫也可以啊。"

我很困惑。安德鲁斯不是会耍卑鄙手段的人。

"要是你和艾根一起来，我会当面告诉你们——梅贝尔派来一个名叫保罗·策勒的年轻人，为夺取胶片。"

我笑着说了一句"好像谍战片"。

"在摄影棚火灾中，有个女孩被严重烧伤，是个临时演员。她脸上也留下了瘢痕瘤，而保罗·策勒刚刚娶了那个女孩。"

"是吗……"

我当时只听说有人受伤，虽然有些自责，但不知详情。自认傲慢不逊的我也对那次愚行后悔不已。

"梅贝尔开出条件，让优秀的整形医生为那女孩手术，逼保罗接下这个活儿。当然多一个人多一份力，为了让他更容易得手，梅贝尔又盯上了被雪藏的我。而给我的报酬是让我在行星公司不受制约地拍一部影片。"

"但如果是这样，你完全可以瞒着我去做。"

"那段影像里拍到了一名美领事馆的秘书官——麦克休。而且拍到的是摘了面具的他，汗水洗掉了脸上的妆，露出了真面目。"

我想起那张傻脸，忍不住笑了起来。

"可以想象，麦克休收到梅贝尔的影片后有多狼狈。他下令一旦拿到底片，就要在他眼前焚毁。我本打算告诉你的，没必要把所有胶片都交给麦克休。保罗拿到胶卷后，我会先收下，趁保罗不注意剪下几帧重要场面，把剩下的接起来。我把剪下来的几帧也给你一份。你可以继续拿来勒索，而对我来说这也是个保险，以防梅贝尔不遵守诺言。至于剩下的部分我会当着麦克休的面烧了，希望你能同意。"

"哦，可以，如果是这样的话。"

"可是那个年轻人在麦克休面前好像不会演戏，所以我没有告诉他。如果他偷不出胶卷，见到麦克休时是会露馅的。"

"你真是个阴谋家。"

"如果不多留个心眼，在好莱坞是混不下去的。"

"在上海也一样。那么，你就可以在行星尽情地工作了？那太好了。"

"派这家店的人跑个腿吧，叫艾根赶紧来。如果艾根不出门，保罗也无法出手。"

我突然意识到小吴消失了。而且不知不觉间，我们用回习惯的英语交谈。

惊愕无语。

"小吴那家伙可能想趁我不在，闯进房间抢胶卷。"

为了不耽误时间，我向服务员打了个手势，在桌子上放了两倍的价钱，离开咖啡馆。

我拦下一辆出租车，上车。

不知道小吴是坐车还是徒步。不管怎样，我得赶快回住处。司机见我着急，竟然又是故意拖慢车速，又是走错路，最后还找我们敲了一大笔小费。

下了车，奔上楼，有点喘不过气。安德鲁斯跟在我身后，喉咙里发出很大的呼声。

门明显有被撬开的痕迹。

我们冲进房间。

没人。碎片散落在地板，是艾根制作的布景模型。

我看了一眼橱柜。胶卷罐不见了。

"他带走了泰坦尼克群戏！"

就在我犹豫要不要把大观里的胶卷连同剧本一起寄给鲍默时，我把它随意地放进了自己房间书桌的抽屉里。我检查了自己房间，大观里的胶卷好端端地躺在胶卷盒里。再检查了下内容，没错。

"泰坦尼克号被偷了？那糟了。"安德鲁斯惊慌失措地说。

"看来他没看内容就拿走了。"

"艾根，艾根！"

我敲了敲房门，没有回应。不在吗？

门锁上了。我和艾根都不锁房门，两人之间没有锁门的必要。而且还有一个不锁门的理由：假如我用过浴室后，忘了打开通向艾根房间的门锁，他就必须经过我的房间才能进浴室，反之亦然。虽然我俩都很小心，但难免偶尔出现这种情况。

"开门啊！"我拧了拧门把手，没有打开。

这是前所未有的。难道是为了不让我妨碍他抽鸦片吗？我透过锁孔向里看，但看不见里面的情况。

我走进我的房间。当双方都不用浴室时，它可以作为两个房间的通道。

浴室的门也是反锁的，浴室只有内锁。

是因为鸦片而恍惚，还是因为癫痫失去意识？但不管哪一样都不会危及生命。比起担心，放跑了偷东西的贼这件事更令我生气。

这时身后起居室的大门外响起了敲门声。

"谁？"

"啊，请问……安德鲁斯导演在吗？"

"是保罗。"安德鲁斯告诉我。我点点头，安德鲁斯小心翼翼地打开门，确认了一下，下巴一抬让他进来。

"我一直在等，等着空无一人的时候，却看见两位导演一起……"他指着安德鲁斯和我解释道，"……面色煞白地跑进去，我担心发生什么事了。"

"胶卷被偷了。"安德鲁斯说。

"什么时候，谁偷的？"保罗的脸色也变了。

我把小吴的职业身份详细地告诉给保罗，"他八成就在这一带四处张望。"我问他监视时有没有注意到这样的男人。

"啊，有的。这家伙鬼鬼祟祟的，要是被警察看见警察都会怀疑。虽然除了助理导演，我并没留意其他人，但那家伙太慌张了，我记得很清楚。他们还踏空过台阶。"

"什么时候走的？"

"我没看表……但应该刚走不久。"

"开车？徒步？"

"走的吧……不，是跑。我去找他们要回来。"

"我跟你一起去。"我比安德鲁斯反应还快。

"有装胶卷的空罐子吗？"保罗问，"待会儿要用。"

保罗在窗边等了很长时间，艾根·利文一直没有出现。保罗认为按照尤利安所说的童年缘分，重逢自会多花一点时间，十分钟、二十分钟都不够吧。

虽然安德鲁斯创造了走空门的机会，但因助理导演还在，所以无法下手。

不，这样可不可以……电影胶卷就是一帧帧大同小异的照片。剪掉其中一两帧也没什么不自然的。

如果我把事情原委告诉助理导演，他会理解的。因为阿黛拉烧伤，格里斯巴赫导演和助理导演都有责任。即使打算继续勒索，只要有那么几帧底片就足够了。虽然不能放映，但只要送去报社，肯定是头条特刊。

——要是能把剩下的给我……保罗想，再到麦克休面前一烧，我就算交差了。回到好莱坞，让梅贝尔找人给阿黛拉做手术。我才不管梅贝尔之后会不会再受威胁呢。

就在他下定决心之时，望远镜里出现了人影。出租车停在格里斯巴赫住处所在的建筑前，安德鲁斯和格里斯巴赫和两位大导演下了车，快步钻进楼里。

保罗放下望远镜，冲出房间。安德鲁斯导演也许与我不谋而合。也许他已经和格里斯巴赫导演商量过了，格里斯巴赫手上留几帧勒索底片就行，剩下的就由安德鲁斯在麦克休面前烧掉。但撇开我，两人单独谈也太不地道了。如果我没有提供帮助，梅贝尔很可能不会给我报酬。

想到这里，保罗才赶了过来。

"格里斯巴赫导演，你来当仓房。"保罗一边跑下楼梯，一边对我说，"也就是说，你的职责是为我创造有利条件。因为那个姓吴的不认识我，所以趁你和他发生争执的时候，我把胶片罐换了。一旦成功，你也要马上离开。虽然有点说不出口，但其实来好莱坞之前我是做这个的。"保罗稍微弯曲了一下手指。

安德鲁斯留在客厅里。

我们走上街，自然不见小吴的身影。

"往哪边走？"

"那边。"

吴偷到胶卷会怎么办呢？应该直奔阿桂姐那里去吧。

阿桂姐和黄金荣的住宅位于法租界靠南市的附近。与花神咖啡馆的方向正相反，果然是保罗所指的方向。

"如果艾根是清醒的，我就坐车去了。"我不耐烦地说。

"虽然没有驾照，但如果要开车，我可以啊。"保罗说道。

"车钥匙在艾根手上。"

我叫了辆出租车，往阿桂姐住处方向驶去。

我和保罗各自注视着窗外。

"就是他！"我大喊道，"停车！"

两三个男人在互相推搡斗嘴，周围开始聚集起看热闹的人群。争执者之一便是小吴，他们互相唾骂。一人揪住小吴胸口，被他甩开了，却又遭到另一人的推搡。一对二，小吴不占上风。

匆匆下车时我明白了，华人不让路，一般会把别人推到一边，而那个被推开的人不会忍气吞声，所以街头斗殴并不罕见。

虽然听不懂华语，但从样子就能猜出来。匆忙经过的小吴撞翻了路人，然后就发展到斗殴边缘。

我和保罗交换了一个眼神。

我手指夹着钞票高高举起，一边招摇一边走近："这人是我朋友，饶了他吧。"我用英语打着手势，插进人群。见到钞票，凑热闹的人群挤得更紧了。

见我来了，小吴脸上失去了血色，嘴唇和面颊像土偶一样灰黄。

我假装绊了一跤，把小吴推到一边，一罐胶卷旋即从他手里飞出。保罗马上捡起来，亲切和蔼地还给小吴。毫无疑问，他已经掉过包了。小吴抱着罐子慌慌张张地跑开，打架的人从我手里抢过票子，吐口唾沫，走了。

我混在人群中，叫了辆出租车，迅速上车。接着，保罗也坐上来。

旗开得胜，保罗兴奋不已。

我对乐得快要吹口哨的保罗说："现在在演《第七天堂》了。"这是在我拍摄《泰坦尼克》时上映，并大受欢迎的甜蜜爱情片。观众们似乎非常喜欢受折磨的穷姑娘角色，更何况女孩美丽又可爱。

在好莱坞，勇敢的年轻人不可能帮助一个丑陋女孩，观众也不愿意看到。

"因为我是Big Man（能者）。"兴高采烈的保罗说出了《第七天堂》里主人公那句名台词。《第七天堂》虽然是典型的好莱坞电影，但舞台设在巴黎。从事着最低贱工作的主人公，下水道工人齐卡救出一位被虐待的可怜女孩，与她一起住在一栋危房的七楼。但是就在他给女孩买婚纱的当天，欧洲战争爆发了。苦苦守候的女孩听到他战死的消息悲痛欲绝。之后女孩又被讨厌的男人逼着结婚，就在惊慌失措的时候，齐卡回来击倒讨厌的家伙，原来战死是误报，两人大团圆收场。

好莱坞总是避免像高尔基的《底层》那样，凝视贫困，深刻讽刺。因为他们的受众是那些见不得贫困之中丛生悲惨荆棘，非要把刺摘干净再撒上一层糖霜才能入口的观众。区别仅仅在于那甜的是高级白糖还是廉价糖精。

我有责任让那个因我而被烧伤的女孩和这个年轻人有个美满结局。为了给保罗带来美满结局，我必须抓紧时间。

小吴被掉包的罐子里不是空的，是他想要的大观里影像。阿桂姐，还有小吴没注意到就好。我给的是一盘正片，按理说我还有一版原片。

只要有原版底片，想做多少正片都可以。

泰坦尼克上的群戏，麦克休露脸的镜头哪怕只是一两帧胶片也不能落入青帮之手。如果青帮得到了恐吓领事馆工作人员的筹码，这会牵涉到合众国的外交力量。而这与我们私下勒索行星影业的性质不一样。我随大流地获得了美利坚的国籍，虽无炽热的爱国之情，但也不能背叛她。

这样可以拖一段时间，但如果阿桂姐方面有人发现原版底片的存在，那就麻烦了。

安德鲁斯在客厅里等待，保罗得意扬扬地递给他胶卷罐。

安德鲁斯切取了合适的镜头，开始拼接。他用了扔在桌上的剪刀。本来剪辑要慎重，但不管怎样这盘胶卷都会在麦克休面前烧毁，我不在乎接缝是否粗糙易脱落。麦克休不会放映完整段影像确认，领事馆里又没有放映机，他只想尽快把胶卷烧成灰烬。

"在你等我们的时候，艾根没有出来吗？"我问安德鲁斯。

"没有。"

我敲了敲艾根的房门。

"艾根！"

门仍锁着，无人应答。艾根以前说过"鸦片是我的盒子"。大意是沉浸在回忆中，记忆会变得鲜明吧。虽然鸦片的毒性比吗啡和海洛因要小，但过量服用有时也会致命。

保罗插嘴说道："助理导演和格里斯巴赫导演的兄弟重逢，恐怕根本就没注意到盗窃事件。"

"兄弟？"

"你的双胞胎兄弟。"安德鲁斯解释道，"他和保罗一起来的，没时间跟你细说。"

尤利安。我说不出话来。

艾根曾告诉过我。他猜测尤利安是不是跟我在一起，所以才来好莱坞的。但是尤利安当然不在。

"尤利安是瞄准格里斯巴赫导演外出之后才进入这栋楼房的。我是从窗户里看到的，但是之后就不知道了。"

艾根曾经说过，对他来说，格奥尔只不过是一个没有实体的名字。而对我来说，尤利安只凭名字也感觉不到实体。

艾根赋予了那个只存在我潜意识中的幻象以血肉使其显形，我自觉如是。事实上，我只知道我是连体双胞胎，在手术过程中被分开。女装的艾根走进了一座城堡般的建筑，其他事情只存在于他的话语中。连体……这话不对，两个个体并没有被黏合在一起，该说是不完全分离。

原本只是幻影的尤利安和保罗一起来到这里？

我突然有了一种奇怪的感觉。尤利安果然不存在。在某个时期之前，他大概还活着吧。在这段时间里，艾根和他的血肉融合在一起。就这样，尤利安死了。什么时候？可能是战场，最接近死亡的地方。尤利安活在艾根心中。他还会影响到其他人。影响到谁？保罗。

不会，保罗没理由受到艾根幻觉的影响。

"你确定尤利安是和你一起来上海的？"

对我责问的口气，保罗一指扔在椅子上的软呢帽。

不是我的东西。

我不得不承认。艾根还有保罗说的是真的。

我一边喊着艾根的名字，一边想要敲门，却犹豫了。

"重要的只有尤利安和瓦尔特医生。"艾根面不改色地说过。虽然已经认定尤利安已死，艾根却还是渡海来到好莱坞来寻找他的消息。

终于又见面了。大概不允许别人介入他们吧。我觉得我和艾根的关系非常密切，但我们是工作上的伙伴。用艾根的话说，我和艾根的关系，完全无法比拟他和尤利安之间的纽带。

不应该妨碍……但是事情结束了吗？

我成功地骗过姓吴的，安德鲁斯和保罗也将从梅贝尔那里得到回报，事情进展顺利。

可我们不能在此久留。如果我们不在他们发现还有原版底片之前离开上海，那就太危险了。

要去哪里？

柏林，乌发电影公司。

见到鲍默，直接递给他剧本。要见面以后说服对方，而不是用邮寄的方式。

尤利安，会跟我一起去吧，去柏林。我产生了这样的想法。

精神感应，自动书写。

这种能力我似乎也曾有过，但现在已经消失了。

尤利安，你不是还存在吗？如果是这样的话，现在正是时候，请听听我内心的声音。

尤利安，你在那边啊。

我站在这边。

中间只隔着一扇门。

……那股力量同距离和时间没有关系吗？

我在用心同你说话，尤利安。

我父亲把你当成一个瘤子，不公平。

我承认，我忽略了你。

我不喜欢好莱坞美好粗暴的结局，然而现实中的不幸最好还是少一点为好。

293

让我们握手，让我们拥抱。

把门打开。

时间不多了，我必须赶在青帮找上门来之前离开上海。艾根在这里很危险，如果你再被人误认成我，就太危险了。他们不是那种会慢慢倾听我诉说复杂原委的对手。

我们三个一起去柏林。你，艾根和我。

"门锁了？"保罗问道，"要我撬开吗？"他从口袋里掏出一个细小的金属工具给我看。这小子是走空门的惯犯吗？

他将金属工具插进锁孔，轻轻松松打开门锁。

艾根的卧室，是空的。

浴室的门也上了锁。浴室门没有钥匙孔，门锁是个非常简单的插销，将一头弯成半圆的棒状门闩插进钉在墙上的环形锁扣里。

"等一下。"

我再次走进自己的房间，通往浴室的门仍然锁着。

这么一来，尤利安和艾根就躲在浴室里。

脑海中出现了《伊莱卡》浴室的场景。

无论如何你都不理我吗？虽然有些不愉快，但也增加了不安。

把自己锁起来，可能是为了防止袭击。模型掉在地板上摔坏，是不是因为有搏斗？听到我的声音也不打开，是因为两人都受了重伤，昏迷不醒，而最坏的情况是死亡……

不用保罗帮忙，插销很容易打开。只要把纸板、赛璐珞等硬质薄片插入门缝之间，就可以把它挑出来。

"艾根，我开门了。"

我喊了一声，解开锁，打开门。

令人作呕的是楼下后厨散发的气味，臭气透过敞开的窗户飘进浴室，但其中混杂着更加强烈的恶臭。

浴缸里趴着一个血淋淋的躯体。

我说不出话，呆呆地站在那里。

打开对面门的插销，双手颤抖。

进来的保罗和安德鲁斯也一脸茫然。

虽然不敢抱起趴在浴缸里的身体看看他长相，但这时我不得不去做。

在我看到那人的脸之前，我意识到他穿的是华人衣服。

保罗和安德鲁斯也出手帮忙，把身体仰面朝天。

虽然脸和身体都被剁得稀巴烂，但很明显是个陌生的华人。

"这个人是谁？"安德鲁斯问。

伤口非同寻常。刺穿，砍伤，内脏从被割开的肚子里溢出来。

凶器被扔在浴室地板上。艾根的厨刀，从像大砍刀一样的菜刀到锋利的小刀。几把刀红透了刀柄，滚落在地。

我猜想这具尸体是小吴的人。他们两人闯进来，正好撞上了艾根、尤利安，其中一人被杀，同时小吴抱着胶卷逃走了。

话又说回来……有必要把他剁成这样吗？

"我不想说。"犹豫不决的保罗告诉我，"导演，你那个双胞胎兄弟一旦出手决不会客气。你知道他怎么对付袭击他的敌人吗？喉咙、手腕、脚踝、脸全部踩烂。后脑勺的头盖骨碎了，脸上一根鼻梁压碎了。"

大概是觉得不说全了我不信吧，保罗的语速很快。他的声音听起来很兴奋，甚至很高兴。他想一口气把这些都告诉我，但话说得结结巴巴，前后矛盾，好在最终还是把事情弄明白了。在曼哈顿，他被一个误把他当作我的人袭击了，但他以我想象不到的方式还击，彻底踩扁了那个混混。

"那人还用枪指着我。我很害怕，虽然平时很安静。"

我对医学知识一窍不通，但我知道，很多伤口都是死后造成的。因为虽然动脉被切断，但是没有喷血迹象。

我再一次觉得尤利安和我并不是两个不同的个体黏在一块。我们原来是一体的。那么，我身上也潜藏着此等暴戾吗？我觉得自己没有这个胆量，不过拍摄泰坦尼克的混乱场面，我和尤利安是不是有着一样的气质，只是通过其他方式来呈现呢？

奇怪的是，我很冷静。不，也可能是太过慌张而麻木了。

如果浴室两边都锁着，那么他们能逃跑的路就只有窗户。

似乎是为了印证这一点，一块扭成麻花的床单，一头系在栏杆，一头垂在外面。床单上到处都是红色的斑点，可能是被血淋淋的手抓住的缘故。床单下面是一楼后门的顶棚。从那里可以顺着下水道管回到地面。

在洗脸池呕吐之后的安德鲁斯一边说着"太招摇了"一边把床单拉了进来。我和保罗也赶紧帮了把手。

"再怎么也不至于做到这个地步。防卫过度了，看来会有麻烦。"安德鲁斯怨了一声，并催促保罗，"我们最好快点去领事馆。"

"如果只是胶卷问题，直到他们发现不是原版底片之前，时间还绰绰有余。但如果杀了一个青帮，那恐怕会招来同伴报复。"

我也同意并回应道："他们不认识你和保罗，只要不待在这里就不会有危险。保罗你有回程票吗？"

"放在租来的房间里了。"

"格奥尔，你也必须马上离开上海。"安德鲁斯催促道，"我们一起坐船回美国吧。在此之前，你最好接受领事馆的保护。跟麦克休说明情况，办理出国手续。"

艾根和尤利安的行踪令人担忧。但我对艾根很有信心，他比我更清楚自己陷入了危险的境地，他会冷静地思考如何处置。他一定会保护可怕的尤利安，让他逃走吧。只要迅速离开这片土地就安全了。杜月笙虽然掌握了上海，但是还没有漂洋过海影响其他国家的能力。

当我做归国准备，把随身物品塞进旅行包的空档，保罗也返回房间，收拾准备回国。

走到外面，提着旅行包的保罗找来一辆出租车，正在等待。

"安德鲁斯导演率先乘坐另一辆车去了酒店。胶卷在我手里。我们三个一起去见麦克休。"

难怪麦克休见到我会大吃一惊。原本该是敌友的三人竟然一起出现了。

安德鲁斯简短地解释了一下。

麦克休不耐烦地把胶卷拉长，透过阳光看了看。他的表情之所以像是看到了什么可怕生物，是因为目睹到自己的丑态。

麦克休命令保罗把原片和正片两版胶片塞进焚烧炉。他站在门口，一见胶卷着火，就立刻退了出去。胶片燃烧时会产生有毒气体，我和安德鲁斯打开窗户。胶卷甚至不用扔进火里，一靠近火源就会燃烧。我们逃到走廊，把门紧紧关上。

安德鲁斯和保罗分别登上了太平洋航线上的轮船，而我则要横渡印度洋，乘上驶向欧洲大陆航线上的船。三人东西分离。

在码头分别时，我向保罗伸出手，"希望你心爱的人手术成功。"我拍了拍他的肩膀，"Good Luck, Big Man.（祝你好运，大能人。）"安德鲁斯对保罗说，如果阿黛拉恢复了可爱的容貌，会让她出演他的电影。如果一切顺利，俨然就像《第七天堂》。

"也祝你在柏林取得成功。"安德鲁斯说，"你在好莱坞也一样。"我对他眨眨眼。

在我将夹在身侧的胶卷罐交到保罗手上之前，我做了最后一次要挟，我要挟麦克休给我办一张欧洲航线的头等舱船票。我把手头所有现金通通换成美元，这也是委托麦克休去办的。自上次大战结束以来，最强势的货币是美元。胶卷已经处理完毕，我这个讨人厌的家伙就要离开上海，而如释重负的麦克休也乐于积极安排。

我在安德鲁斯和保罗面前表现得很开朗，但可怜的是我内心却相当害怕。即使被领到像高级酒店一样的豪华船舱里，不安也没有消失。

潜入我房间的小吴和他同伴撞见了尤利安和艾根。吴一定把尤利安当成了我，别无选择，只能想象当时发生了怎样的争斗。小吴亲眼见到同伴被杀，还是在打架时临阵脱逃了呢？不管怎样，他大概很吃惊吧，本该在咖啡馆的我怎么反抢在他前面到了家。那为什么他不开车逃跑呢？我推测被杀的同伙应该兼任司机。小吴不会开车，又没能马上拦到出租车，所以只能逃跑吧。再加上我又追上了他……我想起了小吴面若死灰的脸。

同伴迟迟不归，这一点应该已经从小吴的口中传到了阿桂姐和杜月笙的耳中。青帮的人搜查了我的房间，他们也看到了浴室。

小吴认为是我和艾根杀了他的同伴。那群人万不可损了他们的面子。如果麦克休被杜月笙盘问，他定会坦白我上过这艘船。

从上海出发前往欧洲的客船会先停靠香港。如果青帮为了报复我而登船的话，他会在到达香港之前就动手。不管再怎么执着，他们总不会陪我跑长途。

我把自己锁在船舱里，让侍者送饭。每次听到敲门声，我都觉得电流在身体里狂奔。可又不能不吃东西，所以一手拿刀，门只打开一条缝。

尤利安和艾根现在怎么样了？我很担心。但只要想起浴室里的尸体就会毛骨悚然。随着时间流逝，我对尤利安的残暴越来越不快。

或许青帮已经找到了尤利安，把他当成我杀了也说不定。

我突然冒出这样的念头，但随后油然而生的是对自己的轻贬唾弃。

如果是这样，我就不会被盯上了。

一路平安抵达香港。我终于松一口气，登上甲板。

躺在折叠椅上，海风沁人心脾。

当确保了人身安全后，我又开始担心起尤利安和艾根的情况了。我是自私的——如果这是一部好莱坞电影，肯定有一位勇敢面对邪恶组织的英雄，凭借超人般的活跃和奇迹般的好运，将两人解救出来。再于深夜划着小船，潜入即将起航的货轮，偷渡回家。在船上还有好心人向他们施以援手……

"不好意思。"听到这句话，我吓了一跳，"打扰到您休息了吗？"

是个陌生人，还是白人，至少不是青帮手下。对方是个五十多，快六十岁的老绅士，颇有风骨。

"您不记得了吧？从那以后有多少年了……"对方一边用德语说着，一边在旁边的折叠躺椅坐下，"我不怎么看电影，不过为了船上客人的消遣，偶尔也会放。上映《钟楼》的时候，我正好手头有空，所以跟着看了，而在片中出现的不就是我曾经的病人吗？老天爷，我甚至不知道您是电影明星。"

在拍完《暴风雨》后，我制作了几部低成本的电影，并兼任剧本、导演、演员三个角色。《钟楼》就是其中之一。

"之后，我还有机会在船上看了两三部，每次都觉得很开心。"

"在船上看电影？您经常出海吗？"

"因为是工作嘛。"

"贸易关系？"

我的问话似乎让对方有些沮丧。

"十年前的事了，也难怪您不记得。"他喃喃道，"您在船上旅行似乎水土不服，身体很憔悴。就像以前一样，我给你注射了营养剂，还让厨房给你做了特制粥。"

十年前……我在脑子里忙着计算。从保罗的话倒推，那正是尤利安来新大陆的时候。

"您是船医吗？"

注射这个词让我想到了医生。

"您终于想起来了。"

对方笑了，再次要求握手。

"谢谢您照顾我。"姑且先这么说。

幻影中的尤利安越来越真实了。据我所知，直接见过尤利安的只有保罗。安德鲁斯只不过是听保罗说过罢了。所以我可以说尤利安不存在，即使于理不合，也没太过离谱，而现在又有一位证人出现了。

血淋淋的尸体。保罗曾说如果要打敌人，他绝不会手下留情。

当我被宣传为一个傲慢、残忍、好战、卑鄙的"你恨的人"时，我曾高喊："傲慢？我甘愿接受这个形容词。残忍？好吧，有时候我是挺残忍的。好战？看情况。"但我没那么残忍，我描绘的残暴仅在虚构之中。

"但唯独卑鄙，那绝对不是我。"当我想到这里，刚才让尤利安顶替我去死而保全自己的念头，除了卑鄙还能是什么呢？

"您在上海是拍外景吗？"船医问道。

"我待了很长一段时间，拍了一部电影。"

"什么时候上映？"

"已经下了。"

船医表示遗憾错过了。

"您坐这趟船是衣锦还乡吗？我记得您是奥地利人。"

我含糊地点点头，虽然目的地是柏林，但我不想随便透露自己的情况。

"祝您旅途愉快，我希望您在旅途中不再需要我的检查。"船医似乎对我的冷淡态度有些扫兴，"这是我最后一次出海，到欧洲后就退休了，余下的日子我会好好享受的。"船上的医生说完就走了。他一定以为我沉溺于名声变得傲慢自大。没关系，我不求人。

一个人闭上眼，浴室里的尸体无论愿不愿意都会浮现眼前。虽然在电影中拍摄过很多假尸体，但实物的震撼力果真截然不同。

不得已，我只能跟着思绪随波逐流。航程很长，我有的是时间。

说到时间，我想尤利安和艾根的时间应该很紧迫。如果是为了躲避青帮的袭击而躲进浴室，又有一个窗户作为出口，那就应该趁早离开，把床单拧成绳子也太浪费时间了吧……

或许是因为尤利安无情的嗜好——彻底杀死敌人。明明已经断气，还要动手。在艾根拧床单做逃生绳时，尤利安是不是又在尸骸上留下好几刀呢。

虽然想要忘记，但脑海中不断涌现出的想法却无法停止。

就算没有动脉喷血，他的双手也会比沾满鲜血的麦克白夫人还要厉害……那是浴室，用来洗手的水很丰富吗？

说到人的内脏……我想起尸体腹部下面溢出的东西。肚子里装得下那么多吗？开膛破肚不是为了把里面的东西掏出来吗？青帮吞了什么重要的东西吗？一个小到可以穿过喉咙的东西。而且对于尤利安或者艾根来说，抑或同时对于他们来说，剖开死者肚皮，拨开死者的内脏，本就是一件非常恶心的事情。真有这样的东西值得他们这么做也要拿回吗？

尤利安的命运并不是我故意造成的，但认识到了自己的冷酷让我不快。我彻底抛弃了他们啊。

虽然还不至于因为自责而精神恶化，但我还是觉得那硬邦邦的石缝里偶尔会冒出一些蠕动着的异怪碎肉。一定是良心不安吧，我止住自责的心，把它们压回去。

就在这时没来由地，保罗的一句喃喃自语浮上心头。

"那个浴室有点小。"

当时我正惴惴不安，心神不宁地等待着出航。

我只是觉得浴室的面积足够大，对保罗的话置若罔闻，但艾根好像也这么说过。

"要我给您拿点喝的吗？"

穿制服的侍者走到身边，恭敬地问道。

"来杯啤酒。"

这艘船正在中国南海一路向南。

不一会儿，侍者敲响晚餐铃声。

我走进餐厅。上流阶级和暴发户们没有效仿我在《泰坦尼克》中描绘的那种荒淫狂欢，他们进行着无关紧要的无聊对话。乐团演奏着古典乐，回想着上海那猥琐的气氛，耳边传来附近座位上的对话："昨晚上听说有孔雀飞入大海。""不，听说是自杀。"坐在一起的贵妇人回答。

"不好意思。"我开口正想问她，却看见夫人们起身离座，跳起舞来。

我向路过的水手证实了这个传闻。"我什么也不知道。"水手回答，"没有发生意外。"他可能被要求封口了。我找船医，船医似乎没有因为刚才我的无礼而不快，但是对于投海，他断言绝不可能。然后我给了一个口风不太紧的侍者一点小费打探消息。孔雀这个词引起了他的注意："可能是走私的在交货吧？"侍者如此说道，"我在值班的时候看到有人往海里扔东西。听说他迅速躲了起来，没被抓住。这是一种走私方法，把货物放在浮标上，然后收件人乘着一艘小船一路捡。有时候会有这种情况。"

我走出餐厅，独自站上夜色中的甲板。大海和天空没有区别，只有海浪拍打船舷的沉闷声响。

柏
林

B A B Y L O N

我站在柏林头号娱乐街库达姆大街的电影院前。

因为得知德国第一部国产有声片即将上映才特来观赏。这部有声片并不是乌发制作的，而是托比斯这个银行集团与汉堡美国轮船公司合拍的纪录片。

华丽的库达姆很难与被打得体无完肤的战败国联系起来。虽然在战败过后的数年，德意志由于超乎想象的通货膨胀濒临崩溃，但是通过货币改革和美资注入，暂时稳定了下来。不过只以消费为经济基础的繁花似锦，就像泰坦尼克号上起舞的乘客，不知沉没已然开始。

阔别十七年后再次登上欧洲，这是我第一次来到柏林。曾经隶属神圣罗马帝国北地的普鲁士王国，以前在哈布斯堡王朝的首府维也纳的眼中也只是粗犷的乡村。柏林是一座新兴都市，伴随着西进展开，新开发区域里的建筑风格杂糅，每一座建筑都有自己的特点，街区显得比较杂乱。比起上海和好莱坞，倒是这里与我更亲一些，没有异乡之感。

这部有声片处子作有个华丽而响亮的名字——《世界的旋律》。

酒店安顿下来后，我联系了乌发电影公司，跟鲍默约好见面的日期。距离会面还有一点时间，我刚好可以抽出一天观看电影。虽然影院建筑壮观非常，但电影内容却让人昏昏欲睡。

这是一部美国汉堡轮船公司在世界各地拍摄到的情景集合。如伊斯兰礼拜、佛教修行、日本学生配合锣声在校舍里合唱、南方岛屿居民的歌舞……全片没有明确的编辑思路，只是杂乱地罗列出情景以及警笛声、机器声等各色声音。

第二天，我走进了位于新巴贝尔斯堡的乌发电影公司工作室。

钢筋建筑物显示出了胜过行星电影公司的威容。它还在扩建中，工业噪音震耳欲聋。

在豪华的接待室里，比我大三岁，身材高大、满脸横肉的艾里奇·鲍默张开双臂欢迎我："我一直对你的作品充满敬意，格里斯巴赫先生。"

"我也一样，鲍默先生。"

虽然制片人和导演职责各有不同，但作为电影人，我们互相承认对方的成就。虽是初见，却似旧识。

"尤其是《伊莱卡》，非常出色，古典和现代的完美融合。"

他递给我雪茄，香味也让我感觉舒心。

"还在做大工程呐。"

"我们正在建造一个专做有声电影的工作室。四个影棚夹一个院子，呈十字架形排列，配以目前最好的设备。即使是那种工程噪音，在棚内也会被完全隔绝。工作室里可同时操作光电录音和颤针录音。另外还将新设一个供有声片剪辑播放的特别工作间。到时候它就是现代媒体的中心。"

鲍默还加了一句："虽然资金周转困难。"他容光焕发的面庞露出了苦笑。

"乌发电影公司算是被好莱坞打败了。派拉蒙、米高梅、行星和环球都在向乌发电影公司注资。作为回报,乌发电影公司必须从各自手中买下几十部电影。他们也会买一些我们的电影,但条件是要符合'美国观众的偏好诉求'。"鲍默耸耸肩,"此外,贷款利息也高得吓人。现在全球百分之九十七的市场都是好莱坞的,但乌发电影是会复活的哦。用有声片打翻身仗。我正在筹划一部长篇电影,计划在今年完工。"

鲍默转移了话题。"我昨晚看了你在上海拍的《香妃》。你知道的,因为我被迫承担破产的责任,一度离开乌发电影公司去了美国,而那时你在上海,正好错过了。片子是在我离开公司期间寄来的,没人转给我。等我重回乌发电影公司工作后才知道,但是由于工作太忙没时间看。得知您要大驾光临,昨晚才在试映室看了。我对此很感兴趣。我追求的是动态艺术的革新,在你的作品中有这种革新。"

我从包里拿出剧本和安德鲁斯的信。

"即使没有安德鲁斯导演的推荐,我也很关心你的工作。"鲍默读完信又快速扫视起剧本。

时间在紧张中延续。

鲍默读完最后一页,满怀期待地说:"这本子能激发制作热情。中国的风俗对欧美观众来说很新鲜,感觉可以引发话题。"

"可是……"鲍默继续说道,"很困难。"说到这里,他陷入了沉思。

我没有催促,只是在等。

鲍默的反应表示他很有感觉。

"您看过官话歌剧吗？"我问。

"不，我们这边没机会接触。"

我给他看了梅兰芳的半身照和舞台照。

"真是充满了异国情调啊。"

"而且这位还是个男人。对了，我这里还有一段想让您过目的影像。不长，不到三十分钟的样子。因为是底片，所以想做成正片。然后还请给我一间空闲的放映室。"

鲍默叫来秘书，满足了我的要求。

等到正片做好，我就马上在狭小的试映室里放映。

试映室里只有我和鲍默两个人，我操作放映机。鲍默应该不会因为大观里的悖德场面而退缩吧……我期待着。

在鲍默担任制片的茂瑙[1]导演的口碑之作《最卑贱的人》里，淋漓尽致地描写了一位高级酒店看门老人的毁灭。但好像为了不让观众心情灰暗地离开影院，在影片最后意想不到地加了一个欢乐场面——虽然也可以说是自暴自弃。但这似乎不是鲍默的本意，而是主演埃米尔·强宁斯[2]的主张。虽是无声电影，但该作的话题性却在于通篇只

1　茂瑙（F.W. Murnau，1888—1931），德国电影先驱，著名默片导演，是20世纪20年代德国表现主义电影代表人物。代表作《日出》《浮士德》《诺斯费拉图》《最卑贱的人》等。

2　埃米尔·强宁斯（Emil Jannings，1884—1950），电影导演、电影演员、舞台剧演员，第1届奥斯卡金像奖最佳男主角获得者。代表作《杜巴里夫人》《浮士德》《最卑贱的人》等

有一个字幕。主人公一生没犯过工作失误，但因年老就被老板从光荣的金边制服门童岗位上换下，贬成最下等的厕所清洁员。老人伫立在孤独中时第一次出现字幕（这部电影本该就此结束。在现实生活中，不幸的老人只能等死，但是剧作家同情他，安排了一个近乎不可能的结局）。在饭店男厕所里死去的百万富翁把全部财产都给了老人，老人摇身一变，成了百万富翁，在最高级的餐厅里大吃大喝，坐上豪华的马车，高兴地笑了起来。金钱和美食是幸福的具象，啊哈。

《大观里》的片段很快就放完了，我打开灯。

"是实拍吗？"

"是的。"

鲍默再次伸出右手，与我热烈一握。

"运粪车的年轻人的表情——不，是面无表情——很棒。"

"可惜，他不是演员。"

"我想要一个能与他匹敌的演员，你是偷拍吗？"

"光明正大地拍了，结果却出了大事。"

我说了跟上海黑手党的关系。

"布景，乌发可以搭。"鲍默说，"少年皇帝白人也能演，就像格里菲斯导演在《残花泪》中将理查德·巴塞尔梅斯扮成华人一样。但是能演官话歌剧的演员……"

这时我想到了艾根，如果是混血儿的他……

"怎么了？"

"没什么。"

我努力抹去眼前浮现出的浴室场景。

"还有语言问题……"鲍默说，"到目前为止，即使是外国人的对白也可以用字幕处理。如果要制作《花木兰》，当然得是有声片。虽然是中国故事，但必须全部说德语。华人演员做不到。有没有可能从中国请来戏剧的专业演员，请他只指导戏剧部分？这一块你有认识的演员吗？"

"因为出了点事，我匆忙离开上海，没时间考虑这么多。"

"出事？"

我告诉他，我双胞胎兄弟杀了一个试图抢走胶卷的黑手党成员。

"你是双胞胎？你自传里可没有写。"

"是一对特殊的双胞胎。"我卷起衬衫，露出伤疤。我尽可能地简述我们被分别养育，以及他为了见我追到上海的各种事情。

"黑手党那边会以为是我杀了他们的人。与好莱坞一样，戏剧和电影票房都与黑手党有关。虽然非常遗憾，但我在上海没有关系户。"

低头一看，是梅兰芳的照片。

"为什么不请他指导一下官话歌剧呢？"我问自己。似乎并不是不可能。

"他渴望向全世界推广官话歌剧，还打算在一两年内去美国表演。当然这也是他自费。"

鲍默的眼睛亮了起来。

"演出时加上英语解说，增加动作和舞蹈，好像还有很多可以琢磨的地方。等到美国巡演结束，我会邀请他来乌发电影公司指导表演。"

"值得考虑。如果能成功在美国公演，我也去看看吧。格里斯巴赫先生，我会将你的《花木兰》提上策划会议，也会努力去促成。但是因为开拍要等到梅兰芳美国公演之后，想必需要很长一段时间。不如我们现在拍两三部乌发电影如何？"

求之不得，我怎么可能会拒绝。但是鲍默接下来的话却让我有些沮丧。

"正如我刚才说的，为了让好莱坞买账，我们必须制作出符合美国观众'兴趣诉求'的东西。你在好莱坞工作过，应该比我们更清楚美国观众的'爱好'是什么吧。我认为最符合你本质的作品是《伊莱卡》，让你拍摄迎合美国人的电影可能不太对您胃口，可是……"

我对吞吞吐吐的鲍默说："做上等白砂糖点心啊，我拍。"

鲍默松了口气，继续说道："在《花木兰》来之前拍几部有声片熟熟手，以后能派上用场。"

起初，我想把《木兰从军》改编成轻歌剧。如果是有声片，轻歌剧可以有效地使用声音。新尝试激发了我的欲望，电影有了声音，也就可以加入匹配的音乐元素了。

"为什么不把施尼茨勒的《绿鹦鹉》改编成轻歌剧呢？"

不只是甜蜜，还暗藏着欧洲独特的苦楚。

"欧洲观众会接受，但不能说是针对美国。"

"或者是《大鼻子情圣西哈诺》？"

愚蠢的年少，精彩的被骗。

"西哈诺啊，"鲍默点点头，"这就是加斯科涅的……"他哼了半句台词，语气很正，"但我不想让摄影棚着火，格里斯巴赫先生。"

我的愚行也传到了乌发公司。

为了拍摄有声片建设的大型工作室正在稳步推进，乌发电影公司又在超过一百个专属电影院里安装了播放有声片的装置。在这一年，一九二九年即将结束的十二月十六日，乌发的首部有声长片《悲歌（Melodie des Herzens）》一经首映立即引起轰动。

就在不久前的十月二十四日，纽约股市暴跌。二十九日星期二，一场灾难性的大萧条席卷全球，失业人数急剧增加。

即便如此，电影还是要拍的。

资本实力较弱的小公司由于无法承受全球经济恐慌和有声电影转型的成本而纷纷倒闭，但乌发、托比斯和泰拉等大公司都在硬挺。

鲍默不仅不媚俗，还接连不断推出新作，丰富的娱乐性带来了商业上的成功。特别是那部描写循规蹈矩的高中教师沉迷于廉价夜场里的歌女，最终沦落为小丑演员的《蓝天使》。玛琳·黛德丽[1]慵懒的歌声和一双诱人美腿立刻引发坊间热议。

接下来再骄傲地夸几句《西哈诺》的成功吧。"格奥尔·冯·格

---

1 玛琳·黛德丽（Marlene Dietrich，1901—1992），生于德国柏林，德裔美国演员兼歌手。她是少数发迹于柏林亦在好莱坞发展成功的女演员，代表作《蓝天使》《摩洛哥》《上海快车》《控方证人》等。

里斯巴赫在欧洲复活！"影评中充满了溢美之词。

也就是说不用字幕，观众可以亲耳听到大鼻子情圣西哈诺·德·贝杰拉克诙谐幽默的台词。西哈诺一角我委托舞台剧演员出演。看了那人几次舞台表演之后，我觉得他很适合这个角色，因为他既能很出色地念出对白，又能表现出潇洒和庄重。克里斯蒂安则找了一位奶油小生扮演，他也因为该片一炮而红。克里斯蒂安是一位外表俊美但头脑空空的青年，可他在战场上英勇牺牲，赚得不少年轻女观众的好感。如果他再这么活下去，迟早变成个白痴。我自己则担任加斯科涅贵族子弟兵队长卡尔邦·德·卡斯泰雅卢。虽是出场较少的配角，但也是个重要角色。

我出席了《西哈诺》的首映式。放映结束后，在大厅里与各界人士畅谈时，接待员走到我身边低声说：

"有一位太太没有邀请函，但她自称是导演的亲戚，想和您见一面。您看……"

"漂亮吗？"

接待员稍微犹豫了一下，不爽快地说："是个中年人。"

"姓名是？"

"梅林夫人，她和丈夫在一起。"

"不认识。"

"她说只要一提格里斯巴赫家的多丽丝您就知道了。"

"多丽丝……我去见她，我们是表亲。"

年过四十，八成女人都会超重，两成女人会因肌肉发达而过瘦。

还保持着年轻身材的只有绷紧面部肌肉，用泻药和营养剂调节身体状态的女演员。多丽丝是那百分之八十中的一员。她比我大五岁，今年是四十三岁了吗？十八年前的面貌几乎没在她脸上留下一点影子。如果我在街上见到她，也不会认识。

"我再婚了。"她把丈夫介绍给我。

"很高兴见到你。我是梅林，从事贸易相关的工作。"

这是一位风度不够钱包来凑的男人。

"你精神多了，当然你那时刚从战场上回来，难免憔悴。"

从战场上回来的是尤利安。

"尤利安以格奥尔的身份志愿上战场时……我也一起去了。"艾根曾这样说过。

"你和布鲁诺分了？"

"他酗酒，死了。"多丽丝冷淡地说，"所以我又结婚了。"

"你住在柏林，不住在维也纳了？"

"家在维也纳呀。但为了方便我先生工作，暂住在这里。我从广播里听到你首映式的消息，就想说一定要见上一面。你已经很出名了。"

瞅准谈话空隙，其他客人见缝插针地涌进来："太棒了！ 格里斯巴赫导演！""下一部准备拍什么？"还有个醉汉单手托着红酒杯，吊着嗓子背诵罗克桑娜的台词："是唯一的王上——爱情！——把我差来的！"

"我说得没错吧？"多丽丝对丈夫说。

"格奥尔·冯·格里斯巴赫导演是我表弟，你还不信。亲爱的回避一下，我要跟我表弟好好聊聊。"

梅林先生面带怯懦的笑容走到角落后，她继续说道："布鲁诺搬去维也纳了，为了工作。我在约瑟夫城租了一个房间。大约在你和你的朋友，呃，艾根·利文先生，你们离开维也纳六个月以后。我听说你们住在三区的什么大道。那还是很久以后，你的朋友利文告诉我的。利文先生想见布鲁诺，于是去了杜伦施坦小镇，在那里他得知我们住在约瑟夫城。啊啊，话越说越多。利文先生来的时候，我们已经分居了……我尽量按顺序说，等等别打断我，会说乱的……那时候布鲁诺已经酗酒了。好不容易成为格里斯巴赫家的一员，一场败仗让他一无所有，他自暴自弃了。明明不是我的错，他却对我大发雷霆。我受不了照顾一个酗酒的男人，但他是个公众人物，我又是天主教徒，不能离婚，我只得一人回到杜伦施坦。不知道分居了多久，一天房东找到我，让我帮他付房租。我凭什么帮他付钱？房东不依不饶，所以我去找布鲁诺，但他好像不在家，于是我用备用钥匙打开一看，发现他抱着酒瓶和酒杯死在里面了。验尸？没有，父亲请了一个他认识的医生，给了我一个合适的死因。布鲁诺真的很糟糕。有时候他还会举手打我。让妻子幸福不是丈夫的本职吗？我分居独活，不过分吧。"

我知道她之所以喋喋不休，是担心丢下布鲁诺死了的事会牵连到她。大概是想在别人的风言风语传到我耳边之前，率先主张自己的立场吧。

"真是辛苦。"我说出了多丽丝想听的话。"就是嘛。"她摆出一副理直气壮的架子。

一个动作敏捷的男人走过来想同我握手，正好可以借机结束与多丽丝之间令人沮丧的谈话，多丽丝去找她丈夫了。

男子戴着新闻摄影师的臂章，肩上扛着电影摄影机。

"恭喜你成功了。"他把脸凑近小声道，"你是哪个格奥尔？"

"你说什么？"

"是我战壕里的战友格奥尔？还是兼任《暴风雨》编、导、演的格奥尔·冯·格里斯巴赫？"

"《暴风雨》是我拍的。"

"抱歉抱歉，"他指着袖章说，"我是乌发独家媒体《每周新闻》的摄影师。我叫莫里茨·布罗。"他自我介绍后说，"但是，那么我的战友格奥尔在哪里呢？"他故意大声嘀咕，"他怎么看都跟您一样……我看了您的《暴风雨》。您拍《暴风雨》的时候，我的战友格奥尔在维也纳。当《暴风雨》在维也纳上映后，我的战友格奥尔就消失了。我还看了《伊莱卡》呢。之后您的自传也在这里翻译出版了。我读过，但不知道我的战友格奥尔·冯·格里斯巴赫和伟大的电影导演格奥尔·冯·格里斯巴赫之间是什么关系。"

我把莫里茨·布罗带去一个避人耳目的地方。

他和我说了战场岁月，以及战后帮尤利安安排工作的事情，我叮嘱他不要说出去之后，便把尤利安的事告诉了这个男人。

我做了一个狡猾且残酷的计算，没有向他透露上海的"胶片争夺杀人事件"。

青帮的一伙人已经报复了尤利安，是怎样的报复呢？我停止了想象——如果那个事件暗地里解决就好了，万一公开，我就非得主张自己与暴行无关，是酷似我的另一人干的。到那时，这个男人完全可以证明"另一个人"的存在。而我希望"那个时刻"永不会来。我再次感到岩石裂缝里蠕动出可怕的肉片。父亲将另一个被遗弃的我形容成瘤子。在我体内生长的肉，是瘤子吗？

鲍默把美国民意的限制从我身上解除了。

因此《绿鹦鹉》也被改编成轻歌剧，得到了很高的评价。票房也相当好。

《绿鹦鹉》完成之时，安德鲁斯导演给行星拍的作品《旅程》也在欧洲首映了。保罗·策勒在片中扮演的虽是配角，但却是个相当重要的角色。

我从片头字幕中知道了那个女演员的名字是阿黛拉。可以说，在泰坦尼克的狂欢灾害之后，大家迎来了一个美满的结局……吧。整部影片还行，我给安德鲁斯发去贺电。此后他们是继续步上成功的阶梯，还是不再上升，最终走向破裂，都不是我的责任了。

就在这时，我得知梅兰芳即将在美国巡演的消息，立刻约鲍默奔赴纽约。

二月寒风吹起薄薄的雪花，在百老汇大道——纽约第四十九街的剧场前围着一群黄牛。他们走过来低声对我说："没票了，一等座十八一张要不要？"正常价是五美元的，还好鲍默事先安排好了两张票。

与北京和上海的戏楼不同，观众席上没人吃东西，也没有人闲聊，只是静静地观看。演出是固定的，不会给小费让他们演自己喜欢的戏码。电影圈相关人士也来到现场，在这里我和几个熟人打过招呼。

根据官话歌剧的做法，这是一个没有幕布，也几乎不用大小道具的空舞台。大多数观众认为这是一种具有象征意义的新鲜表现形式。

演出开始之前，一个身着燕尾服的华人站上舞台，用流利的英语进行讲解。他不是剧团成员，而是旅居纽约多年的学者。由于省略了长念白的部分，重点放在了华丽的动作和舞蹈场面上，观众们对表演献上了热烈的掌声。梅兰芳重回舞台谢幕了十几次。

"这么看，你的《花木兰》完全可行。"

谢幕声平息后，我去了更衣室。

上次见面时艾根是翻译，而这次剧团有华人翻译陪同。

梅兰芳与我久阔重逢。我用心说出了在上海学会的为数不多的华语："好！"

我向他介绍鲍默，说明来由，鲍默还草草地叙述了剧本情节。

梅兰芳没有移开视线，每当翻译传达的时候他都深深一点头。甚至让人产生一种错觉，觉得他能与我们直接对话。

"让白人演员演京剧，会不会太为难他们了呢？我们打小就要吊嗓练声，每个动作都要有板有眼，严格到位。"

"所以希望您能来指导我们。电影里不是时时需要，而只有那么几场戏，请您对演员严加要求。"

在得出决定性答案之前，一个华人叫着"Mel Law-pan（梅老板）"走了进来。大概意思是"梅团长"。

当他看到我转过身时尖叫一声，拔腿就跑。

"您认识小吴？"

梅兰芳问道。

同样的问题，我也正要向梅兰芳说出口。

"拍《香妃》的时候，吴是我的翻译。"

听我这么说，梅兰芳莞尔一笑点点头："这次美国巡演，多亏捧我的恩客给予厚助。杜月笙先生也经常赏光。吴先生是杜月笙阁下担心我人手不够特地借调而来任会计的。吴先生会说英语，所以很受欢迎。"

"您也是杜月笙的门生？"

"不是，但我经常在上海演出，那时总会多受着杜月笙先生一点帮衬。这次巡演出发时，杜先生还在上海办了一场盛大的饯行会。"

在《香妃》的庆功宴上，杜月笙还兴致盎然地唱了一段《叫小番》。由于他唱不好那处高腔，还用手下们的掌声和喝彩来掩饰。当时在上海办报纸的约翰·B.鲍威尔不是说过吗——"杜月笙很喜欢官话歌剧，有时还会亲自演出，虽然只是个外行。"

当时我还从约翰那里听说有演员因为违背青帮意愿而被暗杀。

不能求助梅兰芳。杜月笙以为是我杀了青帮的手下吧。如果杜月笙知道梅兰芳帮了我的忙，很可能会对他不利。小吴已经知道我去了后台，必须避免进一步和他接触。

话又说回来，竟然把会计职位交给那个姓吴的……

我打断了正要继续谈论计划的鲍默，立马告辞。梅兰芳露出惊讶的表情，鲍默也走得不情不愿。离开更衣室后，我对鲍默解释原委。虽然他知道这有关梅兰芳的性命，可以理解，但支付了高昂旅费来往纽约却白跑一趟，心情很是不好。

但我们得到了回报。刚回柏林不久，梅兰芳的信就追着我们到了。我们是坐船，所以梅兰芳的航空信后发先至。信是拜托做舞台解说的华人学者翻译的，英文用词考究。文末写着一些我看不懂的文字，我想那是梅兰芳的签名吧。

信是梅兰芳顺利结束了纽约和华盛顿的公演之后，在去往芝加哥的火车上写的，一到芝加哥便投了航空信，信中写了他的一些近况。

"闻吴生所述，君与杜先生之间嫌隙颇深，不知属实否？"

虽谈不上嫌隙，但青帮大概不会把这个问题公之于众吧。在谋杀案方面，梅兰芳似乎一无所知。

"杜先生之意，自不可不听，而——"梅兰芳在信中补充道，"心盼京剧可一借电影之东风闻名于世。与君合作不成，不妨举荐一人。此人名为林小福，退出梨园日久，当年却是名角。若林老前往乌发，定会尽责指导。"来信目的亦在此。

梅兰芳一行结束芝加哥的公演后，还要过旧金山、洛杉矶，再渡海去夏威夷的檀香山演出，距离回国还有好几个月。"若君有意，吾归国后遂与林老联系。"全信满怀好意。

"在那位老演员来到乌发电影公司之前，我们可以拍摄京戏之外的场景。"

我虽是这么说，但是鲍默却表现出了作为制作人应有的谨慎。

"对方的承诺可靠吗？如果他不来，先拍的东西就白白浪费了。"

既然已经退休，想必也相当年长。虽然梅兰芳打算诚实地遵守诺言，但是不能确定几个月后那位老演员是否安好。

我也不能保证老人家的健康。

"那么就等他来了之后再开拍吧，希望能允许我和梅兰芳继续对话。"

与美工商量设计布景，挑选演员。我几乎又要想起……艾根制作的布景模型打碎在地板上。

直到三个月后，梅兰芳的来信中告知我老演员同意。剧团日前虽在洛杉矶演出，但梅兰芳通过书信得到了许可。

乌发公司里没有懂华语的人，我迫切希望艾根能在身边。电影导演通常对作品非常任性，而实现导演无法无天的要求可以展示出助理导演的能力，艾根完全称职。

我打出广告招聘翻译，来了一个从上海到伦敦留学，又辗转至柏林的华人。他说自己是留学生，但年纪比我还大一点。他不会德语，只会英语，显然履历有假。

夏天才回国的梅兰芳跟我们通过两三次航空信。不久之后，老演员带着其他五名小厮到访欧洲。如果没有掌握杂技技巧的小厮，很多动作便无从表现。虽说安排给老演员的是二等舱，杂役是三等舱，但开销还是很大。我必须用足够的票房来回应鲍默的尽心尽力。

　　我带着翻译和一名乌发的工作人员前往港口迎接，再经过长时间的火车旅行，终于到达柏林。老先生显得疲惫不堪，他还带来梅兰芳灌录的《花木兰》的唱片，说是受梅兰芳之托。

　　老演员带来了梅兰芳的近况。海外演出非常成功，票房收入本应丰硕，但却出现了巨大赤字，梅兰芳因此背上了巨额债务。全因那个会计手脚不干净。

　　"但是负责会计的小吴是杜月笙出于好意加给他的，所以梅兰芳无法说明真相。"老演员通过翻译这样告诉我。

　　"导演是妖怪吗？"翻译问我，"林老先生是这么问的，好像是那位姓吴的先生告诉梅兰芳的。"

　　"我是妖怪？"

　　"不仅能飞天遁地日行万里，而且还有不死之身。听说姓吴的那人是这么跟梅兰芳形容的。老演员又从梅兰芳那里听说了，所以他很怕你。"翻译笑了，"因为他是个迷信愚昧的人。"

　　"小吴还说了别的什么吗？"

　　翻译问了老演员，老先生摇了摇头，好像什么都不知道似的。

　　少年皇帝由经常出现在乌发电影中的演技派童星扮演，而少年花旦一角则通过试镜公开征集。

　　摄影棚内部搭有王宫内部和大观里内部等布景，野外还有王宫外观、大观里的外观、胡炎居住的棚户等。

　　首先从舞台战斗场面开始拍摄。华人演员们习惯这个，轻轻松松就拍完了。少年和青年的两位花旦则按照老演员的教导，顺利地完成了这一场戏。演出一结束，就让小厮们回国。

在拍摄过程中，老演员从基础开始教两位花旦念白和歌唱的发声与行腔。

当官话歌剧特训开始时，老师父的脸上露出了忘乎疲惫的神情，而担任翻译的那个人，虽是华人，却蔑视华人。对于老师父对欧洲文化的无知，是一个接一个地指责和嘲笑。

童星勉强算是及格了。

而青年花旦，是那个在《西哈诺》中扮演克里斯蒂安而走红的奶油小生，这是鲍默定的人选。"如果是古斯塔夫·缪勒（该美男子的名字）肯定能招揽观众。"没错，鲍默押对宝了，听说乌发电影公司每天都会收到如同小山一般的信件。

虽然不靠大明星的声望是我的信条，但是古斯塔夫是我一手提拔的青年演员，我想培养他，所以我同意了。

但是充满明星气质的小生却瞧不起华人，还露骨地表现在言行举止之间。每当老演员依华人习惯不顾场合地擤鼻涕或吐痰时，古斯塔夫都会别过脸去，叹口气，最后痛骂对方。我虽然也被那个风俗给吓坏了，但我不能接受他对待外聘师长的态度，加之特训也没有取得什么成果，我越来越暴躁。

电影彻头彻尾都是假的。但我一直认为虚构可能比现实更加真实。即使是一部纪录片，也能将现实的各个部分连接起来让它们指向某种意图。更别说戏剧电影了，无论制作得多么逼真都是假的。尽管如此，我面对缪勒的表现和我心中理想之间的落差，夸大点说叫作绝望，因为我在纽约看过梅兰芳的舞台表演。在北京的戏楼我曾目睹过他是怎样让吃喝闲聊的观众安静下来，在纽约舞台上我感受到他比之前更强的气势。

古斯塔夫·缪勒无论如何都是假的。虽然他比梅兰芳更英俊，但那只是巧妙的模仿。可话说回来也没有比缪勒更好的演员。

按照最初构想，青年皇帝和胡炎是由同一位演员分饰两角，这也是在试镜中选拔的。我找到了一个男人，他身上有一种隐而不发的气质，不是因为内心中泛不起波澜，而是自己压制住了那股即将爆发的激情。

在少年和青年花旦角色受训时，我们先拍摄了胡炎的戏份。一个以稻草破布为棚，废弃木材为柱的棚户，地上再铺点稻草破布就是床。而且还是几人混住。胡炎蜷缩着身子躺在角落。清晨，他悄悄起床，面无表情。演员表现出胡炎所处的深渊。我在想未来该让他试试其他角色。

在乌发电影公司属地里搭建的鸦片窟外观布景，真实地令人回想起大观里的恶臭。

清晨的鸦片窟，胡炎拉着从老大那里租来的粪车，穿过大门，一边将马桶里的东西倒进箱桶，一边前进。站定。CUT。

在反复录制数条之时，扛着电影摄影机的莫里茨·布罗来了，与其他戴着袖章的乌发电影《每周新闻》记者一起。因为这是一部大热门，所以有时会在新闻里播放制作近况，宣传部已经联系过我们了。

穿着花木兰的戏服，化着舞台妆的缪勒躺在大楼梯下。

胡炎把手伸向死尸的发饰。试图拔下来。尸体发出一声微吟。

胡炎吓了一跳，缩回手，打算逃。

到目前为止，拍摄工作进行得非常顺利。

接着，我开始拍摄最后一幕。

麻烦了。因为被林小福严格管教，自尊心大受打击的缪勒状态非常不好。花旦回赠胡炎以微笑，集中了这场戏的全部情绪。我拍了一条又一条，最后竟变成了抽搐的哭笑，我中止了当天的拍摄。莫里茨记录了整个过程，但作为新闻只有几分钟。

按照日程表第二天休息。助理问我明天还要不要继续拍这个场面，我说："按照日程安排，我休息。明后两天连休。"但在此期间，两个花旦还要接受特训。

第二天，我坐上了前往布拉格的火车。

到柏林后我拿到了驾照，同时买了一辆梅赛德斯·奔驰。不能轻松行动是很不便的。由于《西哈诺》和《绿鹦鹉》的票房成绩很好，所以还有点闲钱。很多电影人雇了司机，但我决定自己开车，这样非常舒服。

但是布拉格的近郊我不熟。我觉得当地的出租车司机可能比较熟悉路况。

前两次是从维也纳出发的。虽然这次是从柏林，但布拉格火车站周边基本上与十八年前模糊记忆中的没什么两样。但当我在车中指路时才惊觉记忆是多么不可靠。二十岁的我凭借着第一次在马车顶上的记忆，第二次没人带路就到了那里。

司机熟悉附近的地理位置，却不知道这里有一座"古堡式的疯人院"。

由于他带着城市及其周边的地图，我要他往南开大约八九英里。

那个时候没有好好计算时间。大约一个小时，还是我在糟糕的马车车顶上估算的，也许比实际时间长。南边也很模糊。我没有磁针，只是根据太阳的位置判断它在南下。

浪费了几个小时。司机终于提议为何不去市政厅问问呢？

就这么办。我表示赞同，他说："那我们得快点，不然窗口就要关了。"然后急转方向盘。

"《西哈诺》很有意思，我看了两遍。您是在找外景地点吗？"戴着高度眼镜的官员略微提高了音量，按照我的要求打开了布拉格附近的地图。

"像古堡一样的建筑物？只有这条信息吗？"

"曾是个疯人院，叫'艺术人之家'。我不知道现在怎么样了。我不知道确切地址。"如果知道就不用辛苦你了。

"我有点不明白啊。"官员四处询问同事，问了一圈后痛惜地说，"果然没人知道。"。

那天晚上，我住在布拉格的一家旅馆，第二天又找来一辆车。这个司机说他知道，但他带我去的地方和我记忆中完全不同。"就是这里。"没有穿过树林，没有护城渠，没有城墙，只是一个完全没有古城风貌的私人宅邸。

如果给拍摄带来障碍就本末倒置了，于是搜寻未果之下我返回柏林。

虽然恢复了花旦最后的微笑，但缪勒的演技却越来越差。况且我不在的时候，古斯塔夫似乎给了老师父林小福莫大的羞辱。具体做了什么没人告诉我，但我想肯定是很过分的侮辱。虽然林小福说要回国，但事先签了严格的合同，中途放弃工作，林小福须向乌发电影公司支付高额的违约金。我在上海领会过华人的高妙，便提前找律师商量，详细列好堵住各种漏洞的条文。古斯塔夫明知老演员受合同牵制，还故意羞辱，真是恶毒。

我一直在考虑把他撤下来，我去布拉格的目的就是这个。

我完全没有艾根的消息。艾根知道继续留在上海有多危险。如果他和尤利安逃离上海，又会去哪里，住哪里呢？维也纳、柏林，还有布拉格。但是到了柏林，他会先来找我的。艾根曾在乌发电影公司工作过，也和鲍默打过照面。但他没有出现。

维也纳或布拉格。要说和尤利安一起的话，那不就是从幼年起共度漫长岁月的"艺术人之家"吗？艺术人之家似乎已经易主，但教堂那一块地据说是艾根继承的。

艾根可以扮演青年花旦。他虽无演员经验，但肯定能做到。为什么我没有早点想到呢。

借助鸦片的力量，我看到了艾根扮演的花木兰的幻象。这就是《花木兰》的原点，我必须找到艾根。

我几乎把尤利安从脑海中抹去了。我将想要从裂缝里冒出来的肉用力挤去，并将水泥灌进裂缝进行加固。

必须推进拍摄。

我重新调整了拍摄日程，决定先拍古斯塔夫不出场的戏。

在王宫内部的布景中，重新开始西太后和重臣们的场面。

当摄影导演决定灯光位置时，我叫住一个工作人员的手下。我把那个看起来很机灵的年轻人叫到角落的桌边。

他摊开布拉格及其周边地区的详细地图，指着用红铅笔圈起来的一块说："找找这附近。"我开车搜索过的部分已经被涂掉了，"除了被涂掉的地方，还有哪里有一座古城堡般的建筑物，外面挖了一圈护城河。"

我还告诉他，那里曾经是疯人院。

"是在搜寻外景吗？"当天也来拍摄的莫里茨从身后探出头问道。

"中国故事用得到布拉格的古堡吗？"

"不，是私事。"

"听说要换下主角，是真的吗？"

不愧是新闻摄影师。

虽然我还没有对任何人说过，也没有最终敲定，但大概是片场的人猜测讨论的吧。

"我不会那么做的。"

我斩钉截铁地说。我还没有找鲍默商量，如果流言先传到他耳朵里，反而棘手。

在已经开拍的情况下，撤下主角演员换别人上，绝对会出问题的。我理解鲍默的抱怨。

之前拍的就浪费了。林小福还要再一次从头开始教，片酬也要涨。

应对这些难点的方案已经准备好了。

目前古斯塔夫拍摄完成的场面还很少，不会造成太大损失。

林小福的片酬等问题都是金钱上的损失，我会用我以前拍《暴风雨》时的方式来解决。我会预支剧本费和导演片酬，如果电影赚够一定数额的钱，我就会得利。否则我可以分文不取。

古斯塔夫会怨恨我，但不得已。能否挽回名誉，取决于古斯塔夫自己有没有力量。

鲍默现在在伦敦。

为了向英国推销娱乐大作《华尔兹之梦》。

在他回国之前，我必须秘密行动。

"古斯塔夫现在正专心学习官话歌剧。"

我不知道莫里茨是否相信了我的解释。

"不要散布奇怪的谣言。"我一针见血地说。

撤掉主演的传言也起到了一定的积极作用。古斯塔夫对林小福的态度有所好转。缪勒作为新人还没力量反抗导演。我说要撤下他，他就得认。

这样的他，能用了吧。

我给住在布拉格寻找城堡的工作人员发去电报，让他回来。

避开了"换下古斯塔夫·缪勒"这一最大问题，我的《花木兰》拍摄基本上进行得很顺。虽不是完全没有问题，但也都是助理能够搞定的事情。

鸦片让我看见了花木兰的幻象。我不能指望古斯塔夫有那种能唤醒性感的妖艳。就连梅兰芳也比不上鸦片的幻象。

我多少学会了一些妥协。

《花木兰》的主题是想让国家现代化的年轻皇帝和追随西太后的守旧派之间的斗争，是皇帝和花旦之间的真切的交感，而不是描写花旦的妖丽，主题很明确。

我虽这么想，但一点不能令人信服。

一直以来，尤利安对花木兰十分执着。这是他的童年记忆。

鸦片窟的花木兰。这就是尤利安想让我写的《双头巴比伦》吗……

听我这么一说，艾根曾不自信地说："《木兰从军》会不会包含在《双头巴比伦》之中呢？"

这个故事与尤利安和艾根都无关。

这是我的作品。不管尤利安有没有不满都不关我的事。就在我这么想的时候，在裂缝已填补愈合的岩石里有股不稳定的力量正蠢蠢欲动。

新年伊始，《花木兰》制作完成。

尤利安的不满虽然仍在内心深处，但影片的完成程度足以让格奥尔·冯·格里斯巴赫满意。

《花木兰》的首映式是在乌发电影公司直营剧场中最大也是最豪华的乌发动物园大厦举行的。

黄昏时分我到达剧院。在用石块砌成的厚重墙壁上，灯饰华丽地勾勒出剧场名字。旧建筑正面装点得很有异国风情。不是现实中的中国，而是西方人在幻想中美化的东方。

经理在门口焦躁不安："演出开始前五分钟的预备铃已经响了，客人都坐在座位上等您呢。"他一边说，一边领着我走进二楼的包厢。

这座剧院几年前重新翻修过，有两千一百六十五个座位。内部统一使用暗红和暗金色，层层褶皱的帷幕被几十盏灯照得变了颜色。

天花板上散发出的古龙香水雾虽是为了缓解人群的拥滞，但令人郁闷。

经理拉开暗红色镶着饰绳的窗帘，示意了一下。

包厢里天鹅绒椅子呈两排放置，前排两把，后排三把，坐在前排的鲍默回头向我招手。

我们握了握手，坐下来。这间包厢里只有我和鲍默两个人，虽然我想一个人待着。

隔壁的包厢用同样颜色的窗帘隔开，很热闹。古斯塔夫·缪勒被捧他的女宾们簇拥着。

低头一看，楼下所有的座位都坐满了。

古斯塔夫靠在栏杆上，兴高采烈地向我打招呼。他受欢迎的程度会再次提高。

"您好像累了。"

我轻轻抬起手，打断了他的话。刚好上映铃声响起。隔壁包厢安静了下来。

舞台帷幕缓缓拉开，观众席的灯光暗下，聚光灯打在银幕一侧，使站在麦克风前的主持人格外显眼。

简短的问候之后，主持人退出银幕。

全场漆黑。

一束光穿破黑暗，在银幕上打开一面白色窗户，这是通往异界的窗户。

音乐声起，是匈牙利作曲家的作品。虽与中国音乐不同，但西方人觉得这种斯拉夫旋律异国情浓。无须乐队演奏，影像和音乐在胶片上融为一体。

我靠在椅背上，闭上眼睛。在首映式之前，我已观看了成片试映。最终剪辑也是我的权限，鲍默并没有干涉。

一个大信封于昨天一早寄到我的手上。早餐时家庭女仆从送货员那里拿到的。

没有寄件人姓名。

用裁纸刀打开信封，里面是一张照片。

是我自己闭着眼睛的脸，我在镜子里是看不见这副模样的。

拿着照片，我才知道原来我闭着眼睛的样子是这样的。

我坐在门外长椅上。依偎在身边的是艾根·利文。他也闭着眼睛。艾根的手搭在我的肩头，我的头微微倾斜，靠在他的肩膀。

当我发现两人衣服在侧面相连时，猛然明白了这意味着什么，之前身体已有了反应。全身发冷，皮肤收缩，毛孔一粒一粒地鼓了起来。

我意识到。这个人不是我。我从没拍过这样的照片。

翻过照片一看，钢笔写下的似乎是地址。

我告诉女仆明天才能回家，说着穿上外套坐上了奔驰车的驾驶座。

从柏林到布拉格不会迷路。

我赶到市政厅时，窗口即将午休。

工作人员把照片背面的地址抄下来，拿出一张详细的地图，给我指明了路。

在附近餐厅吃过午饭后，我边看地图边开车。

虽然有些犹豫，但汽车穿过森林小路，终于来到了一座需要仰视的古老城堡。

沟渠和石桥都和遥远的记忆没什么两样。

我记得城堡沉重的铁门。

第一次我被铁门挡住，直接回家了。

再次造访时，我敲了敲门，一个看似门卫的男子从小窗后探出头来，把我当成了尤利安，笑脸相迎。

十九年后的现在，铁门没有锁。

这张写有地址的照片是给我的邀请函吧。对于我的来访大概也是他们意料之中的事。

推开门。

通往大楼的通道已被封锁。现在的主人好像不打算利用这里。高大的杂草已经发黄，覆盖在窗户上的蔓草也枯萎了，枯萎的藤蔓缝合着破碎的玻璃。作为城堡曾经覆灭，作为疯人院的石壁，如今又悄无声息地坍塌了。

铁栅栏阻止了野草的侵袭，其间延伸出一条碎石路。上次来时，我没注意到这条小道。

在小径的引导下，我行走在冬日的寂静中。

草丛中断后，我来到墓碑林立的墓地。这里保养得很好，杂草也不茂盛。只有死者之地才能不见荒废。

即使是第一次来，我对这里也很熟悉。年幼的尤利安和艾根拿着玩具武器，在这些石碑之间追逐。

左边有一座小型建筑，门口有一条长椅。

我推开剥落的油漆门，没有请求指引。

兼做厨房和食室的房间空无一人。空气中没有火气，很冷。我穿着大衣，打开其中一扇门。走廊一直延伸到礼拜堂。圣坛和长沙发上积满了灰，十字架上挂着蜘蛛网。

回到餐厅，我打开另一扇门。一张没有帐子、床单和被褥的空床。没有使用过的痕迹，除此无他。

我打开另一扇门，发现是浴室，吓了一跳。浴缸是空的，没有一滴血迹。

剩下最后一扇门。如果我是个年轻的女孩，那定是蓝胡子的第七任妻子。

这个房间，至少有人曾经生活过的迹象。壁炉里有火。我加了些木柴。

床上铺着简单的被单，枕头上留下了一个小凹痕。我记得枕套上渗出来的发蜡的微弱气味，和艾根一直用的一样。床边的小桌子上放着收音机。也就是说，不是完全与世隔绝。

隔壁房间的床没有用过的痕迹。你们两个睡一张床？我无意再看照片，那个接合在一起的衣服不过是恶作剧而已。我知道你只是在耍我，说不定还包含着多少恶意。

……但是，如果两人是被拍照的对象，那拍照的人是谁？这里似乎没有什么仆人。

我想到了一个人，莫里茨·布罗。他对我让工作人员搜索布拉格附近很好奇，就问工作人员借来了我标记的地图，独自找到了城堡。艾根也是他同一战壕里的战友。于是应艾根之托，莫里茨拍了那张照片，差不多吧？我打算明天去会一会莫里茨·布罗，直接挑明。

我打开装衣服的五斗柜。几件衣服掉了出来。都是艾根之物，看着眼熟。那两件衣服没有缝合在一起，我松了口气。照片果然是恶作剧。

感觉到了与发蜡不同的气味。

我转过身。

对面的角落里有一张大型办公桌。

气味源自放在桌上的棕色小瓶，玻璃瓶里的液体是鸦片酊。桌上还放着酒瓶、玻璃杯和滴管。

玻璃杯的边缘有点脏。

是艾根混着喝留下的？或者，喝酒的是尤利安？到底是哪个人的嘴唇弄脏了玻璃杯呢。

意思是让我也喝一杯吗？

你们两人是不是躲在我看不见的地方偷偷窥视着我？

虽然好像并没有可以藏身偷窥的地方。

在葡萄酒瓶和玻璃杯之前，桌上首先映入眼帘的是堆积如山的白纸。白纸右边放着一捆削尖了的铅笔。办公桌脚边还放着一个内饰天鹅绒的"盒子"。天鹅绒已经褪色，但染了一大片红褐色的斑迹。

触摸那片污渍时，那股冲动猛然涌上心头。

《伊莱卡》《双城记》。尤利安两次闯进我的意识。他想让我写下 DOPPELBABYLON。让我看到了他的童年记忆。而我则强迫自己继续工作。

现在，跟剧本工作无关。

我在桌前坐下，手里拿着铅笔。

一股神秘的力量推着我前进。

铅笔开始用力写字。语言开始狂奔，我的手想抓住它。

盒子，本没有名字。是的，我的铅笔在写。后世的人们如若为其取名，应该叫"格里斯巴赫之盒"吧。

但我却不想那样叫它。如果要取个名字，就叫它"尤利安之盒"

吧。因为我不愿和另一个格里斯巴赫弄混了。

第一个为我做这个盒子的人是瓦尔特·库什博士。他没有博士学位，我为了表示对博学多才的敬意而为他擅自加上的头衔。从我们还没分开的时候开始就一直承蒙瓦尔特的照顾。

不，这事我知道。我从艾根那里听说了。这不是自动书写那种不可思议的现象，我的潜意识……不给理性思考留一点余地，思绪一个接一个地流淌，手已不像是自己的手，正以想象不到的速度连续写下去。

我荣受幸运之神的眷顾。在维尔茨堡大学研究阴极射线的威廉·康拉德·伦琴博士，这是一位真博士，发现了X光。那时距离我们被取出母胎已过三年。由于X光穿透性高，立即被应用到医学中去。伦琴博士为了放射医学的发展，没有独享他伟大的发现，任何人都可以进行研究并可以将其应用于实际应用中。由于没有申请专利，因此尽管伦琴博士是第一位诺贝尔奖获得者，但却在一战后毁灭性的通货膨胀中身无分文，穷困潦倒而死，就是最近发生的事。

如今我在想，如果我和格奥尔就这样粘在一起死去的话，我们的尸体是会收进一般综合病院的病理解剖博物馆与独眼人和双面人陈列在一起？还是会被卖到普拉特游乐场做成畸形展品呢？看客对展品的好奇心、蔑视、厌恶，时而一点同情，尸骸不会感到一分一毫吧。虽然我不知道哲学家或者诗人是否能从中得到何种启示，但这一切与尸骸无关。那些自诩品位高雅、思想健全的人，肯定会忽视我们的存在。因为忽视，在他们的世界，异形便不存在。

在伦琴博士发现X射线的翌年，四岁的我们接受了X光透视。经过透视得知我们的骨骼没有粘在一起，于是手术开始了。为了让那些急于发表重大医学成果的主刀医生们闭嘴，手术背后还花了一笔莫大的费用。

这些事情都是我很久以后才知道的。以当时四岁的我的感觉而言，那一晚我睡熟了。

我的睡眠很浅，质量很差。这一点和格奥尔完全相反。格奥尔先睡着，不知不觉我会进入他的梦境，再过不久我睡着时，格奥尔又会来入梦，而到底谁在谁的梦里已经分不清了。

可是那一夜一点梦也没有。如今，我想，那次深沉的睡眠是否也是一次短暂的死亡。

醒来时，我变成了一半。不，应该说我变成了一个人。分离了，我立刻明白过来。

……

……

尤利安去普拉特，尝试自动书写，瓦尔特之死，上战场……

我一边往下写，一边用一部分意识区分这是我已经知道的事情，那是我不知道的……

如果只是从艾根那里听来的，那就不是特异能力造成的，只不过是意识之下积累的知识喷发罢了。但连我完全不知道的事情也……这未知的部分，是我创造的吗？

尤利安去了美国，然后去了上海。

铅笔只剩下三支，纸也越来越少。

也许这是我们最后留下的东西。

那时草草说出虚言，却不知心意。

一颗心倾听着另一颗悸动的心。

一只手轻轻握紧另一只手，相互偎依……

你想站到我的面前，我想向你的方向前进。

思想的流动，突然被切断了。

我突然感到恐惧，就像要冲入暗云，却又在危崖前刹住脚步。仿佛全速飞奔了几百英尺，我气喘吁吁，筋疲力尽，一头瘫倒在旁边的床上，仰面舒展身体，闭上眼，一动不动地躺了一会儿。

我也尝到了做过大量自动书写的尤利安近乎晕厥的疲劳。一旦失去意识，便不再被疲惫所苦，但不巧，我容易半途而废。

调整好呼吸，睁开眼，三张人脸进入视野，从天花板俯视着我。

不，那些脸并没有低头看我。每一个都闭着眼睛。

左边的是艾根，右边的是我……不，是尤利安，中间那张脸是瓦尔特。我不记得瓦尔特的长相。当我溜出医院来到这里时，我在建筑里迷路，走进一个房间。那时责备我的人好像是瓦尔特，但只有一瞬间，我不记得他的脸。尽管如此，我还是很清楚那张脸是瓦尔特。

我低头看着散落在桌上和地板的纸，年幼的尤利安是多么依恋瓦尔特啊。

自动书写，这不是我写的吗？对于不相信瓦尔特去世的尤利安，艾根拿出用石膏拓下的死面塑像。也就是说，艾根知道如何制造死面像。

贴在天花板上的都是正脸，都是未着色的死亡面具吗。

死者不可能给自己拓死亡面具。艾根和尤利安的面像是死亡面具吗？在保证呼吸的前提下闭上眼，在脸上涂上油脂，再用刷子刷一层熔化了的石膏。等石膏干了就把它摘下来做成模子，然后在模子内侧再涂一层油膜，把溶解的石膏倒进去。如果倒进去蜡，做出来的就是蜡人。

也许……我想象着。天花板和屋顶之间有个阁楼。尤利安和艾根就在那里。他们趴在地上，透过面具上的眼孔往下看。

真是荒谬。面具都闭着眼睛。

面具的存在证明了我所写的并非妄想。艾根制作了瓦尔特的死面像。尽管事先不知道，但我还是写了出来。原来我一直保有自动书写的能力，只待时机成熟，喷涌而出。

我坐起来，把散乱的纸张整理好，在桌前重读一遍。

走出门，日影西斜，墓碑群拉长的影子像寂静的呐喊在地面招摇。

来时我火急火燎，根本没注意到墓地。

我接受了。两座石墓上刻着字。一个是瓦尔特·库什，另一个是尤利安 und[1]茨温格尔。

"艾根！"

但是没人回答。

震耳欲聋的声响像在回应追忆中的呼唤，让我恍然清醒。

唤醒意识的是嘈杂的锣声。虽然电影中其他场面的伴奏是西洋乐，但唯独戏剧部分重现了官话歌剧的配乐，是以梅兰芳送来的唱片为蓝本的。

银幕上青年花旦正在青年皇帝面前表演《木兰从军》。

隔壁包厢里传来女宾客对古斯塔夫的赞誉。

反复看了好几遍石墓上的文字之后，我返回室内……

我又往壁炉里添了些柴火。

我拿出照片，冷静地凝视。然后，再看着天花板上的面具。

坐在办公桌前，放一张白纸在面前，从胸前口袋里掏出钢笔书写。

不是自动书写，是按照自己的意愿书写。这是我把所知的片段组合在一起，思考出的结果。

首先写上"ZWENGEL"。

就这样，接续写下去。

1　德语中"与"的意思

也许这是我们最后留下的东西。

那时草草说出虚言，却不知心意。

一颗心倾听着另一颗悸动的心。

一只手轻轻握紧另一只手，相互偎依......

你想站到我的面前，我想向你的方向前进。

但是当一团热火朝我们射来时，我落后于你了。

虽然是支小手枪，但因为距离极近，威力很大。枪弹刺穿了你，吃进我的身体。

当格奥尔邀请我一起去见安德鲁斯时，我拒绝了。为何留下？大概是有预感吧。虽然我没有你与格奥尔之间的感应。然而，就像老水手能从空气的微颤中感受到风暴来临，不觉中我也感觉到了和你的重逢。

在卧室里，你抚摸着我保管的盒子这么说着。我也说着。

......

......

有人轻轻碰我的肩膀。

是鲍默的手。

"差不多该去后台了。"

花旦最后的微笑的特写，还不错。

影片结束后我在舞台上四处寒暄。旁边包厢的古斯塔夫·缪勒也离开了。扮演胡炎的新人要参与其他作品的外景拍摄，不能出席首映式。对演员们的称赞也有那位新人的功劳，真是遗憾。因为他没有古斯塔夫那般英俊，故虽人气不及，但日后必有大成。

在负责人的带领下，我打开闲人免进的大门，沿着昏暗杂乱的通道走到舞台后面的阴影里。

两把椅子，古斯塔夫已经先占了一把。

舞台侧面的阴影更接近黑暗。唯有投向屏幕的画面还带过来一丝微亮。

拍那张照片的是艾根本人……我想。

通过比对照片和面具，我确信了。以防万一，我还想赶在出席首映式前和莫里茨见面确认一下，但是没时间了。

照片上的脸是一张面具。身子则利用了人体模型，或是用棉布之类简单做了个身体并套上衣服。

艾根，你是只有肉体存活的亡者。你就是这样定义你的人生的吧。

写完后我觉得很饿，就去厨房寻找吃的。你就像童话里半夜偷偷做鞋的小矮人（Zwerg），顽固地不让我看见你，却备好了晚餐，人又不见了。

是你杀了布鲁诺。在我们这个以此为罪的世界里，你活不下去，于是你一边活着一边将自己变成一个死人。

推撞瓦尔特的人是我，我用尽全身力气把他推开，但我不知道为什么要对他那么粗暴。就像我告诉过你的那样，我被一种难以捉摸的强烈情感驱使。后来你听了尤利安的话便懂了。是尤利安的激情驱使我做出那个举动。接下来是我的猜测。你当时是不是也在那个房间里？瓦尔特倒下的时候你是不是陷入了短暂的昏迷？如果能立即治疗，也许他还有救，可是却被耽误了不是吗？

也就是说，是你、我和尤利安三人参与了瓦尔特的死。但你非要强行修改现实。你为了尤利安，为了让他无辜无垢，于是谎称是布鲁诺杀了瓦尔特。为了坐实，你杀了布鲁诺，用你告诉尤利安的方式。而事实上布鲁诺已经酗酒而死了。

我听见了掌声。

主持人叫到名字，古斯塔夫先离开椅子，从后台侧走上舞台。掌声更热烈了。

艾根，你读过了吧，我留在那里的文字。

ZWENGEL

※　※　※

也许这是我们最后留下的东西。

那时草草说出虚言，却不知心意。

一颗心倾听着另一颗悸动的心。

一只手轻轻握紧另一只手，相互偎依……

你想站到我的面前，我想向你的方向前进。

但是当一团热火朝我们射来时，我落后于你了。

虽然是支小手枪，但因为距离极近，威力很大。枪弹刺穿了你，吃进我的身体。

当格奥尔邀请我一起去见安德鲁斯时，我拒绝了。为何留下？大概是有预感吧。虽然我没有你与格奥尔之间的感应。然而，就像老水手能从空气的微颤中感受到风暴来临，不觉中我也感觉到了即将和你的重逢。

你的手仅在我肩头一触，我便明白了。撕裂的灵魂再度合一。

在卧室里，你抚摸着我保管的盒子说着。我也说着。

这时，我听到了声音。我打开房间的门，以为格奥尔回来了。

一个正在翻弄装饰柜的华人男子回过头来。

"小吴，你干什么？"

抱着胶片罐的小吴，嘴唇霎时失去颜色。他的视线看向我背后，目光游离。

我正要走向小吴时，另一个陌生的华人用枪口指着我。

接连发生的事，很难有条理地回想。我不顾可能中弹的危险冲了出去，后来好像握住了铁花瓶。好像又扔了出去。你站在我面前护住我，我想奔向你的前面……

子弹的冲击，让我好像有一瞬间失去了知觉。

对方倒下了。你倒在地上，手里也有一把枪。我闻到了战场上令人怀念的硝烟味。

你胸口的枪眼实在太小了，我不明白你为什么有能力把肉体变成容器。那些死在战场上的人的伤口从来没这么微小。你的身体成了盾牌，加上我穿的厚衣服，枪弹对我的杀伤力很弱。

子弹打穿了你的心脏，嵌进我的肉里。这是我唯一的感觉。嵌进我肉体的是你的灵魂。我们必须保护他。如果让格奥尔知道，他会建议我取出子弹治疗吧。你的死，我也不会告诉格奥尔。这是你我之间的事。我不会让旁人介入，倘若有人介入，我们之间就失去了纯粹。

我确认过青帮男子的手枪，里面还有子弹，便朝男子的脑干又开一枪。

我抱着心跳停止的你来到卧室。

然后把青帮男子放在床单上，从我房间拉进浴室。枪伤的疼痛越来越厉害了。

我又带进去几把厨刀。

锁上我房间的门，把你也带进浴室，插好两边的插销。

戴上薄橡胶手套，先把男子放进浴缸，剖开他的肚子，再切开更多的伤口，避免了发现者只关注到腹部的伤口。之后我低下头，期待着内脏自然漫溢出来，不必弄脏双手。

就在这时我隐约听到敲门声，还有格奥尔叫我的声音。我把床单撕成长条，拧成麻花，绑上窗栏，挂在窗外。当然，我并没打算从窗户逃脱。只看一眼都让我晕眩。

我以为时间还充裕，岂料预想落空。

总之，先洗手，把你的衣服踢进床底，再注意着地上的血迹，把亚麻布架移开，打开墙壁的暗门，和你一起关进笼子。虽然架子向右偏了些，但没办法，密室内部无法移动架子。

我之所以知道有这么一块狭小空间，是因为我发觉浴室墙壁尺寸不足。这面墙面对着窗户，背面是起居室的壁炉。由于壁炉内嵌，浴室和卧室相比自然较窄，所以格奥尔并不觉得奇怪，但我还是特意测量了一下。

之前的住户把自己关进浴室里，然后消失。管理员说是从窗户跳下去的，但没有人真正目击到。只是从敞开的窗户和没有其他出口两点推测出的结论。我检查了正对窗户的那面墙。虽然其他墙壁的板材都是瓷砖，但只有这面墙用的是镶边的镜板，形成了格子状的花纹。我把放在板壁偏左位置的亚麻布架移到右边。虽然用涂料掩盖了，但墙壁是用廉价的胶合板制作的。底部的镜板像中国屏风一样可以折叠打开，里面是一块深约四十英寸的空间，脏得让人恶心。血迹和污痕，应该是擦拭过了，但污渍已经渗进内壁。

我想象着。以前的住户因为经常身处险境，于是他在房东和管理员也不会拒绝的情况下，秘密建立了紧急藏身处。虽然受到袭击和重伤，他还是希望能够暂时潜伏在这堵墙与墙之间的狭窄缝隙里避过风头。窗户预先打开，让人以为他夺窗而逃。但可能因为滴落的血迹，袭击者发现了他的藏身处。他们没有把他拖出来，而是用了更残忍的手段，把亚麻布架堵在暗门门口不让他出来，兀自扬长而去。尽管楼下后厨随时会漫上恶臭，但管理员还是很快就闻到了尸臭，花钱叫来清洁工来处理尸体。但即使那里洗过还是留有痕迹。为了不给别的租客带去麻烦，他关上了墙上的暗门，摆上更显眼的亚麻布架。事情就是这样，我没有告诉格奥尔，而是私藏了这个小秘密。虽然幼稚，但也有趣。这是一种微弱的优越感……吗？因为不被格奥尔发觉，那里成了抽鸦片的好去处。尽管每次都要把亚麻布架移动一下，但格奥尔对此并没有在意。他甚至以为是清洁女工擦地板时挪的。

我把自己关在黑暗狭小的空间里，屏住呼吸。

我听到了低沉的说话声，知道不仅有格奥尔，还有安德鲁斯。发现胶卷被拿走，他们很慌乱。我求你们快点来浴室看一看啊，然后真以为我们从窗户逃走了，接着立刻冲出去夺回胶卷。这样我便有了很多时间。正这么想着，又进来一个出乎意料的人物。"这是保罗。"安德鲁斯正在介绍。保罗……我不知道他是谁，但我想起了那个临时演员。

格奥尔和保罗去夺回胶卷，但还剩一个安德鲁斯在家。不能发出声音。我不得不耐心等待。我很有耐心，头靠墙，脚伸开，尽量让自己舒服一点。虽然内部空间只有四十英寸宽，但长度却达二十英尺左右，可以让你躺下。距离尸僵开始还有将近两个小时。太黑了，我看不见手表。我在黑暗中抚摸着你的脸颊。

终于格奥尔和保罗好像回来了，就这样，三人发现了浴室里的尸体，我听到了"过度防卫"之类的字眼。安德鲁斯和保罗离开了，我又听见格奥尔收拾行李的声音，格奥尔也离开了。终于有了自由行动的时间。但很短暂。都怪安德鲁斯，白白浪费了我多少时间。正如安德鲁斯和其他人所说的那样，青帮手下被杀，很可能想要报复。

我爬出藏身处，脱下衣服铺在地板，把你放在上面。脸上精心涂上发蜡。好像是在黑暗中抚摸的效果，他的表情平静了。我从自己房间里拿来装满石膏粉的容器，兑水和匀，用刷子反复涂抹。石膏要三四十分钟才能干。与此同时，我开始了最不喜欢的工作。脱掉你的衣服，切断所有的关节韧带，然后剖开腹部，掏空腹腔，将那堆内脏搅拌到青帮男人肚里溢出来的东西里。虽然专家能一眼看出不对劲，但至少可以暂时混过去。必须让你尽可能地变轻变小。所以我才事先割开了青帮的肚皮。

把干了的石膏取下，用几层毛巾包好。再将你的身体折起来用花木兰的衣裳包住。我从房间里取出你的盒子，将你放了进去。

我匆忙准备出发。因为有你这个大包袱。我只把必要的东西塞进了旅行包。

我没有使用床单做成的绳子从窗户溜走，而是堂堂正正从建筑正门走出去。我绕到楼后，把旅行包放上车，把装有你的箱子放在副驾驶座上，发动引擎。

着急也只会引人注目。我走进银行，从格兰商会的账户里取出钱换成美元。注销转账账头是很费事的，所以我留了一小笔钱。

护照仍然有效，我买了去欧洲的二等舱船票。

为了躲避青帮追踪，在出航前两天我一直开车四处兜风。

我把车扔在半途。走进船舱，关上门，终于喘了口气。

船出海了。深夜，我发现四下没人，便把箱子搬上甲板，只把包在衣裳里的容器扔进海里。容器会腐烂，灵魂葬在我的肉里，盒子我拿走。我的肌肉已经化脓，带来强烈的疼痛，还好有鸦片酊镇痛。肌肉已经坏死，而且还悄悄地向其他部位扩散。

我在瓦尔特留给我的土地上度过了一天又一天。由于身体里的腐烂正一步步地进行，所以我经常服用鸦片酊止疼，大多时间仰卧在床上。我和农家寡妇签好了合同，让她每周送一次食物。我的美元足够了，应该也活不了多长时间，不会缺钱吧。那个女人虽然是个聋哑人，但能读懂文字，所以我和她通过文字交流。

我还配备了收音机，从演艺新闻得知格奥尔拍摄了《西哈诺》，还知道他正在筹备《木兰从军》。

我咨询了乌发电影公司，问出了格奥尔的地址。

我给寡妇一些钱，让她在布拉格买了两具人偶模特。农妇用拉货马车载回来的人偶模特都是坐姿。

我取出自己的死面像。把人偶的脸割下来，再把你我的面具粘上。

在瓦尔特墓碑旁边，我立起一座属于你我的新墓。我为坐在长椅上的你和我拍了张照片，然后摘下面具，连同之前瓦尔特的一起粘在天花板上。我用鸦片酊压着疼，仰卧在床。半空中，三个人相互微笑。

为了秘密的告别，我把照片寄给格奥尔。格奥尔会来拜访吧，但我没打算见他。我已经死了。自动书写的材料已经准备好，我把盒子放在桌脚，藏身在如今已等同于储物间的圣器室里。格奥尔自动书写成功。我还为他准备了晚餐。

格奥尔离开后，我把"尤利安之盒"埋葬在墓碑下。尤利安的

"时间"已经全部融合进格奥尔的"时间"之中。我喝着鸦片酊躺在床上。

※　※　※

掌声在我耳边响起。负责人把舞台侧幕拉开一角。我看见主持人向我招手。

站在舞台上的古斯塔夫和主持人和我握手，观众全体起立鼓掌迎接我的出场。

站在舞台中央，我张开双手。

我大概再也不会去那个地方了吧。

主持人面对着包围在掌声与喝彩声中，像注视着废墟的伊莱卡一样呆立的我问："导演，所以您下一部的计划是？"

观众席的最后方，我仿佛看见映于雾中的我——不对，是尤利安的身影……

JULIEN

BABYLON

我悄悄地离开了座位。

走出闪闪发光的电影院，拦下一辆出租车。我坐在后排，透过车窗回头望向剧院。

"去布拉格火车站。"

回到废墟。卧室书桌上是格奥尔——是你写的一大捆纸稿。

粗暴的铅笔字是你自动书写的笔迹。我当时躲在圣器室里，一直在给你传话。就像自动书写一样消耗体力。

就这样，格奥尔，你又用钢笔写下一篇题为《ZWENGEL》的文章。

昨天你走后，我拜读过一遍。

为了保护茨温格尔的名誉，让我来纠正你想象中的错误。

茨温格尔想站在我面前，我想走到茨温格尔面前。

入侵者不停开枪。我们冲了过去。现在等于前线。我们没时间怕子弹了，一起扑上去，把那人推倒在地。我手握铜花瓶，一下砸在对方脸上，骨头碎裂的手感。对方昏了过去，也可能是当场毙命。我们会毫不犹豫地杀死敌人。把他拖进浴室，放进浴缸。茨温格尔拿来一把厨刀，我们合作把他切成了碎片。我怒不可遏，这家伙妨碍了我们欢愉的再会。

我们两个都受了枪伤，并采取了急救措施。由于担心格奥尔会回来，他把双方卧室都锁上，匆忙收拾东西准备走人。

格奥尔，正如你借茨温格尔之口所说，我们之间不想牵扯进第三人。我不会让别人介入的，这只是我和他两个人的问题。

过了一会儿有人来了。我不能离开卧室，于是用床单做了根绳子，从窗户逃了出去，像在表演杂技。尽管茨温格尔知道浴室的隐蔽空间，而且也如你猜测，他在那里吸鸦片，但在这种紧急情况下，他没有把自己关在那儿。茨温格尔开着福特车逃走了。你猜对了，我们在途中去银行取了钱。

即使我先死了，茨温格尔也不会为了搬运而剖开我的身体。

因为有护照，所以买欧洲航线的船票很容易。我们和你是同一条船。深夜，他把沾满鲜血的衣裳扔进海里。

在漫长的航行中，我们的伤口恶化了，但我不能去看船医。是枪伤。可能会引起怀疑。

我们依偎在一起，分担彼此的痛苦。我会毫不犹豫地写下来。那是个幸福的时刻。茨温格尔和我是同一条战壕里的战友。

我只对他说起过一次："本以为不会再把你牵扯进来，结果还是把你牵扯进来了。"

"没有。"茨温格尔也只对我说过一次，"是我连累了你，明明是和你完全无关的青帮纠纷。"

我希望我们都不在场。茨温格尔没必要这么勉强自己逃跑。而且，或许他还能再次参与电影的拍摄。而我把茨温格尔的生和死——都禁锢了。

因为受伤，留给我们的时间不多了。

最后我们终于在欧洲登陆，去布拉格买过必需品，我先回到那个巢穴，茨温格尔接着去买药。我安然地与茨温格尔同居于在他名下的教堂。茨温格尔拔出了我身体里剩下的子弹，我感觉好多了。而茨温格尔则被枪伤引发的溃疡渐渐侵蚀全身。

我们相互拓下彼此的死面具。我去布拉格弄来了两具人偶模型。给模型戴上面具拍照则是我们的游戏。

茨温格尔准备了一小瓶鸦片酊和玻璃杯，告诉了我致死量。我们都未受到圣职者布道的侵扰，因此对自杀没有任何负罪和犹豫。

无论何时，只要愿意就能结束。正因为有了那个保障，才能活过今天。

在瓦尔特的坟墓旁，我们还挖了我们的坟墓。

然后安静生活。

当茨温格尔无法下床时，他喝空酒杯。我们相视微笑。

我将他收入棺材，安葬。

正如你所猜想的，我寄给你照片是为了秘密道别。我俩的面具和茨温格尔保管的瓦尔特的面具并排贴在天花板上以示对你的欢迎。还有，是我为你准备的晚餐，格奥尔。

我也去了你的首映礼，看过你的《花木兰》，我现在非常满足，你的荣光让我感到温暖。

我所有的生命都留在了你身上。

我现在要喝鸦片酊躺下了，但不是床上，而是茨温格尔——艾根·利文棺材旁的另一樽棺木。我的盒子……

合盖安眠。

格奥尔，你还会写出我的话吗？

如果你已经成功完成了最后的心灵感应，最后的自动书写，有一天会再次来到这里吗？然后，把土撒在我的盒子上，因为我做不到啊。

祝你万事顺遂。

主要参考资料

　　『ハプスブルク　記憶と場所』　トーマス・メディクス　三小
田祥久訳　平凡社

　　『ウイーンの内部への旅 』　ゲルハルト・ロート　須永恆雄訳
　彩流社

　　『ウイーンのユダヤ人 』　野村真理　御茶の水書房

　　『輪舞の都ウイーン 』　平田達治　人文書院

　　『ウイーンのカフェ 』　平田達治　大修館書店

　　『ドイツ映画の誕生 』　ミヒャエル・ハーニッシュ　平井正監
訳　瀬川裕司・飯田道子訳　高科書店

　　『世界映画全史 』（全十二巻）　ジョルジュ・サドゥール　丸
尾定他訳　国書刊行会

　　『ハリウッド・バビロン 』　ケネス・アンガー　海野弘監修
明石三世訳　リブロポート

　　『ハリウッド幻影工場 』　海野弘　グリーンアロー出版社

　　『ウーファ物語 』　クラウス・クライマイアー　平田達治・宮
本春美他訳　鳥影社

　　『目で見る金ぴか時代の民衆生活 』　オットー・L・ベットマ

ン　山越邦夫・斎藤美加他訳　草風館

　　　『上海人物誌』　日本上海史研究会編　東方書店

　　　『上海史』　高橋孝助・古厩忠夫編　東方書店

　　　『オールド上海阿片事情』　山田豪一編著　亜紀書房

　　　『上海キネマポート』　佐藤忠男・刘間文俊　凱風社

　　　『上海遊記・江南遊記』　芥川龍之介　講談社

　　　『西太后』　加藤徹　中央公論新社

　　　『京劇』　加藤徹　中央公論新社

　　　『梅蘭芳』　加藤徹　ビジネス社

　　　『「死体」が語る中国文化』　樋泉克夫　新潮社

　　　『大観園の解剖』　佐藤慎一郎　原書房

　　　『暗黒内科医の文学診断』　岩田誠　白水社

　　　*

《大鼻子情圣》的念白选自辰野隆・铃木信太郎译本。

霍夫曼斯塔尔诗作选自川村二郎译本。

　　格奥尔・冯・格里斯巴赫在好莱坞的经历以埃立克・冯・斯特劳亨为原型进行创作。

　　《金币》情节直接借用埃立克・冯・斯特劳亨的作品《贪婪》。

　　"孩子、孩子"之歌选自《少年魔法号角》（布伦塔诺和阿尔尼姆编 吉原高志译）中的"孩童音乐会"片段。

　　小说连载时，刚好看过电影《新上海滩》的DVD。小说开头设定与影片不谋而合，即均为清晨，拉粪工发现尸体，但尸体其实是活人这一部分。小说开头的灵感源于我读过的一本介绍上海旧职业的书，而《新上海滩》拍摄于一九九六年，远早于我的创作。我与前人创意撞车，一度想要删除开头这段引子，但无奈牵一发而动全身，改动难度颇大，故决定保留。

（作者）

双头巴比伦

[日]皆川博子 著

白夜 译

图书在版编目（CIP）数据

双头巴比伦 /（日）皆川博子著；白夜译 . — 北京：
北京燕山出版社，2021.12
ISBN 978-7-5402-6349-2

Ⅰ.①双… Ⅱ.①皆… ②白… Ⅲ.①长篇小说 – 日
本 – 近代 Ⅳ.① I313.44

中国版本图书馆 CIP 数据核字 (2021) 第 279877 号

SOUTOUNO BABYLON(JO)
by Hiroko Minagawa

SOUTOUNO BABYLON(JO)
Copyright © 2012 HIROKO MINAGAWA
Originally published in Japan in 2012 and 2015 by
Tokyo Sogensha Co.,Ltd.
Simplified Chinese translation rights arranged with
Tokyo Sogensha Co.,Ltd. through AMANN CO.,LTD.

北京市版权局著作合同登记号：图字 01-2021-7023 号

SOUTOUNO BABYLON(GE)
by Hiroko Minagawa

SOUTOUNO BABYLON(GE)
Copyright © 2012 HIROKO MINAGAWA
Originally published in Japan in 2012 and 2015 by
Tokyo Sogensha Co.,Ltd.
Simplified Chinese translation rights arranged with
Tokyo Sogensha Co.,Ltd. through AMANN CO.,LTD.

北京市版权局著作合同登记号：图字 01-2021-7024 号

责任编辑　邓京　郭扬
出　　版　北京燕山出版社有限公司
社　　址　北京市丰台区东铁匠营苇子坑 138 号嘉城商务中心 C 座
邮　　编　100079
电话传真　86-10-65240430（总编室）
印　　刷　北京盛通印刷股份有限公司
开　　本　880mm×1230mm 1/32
字　　数　364 千字
印　　张　22.75
版　　次　2021 年 12 月第 1 版
印　　次　2021 年 12 月第 1 次印刷
书　　号　ISBN 978-7-5402-6349-2
定　　价　158.00 元